FIFE COUNCIL LIBRARIES

FB057256

Please return or renew this item before the latest date shown below

11/14

2 1 NOV 2015

1

(

F

D1513978

Renewals can be made
by internet   www.fifedirect.org.uk/libraries
in person   at any library in Fife
by phone   08451 55 00 66

Fife COUNCIL

Thank you for using your library

Weitere Titel des Autors:

Illuminati
Illuminati – Illustrierte Ausgabe
Meteor
Sakrileg – The Da Vinci Code
Sakrileg – Illustrierte Ausgabe
Diabolus

DAN BROWN

DAS VERLORENE SYMBOL

THRILLER

Aus dem amerikanischen
Englisch übersetzt und entschlüsselt
vom Bonner Kreis

BASTEI
LÜBBE
TASCHENBUCH

BASTEI LÜBBE TASCHENBUCH
Band 16000

1. Auflage: April 2011

Vollständige Taschenbuchausgabe
der im Gustav Lübbe Verlag erschienenen Hardcoverausgabe

Bastei Lübbe Taschenbuch und Gustav Lübbe Verlag
in der Bastei Lübbe GmbH & Co. KG

Copyright © 2009 by Dan Brown
Titel der Originalausgabe:
»The Lost Symbol«
Published in the United States by Doubleday

Für die deutschsprachige Ausgabe:
Copyright © 2009 by Bastei Lübbe GmbH & Co. KG, Köln
Textredaktion: Wolfgang Neuhaus
Titelbild: © velora / Shutterstock
Autorenfoto: © Dan Courter
Satz: Bosbach Kommunikation & Design GmbH, Köln
Gesetzt aus der Adobe Caslon
Druck und Verarbeitung: GGP Media GmbH, Pößneck
Printed in Germany

FIFE COUNCIL LIBRARIES

B FB057256

GRANT | 21.3.13

LANG | £11.99

833BRO | KY

Für Blythe

Danksagungen

Mein tiefempfundener Dank gilt drei guten Freunden,
mit denen ich zusammenarbeiten durfte: meinem Lektor Jason
Kaufman, meiner Agentin Heide Lange und meinem
Berater Michael Rudell. Außerdem geht ein herzliches
Dankeschön an Doubleday und an meine Verlage in aller Welt –
und natürlich an meine Leser.

Ohne die großzügige Unterstützung zahlreicher Menschen,
die mich an ihrem Wissen und ihren Kenntnissen
teilhaben ließen, hätte dieser Roman nicht geschrieben
werden können. Ihnen allen spreche ich meine tiefe
Wertschätzung aus.

In der Welt zu leben, ohne sich ihrer Bedeutung bewusst
zu werden, ist wie in einer großen Bibliothek herumzuirren,
ohne die Bücher anzurühren.

Die Geheimen Lehren aller Zeiten

*F*akt:

Im Jahre 1991 wurde ein Dokument im Safe
des CIA-Direktors eingeschlossen.
Dieses Dokument befindet sich heute noch
dort. Sein kryptischer Text enthält
Hinweise auf ein altes Portal und einen
unbekannten Ort im Untergrund.
Außerdem enthält das Schriftstück den Satz:
»Irgendwo da draußen liegt es vergraben.«

Die Organisationen, die in diesem Roman
eine Rolle spielen, existieren tatsächlich,
einschließlich der Freimaurer, des Unsichtbaren
Collegiums, des Office of Security,
des SMSC und des Instituts für Noetische
Wissenschaften.

Sämtliche Rituale, die geschildert werden,
sind authentisch, und die aufgeführten
wissenschaftlichen Fakten entsprechen den
Tatsachen.

Die im Roman genannten Kunstwerke
und Monumente sind real.

HAUS DES TEMPELS

Prolog

Das Geheimnis liegt darin, wie man stirbt.

So ist es seit Anbeginn der Zeit.

Der vierunddreißigjährige Anwärter blickte auf den menschlichen Schädel, den er in Händen hielt. Der Totenkopf war hohl wie eine Schale und gefüllt mit blutrotem Wein.

Trink, sagte er sich. *Du hast nichts zu befürchten.*

Wie die Tradition es verlangte, hatte der Anwärter seine Reise im rituellen Gewand eines mittelalterlichen Ketzers angetreten, der zum Galgen geführt wird, mit weit aufklaffendem Hemd, sodass die blasse Brust zu sehen war; das linke Hosenbein bis zum Knie aufgerollt, den rechten Ärmel bis zum Ellbogen. Um seinen Hals hatte eine schwere geknüpfte Schlinge gelegen – ein »Kabeltau«, wie die Brüder es nannten. Heute jedoch trug der Anwärter – ebenso wie die Bruderschaft, die das Geschehen bezeugte – die Kleidung eines Meisters.

Die versammelten Brüder, die den Anwärter umstanden, trugen volles Ornat: Schurz, Schärpe und weiße Handschuhe. Um den Hals trugen sie Bijous, zeremonielle Schmuckabzeichen, die in dem gedämpften Licht wie geisterhafte Augen funkelten. Viele dieser Männer hatten außerhalb der Loge bedeutende Ämter und Machtpositionen inne, und doch wusste der Anwärter, dass ihr weltlicher Rang innerhalb dieser Mauern nichts bedeutete. Hier waren alle gleich – eine verschworene Gemeinschaft, vereint durch ein mystisches Band.

Als der Blick des Anwärters über die beeindruckende Versammlung schweifte, fragte er sich, wer in der Welt außerhalb des Tempels wohl glauben würde, dass eine solche Gruppe von Männern tatsächlich zusammenkam – zumal an einem Ort wie diesem, der wie ein antikes Heiligtum aus einer versunkenen Welt erschien.

Die Wahrheit jedoch war noch unglaublicher.

Ich bin nur ein paar Hundert Meter vom Weißen Haus entfernt.

Dieses machtvolle Gebäude an der Sechzehnten Straße NW, Nr. 1733, in Washington, D.C., war die Nachbildung eines vorchristlichen Heiligtums, des Tempels König Mausolos II., des ursprünglichen Mausoleums – ein Tempel der Toten. Vor dem Haupteingang bewachten zwei siebzehn Tonnen schwere Sphingen das bronzene Portal. Das Innere war ein reich verziertes Labyrinth von Ritualkammern, Sälen, verschlossenen Räumen und Bibliotheken; eine hohle Wand barg die Überreste zweier menschlicher Körper. Jede der Kammern und jeder der Säle in diesem Gebäude enthielt ein Geheimnis, hatte man dem Anwärter anvertraut.

Die größten Mysterien jedoch barg jener riesige Saal, in dem er nun kniete, den Totenschädel in den Händen.

DER TEMPELSAAL, HAUS DES TEMPELS, WASHINGTON, D.C.
© MAXWELL MACKENZIE

Der Tempelsaal.

Dieser Saal war von quadratischem Grundriss – die vollkommene Form – und hatte gewaltige Ausmaße. Die Decke, gestützt von monolithischen Säulen aus grünem Granit, befand sich hundert Fuß über dem Boden. Eine mehrstufige Galerie mit dunklem Gestühl aus russischem Walnussholz und Schweinsleder, von Hand punziert, zog sich an den Wänden entlang. Ein dreiunddreißig Fuß hoher Thron beherrschte die westliche Wand; auf der gegenüberliegenden Seite erhob sich eine verdeckte Orgel. Die Wände waren ein Kaleidoskop uralter Symbole – ägyptische und hebräische Zeichen, astronomische und alchimistische Symbole sowie Darstellungen noch unbekannter Natur.

Am heutigen Abend wurde der Tempelsaal von einer Reihe genau ausgerichteter Kerzen erhellt. Ihr matter Schein vermischte sich mit einem bleichen Lichtstrahl, der durch das Deckenfenster in den Tempelraum fiel und dessen eindrucksvollstes Element beleuchtete: einen mächtigen Altar aus poliertem, schwarzem Marmor, der genau im Zentrum des Saales stand.

Das Geheimnis liegt darin, wie man stirbt, rief der Anwärter sich ins Gedächtnis.

»Es ist Zeit«, flüsterte eine Stimme.

Der Anwärter richtete den Blick auf die ehrwürdige, weiß gekleidete Gestalt, die vor ihm stand. *Der oberste Meister vom Stuhl.* Dieser Mann, Ende fünfzig und mit silbergrauem Haar, war eine amerikanische Ikone – beliebt, bodenständig und unermesslich reich. Auf seinen Gesichtszügen, die in den Vereinigten Staaten jeder kannte, spiegelten sich ein Leben voller Macht und ein kraftvoller Geist.

»Sprechen Sie den Eid«, sagte der Meister vom Stuhl, und seine Stimme war weich und sanft wie Schnee, der zu Boden rieselt. »Vollenden Sie Ihre Reise.«

Die Reise des Anwärters hatte mit dem ersten Grad begonnen, wie alle derartigen Reisen. Damals, bei einem ähnlichen abendlichen Ritual wie diesem, hatte der Meister vom Stuhl ihm mit einer samtenen Binde die Augen verbunden, hatte ihm einen zeremoniellen Degen an die bloße Brust gehalten und ihm die Frage gestellt: »Erklären Sie aufrichtig bei Ihrer Ehre, unbeeinflusst von Gewinnstreben oder anderen unwürdigen Motiven, dass Sie aus freiem Entschluss und Willen Aufnahme in diese Bruderschaft begehren?«

»Ja«, hatte der Suchende gelogen.

»Dann möge dies ein Stich für Ihr Gewissen sein«, hatte der Meister ihn gewarnt, »und desgleichen sofortiger Tod, sollten Sie je die Geheimnisse verraten, die man Ihnen anvertrauen wird.«

Damals hatte er keine Furcht verspürt. *Sie werden meine wahre Absicht niemals erkennen.*

Am heutigen Abend jedoch glaubte er eine düstere, bedrohliche Stimmung im Tempelsaal wahrzunehmen, einen ahnungsvollen Ernst. Schaudernd musste er an die grausamen Strafen denken, die ihm auf seiner bisherigen Reise angedroht worden waren für den Fall, dass er eines der uralten Geheimnisse verriet, die man ihm anvertraut hatte: *Der Hals durchschnitten von Ohr zu Ohr ... die Zunge bei der Wurzel ausgerissen ... die Eingeweide herausgerissen und verbrannt ... in die vier Winde des Himmels zerstreut ... das Herz aus der Brust gerissen und streunenden Tieren zum Fraß vorgeworfen ...*

»Bruder«, sagte der grauäugige Meister und legte dem Anwärter die linke Hand auf die Schulter. »Sprechen Sie den letzten Eid.«

Der Anwärter wappnete sich für den abschließenden Schritt seiner Reise, straffte seine kräftige Gestalt und wandte seine Aufmerksamkeit wieder dem Totenkopf zu, den er noch immer in Händen hielt. Der rote Wein in der Schädelhöhle sah im matten Kerzenlicht fast schwarz aus. Tiefes Schweigen hatte sich über den Tempelsaal gesenkt. Der Anwärter spürte beinahe körperlich, wie die aufmerksamen Blicke sämtlicher Zeugen auf ihm ruhten, wie diese darauf warteten, dass er den letzten Eid ablegte und sich ihren Reihen hinzugesellte, den Reihen der Auserwählten.

Heute Abend, ging es ihm durch den Kopf, *wird in diesen Mauern etwas geschehen, was es in der Geschichte dieser Bruderschaft noch nie gegeben hat, nicht ein einziges Mal in all den Jahrhunderten ...*

Er wusste, es würde der entscheidende Funke sein, und es würde ihm unermessliche Macht verleihen.

Mit neuem Mut holte er tief Atem und sprach laut dieselben Worte, die zahllose Männer vor ihm in allen Ländern der Erde gesprochen hatten:

»Möge dieser Wein, den ich nun trinke, mir ein tödliches Gift werden ... sollte ich je wissentlich oder willentlich meinen Eid verletzen.«

Seine Worte hallten von den hohen Wänden wider. Dann breitete sich tiefe Stille aus.

Mit ruhigen Händen hob der Anwärter den Schädel an den Mund und spürte, wie seine Lippen das trockene Gebein berührten. Er schloss die Augen, hob den Schädel an und trank in langen, tiefen Schlucken. Als der letzte Tropfen getrunken war, ließ er den Totenschädel sinken ...

... und bekam plötzlich keine Luft mehr, während sein Herz wild zu pochen begann und seine Hände zitterten. Für einen Moment wurde ihm schwarz vor Augen.

Mein Gott, sie wissen Bescheid!

Dann schwand das beängstigende Gefühl so schnell, wie es gekommen war.

Eine angenehme Wärme durchströmte den Körper des Anwärters. Er atmete aus und lächelte in sich hinein, als er zu dem grauäugigen Mann aufblickte, der so arglos gewesen war, ihn in die allergeheimsten Ränge der Bruderschaft aufzunehmen.

Bald wirst du alles verlieren, was dir lieb und wert ist.

Kapitel 1

Im Otis-Aufzug an der Südseite des Eiffelturms drängten sich die Touristen. In der beengten Kabine blickte ein seriös gekleideter Herr auf den Jungen neben ihm hinunter. »Du siehst blass aus. Du hättest lieber unten bleiben sollen.«

»Mir geht's gut ...«, antwortete der Junge, bemüht, seine Angst in den Griff zu bekommen. »Ich steig auf der nächsten Etage aus.«

Der Mann beugte sich tiefer zu dem Jungen. »Ich dachte, du hättest deine Angst überwunden.« Er strich dem Kind zärtlich über die Wange.

Der Junge schämte sich, weil er seinen Vater enttäuscht hatte, doch durch das Klingeln in seinen Ohren konnte er kaum etwas hören.

O Gott, ich krieg keine Luft! Ich muss hier raus!

Der Fahrstuhlführer sagte irgendetwas Beruhigendes über Pendelschaftkolben und Puddeleisenkonstruktion, doch der Junge blickte voller Furcht auf die Straßen von Paris, die sich tief unter ihnen in sämtliche Richtungen erstreckten.

Wir sind fast da, sagte er sich im Stillen, legte den Kopf in den Nacken und blickte hinauf zur Ausstiegsplattform. *Halt durch!*

Als die Kabine sich steil auf die obere Aussichtsplattform zubewegte, verengte sich der Schacht. Die massiven Stützen wuchsen zu einem engen, senkrecht in die Höhe führenden Tunnel zusammen.

»Dad, ich glaub nicht ...«

Plötzlich ein Knall. Dann noch einer. Der Aufzug ruckte,

schwankte, neigte sich gefährlich zur Seite. Zerrissene Kabel peitschten um die Kabine, zuckend wie gereizte Schlangen. Der Junge griff Hilfe suchend nach der Hand seines Vaters.

»*Dad!*«

Ihre Blicke trafen sich eine Schrecksekunde lang.

Dann sackte der Fußboden unter ihren Füßen weg, und der Lift schoss in die Tiefe.

Mit einem Ruck schreckte Robert Langdon in seinem weichen Ledersitz aus dem Halbdämmern seines Tagtraums. Er saß ganz allein in dem großzügig bemessenen Passagierraum eines Falcon-2000EX-Firmenjets, der soeben von Turbulenzen durchgeschüttelt wurde. Im Hintergrund summten im Gleichklang die zwei Pratt-&-Whitney-Triebwerke.

»Mr. Langdon?« Der Lautsprecher unter der Decke knisterte. »Wir setzen jetzt zur Landung an.«

Langdon richtete sich auf und schob seine Vortragsnotizen zurück in die lederne Umhängetasche. Er war mit einer Rekapitulation freimaurerischer Symbolik beschäftigt gewesen, als seine Gedanken abgedriftet waren. Der Traum über seinen verstorbenen Vater war, so vermutete er, auf die unerwartete Einladung durch seinen langjährigen Mentor Peter Solomon zurückzuführen.

Der andere Mann, den ich niemals enttäuschen will.

Der achtundfünfzigjährige Philanthrop, Historiker und Wissenschaftler hatte Langdon vor nahezu dreißig Jahren unter seine Fittiche genommen und damit in mancher Hinsicht die Leere gefüllt, die nach dem Tod von Langdons Vater entstanden war. Wenngleich Solomon einer einflussreichen Familiendynastie angehörte und über immensen Reichtum verfügte, hatte Langdon in den sanften, grauen Augen dieses Mannes Demut und Wärme gefunden.

Draußen war die Sonne bereits untergegangen, doch durch das Fenster konnte Langdon noch die schlanke Silhouette des größten Obelisken der Welt ausmachen, der wie der Zeiger einer riesigen

Sonnenuhr am Horizont aufragte. Das 555 Fuß hohe Monument markierte das Herz der Nation. Um den Obelisken herum erstreckten sich die geometrischen Kraftlinien der Straßen und Bauwerke der Stadt.

Selbst aus der Luft strahlte Washington, D.C., eine beinahe mystische Macht aus.

Langdon liebte diese Stadt. Als der Jet auf der Landebahn aufsetzte, spürte er eine wachsende Erregung bei dem Gedanken daran, was vor ihm lag. Die Maschine rollte zu einem privaten Terminal auf der ausgedehnten Fläche des Dulles International Airport und kam zum Stehen.

Langdon packte seine Sachen, dankte den Piloten und trat aus dem luxuriösen Innern des Falcon hinaus auf die Gangway. Die kalte Luft war eine Wohltat.

Tief durchatmen, Robert, sagte er sich und nahm erleichtert die Weite der Umgebung in sich auf.

Weiße Nebelschwaden zogen über den Boden. Langdon hatte das Gefühl, sich einem Sumpf zu nähern, als er die Rolltreppe hinunterstieg.

»Hallo!«, rief eine singende Stimme mit britischem Akzent. »Hallo! Professor Langdon?«

Langdon blickte auf und sah eine Frau mittleren Alters mit einem Abzeichen und einem Klemmbrett auf ihn zueilen, wobei sie freudig winkte. Lockiges, blondes Haar lugte unter einer modischen Strickmütze hervor.

»Willkommen in Washington, Sir.«

Langdon lächelte. »Vielen Dank.«

»Mein Name ist Pam, Sir, vom Passagierservice!« Die Frau sprach mit einem Überschwang, der beinahe schon auf die Nerven ging. »Wenn Sie bitte mit mir kommen wollen, Sir, Ihr Wagen steht bereit.«

Langdon folgte ihr über die Rollbahn zum Signature-Terminal, der von funkelnden Privatjets umgeben war. *Ein Taxistand für die Reichen und Berühmten.*

»Verzeihen Sie, wenn ich Ihnen lästig falle, Professor«, sagte die Frau, »aber sind Sie der Robert Langdon, der die Bücher über Symbole und Religion schreibt?«

Langdon zögerte und nickte dann.

»Hab ich's mir doch gedacht!«, sagte die Frau strahlend. »Mein Lesekreis hat Ihr Buch über das göttlich Weibliche und die Kirche verschlungen. Hat ja für einen schönen Skandal gesorgt! Es macht Ihnen wohl Spaß, den Fuchs im Hühnerstall zu spielen?«

Langdon lächelte. »Das war nie meine Absicht.«

Die Frau schien zu spüren, dass Langdon nicht in der Stimmung war, über sein Werk zu diskutieren. »Entschuldigen Sie, ich wollte Sie nicht vollquatschen. Ich kann mir denken, dass Sie es leid sind, erkannt zu werden, aber das ist ja Ihre eigene Schuld.« Neckisch wies sie auf seine Kleidung. »Ihre Uniform hat Sie verraten.«

Meine Uniform? Langdon blickte an sich hinunter. Er trug seinen gewohnten anthrazitfarbenen Rollkragenpullover, ein Harris-Tweed-Jackett, eine Kakihose und Halbschuhe aus Korduanleder – seine übliche Kleidung für den Hörsaal, Vortragsreisen, Autorenfotos und gesellschaftliche Anlässe.

Die Frau lachte. »Ihr Rolli ist völlig aus der Mode. Außerdem würde eine Krawatte Ihnen viel besser stehen!«

Nur über meine Leiche, dachte Langdon. *Bloß kein Galgenstrick.*

An der Phillips Exeter Academy, die er besucht hatte, waren Krawatten Pflicht gewesen, und trotz der romantischen Vorstellungen des Direktors, der Ursprung dieser Halszierde ginge auf die seidenen *fascalia* zurück, die von römischen Rednern getragen wurden, um ihre Stimmbänder zu wärmen, wusste Langdon, dass das Wort *Krawatte* sich etymologisch von einer brutalen Horde kroatischer Söldner herleitete, die sich Halstücher umgeknüpft hatten, bevor sie in die Schlacht gestürmt waren. Bis heute wurde diese alte Kriegstracht Tag für Tag von modernen Bürokriegern angelegt, um ihre Feinde beim Kampf an den Konferenztischen einzuschüchtern.

»Vielen Dank für den Hinweis«, sagte Langdon mit einem Glucksen. »Ich werde es mir für die Zukunft merken.«

Zum Glück stieg in diesem Augenblick ein elegant gekleideter Mann in dunklem Anzug aus einem funkelnden Lincoln Town Car, der nahe dem Terminal parkte, und hob den Finger. »Mr. Langdon? Ich bin Charles von Beltway Limousine.« Er öffnete die hintere Beifahrertür. »Guten Abend, Sir. Willkommen in Washington.«

Langdon drückte Pam für ihre Freundlichkeit ein Trinkgeld in die Hand und stieg ins feudale Innere des Town Car. Der Fahrer zeigte ihm den Temperaturregler, die Mineralwasserflaschen und das Körbchen mit heißen Muffins. Sekunden später rauschte Langdon auf einer privaten Zufahrtsstraße davon. *Schön, mal wieder wie einer von den oberen Zehntausend zu leben.*

Als der Fahrer den Wagen den Windsock Drive hinauf beschleunigte, konsultierte er seinen Auftragszettel und tätigte einen kurzen Anruf. »Hier Beltway Limousine«, sagte er in geschäftsmäßigem Tonfall. »Ich sollte bestätigen, dass mein Passagier gelandet ist…« Er machte eine Pause. »Ja, Sir. Ihr Gast ist angekommen. Ich setze Mr. Langdon um neunzehn Uhr am Capitol Building ab…gern geschehen, Sir.«

Langdon konnte sich ein Schmunzeln nicht verkneifen. *Nichts dem Zufall überlassen.* Peter Solomons Aufmerksamkeit fürs Detail war eine seiner größten Stärken; sie allein machte es ihm möglich, seine nicht unwesentliche Macht mit scheinbarer Mühelosigkeit auszuüben. *Ein paar Milliarden Dollar auf der Bank schaden dabei allerdings auch nicht.*

Langdon ließ sich in den weichen Ledersitz sinken und schloss die Augen, als die Geräusche des Flughafens hinter ihm verklangen. Das U.S. Capitol war eine halbe Stunde entfernt, und er war froh, dass ihm ein wenig Zeit blieb, seine Gedanken zu ordnen. Alles war heute so schnell gegangen, dass er erst jetzt in Ruhe über den unglaublichen Abend nachdenken konnte, der vor ihm lag.

Ankunft unter dem Siegel der Geheimhaltung, ging es ihm durch den Kopf. Die Vorstellung erheiterte ihn.

Sechzehn Kilometer vom Kapitol entfernt traf eine einsame Gestalt ungeduldig die letzten Vorbereitungen für Robert Langdons Ankunft.

Kapitel 2

Der Mann, der sich Mal'akh nannte, drückte die Nadel gegen seinen rasierten Kopf und seufzte befriedigt, als die scharfe Spitze rhythmisch in sein Fleisch stach. Das leise Summen des elektrischen Werkzeugs machte süchtig … so wie der Stich der Nadel, die sich in seine Dermis bohrte und dort Farbpartikel hinterließ.

Ich bin ein Meisterwerk.

Das Ziel des Tätowierens war niemals Schönheit. Das Ziel war Veränderung. Von den narbengeschmückten nubischen Priestern des dritten vorchristlichen Jahrtausends über die tätowierten Akolythen des Kybele-Kults im alten Rom bis hin zu den modernen Maori mit ihren Moko-Narben hatten Menschen die Tätowierung als einen Weg betrachtet, ihren Körper als partielles Opfer darzubieten, den physischen Schmerz der Prozedur zu erdulden und als veränderte Wesen daraus hervorzugehen.

Trotz des ominösen Gebots in Levitikus 19, Vers 28, sich keine Zeichen auf dem Körper einritzen zu lassen, waren Tattoos für Millionen von Menschen im modernen Zeitalter Mutprobe und Ritus zugleich geworden – für adrette Teenager über verdreckte Junkies bis hin zu gelangweilten Hausfrauen.

Der Akt des Sich-Tätowieren-Lassens war eine machtvolle Transformation und zugleich eine Botschaft an die Welt: *Siehe, ich bin Herr meines eigenen Fleisches.* Das berauschende Gefühl der Kontrolle, das sich aus der körperlichen Wandlung speist, hatte Millionen süchtig gemacht nach Veränderungen des eigenen Körpers: kosmetische Chirurgie, Piercing und Branding, Bodybuilding und Steroide, selbst Bulimie und Geschlechtsumwandlung. *Der menschliche Geist verlangt nach Herrschaft über seine fleischliche Hülle.*

Ein Glockenschlag ertönte von Mal'akhs Standuhr, und er blickte auf. Halb sieben. Er legte das Tätowierwerkzeug beiseite, hüllte seinen nackten, ein Meter neunzig großen Körper in einen Badeumhang aus japanischer Seide und trat hinaus auf den Flur. Die Luft in dem großräumigen Wohnhaus war geschwängert vom beißenden Geruch der Tätowierfarbe und dem Rauch der Bienenwachskerzen, mit denen Mal'akh seine Nadeln sterilisierte. Vorbei an wertvollen italienischen Antiquitäten – einer Radierung von Piranesi, einem Savonarola-Stuhl, einer silbernen Bugarini-Öllampe – ging der hochgewachsene junge Mann über den Flur.

Im Vorübergehen warf er einen Blick durch ein wandhohes Fenster und bewunderte die klassische Skyline in der Ferne. Die ange-

GESCHNITZTE
MAORI-MASKE MIT
TRADITIONELLEN
MOKO-VERZIERUNGEN

strahlte Kuppel des Kapitols hob sich machtvoll und majestätisch vor dem dunklen Winterhimmel ab.

Das ist der Ort des Geheimnisses, ging es Mal'akh durch den Kopf. *Irgendwo da draußen liegt es vergraben.*

Wenige Menschen wussten von seiner Existenz ... und noch weniger kannten seine beeindruckende Macht oder waren darin eingeweiht, auf welch raffinierte Weise es versteckt worden war. Bis heute blieb es das größte unerforschte Rätsel des Landes. Die wenigen, die die Wahrheit kannten, hielten sie hinter einem Schleier von Symbolen, Legenden und Allegorien verborgen.

Jetzt haben sie ihre Türen für mich geöffnet, dachte Mal'akh.

Vor drei Wochen war er in einem dunklen Ritual im Beisein einiger der einflussreichsten Männer Amerikas in den 33. Grad erhoben worden, die höchste Stufe der ältesten noch existierenden Bruderschaft der Welt. Trotz Mal'akhs neuem Rang hatten die Brüder ihm nichts erzählt. *Und das werden sie auch nicht*, dachte er. *So läuft das nun mal nicht.* Es gab Kreise innerhalb von Kreisen ... Bruderschaften innerhalb von Bruderschaften. Selbst wenn Mal'akh Jahre wartete – ihr letztes Vertrauen würde er vielleicht nie gewinnen.

Zum Glück brauchte er ihr Vertrauen nicht, um an ihr tiefstes und kostbarstes Geheimnis zu gelangen.

Meine Erhebung hat ihren Zweck erfüllt.

Mal'akh ging zum Schlafzimmer, angespornt von dem, was vor ihm lag. Im ganzen Haus drangen betörende Klänge aus den Lautsprechern: die seltene Aufnahme einer Kastratenstimme, die das »Lux Aeterna« aus dem Verdi-Requiem sang – eine Erinnerung an ein früheres Leben. Mal'akh drückte auf eine Fernbedienung, um zu dem majestätischen »Dies Irae« zu gelangen. Begleitet von donnernden Pauken und parallelen Quinten sprang er sodann die breite Marmortreppe hinauf, dass die Robe sich um seine muskulösen Beine bauschte.

Während er rannte, knurrte protestierend sein leerer Magen. Seit zwei Tagen hatte Mal'akh nun gefastet, hatte nur Wasser getrunken und nichts gegessen, um seinen Körper gemäß den alten Vorschriften bereit zu machen. *Bei Sonnenaufgang wird dein Hunger gestillt sein*, sagte er sich. *Und dein Schmerz gelindert.*

Mal'akh betrat das Allerheiligste seines Schlafgemachs und schloss hinter sich die Tür. Als er zum Ankleidebereich schritt, hielt er inne. Er fühlte sich hingezogen zu dem großen, von einem Goldrahmen eingefassten Spiegel; die Versuchung, sein eigenes Spiegelbild zu betrachten, war zu stark. Langsam, als würde er ein Geschenk von unschätzbarem Wert auspacken, öffnete Mal'akh seine Robe und enthüllte seine nackte Gestalt. Der Anblick verschlug ihm die Sprache.

Ich bin ein Meisterwerk.

Sein massiger Körper war rasiert und glatt. Mal'akh schaute zuerst auf seine Füße, die mit den Schuppen und Klauen eines Falken tätowiert waren; dann bewegte sein Blick sich hinauf zu seinen muskulösen Beinen, die als gemeißelte Säulen gestaltet waren – das linke Bein spiralförmig tätowiert, das rechte mit vertikalen Streifen. *Boas und Jachin.* Seine Lenden und sein Magen bildeten einen verzierten Torbogen, und seine mächtige Brust war mit dem doppelköpfigen Phönix geschmückt … jeder der zwei Köpfe im Profil zur Seite gewandt, sodass Mal'akhs Brustwarzen das jeweilige Auge bildeten. Schultern, Hals, Gesicht und der rasierte Kopf waren vollständig mit einem verschlungenen Muster von uralten Symbolen und Zeichen bedeckt.

Ich bin ein Artefakt … ein sich entfaltendes Bild.

Es gab nur einen sterblichen Menschen, der Mal'akh jemals nackt gesehen hatte – achtzehn Stunden zuvor. Der Mann hatte vor Angst geschrien: »O Gott, Sie sind ein Dämon!«

»Wenn Sie mich als solchen betrachten«, hatte Mal'akh kühl geantwortet. Für die Menschen der Antike waren Engel und Dämonen ein und dasselbe gewesen – zwei Seiten einer Münze, alles eine

Sache der Polarität: Der Schutzengel, der deinen Feind im Kampf besiegte, wurde von deinem Feind als dämonischer Zerstörer betrachtet.

Mal'akh senkte das Haupt, um im riesigen Spiegel einen Blick auf die Oberseite seines Kopfes werfen zu können. Dort, innerhalb eines kronengleichen Strahlenkranzes, leuchtete ein kleiner Kreis blassen, nicht tätowierten Fleisches. Diese sorgfältig ausgesparte Fläche war Mal'akhs einziges Stück jungfräulicher Haut. Diese geweihte Stelle hatte geduldig gewartet, und heute Nacht würde sie gefüllt werden. Auch wenn Mal'akh noch nicht besaß, was er zur Vollendung seines Meisterwerks benötigte, so wusste er doch, dass es sehr bald so weit sein würde.

Erregt von seinem eigenen Spiegelbild spürte er bereits, wie seine Macht wuchs. Er schloss seine Robe, trat ans Fenster und blickte noch einmal hinaus auf die mystische Stadt.

Irgendwo da draußen liegt es vergraben.

Mal'akh konzentrierte sich wieder ganz auf die vor ihm liegende Aufgabe. Er ging zum Frisiertisch und trug sorgfältig eine Schicht von deckendem Make-up auf Gesicht, Kopfhaut und Hals auf, bis seine Tattoos davon bedeckt waren. Dann legte er die vorbereitete Kleidung und einige andere Dinge an, die er zuvor sorgfältig für diesen Abend zusammengestellt hatte. Als er fertig war, überprüfte er noch einmal sein Äußeres im Spiegel. Zufrieden strich er sich mit der Hand über den blanken Schädel und lächelte.

Es ist da draußen, dachte er. *Und heute Nacht wird mir jemand helfen, es zu finden.*

Als Mal'akh sein Haus verließ, bereitete er sich geistig auf jenes Ereignis vor, das sehr bald das Kapitol erschüttern würde. Er hatte weder Kosten noch Mühen gescheut, um das Spielbrett für den heutigen Abend auszubreiten und die Figuren aufzustellen.

Und jetzt endlich war seine letzte Figur ins Spiel gekommen.

Kapitel 3

Robert Langdon war mit dem Studium seiner Karteikarten beschäftigt, als das Surren der Reifen auf dem Asphalt heller wurde. Erstaunt hob er den Kopf, um zu sehen, wo er sich befand.

Schon auf der Memorial Bridge?

Er legte seine Karteikarten beiseite und blickte nach draußen, wo die trägen Wasser des Potomac unter der Brücke hindurchflossen. Dichter Dunst hing über der ausgedehnten Fläche. Foggy Bottom, wie man diesen Landstrich so treffend nannte, war ihm stets als eine merkwürdige Gegend erschienen, um hier die Hauptstadt der Vereinigten Staaten zu errichten. In der riesigen Neuen Welt hatten die Gründerväter ausgerechnet eine sumpfige Uferlandschaft auserkoren, um den Grundpfeiler ihrer utopischen Gesellschaft zu setzen.

Langdon blickte nach links über das Tidal Basin hinweg auf die anmutige Silhouette des Jefferson Memorial, des amerikanischen Pantheon, wie es von vielen genannt wurde. Direkt voraus, am Ende der Brücke, erhob sich mit unnachgiebiger, erhabener Strenge das Lincoln Memorial, dessen orthogonale Linien eine unverkennbare Reminiszenz an den Parthenon in Athen darstellten. Noch ein Stück weiter entfernt erblickte Langdon das Herzstück der Stadt – die gleiche Spitze, die er schon aus der Luft gesehen hatte. Die architektonische Inspiration dieses Monuments reichte viel weiter in die Vergangenheit als bis zu den Römern oder Griechen.

Amerikas ägyptischer Obelisk.

LINCOLN MEMORIAL, WASHINGTON MONUMENT UND U.S. CAPITOL
BUILDING

Direkt vor ihm ragte das hell angestrahlte monolithische Gebilde des Washington Monument in den Himmel wie der majestätische Mast eines gigantischen Schiffes. Aus Langdons schrägem Blickwinkel wirkte es wie losgelöst, schwankend vor dem düsteren Firmament wie auf unruhiger See. Langdon fühlte sich ähnlich losgelöst. Sein Besuch in Washington war vollkommen unerwartet. *Als ich heute Morgen aufgewacht bin, habe ich mich auf einen ruhigen Sonntag zu Hause gefreut ... und jetzt bin ich bloß ein paar Hundert Meter vom Kapitol entfernt.*

Langdon hatte den Tag begonnen wie jeden anderen: Er war um Viertel vor fünf ins Wasser des einsamen Schwimmbads von Harvard gesprungen und hatte fünfzig Bahnen absolviert. Seine Kondition war nicht mehr ganz so gut wie zu seinen College-Zeiten – damals hatte er in der amerikanischen Nationalmannschaft Wasserball gespielt –, doch er war immer noch schlank und durchtrainiert und in beachtlicher Form für einen Mann Mitte vierzig. Der einzige Unterschied war der Aufwand, den er mittlerweile betreiben musste, damit es so blieb.

Gegen sechs Uhr kam Langdon nach Hause und begab sich sogleich an sein morgendliches Ritual, Sumatra-Kaffeebohnen von Hand zu mahlen. Er genoss den exotischen Duft, der sich in seiner Küche ausbreitete. An diesem Morgen jedoch stellte er zu seinem Erstaunen fest, dass das rote Licht seines Anrufbeantworters blinkte. *Wer ruft an einem Sonntag um sechs Uhr morgens an?* Er drückte den Abspielknopf und lauschte der gespeicherten Nachricht.

»Guten Morgen, Professor Langdon. Es tut mir schrecklich leid, Sie zu so früher Stunde zu stören.« Die höfliche Stimme des Anrufers besaß einen schwachen Südstaatenakzent und klang merklich zögernd, als der Mann fortfuhr: »Mein Name ist Anthony Jelbart. Ich bin der persönliche Assistent von Peter Solomon. Mr. Solomon hat mir verraten, dass Sie Frühaufsteher sind … er muss Sie unbedingt sprechen. Wenn Sie so freundlich wären, Mr. Solomon direkt anzurufen, sobald Sie diese Nachricht hören? Wahrscheinlich sind Sie im Besitz seiner neuen Privatnummer. Falls nicht − sie lautet 202-329-5746.«

Sorge um seinen alten Freund stieg in Langdon auf. Peter Solomon gehörte nicht zu den Leuten, die sonntags in aller Herrgottsfrühe anriefen, wenn nicht irgendetwas furchtbar schiefgegangen war.

Langdon ließ den halb fertig gemahlenen Kaffee stehen und eilte ins Arbeitszimmer, um den Rückruf zu tätigen.

Hoffentlich ist Peter nichts passiert.

Solomon war ein Freund, ein Mentor und − obwohl nur zwölf Jahre älter − seit ihrer ersten Begegnung an der Princeton University eine Vaterfigur für Langdon gewesen. Während des Studiums hatte Langdon eine abendliche Gastvorlesung des damals schon weithin bekannten jungen Historikers und Philanthropen besuchen müssen. Solomon hatte mit ansteckender Begeisterung vorgetragen und eine verblüffende Vision von Semiotik und Urgeschichte abgeliefert, die in Langdon den Funken für seine spätere lebenslange Leidenschaft für Symbole und deren verborgene Bedeutungen entzündet hatte. Doch es war nicht Peter Solomons strahlende Aura gewesen, sondern die Bescheidenheit in seinen sanften, grauen Augen, die Langdon damals den Mut fassen ließ, ihm einen Dankesbrief zu schreiben. Der junge Student hätte sich nicht träumen lassen, dass Solomon, einer der faszinierendsten jungen Intellektuellen Amerikas, jemals auf seinen Brief antworten würde. Doch genau das hatte Solomon getan. Es war der Beginn einer tiefen Freundschaft gewesen.

Peter Solomon, dessen ruhiges, bescheidenes Auftreten über seine wahre Herkunft hinwegtäuschte, entstammte einem wohlhabenden Familienclan, dessen Name überall in den Vereinigten Staaten auf Bauwerken und Universitätsgebäuden zu lesen stand. Wie bei den Rothschilds in Europa war der Name Solomon von einer geheimnisvollen Aura aus Vornehmheit und Erfolg umgeben. Alter Geldadel. Peter hatte den Mantel in jungen Jahren übergestreift, nach dem frühen Tod seines Vaters. Heute, mit achtundfünfzig Jahren, hatte er zahlreiche Ämter und Funktionen inne, die ihm Macht und Einfluss bescherten. Derzeit war er Vorsitzender der Smithsonian Institution. Gelegentlich pflegte Langdon seinen Freund damit aufzuziehen, der einzige Makel in seinem ansonsten blütenreinen Lebenslauf sei das Diplom an einer zweitklassigen Universität – Yale.

Als Langdon nun sein Arbeitszimmer betrat, stellte er zu seiner Überraschung fest, dass ein Fax von Peter gekommen war:

Peter Solomon
Office of the Secretary
Smithsonian Institution

Guten Morgen, Robert,

ich muss dringend mit dir reden. Bitte ruf mich schnellstmöglich unter 202-329-5746 an.

Peter

Langdon wählte die Nummer und lehnte sich gegen die Platte seines handgeschnitzten Eichentisches, während er darauf wartete, dass die Verbindung zustande kam.

»Büro von Peter Solomon«, meldete sich die vertraute Stimme des Sekretärs. »Anthony Jelbart am Apparat. Was kann ich für Sie tun?«

»Hier Robert Langdon. Sie haben mir vorhin eine Nachricht hinterlassen ...«

»Ah, Professor Langdon!« Der junge Mann klang erleichtert. »Danke, dass Sie so schnell zurückrufen, Sir. Mr. Solomon muss Sie dringend sprechen. Darf ich ihm melden, dass Sie in der Leitung sind? Kann ich Sie so lange in die Warteschleife legen?«

»Selbstverständlich.«

Während Langdon darauf wartete, dass Solomon an den Apparat kam, fiel sein Blick auf Peters Namen über dem Briefkopf der Smithsonian. Er musste lächeln. *Es gibt nicht viele Müßiggänger im Clan der Solomons.* Peters Stammbaum war gefüllt mit den Namen erfolgreicher Geschäftsleute und Politiker sowie einer Anzahl bedeutender Wissenschaftler, darunter sogar Mitglieder der Londoner Royal Society. Die einzige noch lebende direkte Angehörige, Peters jüngere Schwester Katherine, hatte offensichtlich das Wissenschaftsgen geerbt und war zu einer führenden Persönlichkeit in der neuen Disziplin aufgestiegen, die sich Noetische Wissenschaften oder kurz Noetik nannte.

Das alles kommt mir spanisch vor, dachte Langdon erheitert, als er sich an Katherines erfolglose Bemühungen erinnerte, ihm auf einer Party im Haus ihres Bruders im Jahr zuvor das Wesen der Noetik zu erklären. Langdon hatte Katherine aufmerksam zugehört und anschließend gemeint: »Das klingt eher nach Magie als nach Wissenschaft.«

Katherine hatte ihm neckisch zugezwinkert. »Magie und Wissenschaft ähneln einander mehr, als du dir vielleicht vorstellen kannst, Robert.«

Peters Sekretär war wieder in der Leitung. »Es tut mir leid, Sir, Mr. Solomon versucht gerade, sich aus einem Konferenzgespräch zu verabschieden. Hier geht es heute Morgen ein wenig chaotisch zu.«

»Kein Problem, ich kann jederzeit zurückrufen.«

»Er hat mich gebeten, Sie über den Grund seiner Kontaktaufnahme zu informieren, Sir, falls Sie nichts dagegen haben.«

»Selbstverständlich nicht.«

Der Assistent atmete tief durch. »Wie Sie sicherlich wissen, veranstaltet der Vorstand der Smithsonian Institution jedes Jahr eine private Gala hier in Washington, um den großzügigsten Förderern zu danken. Viele bedeutende Persönlichkeiten des Landes sind als Gäste zugegen.«

Langdons eigenes Bankkonto wies zu wenig Nullen auf, als dass er zu den bedeutenden Persönlichkeiten des Landes gehört hätte, doch er fragte sich, ob Solomon ihn trotzdem einladen wollte.

»Wie üblich soll dem Dinner auch dieses Jahr eine Grundsatzrede vorausgehen«, fuhr der Sekretär fort. »Wir hatten das Glück, uns für diesen Anlass die National Statuary Hall zu sichern.«

Der beste Saal in ganz D.C., dachte Langdon und rief sich einen politischen Vortrag ins Gedächtnis, den er in dem beeindruckenden einstigen Sitzungssaal des Repräsentantenhauses besucht hatte. Den Anblick von fünfhundert Klappstühlen, in perfektem Kreisbogen aufgestellt und umgeben von achtunddreißig lebensgroßen Statuen, vergaß man nicht so schnell.

»Das Problem ist Folgendes«, fuhr der Sekretär fort. »Unsere Rednerin ist erkrankt und hat uns eben erst informiert, dass sie ihren Vortrag nicht halten kann.« Er zögerte verlegen. »Das bedeutet, wir brauchen dringend einen Ersatzredner. Mr. Solomon hofft, dass Sie vielleicht einspringen könnten.«

Langdon blinzelte überrascht. »Ich?« Damit hatte er ganz und gar nicht gerechnet. »Ich bin sicher, Peter findet einen besseren Ersatz als mich.«

»Sie sind zu bescheiden, Sir. Sie sind Mr. Solomons erste Wahl. Die Gäste wären fasziniert, sich Ihren Vortrag anhören zu dürfen. Mr. Solomon dachte an den gleichen Vortrag, den Sie vor einigen Jahren bei *Bookspan TV* gehalten haben. In diesem Fall müssten Sie kaum etwas vorbereiten. Er sagt, in Ihrer Rede sei es um die Symbole in der Architektur unserer Hauptstadt gegangen – was sich für den gegebenen Anlass wie geschaffen anhört.«

Langdon war sich da nicht so sicher. »Wenn ich mich recht entsinne, hatte der Vortrag mehr mit der freimaurerischen Geschichte der Stadt zu tun ...«

»Ganz recht, Sir. Wie Sie wissen, ist Mr. Solomon Freimaurer, genau wie viele seiner anwesenden Geschäftsfreunde, die sich bestimmt sehr freuen würden, Ihren Vortrag zu diesem Thema zu hören.«

Es wäre nicht allzu schwierig für mich ... Langdon hatte die Unterlagen sämtlicher Vorträge aufbewahrt, die er je gehalten hatte. »Gut, ich lasse es mir durch den Kopf gehen. Wann soll die Sache stattfinden?«

Der Assistent räusperte sich und klang mit einem Mal unbehaglich. »Nun ja, Sir, da liegt das Problem. Heute Abend.«

Langdon lachte ungläubig auf. »Heute Abend?«

»Deshalb geht es bei uns heute Morgen ja so hektisch zu. Die Smithsonian Institution ist in einer peinlichen Notlage ...« Der Assistent redete gehetzt weiter. »Mr. Solomon wäre bereit, einen Privatjet nach Boston zu schicken, um Sie abholen zu lassen. Der Flug dauert nur eine Stunde, und Sie wären noch vor Mitternacht wieder zu Hause. Sie kennen sich aus im privaten Terminal des Logan Airport von Boston?«

»Ja«, räumte Langdon zögernd ein. *Kein Wunder, dass Peter immer seinen Willen bekommt.*

»Wunderbar! Könnten Sie gegen ... sagen wir, siebzehn Uhr dort sein?«

»Sie lassen mir keine große Wahl, oder?« Langdon kicherte.

»Ich möchte nur, dass Mr. Solomon rundum zufrieden ist, Sir.«

Ich weiß, ging es Langdon durch den Kopf. *Peter hat diese Wirkung auf andere Menschen.* Er dachte einen Augenblick nach, sah aber keinen Ausweg. »Also schön. Sagen Sie ihm, ich bin einverstanden.«

»Großartig, Sir!«, stieß der Assistent erleichtert hervor. Er nannte Langdon die Registriernummer des Jets und versorgte ihn mit einigen weiteren Informationen.

Als Langdon auflegte, fragte er sich, ob Peter Solomon jemals ein Nein zur Antwort bekommen hatte.

Er ging in die Küche zurück und gab ein paar Bohnen extra in die Kaffeemühle. *Ein bisschen zusätzliches Koffein kann nicht schaden*, sagte er sich. *Vor mir liegt ein anstrengender Tag.*

Kapitel 4

Das U.S. Capitol Building erhebt sich majestätisch am östlichen Ende der National Mall auf einem Plateau, das der Stadtplaner Pierre L'Enfant als einen »Sockel« beschrieb, »der auf sein Monument wartet«. Das gewaltige Bauwerk misst etwa zweihundertdreißig Meter in der Länge und über einhundert Meter in der Breite. Auf einer Wohnfläche von fast fünfundsechzigtausend Quadratmetern gibt es die erstaunliche Zahl von fünfhunderteinundvierzig Zimmern. Die neoklassizistische Architektur spiegelt die Erhabenheit des alten Rom wider, dessen Ideale den amerikanischen Gründervätern Inspiration für die Formulierung der Gesetze und Maßstäbe der neuen Republik waren.

Die Sicherheitskontrollpunkte für Besucher des Kapitols befinden sich tief im Innern des im Jahre 2008 fertiggestellten unterirdischen Besucherzentrums unter einem gewaltigen Glasdach, das die Kuppel des Kapitols einzurahmen scheint.

Alfonso Nuñez, der neue Sicherheitsmann, musterte aufmerksam den männlichen Besucher, der sich dem Kontrollpunkt näherte. Der Mann mit dem kahl geschorenen Kopf hatte sich einige Zeit im Eingangsbereich aufgehalten und telefoniert. Sein rechter Arm steckte in einer Schlinge, und er humpelte. Er trug einen verschlissenen Armeemantel, was Nuñez in Verbindung mit dem rasierten Schädel zu der Annahme führte, einen Ex-Militär vor sich zu haben. Ehemalige Angehörige der Streitkräfte gehörten mit zu den häufigsten Besuchern von Washington, D.C.

»Guten Abend, Sir«, begrüßte Nuñez den Fremden gemäß den Vorschriften, nach denen jeder männliche Besucher, der das Gebäude allein betrat, direkt anzusprechen war.

»Hallo«, antwortete der Fremde mit einem flüchtigen Blick in den nahezu verlassenen Raum. »Ruhiger Abend heute.«

»Die Play-offs«, erwiderte Nuñez. »Alles sitzt vor den Flimmerkisten und schaut sich das Spiel der Redskins an.« Auch Nuñez hätte das Spiel gerne gesehen, doch es war sein erster Monat im neuen Job, und er hatte das kurze Streichholz gezogen. »Metallgegenstände bitte in die Schale, Sir.«

Unter Nuñez' aufmerksamen Blicken kramte der Besucher umständlich mit seiner gesunden Hand in den Taschen des langen Mantels. Der menschliche Instinkt neigt zur Nachsicht gegenüber Verletzten und Behinderten, doch Nuñez war ausgebildet, diesen Instinkt zu ignorieren.

Er wartete, als der Besucher das übliche Sammelsurium von Kleingeld und Schlüsseln und zwei Mobiltelefone aus den Manteltaschen kramte. »Verstaucht?«, fragte Nuñez, wobei er die Hand des Mannes musterte, die in einen dicken, elastischen Verband eingewickelt war.

Der Kahlköpfige nickte. »Bin vor einer Woche auf dem Eis ausgerutscht. Tut immer noch höllisch weh.«

»Das tut mir leid, Sir. Bitte, gehen Sie durch den Detektor.«

Als der Besucher durch den Torbogen humpelte, summte protestierend der Metalldetektor.

Der Mann runzelte die Stirn. »Das hatte ich befürchtet. Ich trage einen Ring unter dem Verband und konnte ihn nicht abziehen, weil der Finger zu dick geschwollen ist. Der Arzt hat den Verband darübergewickelt.«

»Kein Problem«, sagte Nuñez. »Ich nehme den Handdetektor.«

Er strich mit dem Gerät über die verbundene Hand des Besuchers. Wie erwartet war das einzige Metall ein großer Klumpen am verletzten Ringfinger. Nuñez nahm sich Zeit und strich über jeden Quadratzentimeter des Verbands und der Schlinge. Er wusste, dass sein Vorgesetzter wahrscheinlich im Sicherheitszentrum saß und ihn über die Kameras beobachtete, und Nuñez brauchte den Job. *Vorsicht ist besser als Nachsicht*, sagte er sich. Behutsam schob er den Detektor hinauf in die Schlinge.

Der Besucher zuckte schmerzerfüllt zusammen.

»Oh, das tut mir leid, Sir.«

»Schon gut«, sagte der Besucher. »Man kann heutzutage nicht vorsichtig genug sein.«

»Wahre Worte, Sir.« Der Mann war Nuñez sympathisch. Eigenartigerweise zählte das in diesem Job eine Menge. Menschlicher Instinkt war Amerikas erste Verteidigungslinie gegen den Terrorismus. Es ist erwiesen, dass kein elektronisches Gerät ein so treffsicherer Detektor für Gefahren ist wie die menschliche Intuition – die *Gabe der Angst*, wie es in einem der Handbücher für Sicherheitsleute heißt.

In diesem Fall spürte Nuñez nichts, was Angst in ihm geweckt hätte. Die einzige Merkwürdigkeit, die ihm bewusst wurde – jetzt, wo er und der Besucher einander so nah gegenüberstanden –, war die Selbstbräunungscreme oder Abdeckschminke, die dieser hart aussehende Bursche im Gesicht aufgetragen hatte. *Nun ja, wer läuft schon gerne leichenblass durch den Winter.*

»Alles in Ordnung«, sagte Nuñez, als er mit der Überprüfung fertig war und den Detektor beiseitelegte.

»Danke.« Der Mann machte sich daran, seine Habseligkeiten aus der Schale einzusammeln.

Dabei fiel Nuñez auf, dass die zwei Finger, die unten aus dem Verband lugten, tätowiert waren: Die Kuppe des Zeigefingers wies eine Krone auf, die des Daumens einen Stern. *Anscheinend hat heutzutage jeder Tattoos*, dachte Nuñez, auch wenn ihm die Fingerkuppen als besonders schmerzhafte Stellen für Tätowierungen erschienen. »Hat das nicht wehgetan?«

Der Besucher blickte auf seine Hand und schmunzelte. »Weniger, als Sie wahrscheinlich glauben.«

»Glück gehabt«, sagte Nuñez. »Ich hätte schreien können vor Schmerz, als ich mir im Ausbildungslager eine Meerjungfrau auf den Rücken habe stechen lassen.«

»Eine Meerjungfrau?« Der Kahlköpfige lachte leise.

»Ja«, gestand Nuñez. »Jugendlicher Leichtsinn.«

»Oh, den kenne ich«, entgegnete der Kahlköpfige. »Auch ich habe in meiner Jugend einen Fehler gemacht. Heute wache ich jeden Morgen mit ihr auf.«

Beide lachten; dann entfernte der Besucher sich ins Innere des Gebäudes.

Ein Kinderspiel, dachte Mal'akh, als er an Nuñez vorbeiging und die Rolltreppe hinauf in Richtung Kapitol fuhr. Die Kontrollen waren leichter zu überwinden gewesen, als er angenommen hatte. Mal'akhs gekrümmte Haltung und der ausgepolsterte Bauch hatten den Sicherheitsmann über seine wahre körperliche Verfassung hinweggetäuscht, und das Make-up im Gesicht und der Verband hatten die Tattoos verborgen, die seinen ganzen Körper bedeckten. Das wirklich Geniale jedoch war die Schlinge, die den gefährlichen Gegenstand verhüllte, den Mal'akh nun ins Gebäude schmuggelte.

Ein Geschenk – für den einen Menschen auf der Welt, der mir helfen kann, das zu finden, wonach ich suche.

Kapitel 5

Das größte und technologisch fortgeschrittenste Museum der Welt ist zugleich eines ihrer bestgehüteten Geheimnisse. Es beherbergt mehr Ausstellungsstücke als die Eremitage, die Vatikanischen Museen und das New York Metropolitan ... zusammen. Trotz dieser einzigartigen Sammlung erhält die Öffentlichkeit praktisch keinen Zutritt in die streng bewachten Mauern.

Das Museum befindet sich in der Silver Hill Road 4210, unmittelbar außerhalb von Washington, D.C. – ein gewaltiges, zickzackförmiges Gebilde aus fünf ineinander verschachtelten Magazinen, jedes einzelne größer als ein Fußballfeld. Die blau schimmernde metallene Fassade des Gebäudes verrät so gut wie nichts über das Fremdartige in seinem Innern – eine mehr als fünfzigtausend Quadratmeter große unirdische Welt, die eine »Todeszone«, ein »Feuchtbiotop« – das Präparatelager – und fast zwanzig Kilometer Lagerregale und -schränke enthält.

An diesem Abend war Katherine Solomon von innerer Unruhe erfüllt, als sie sich in ihrem weißen Volvo dem Sicherheitstor des Gebäudes näherte.

Der Wachmann lächelte. »Kein Football-Fan, Miss Solomon?« Er drehte die Lautstärke herunter. Das Vorprogramm lief; die Übertragung des eigentlichen Spiels hatte noch nicht begonnen.

Katherine zwang sich zu einem Lächeln. »Es ist Sonntagabend.«

Der Wachmann wurde ernst. »Ja, richtig. Ihr Meeting.«

»Ist er schon da?«, fragte sie nervös.

Der Wachmann warf einen Blick auf seine Liste. »Im Journal ist nichts eingetragen.«

»Ich bin früh dran.« Katherine winkte freundlich und fuhr über die gewundene Zufahrtsstraße bis zu ihrem gewohnten Platz im Untergeschoss des kleinen zweistöckigen Parkhauses. Dort sammelte sie ihre Sachen ein und warf einen raschen Blick in den Innenspiegel, um ihr Make-up zu überprüfen – mehr aus alter Gewohnheit als aus irgendeinem anderen Grund.

Katherine Solomon war mit der straffen Haut ihrer mediterranen Vorfahren gesegnet, und ihre bronzefarbenen Gesichtszüge waren trotz ihrer fünfzig Jahre noch glatt und jugendlich. Sie benutzte kaum Schminke und trug das dichte, schwarze Haar lang und offen. Wie ihr älterer Bruder Peter besaß sie graue Augen und eine schlanke, patrizierhafte Eleganz.

Ihr könntet Zwillinge sein, hatten die Leute oft zu ihr und Peter gesagt.

Katherines Vater war an Krebs gestorben, als sie gerade sieben Jahre alt gewesen war, und ihre Erinnerungen an ihn waren blass und nebelhaft. Ihr Bruder, acht Jahre älter und damals kaum fünfzehn, hatte das schwere Erbe angetreten und war viel früher zum Patriarchen des Solomon-Clans herangereift, als irgendjemand sich je hätte träumen lassen. Wie nicht anders zu erwarten, war Peter mit jener Kraft und Würde in diese Rolle geschlüpft, die einem Solomon angemessen war. Außerdem wachte er bis zum heutigen Tag so aufmerksam über seine Schwester, als wären sie immer noch Kinder.

Obwohl nie ein Mangel an Bewerbern geherrscht hatte – und trotz gelegentlicher Aufmunterungen durch Peter –, hatte Katherine nie geheiratet. Die Wissenschaft war ihr Lebenspartner geworden, und ihre Arbeit hatte sich als erfüllender und faszinierender erwiesen, als ein Mann es je hätte sein können. Katherine bedauerte nichts.

Ihr gewähltes Fachgebiet, die Noetik, war so gut wie unbekannt gewesen, als sie zum ersten Mal davon gehört hatte, doch in den vergangenen Jahren hatte diese Wissenschaft neue Türen aufgestoßen und zum Verständnis der Kraft des menschlichen Geistes beigetragen.

Unser brachliegendes Potenzial ist wahrhaft atemberaubend.

Katherine hatte zwei Bücher über Noetik verfasst und sich als führende Persönlichkeit auf diesem obskuren Gebiet etabliert, doch ihre jüngsten Entdeckungen versprachen, die Noetischen Wissenschaften zu einem der wichtigsten Gesprächsthemen weltweit zu machen, sobald die Forschungsergebnisse veröffentlicht waren.

Doch an diesem Abend hatte Katherine alles andere als die Wissenschaft im Kopf. Im Lauf des Tages waren ihr höchst beunruhigende Informationen über ihren Bruder bekannt geworden. Sie hatte den ganzen Nachmittag an nichts anderes denken können.

Ich kann immer noch nicht glauben, dass es wahr ist.

Katherine nahm ihre Tasche und wollte aussteigen, als ihr Handy summte. Sie warf einen Blick auf das Display und atmete tief ein.

Dann schob sie sich die Haare aus der Stirn und nahm das Gespräch entgegen.

Zehn Kilometer entfernt bewegte Mal'akh sich durch die Flure des Kapitols, ein Mobiltelefon am Ohr, während er geduldig darauf wartete, dass am anderen Ende abgenommen wurde.

Endlich meldete sich eine Frauenstimme. »Ja?«

»Wir müssen uns wieder treffen«, sagte Mal'akh.

Eine lange Pause entstand. »Ist alles in Ordnung?«

»Ich habe neue Informationen«, sagte Mal'akh.

»Sprechen Sie.«

Mal'akh atmete durch. »Das, wovon Ihr Bruder glaubt, dass es in Washington verborgen ist ...«

»Ja?«

»Es kann gefunden werden.«

Katherines Stimme klang ungläubig. »Heißt das, es ist ... *real?*«

Mal'akh grinste in sich hinein. »Manchmal überdauert eine Legende Jahrhunderte, und sie überdauert diese lange Zeit aus einem ganz bestimmten Grund.«

Kapitel 6

Näher kommen Sie nicht heran?« Robert Langdon wurde nervös, als sein Fahrer in der First Street hielt, gut fünfhundert Meter vom Kapitol entfernt.

»Ich fürchte nein«, sagte der Fahrer. »Sperrgebiet. In der Nähe bekannter Bauwerke sind keine Fahrzeuge erlaubt. Tut mir leid, Sir.«

Langdon blickte auf die Uhr und stellte erstaunt fest, dass es bereits zehn vor sieben war. Eine Baustelle auf der National Mall hatte sie aufgehalten. Sein Vortrag sollte in zehn Minuten beginnen.

»Das Wetter wird schlecht«, meinte der Fahrer, stieg aus und öffnete Langdon die Tür. »Sie sollten sich beeilen.« Langdon griff nach seiner Brieftasche, doch der Mann winkte ab. »Ihr Gastgeber hat mir bereits ein großzügiges Trinkgeld auf den Fahrpreis draufgelegt.«

Typisch Peter, dachte Langdon, während er seine Sachen zusammensuchte. »Okay, danke fürs Mitnehmen.«

Die ersten Regentropfen fielen, als Langdon in den leicht geschwungenen Weg einbog, der hinunter zu dem neuen »unterirdischen« Besuchereingang führte.

Das Besucherzentrum des Kapitols hatte sich als kostspieliges und heiß umstrittenes Projekt erwiesen. Angeblich bot die unterirdische »Stadt« auf mehr als fünfzigtausend Quadratmetern Platz für Ausstellungen, Restaurants und Versammlungshallen und machte in Teilen sogar Disney World Konkurrenz.

Langdon hatte sich darauf gefreut, das Center einmal mit eigenen Augen zu sehen, obwohl er nicht geahnt hatte, dass der Weg dorthin so lang war. Der Himmel war düster, und es nieselte. Langdon schritt schneller aus und verfiel in einen leichten Trab, obwohl seine Slipper auf dem nassen Beton kaum Halt boten. *Ich bin für einen Vortrag gekleidet, nicht für einen 400-Meter-Lauf bergab bei Regen!*

Als er sein Ziel erreichte, war er außer Atem und keuchte schwer. Er schob sich durch die Drehtür und blieb einen Moment im Foyer stehen, um Luft zu holen und abzuwarten, bis sein Puls sich beruhigt hatte. Währenddessen ließ er den Blick über die erst vor Kurzem fertiggestellte Anlage schweifen.

Das Besucherzentrum war ganz anders, als er es erwartet hatte. Da es unterirdisch lag, hatte Langdon seinem Besuch mit eher gemischten Gefühlen entgegengesehen. Seit seiner Kindheit, als er in einen Brunnenschacht gestürzt war und eine Nacht hilflos darin verbringen musste, litt er unter einer beinahe lähmenden Angst vor beengten, geschlossenen Räumen. Doch die Halle, vor der er nun stand, war groß, luftig und weitläufig.

Das Dach bestand aus einer riesigen Glasfläche mit einer Reihe beeindruckender Lichtinstallationen, die einen gedämpften Schimmer auf die perlmuttfarbenen Innenausbauten warfen.

Normalerweise hätte Langdon sich viel Zeit genommen, um die Architektur zu bewundern, aber da ihm nur fünf Minuten bis zum Vortrag blieben, riss er den Blick los und eilte zur Sicherheitskontrolle und zu den Rolltreppen. *Nur die Ruhe*, versuchte er sich zu beruhigen. *Peter weiß, dass du unterwegs bist. Sie werden nicht ohne dich anfangen.*

An der Sicherheitskontrolle sprach ihn ein junger hispanischer Wachmann im Plauderton an, während Langdon seine Taschen leerte und seine altmodische Uhr ablegte.

»Micky Maus?«, fragte der Wachmann amüsiert.

Langdon nickte. Er war an derartige Kommentare gewöhnt. Die Uhr, eine original Micky-Maus-Uhr, war ein Geschenk seiner Eltern zu seinem neunten Geburtstag gewesen. »Sie soll mich daran erinnern, langsamer zu machen und das Leben nicht ganz so ernst zu nehmen.«

»Das scheint aber nicht zu funktionieren«, meinte der Wachmann lächelnd. »Sie sehen aus, als hätten Sie's furchtbar eilig.«

Langdon erwiderte das Lächeln und schob seine Umhängetasche in den Detektor. »Wie komme ich zur Statuary Hall?«

Der Mann deutete auf die Rolltreppen. »Ist ausgeschildert.«

»Danke.« Langdon nahm seine Tasche vom Förderband und eilte weiter.

Als er auf der Rolltreppe nach oben fuhr, atmete er tief durch und versuchte sich zu sammeln. Er hob den Blick und schaute durch das regennasse Glasdach, hinter dem sich die gewaltige Kuppel des angestrahlten Kapitols abzeichnete. Es war ein atemberaubendes Bauwerk. Auf der Spitze der Kuppel, in gut einhundert Metern Höhe, erhob sich die Freiheitsstatue und blickte wie eine geisterhafte Schildwache hinaus in die nebelverhangene Dunkelheit. Langdon war es schon immer wie Hohn vorgekommen, dass die Arbeiter, die jedes einzelne Stück der über sechs Meter großen Bronzestatue auf den Tragstein geschleppt hatten, Sklaven gewesen waren – eines der Geheimnisse des Kapitols, das selten Eingang in den Geschichtsunterricht fand.

Tatsächlich war das ganze Gebäude eine Fundgrube bizarrer und mysteriöser Geschichten, einschließlich der »Killer-Badewanne«, in der angeblich Vizepräsident Henry Wilson ermordet worden war. Außerdem gab es eine Treppe mit einem Blutfleck, der nicht verschwinden wollte und über den zahllose Besucher zu stolpern neigten, sowie einen versiegelten Kellerraum, in dem Arbeiter im Jahre 1930 das vor langer Zeit verstorbene, ausgestopfte Pferd General John Alexander Logans entdeckt hatten.

Doch keine Legende hatte sich so lange gehalten wie die, dass dreizehn verschiedene Gespenster das Kapitol unsicher machten. Angeblich wandelte der Geist seines Architekten Pierre L'Enfant durch die Hallen und Gänge und forderte, dass endlich seine Rechnungen beglichen wurden, die seit mehr als zweihundert Jahren fällig waren. Auch den Geist eines Arbeiters, der während der Bauphase von der Kuppel des Kapitols gestürzt war, wollten Zeugen durch die Gänge wandeln gesehen haben, in der Hand einen Korb mit Werkzeugen. Und dann gab es noch zahllose Berichte über die berühmteste aller Erscheinungen im Keller des Kapitols: eine schwarze Geisterkatze, die durch das unterirdische Labyrinth von Korridoren, Durchgängen und Alkoven strich.

Langdon verließ die Rolltreppe und blickte erneut auf die Uhr. *Drei Minuten.* Er eilte den breiten Flur hinunter und folgte den Hinweisschildern zur Statuary Hall, wobei er in Gedanken noch einmal die Sätze durchging, mit denen er seine Rede eröffnen wollte. Peters Assistent hatte auf jeden Fall recht gehabt: Das Thema seines Vortrags passte perfekt zu Washington, D.C., und zu einem Gastgeber, der ein bedeutender Freimaurer war.

Es war kein Geheimnis, dass die amerikanische Hauptstadt eine vielfältige freimaurerische Geschichte besaß. Selbst der Grundstein des Kapitols war im Rahmen einer Freimaurerzeremonie von George Washington persönlich gelegt worden. Die Stadt war von Meistern des Ordens entworfen worden: George Washington selbst, Benjamin Franklin und Pierre L'Enfant – große Geister, die ihre neue Hauptstadt mit den Symbolen, der Architektur und der Kunst der Freimaurer schmückten.

Und genau diese Symbole bringen die Leute auf die seltsamsten Gedanken.

Viele Verschwörungstheoretiker behaupteten, die Gründungsväter aus den Reihen der Freimaurer hätten in ganz Washington machtvolle Geheimnisse versteckt, zusammen mit verschlüsselten

Botschaften, die sich im Straßenplan der Stadt verbargen. Langdon hatte so etwas nie ernst genommen. Fehlinformationen über die Freimaurer waren so sehr verbreitet, dass selbst gebildete Harvard-Studenten seltsam verdrehte Vorstellungen über die Bruderschaft zu haben schienen.

Letztes Jahr war ein Erstsemester mit weit aufgerissenen Augen in Langdons Hörsaal gestürmt, einen Ausdruck aus dem Internet in der Hand. Es war eine Straßenkarte von Washington, auf der mehrere Straßenzüge hervorgehoben waren, sodass sich bestimmte Umrisse ergaben: satanische Pentagramme, Winkel und Zirkel eines Freimaurers, der Kopf des Baphomet – angeblich alles Beweise dafür, dass jene Freimaurer, die Washington entworfen hatten, in mysteriöse, dunkle Verschwörungen verwickelt gewesen waren.

»Interessant«, hatte Langdon gesagt, »aber wenig überzeugend. Sie müssen nur genügend Linien zeichnen, dann können Sie auf jeder beliebigen Karte alle möglichen Umrisse erkennen.«

»Aber das kann kein Zufall sein!«, behauptete der junge Mann.

Geduldig führte Langdon dem Studenten vor, dass sich auf einer Straßenkarte von Detroit exakt dieselben Linien einzeichnen ließen.

Der junge Mann schien bitter enttäuscht.

»Lassen Sie sich nicht entmutigen«, meinte Langdon. »Washington birgt tatsächlich einige Geheimnisse, nur nicht auf dieser Straßenkarte.«

Der junge Mann horchte auf. »Geheimnisse? Welche, zum Beispiel?«

»In jedem Frühjahr halte ich eine Vorlesung über sogenannte okkulte Symbole. Darin ist viel von Washington die Rede. Sie sollten sich dafür einschreiben.«

»*Okkulte* Symbole!« Der Student war wieder ganz aufgeregt. »Also gibt es doch teuflische Zeichen in D.C.!«

Langdon lächelte. »Tut mir leid, aber das Wort ›okkult‹ bedeutet eigentlich nichts anderes als ›versteckt‹ oder ›verborgen‹, auch wenn es Bilder von Teufelsanbetern heraufbeschwört. In Zeiten religiöser Unterdrückung musste Wissen, das gegen die Doktrinen verstieß, verborgen gehalten werden. Und da die Kirche sich dadurch bedroht fühlte, definierte sie ›okkult‹ als ›böse‹ und ›teuflisch‹. Dieses Vorurteil hat sich bis heute gehalten.«

»Oh …« Der Junge sank regelrecht in sich zusammen.

Dennoch entdeckte Langdon den jungen Mann im darauffolgenden Frühjahr in der ersten Reihe, als gut fünfhundert Studenten in das Sanders-Theater strömten, einen altehrwürdigen, mit knarzenden Holzbänken ausstaffierten Hörsaal der Harvard University.

»Guten Morgen allerseits«, rief Langdon vom großflächigen Podium in die Runde. Er schaltete einen Diaprojektor an, und hinter ihm erschien ein Bild. »Während Sie sich setzen, möchte ich Sie fragen: Wer von Ihnen erkennt das Gebäude auf diesem Bild?«

»Das Kapitol!«, erklangen Dutzende von Stimmen gleichzeitig. »Washington, D.C.«

»Richtig. In dieser Kuppel stecken über viertausend Tonnen Schmiedeeisen. Für die 1850er-Jahre ein unvergleichliches architektonisches Meisterwerk.«

»Cool«, rief jemand.

Langdon verdrehte die Augen und wünschte sich, jemand würde solche Worte endlich verbieten. »Wie viele von Ihnen waren schon einmal in Washington?«

Vereinzelt wurden Hände gehoben.

»Mehr nicht?« Langdon tat überrascht. »Und wie viele von Ihnen waren bereits in Rom, Paris, Madrid oder London?«

Diesmal hoben fast alle im Saal die Hand.

Wie üblich. Zum Initiationsritus der amerikanischen College-Studenten gehörte unweigerlich ein Sommeraufenthalt mit einem Interrailticket in Europa, bevor der blutige Ernst des Lebens begann. »Es sieht ganz so aus, als hätten mehr von Ihnen Europa besucht als die

Hauptstadt der Vereinigten Staaten. Wie kommt das? Was meinen Sie?«

»In Europa gibt's keine Altersbeschränkung für Alkoholverkauf!«, rief jemand aus der letzten Reihe.

Langdon lächelte erneut. »Als würde das hiesige Verbot irgendjemanden davon abhalten, sich einen hinter die Binde zu kippen, wenn ihm danach ist…«

Alle lachten.

Es war der erste Vorlesungstag, und die Studenten brauchten länger als sonst, um ihre Plätze zu finden und sich einzurichten. Die Holzbänke knarzten und quietschten pausenlos. Langdon genoss es, seine Vorlesungen in diesem Hörsaal zu halten, weil er schon am Geräusch erkannte, ob seine Zuhörer aufmerksam waren oder nicht.

»Ernsthaft«, meinte er. »Washington zählt zu den Städten mit der weltweit schönsten Architektur. Es gibt bedeutende Kunstwerke und unzählige Symbole. Warum also in die Ferne schweifen, statt die eigene Hauptstadt zu besuchen?«

»Die Bruchbuden in Europa sind cooler«, rief jemand.

»Mit ›Bruchbuden‹«, stellte Langdon klar, »meinen Sie vermutlich Burgen, Grabgewölbe, Tempel und Ähnliches?«

Allgemeines Nicken.

»Okay. Was würden Sie sagen, wenn ich Ihnen verrate, dass Washington dies alles zu bieten hat? Burgen, Grabgewölbe, Pyramiden, Tempel…«

Das Quietschen der Bänke wurde leiser.

»Freunde«, fuhr Langdon fort, wobei er die Stimme senkte und an den Rand des Podiums trat, »in der nächsten Stunde werden Sie erfahren, dass die USA eine Fülle von Geheimnissen zu bieten haben und dass vieles von ihrer Historie im Verborgenen schlummert. Und genau wie in Europa sind die interessantesten Geheimnisse so versteckt, dass sie im Grunde für jeden deutlich zu sehen sind.«

Nun knarzte keine einzige Bank mehr.

Jetzt habe ich euch.

Langdon dimmte die Beleuchtung und projizierte das zweite Bild an die Wand. »Wer von Ihnen kann mir sagen, was George Washington hier tut?«

Alle blickten auf die Projektion eines berühmten Wandgemäldes, das George Washington in vollem Ornat mit Freimaurerschürze vor einer merkwürdig aussehenden Vorrichtung zeigte – einem gewaltigen hölzernen Dreibein mit einem Flaschenzug, an dem ein massiver Steinquader hing. Um Washington herum stand eine Gruppe elegant gekleideter Zuschauer.

»George Washington hebt mit dieser Vorrichtung den Steinbrocken hoch ...?«, riet jemand.

Langdon schwieg, während er darauf wartete, dass einer der Studenten – falls möglich – eine bessere Antwort parat hatte.

»Ich glaube eher«, meldete sich ein anderer Zuhörer, »dass Washington den Stein *hinabsenkt*. Er trägt eine Freimaurerschürze. Ich

GEORGE WASHINGTON, DER IM FREIMAURER-ORNAT DEN GRUND-
STEIN FÜR DAS KAPITOL LEGT

habe schon andere Bilder von Freimaurern bei Grundsteinlegungen gesehen. Bei der Zeremonie wurde jedes Mal ein solches Dreibein benutzt, um den ersten Stein abzusenken.«

»Ausgezeichnet«, sagte Langdon. »Das Wandgemälde zeigt die Gründerväter unseres Landes, wie sie am 18. September 1793, zwischen 11.15 Uhr und 12.30 Uhr, mit einem Dreibein und einem Flaschenzug den Grundstein für das Kapitol legen.« Langdon hielt inne und ließ den Blick durch den Saal schweifen. »Kann mir jemand sagen, was dieses Datum und diese Uhrzeit bedeuten?«

Schweigen.

»Und wenn ich Ihnen verrate, dass exakt dieser Zeitpunkt von drei berühmten Freimaurern gewählt wurde: George Washington, Benjamin Franklin und Pierre L'Enfant, dem verantwortlichen Architekten für Washington, D.C.?«

Das Schweigen hielt an.

»Ganz einfach. Der Grundstein wurde an diesem Tag und zu dieser Uhrzeit gelegt, weil – unter anderem – der Caput Draconis im Sternbild der Jungfrau stand.«

Die Studenten wechselten verblüffte Blicke.

»Moment, bitte«, meinte jemand. »Reden Sie von *Astrologie?*«

»Genau. Wenn auch von einer anderen Astrologie als der, die wir heute kennen.«

Jemand hob die Hand. »Sie behaupten also, die Gründerväter hätten an Astrologie geglaubt?«

Langdon grinste. »Volltreffer. Was würden Sie sagen, wenn ich Ihnen verrate, dass in der Architektur Washingtons mehr astrologische Zeichen versteckt sind als in jeder anderen Stadt der Welt? Tierkreiszeichen, Sternendiagramme, Grundsteine, die zu ganz bestimmten astrologischen Zeitpunkten gesetzt wurden … Mehr als die Hälfte der Männer, die unsere Verfassung entworfen haben, waren Freimaurer, die fest daran glaubten, dass das Schicksal und die Sterne miteinander verknüpft sind. Es waren Männer, die die Anordnung am Himmelszelt bei der Errichtung ihrer neuen Welt sehr genau beachtet haben.«

»Aber wen kümmert es, dass der Drachenkopf im Sternbild der Jungfrau stand, als der Grundstein des Kapitols gelegt wurde? Kann das nicht bloß Zufall sein?«

»Ein merkwürdiger Zufall, wenn man bedenkt, dass die Grundsteine der drei Gebäude, die das sogenannte Federal Triangle bilden – das Kapitol, das Weiße Haus und das Washington-Denkmal –, zwar in verschiedenen Jahren, aber zu *exakt* dem gleichen astrologischen Zeitpunkt gelegt wurden.«

Langdon blickte in Dutzende erstaunter Mienen. Einige Studenten senkten die Köpfe und machten sich Notizen.

Weiter hinten hob jemand die Hand. »Warum hat man das gemacht?«

Langdon lachte leise. »Für die Antwort auf diese Frage bräuchte man ein ganzes Semester. Wenn es Sie interessiert, sollten Sie meinen Kurs über Mystizismus belegen. Offen gestanden glaube ich nicht, dass Sie emotional schon reif genug sind, um die Antwort zu verkraften.«

»Probieren Sie's aus!«, rief jemand.

Langdon tat so, als würde er ernsthaft darüber nachdenken, und schüttelte dann den Kopf. »Tut mir leid, das darf ich nicht. Unter Ihnen sind einige Erstsemester. Ich fürchte, die Antwort könnte sie in den Wahnsinn treiben.«

»Los doch!«, forderte der ganze Saal.

Langdon zuckte mit den Schultern. »Vielleicht sollten Sie den Freimaurern oder dem Stern des Ostens beitreten, um es aus erster Hand zu erfahren.«

»Wie denn?«, meinte ein junger Mann. »Die Freimaurer sind eine supergeheime Gesellschaft.«

»Supergeheim? Tatsächlich?« Langdon musste an den großen Freimaurerring denken, den Peter Solomon stolz an der rechten

Hand trug. »Warum tragen Freimaurer dann für jedermann sichtbar Ringe, Krawatten- oder Anstecknadeln? Warum sind die Gebäude von Freimaurern so deutlich gekennzeichnet? Warum steht es im Internet und in der Zeitung, wann ihre Zusammenkünfte stattfinden?« Langdon lächelte, als er die verwirrten Gesichter sah. »Die Freimaurer sind keine Geheimgesellschaft, sondern eine Gesellschaft mit Geheimnissen.«

»Das ist dasselbe«, meinte jemand.

»Wirklich? Würden Sie die Coca-Cola-Company als Geheimgesellschaft bezeichnen?«

»Natürlich nicht«, erwiderte der Student.

»Nun, was würde wohl passieren, wenn Sie zum Hauptsitz des Unternehmens gehen, an die Tür klopfen und nach dem Rezept für Coca-Cola fragen?«

»Das würde man mir nie verraten!«

»Ja, eben. Um das größte Geheimnis von Coca-Cola zu erfahren, müssten Sie ins Unternehmen eintreten, lange Jahre dort arbeiten, beweisen, dass Sie vertrauenswürdig sind und in der Hierarchie der Firma aufsteigen, bis man schließlich das große Geheimnis mit Ihnen teilt. Und dann würde man Sie zum Schweigen verpflichten.«

»Sie behaupten also, die Freimaurer wären so etwas wie ein Unternehmen?«

»Nur insofern, als sie eine strikte Hierarchie besitzen und Geheimnisse sehr ernst nehmen.«

»Mein Onkel ist Freimaurer«, meldete sich eine junge Frau zu Wort. »Meiner Tante ist das gar nicht recht, weil er nicht mit ihr darüber redet. Sie sagt, die Freimaurerei wäre irgendeine Art von seltsamer Religion.«

»Ein weitverbreitetes Missverständnis.«

»Wieso?«

»Wenden wir den Lackmustest an«, erwiderte Langdon. »Wer

von Ihnen hat Professor Witherspoons Kurs in Vergleichender Religionswissenschaft belegt?«

Mehrere Studenten hoben die Hände.

»Gut. Können Sie mir die drei Voraussetzungen nennen, die es braucht, um aus einer Ideologie eine Religion zu formen?«

»VGB«, meldete eine Frau sich zu Wort. »Versprechen, glauben, bekehren.«

»Richtig«, bestätigte Langdon. »Religionen *versprechen* Erlösung, *glauben* an eine ausgefeilte Lehre und *bekehren* Ungläubige.« Er hielt inne. »Nichts davon trifft auf die Freimaurerei zu. Freimaurer versprechen keine Erlösung, sie besitzen keine bestimmte Glaubenslehre und versuchen auch nicht, Menschen zu bekehren. Um genau zu sein: Diskussionen über Religion sind innerhalb der Logen verboten.«

»Die Freimaurerei wendet sich *gegen* die Religion?«

»Im Gegenteil. Eine der Voraussetzungen, Freimaurer zu werden, ist der Glaube an eine höhere Macht. Freimaurerische Spiritualität unterscheidet sich von der institutionalisierter Religionen insofern, als Freimaurer diese höhere Macht nicht näher definieren und ihr keinen Namen geben. Statt ihr eine definitive theologische Identität wie Gott, Allah, Buddha oder Jesus zu verleihen, benutzen die Freimaurer eher allgemeine Begriffe wie ›Oberstes Wesen‹ oder ›Allmächtiger Baumeister aller Welten‹. Deshalb können Freimaurer unterschiedlichster Religionszugehörigkeit zusammenkommen.«

»Hört sich ein bisschen weit hergeholt an«, sagte jemand.

»Oder einfach nur erfrischend aufgeschlossen?«, bot Langdon an. »In einem Zeitalter, in dem sich die unterschiedlichsten Völker gegenseitig umbringen, weil sie darüber streiten, wessen Definition von Gott die bessere ist, könnte man sagen, dass die Tradition der Toleranz und Aufgeschlossenheit, wie sie von den Freimaurern propagiert wird, eher empfehlenswert ist.« Langdon ging auf dem Podium auf und ab. »Außerdem steht die Freimaurerei Menschen sämtlicher Rassen, Hautfarben und Glaubensrichtungen offen. Die Freimaurer sind eine spirituelle Bruderschaft, die keine Diskriminierung kennt.«

»Keine Diskriminierung?« Eine Vertreterin des Women's Center der Universität erhob sich. »Wie viele Frauen sind denn bei den Freimaurern zugelassen, Professor Langdon?«

Langdon hob kapitulierend die Hände. »Treffer. Ursprünglich liegen die Wurzeln der Freimaurerei in den Gilden der europäischen Steinhauer, und sie war von daher traditionell eine Organisation von Männern. Vor ungefähr zweihundert Jahren – mitunter wird sogar behauptet, bereits im Jahre 1703 – wurde ein Frauenorden gegründet, genannt Stern des Ostens. Er hat mehr als eine Million weibliche Mitglieder.«

»Dennoch«, sagte die Frau, »ist die Freimaurerei eine mächtige Organisation, von der Frauen ausgeschlossen sind.«

Langdon war sich nicht sicher, wie *mächtig* die Freimaurer heutzutage wirklich noch waren, und er war nicht gewillt, sich auf dieses Glatteis zu begeben. Das Bild der modernen Freimaurer reichte von Gruppen harmloser alter Herren, die sich gerne verkleideten, bis hin zu den Intrigen abgefeimter Spitzenmanager, die heimlich aus dem Untergrund die Welt regierten. Die Wahrheit lag ohne Zweifel – wie immer – irgendwo in der Mitte.

»Professor Langdon«, meldete sich ein junger Mann mit lockigen Haaren, der in der letzten Reihe saß, »wenn die Freimaurerei keine Geheimgesellschaft ist, kein Unternehmen und keine Religion, was ist sie dann?«

»Nun, würden Sie einen Freimaurer fragen, würde er Ihnen antworten: Die Freimaurerei ist ein System moralischer Werte, das von Allegorien verschleiert und durch Symbole erklärt wird.«

»Hört sich für mich nach einem Euphemismus für ›eigenartigen Kult‹ an.«

»*Eigenartig*, sagen Sie?«

»Ja, verdammt!«, rief der junge Mann und stand auf. »Ich habe gehört, was sie an diesen geheimen Versammlungsorten so alles treiben! Merkwürdige Rituale bei Kerzenschein mit Särgen und Schlingen. Und sie trinken Wein aus Totenschädeln. *Das* nenne ich eigenartig!«

Langdon ließ den Blick über die Gesichter der Studenten schweifen. »Hört sich das für noch jemanden eigenartig an?«

»Ja!«, antworteten mehrere Stimmen gleichzeitig.

Langdon tat so, als seufzte er aus vollem Herzen. »Das ist schlecht. Wenn Ihnen *das* schon eigenartig vorkommt, werden Sie *meinem* Kult wohl nie beitreten wollen.«

Erneut breitete sich Stille im Saal aus. Die Studentin aus dem Women's Center schien sich nicht wohl in ihrer Haut zu fühlen. »*Sie* sind Mitglied eines Kults?«

Langdon nickte und senkte die Stimme zu einem verschwörerischen Flüstern. »Verraten Sie es niemandem, aber am Tag des heidnischen Sonnengottes Ra knie ich mich vor ein altertümliches Folterinstrument und verspeise auf symbolische Weise Fleisch und Blut.«

Schockiertes Schweigen im Hörsaal.

Langdon zuckte die Schultern. »Und falls sich jemand von Ihnen zu mir gesellen möchte, kommen Sie am Sonntag in die Harvard Chapel, knien Sie sich neben mir unter das Kruzifix und teilen Sie mit mir die heilige Kommunion.«

Die Studenten schwiegen noch immer.

Langdon zwinkerte ihnen zu. »Bleiben Sie unvoreingenommen, meine Freunde. Wir alle fürchten uns vor dem, was wir nicht verstehen.«

Sieben Glockenschläge hallten über die Gänge des Kapitols.

Robert Langdon rannte über den Verbindungskorridor. *So viel zum Thema dramatischer Auftritt!* Er entdeckte den Eingang zur National Statuary Hall und hielt darauf zu.

Als er sich der Tür näherte, verlangsamte er das Tempo, bis er nur noch lässig daherschritt. Er atmete mehrmals tief durch, knöpfte sein Jackett zu, strich sich das Haar zurück und bog genau in dem Augenblick um die Ecke, als der letzte Schlag der Uhr verklang.

Showtime.

Als Professor Robert Langdon die National Statuary Hall betrat, hob er den Blick und lächelte freundlich. Doch Augenblicke später war sein Lächeln verschwunden. Er blieb wie angewurzelt stehen.

Irgendetwas stimmte nicht. Irgendetwas stimmte ganz und gar nicht.

Kapitel 7

*K*atherine Solomon eilte im kalten Regen über den Parkplatz und wünschte sich, sie hätte sich mehr angezogen als Jeans und Kaschmirpulli. Je näher sie dem Haupteingang kam, umso deutlicher war das Brausen der großen Luftaufbereiter zu hören. Katherine nahm es kaum wahr, denn ihr klingelten noch die Ohren von dem Telefonanruf, den sie soeben erhalten hatte.

Das, wovon Ihr Bruder glaubt, dass es in Washington verborgen ist… Es kann gefunden werden.

Katherine fand diese Vorstellung unglaublich. Sie und der Anrufer hatten noch viel zu besprechen und vereinbart, dies später am Abend zu tun.

Als sie bei der Tür ankam, verspürte sie dieselbe Aufregung wie jedes Mal, wenn sie dieses riesige Gebäude betrat. *Niemand weiß, dass es diesen Ort hier gibt.*

Auf der Tür stand:

SMITHSONIAN MUSEUM SUPPORT CENTER
(SMSC)

Die Smithsonian Institution verfügte zwar über mehr als ein Dutzend Museen an der National Mall, besaß aber eine so große Sammlung, dass nur zwei Prozent davon ausgestellt werden konnten. Die restlichen achtundneunzig Prozent waren eingelagert. Und dieses Lager befand sich *hier.*

In dem Gebäude war – wenig überraschend – eine erstaunliche Vielfalt an Sammlungsstücken untergebracht: riesige Buddhas, alte Handschriften, Giftpfeile aus Neuguinea, juwelenbesetzte Messer, ein Kajak aus Fischbein. Nicht weniger staunenswert waren die naturkundlichen Schätze: Skelette von Plesiosauriern, eine einzigartige Meteoritensammlung, ein Riesenkalmar, sogar eine Anzahl Elefantenschädel, die Teddy Roosevelt von einer Safari aus Afrika mitgebracht hatte.

Aber das alles war nicht der Grund, weshalb der Vorsitzende, Peter Solomon, seine Schwester vor drei Jahren ins SMSC hineingebracht hatte. Sie sollte sich keine Wunderdinge anschauen, sondern selbst welche erschaffen. Und genau das hatte Katherine seitdem getan.

Tief im Innern des Gebäudes, im abgelegensten Teil, befand sich ein kleines wissenschaftliches Labor, das auf der Welt einzigartig war. Der neueste Durchbruch, der Katherine dort auf dem Gebiet der Noetik gelungen war, hatte Auswirkungen auf sämtliche wissenschaftlichen Disziplinen, von der Physik über die Geschichtsforschung bis zur Philosophie und Religionswissenschaft.

Bald wird sich alles ändern.

Als Katherine die Eingangshalle betrat, ließ der Wachmann an der Rezeption hastig sein Radio verschwinden und zog sich die Ohrstöpsel heraus. »Miss Solomon!« Er lächelte breit.

»Wie steht's bei den Redskins?«

Er wurde rot und machte ein verlegenes Gesicht. »Da läuft noch das Vorprogramm.«

Katherine lächelte. »Ich werde es keinem verraten.« Sie ging zum Metalldetektor und leerte ihre Taschen. Als sie ihre goldene Cartier vom Handgelenk streifte, überkam sie wie jedes Mal ein Anflug von Traurigkeit. Katherine hatte diese Uhr zum achtzehnten Geburtstag von ihrer Mutter geschenkt bekommen. Fast zehn Jahre war es jetzt her, seit Isabel Solomon einen gewaltsamen Tod gefunden hatte und in Katherines Armen gestorben war.

»Sagen Sie mal, Miss Solomon«, flüsterte der Wachmann und lächelte verschmitzt. »Werden Sie irgendwem jemals verraten, was Sie hier so treiben?«

Katherine blickte auf. »Irgendwann, Kyle. Aber nicht heute Abend.«

»Ach, kommen Sie. Ein geheimes Labor in einem geheimen Museum … Sie machen bestimmt was ganz Fantastisches, Miss Solomon. Stimmt's?«

Fantastisch ist gar kein Ausdruck, dachte Katherine und sammelte ihre Sachen ein. Was sie tat, war wissenschaftlich so weit fortgeschritten, dass es gar nicht mehr wie eine Wissenschaft erschien.

Kapitel 8

Robert Langdon stand wie erstarrt im Eingang der National Statuary Hall und machte ein verblüfftes Gesicht. Alles war genau so, wie er es in Erinnerung hatte – der Saal mit dem Grundriss eines griechischen Amphitheaters, die anmutig gewölbten Wände aus Sandstein und Stuckmarmor, unterbrochen durch bunte Breccie-Säulen, zwischen denen im Halbkreis um die weite Fläche des schwarz-weißen Marmorbodens die lebensgroßen Statuen von achtunddreißig berühmten Amerikanern standen.

Genau so hatte Langdon es noch von einem Vortragsbesuch in Erinnerung.

DIE STATUARY HALL, U.S. CAPITOL BUILDING

Bis auf eines.

Heute war der Saal leer.

Keine Stühle. Kein Publikum. Kein Peter Solomon. Nur eine Handvoll Touristen, die umherschlenderten und seinem großen Auftritt gar keine Beachtung schenkten. *Hat Peter die Rotunde gemeint?* Langdon spähte durch den Südgang dorthin und sah weitere Touristen.

Das Läuten der Uhr war verklungen. Jetzt war Langdon offiziell zu spät.

Er eilte auf den Gang zurück, wo ihm ein Dozent über den Weg lief. »Entschuldigen Sie«, sprach Langdon ihn an, »der Vortrag für die Smithsonian-Veranstaltung, wo findet der statt?«

Der Dozent überlegte. »Ich bin mir nicht sicher, Sir. Wann soll es denn losgehen?«

»Jetzt.«

Der Mann schüttelte den Kopf. »Ich weiß nichts von einer Smithsonian-Veranstaltung heute Abend – zumindest hier nicht.«

Verwundert lief Langdon in den Saal zurück und schaute sich noch einmal um. *Hat Peter sich einen Streich erlaubt?* Langdon konnte es sich nicht vorstellen. Er nahm sein Mobiltelefon und das Fax vom Morgen aus der Tasche und wählte Peters Nummer.

Es dauerte einen Moment, bis das Handy in dem riesigen Gebäude ein Signal gefunden hatte. Dann endlich kam die Verbindung zustande.

Eine vertraute Stimme mit Südstaatenakzent meldete sich. »Peter Solomons Büro, Anthony Jelbart am Apparat. Was kann ich für Sie tun?«

»Anthony!«, stieß Langdon erleichtert hervor. »Gut, dass Sie noch da sind. Hier ist Robert Langdon. Es gibt da offenbar ein Missverständnis wegen des Vortrags heute Abend. Ich bin im Moment in der Statuary Hall, aber hier ist niemand. Wurde der Vortrag in einen anderen Raum verlegt?«

»Ich glaube nicht, Sir. Lassen Sie mich nachsehen …« Der Assistent schwieg einen Moment. »Haben Sie mit Mr. Solomon persönlich gesprochen?«

Langdon blickte verwirrt. »Nein, mit Ihnen, Anthony. Heute Morgen.«

»Oh ja, ich erinnere mich.« Ein paar Sekunden war es still in der Leitung. Dann: »Das war ein bisschen unvorsichtig von Ihnen, meinen Sie nicht, Professor?«

Alarmiert fragte Langdon: »Wie bitte? Wer spricht denn da?«

»Überlegen Sie mal«, sagte der Mann. »Sie haben ein Fax bekommen, in dem Sie gebeten wurden, eine Nummer anzurufen. Genau das haben Sie getan. Sie haben mit einem Wildfremden gesprochen, der behauptet hat, Peter Solomons Assistent zu sein. Dann sind Sie bereitwillig in ein Privatflugzeug nach Washington und anschließend in einen wartenden Wagen gestiegen. Ist das korrekt?«

Langdon durchlief es eiskalt. »Wer zum Teufel sind Sie? Wo ist Peter Solomon?«

»Ich fürchte, Mr. Solomon hat keine Ahnung, dass Sie heute in Washington sind.« Der Südstaatenakzent verschwand, und die Stimme des Mannes verwandelte sich in ein tiefes, einschmeichelndes Flüstern. »Sie sind hier, Mr. Langdon, weil *ich* Sie hierhaben will.«

Kapitel 9

Das Handy ans Ohr gedrückt, blickte Langdon sich um. »Wo sind Sie? Mit wem spreche ich?«

»Keine Bange, Professor. Sie wurden nicht ohne Grund hierhergerufen.«

»Hierhergerufen?« Langdon kam sich vor wie ein Tier im Käfig. »Entführt, würde ich sagen!«

»Wohl kaum.« Der Mann redete mit einer überheblichen Heiterkeit, die Langdons Zorn entfachte. »Hätte ich den Wunsch gehabt, dass Sie sterben, säßen Sie jetzt als Leiche in der Limousine.« Er ließ den Satz für einen Moment im Raum stehen. »Meine Absichten sind edel und lauter, Mr. Langdon, das kann ich Ihnen versichern. Ich möchte Ihnen lediglich eine Einladung zukommen lassen.«

Eine Einladung? Nein, danke. Seit seinen Erlebnissen in Europa einige Jahre zuvor hatte Langdon seiner unfreiwilligen Berühmtheit wegen eine geradezu magnetische Wirkung auf Spinner, und dieser Bursche hatte soeben eine Grenze überschritten. »Hören Sie zu, mein Freund, ich weiß nicht, was das soll. Schönen Tag noch, und rufen Sie nicht wieder …«

»Machen Sie keine Dummheiten«, sagte der Mann. »Wenn Sie Peter Solomons Seele retten wollen, sollten Sie kooperativer sein.«

Langdon holte scharf Luft. »Was reden Sie da?«

»Ich bin sicher, Sie haben mich verstanden.«

Der Mann hatte Peters Namen in einem Tonfall ausgesprochen,

der Langdon traf wie ein Schlag in den Magen. »Was wissen Sie über Solomon?«

»Inzwischen kenne ich seine tiefsten Geheimnisse. Mr. Solomon ist mein Gast, und ich kann ein sehr überzeugender Gastgeber sein.«

Das kann nicht wahr sein. »Sie haben ihn nicht.«

»Ich habe sein privates Handy. Das sollte Ihnen zu denken geben.«

»Ich rufe die Polizei.«

»Nicht nötig«, sagte der Mann. »Die wird jeden Augenblick auftauchen.«

Wovon redet dieser Spinner? Langdon schlug einen schärferen Ton an. »Wenn Sie Peter haben, dann holen Sie ihn ans Telefon. Na los!«

»Das ist unmöglich. Mr. Solomon sitzt an einem recht unglückseligen Ort fest.« Der Mann legte eine Kunstpause ein. »Er ist im Araf.«

»*Wo?*« Langdon merkte, dass ihm die Finger taub wurden, so verkrampft hielt er das Handy.

»Im Araf. Nie gehört? Hamistagan? Der Ort, dem Dante den Lobgesang widmet, der unmittelbar auf sein legendäres *Inferno* folgt?«

Die religiösen und literarischen Anspielungen dieses Mannes bestärkten Langdon in seinem Verdacht, dass er es mit einem Wahnsinnigen zu tun hatte. *Der zweite Lobgesang.* Langdon kannte ihn gut. Niemand verließ die Phillips Exeter Academy, ohne Dante gelesen zu haben. »Sie wollen damit sagen, Peter Solomon ist im *Fegefeuer?*«

»Ein derbes Wort, das ihr Christen da benutzt. Aber ja, Mr. Solomon befindet sich in der Zwischenwelt.«

Das Wort schwebte Langdon im Ohr. »Soll das heißen, Peter ist tot?«

»Nicht ganz.«

»Nicht ganz?«, rief Langdon so laut, dass es durch den ganzen Saal hallte. Eine Touristenfamilie starrte zu ihm herüber. Er drehte sich weg und senkte die Stimme. »*Ein bisschen tot* gibt es nicht.«

»Sie verwundern mich, Professor. Ich dachte, die Mysterien von Leben und Tod wären Ihnen geläufig. Es gibt eine Welt dazwischen. Es ist eine Welt, in der Peter Solomon im Moment ... nun ja, schwebt. Er kann entweder in Ihre Welt zurückkehren oder in die nächste übergehen. Es hängt ganz von Ihnen ab.«

Langdon versuchte, diese Worte zu verarbeiten. »Was wollen Sie von mir?«, fragte er dann.

»Ganz einfach. Ihnen wurde der Zugang zu etwas sehr Altem gewährt. Heute Abend werden Sie diesen Zugang sozusagen an mich weitergeben.«

»Ich habe keine Ahnung, wovon Sie reden.«

»Nein? Wollen Sie mir etwa sagen, nichts von den Alten Mysterien zu wissen, die Ihnen anvertraut wurden?«

Langdons Magen verkrampfte sich, als eine Ahnung in ihm aufstieg. *Alte Mysterien.* Er hatte über seine Erlebnisse in Paris ein paar Jahre zuvor nie ein Wort verloren, doch die Gralsfanatiker hatten die Berichterstattung in den Medien genau verfolgt. Manche hatten sich wilde Theorien zusammengereimt und glaubten, Langdon sei nun in das geheime Wissen um den Gral eingeweiht, ja, er würde vielleicht sogar über dessen Verbleib Bescheid wissen.

»Hören Sie«, sagte Langdon, »wenn es um den Heiligen Gral geht, kann ich Ihnen versichern, dass ich auch nicht mehr weiß als ...«

»Beleidigen Sie nicht meine Intelligenz, Mr. Langdon!«, schnauzte der Mann. »An etwas so Banalem wie dem Gral habe ich kein Interesse, ebenso wenig an der jämmerlichen Debatte, welche Version der Geschichte denn nun wahr ist. Die Zirkelschlüsse semantischer Glaubensprobleme kümmern mich nicht. Das sind Fragen, die allein durch den Tod beantwortet werden können.«

Langdon war ratlos. »Um was geht es Ihnen denn dann?«

Es dauerte ein paar Augenblicke, bis der Mann antwortete. »Wie Sie vielleicht wissen, gibt es in dieser Stadt ein altes Portal.«

Ein altes Portal?

»Und heute Nacht, Professor Langdon, werden Sie dieses Portal
für mich öffnen. Sie sollten sich geehrt fühlen, dass ich mich in dieser Sache an Sie wende. Das ist die Einladung Ihres Lebens, Professor. Sie allein wurden ausgewählt.«

Du hast ja nicht mehr alle Tassen im Schrank. »Tut mir leid, aber
da irren Sie sich«, sagte Langdon. »Ich weiß nichts von einem alten
Portal.«

»Sie verstehen nicht, Professor. Nicht ich habe Sie ausgewählt,
sondern Peter Solomon.«

»Was?« Langdon brachte nicht mehr als ein Flüstern zustande.

»Mr. Solomon hat mir verraten, wie das Portal zu finden ist, und
auch, dass nur ein Mensch auf dieser Welt es öffnen kann. Und er
sagte, dieser Mensch wären *Sie*.«

»Wenn Peter das gesagt hat, dann hat er sich geirrt ... oder gelogen.«

»Bestimmt nicht. Er war in einem ... sagen wir, heiklen Zustand,
als er mir dieses Geständnis machte, und ich bin geneigt, ihm zu
glauben.«

In Langdon kochte die Wut hoch. »Ich warne Sie! Wenn Sie
Peter Solomon auch nur das Geringste ...«

»Darüber sind wir längst hinaus«, unterbrach der Mann ihn, und
seine Stimme klang belustigt. »Was ich von Solomon brauche, habe
ich mir bereits genommen. Doch um seinetwillen schlage ich vor,
dass Sie mir beschaffen, was ich von *Ihnen* benötige. Zeit ist von
wesentlicher Bedeutung – für Sie beide. Ich schlage vor, Sie finden
das Portal und öffnen es. Peter wird den Weg weisen.«

Peter? »Sagten Sie nicht, er ist im Fegefeuer?«

»Wie oben, so unten«, sagte der Mann.

Wieder überlief es Langdon eiskalt. Diese seltsame Antwort war
ein hermetisches Sprichwort, mit dem der Glaube an eine mate-
rielle Verbindung zwischen Himmel und Erde ausgedrückt wurde.

Wie oben, so unten. Langdon ließ den Blick durch den Saal schweifen und fragte sich, wie plötzlich alles so sehr außer Kontrolle geraten konnte. »Hören Sie, ich weiß nicht, wie ich dieses angebliche Portal finden soll. Ich rufe jetzt die Polizei an.«

»Sie begreifen es noch immer nicht, wie? Warum Sie ausgewählt wurden?«

»Nein«, sagte Langdon.

»Das werden Sie schon noch«, versicherte der Mann lachend. »Es müsste jeden Moment so weit sein.«

Dann war die Leitung tot.

Ein paar schreckliche Augenblicke lang stand Langdon wie erstarrt da und versuchte vergeblich, das Erlebte zu verarbeiten.

Plötzlich hörte er von Weitem einen unerwarteten Laut.

Es kam aus der Rotunde.

Jemand schrie.

Kapitel 10

Robert Langdon hatte die Rotunde des Kapitols schon viele Male betreten, aber noch nie im Sprint. Als er durch den Nordeingang stürmte, hörte er noch immer Schreie und laute Stimmen. Er sah mehrere Touristen, die sich verängstigt in der Mitte der Rotunde drängten. Ein kleiner Junge weinte; seine Eltern versuchten, ihn zu trösten. Ein halbes Dutzend Sicherheitsleute taten ihr Bestes, die Ordnung wiederherzustellen.

»Er hat sie aus seiner Armbinde gezogen«, sagte jemand aufgeregt, »und einfach da hingestellt!«

Als Langdon näher kam, konnte er einen kurzen Blick auf den Gegenstand werfen, der die ganze Aufregung verursachte. Zugegeben, das Ding auf dem Boden war befremdlich, rechtfertigte aber kaum dieses Geschrei.

Langdon hatte so etwas schon oft gesehen. Im Fachbereich Kunst in Harvard gab es sie zu Dutzenden: lebensgroße Plastikmodelle, die von Bildhauern und Zeichnern gebraucht wurden, um die komplexeste Struktur des menschlichen Körpers abzubilden, die überraschenderweise nicht das Gesicht war, sondern die Hand. *Jemand hat eine Modellhand in der Rotunde hinterlassen?*

Modellhände besaßen Finger mit Gelenken, sodass der Künstler sie in jede gewünschte Stellung bringen und jede Geste darstellen konnte – für die jüngeren College-Studenten oft der ausgestreckte Mittelfinger. Diese Modellhand jedoch streckte Zeigefinger und Daumen zur Decke.

Aus der Nähe betrachtet, fand Langdon das Modell dann doch ziemlich ungewöhnlich. Die Plastikoberfläche war nicht glatt wie bei Modellhänden üblich, sondern fleckig und ein wenig faltig. Sie sah fast aus wie …

Echte Haut.

Langdon stockte.

Jetzt sah er das Blut. *Mein Gott!*

Das durchtrennte Handgelenk schien auf einem Zettelspieß zu stecken. Langdon wurde schlecht. Er rang nach Atem, rückte ganz langsam näher heran und sah, dass die Kuppen von Zeigefinger und Daumen tätowiert waren. Doch es waren nicht diese Tätowierungen, die Langdons Aufmerksamkeit auf sich zogen. Sein Blick haftete auf dem goldenen Ring, der ihm bekannt vorkam.

Nein.

Langdon prallte zurück. Für einen Moment wurde ihm schwarz vor Augen, als er erkannte, dass er auf die abgetrennte Hand von Peter Solomon starrte.

Kapitel 11

Warum antwortet Peter nicht?, fragte sich Katherine und klappte ihr Handy zu. *Wo bleibt er nur?*

Seit drei Jahren war Peter Solomon stets als Erster bei ihren sonntäglichen Sieben-Uhr-Treffen erschienen. Diese Zusammenkünfte waren ihr privates Familienritual – eine Möglichkeit, einander zu sehen, ehe die neue Woche begann. Außerdem informierte Peter sich bei dieser Gelegenheit über Katherines Fortschritte im Labor.

Er kommt sonst nie zu spät, ging es ihr durch den Kopf, *und er geht immer ans Telefon.* Und als hätte sie nicht schon Sorgen genug, war Katherine sich nach wie vor nicht sicher, wie sie ihm begegnen sollte, wenn er endlich kam. *Wie soll ich bloß zur Sprache bringen, was ich heute herausgefunden habe?*

Ihre Absätze klackten rhythmisch auf dem Betonboden des Korridors, der das SMSC wie eine Wirbelsäule durchzog. Als »die Straße« bekannt, verband dieser Gang die fünf riesigen Magazine. Zwölf Meter über Katherines Kopf pochten die orangefarbenen Leitungen des Lüftungssystems im Herzschlag des Gebäudes – dem Pulsieren von Tausenden Kubikmetern gefilterter und umgewälzter Luft.

Auf dem knapp einen halben Kilometer weiten Weg zu ihrem Labor wirkten die Atemgeräusche des Gebäudes normalerweise beruhigend auf Katherine. An diesem Abend jedoch machte das Pulsieren sie nervös. Was sie heute über ihren Bruder erfahren hatte, hätte jeden mit Sorge erfüllt, und da Peter ihr einziger noch lebender Angehöriger war, belastete Katherine der Gedanke, er könne Geheimnisse vor ihr haben, umso mehr.

Soviel sie wusste, hatte Peter ihr nur ein einziges Mal etwas verschwiegen. Dabei war es allerdings um ein wundervolles Geheimnis gegangen, versteckt am Ende dieses Gangs. Vor drei Jahren hatte Peter sie hier entlanggeführt und in die weniger spektakulären Geheimnisse des SMSC eingeweiht, indem er ihr stolz einige Schaustücke der Sammlung gezeigt hatte – den Marsmeteoriten ALH-84001, das handgeschriebene piktografische Tagebuch von Sitting Bull und eine Sammlung wachsversiegelter Gläser, die Präparate enthielten, die Charles Darwin persönlich gesammelt hatte.

Dann waren sie an einer schweren Tür mit kleinem Fenster vorbeigekommen.

Katherines Blick fiel auf das, was sich hinter diesem Fenster befand, und sie schnappte nach Luft. »Was ist das, um alles in der Welt?«

Peter lachte stillvergnügt in sich hinein und ging weiter. »Magazin 3. Wir nennen es das Feuchtbiotop. Ein ganz schön ungewohnter Anblick, was?«

Furchteinflößend träfe es besser. Katherine eilte ihrem Bruder nach. Das Gebäude erschien ihr wie ein fremder Planet.

»Was ich dir eigentlich zeigen möchte, befindet sich in Magazin 5«, sagte Peter und führte seine Schwester weiter über den scheinbar endlosen Gang. »Es ist erst kürzlich erbaut worden und soll Teile der Sammlung aus den Kellergewölben des Naturgeschichtlichen Nationalmuseums aufnehmen. Die Stücke sollen in fünf Jahren hierhergebracht werden, deshalb ist Magazin 5 noch leer.«

»Warum schauen wir es uns dann an?«, fragte Katherine.

In den grauen Augen ihres Bruders blitzte der Schalk. »Weil ich mir gedacht habe, dass *du* den Raum vielleicht gebrauchen kannst, wenn sonst niemand ihn nutzt.«

»Ich?«

»Na klar. Ich dachte, vielleicht hast du Verwendung für einen

Laborraum, der dir allein zur Verfügung steht – eine Anlage, in der du einige der Experimente, die du in den letzten Jahren in der Theorie entwickelt hast, tatsächlich *ausführen* kannst.«

Katherine blickte ihren Bruder an, wie vom Donner gerührt. »Aber diese Experimente gibt es eben nur in der *Theorie*, Peter. Es ist unmöglich, sie durchzuführen.«

»Nichts ist unmöglich, Katherine. Und dieses Gebäude ist wie geschaffen für dich. Das SMSC ist nicht bloß ein Lagerhaus für wissenschaftliche Schätze, es ist eine der fortschrittlichsten Forschungseinrichtungen der Welt. Wir entnehmen der Sammlung ständig Exponate und untersuchen sie mit den modernsten Analysegeräten, die man für Geld kaufen kann. An Ausstattung würde dir hier alles zur Verfügung stehen, was dein Herz begehrt.«

»Aber die Technik, die erforderlich wäre, um die Experimente vorzunehmen ...«

»Alles schon an Ort und Stelle.« Peter lächelte breit. »Das Labor ist fertig.«

Katherine verharrte mitten im Schritt.

Ihr Bruder wies den langen Korridor hinunter. »Komm, sehen wir's uns an.«

Katherine brachte kaum ein Wort hervor. »Du ... du hast mir ein Labor einrichten lassen?«

»Das gehört zu meinem Job. Die Smithsonian Institution wurde gegründet, um die Wissenschaft voranzubringen. Als Vorsitzender muss ich diese Aufgabe ernst nehmen. Deine geplanten Experimente werden es uns ermöglichen, den wissenschaftlichen Erkenntnisstand in bisher unerforschte Gefilde auszuweiten.« Peter hielt inne und blickte ihr in die Augen. »Unabhängig davon, dass du meine Schwester bist – ich hätte mich in jedem Fall verpflichtet gefühlt, dich zu unterstützen. Deine Ideen und Forschungen sind brillant. Die Welt verdient zu sehen, was sich daraus entwickelt.«

»Peter, ich kann unmöglich ...«

»Doch, kannst du. Ich habe alles aus eigener Tasche bezahlt, und Magazin 5 ist derzeit ungenutzt, wie ich schon sagte. Außerdem besitzt es bestimmte einzigartige Eigenschaften, die für deine Arbeit ideal sein dürften. Wenn deine Experimente abgeschlossen sind, ziehst du wieder aus.«

Katherine konnte sich nicht vorstellen, wie ein gewaltiges, leeres Magazin ihrer Arbeit förderlich sein könnte, doch sie spürte, dass sie es bald erfahren würde.

Sie und Peter gelangten an eine Stahltür, auf der in großen Lettern stand:

MAGAZIN 5

Peter schob seine Schlüsselkarte in den Schlitz. Ein elektronisches Tastenfeld leuchtete auf. Peter hob den Finger, um seinen Zugangscode einzugeben, hielt dann aber inne und wölbte die Augenbrauen auf jene spitzbübische Art, die ihm schon als Junge eigen gewesen war. »Bist du ganz sicher, dass du so weit bist?«

Katherine nickte und lächelte in sich hinein. Peter war immer schon ein Entertainer gewesen.

»Zurücktreten, bitte.« Peter drückte die Tasten.

Mit einem lauten Zischen öffnete sich die Stahltür.

Hinter der Schwelle war nur Schwärze … eine unermessliche, gähnende Leere. In den Tiefen des Raums schien ein hohles Ächzen widerzuhallen. Katherine spürte einen kalten Luftzug, der aus dem Innern heranstrich. Es war, als starrte sie bei Nacht in die Unermesslichkeit des Grand Canyon.

»Stell dir einen leeren Flugzeughangar vor, der groß genug ist für eine Airbusflotte«, sagte Peter. »Dann weißt du in etwa, was dich erwartet.«

Unwillkürlich trat Katherine einen Schritt zurück.

»Das Magazin ist bei Weitem zu groß, um geheizt zu werden«,

erklärte Peter, »aber dein Labor befindet sich in einem wärmeisolierten, würfelförmigen Betonziegelraum im abgelegensten Winkel, so weit wie nur möglich von den Experimenten entfernt.«

Katherine versuchte es sich vorzustellen. *Ein Kasten in einem Kasten.* Angestrengt spähte sie in die Dunkelheit, doch die Finsternis war undurchdringlich. »Wie weit ist es weg?«

»Ziemlich weit. Ein Footballfeld würde problemlos dazwischen passen. Aber ich sollte dich warnen: Der Weg dorthin ist ein bisschen ... nun ja, nervenaufreibend. Es ist extrem dunkel hier drin.«

Katherine lugte zögernd um die Ecke. »Kein Lichtschalter?«

»Magazin 5 ist noch nicht ans Stromnetz angeschlossen.«

»Aber wie soll dann das Labor betrieben werden?«

Peter zwinkerte ihr zu. »Wasserstoffzelle.«

Katherine blickte ihn staunend an. »Jetzt nimmst du mich auf den Arm!«

»Genügend saubere Energie, um eine Kleinstadt zu versorgen. Dein Labor ist zu hundert Prozent funkabgeschirmt. Außerdem sind sämtliche Außenflächen des Magazins mit lichtresistenten Membranen verschlossen, um die Objekte der Sammlung vor Sonneneinstrahlung zu schützen. Im Grunde ist dieses Magazin eine verkapselte, energieneutrale Umgebung.«

Allmählich begriff Katherine die Vorzüge von Magazin 5. Da die Quantifizierung bislang unbekannter Energiefelder im Mittelpunkt ihrer Arbeit stand, mussten ihre Experimente in einer Umgebung vorgenommen werden, die von jeder Fremdstrahlung und »Grundrauschen« isoliert war. Dazu gehörten auch extrem schwache Störungen wie »Hirnwellen« oder »Gedankenemissionen« von Menschen, die sich in der Nähe aufhielten. Aus diesem Grund konnten die Experimente auf keinem Universitätscampus und in keinem Krankenhauslabor durchgeführt werden. Katherine hätte nichts finden können, was besser geeignet gewesen wäre als ein menschenleeres Magazin des SMSC.

»Gehen wir hinein und sehen es uns an.« Peter grinste, als er in die grenzenlose Finsternis trat. »Komm mir einfach nach.«

Auf der Schwelle zögerte Katherine. *Mehr als hundert Meter durch völlige Dunkelheit?* Sie wollte fragen, ob sie eine Taschenlampe mitnehmen könnten, doch ihr Bruder war bereits in der Schwärze verschwunden.

»Peter?«, rief sie.

»Ein Sprung ins Ungewisse«, antwortete er, und seine Stimme verhallte bereits. »Du findest den Weg, vertrau mir.«

Er nimmt mich auf den Arm. Oder doch nicht…? Mit pochendem Herzen machte Katherine ein paar Schritte über die Schwelle hinaus und versuchte erneut, in dem stockfinsteren Raum etwas zu erkennen. *Verflixt noch mal, ich sehe nichts!* Plötzlich zischte die Stahltür und schlug mit lautem Knall hinter ihr zu. Katherine war in undurchdringliche Schwärze gehüllt. Nirgendwo gab es auch nur ein Fünkchen Licht.

»Peter?«

Stille.

Du findest den Weg, vertrau mir.

Vorsichtig schritt sie blind voran. *Ein Sprung ins Ungewisse.* Katherine konnte die Hand vor Augen nicht sehen. Sie blieb stehen, machte dann ein paar weitere kleine Schritte, doch es war nur eine Frage von Sekunden, und sie hatte sich hoffnungslos verirrt.

Wohin gehe ich eigentlich?

Das war vor drei Jahren gewesen.

Als Katherine nun vor der gleichen schweren Stahltür stand, wurde ihr bewusst, wie weit sie seit diesem ersten Abend gekommen war. Ihr Labor – das der »Würfel« genannt wurde – war zu ihrem Zuhause geworden, eine Zuflucht in den Tiefen von Magazin 5. Genau wie Peter ihr versichert hatte, war es ihr damals gelungen, den Weg durch die Dunkelheit zu finden – und seither jeden Tag, dank eines

genial einfachen Leitsystems, das zu entdecken Peter ihr selbst überlassen hatte.

Und was noch viel wichtiger war – Peters andere Vorhersage
hatte sich ebenfalls bewahrheitet: Bei ihren Experimenten war Katherine zu atemberaubenden Ergebnissen gelangt. Insbesondere in
den letzten sechs Monaten hatte sie Durchbrüche erzielt, die ganze
Paradigmen verändern würden. Katherine und Peter waren übereinge-
gekommen, absolutes Stillschweigen über die Versuchsergebnisse
zu wahren, bis sie deren mögliche Konsequenzen besser verstanden
hatten. Doch schon jetzt stand fest, dass Katherine in naher Zukunft einige der revolutionärsten wissenschaftlichen Entdeckungen
der Menschheitsgeschichte machen würde.

Ein Geheimlabor in einem Geheimmuseum, dachte sie nun, als sie
ihre Schlüsselkarte in die Tür von Magazin 5 einführte. Das Tastenfeld leuchtete auf, und Katherine gab ihren Zugangscode ein.

Zischend öffnete sich die Stahltür.

Das vertraute hohle Ächzen wurde von dem ebenso vertrauten
kalten Luftzug begleitet. Wie immer spürte Katherine, dass ihr Puls
anstieg. *Die merkwürdigste Pendlerstrecke der Welt.*

Katherine wappnete sich für den Marsch und blickte auf die Uhr,
ehe sie in die Leere trat. Heute allerdings folgte ihr ein beunruhi-
gender Gedanke ins Magazin:

Wo bleibt Peter?

Kapitel 12

Trent Anderson war seit mehr als zehn Jahren Sicherheitchef im Komplex des Kapitols in Washington, D.C. Er war ein stämmiger Mann mit breiter Brust, kantigem Gesicht und rotem Haar, das er kurz geschoren trug, was ihm eine Aura militärischer Autorität verlieh. Als Warnung an jeden, der dumm genug sein könnte, seine Macht und Kompetenz infrage zu stellen, trug er sichtbar eine Schusswaffe in einem Schulterholster.

Den Großteil seiner Zeit verbrachte Anderson im Kellergeschoss des Kapitols, wo er aus einem hoch technisierten Überwachungszentrum eine kleine Armee von Sicherheitsbeamten koordinierte. Außerdem beaufsichtigte er einen Stab von Technikern, die Monitore überwachten, Computerdisplays beobachteten und eine Telefonvermittlungstafel bedienten, über die Anderson Verbindung zu der Heerschar der Wachleute hielt, die unter seinem Befehl standen.

An diesem Abend war es ungewöhnlich ruhig, was Anderson nur recht gewesen war, denn er hatte gehofft, sich auf dem Flachbildfernseher in seinem Büro das Spiel der Redskins anschauen zu können. Der Anpfiff war gerade erfolgt, als seine Gegensprechanlage einen Summton von sich gab.

»Chief?«

Anderson fluchte leise und drückte den Knopf, ohne den Blick vom Bildschirm zu nehmen. »Ja.«

»In der Rotunde ist irgendwas passiert. Einige unserer Leute sind bereits da, aber ich glaube, Sie sollten es sich selbst ansehen.«

»Okay.« Anderson ging hinüber ins Nervenzentrum der Sicherheitsabteilung – eine kompakte, neomoderne Einrichtung voller Computermonitore. »Was ist los?«

Der Techniker legte einen digitalen Videoclip auf den Bildschirm. »Ostbalkon-Kamera in der Rotunde, Chief. Vor zwanzig Sekunden.« Er spielte den Clip ab.

Anderson schaute ihn sich über die Schulter des Technikers hinweg an.

Die Rotunde war an diesem Tag kaum besucht; nur wenige Touristen waren zu sehen. Andersons geschulter Blick fiel sofort auf die eine Person, die allein war und sich schneller bewegte als die anderen. Kahl geschorener Kopf. Alter, grüner Armeemantel. Verletzter Arm in einer Schlinge. Leichtes Hinken. Gebeugte Körperhaltung. Sprach in ein Handy.

Die Schritte des Kahlköpfigen klangen deutlich aus den Lautsprechern, bis er genau im Zentrum der Rotunde unvermittelt stehen blieb, den Anruf beendete und sich hinkniete, als wollte er sich den Schuh zubinden. Stattdessen zog er irgendetwas aus der Armschlinge und legte es auf den Boden. Dann stand er auf und hinkte mit eiligen Schritten zum Ostausgang.

Anderson beäugte das eigenartig geformte Objekt, das der Mann zurückgelassen hatte.

Was, um alles in der Welt …

Der Gegenstand war ungefähr zwanzig Zentimeter hoch und stand senkrecht. Anderson beugte sich näher an den Bildschirm heran und kniff die Augen zusammen.

Das kann unmöglich sein, wonach es aussieht!

Als der kahlköpfige Mann durch den Ostportikus verschwand, hörte Anderson, wie ein kleiner Junge in der Nähe sagte: »Mami, der Mann da hat was verloren.« Der Junge ging auf den Gegenstand zu und blieb unvermittelt stehen. Nach einem langen, atemlosen Augenblick zeigte er darauf und stieß einen schrillen Schrei aus.

Anderson wirbelte herum und rannte zur Tür. »An alle Kontrollpunkte! Sucht den Glatzkopf mit der Armschlinge! Nehmt den Mann fest! Los, los!«

Er stürmte aus dem Überwachungszentrum und nahm auf der ausgetretenen Treppe immer drei Stufen auf einmal. Das Überwachungsvideo hatte gezeigt, wie der Kahlköpfige die Rotunde durch den Ostportikus verließ. Der kürzeste Weg aus dem Gebäude würde ihn daher durch den Ost-West-Korridor führen – und der lag gleich vor Anderson.

Ich kann dem Kerl den Weg abschneiden!

Als Anderson das obere Ende der Treppe erreichte, rannte er um die Ecke und blickte keuchend in den Gang, der vor ihm lag. Am gegenüberliegenden Ende schlenderte Hand in Hand ein älteres Paar. Nur ein kurzes Stück von Anderson entfernt las ein blonder Tourist, der einen blauen Blazer trug, in einem Reiseführer und betrachtete die Mosaikdecke vor dem Sitzungssaal des Repräsentantenhauses.

»Entschuldigen Sie!«, rief Anderson und rannte auf ihn zu. »Haben Sie einen kahlköpfigen Mann gesehen, der den Arm in einer Schlinge trägt?«

Der Tourist blickte mit verwirrtem Gesicht von seinem Buch auf.

»Ein Glatzkopf mit Armschlinge!«, wiederholte Anderson nachdrücklicher. »Haben Sie ihn gesehen?«

Der Tourist zögerte und blickte nervös zum östlichen Ende des Korridors. »Äh … ja«, sagte er. »Ich glaube, er ist an mir vorbeigerannt … zu der Treppe da.« Er wies den Gang hinunter.

Anderson zog sein Funkgerät hervor und brüllte hinein: »Alle Kontrollpunkte! Der Verdächtige ist zum Südostausgang unterwegs. Alle Mann dorthin!« Er steckte das Funkgerät wieder ein und zog die Pistole, während er losrannte.

Dreißig Sekunden später nahm der kräftig gebaute blonde Mann in dem blauen Blazer den Ausgang an der Ostseite des Kapitols. Er lächelte und genoss die kühle Abendluft.

Transformation. Es war so einfach.

Nur eine Minute zuvor war er in seinem Armeemantel aus der Rotunde gehinkt, so schnell er konnte, war in einer dunklen Nische verschwunden und hatte den Mantel ausgezogen, sodass der blaue Blazer zum Vorschein kam, den er darunter trug. Ehe er den Armeemantel in die Ecke warf, zog er eine blonde Perücke aus der Tasche und setzte sie sich mit geübten Bewegungen auf. Dann richtete er sich gerade auf, zog einen dünnen Reiseführer für Washington aus der Tasche seines Blazers, kam aus der Nische zum Vorschein und ging mit forschen Schritten davon.

Die Fähigkeit zur Verwandlung ist meine größte Gabe.

Während Mal'akh zu seiner wartenden Limousine ging, wölbte er den Rücken, erhob sich zu seinen vollen hundertneunzig Zentimetern und nahm die Schultern zurück. Er atmete tief ein, füllte die Lunge mit kühler Luft und spürte, wie der tätowierte Phönix auf seiner Brust die Schwingen ausbreitete.

Wenn sie doch nur schon meine Macht kennen würden. Er blickte über die Stadt hinweg. *Heute Nacht wird meine Transformation abgeschlossen.*

Im Kapitol hatte Mal'akh seine Karten kunstvoll ausgespielt und dem uralten Zeremoniell gehuldigt. *Die alte Einladung ist ergangen.* Wenn Langdon die Rolle, die er heute Abend hier spielte, noch immer nicht begriffen hatte – jetzt würde es nicht mehr lange dauern.

Kapitel 13

Was Robert Langdon betraf, war die Rotunde des Kapitols – genau wie der Petersdom – immer für eine Überraschung gut. Rein sachlich betrachtet, wusste Langdon, dass die Rotunde groß genug war, um die Freiheitsstatue bequem darin unterzubringen; dennoch kam sie ihm jedes Mal größer und Ehrfurcht gebietender vor, als er es erwartete, beinahe so, als schwebten dort Geister umher. An diesem Abend allerdings fand er nur Chaos vor.

Beamte der Capitol Police riegelten die Rotunde ab und versuchten gleichzeitig, verstörte Touristen von der abgetrennten Hand wegzulotsen. Der kleine Junge weinte noch immer. Ein helles Licht

DIE ROTUNDE, U.S. CAPITOL BUILDING

flammte auf: Ein Tourist hatte die Hand fotografiert. Sofort packten ihn mehrere Sicherheitsleute, nahmen ihm die Kamera ab und führten ihn hinaus. Langdon nutzte den Tumult, bewegte sich durch die Menge und näherte sich wie in Trance dem grässlichen Gegenstand.

Peter Solomons abgetrennte Hand ragte senkrecht empor. Die Schnittebene des durchtrennten Handgelenks war auf einen Dorn an einem kleinen Ständer aus Holz gespießt. Drei Finger waren wie zur Faust geschlossen, während Daumen und Zeigefinger ausgestreckt zur lichten Kuppel zeigten.

»Alles zurücktreten!«, rief ein Sicherheitsmann.

Langdon stand nun so nahe bei der Hand, dass er getrocknetes Blut sehen konnte, das aus dem Handgelenk gelaufen und auf dem Holzständer geronnen war. *Wunden, die nach dem Tod zugefügt werden, bluten nicht. Das bedeutet, Peter lebt noch.* Langdon wusste nicht, ob er erleichtert oder angewidert sein sollte. *Mein Gott... wurde Peter bei lebendigem Leib die Hand abgetrennt?* Langdon musste würgen. Wie oft hatte Peter ihm diese Hand hingestreckt...

Mehrere Sekunden lang konnte Langdon keinen klaren Gedanken fassen. Sein Geist war leer wie ein Fernsehbildschirm, der nur Grundrauschen wiedergibt. Dann aber erschien das erste klare Bild – und es kam völlig unerwartet.

Eine Krone... und ein Stern.

Langdon kauerte sich hin und musterte die Kuppen von Peters Daumen und Zeigefinger. *Tätowierungen?* Unglaublich – das Ungeheuer, das Peter verstümmelt hatte, musste ihm die winzigen Symbole in die Fingerkuppen tätowiert haben.

Auf den Daumen eine Krone. Auf den Zeigefinger einen Stern.

Das kann nicht sein. Angesichts dieser beiden Symbole wuchs Langdons Grauen und verstärkte sein Gefühl, etwas Schrecklichem, Abgründigem gegenüberzustehen. Die beiden Symbole, Krone und Stern, waren in der Menschheitsgeschichte häufig zusammen aufgetreten, und jedes Mal an gleicher Stelle – auf den Fingerkuppen

einer Hand. Diese Hand war eine der begehrtesten und geheimnisvollsten Symbolfiguren der antiken Welt.

Die Mysterienhand.

Man sah diese Symbolfigur – auch »Hand der Philosophen«
genannt – nicht mehr oft, doch in der Geschichte hatte sie mehr
als einmal eine bedeutende Rolle gespielt. Langdon versuchte angestrengt, das groteske Schaustück zu begreifen, das er vor sich sah. *Jemand hat aus Peters rechter Hand die Mysterienhand gefertigt...* Es
war unfassbar. Traditionell modellierte man diese Symbolfigur aus
Stein oder Holz oder zeichnete sie einfach nur. Langdon war kein
Fall bekannt, dass eine Mysterienhand aus Fleisch und Blut bestanden hätte. Die bloße Vorstellung war abstoßend.

»Sir?«, sagte ein Wächter in Langdons Rücken. »Bitte treten Sie
zurück.«

Langdon hörte den Mann kaum. *Da sind noch mehr Tätowierungen.* Obwohl er die Kuppen der drei geschlossenen Finger nicht
sehen konnte, wusste Langdon, dass sie ihr jeweils eigenes Zeichen
trugen; so war es Tradition. Fünf Symbole insgesamt. Im Lauf der
Jahrtausende hatten die Symbole auf den Fingerkuppen der Mysterienhand sich niemals geändert; ebenso wenig die symbolische Bedeutung der Hand als Ganzes.

Die Hand bedeutet... eine Einladung!

Langdon verspürte ein plötzliches Frösteln, als er sich an die
Worte des Mannes erinnerte, der ihn hierhergelockt hatte: *Das ist
die Einladung Ihres Lebens, Professor.* In uralter Zeit war die Mysterienhand in der Tat die begehrteste Einladung auf Erden gewesen.
Sie zu erhalten war die geheiligte Aufforderung, sich einer Elite
anzuschließen, der man nachsagte, sie hüte das geheime Wissen
sämtlicher Zeitalter. Die Einladung bedeutete nicht nur eine große
Ehre – sie zeigte überdies, dass ein Meister jemanden als würdig
erachtete, dieses verborgene Wissen vermittelt zu bekommen. *Die
Hand des Meisters, dem Suchenden hingestreckt.*

»Sir«, sagte der Wächter und packte Langdon fest bei der Schulter, »Sie müssen jetzt zurücktreten.«

»Ich weiß, was das hier zu bedeuten hat«, brachte Langdon mühsam hervor. »Ich kann Ihnen helfen!«

»Sofort!«, befahl der Wächter.

»Mein Freund ist in Schwierigkeiten. Wir müssen …«

Langdon spürte, wie kräftige Arme ihn hochzerrten und von der Hand wegzogen. Er ließ es geschehen; es hätte keinen Sinn gehabt zu protestieren.

Soeben war Robert Langdon eine formelle Einladung ausgesprochen worden. Jemand bestellte ihn, ein mystisches Portal zu öffnen, das eine Welt uralter Geheimnisse und verborgenen Wissens enthüllen würde.

Aber das alles war Irrsinn.

Wahnvorstellungen eines Verrückten.

Kapitel 14

Mal'akhs Stretchlimousine fuhr in bedächtigem Tempo vom Kapitol in Richtung Osten über die Independence Avenue. Ein junges Pärchen auf dem Bürgersteig reckte die Hälse, um durch die abgedunkelten Scheiben des Fonds hindurch womöglich einen Blick auf einen VIP zu erhaschen.

Ich sitze vorne, dachte Mal'akh und lächelte vor sich hin.

Er liebte das Gefühl der Macht, das die Fahrt in diesem beeindruckenden Wagen ihm verlieh. Keines seiner anderen fünf Autos konnte ihm bieten, was er an diesem Abend benötigte: völlige Geheimhaltung. *Todsichere* Geheimhaltung. In dieser Stadt genossen Limousinen eine Art stillschweigend vereinbarte Immunität. *Rollende Botschaften*. Polizeibeamte, die in der Nähe des Capitol Hill Dienst taten, konnten nie sicher sein, ob nicht irgendein mächtiger Mann in einer Limousine saß, die sie stoppten, sodass sie dieser Gefahr lieber aus dem Weg gingen.

Als Mal'akh den Anacostia River überquerte und nach Maryland hineinfuhr, fühlte er, wie er Katherine immer näher kam, angezogen von der Kraft des Schicksals. *Noch heute Nacht werde ich zu einer zweiten Aufgabe gerufen ... eine Mission, mit der ich nicht gerechnet habe.* In der Nacht zuvor, als Peter Solomon ihm das letzte seiner Geheimnisse verraten hatte, hatte Mal'akh von einem geheimen Labor erfahren, in dem Katherine Solomon wahre Wunder gewirkt hatte – atemberaubende Durchbrüche, von denen Mal'akh wusste, dass sie die Welt verändern würden, sollten sie je ans Licht der Öffentlichkeit gelangen.

Katherines Arbeit wird die wahre Natur aller Dinge enthüllen.

Über Jahrhunderte hinweg hatten die klügsten Köpfe auf Erden die Alten Wissenschaften ignoriert, hatten sie als unsinnigen Aberglauben abgetan und sich stattdessen mit überheblicher Skepsis und neuen Technologien gewappnet – Werkzeuge, die sie nur weiter weg von der Wahrheit führten. *Jeder Durchbruch einer Generation wird von der Technologie der nachfolgenden widerlegt.* So war es zu allen Zeiten gewesen. Je mehr der Mensch lernte, desto deutlicher erkannte er, wie unwissend er tatsächlich war.

Jahrtausendelang war die Menschheit im Finsteren gewandelt... doch nun zeichnete sich eine Veränderung ab, wie es prophezeit worden war. Nach einem blinden Sturmlauf durch die Geschichte stand die Menschheit nun am Scheideweg. Dieser Augenblick war schon vor langer Zeit in den Alten Schriften angekündigt worden, von den Urkalendern, ja von den Sternen selbst. Das Datum war exakt vorhergesagt und stand unmittelbar bevor. Eine strahlend helle Explosion der Erkenntnis würde der Vorbote sein... ein Blitz der Klarheit, der die Dunkelheit erhellen und der Menschheit eine letzte Chance geben würde, vom Abgrund zurückzutreten und den Pfad der Weisheit einzuschlagen.

Ich bin gekommen, das Licht zu verdunkeln, dachte Mal'akh. *Das ist meine Rolle.*

Das Schicksal hatte ihn mit Peter und Katherine Solomon verbunden. Die unfassbaren Erkenntnisse, die Katherine gewonnen hatte, würden die Dämme brechen lassen und eine neue Renaissance einleiten. Katherines Enthüllungen würden zu einem Katalysator werden, der die Menschheit inspirierte, jenes Wissen wiederzuerlangen, das sie Äonen zuvor verloren hatte, und ihr eine bisher unvorstellbare Macht verleihen.

Es ist Katherines Schicksal, diese Fackel zu entzünden.
So wie es mein Schicksal ist, sie wieder zu löschen.

Kapitel 15

*I*n völliger Dunkelheit tastete Katherine Solomon nach der schweren, mit Blei verkleideten Außentür ihres Labors, zog sie auf und betrat den kleinen Eingangsbereich. Die Reise über die Leere hinweg hatte nur neunzig Sekunden gedauert, und doch schlug ihr das Herz bis zum Hals. *Nach drei Jahren sollte man eigentlich glauben, dass man sich daran gewöhnt hat.* Katherine war jedes Mal erleichtert, der Dunkelheit von Magazin 5 zu entfliehen und diesen hellen, sauberen Raum zu betreten.

Der »Würfel« war ein massiver, fensterloser Kasten. Jeder Quadratzentimeter der Innenwände und der Decke war mit einem steifen Geflecht aus titanverkleideten Bleifasern überzogen, was dem Ganzen das Aussehen eines Käfigs in einem Betonkasten verlieh. Trennwände aus milchigem Plexiglas unterteilten den Raum in verschiedene Abteilungen – ein Labor, einen Kontrollraum, eine Werkstatt, ein Bad und eine Bibliothek.

Katherine ging mit forschen Schritten ins Hauptlabor. In dem hellen, sterilen Arbeitsbereich funkelten hoch entwickelte Geräte zur quantitativen Analyse: paarweise verbundene Elektroenzephalografen, ein Femtosekundenkamm, eine magnetooptische Falle sowie Rauschgeneratoren als physikalische Zufallsgeneratoren.

Obwohl die Noetische Wissenschaft modernste Technologie einsetzte, waren ihre Ergebnisse weitaus mystischer als die kalten Hightech-Maschinen, die sie erbrachten. Der Stoff, aus dem Magie und Mythen bestanden, wurde rasch zur Realität, denn ständig kamen schockierende neue Daten hinzu, welche die Richtigkeit der Theorie erhärteten, die der Noetischen Wissenschaft zugrunde lag: dass der menschliche Geist über ungenutztes Potenzial verfügte.

Die grundlegende These war simpel: *Bis jetzt haben wir nur an der Oberfläche unserer geistigen und spirituellen Fähigkeiten gekratzt.* Experimente in Einrichtungen wie dem Institut für Noetische Wissenschaften (IONS) in Kalifornien und dem Princeton Engineering Anomalies Research Lab (PEAR) hatten unumstößlich bewiesen, dass menschliche Gedanken, sofern richtig gelenkt und gebündelt, eine physische Masse beeinflussen und verändern konnten. Diese Experimente waren keine billigen Tricks wie das »Löffelverbiegen«, sondern streng überwachte wissenschaftliche Untersuchungen, die allesamt das gleiche außergewöhnliche Ergebnis erbrachten: Die menschlichen Gedanken standen tatsächlich in einer Wechselbeziehung mit der stofflichen Welt, ob es uns nun bewusst war oder nicht, und bewirkten Veränderungen bis hinunter auf die subatomare Ebene.

Der Geist triumphiert über die Materie.

Im Jahre 2001, in den Stunden nach den schrecklichen Ereignissen des 11. September, machten die Noetischen Wissenschaften einen Quantensprung nach vorn. Damals entdeckten vier Forscher, dass die Messwerte von insgesamt siebenunddreißig voneinander unabhängigen Zufallsgeneratoren mit einem Mal weit *weniger* zufällig wurden, als die Gedanken eines großen Teils der schockierten Menschheit sich in gemeinsamer Trauer auf eine einzige Tragödie konzentrierten. Offenbar hatte das Einssein dieser gemeinsamen Erfahrung, die Verschmelzung von Millionen menschlicher Geister, die Funktionen dieser Geräte beeinflusst, ihre Ausgaben strukturiert und Ordnung ins Chaos gebracht.

Wie es schien, entsprach diese aufsehenerregende Entdeckung dem alten spirituellen Glauben an ein »kosmisches Bewusstsein« – einem Verschmelzen menschlichen Denkens in gewaltigem Ausmaß, das tatsächlich in der Lage war, in Wechselwirkung mit der Materie

INSTITUT FÜR NOETISCHE WISSENSCHAFTEN,
PETALUMA, KALIFORNIEN

zu treten. Erst vor Kurzem hatte man bei Studien über Massen-
meditation und -gebete ähnliche Ergebnisse bei Zufallsgeneratoren
erzielt, was der Behauptung der noetischen Autorin Lynne McTag-
gart neue Nahrung gab, dass das *menschliche Bewusstsein*, wie sie es
beschrieben hatte, eine Substanz *außerhalb* des menschlichen Körpers war … eine Energie höchster Ordnung, in der Lage, die physische Welt zu verändern.

McTaggarts Buch *Intention* sowie eine Reihe weiterer Studien
hatten Katherine fasziniert. Nunmehr bestand das Ziel ihrer welt-
weiten, webbasierten Studie – theintentionexperiment.com – darin,
die Frage zu beantworten, wie das menschliche Denken die Welt
beeinflussen konnte.

Ausgehend von dieser Grundfrage hatten Katherines Forschungen den Beweis erbracht, dass man mit »konzentriertem Denken« im
wahrsten Sinne des Wortes *alles* beeinflussen konnte – die Wachs-

tumsrate von Pflanzen, die Geschwindigkeit und Richtung der Bewegungen von Tieren, den Vorgang der Zellteilung in einer Petrischale, die Synchronisation autonomer Systeme und die chemischen Reaktionen im eigenen Körper. Selbst die kristalline Struktur eines sich bildenden festen Stoffes vermochte der menschliche Geist zu verändern. So hatte Katherine durch die Kraft ihrer Gedanken – *positiver* Gedanken – in einem Erlenmeyerkolben Eiskristalle von makelloser Symmetrie erschaffen. Unglaublicherweise ließ sich auch die gegenteilige Wirkung erzielen: Bei *negativen* Gedanken bildeten sich Kristalle, die keinerlei Struktur und Ordnung aufwiesen: das Chaos.

Der menschliche Geist konnte im wörtlichen Sinne die stoffliche Welt verwandeln.

Je kühner Katherines Experimente wurden, desto erstaunlicher wurden ihre Ergebnisse. Ihre Laborversuche hatten ohne jeden Zweifel bewiesen, dass der Spruch »Der Geist triumphiert über die Materie« nicht bloß das Mantra irgendeiner New-Age-Selbsthilfegruppe war. Der Geist besaß *tatsächlich* die Fähigkeit, den Zustand der Materie zu verändern. Wichtiger noch – er verfügte über die Macht, die physische Welt anzuregen, sich in eine bestimmte Richtung zu bewegen.

Wir sind die Herren unseres eigenen Universums.

Auf subatomarer Ebene hatte Katherine bewiesen, dass Teilchen erscheinen und wieder verschwinden konnten – und dies allein aufgrund ihrer *Absicht*, diese Partikel beobachten zu wollen. In gewissem Sinne ließ erst Katherines Wunsch, ein bestimmtes Teilchen zu sehen, dieses entstehen. Der Physiker Heisenberg hatte dieses Phänomen schon vor Jahrzehnten konstatiert; nun war es zu einem der grundlegenden Prinzipien der Noetischen Wissenschaften geworden. Mit den Worten Lynne McTaggarts: »Das lebendige Bewusstsein ist der Einfluss, der eine Möglichkeit in eine Wirklichkeit verwandelt. Die wichtigste Zutat bei der Erschaffung unseres Universums ist das Bewusstsein, das es beobachtet.«

Der erstaunlichste Aspekt von Katherines Arbeit jedoch war die Erkenntnis gewesen, dass die Fähigkeit des menschlichen Geistes, die stoffliche Welt zu beeinflussen, durch Übung *verstärkt* werden konnte. Absicht war eine *erlernte* Fähigkeit. Und wie bei der Meditation, bedurfte auch die Beherrschung der wahren Macht des »Gedankens« der Übung.

Manche Menschen hatten von Natur aus eine größere Begabung als andere, die physische Welt zu beeinflussen. Im Lauf der Geschichte hatte es immer wieder Menschen gegeben, die auf diesem Gebiet wahre Meister geworden waren.

Das ist der Missing Link zwischen moderner Wissenschaft und antikem Mystizismus.

So lautete ein Ausspruch von Katherines Bruder Peter. Als ihre Gedanken nun zu ihm zurückkehrten, empfand sie wachsende Besorgnis.

Sie ging zur Forschungsbibliothek des Labors und schaute hinein. Leer.

Die Bibliothek war ein kleiner Leseraum – zwei Morris-Stühle, ein Holztisch, zwei Stehlampen und eine Wand mit Regalen aus Mahagoni, in denen sich an die fünfhundert Bücher befanden. Katherine und Peter hatten hier ihre sämtlichen Lieblingstexte vereint – Schriften, deren Bandbreite von moderner Quantenphysik bis hin zu antikem Mystizismus reichte. Die meisten von Katherines Büchern hatten Titel wie *Quantenbewusstsein*, *Die Neue Physik* und *Prinzipien der Neuralwissenschaft*. Ihrem Bruder wiederum gehörten ältere, eher esoterische Titel wie das *Kybalion*, der *Zohar*, *Die Tanzenden Wu Li Meister* und eine Übersetzung sumerischer Keilschrifttafeln aus dem Britischen Museum.

»Der Schlüssel zu unserer wissenschaftlichen Zukunft«, pflegte Peter oft zu sagen, »ist in unserer Vergangenheit verborgen.« Selbst ein Leben lang Gelehrter in Geschichte, Naturwissenschaften und Mystizismus, hatte Peter seine Schwester dazu ermutigt, ihre Universitätsausbildung mit dem Verständnis früher hermetischer Philosophie zu bereichern. Sie war erst neunzehn Jahre alt gewesen, als Peter ihr Interesse an der Verbindung zwischen moderner Wissenschaft und antikem Mystizismus entfacht hatte.

»Sag mal, Kate«, hatte er sie gefragt, als sie in ihrem zweiten Jahr in Yale auf Urlaub daheim gewesen war, »was lesen die Studenten an den Elite-Unis heutzutage in theoretischer Physik?«

Katherine hatte in der von Büchern überquellenden Familienbibliothek gestanden und ihre Leseliste rezitiert.

»Beeindruckend«, sagte Peter. »Einstein, Bohr und Hawking sind Genies der Neuzeit. Aber liest du auch etwas Älteres?«

Katherine kratzte sich am Kopf. »Du meinst, Schriften von Newton oder Galilei?«

Peter lächelte. »Noch älter.« Trotz seiner erst siebenundzwanzig Jahre hatte Peter sich bereits einen blendenden Ruf in der akademischen Welt erworben, und er und Katherine genossen diese Art von spielerischem intellektuellem Sparring.

Älter als Newton? Vor Katherines geistigem Auge erschienen Namen wie Ptolemäus, Pythagoras und Hermes Trismegistos. *Diesen überholten Kram liest doch keiner mehr.*

Peter Solomon fuhr mit dem Finger über das lange Regal mit den gesprungenen Lederrücken und den alten, verstaubten Bänden. »Die wissenschaftliche Weisheit der Alten war atemberaubend. Die moderne Physik beginnt erst jetzt, das alles zu verstehen.«

»Peter«, sagte Katherine, »du hast mir ja schon erzählt, dass die alten Ägypter die Hebelgesetze lange vor Newton verstanden haben und dass die frühen Alchimisten auf demselben Niveau gearbeitet haben wie die moderne Chemie ... ja, und? Die *heutige* Physik beschäftigt sich mit Konzepten, die sich die Alten nicht einmal vorstellen konnten.«

»Zum Beispiel?«

»Zum Beispiel das EPR-Paradoxon!« Die Quantenphysik hatte

unzweifelhaft bewiesen, dass alle Materie miteinander verbunden war, verschränkt in einem einzigen, vereinheitlichten Geflecht … einer Art universalen Einheit. »Oder willst du mir weismachen, die Alten haben sich zusammengesetzt und über *diese* Theorie diskutiert?«

»Aber sicher!«, erwiderte Peter und wischte sich das lange, dunkle Haar aus der Stirn. »Das, was du die ›Verschränkung‹ von Teilchen nennst, war die Grundlage ursprünglicher Glaubensformen. Die Namen dafür sind so alt wie die Geschichte selbst … Dharmakaya, Tao, Brahman. Tatsächlich ist die älteste spirituelle Queste des Menschen die Suche nach seiner eigenen ›Verschränkung‹, nach dem Gefühl, mit allen Dingen verbunden zu sein. Der Mensch wollte immer schon eins werden mit dem Universum.« Peter hob die Augenbrauen. »Bis zum heutigen Tag streben Juden und Christen allesamt danach, ihre Schuld zu sühnen … dabei haben die meisten von uns vergessen, dass dieses Ritual nicht der Sühne persönlicher Schuld dient, sondern dem Streben nach dem Eins-Sein mit allen Menschen und dem Universum in seiner Gänze.«

Katherine seufzte. Sie hatte ganz vergessen, wie schwer es war, mit einem Mann zu diskutieren, der sich so gut in der Geschichte auskannte. »Okay, aber du sprichst nur im Allgemeinen. Ich rede von ganz *spezifischer* Physik.«

»Dann *sei* auch spezifisch.« In Peters klugen Augen blitzte es herausfordernd.

»Okay, wie wäre es mit etwas so Einfachem wie Polarität? Dem Gleichgewicht zwischen Positiv und Negativ auf der subatomaren Ebene? Offenkundig haben die Alten nicht verstan…«

»Einen Moment!« Peter zog ein großes, verstaubtes Buch aus dem Regal und ließ es mit lautem Knall auf den Lesetisch fallen. »Die moderne Polarität ist nichts anderes als die ›duale Welt‹, wie Krischna sie in diesem Werk hier, in der *Bhagavad Gita*, vor über zweitausend Jahren beschrieben hat. Hier stehen noch ein Dutzend weitere Bände, einschließlich des *Kybalion,* in denen von binären Systemen und gegensätzlichen Kräften in der Natur die Rede ist.«

Katherine blieb skeptisch. »Gut, aber wenn wir von neuzeitlichen Entdeckungen in der *Quantenphysik* sprechen, der Heisenberg'schen Unschärferelation zum Beispiel...«

»Dann müssen wir *hier* nachsehen«, erwiderte Peter, ging am Regal entlang und holte einen weiteren Band heraus. »Die heiligen vedischen Schriften, die man als die *Upanischaden* kennt.« Er ließ das schwere Buch neben den anderen Band auf den Tisch fallen. »Heisenberg und Schrödinger haben diesen Text *studiert* und erklärt, er habe ihnen bei der Formulierung einiger ihrer eigenen Theorien geholfen.«

Der verbale Showdown zog sich noch mehrere Minuten hin, und der Stapel verstaubter Bücher auf dem Tisch wurde immer größer. Schließlich warf Katherine genervt die Hände in die Höhe. »Okay! Du hast deinen Standpunkt klargemacht, aber ich will topaktuelle *theoretische* Physik studieren. Die Zukunft der Wissenschaft! Ich habe meine Zweifel, dass Krischna und Vyasa viel zur Superstringtheorie oder multidimensionalen kosmologischen Modellen beizutragen hatten.«

»Da hast du recht, das hatten sie nicht.« Peter hielt kurz inne, und ein Lächeln erschien auf seinen Lippen. »Wenn du über die Superstringtheorie sprichst...« Erneut ging er am Regal entlang. »Dann redest du von *diesem* Buch hier.« Er zog einen riesigen, in Leder gebundenen Folianten heraus und ließ auch ihn mit lautem Krachen auf den Tisch fallen. »Das ist eine Übersetzung aus dem 13. Jahrhundert, aus dem mittelalterlichen Aramäisch.«

»Die Superstringtheorie, behandelt im 13. Jahrhundert?« Katherine schüttelte den Kopf. »Jetzt komm aber!«

Bei der Superstringtheorie handelte es sich um ein aktuelles kosmologisches Modell. Sie basierte auf neuesten wissenschaftlichen Beobachtungen und ließ den Schluss zu, dass das multidimensionale Universum nicht aus drei, sondern eher aus zehn Dimensionen bestand, die über vibrierende sogenannte Strings interagierten, ähnlich wie die Saiten einer Violine.

Katherine wartete, während ihr Bruder den schweren Buchdeckel aufklappte, das reich verzierte Inhaltsverzeichnis durchging und dann eine Stelle nicht weit vom Anfang aufschlug. »Lies das.« Er deutete auf eine ausgeblichene Seite voller Text und Diagramme.

Pflichtbewusst studierte Katherine die Seite. Die Übersetzung war altmodisch und sehr schwer zu lesen, doch zu Katherines großem Erstaunen beschrieb der Text klar und deutlich das *exakt* gleiche Universum, wie es auch von der modernen Superstringtheorie postuliert wurde: ein zehndimensionales Universum widerhallender Strings. Als sie weiterlas, schnappte sie mit einem Mal nach Luft und griff sich mit der Hand an die Brust. »Mein Gott, es beschreibt sogar, wie sechs dieser Dimensionen miteinander verschränkt sind und als *eine* agieren!« Beinahe ängstlich trat sie einen Schritt zurück. »Was *ist* das für ein Buch?«

Peter grinste. »Eines, von dem ich hoffe, dass du es eines Tages lesen wirst.« Er blätterte zur Titelseite zurück, wo auf einer reich verzierten Vignette drei Worte prangten.

Der vollständige Zohar.

Obwohl Katherine den *Zohar* nie gelesen hatte, wusste sie, dass er einer der fundamentalen Texte des frühen jüdischen Mystizismus war. Einst hielt man das Werk für so mächtig, dass nur die gelehrtesten Rabbis es lesen durften.

Katherine beäugte den Folianten. »Willst du damit sagen, die alten Mystiker *wussten*, dass das Universum zehn Dimensionen hat?«

»So ist es.« Peter deutete auf eine Illustration, die zehn ineinander verschlungene Kreise zeigte, den Sepiroth. »Die Nomenklatur ist offensichtlich esoterisch, aber die Physik dahinter ist sehr weit fortgeschritten.«

Katherine wusste nicht, was sie darauf erwidern sollte. »Aber…
Warum studieren es dann nicht mehr Leute?«

Ihr Bruder lächelte. »Das wird geschehen.«

»Ich verstehe nicht…«

»Katherine, wir wurden in wunderbaren Zeiten geboren. Eine
große Veränderung steht bevor. Die Menschen stehen an der Schwelle
einer neuen Epoche, in der sie beginnen werden, ihren Blick wieder
auf die Natur und die alten Wege zu richten. Sie werden wieder zu den
Ideen zurückfinden, wie sie im Zohar und anderen antiken Schriften
überall auf der Welt zu finden sind. Der Tag wird kommen, da die
moderne Wissenschaft ernsthaft damit beginnen wird, die Weisheit
der Alten zu studieren – und das wird der Tag sein, da die Menschheit
Antworten auf jene Fragen findet, die sich ihr noch immer entziehen.«

Noch in derselben Nacht begann Katherine voller Eifer die antiken Texte ihres Bruders zu studieren. Sehr bald gelangte sie zu
der Einsicht, dass Peter recht hatte: *Die Alten besaßen eine grundlegende wissenschaftliche Weisheit.* Die heutige Wissenschaft machte
weniger »Entdeckungen« als vielmehr »Wiederentdeckungen«. Offenbar hatte die Menschheit einst die wahre Natur des Universums
verstanden, hatte dieses Wissen jedoch losgelassen… und vergessen.

Die moderne Physik kann uns helfen, uns zu erinnern!

Diese Queste war Katherines Lebensziel geworden. Sie setzte
fortgeschrittene Wissenschaft ein, um das Wissen und die Weisheit
der Alten wiederzuentdecken. Und es war mehr als akademischer
Nervenkitzel, was ihre Motivation am Leben erhielt. Hinter allem
steckte Katherines Überzeugung, dass die Welt dieses Verständnis
brauchte… heute mehr denn je.

Im hinteren Teil des Labors sah Katherine den weißen Kittel ihres Bruders am Haken neben ihrem hängen. Einem Reflex folgend
zog sie ihr Handy aus der Tasche und schaute aufs Display: keine
neuen Nachrichten. Eine Stimme hallte in ihrer Erinnerung wider. *Das, wovon Ihr Bruder glaubt, dass es in Washington verborgen*

ist ... es kann gefunden werden. Manchmal überdauert eine Legende Jahrhunderte ... und sie überdauert diese lange Zeit aus einem ganz bestimmten Grund.

»Nein«, sagte Katherine laut. »Das kann unmöglich sein.«

Manchmal war eine Legende bloß eine Legende.

Kapitel 16

Voller Wut stürmte Sicherheitschef Trent Anderson zurück in die Rotunde des Kapitols. Das Versagen seines Sicherheitsteams trieb ihn zur Weißglut: In einer Nische nahe dem östlichen Säulengang hatte einer seiner Männer soeben eine Schlinge und einen alten Armeemantel gefunden, ohne dass jemandem ein Verdächtiger aufgefallen wäre.

Dieser gottverdammte Kerl ist einfach hier rausspaziert!

Anderson hatte bereits Teams abgestellt, um die Aufnahmen der äußeren Sicherheitskameras zu überprüfen; doch bis die Männer etwas fanden, war der Kerl längst über alle Berge.

Als Anderson nun die Rotunde betrat, um den Schaden in Augenschein zu nehmen, sah er, dass die Situation bereits so weit unter Kontrolle war, wie man es erwarten konnte. Die vier Zugänge zur Rotunde waren auf die unaufdringlichste Art und Weise abgesperrt, die dem Sicherheitsdienst zur Verfügung stand – durch ein violettes Band, einen sich ständig entschuldigenden Wachmann und ein Schild, auf dem zu lesen stand: DIESER RAUM IST WEGEN REINIGUNGSARBEITEN VORÜBERGEHEND GESCHLOSSEN. Die Zeugen – ein gutes Dutzend – wurden auf der Ostseite des Raums zu einer Gruppe zusammengetrieben, bei der die Wachleute sämtliche Handys und Kameras einsammelten. Dass einer dieser Leute ein Handyfoto an CNN schickte, konnte Anderson jetzt am allerwenigsten gebrauchen.

Einer der Zeugen, die festgehalten wurden – ein großer, dunkelhaariger Mann in Tweedjacke –, versuchte, sich aus der Gruppe zu lösen, um mit dem Chief zu sprechen. Im Augenblick führte der Mann eine hitzige Diskussion mit den Wachleuten.

»Ich werde gleich mit ihm reden«, rief Anderson seinen Leuten zu. »Haltet erst mal alle in der Lobby fest, bis wir hier ein bisschen Ordnung reingebracht haben.«

Jetzt erst blickte Anderson auf die abgetrennte Hand. Bei dem Anblick lief ihm ein eisiger Schauer über den Rücken. In seinen fünfzehn Jahren beim Sicherheitsdienst des Kapitols hatte Anderson schon viele seltsame Dinge gesehen, aber so etwas noch nicht.

Um Gottes willen! Hoffentlich ist die Spurensicherung bald hier und bringt das verfluchte Ding aus meinem Gebäude.

Anderson trat näher und sah, dass die blutige Handwurzel auf ein Stück Holz gespießt war, sodass die Hand aufrecht stand. *Holz und Fleisch*, dachte er. *Unsichtbar für Metalldetektoren.* Das einzige Stück Metall war ein großer Goldring.

Anderson bückte sich, um die Hand genauer in Augenschein zu nehmen. Sie sah aus, als hätte sie einem älteren, vielleicht sechzigjährigen Mann gehört. Der Ring zeigte eine Art Siegel mit einem doppelköpfigen Adler und der Zahl 33. Noch seltsamer und befremdlicher waren die winzigen Tätowierungen auf den Kuppen von Daumen und Zeigefinger.

Das ist ja wie in einer verdammten Freakshow.

»Chief?« Einer der Wachmänner eilte herbei und hielt Anderson ein Handy hin. »Ein Anruf für Sie. Die Vermittlung hat ihn gerade durchgestellt.«

Anderson musterte den Mann, als hätte er einen Verrückten vor sich. »Ich habe zu tun! Die sollen später noch mal anrufen.«

Das Gesicht des Mannes war bleich. Er legte die Hand auf die Sprechmuschel und flüsterte: »Die CIA!«

Der Sicherheitschef schluckte schwer. *Die CIA hat schon von der Sache hier gehört?*

»Das Office of Security«, raunte der Mann.

Anderson erstarrte. *Ach, du Schande.* Nervös starrte er auf das Handy des Wachmanns.

In Washingtons riesigem Meer von Nachrichtenagenturen war das Office of Security der CIA so etwas wie das Bermudadreieck – eine geheimnisvolle und tückische Region, von der alle wussten, dass man sich lieber von ihr fernhielt. Mit einem anscheinend selbstzerstörerischen Mandat ausgestattet, war das OS nur aus einem einzigen, seltsamen Grund von der CIA ins Leben gerufen worden: um die CIA selbst auszuspionieren. Wie eine übermächtige Abteilung für Innere Angelegenheiten überwachte das OS sämtliche CIA-Mitarbeiter, um die Unterschlagung von Geldern, den Verkauf von Geheimnissen, den Diebstahl klassifizierter Technologien und den Einsatz illegaler Foltermethoden aufzudecken, um nur ein paar Beispiele zu nennen.

Sie spionieren Amerikas Spione aus.

Mit seinem Freifahrtschein für Ermittlungen in Fragen der nationalen Sicherheit hatte das OS einen sehr langen und starken Arm. Anderson konnte sich nicht einmal ansatzweise erklären, warum das OS an diesem Vorfall im Kapitol interessiert war und erst recht nicht, wie es so schnell davon erfahren hatte. Doch es gab Gerüchte, das OS habe seine Augen überall. *Der Vorfall scheint zwar nicht ins Aufgabenfeld des OS zu gehören,* dachte Anderson, *aber es müsste schon mit dem Teufel zugehen, wenn der Anruf nichts mit der abgetrennten Hand zu tun hat.*

»Chief?« Der Wachmann hielt Anderson das Handy hin wie eine heiße Kartoffel. »Sie müssen den Anruf sofort entgegennehmen. Es ist…« Er hielt inne und bildete mit den Lippen lautlos zwei Silben: SA-TO.

Anderson blickte den Mann aus zusammengekniffenen Augen an. *Das soll wohl ein Scherz sein.* Er spürte, wie seine Handflächen feucht wurden. *Sato kümmert sich persönlich um die Sache?*

Direktor Inoue Sato, Herrscher des Office of Security, war eine Legende in der Nachrichtendienstgemeinde. Geboren in Manzanar, Kalifornien, in einem Internierungslager für Amerikaner japanischer Abstammung, wie sie nach Pearl Harbor vielerorts errichtet wurden, hatte Sato sich zu einem zähen Überlebenskünstler entwickelt, der weder die Schrecken des Krieges vergessen hatte noch die Gefahr, die von unzureichender militärischer Spionage ausging. Nachdem Sato in eines der geheimsten und mächtigsten Ämter der amerikanischen Nachrichtendienste aufgestiegen war, hatte er sich als kompromissloser Patriot wie auch als furchterregender Feind für all jene erwiesen, die sich gegen ihn stellten. Sato war nur selten zu sehen, aber allgemein gefürchtet. Der Direktor des OS schwamm durch die tiefen Wasser der CIA wie ein Leviathan, der nur auftauchte, um seine Beute zu verschlingen.

Anderson hatte Sato nur einmal von Angesicht zu Angesicht getroffen, und die Erinnerung an die kalten, schwarzen Augen reichte aus, dass er es nun als Segen empfand, dieses Gespräch über ein Mobiltelefon führen zu können.

Anderson nahm das Handy entgegen und drückte es sich ans Ohr. »Direktor Sato«, sagte er so freundlich er konnte. »Chief Anderson hier. Was kann ich für Sie …«

»In Ihrem Gebäude hält sich ein Mann auf, mit dem ich sofort sprechen muss.« Die Stimme des Direktors war unverkennbar – wie Splitt auf einer Schiefertafel. Eine Kehlkopfkrebsoperation hatte Sato einen äußerst beunruhigenden Tonfall verliehen und eine abstoßende Narbe am Hals beschert. »Holen Sie ihn ans Telefon. Sofort.«

Das ist alles? Ich soll jemanden anpiepen? Plötzlich hegte Anderson doch die Hoffnung, dass das Timing nur Zufall war. »Wer ist denn dieser Mann?«

»Robert Langdon.«

Langdon? Der Name kam Anderson irgendwie vertraut vor, doch er konnte ihn nicht einordnen. Nun fragte er sich erst einmal, ob Sato von der abgetrennten Hand wusste. »Im Moment bin ich in der Rotunde«, sagte Anderson, »aber wir haben hier ein paar Touristen ... Warten Sie bitte.« Er nahm das Handy vom Ohr und rief der Zeugengruppe zu: »Leute, ist hier jemand mit Namen Langdon?«

Nach kurzem Schweigen antwortete eine tiefe Stimme aus der Touristengruppe: »Ja. Ich bin Robert Langdon.«

Sato weiß alles. Anderson reckte den Hals, um zu sehen, wer da gesprochen hatte.

Derselbe Mann, der vorhin versucht hatte, zu ihm vorzudringen, löste sich nun von den anderen. Irgendwie kam er dem Chief bekannt vor.

Anderson drückte sich das Handy wieder ans Ohr. »Ja, Mr. Langdon ist hier.«

»Holen Sie ihn an den Apparat«, befahl Sato heiser.

Der Chief atmete tief durch. *Besser er als ich.* »Moment, bitte.« Er winkte Langdon heran.

Als dieser näher kam, wusste Anderson mit einem Mal, warum der Name ihm bekannt vorgekommen war: Er hatte kürzlich erst einen Artikel über Langdon gelesen.

Was macht dieser Mann ausgerechnet hier?

Zu seinem Erstaunen sah Anderson nichts von der kalten, harten Ausstrahlung, wie er sie von einem Mann erwartet hätte, der berühmt dafür war, eine gigantische Explosion im Vatikan und eine furiose Menschenjagd in Paris überlebt zu haben. *Dieser Bursche soll der französischen Polizei entkommen sein ... in Slippern?* Langdon sah eher aus wie jemand, den Anderson in der Bibliothek einer Elite-Universität erwartet hätte, mit einem Roman von Dostojewski in der schlaffen Gelehrtenhand.

»Mr. Langdon?« Der Sicherheitschef ging dem Mann auf halbem Weg entgegen. »Mein Name ist Anderson. Ich bin hier für die Sicherheit verantwortlich. Ich habe einen Anruf für Sie.«

»Für *mich?*« Langdons blaue Augen blickten mit einem Mal besorgt und verunsichert.

Anderson hielt ihm das Mobiltelefon hin. »Es ist das Office of Security der CIA.«

»Nie davon gehört.«

Anderson lächelte unheilvoll. »Nun, Sir, *es* hat aber von *Ihnen* gehört.«

Langdon nahm das Handy entgegen und drückte es sich ans Ohr. »Ja?«

»Robert Langdon?« Direktor Satos raue Stimme klang so laut aus dem winzigen Lautsprecher, dass auch Anderson sie hören konnte.

»Ja«, erwiderte Langdon.

»Hier spricht Direktor Inoue Sato, Mr. Langdon. Wir haben eine sehr problematische Situation. Ich glaube, Sie verfügen über Informationen, die mir helfen könnten.«

Auf Langdons Gesicht erschien ein hoffnungsvoller Ausdruck. »Geht es um Peter Solomon? Wissen Sie, wo er ist?«

Anderson spitzte die Ohren. *Peter Solomon?* Jetzt verstand er überhaupt nichts mehr.

»Um eines klarzustellen, Professor«, sagte Sato. »Im Augenblick stelle ich hier die Fragen.«

»Peter Solomon steckt in großen Schwierigkeiten«, rief Langdon. »Irgendein Irrer hat vor ein paar Minuten ...«

»Entschuldigen Sie!«, unterbrach Sato ihn mit frostiger Stimme.

Anderson zuckte unwillkürlich zusammen. *Oh, oh, das war gar nicht gut.* Einen Top-Beamten der CIA beim Fragen zu unterbrechen war ein Fehler, den nur ein Zivilist begehen konnte. *Und ich dachte, Langdon ist ein so kluger Kopf.*

»Hören Sie mir gut zu«, sagte Sato kühl. »Während wir hier miteinander plaudern, sieht die Nation sich einer Krise gegenüber. Man hat mir gesagt, Sie würden über Informationen verfügen, die mir helfen können, diese Krise abzuwenden. Ich frage Sie also noch einmal: Welche Informationen haben Sie?«

Langdon hob verwirrt die Brauen. »Ich habe keine Ahnung, wovon Sie reden. Ich bin nur daran interessiert, Peter Solomon zu finden, und ...«

»Sie haben keine Ahnung?« Satos Stimme klirrte wie Eis.

Anderson sah, wie sich Langdon die Nackenhaare sträubten. Nun schlug auch er einen aggressiveren Tonfall an. »Sie haben es durchschaut, Direktor. Ich habe nicht die leiseste gottverdammte Ahnung.«

Wieder zuckte Anderson zusammen. *Falsch. Falsch. Falsch.* Robert Langdon hatte im Umgang mit Sato soeben einen weiteren schlimmen Fehler begangen.

Und dann sah Anderson zu seinem Entsetzen, wie Sato auf der anderen Seite der Rotunde erschien und sich mit raschen Schritten näherte. *Du liebe Güte, Sato ist hier!* Anderson hielt die Luft an und bereitete sich auf den Einschlag vor. *Langdon hat ja keine Ahnung ...*

Die dunkle Gestalt des Direktors kam rasch näher, das Handy am Ohr, die schwarzen Augen wie zwei Laser auf Langdons Rücken gerichtet.

Langdons Hand umkrampfte das Handy des Sicherheitschefs. Er spürte, wie sein Zorn wuchs, als Sato zunehmend Druck auf ihn ausübte. »Tut mir leid, Sir«, sagte Langdon gereizt, »aber ich bin kein Gedankenleser. Was wollen Sie von mir?«

»Was ich von Ihnen will?« Die knirschende Stimme des Direktors des OS klang rau und hohl wie die eines Sterbenden, dem man die Kehle abschnürt.

Noch während Sato sprach, spürte Langdon, wie jemand ihm auf die Schulter tippte. Er drehte sich um, und sein Blick wurde nach unten gezogen ... genau auf das Gesicht einer winzigen Japanerin. Ihre Haut war fleckig, ihr Haar spröde und dünn, die Zähne von Nikotin verfärbt. Eine beunruhigende weiße Narbe zog sich quer über ihren Hals. Sie musterte Langdon mit flammendem Blick, während sie sich mit knorriger Hand ein Mobiltelefon ans Ohr drückte. Als die Lippen der Frau sich bewegten, hörte Langdon die inzwischen vertraute rasselnde Stimme in seinem Handy.

»Was ich von Ihnen will, Professor?« In aller Ruhe klappte die Frau das Handy zu, wobei sie ihn noch immer mit funkelnden Augen musterte. »Zunächst einmal, dass Sie damit aufhören, mich ›Sir‹ zu nennen.«

Langdon starrte die Frau wie versteinert an. »Ma'am, ich … entschuldigen Sie. Die Verbindung war schlecht …«

»Die Verbindung war hervorragend, Professor«, sagte Direktor Sato. »Und meine Toleranzschwelle ist extrem niedrig, wenn jemand mir Scheiße erzählt.«

Kapitel 17

irektor Inoue Sato war ein furchterregendes Exemplar der menschlichen Gattung – ein rauer Sturm von einer Frau, die kaum mehr als einen Meter fünfzig maß. Sie war spindeldürr, mit kantigen, spitzen Gesichtszügen und litt unter einer Hautkrankheit, die man Weißfleckenkrankheit nennt, was ihrem Gesicht das Aussehen von Granit verlieh, der von Flechten überzogen war. Ihr zerknitterter, blauer Hosenanzug hing schlaff wie ein leerer Sack um ihre ausgemergelte Gestalt, und der offen stehende Blusenkragen verbarg die Narbe an ihrem Hals nicht einmal ansatzweise. Ihre Mitarbeiter pflegten zu sagen, dass Satos einziges Zugeständnis an körperliche Eitelkeit das Zwirbeln ihres beachtlichen Damenbarts zu sein schien.

Seit einem Jahrzehnt leitete Inoue Sato das Office of Security der CIA. Sie besaß einen extrem hohen IQ und eiskalte, präzise Instinkte – eine Kombination, die sie mit einem Selbstvertrauen wappnete, das jeden in Schrecken versetzte, der nicht in der Lage war, das Unmögliche zu vollbringen. Nicht einmal die tödliche Diagnose ihrer Ärzte – aggressiver Kehlkopfkrebs – hatte sie erschüttern können. Die Schlacht hatte sie einen Monat Arbeit, die Hälfte ihrer Stimme und ein Drittel ihres Körpergewichts gekostet, doch sie war wieder ins Büro zurückgekehrt, als wäre nichts geschehen. Inoue Sato schien unzerstörbar zu sein.

Robert Langdon vermutete, dass er nicht der Erste war, der Sato am Telefon für einen Mann gehalten hatte, doch sie funkelte ihn noch immer mit ihren schwelenden, schwarzen Augen an.

»Bitte entschuldigen Sie, Ma'am«, sagte Langdon. »Ich versuche noch immer, mich hier zu orientieren. Der Mann, der behauptet, Peter Solomon in der Gewalt zu haben, hat mich heute Abend mit einem Trick nach D.C. gelockt.« Er holte das Fax aus seiner Jackentasche. »Das hier hat er mir früher am Tag zukommen lassen. Ich habe mir die Nummer des Flugzeugs notiert, das er geschickt hat, um mich abholen zu lassen. Wenn Sie bei der FAA anrufen und …«

Satos winzige Hand schoss vor und schnappte sich das Blatt Papier. Sie steckte es in die Tasche, ohne auch nur einen flüchtigen Blick darauf zu werfen. »Professor, *ich* leite diese Untersuchung, und solange Sie mir nicht sagen, was ich wissen will, schlage ich vor, dass Sie erst den Mund aufmachen, wenn Sie angesprochen werden.«

Sato wirbelte zum Sicherheitschef herum.

»Chief Anderson.« Sato trat viel zu nahe an ihn heran und funkelte ihn mit ihren winzigen, schwarzen Augen an. »Würden Sie mir endlich sagen, was hier los ist? Der Wachmann am Osteingang sagte mir, Sie hätten hier eine menschliche Hand gefunden. Stimmt das?«

Anderson trat zur Seite und gab den Blick auf das Ding auf dem Boden frei. »Ja, Ma'am, erst vor ein paar Minuten.«

Sato schaute auf die Hand, als wäre sie bloß ein falsch abgelegtes Kleidungsstück. »Und trotzdem haben Sie das mir gegenüber nicht erwähnt, als ich angerufen habe?«

»Ich … Ich dachte, Sie wüssten es.«

»Lügen Sie mich nicht an!«

Anderson schrumpfte unter Satos Blick förmlich zusammen, doch sein Tonfall blieb selbstbewusst. »Ma'am, wir haben die Situation unter Kontrolle.«

»Das wage ich zu bezweifeln«, erwiderte Sato mit dem gleichen Selbstbewusstsein.

»Die Spurensicherung ist bereits unterwegs. Wer immer das Ding da abgestellt hat – er hat vielleicht Fingerabdrücke hinterlassen.«

Sato blickte skeptisch drein. »Ich könnte mir vorstellen, dass jemand, der clever genug war, mit einer abgetrennten Hand durch Ihre Sicherheitskontrollen zu spazieren, auch klug genug ist, keine Fingerabdrücke zu hinterlassen.«

»Das mag ja stimmen, aber es ist meine Pflicht, das zu untersuchen.«

»Jetzt nicht mehr. Ich entbinde Sie mit sofortiger Wirkung von Ihren Pflichten. Von nun an übernehme ich die Sache.«

Anderson versteifte sich. »Das fällt doch gar nicht in den Aufgabenbereich des OS.«

»Oh doch. Das ist eine Frage der nationalen Sicherheit.«

Peters Hand?, fragte sich Langdon, der das Gespräch wie benommen verfolgte. *Eine Frage der nationalen Sicherheit?* Langdon hatte mehr und mehr das Gefühl, dass sein vorrangiges Ziel, nämlich Peter zu finden, nicht Satos Ziel war. Die Chefin des OS schien auf einem ganz anderen Fest zu tanzen.

Anderson schien ebenso verwirrt zu sein. »Nationale Sicherheit? Bei allem gebührenden Respekt, Ma'am …«

»Als ich das letzte Mal nachgesehen habe«, unterbrach Sato ihn, »stand ich im Rang über Ihnen. Ich schlage vor, Sie tun genau, was ich sage, ohne Fragen zu stellen.«

Anderson schluckte. »Aber sollten wir nicht wenigstens Abdrücke von den Fingern der Hand nehmen, um sicherzugehen, dass sie wirklich Peter Solomon gehört?«

»Das kann ich Ihnen bestätigen«, sagte Langdon und spürte eine Übelkeit erregende Gewissheit. »Ich erkenne seinen Ring … und seine Hand.« Er hielt kurz inne. »Die Tätowierungen sind allerdings neu. Irgendjemand hat sie ihm erst vor Kurzem beigebracht.«

»Wie bitte?« Zum ersten Mal seit ihrer Ankunft machte Sato einen nervösen Eindruck. »Die Hand ist *tätowiert?*«

Langdon nickte. »Der Daumen mit einer Krone, der Zeigefinger mit einem Stern.«

Sato zog eine Brille hervor, ging zu der Hand und umkreiste sie wie ein Hai einen über Bord gegangenen Matrosen.

»Außerdem«, fuhr Langdon fort, »kann man die anderen drei Finger zwar nicht sehen, aber ich bin sicher, dass sie ebenfalls Tätowierungen auf den Fingerkuppen aufweisen.«

Sato schien von diesem Kommentar fasziniert zu sein. Sie winkte Anderson. »Chief, können Sie sich bitte die Finger anschauen und uns sagen, was Sie sehen?«

Anderson kauerte sich neben die Hand, wobei er sorgfältig darauf achtete, sie nicht zu berühren. Dann legte er die Wange auf den Boden und schaute sich die geballten Finger von unten an. »Er hat recht, Ma'am. Die Fingerkuppen sind tätowiert. Ich kann aber nicht genau erkennen, was die anderen Symbole ...«

»Eine Sonne, eine Laterne und ein Schlüssel«, sagte Langdon.

Sato drehte sich zu ihm um und musterte ihn von Kopf bis Fuß. »Woher wollen Sie das wissen?«

Langdon erwiderte ihren Blick. »Das Bild einer menschlichen Hand, deren Fingerkuppen auf diese Art markiert sind, ist eine sehr alte Symbolfigur. Man nennt sie die ›Mysterienhand‹.«

Anderson stand wieder auf. »Diese Abscheulichkeit hat einen *Namen?*«

Langdon nickte. »Es ist eines der geheimnisvollsten Symbole der antiken Welt.«

Sato legte den Kopf zur Seite. »Darf ich Sie dann einmal fragen, was dieses Ding mitten im Kapitol der Vereinigten Staaten zu suchen hat?«

Langdon wünschte sich, er würde endlich aus diesem Albtraum erwachen. »Traditionell hat man dieses Symbol als Einladung benutzt, Ma'am.«

»Als Einladung für was?«, verlangte Sato zu wissen.

Langdon schaute auf die Zeichen an der abgetrennten Hand seines Freundes. »Über Jahrhunderte hinweg diente die Mysterienhand

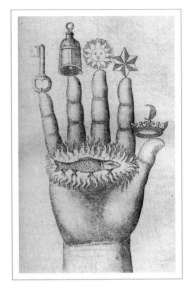

DIE MYSTERIENHAND MIT
DEN FÜNF SYMBOLEN DER
FINGERSPITZEN, STICH VON
1773

als mystischer Ruf. Vereinfacht gesagt, versinnbildlicht sie eine Einladung, geheimes Wissen zu empfangen ... geschütztes Wissen, das nur einer kleinen Elite bekannt ist.«

Sato verschränkte die dünnen Arme und schaute mit ihren kohlrabenschwarzen Augen zu Langdon hinauf. »Mein lieber Professor, für jemanden, der behauptet, nicht die leiseste Ahnung zu haben, warum er überhaupt hier ist, machen Sie Ihre Sache bis jetzt ganz gut.«

Kapitel 18

Katherine Solomon streifte ihren weißen Laborkittel über und begann ihre übliche Ankunftsroutine – ihre »Runde«, wie ihr Bruder es nannte.

Wie eine besorgte Mutter, die einen Kontrollblick auf ihr schlafendes Baby wirft, steckte Katherine den Kopf in den Maschinenraum. Die Wasserstoffzelle arbeitete reibungslos; sämtliche Ersatzflaschen waren an Ort und Stelle.

Katherine ging weiter den Gang hinunter zum Datenspeicherraum. Wie gewohnt summten die beiden holografischen Back-up-Einheiten in ihrer temperaturgeregelten Kammer. *Meine gesamten Forschungsarbeiten sind hier vereint*, dachte Katherine, als sie durch das knapp acht Zentimeter dicke Sicherheitsglas blickte. Anders als ihre kühlschrankgroßen Vorgänger sahen holografische Datenspeicher eher wie schlanke Stereokomponenten aus. Beide Speicherelemente des Labors standen auf einem eigenen Podest. Sie waren völlig identisch, perfekt synchronisiert und dienten dazu, doppelte Kopien von Analysen und Messergebnissen zu sichern. Die meisten Back-up-Protokolle empfahlen ein externes sekundäres Back-up-System für den Fall eines Erdbebens, Feuers oder Diebstahls, doch Katherine und ihr Bruder waren übereingekommen, dass Geheimhaltung in diesem Fall vordringlich war: Würden die Daten an einen externen Server geleitet, wäre nicht mehr hundertprozentig zu gewährleisten, dass sie geheim blieben.

Nachdem Katherine sich vergewissert hatte, dass alles glattlief, ging sie zurück in Richtung Maschinenraum. Als sie um die Ecke bog, entdeckte sie etwas Unerwartetes auf der anderen Seite des Labors. *Was in aller Welt...?* Gedämpftes Licht schimmerte auf den Apparaturen. Katherine trat einen Schritt näher, um sich zu vergewissern, und war überrascht, als sie sah, dass dieses Licht durch die Plexiglas-Wand des Kontrollraums fiel.

Er ist hier. Katherine rannte los, riss die Tür des Kontrollraums auf und stürzte hinein. »Peter!«

Die untersetzte junge Frau, die am Terminal des Kontrollraums saß, sprang auf. »O Gott! Katherine, hast du mich erschreckt!«

Trish Dunne – die einzige andere Person auf Erden, die hier Zutritt hatte – war Katherines Metasystemanalytikerin und arbeitete selten am Wochenende. Die sechsundzwanzigjährige rothaarige IT-Expertin war ein Genie auf dem Gebiet der Datenmodellierung und hatte eine Vertraulichkeitserklärung unterschrieben, die des KGB würdig gewesen wäre. Heute Abend analysierte Trish offenbar Daten auf der Plasmawand des Kontrollraums, einem riesigen Flachbildschirm, der aussah, als käme er direkt aus dem Kontrollzentrum der NASA.

»Entschuldige«, sagte Trish. »Ich wusste nicht, dass du schon hier bist. Ich wollte eigentlich fertig werden, bevor du und Peter hier erscheinen.«

»Hast du mit ihm gesprochen? Er hat sich verspätet, und er geht nicht ans Telefon.«

Trish schüttelte den Kopf. »Ich wette, er versucht immer noch, mit dem neuen iPhone klarzukommen, das du ihm geschenkt hast.«

»Da könntest du recht haben.« Katherine lachte auf. »Ich bin froh, dass du heute hier bist, Trish. Du könntest mir bei einer Sache helfen, wenn's dir nichts ausmacht.«

»Was es auch sein mag, es ist bestimmt interessanter als Football.«

Katherine holte tief Luft. »Ich bin mir nicht sicher, wie ich es dir erklären soll, aber ich habe heute eine merkwürdige Geschichte gehört …«

Trish Dunne wusste nicht, welche Geschichte Katherine Solomon gehört hatte, doch sie ging ihr offensichtlich nahe. In ihren sonst so ruhigen grauen Augen lag ein besorgter Ausdruck, und seit sie den Raum betreten hatte, hatte sie drei Mal ihr Haar hinters Ohr gesteckt – ein nervöser »Tell«, wie man es beim Poker nannte. *So brillant Katherine als Wissenschaftlerin ist*, ging es Trish durch den Kopf, *so lausig wäre sie als Pokerspielerin.*

»Für mich«, sagte Katherine, »klingt diese Geschichte wie eine alte Legende. Und doch …« Sie hielt inne und schob sich erneut eine Haarsträhne hinters Ohr.

»Und doch?«

Katherine seufzte. »Und doch habe ich heute aus vertrauenswürdiger Quelle erfahren, dass diese Legende wahr sein könnte.«

»Okay …« *Worauf will sie hinaus?*

»Ich wollte mit Peter darüber reden, aber vielleicht könntest du mir helfen, vorab ein bisschen Licht in die Sache zu bringen. Ich wüsste gerne, ob diese Legende zu irgendeinem Zeitpunkt in der Geschichte erhärtet wurde.«

»Was meinst du mit ›Geschichte‹?«

»Die Geschichte der Menschheit – ganz gleich, wo auf der Welt, in welcher Sprache oder in welcher Epoche.«

Ein seltsames Anliegen, dachte Trish, *aber es könnte machbar sein.* Zehn Jahre zuvor wäre diese Aufgabe unmöglich zu lösen gewesen, doch heutzutage, in Zeiten des Internets, des World Wide Web und der fortschreitenden Digitalisierung großer Bibliotheken und Museen überall auf der Welt, ließ Katherines Ziel sich mithilfe einer relativ simplen Suchmaschine, versehen mit einem Heer von Übersetzungsmodulen und ein paar gut gewählten Schlüsselwörtern, durchaus erreichen.

»Kein Problem«, sagte Trish. Ein beträchtlicher Teil der Literatur, mit der sie es im Labor zu tun hatten, enthielt Abschnitte in alten Sprachen, und so hatte Trish schon öfter vor der Aufgabe gestanden, spezielle Zeichenerkennungsprogramme mit Übersetzungsmodulen zu schreiben, um aus obskuren Sprachen englische Texte zu erstellen. Sie war die vermutlich einzige Metasystemspezialistin auf Erden, die OCR-Übersetzungsmodule für Altfriesisch, Maek und Akkadisch programmiert hatte.

Die Module würden sicher helfen, doch der Trick bei einer effektiven Suche bestand darin, die richtigen Schlüsselwörter zu wählen. *Eindeutig, aber nicht übermäßig restriktiv.*

Katherine schien Trish einen Schritt voraus zu sein, denn sie notierte bereits mögliche Schlüsselwörter auf einem Blatt. Sie hielt inne, dachte einen Moment nach und fügte dann ein paar weitere Wörter hinzu. »Okay«, sagte sie schließlich und reichte Trish den Zettel.

Trish überflog die Liste der Suchbegriffe und machte große Augen. *Hinter was für einer verrückten Legende ist Katherine her?* »Du willst, dass ich nach *all* diesen Schlüsselbegriffen suche?« Eines der Wörter kannte Trish nicht einmal. *Ist das überhaupt Englisch?* »Glaubst du wirklich, wir werden das alles an einer Stelle finden? Wörtlich?«

»Ich möchte es zumindest versuchen.«

Trish hätte gesagt *unmöglich*, aber das U-Wort war im Labor verboten, denn Katherine betrachtete es als Zeichen einer gefährlichen Geisteshaltung auf einem Gebiet, das oft scheinbare Unmöglichkeiten in belegbare Wahrheiten umwandelte. Trish Dunne bezweifelte stark, dass diese Schlüsselwortsuche darunterfallen würde.

»Wie lange wirst du brauchen?«, fragte Katherine.

»Ein paar Minuten, um den Spider zu schreiben und zu starten. Danach vielleicht eine Viertelstunde, bis der Bot sich totgelaufen hat.«

»So schnell?«, staunte Katherine.

Trish nickte. Traditionelle Suchmaschinen brauchten oft einen ganzen Tag, um das gesamte Online-Universum zu erkunden, neue Dokumente zu finden, ihren Inhalt zu verdauen und ihn ihrer durchsuchbaren Datenbank hinzuzufügen. Aber das war nicht die Art von Webcrawler, die Trish schreiben wollte.

»Ich werde ein Programm schreiben, das man als *Delegator* bezeichnet«, erklärte Trish. »Es ist nicht ganz koscher, aber es ist schnell. Im Wesentlichen ist es ein Programm, das andere Suchmaschinen die Arbeit machen lässt. Die meisten Datenbanken haben eine eingebaute Suchfunktion – Bibliotheken, Museen, Universitäten, Regierungsbehörden. Also schreibe ich einen Spider, der ihre Suchmaschinen findet, unsere Schlüsselwörter eingibt und sie auf die Suche schickt. Auf diese Weise können wir die Kapazität von Tausenden von Suchmaschinen für unsere Zwecke nutzen, und das alles gleichzeitig.«

Katherine wirkte beeindruckt. »Parallelverarbeitung.«

Eine Art Metasystem. »Ja«, sagte Trish. »Ich geb dir Bescheid, wenn ich was habe.«

»Vielen Dank, Trish.« Katherine tätschelte ihr den Rücken und wandte sich zur Tür. »Ich bin in der Bibliothek.«

Trish machte sich daran, das Programm zu schreiben. Einen Webcrawler zu programmieren war eine einfache Arbeit, die weit unter ihrem Qualifikationsniveau lag, was Trish aber nichts ausmachte. Für Katherine Solomon würde sie alles tun. Manchmal konnte sie das Glück, das sie hierhergeführt hatte, immer noch nicht glauben.

Du hast es verdammt weit gebracht, Baby.

Bis vor gut einem Jahr war Trish als Metasystemanalytikerin bei einem Hightech-Unternehmen beschäftigt gewesen. Nebenher hatte sie freiberuflich mehrere Programme geschrieben und einen professionellen Blog begonnen – »Zukünftige Anwendungen in elektronischer Metasystemanalyse« –, auch wenn sie Zweifel hatte, dass großes Interesse für ihren Blog bestand. Dann, eines Abends, klingelte ihr Telefon.

»Trish Dunne?«, fragte eine höfliche Frauenstimme.

»Ja. Wer spricht da bitte?«

»Mein Name ist Katherine Solomon.«

Trish wurden die Knie weich. *Katherine Solomon?* »Ich habe gerade Ihr Buch gelesen – *Noetische Wissenschaften, der moderne Weg zur alten Weisheit* – und in meinem Blog darüber geschrieben!«

»Ja, ich weiß«, erwiderte die Frau freundlich. »Deshalb rufe ich an.«

Natürlich. Trish kam sich ziemlich dumm vor. *Selbst brillante Wissenschaftlerinnen googeln sich selbst.*

»Ich finde Ihren Blog hochinteressant«, fuhr Katherine fort. »Ich wusste gar nicht, dass die Metasystemmodellierung solche Fortschritte gemacht hat.«

»Äh … ja, Ma'am«, brachte Trish stockend hervor. »Datenmodellierung ist eine rasant expandierende Technologie mit weitreichenden Anwendungsmöglichkeiten.«

Mehrere Minuten lang tauschten die beiden Frauen sich über Trishs Arbeit mit Metasystemen aus und diskutierten ihre Erfahrung in der Analyse, Modellierung und Vorhersage des Flusses großer Datenmengen.

»Offensichtlich geht Ihr Buch weit über meinen Horizont«, sagte Trish, »aber ich verstehe genug von der Materie, um eine Schnittmenge mit meiner eigenen Arbeit an Metasystemen zu erkennen.«

»In Ihrem Blog heißt es, Sie halten es für möglich, dass die Metasystemmodellierung und die Noetischen Wissenschaften auf eine neue Basis gestellt werden können.«

»Absolut. Ich glaube, Metasysteme könnten die Noetik zu einer echten Wissenschaft machen.«

»Eine *echte* Wissenschaft?« Katherines Tonfall wurde um eine Nuance kühler. »Im Gegensatz zu …?«

Oh, Mist, das ging daneben. »Ich wollte damit sagen, dass die Noetik mehr … esoterisch ist.«

Katherine lachte. »Keine Angst, war nicht so gemeint. Das bekomme ich die ganze Zeit zu hören.«

Das überrascht mich nicht, dachte Trish. Selbst das Institut für Noetische Wissenschaften in Kalifornien beschrieb das Fachgebiet in einer unverständlichen, abstrusen Sprache und definierte es als das Studium des »direkten und unmittelbaren Zugriffs auf ein Wissen jenseits dessen, was den normalen Sinnen und der Vernunft zugänglich ist«.

Das Wort *noetisch*, hatte Trish gelernt, war abgeleitet von dem altgriechischen *nous* – was sich ungefähr als »inneres Wissen« oder »intuitives Bewusstsein« übersetzen ließ.

»Ich hätte Interesse an Ihrer Arbeit mit Metasystemen«, sagte Katherine, »und wie sie sich auf ein Projekt anwenden ließen, mit dem ich gerade befasst bin. Könnten wir uns treffen? Ich würde gerne von Ihrer Erfahrung profitieren.«

Katherine Solomon möchte von meiner Erfahrung profitieren? Das war ungefähr so, als hätte Maria Sharapova sie angerufen, um sich Tipps fürs Tennisspielen geben zu lassen.

Am nächsten Tag fuhr ein weißer Volvo in Trishs Einfahrt vor, und eine attraktive, sportliche Frau in Bluejeans stieg aus. Trish kam sich sofort einen halben Meter kleiner vor. *Großartig*, stöhnte sie innerlich auf. *Klug, reich und schlank – und da soll ich noch glauben, Gott sei gerecht?* Doch Katherines unkomplizierte Art nahm Trish sofort die Befangenheit.

Die beiden setzten sich auf Trishs riesige Veranda an der Rückseite des Hauses, die auf ein eindrucksvolles Gartengrundstück hinausblickte.

»Ein schönes Haus haben Sie«, meinte Katherine.

»Danke. Ich hatte Glück auf dem College und konnte eine Software verkaufen, die ich geschrieben hatte.«

»Hatte sie mit Metasystemen zu tun?«

»Mit einem Vorläufer. Nach dem 11. September standen die Behörden unter Druck, riesige Datenmengen zu sammeln und auszuwerten – private E-Mails, Handygespräche, Faxe, Texte, Webseiten –, um sie auf Schlüsselwörter hin abzuklopfen, die mit Terrorismus zu tun hatten. In dem Zusammenhang habe ich ein Programm geschrieben, das es den Behörden möglich machte, ihre Daten noch auf andere Weise auszuwerten … sie für geheimdienstliche Zwecke zu gewichten.« Sie lächelte. »Kurz gesagt, mein Programm war eine Art Fieberthermometer der Nation.«

»Was?«

Trish lachte. »Ja, das hört sich verrückt an, ich weiß. Ich wollte damit sagen … mein Programm hat den emotionalen Zustand der USA in Zahlen gefasst. Es bot eine Methode zur Quantifizierung des globalen Bewusstseins, wenn man es so ausdrücken will.« Trish erklärte, wie man aus den gesammelten Daten der elektronischen Kommunikation auf Basis der »Vorkommensdichte« gewisser Schlüsselwörter und emotionaler Indikatoren im Datenmaterial die Gefühlslage der Nation abschätzen konnte. Glückliche Zeiten waren gekennzeichnet durch eine glückliche Sprache, und für Zeiten der Spannung galt das Gegenteil. Für den Fall eines terroristischen Angriffs beispielsweise konnten die Behörden aus dem Datenmaterial die Veränderung in der amerikanischen Psyche ablesen und den Präsidenten besser beraten, zum Beispiel im Hinblick auf die Frage, wie er in der Öffentlichkeit auf das Ereignis reagieren sollte.

»Interessant.« Katherine strich sich übers Kinn. »Sie untersuchen gewissermaßen eine Population von Individuen, als wäre sie ein einziger Organismus.«

»Genau. Ein Metasystem. Eine Einheit, die definiert wird durch die Gesamtheit ihrer Teile. Der menschliche Körper beispielsweise besteht aus Milliarden einzelner Zellen, jede mit unterschiedlichen Eigenschaften und Zwecken, doch er funktioniert als singuläre Einheit.«

Katherine nickte. »Wie Vogel- oder Fischschwärme, die sich als Einheit bewegen. Wir nennen das Emergenz oder Verschränkung.«

Trish erkannte, dass ihr berühmter Gast bereits begann, das Potenzial der Metasystemprogrammierung für ihr eigenes Fachgebiet, die Noetik, abzuklopfen. »Meine Software«, erklärte Trish, »war dazu gedacht, der Regierung zu helfen, globale Krisen – Pandemien, nationale Tragödien, Terrorismus und dergleichen – besser einschätzen und angemessen darauf reagieren zu können.« Sie hielt kurz inne, fuhr dann fort: »Natürlich ist nie auszuschließen, dass diese Technik für andere Zwecke missbraucht werden könnte … etwa um eine Momentaufnahme der Geisteshaltung der Nation zu machen und den Ausgang von Wahlen oder die Entwicklung der Aktienkurse bei Öffnung der Börse vorauszuberechnen.«

»Klingt nach einem sehr nützlichen Programm.«

Trish wies auf ihr Haus. »Die Regierung fand das auch.«

Katherines graue Augen blickten mit einem Mal ernst. »Trish, darf ich Sie auf das *ethische* Problem ansprechen, das Ihre Arbeit aufwirft?«

»Was meinen Sie damit?«

»Sie haben ein Programm geschrieben, das zu Missbrauch verleiten könnte. Die Benutzer haben Zugang zu vertraulichen Informationen, die nicht jedermann zur Verfügung stehen. Hatten Sie keine Bedenken, diese Möglichkeit zu eröffnen?«

Trish erwiderte Katherines Blick, ohne mit der Wimper zu zucken. »Absolut nicht. Meine Software ist nicht anders als … sagen wir, ein Flugsimulatorprogramm. Einige Benutzer werden damit trainieren, wie man Hilfsflüge in Entwicklungsländer macht. Andere werden üben, Passagierflugzeuge in Wolkenkratzer zu lenken. Wissen ist ein Werkzeug, und bei einem Werkzeug ist der Benutzer dafür verantwortlich, wozu er es verwendet.«

Katherine lehnte sich zurück, offenbar beeindruckt. »Dann lassen Sie mich Ihnen eine hypothetische Frage stellen.«

Trish spürte plötzlich, dass ihre Unterhaltung sich soeben in Richtung eines Einstellungsgesprächs verschoben hatte.

Katherine bückte sich, nahm eine Prise Sand von den Bohlen der Veranda auf und hielt sie hoch, sodass Trish sie sehen konnte. »Mir scheint«, sagte sie, »dass Ihre Arbeit mit Metasystemen es Ihnen ermöglicht, etwa das Gewicht eines ganzen Sandstrands zu berechnen, indem Sie nur ein Sandkorn abwiegen.«

»Das ist grundsätzlich richtig.«

»Und hier möchte ich anknüpfen«, sagte Katherine. »Wie Sie wissen, hat jedes Sandkorn eine Masse. Eine winzige Masse, aber dennoch vorhanden.«

Trish nickte.

»Und weil ein Sandkorn Masse hat, übt es eine Anziehungskraft aus. Wiederum zu klein, um sie zu spüren, aber dennoch messbar.«

»Ja, sicher.«

»Nun«, sagte Katherine, »wenn wir Myriaden solcher Sandkörner nehmen und sie einander anziehen lassen, um, sagen wir, einen Körper von der Größe des Mondes zu bilden, würde ihre vereinte Anziehungskraft ausreichen, auf der Erde ganze Ozeane zu erfassen und die Gezeitenströmungen zu bilden.«

»Das ist richtig.« Trish hatte keine Ahnung, worauf das alles hinauslaufen sollte.

»Jetzt einmal rein hypothetisch«, sagte Katherine und schnippte die Sandkörner weg. »Was wäre, wenn ich Ihnen sagte, dass ein Gedanke … jede einzelne Idee, die sich in Ihrem Hirn bildet … eine Masse besitzt? Wenn ich behaupte, dass ein Gedanke ein *Ding* ist, eine messbare Einheit mit messbarer Masse? Einer verschwindend geringen Masse, versteht sich, aber dennoch ungleich null. Was wären die Folgerungen?«

»Rein hypothetisch? Nun, die offensichtliche Folgerung wäre … wenn ein Gedanke Masse hat, übt er eine physische Anziehungskraft aus.«

Katherine nickte. »Und nun gehen Sie noch einen Schritt weiter: Was geschieht, wenn viele Menschen sich auf ein und denselben Gedanken konzentrieren? Alle Instanzen desselben Gedankens verschmelzen, und die kumulierte Masse dieses *einen* Gedankens wächst – und damit seine Anziehungskraft.«

»Und das bedeutet«, sagte Trish, »wenn genügend Menschen zur exakt gleichen Zeit dasselbe denken, wird die Anziehungskraft dieses Gedankens greifbar, und er übt eine reale Kraft aus.«

Katherine zwinkerte ihr zu. »Und er kann eine messbare Wirkung auf unsere physische Welt haben!«

Kapitel 19

Direktor Inoue Sato hatte die Arme vor der Brust verschränkt und den Blick skeptisch auf Langdon gerichtet, während sie verarbeitete, was sie soeben gehört hatte. »Er hat gesagt, Sie sollen ein altes Portal für ihn öffnen? Was soll ich denn *damit* anfangen, Professor?«

Langdon zuckte hilflos mit den Schultern. Ihm war wieder übel, und er bemühte sich, nicht auf die abgetrennte Hand seines Freundes zu schauen. »Genau das hat dieser Mann zu mir gesagt. Ein altes Portal, verborgen irgendwo in diesem Gebäude. Ich habe ihm gesagt, ich wüsste nichts von einem Portal.«

»Wie kommt er dann auf die Idee, dass Sie es finden könnten?«

»Offensichtlich ist dieser Kerl wahnsinnig.« *Er hat gesagt, Peter würde mir den Weg weisen.* Langdon blickte auf Peters nach oben gerichtete Finger und fühlte sich erneut von dem sadistischen Wortspiel des Entführers angewidert. *Peter wird den Weg weisen.* Langdon hob den Blick hinauf zu der riesigen Kuppel, wohin der Finger wies. *Ein Portal? Da oben? Das ist verrückt!*

»Dieser Kerl, der mich angerufen hat«, sagte Langdon zu Sato, »hat als Einziger gewusst, dass ich heute Abend ins Kapitol komme. Wer immer *Sie* darüber informiert hat, dass ich hier sein werde, ist Ihr Mann. Ich empfehle Ihnen …«

»Woher ich meine Informationen beziehe, geht Sie nichts an«, unterbrach Sato ihn, und ihre Stimme wurde schärfer. »Im Augenblick ist meine oberste Priorität, mit diesem Mann zu kooperieren.

Und meinen Informationen zufolge sind *Sie* der Einzige, der ihm geben kann, was er will.«

»Und *meine* oberste Priorität ist es, meinen Freund zu finden«, erwiderte Langdon gereizt.

Sato atmete tief durch. Ihre Geduld war sichtlich auf die Probe gestellt. »Wenn wir Mr. Solomon finden wollen, bleibt uns nur eine Möglichkeit, Professor: Wir müssen mit der einzigen Person kooperieren, die zu wissen scheint, wo Peter Solomon sich befindet.« Sato schaute auf die Uhr. »Unsere Zeit ist begrenzt. Ich kann Ihnen versichern, dass es von allergrößter Bedeutung ist, die Forderungen dieses Mannes so rasch wie möglich zu erfüllen.«

»Und wie?«, fragte Langdon. »Indem wir ein uraltes Portal finden und öffnen? Es *gibt* kein Portal, Ma'am. Dieser Kerl ist ein Irrer.«

Sato trat ganz nahe an Langdon heran. »Ihr *Irrer*, Mr. Langdon, hat heute Morgen bereits zwei durchaus intelligente Individuen mit bemerkenswertem Geschick manipuliert.« Sie starrte Langdon in die Augen und blickte dann zu Anderson. »In meinem Job lernt man sehr schnell, wie schmal die Grenze zwischen Genie und Wahnsinn ist. Wir wären gut beraten, diesem Mann ein wenig Respekt zu erweisen.«

»Er hat einem Menschen die Hand abgeschnitten!«

»Genau. Das war wohl kaum die Tat eines unentschlossenen oder unsicheren Individuums. Und wichtiger noch, Professor, dieser Mann glaubt offenbar, dass Sie ihm helfen können. Er hat Sie den ganzen weiten Weg hierher nach Washington gebracht – und dafür muss er einen triftigen Grund gehabt haben.«

»Angeblich glaubt er nur deshalb, ich könne dieses ›Portal‹ öffnen, weil Peter Solomon es ihm gesagt hat«, konterte Langdon.

»Warum sollte Mr. Solomon so etwas sagen, wenn es nicht der Wahrheit entspricht?«

»Ich bin sicher, Peter hat nichts dergleichen gesagt. Und wenn doch, dann nur unter großem Druck. Er war verwirrt ... oder verängstigt.«

»Ja, wir müssen von einer sehr effektiven Verhörmethode ausgehen, vielleicht sogar Folter. Umso mehr Grund für Mr. Solomon, die Wahrheit zu sagen.« Sato sprach, als hätte sie Erfahrung mit diesen Methoden. »Hat dieser Mann Ihnen auch gesagt, *warum* Peter Solomon glaubt, Sie könnten dieses Portal öffnen?«

Langdon schüttelte den Kopf.

»Professor, wenn es stimmt, was man Ihnen nachsagt, teilen Sie und Peter Solomon das Interesse an uralten Geheimnissen, historischen Esoterika, Mystizismus und Symbolik. Sie haben doch ungezählte Male mit Mr. Solomon gesprochen. Hat er nie ein geheimes Portal in Washington erwähnt?«

Langdon konnte kaum glauben, dass eine hochrangige CIA-Beamtin ihm diese Frage stellte. »Da bin ich sicher. Peter und ich haben schon über ziemlich abwegige Dinge geredet, aber glauben Sie mir: Ich würde ihm raten, einen Psychiater aufzusuchen, sollte er mir etwas von einem uralten Portal erzählen, das irgendwo verborgen ist und zu den Alten Mysterien führt.«

Sato hob den Blick. »Was sagen Sie da? Der Mann hat Ihnen *genau* gesagt, wohin dieses Portal führt?«

»Ja, obwohl es gar nicht nötig war.« Langdon deutete auf die Hand. »Die Mysterienhand ist die formelle Einladung, ein mystisches Tor zu durchschreiten und altes, verborgenes Wissen zu erwerben – ein machtvolles Wissen, das man die ›Alten Mysterien‹ nennt oder die ›verlorene Weisheit aller Zeitalter‹.«

»Dann haben Sie schon von dem Geheimnis gehört, das hier verborgen sein soll?«

»Viele Historiker haben davon gehört.«

»Wie können Sie dann behaupten, das Portal existiere nicht?«

»Bei allem Respekt, Ma'am, wir alle haben schon vom Jungbrunnen oder von Shangri-La gehört. Das heißt aber noch lange nicht, dass beides existiert.«

Ein lautes Quäken drang aus Andersons Funkgerät.

»Chief?«, sagte die Stimme aus dem Lautsprecher.

Anderson nahm das Funkgerät vom Gürtel. »Ja?«

»Sir, wir haben die Durchsuchung des Geländes abgeschlossen. Hier ist niemand, auf den die Beschreibung passt. Haben Sie weitere Befehle?«

Anderson warf einen raschen Blick zu Sato. Er rechnete sichtlich mit einem Tadel, doch die OS-Chefin schien an dem Gespräch nicht interessiert. Anderson trat ein paar Schritte von Langdon und Sato weg und sprach leise ins Funkgerät.

Satos Blick blieb unverwandt auf Langdon gerichtet. »Wollen Sie mir damit sagen, das Geheimnis, von dem dieser Mann glaubt, es befände sich in Washington, ist ein *Hirngespinst?*«

Langdon nickte. »Das ist ein uralter Mythos. Die Alten Mysterien haben einen vorchristlichen Ursprung. Sie sind Tausende von Jahren alt.«

»Und trotzdem spuken sie noch immer herum?«

»Das gilt auch für andere, nicht minder abwegige Ansichten.« Langdon erinnerte seine Studenten häufig daran, dass die meisten modernen Religionen Geschichten beinhalteten, die wissenschaftlichen Untersuchungen nicht standhielten: von Moses, der das Rote Meer teilt, bis hin zu Joseph Smith, der mithilfe einer magischen Brille das Buch Mormon von einer Reihe Goldplatten übersetzt, die er nördlich von New York in der Erde gefunden hat. *Weitgehende Akzeptanz einer Idee ist kein Beweis für ihre Gültigkeit.*

»Ich verstehe. Was genau *sind* diese Alten Mysterien?«

Langdon atmete tief durch. *Haben Sie ein paar Wochen Zeit?* »Kurz gesagt, bezieht sich der Begriff ›Alte Mysterien‹ auf eine Sammlung geheimen Wissens, die vor sehr langer Zeit angelegt wurde. Ein faszinierender Aspekt dieses Wissens ist die Vorstellung, dass es dem Praktizierenden angeblich Zugang zu machtvollen Kräften gewährt, die im menschlichen Geist schlummern. Die erleuchteten Adepten, die über dieses Wissen verfügten, haben den Schwur abgelegt, es um jeden Preis verborgen zu halten, weil es als viel zu mächtig und gefährlich für Uneingeweihte betrachtet wurde.«

»In welcher Hinsicht gefährlich?«

»Dieses Wissen wurde aus dem gleichen Grund geheim gehalten, aus dem wir heutzutage Kinder von Streichhölzern fernhalten. In den richtigen Händen kann Feuer Licht und Wärme spenden, in den falschen Händen besitzt es ein ungeheures Zerstörungspotenzial.«

Sato nahm ihre Brille ab und musterte Langdon. »Sagen Sie mal, Professor ... glauben Sie, dass solches Wissen wirklich existiert?«

Langdon war nicht sicher, was er darauf antworten sollte. Die Alten Mysterien waren immer schon das größte Paradox seiner akademischen Laufbahn gewesen. Nahezu jede mystische Tradition auf dieser Erde drehte sich um die Vorstellung, dass arkanes Wissen existierte, das dem Menschen mystische, beinahe gottgleiche Kräfte verleihen könne. Das Tarot und das *I Ging* etwa verliehen dem Menschen die Fähigkeit, in die Zukunft zu schauen; die Alchimie schenkte Unsterblichkeit mittels des Steins der Weisen, und die Wicca erlaubte es dem fortgeschrittenen Adepten, mächtige Zaubersprüche zu wirken. Die Liste war schier endlos.

Als Wissenschaftler konnte Langdon die historischen Aufzeichnungen dieser Traditionen nicht leugnen – Berge von Dokumenten, Artefakten und Kunstwerken, die tatsächlich nahelegten, dass die Alten über eine machtvolle Weisheit verfügt hatten, die sie nur über Allegorien, Mythen und Symbole weitergaben, um auf diese Weise sicherzustellen, dass allein die Eingeweihten Zugriff auf diese Macht erhielten. Aber dies alles konnte Langdon, den Realisten, nicht im Mindesten überzeugen.

Er blickte Sato an. »Sagen wir einfach, ich bin Skeptiker. Ich habe in der realen Welt noch nie etwas gesehen, was auch nur ansatzweise darauf hingedeutet hätte, dass die Alten Mysterien etwas anderes sind als eine Legende – ein mythologischer Archetyp, der immer wieder auftaucht. Wenn es für den Menschen *möglich* wäre, Wunderkräfte zu erwerben, gäbe es Beweise dafür. Meinen Sie nicht auch, Ma'am? Aber in der Geschichte gibt es niemanden mit übermenschlichen Kräften.«

Sato hob die Brauen. »Das stimmt nicht ganz.«

Langdon zögerte mit einer Erwiderung. Ihm war klar, dass es für viele fromme Menschen tatsächlich Beispiele für menschliche Götter gab – Jesus war dabei das offensichtlichste. »Zugegeben«, sagte er, »es gibt viele gebildete Menschen, die an die Existenz dieser mächtigen Weisheit glauben; aber ich persönlich bin nicht davon überzeugt.«

»Und Peter Solomon?«, fragte Sato und schaute zu der Hand auf dem Boden.

Langdon brachte es nicht über sich, ihrem Blick zu folgen. »Peter stammt aus einer Familie, die schon immer eine Leidenschaft für das Mystische hatte.«

»Heißt das ja?«, hakte Sato nach.

»Ich kann Ihnen versichern: Selbst wenn Peter Solomon an die Existenz der Alten Mysterien glaubt – er glaubt *nicht*, dass man über irgendein geheimes Portal in Washington Zugang zu diesen Mysterien erhält. Peter weiß, was metaphorische Symbolik bedeutet. Für seinen Entführer gilt das offenbar nicht.«

Sato nickte. »Sie glauben, das Portal ist eine *Metapher*.«

»Natürlich«, erwiderte Langdon. »Jedenfalls in der Theorie. Es ist eine durchaus gebräuchliche Metapher – ein mystisches Portal, das man durchschreiten muss, um erleuchtet zu werden. Portale und Tore sind übliche Konstrukte, um Übergangsriten zu symbolisieren. Nach einem *echten* Portal zu suchen wäre ungefähr so, als wollte man die Himmelspforten finden.«

Sato schien kurz darüber nachzudenken. »Aber es hört sich ganz so an, als glaube der Entführer von Mr. Solomon, Sie, Mr. Langdon, könnten ein *echtes* Portal öffnen.«

»Er hat den gleichen Fehler gemacht«, erwiderte Langdon, »den schon viele Fanatiker begangen haben: Er hat die Metapher mit der Wirklichkeit verwechselt.« So wie die frühen Alchimisten vergeblich versucht hatten, Blei in Gold zu verwandeln, ohne zu erkennen, dass Blei-zu-Gold nur eine Metapher dafür war, das wahre Potenzial des Menschen zu erschließen – einen dumpfen, unwissenden Geist zur Erleuchtung zu führen.

Sato deutete auf die Mysterienhand. »Wenn dieser Mann will, dass Sie irgendein Portal für ihn finden, warum hat er es Ihnen dann nicht einfach *gesagt?* Wozu diese Dramatik? Die tätowierte Hand?«

Langdon hatte sich diese Frage auch schon gestellt, und die Antwort war äußerst beunruhigend. »Nun, offenbar ist der Mann, mit dem wir es zu tun haben, nicht nur psychisch instabil, sondern auch sehr gebildet. Die Hand ist ein Beweis dafür, dass er sich mit den Alten Mysterien und ihren Codes auskennt – ganz zu schweigen von der Geschichte dieses Raums.«

»Ich verstehe nicht …«

»Mit allem, was er heute Abend getan hat, ist er exakt den alten Protokollen gefolgt. Traditionell ist die Mysterienhand eine heilige Einladung, weshalb sie auch an einem heiligen Ort überreicht werden muss.«

Sato kniff die Augen zusammen. »Das hier ist die Rotunde des amerikanischen Kapitols, nicht irgendein heiliger Schrein mystischer Geheimnisse.«

»Wissen Sie, Ma'am«, erwiderte Langdon, »ich kenne eine ganze Reihe von Historikern, die Ihnen in diesem Punkt widersprechen würden.«

Genau in diesen Minuten saß Trish Dunne auf der anderen Seite der Stadt im Licht der Plasmawand im »Würfel«. Sie legte letzte Hand an ihren Search-Spider und gab die fünf Schlüsselphrasen ein, die Katherine ihr gegeben hatte.

Dann mal los.

Wenig optimistisch startete sie den Spider und begann damit eine weltweite Partie »Go Fish«. Mit schier unglaublicher Geschwindigkeit wurden die Phrasen nun mit Texten überall auf der Welt verglichen, auf der Suche nach einer genauen Übereinstimmung.

Natürlich fragte sich Trish, worum es bei der Sache eigentlich ging; doch sie arbeitete lange genug mit den Solomons zusammen, um zu wissen, dass man bei ihnen nie die ganze Geschichte kannte.

Kapitel 20

Robert Langdon warf einen besorgten Blick auf seine Armbanduhr: 19.58 Uhr. Selbst das lächelnde Gesicht von Micky Maus heiterte ihn nicht auf. *Ich muss Peter finden. Wir verschwenden nur Zeit.*

Sato war kurz beiseitegetreten, um einen Anruf zu tätigen; nun kam sie zu Langdon zurück. »Halte ich Sie von irgendetwas ab, Professor?«

»Nein, Ma'am.« Langdon zog den Ärmel über die Uhr. »Ich mache mir nur große Sorgen um Peter.«

»Das kann ich verstehen, aber ich versichere Ihnen, dass Sie ihm am besten helfen, indem Sie mich dabei unterstützen, die Denkweise seines Entführers zu begreifen.«

Langdon war sich da nicht so sicher, hatte aber das Gefühl, dass er nirgendwo hingehen konnte, solange die Chefin des OS nicht bekam, was sie wollte.

»Gerade eben«, sagte Sato, »haben Sie angedeutet, dass diese Rotunde im Zusammenhang mit den Alten Mysterien irgendwie *heilig* sei, nicht wahr?«

»Ja, Ma'am.«

»Erklären Sie mir das.«

Langdon wusste, dass er sich so knapp und präzise wie möglich fassen musste. Er hatte mehrere Semester lang Vorlesungen über die mystische Symbolik in Washington gehalten, und allein zu diesem Gebäude gab es eine unerschöpfliche Liste mystischer Referenzen.

Amerika hat eine verborgene Vergangenheit.

Jedes Mal, wenn Langdon eine Vorlesung über die Symbolologie Amerikas hielt, zeigten seine Studenten sich zutiefst erstaunt, dass die *wahren* Absichten der Gründerväter rein gar nichts mit dem zu tun gehabt hatten, was sehr viele Politiker heutzutage behaupteten.

Das Amerika bestimmte Schicksal ist im Lauf der Geschichte verloren gegangen.

Jene Männer, die Washington begründet hatten, tauften die Stadt zunächst »Rom«. Sie hatten ihren Fluss den Tiber genannt und eine klassische Hauptstadt mit Pantheons und Tempeln errichtet, alle mit Bildnissen der bedeutenden Götter und Göttinnen der Geschichte geschmückt – Apoll, Minerva, Venus, Helios, Vulkan, Jupiter. Im Zentrum der Stadt hatten die Gründerväter wie in vielen großen, klassischen Metropolen ein die Zeiten überdauerndes Denkmal für die Alten errichtet: den ägyptischen Obelisken. Dieser Obelisk, größer als jene in Kairo und Alexandria, ragte 555 Fuß in den Himmel und verkündete den Ruhm jenes halbgöttlichen Ahnherrn, um dessentwillen die Hauptstadt ihren neueren und heutigen Namen bekam:

Washington.

Heute, mehr als zwei Jahrhunderte später und trotz der Trennung von Staat und Kirche in den USA, strotzte die Rotunde vor religiöser Symbolik. Es gab mehr als ein Dutzend verschiedene Götter in der Rotunde, mehr als im antiken Pantheon in Rom. Natürlich war das römische Pantheon im Jahre 690 nach Christus christianisiert worden; doch *dieses* Pantheon hatte man nie umgewidmet. Reste seiner wahren Geschichte waren noch immer für jedermann zu sehen.

»Wie Sie vielleicht wissen«, sagte Langdon, »stellt die Rotunde eine Huldigung für eines der größten Heiligtümer des alten Rom dar – des Tempels der Vesta.«

»Wie in ›Vestalische Jungfrauen‹?« Sato schien zu bezweifeln, dass Roms jungfräuliche Hüterinnen des Herdfeuers irgendetwas mit dem Kapitol der Vereinigten Staaten zu tun hatten.

»Der Tempel der Vesta in Rom«, erklärte Langdon, »war kreisförmig. In der Mitte des Bodens befand sich eine Öffnung, unter der das heilige Feuer der Erleuchtung brannte, das von einer Schwesternschaft von Jungfrauen gehütet wurde. Es war Aufgabe dieser Frauen, dafür zu sorgen, dass das Feuer niemals erlosch.«

Sato zuckte mit den Schultern. »Diese Rotunde ist zwar kreisrund, aber ich sehe kein Loch in der Mitte.«

»Nicht mehr. Aber jahrelang *gab* es hier ein tiefes Loch – genau dort, wo jetzt Peter Solomons Hand steht.« Langdon deutete auf die Stelle am Boden. »Sie können immer noch sehen, wo sich einst das Geländer befand, das verhindern sollte, dass jemand in das Loch fiel.«

»Tatsächlich?« Sato ließ den Blick aufmerksam über den Boden schweifen. »Davon habe ich noch nie gehört.«

»Sieht so aus, als hätte Mr. Langdon recht.« Anderson deutete auf ein paar Eisenklumpen an den Stellen, wo einst die Geländerstangen gewesen waren. »Die sind mir schon früher aufgefallen, aber ich wusste nicht, was sie zu bedeuten hatten.«

Da bist du nicht der Einzige. »Das Loch im Boden«, erklärte Langdon, »wurde geschlossen, doch vorher konnten Besucher der Rotunde längere Zeit das Feuer sehen, das unter dieser Öffnung brannte.«

Sato drehte sich zu ihm um. »Feuer? Im Kapitol der Vereinigten Staaten?«

»Eher eine große Fackel – eine Ewige Flamme, die in der Krypta unmittelbar unter uns brannte. Es heißt, man habe sie durch das Loch im Boden sehen können, was diesen Raum hier zu einem modernen Tempel der Vesta gemacht hat. Dieses Gebäude hatte sogar seine eigene Vestalin – eine Bundesangestellte, die man ›Hüterin der Krypta‹ nannte. Diese Hüterinnen haben die Flamme fünfzig Jahre lang in Gang gehalten, bis Politik, Religion und allzu große Rauchentwicklung die Idee buchstäblich gelöscht haben.«

Heutzutage erinnerte nur noch ein vierzackiger Sternenkompass im Boden daran, dass hier einst ein Feuer gebrannt hatte – ein Symbol für Amerikas Ewige Flamme, deren Licht damals alle vier Winkel der Neuen Welt erhellte.

»Wollen Sie damit behaupten«, fragte Sato, »dass der Mann, der Solomons Hand hier abgestellt hat, das alles *wusste*?«

»Ganz eindeutig. Und er wusste noch viel mehr. Der ganze Raum hier ist voll mit Symbolen, die vom Glauben an die Alten Mysterien künden.«

»Geheimes Wissen«, sagte Sato mit mehr als nur einem Hauch von Sarkasmus in der Stimme. »Wissen, das einem Menschen gottgleiche Kräfte verleiht?«

»So ist es, Ma'am.«

»Das passt schwerlich zu den christlichen Grundlagen dieses Landes.«

»Mag sein, aber es stimmt. Die Transformation des Menschen zu Gott nennt man *Apotheose*. Ob Sie sich dessen nun bewusst sind oder nicht, dieses Thema – die Vergöttlichung des Menschen – ist ein zentrales Element der Symbolik in der Rotunde.«

»Apotheose?« Mit einem Ausdruck plötzlichen Begreifens drehte Anderson sich um die eigene Achse und ließ suchend den Blick schweifen.

»Ja.« *Anderson arbeitet hier. Er weiß Bescheid.* »Das Wort kommt aus dem Altgriechischen und bedeutet im wörtlichen Sinne die Erhebung eines Menschen zum Gott.«

Anderson blickte ihn fasziniert an. »*Apotheose* bedeutet ›Gottwerdung‹? Ich hatte ja keine Ahnung ...«

»Hab ich irgendwas verpasst?«, wollte Sato wissen.

»Ma'am«, sagte Langdon, »das größte Gemälde in diesem Gebäude heißt *Die Apotheose Washingtons.* Auf diesem Gemälde ist zu sehen, wie Washington zu einem Gott erhoben wird.«

Sato musterte ihn zweifelnd. »Ich habe noch nie ein solches Bild gesehen.«

»Oh, doch.« Langdon hob den Zeigefinger und deutete nach oben in die Kuppel. »Es ist direkt über uns.«

Kapitel 21

Die Apotheose Washingtons, ein 4664 Quadratfuß großes Fresko unter der Kuppel der Rotunde, war im Jahre 1865 von Constantino Brumidi vollendet worden.

Bekannt als »Michelangelo des Kapitols« hatte Brumidi die Rotunde genauso geprägt wie Michelangelo Buonarroti die Sixtinische Kapelle, indem er die Decke gleichsam als Leinwand benutzt hatte. Und wie Michelangelo hatte auch Brumidi einige seiner besten Arbeiten im Vatikan vollendet. Allerdings war Brumidi 1852 nach Amerika ausgewandert und hatte Gottes größten Schrein in Rom zugunsten eines neuen Schreins in Washington aufgegeben, des Kapitols, in dem es zahlreiche Zeugnisse seiner Meisterschaft gab – von den Trompe-l'œil-Wandgemälden in den Brumidi-Korridoren bis hin zum Deckenfresko im ehemaligen Amtszimmer des Vizepräsidenten. Doch es war das riesige Gemälde, das über der Rotunde schwebte, das allgemein als Brumidis Meisterwerk betrachtete wurde.

Langdon schaute zu dem riesigen Fresko hinauf. Normalerweise genoss er das Staunen seiner Studenten über die bizarre Bildsprache, doch im Augenblick fühlte er sich in einem Albtraum gefangen, den er noch immer nicht verstand.

Sato stand neben ihm und schaute ebenfalls zur Decke hinauf. Langdon bemerkte, dass Sato die gleiche Reaktion zeigte wie die meisten Menschen, wenn sie sich zum ersten Mal das riesige Gemälde im Herzen ihrer Nation anschauten: völlige Verwirrung.

»In der Mitte befindet sich George Washington«, erklärte Langdon und deutete fünfundfünfzig Meter nach oben zum Zentrum der Kuppel. »Wie Sie sehen, trägt er ein weißes Gewand. Dreizehn Jungfrauen warten ihm auf, und er erhebt sich auf einer Wolke über die Sterblichen. Das ist der Augenblick der Apotheose ... seine Verwandlung in einen Gott.«

Sato und Anderson schwiegen fasziniert.

»Daneben«, fuhr Langdon fort, »sehen Sie eine seltsame, anachronistische Reihe verschiedener Figuren: antike Götter, die unseren Vorvätern fortgeschrittenes Wissen verleihen. Dort zum Beispiel ist Minerva, die einige unserer größten Erfinder technologisch inspiriert – Ben Franklin, Robert Fulton und Samuel Morse.« Langdon deutete der Reihe nach auf sie. »Und dort haben wir den antiken Gott Vulkan, der uns hilft, die Dampfmaschine zu bauen. Daneben ist Neptun, der uns zeigt, wie man ein transatlantisches Kabel legt, und daneben wiederum befindet sich Ceres, die Göttin des Getreides und Ursprung unseres Begriffs ›Cerealien‹. Sie sitzt auf McCormicks Mähmaschine, die dieses Land zum größten Nahrungsmittelproduzenten der Welt

DIE APOTHEOSE WASHINGTONS, KUPPEL DER ROTUNDE DES KAPITOLS

DAS
VERLORENE
SYMBOL

gemacht hat. Das Gemälde zeigt, wie die Götter unseren Vorvätern Weisheit schenken.« Langdon senkte den Kopf und schaute wieder Sato an. »Wissen ist Macht, und das *richtige* Wissen lässt den Menschen wundersame, ja göttliche Taten vollbringen.«

Sato rieb sich den Nacken und senkte ebenfalls den Blick. »Wenn man ein Telefonkabel verlegt, ist man aber noch verdammt weit davon entfernt, ein Gott zu sein.«

»Für einen modernen Menschen vielleicht«, erwiderte Langdon, »aber wenn George Washington gewusst hätte, dass aus uns ein Volk wird, das die Macht besitzt, über die Meere hinweg miteinander zu sprechen, mit der Geschwindigkeit des Schalls zu fliegen und den Fuß auf den Mond zu setzen – er hätte geglaubt, wir seien Götter geworden, die Wunder wirken können.« Er hielt kurz inne. »Um es mit den Worten des SF-Autors Arthur C. Clarke zu sagen: ›Jede ausreichend entwickelte Technologie ist nicht von Magie zu unterscheiden.‹«

Sato schürzte die Lippen, offenbar tief in Gedanken versunken. Sie schaute auf Peter Solomons Hand und folgte dem ausgestreckten Zeigefinger dann zur Decke hinauf. »Man hat Ihnen gesagt, ›Peter wird den Weg weisen‹, Professor Langdon. Stimmt das?«

»Ja, Ma'am, aber …«

»Chief«, sagte Sato und wandte sich Anderson zu. »Können Sie uns näher an das Gemälde heranbringen?«

Anderson nickte. »Ein Laufsteg führt um die Kuppel herum.«

Langdon blickte weit nach oben zu dem kaum noch erkennbaren, winzigen Geländer, das unmittelbar unter dem Gemälde zu sehen war. Er spürte, wie sein Körper sich versteifte. »Äh … es ist wohl nicht nötig, da raufzugehen.« Er war schon einmal auf dem nur selten besuchten Laufsteg gewesen, auf Einladung eines Senators und dessen Frau, und angesichts der Höhe und der unsicheren Konstruktion wäre er beinahe in Ohnmacht gefallen.

»Was meinen Sie mit ›nicht nötig‹?«, wollte Sato wissen. »Hören

Sie, Professor, irgendwo läuft ein Irrer herum, der glaubt, dass es in der Rotunde ein Portal gibt, das ihn zu einem Gott machen kann. Wir haben ein Deckenfresko, das die Transformation eines Menschen zu einem Gott symbolisiert, und wir haben eine abgetrennte Hand, die genau zu diesem Gemälde hinaufzeigt. Mir scheint, das heißt für uns, es kann nur *nach oben* gehen.«

»Hm ...«, sagte Anderson und blickte zur Decke. »Nicht viele Leute wissen davon, aber es gibt ein sechseckiges Deckenfeld in der Kuppel, das man wie ein Portal öffnen kann. Man kann hindurchschauen und ...«

»Nein, nein«, unterbrach Langdon ihn. »Sie haben nicht richtig verstanden. Das Portal, nach dem der Mann sucht, ist ein *bildliches* Portal – ein Durchgang, der gar nicht existiert. Als er gesagt hat, ›Peter wird den Weg weisen‹, hat er es metaphorisch gemeint. Diese Geste der deutenden Hand – Zeigefinger *und* Daumen nach oben gerichtet – ist ein bekanntes Symbol der Alten Mysterien und weltweit in der antiken Kunst und der Renaissance verbreitet. So findet es sich zum Beispiel in dreien von Leonardo da Vincis berühmtesten Meisterwerken: dem *Letzten Abendmahl*, der *Anbetung der Könige* und *Johannes der Täufer*. Es ist ein Symbol für die mystische Verbindung des Menschen zu Gott.« *Wie oben, so unten.* Die bizarre Wortwahl des Verrückten ergab inzwischen immer mehr Sinn.

»Ich habe es noch nie gesehen«, sagte Sato.

Dann schau mal ESPN, dachte Langdon, den es immer wieder amüsierte, wenn er sah, wie siegreiche Sportler zum Dank an Gott die Hand gen Himmel reckten. Er fragte sich, wie viele von ihnen wohl wussten, dass sie damit einer vorchristlichen mystischen Tradition folgten, der Anrufung einer mystischen himmlischen Kraft, die einen Menschen für einen winzigen Augenblick in einen Gott verwandelte, der zu unglaublichen Leistungen imstande war.

»Falls es Ihnen irgendwie hilft«, sagte Langdon, »Peters Hand ist nicht die erste derartige Hand, die in der Rotunde aufgetaucht ist.«

Sato blickte ihn an, als hätte er den Verstand verloren. »Wie bitte?«

Langdon deutete auf ihr Blackberry. »Googeln Sie mal: ›George Washington Zeus‹.«

Sato blickte unsicher drein, begann jedoch zu tippen. Anderson rückte näher an sie heran und schaute ihr gebannt über die Schulter.

Langdon sagte: »Die Rotunde wurde in früheren Zeiten von der Skulptur eines barbrüstigen George Washington beherrscht, dargestellt als Gott, in genau der gleichen Haltung wie Zeus im Pantheon: nackte Brust, ein Schwert in der linken Hand, die Rechte nach oben gerichtet, Daumen und Zeigefinger ausgestreckt.«

Sato hatte offenbar ein Webbild gefunden, denn Anderson starrte entsetzt auf ihr Blackberry. »Was denn? *Das* ist George Washington?«

»Ja«, bestätigte Langdon. »Dargestellt als Zeus.«

»Schauen Sie sich seine rechte Hand an«, sagte Anderson, der Sato weiterhin über die Schulter blickte. »Sie sieht genauso aus wie die Hand von Peter Solomon.«

Wie ich vorhin sagte, dachte Langdon, *Peters Hand ist nicht die erste derartige Hand in diesem Raum.* Als Horatio Greenoughs Statue eines halb nackten George Washington in der Rotunde enthüllt worden war, kursierte der Scherz: »Washington greift in dem verzweifelten Versuch gen Himmel, etwas zum Anziehen zu finden.« Doch als sich dann die religiösen Ideale in den Vereinigten Staaten veränderten, wurde aus der scherzhaften Kritik eine Kontroverse; die Statue wurde entfernt und in einen Schuppen im Ostgarten verbannt. Derzeit hatte sie ihr Heim im Smithsonian Museum of American History, wo niemand, der sie zu sehen bekam, Grund zu der Vermutung hatte, dass sie eines der letzten Relikte aus jener Zeit war, als der Vater der Nation als Gott über das Kapitol gewacht hatte wie Zeus über das Pantheon.

Sato wählte eine Nummer auf ihrem Blackberry. Offenbar war es an der Zeit, sich mit ihrem Stab zu besprechen. »Was haben Sie gefunden?« Sie hörte geduldig zu. »Ich verstehe ...« Sie schaute erst zu Langdon, dann auf Peters Hand. »Sind Sie sicher?« Sie hörte einen weiteren Augenblick zu. »Okay, danke.« Sie legte auf und drehte sich wieder zu Langdon um. »Meine Leute haben Nachforschungen angestellt. Sie bestätigen die Existenz dieser sogenannten Mysterienhand und Ihre Erklärungen dazu: fünf Zeichen auf den Fingerkuppen – der Stern, die Sonne, der Schlüssel, die Krone und die Laterne – sowie die Tatsache, dass diese Hand eine uralte Einladung ist, geheime Weisheit zu erlangen.«

»Da bin ich aber froh«, bemerkte Langdon trocken.

»Sollten Sie aber nicht«, erwiderte Sato barsch. »Wie es aussieht, sind wir in einer Sackgasse angelangt, solange Sie nicht mit uns teilen, was immer Sie bis jetzt verschwiegen haben.«

»Ma'am?«

Sato trat einen Schritt auf Langdon zu. »Wir bewegen uns im Kreis, Professor. Bis jetzt haben Sie mir nichts gesagt, was ich nicht auch von meinen Leuten hätte erfahren können. Ich frage Sie also zum letzten Mal: Warum hat man Sie heute Abend hierhergebracht? Was macht Sie so besonders? Was wissen *Sie* allein?«

»Das haben wir doch schon alles durchgekaut«, gab Langdon gereizt zurück. »Ich weiß nicht, warum dieser Kerl glaubt, ich wisse überhaupt irgendwas!« Langdon war beinahe versucht, Sato zu fragen, woher *sie* eigentlich wusste, dass er heute Abend hier war. »Würde ich den nächsten Schritt kennen, würde ich es Ihnen sagen, Ma'am. Ich kenne ihn aber nicht. Traditionell wird die Mysterienhand einem Schüler von seinem Lehrer gereicht. Dann folgen eine Reihe von Anweisungen ... Richtungsangaben zu einem Tempel oder der Name eines Lehrmeisters, der sie weiter unterweisen wird. Aber dieser Kerl hat uns nur fünf Tätowierungen hinterlassen! Das ist kaum ...« Langdon hielt unvermittelt inne.

Sato musterte ihn. »Was ist?«

Langdon starrte auf die Hand. *Fünf Tätowierungen.* Ihm wurde plötzlich klar, dass er gerade wohl doch nicht ganz die Wahrheit gesagt hatte.

»Professor? Was ist los?«, drängte Sato.

Vorsichtig trat Langdon näher an die Hand heran. *Peter wird den Weg weisen.* »Vorhin kam mir der Gedanke, dass dieser Verrückte vielleicht irgendetwas in Peters Hand zurückgelassen hat ... eine Karte, einen Brief oder weitere Anweisungen.«

»Hat er aber nicht«, sagte Anderson. »Wie Sie sehen, sind die Finger nicht fest genug zusammen.«

»Das stimmt«, gab Langdon zu. »Aber mir ist gerade eingefallen ...« Er bückte sich und versuchte, durch die Finger hindurch auf Peters Handfläche zu blicken. »Vielleicht ist es ja nicht auf Papier geschrieben ....«

»Noch eine Tätowierung?«, fragte Anderson.

Langdon nickte.

»Sehen Sie etwas auf der Handfläche?«, fragte Sato.

Langdon bückte sich noch tiefer. »Der Winkel ist unmöglich. Ich kann mich nicht tief genug ...«

»Um Himmels willen!« Sato trat auf ihn zu. »Öffnen Sie das verdammte Ding doch einfach!«

»Bitte, Ma'am!«, rief Anderson. »Wir sollten wirklich auf die Spurensicherung warten, ehe wir ...«

»Ich will Antworten.« Sato drängte sich an ihm vorbei, hockte sich hin und schob Langdon von der Hand weg.

Langdon stand auf und beobachtete ungläubig, wie Sato einen Stift aus der Tasche zog und ihn vorsichtig unter die nach innen gebogenen Finger schob. Dann bog sie die Finger nacheinander nach oben, bis die Hand vollständig geöffnet und der Handteller zu sehen war.

Sie schaute zu Langdon hinauf. Ein schmales Lächeln erschien auf ihrem Gesicht. »Sie haben schon wieder recht, Professor.«

Kapitel 22

Katherine Solomon ging unruhig in der Bibliothek auf und ab. Sie zog den Ärmel ihres Laborkittels hoch und sah auf die Uhr. Sie war es nicht gewohnt, dass man sie warten ließ, doch im Augenblick kam es ihr vor, als ließe die ganze Welt sie auf glühenden Kohlen sitzen. Katherine wartete auf die Ergebnisse von Trishs Search-Spider; sie wartete auf ein Lebenszeichen ihres Bruders, und vor allem wartete sie auf den Rückruf jenes Mannes, der ihre Beunruhigung ausgelöst hatte.

Ich wünschte, er hätte mir nichts gesagt. Normalerweise war Katherine bei neuen Bekanntschaften sehr vorsichtig, doch dieser Mann, dem sie am Nachmittag zum ersten Mal begegnet war, hatte binnen weniger Minuten ihr uneingeschränktes Vertrauen erlangt.

Sein Anruf hatte Katherine zu Hause erreicht, als sie sich ihrem üblichen Sonntagnachmittagsvergnügen hingab, der Lektüre der wissenschaftlichen Zeitschriften, die in der zurückliegenden Woche erschienen waren.

»Miss Solomon?«, hatte sich eine überaus vornehm klingende Stimme gemeldet. »Mein Name ist Dr. Christopher Abaddon. Ich hatte gehofft, Sie einen Augenblick wegen Ihres Bruders sprechen zu können.«

»*Wer* spricht da, bitte?«, hatte sie erwidert. *Und woher hast du die Nummer meines Privathandys?*

»Dr. Christopher Abaddon.«

Katherine kannte den Namen nicht.

Der Mann räusperte sich, als wäre ihm die Situation plötzlich unangenehm. »Ich bitte um Verzeihung, Miss Solomon. Ich dachte, Ihr Bruder hätte Ihnen von mir erzählt. Ich bin sein Arzt. Er hat mir Ihre Handynummer gegeben, damit ich Sie im Notfall erreichen kann.«

Katherines Herz setzte einen Schlag aus. *Im Notfall?* »Ist etwas passiert?«

»Nein. Das heißt, ich glaube es jedenfalls nicht«, sagte der Anrufer. »Ihr Bruder hat heute Morgen einen Termin versäumt, und ich kann ihn unter keiner seiner hinterlegten Nummern erreichen. Er ist noch nie zu einem Termin nicht erschienen, ohne vorher anzurufen, und ich mache mir ein bisschen Sorgen. Ich behellige Sie ungern, aber …«

»Nein, nein, ich bin froh, dass Sie anrufen.« Katherine versuchte noch immer, den Namen des Arztes einzuordnen. »Mit meinem Bruder habe ich seit gestern nicht mehr telefoniert, aber er hat wahrscheinlich nur vergessen, sein Handy einzuschalten.« Erst vor Kurzem hatte sie Peter das neueste iPhone geschenkt, und er war noch nicht dazu gekommen, sich mit dem Gerät vertraut zu machen.

»Sie sind sein *Arzt?*«, fragte Katherine mit wachsender Besorgnis. *Leidet Peter an einer Krankheit, die er mir verheimlicht?*

Am anderen Ende trat eine gewichtige Pause ein. »Es tut mir furchtbar leid, aber offenbar beruht meine Entscheidung, Sie anzurufen, auf einer bedauerlichen Fehleinschätzung meinerseits. Ihr Bruder hat mir versichert, Sie wären über seine Besuche bei mir im Bilde, aber das ist offenbar nicht der Fall.«

Peter hat seinen Arzt belogen? »Ist er krank?«

»Ich bedaure, Miss Solomon, doch die ärztliche Schweigepflicht hindert mich an jeder Diskussion über den Zustand Ihres Bruders, und ich habe bereits zu viel gesagt, indem ich zugegeben habe, dass er mein Patient ist. Ich werde jetzt auflegen, aber wenn Sie heute noch von Mr. Solomon hören sollten, rufen Sie mich bitte zurück, damit ich weiß, dass es ihm gut geht.«

»Warten Sie!«, rief Katherine. »Bitte sagen Sie mir, was Peter fehlt!«

Dr. Abaddon seufzte auf. Er hörte sich an, als wäre er ungehalten über seinen Fehler. »Miss Solomon, ich merke Ihrer Stimme an, dass Sie aufgeregt sind, und ich kann es Ihnen nicht verübeln. Ich bin sicher, Ihrem Bruder geht es gut. Erst gestern hat er mich aufgesucht.«

»Gestern? Und dann hat er *heute* schon wieder einen Termin bei Ihnen? Das hört sich nicht danach an, als ginge es ihm gut.«

Dr. Abaddon seufzte tief. »Ich würde vorschlagen, wir geben ihm noch etwas Zeit, ehe wir ...«

»Ich komme in Ihre Praxis, jetzt sofort«, sagte Katherine und war schon auf dem Weg zur Tür. »Wo finde ich Sie?«

Schweigen.

»Dr. Christopher Abaddon, nicht wahr?«, fragte Katherine. »Ich kann mir Ihre Adresse selbst heraussuchen, oder Sie geben sie mir. In jedem Fall komme ich jetzt zu Ihnen.«

Der Arzt zögerte. »Wenn wir uns treffen, Miss Solomon, wären Sie dann bitte so freundlich, Ihrem Bruder nichts davon zu sagen, ehe ich Gelegenheit bekommen habe, ihm meinen Fehltritt zu erklären?«

»Einverstanden.«

»Ich danke Ihnen. Mein Büro ist in Kalorama Heights.« Er nannte ihr eine Adresse.

Zwanzig Minuten später fuhr Katherine durch die schmucken Straßen von Kalorama Heights. Sie hatte ihren Bruder auf sämtlichen Nummern angerufen – vergeblich. Obwohl sie sich um Peter keine allzu großen Gedanken machte, war die Neuigkeit, dass er insgeheim einen Arzt aufsuchte, beunruhigend, wenn nicht sogar verstörend.

Als Katherine schließlich die Adresse fand, blickte sie verwirrt an dem Gebäude hoch. *Das soll eine Arztpraxis sein?*

Das ausgedehnte Anwesen war von einem schmiedeeisernen Sicherheitszaun umgeben. Katherine sah Überwachungskameras und grüne Rasenflächen hinter dem Zaun. Als sie abbremste, um die Adresse zu prüfen, schwenkte eine Kamera zu ihr herum, und das Tor öffnete sich selbsttätig. Zögernd fuhr Katherine die Zufahrt hinauf und parkte neben einer Sechsergarage, vor der eine Stretchlimousine stand. *Was für ein Arzt ist dieser Mann?*

Als sie aus dem Wagen stieg, öffnete sich die Vordertür des Hauses, und eine elegante Gestalt schwebte auf den Treppenabsatz. Dr. Abaddon war ein hochgewachsener, stattlicher Mann und jünger, als Katherine angenommen hatte. Dennoch strahlte er die Kultiviertheit und den Schliff eines Gentlemans in mittleren Jahren aus. Er trug einen dunklen Anzug mit Krawatte, und sein dichtes, blondes Haar war tadellos frisiert.

»Miss Solomon, ich bin Dr. Christopher Abaddon«, stellte er sich vor. Seine Stimme war seltsam, kaum mehr als ein Flüstern. Als sie einander die Hände schüttelten, fühlte seine Haut sich glatt und gepflegt an.

»Katherine Solomon«, sagte sie und versuchte nicht auf seine Haut zu starren, die ungewöhnlich faltenlos und gebräunt erschien. *Trägt der Kerl etwa Make-up?*

Katherine empfand zunehmende Unruhe, als sie in die hübsch eingerichtete Eingangshalle des Hauses trat. Im Hintergrund spielte leise klassische Musik, und es roch nach Weihrauch. »Sehr schön«, sagte sie. »Ich hatte allerdings eher eine Praxis erwartet.«

»Ich habe das Glück, zu Hause arbeiten zu können.« Der Mann führte sie in ein Wohnzimmer, wo im Kamin ein Feuer knisterte. »Bitte machen Sie es sich gemütlich. Ich setze uns rasch einen Tee auf, dann können wir reden.« Er ging zur Küche und verschwand.

Katherine setzte sich nicht. Weibliche Intuition war ein starker Instinkt, auf den zu vertrauen sie gelernt hatte, und irgendetwas an diesem Haus verursachte ihr eine Gänsehaut. Sie sah nichts, was auch nur ansatzweise an die Praxis irgendeines Arztes erinnerte, den sie je aufgesucht hatte. An allen Wänden des mit antiken Möbelstücken eingerichteten Wohnzimmers hingen klassische Kunstwerke, vor allem Gemälde mit eigentümlichen mythischen Themen. Sie blieb vor einem großen Ölgemälde der Drei Grazien stehen, deren nackte Leiber in lebhaften Farben ausgeführt waren.

»Das ist das Original von Michael Parkes.« Dr. Abaddon war neben Katherine getreten, ohne dass sie es bemerkt hatte. In den Händen hielt er ein Tablett mit Tassen und einer dampfenden Teekanne. »Sollen wir uns ans Feuer setzen?« Er führte sie ins Wohnzimmer und bot ihr einen Stuhl an. »Beruhigen Sie sich. Es besteht kein Grund zur Nervosität.«

»Ich bin nicht nervös«, erwiderte Katherine ein wenig zu rasch.

Er lächelte sie an. »Ich muss von Berufs wegen erkennen können, wann jemand nervös ist.«

»Wie bitte?«

»Ich bin Psychiater, Miss Solomon. Das ist mein Beruf. Ich behandle Ihren Bruder nun fast schon ein Jahr lang. Ich bin sein Therapeut.«

Katherine blickte ihn fassungslos an. *Peter macht eine Therapie?*

»Viele Patienten verschweigen, dass sie in Behandlung sind«, sagte der Mann. »Ich habe einen Fehler begangen, indem ich Sie angerufen habe, auch wenn ich zu meiner Verteidigung anführen kann, dass Ihr Bruder mich in die Irre geführt hat.«

»Ich ... also, das hätte ich nie gedacht.«

»Tut mir leid, wenn ich Sie nervös gemacht habe«, fuhr Abbadon verlegen fort. »Mir ist aufgefallen, wie Sie mein Gesicht gemustert haben, als wir uns begegnet sind ... ja, ich bin geschminkt.« Er berührte sich an der Wange und wirkte mit einem Mal befangen. »Ich leide an einer Hautkrankheit, die zu kaschieren ich vorziehe. Normalerweise trägt meine Frau das Make-up auf, aber wenn sie nicht da ist, muss ich mit meinen eigenen ungeschickten Fingern vorliebnehmen.«

Katherine, peinlich berührt, nickte bloß.

»Und dieses wundervolle Haar«, er berührte seine üppige, blonde Mähne, »ist leider nur eine Perücke. Meine Hautkrankheit hat auch die Haarbälge erfasst.« Er zuckte mit den Schultern. »Ich fürchte, Eitelkeit ist eine meiner großen Sünden.«

»Offenbar heißt *meine* große Sünde Unhöflichkeit«, sagte Katherine.

»Keineswegs.« Dr. Abaddon lächelte entwaffnend. »Sollen wir noch einmal von vorn beginnen? Vielleicht mit einer Tasse Tee?«

Sie setzten sich vor den Kamin, und Abaddon schenkte Tee ein. »Ihr Bruder hat mir angewöhnt, während unserer Sitzungen Tee zu servieren. Er sagt, die Solomons seien Teetrinker.«

»Familientradition«, erwiderte Katherine. »Schwarz, bitte.«

Sie tranken Tee und machten ein paar Minuten lang Konversation, doch Katherine brannte darauf zu erfahren, was mit ihrem Bruder war. »Warum kommt Peter zu Ihnen?« *Und warum hat er mir nichts davon gesagt?* Sicher, Peter hatte in seinem Leben mehr Tragödien erdulden müssen als andere Menschen. Er hatte bereits in frühester Jugend seinen Vater verloren; später hatte er innerhalb von nur fünf Jahren zuerst seinen einzigen Sohn und dann seine Mutter zu Grabe tragen müssen. Dennoch hatte Peter es immer verstanden, mit Schicksalsschlägen umzugehen.

Dr. Abaddon nahm einen Schluck Tee. »Ihr Bruder kommt zu mir, weil er mir vertraut. Zwischen uns besteht ein Band, das über das normale Verhältnis zwischen Arzt und Patient hinausgeht.« Er wies auf ein gerahmtes Schriftstück neben dem Kamin. Auf den ersten Blick wirkte es wie ein Diplom, doch dann erkannte Katherine den doppelköpfigen Phönix.

»Sie sind Freimaurer?« *Und noch dazu ein Hochgradfreimaurer des obersten Grades.*

»Peter und ich sind in mancher Hinsicht Brüder.«

»Sie müssen etwas Bedeutendes geleistet haben, dass Sie in den 33. Grad aufgenommen wurden.«

»Eigentlich nicht«, erwiderte er. »Ich verfüge über ererbtes Geld und spende viel für freimaurerische Wohltätigkeitseinrichtungen.«

Katherine begriff nun, wieso ihr Bruder diesem jungen Arzt vertraute. *Ein Freimaurer mit ererbtem Geld, Interesse an klassischer Mythologie, und zudem ein Philanthrop?* Dr. Abaddon hatte mehr mit Peter Solomon gemein, als Katherine ursprünglich angenommen hatte.

»Damit Sie mich nicht missverstehen«, sagte sie, »ich wollte nicht wissen, weshalb mein Bruder gerade zu Ihnen kommt. Ich wollte wissen, weshalb er *überhaupt* einen Psychiater besucht.«

Dr. Abaddon lächelte. »Das ist mir bewusst. Ich habe versucht, der Frage höflich auszuweichen, denn darüber sollte ich nun wirklich nicht sprechen.« Er schwieg kurz. »Ich bin allerdings erstaunt, dass Ihr Bruder Ihnen unsere Gespräche verheimlicht hat. Schließlich hängen unsere Unterhaltungen unmittelbar mit Ihrer Arbeit zusammen.«

»Meiner Arbeit?«, fragte Katherine verwirrt. *Peter redet über meine Arbeit?*

»In jüngster Zeit hat Ihr Bruder mich nach meiner professionellen Meinung über die psychologischen Auswirkungen der wissenschaftlichen Durchbrüche befragt, die Sie in Ihrem Labor erzielt haben.«

Katherine hätte sich beinahe am Tee verschluckt. »Wie bitte? Also, das überrascht mich nun wirklich«, brachte sie hervor. *Was denkt Peter sich dabei? Er erzählt seinem Seelenklempner von meinen Forschungen?* Ihre Sicherheitsbestimmungen untersagten jedes Gespräch über die Versuche, an denen Katherine arbeitete – egal, mit wem. Diese Geheimhaltung war zudem Peters eigene Idee gewesen.

»Gewiss sind Sie sich bewusst, Miss Solomon, dass Ihr Bruder sich viele Gedanken darüber macht, was geschehen wird, wenn Sie mit Ihren Forschungsergebnissen an die Öffentlichkeit gehen. Er sieht die Möglichkeit einer beträchtlichen philosophischen Wende … und er kam zu mir, um über die möglichen indirekten Folgen zu sprechen … aus einer *psychologischen* Perspektive.«

»Ich verstehe«, sagte Katherine. Ihre Teetasse zitterte leicht.

»Die Fragen, die wir diskutieren, sind die herausfordernden Aspekte: Was geschieht mit dem Menschen, wenn die großen Geheimnisse des Lebens letztendlich enthüllt werden? Was geschieht, wenn die Vorstellung, die wir als *Glauben* noch akzeptieren, plötzlich zu unwiderlegbar bewiesenen *Tatsachen* wird? Oder endgültig ins Reich der Legende verwiesen werden kann? Man könnte anführen, dass bestimmte Fragen existieren, die man am besten für immer unbeantwortet lässt.«

Katherine konnte nicht fassen, was sie hörte, doch sie bezwang ihre Gefühle. »Ich hoffe, es macht Ihnen nichts aus, Dr. Abaddon, aber ich würde es vorziehen, die Details meiner Arbeit nicht zu diskutieren. Ich habe nicht die Absicht, in nächster Zukunft irgendetwas davon zu veröffentlichen. Vorerst bleiben diese Entdeckungen in meinem Labor unter Verschluss.«

»Interessant.« Abaddon lehnte sich im Sessel zurück und wirkte für einen Moment tief in Gedanken versunken. »Wie auch immer«, sagte er dann. »Ich habe Ihren Bruder gebeten, heute zurückzukommen, weil er gestern eine Art Zusammenbruch hatte. Wenn so etwas geschieht, möchte ich, dass meine Patienten …«

»Zusammenbruch?« Katherines Herz pochte. »Sie meinen … einen Nervenzusammenbruch?«

Abaddon hob beide Hände. »Oh, ich sehe, dass ich Sie erschreckt habe. Ich bitte um Verzeihung. Angesichts dieser unangenehmen Umstände kann ich gut verstehen, wieso Sie glauben, ein Recht auf Antworten zu besitzen.«

»Ob ich nun ein Recht darauf habe oder nicht«, erwiderte Katherine, »mein Bruder ist mein einziger lebender Verwandter. Niemand kennt ihn besser als ich, und wenn Sie mir sagen, was geschehen ist, kann ich Ihnen vielleicht helfen. Schließlich möchten wir alle das Gleiche, nämlich das, was für Peter am besten ist.«

Dr. Abaddon schwieg; schließlich nickte er bedächtig, als wäre er zu der Auffassung gelangt, Katherine könnte recht haben. »Nur um es einmal deutlich festzuhalten, Miss Solomon«, fuhr er fort, »falls ich beschließe, mein Wissen mit Ihnen zu teilen, dann nur, weil ich überzeugt davon bin, dass Ihre Einsichten mir helfen könnten, Ihrem Bruder beizustehen.«

»Selbstverständlich.«

Abaddon beugte sich vor und stützte die Ellbogen auf die Knie. »Miss Solomon, seit Ihr Bruder mich konsultiert, stelle ich fest, dass er mit Schuldgefühlen zu kämpfen hat. Ich habe ihn nie gedrängt, darüber zu reden, weil sie nicht der Grund sind, weshalb er zu mir kommt. Doch gestern habe ich ihn aus einer Anzahl von Gründen dennoch danach gefragt.« Abaddon hielt ihren Blick fest. »Ihr Bruder hat sich geöffnet, und zwar in recht dramatischer und unerwarteter Manier. Er hat mir Dinge erzählt, die zu hören ich nie erwartet hätte … einschließlich allem, was an dem Abend geschah, an dem Ihre Mutter zu Tode kam.«

Heiligabend vor fast zehn Jahren. In meinen Armen ist sie gestorben.

»Er hat erzählt, dass Ihre Mutter bei einem versuchten Raubüberfall auf Ihr Haus ermordet wurde … Von einem Einbrecher, der etwas gesucht hat, von dem er glaubte, Ihr Bruder verstecke es, nicht wahr?«

»Das ist richtig.«

Abaddon taxierte sie. »Ihr Bruder sagte, er hätte den Mann erschossen?«

»Ja.«

Abaddon strich sich übers Kinn. »Erinnern Sie sich noch, wonach der Einbrecher gesucht hat, als er in Ihr Zuhause eindrang?«

Katherine hatte zehn Jahre lang vergeblich versucht, die Erinnerung zu verdrängen. »Ja, seine Forderung war sehr exakt. Leider wusste keiner von uns, wovon er sprach. Es ergab für uns alle keinen Sinn.«

»Für Ihren Bruder schon.«

»Wie bitte?« Katherine setzte sich auf.

»Zumindest nach dem, was er mir gestern erzählt hat, wusste Peter ganz genau, was der Einbrecher wollte. Doch Ihr Bruder wollte es nicht aushändigen. Deshalb gab er vor, nicht zu begreifen, worum es dem Mann ging.«

»Das ist absurd. Peter kann unmöglich gewusst haben, was der Kerl wollte. Seine Forderung war völliger Unsinn!«

»Interessant.« Dr. Abaddon notierte sich schweigend etwas. »Wie ich bereits sagte, hat Peter mir gegenüber behauptet, dass er durchaus wusste, worum es ging. Er glaubt, dass Ihre Mutter heute vielleicht noch leben könnte, hätte er mit dem Einbrecher kooperiert. Seine Entscheidung von damals ist die Ursache seiner Schuldgefühle.«

Katherine schüttelte den Kopf. »Das ist doch verrückt ...«

Abaddon machte eine besorgte Miene und ließ sich zurücksinken. »Miss Solomon, Ihre Reaktion ist mir sehr nützlich gewesen. Wie ich bereits vermutet habe, scheint Ihr Bruder ein wenig den Kontakt zur Realität verloren zu haben. Genau das war meine Befürchtung. Deshalb habe ich ihn gebeten, heute wiederzukommen. Solche Selbsttäuschungsepisoden sind nichts Ungewöhnliches, wenn jemand an seine traumatischen Erinnerungen rührt.«

Katherine schüttelte wieder den Kopf. »Peter leidet keineswegs unter Selbsttäuschungen, Dr. Abaddon.«

»Ich würde Ihnen sofort zustimmen, nur dass ...«

»Nur *was?*«

»Nur dass seine Schilderung des Überfalls lediglich der Anfang war ... ein kleines Bruchstück einer langen, weit hergeholten Geschichte, die er mir erzählt hat.«

Katherine beugte sich im Sessel vor. »Was hat Peter Ihnen erzählt?«

Abaddon lächelte ihr traurig zu. »Miss Solomon, gestatten Sie mir eine Frage. Hat Ihr Bruder je davon gesprochen, was er unterhalb Washingtons verborgen glaubt? Oder welche Rolle er bei dem Schutz eines unermesslichen Schatzes zu spielen glaubt ... eines uralten Wissensschatzes?«

Katherine stand der Mund offen. »Was reden Sie da?«

Dr. Abaddon seufzte tief. »Was ich Ihnen erzählen möchte, wird Sie ein wenig schockieren, Katherine.« Er hielt inne und sah ihr in die Augen. »Aber es wird äußerst hilfreich sein, wenn Sie mir alles sagen, was Ihnen dazu einfällt.« Er griff nach ihrer Tasse. »Noch Tee?«

och eine Tätowierung.

Langdon kauerte neben Peters offener Handfläche und betrachtete die sieben kleinen Symbole, die von den leblos gekrümmten Fingern verdeckt gewesen waren.

$$\text{IIIX } \square\square 5$$

»Sie sehen aus wie Zahlen«, sagte Langdon überrascht. »Die ich allerdings nicht kenne.«

»Die erste ist eine römische Ziffer«, meinte Anderson.

»Meiner Ansicht nach nicht«, widersprach Langdon. »Es gibt keine römische Zahl mit der Schreibung I-I-I-X.«

»Und was ist mit den anderen?«, fragte Sato.

»Ich bin mir nicht sicher. Es sieht aus wie acht-acht-fünf in arabischen Ziffern.«

»Arabisch?«, fragte Anderson. »Die sehen wie ganz normale Zahlen aus.«

»Unsere normalen Zahlen *sind* arabisch.« Langdon musste diesen Sachverhalt bei seinen Studenten so oft klarstellen, dass er einen Vortrag über die wissenschaftlichen Fortschritte parat hatte, die von den frühen Kulturen des Nahen Ostens gemacht worden waren, darunter das moderne Zahlensystem, dessen Vorteile gegenüber den römischen Ziffern unter anderem die Stellenschreibweise und die

Entdeckung der Null waren. Natürlich schloss Langdon seinen Vortrag stets mit der Bemerkung, dass die arabische Kultur der Menschheit auch das Wort *al-kuhl* für das Lieblingsgetränk der Harvard-Erstsemester, bekannt als Alkohol, gebracht hatte.

Langdon sah sich die Tätowierung genau an und war ratlos. »Ich bin mir nicht mal sicher, ob das eine acht-acht-fünf sein soll. Diese geradlinige Schreibweise sieht ungewöhnlich aus. Vielleicht sind das gar keine Zahlen.«

»Was dann?«, fragte Sato.

»Ich weiß nicht. Die ganze Tätowierung sieht fast … nach einer Runenschrift aus.«

»Soll heißen?«, fragte Sato.

»Runenschriften setzen sich ausschließlich aus geraden Linien zusammen. Die Buchstaben heißen Runen und wurden häufig für Steininschriften benutzt, weil Krümmungen zu schwierig zu meißeln waren.«

»Wenn das Runen sind«, fragte Sato, »was steht dann da?«

Langdon schüttelte den Kopf. Sein Fachwissen erstreckte sich nur auf das rudimentärste Runenalphabet: Futhark, eine germanische Schrift aus dem 3. Jahrhundert, und das hier war nicht Futhark. »Um ehrlich zu sein, ist nicht einmal sicher, dass das Runen sind. Man müsste einen Fachmann fragen. Es gibt Dutzende Formen – Hälsinge, Manx, die punktierten Stungnar-Runen …«

»Peter Solomon ist Freimaurer, nicht wahr?«

Langdon stutzte. »Ja, aber was hat das damit zu tun?« Er kam aus der Hocke hoch, sodass er die kleine Frau überragte.

»Sagen *Sie* es mir. Sie haben gesagt, dass Runenalphabete für Steininschriften benutzt wurden, und soviel ich weiß, waren die ursprünglichen Freimaurer Handwerker, die mit Stein gearbeitet haben. Ich erwähne das nur, weil die Recherche ein ganz be-

ᚠ	A
ᛒ	B
ᛉ	D
ᛗ	E
ᚡ	F
ᚷ	G
ᚻ	H
ᛁ	I
ᛃ	J
ᚲ	K
ᛚ	L
ᛗ	M
ᛉ	N
◇	NG
ᛜ	O
ᛈ	P
ᛦ	R
ᛋ	S
ᛏ	T
ᚢ	U
ᚹ	W
ᛉ	Z

stimmtes Ergebnis brachte, als ich mein Büro gebeten habe, nach einer Verbindung zwischen der Mysterienhand und Peter Solomon zu suchen.« Sie machte eine Kunstpause. »Die Freimaurer.«

Langdon atmete hörbar aus und unterdrückte den Impuls, Sato dasselbe entgegenzuhalten, das er permanent seinen Studenten sagte: *Google ist kein Synonym für Recherche.* In der heutigen Zeit massiver, weltweiter Schlüsselwortsuche schien alles mit allem verknüpft zu sein. Die Welt entwickelte sich zu einem großen, verfilzten Netz an Informationen, das jeden Tag dichter wurde.

Langdon behielt einen geduldigen Tonfall bei. »Es überrascht mich nicht, dass Ihre Leute auf die Freimaurer gestoßen sind. Die Freimaurer sind eine ganz offensichtliche Verbindung zwischen Peter Solomon und einer beliebigen Anzahl esoterischer Themen.«

»Ja«, sagte Sato, »und auch darum wundert es mich, dass Sie die Freimaurer heute Abend noch nicht erwähnt haben. Immerhin haben Sie von einem Geheimwissen gesprochen, das von einer Handvoll Erleuchteter gehütet wird. Das klingt sehr freimaurerisch, finden Sie nicht?«

»Durchaus … und es klingt genauso sehr nach den Rosenkreuzern, der Kabbalistik, Alumbrados und anderen esoterischen Gruppen.«

»Aber Peter Solomon ist Freimaurer, noch dazu ein sehr einflussreicher. Es scheint, die Freimaurer drängen sich jedes Mal auf, wenn wir über Geheimnisse reden. Die lieben ihre Geheimnisse weiß Gott.«

Langdon hörte den argwöhnischen Unterton und wollte sich nicht daran beteiligen. »Wenn Sie etwas über die Freimaurerei wissen möchten, wäre Ihnen weit mehr gedient, wenn Sie einen Freimaurer fragen.«

»Ich würde lieber jemanden fragen, dem ich trauen kann.«

Langdon fand die Bemerkung ignorant und aggressiv. »Eines will ich mal ganz deutlich sagen, Ma'am. Die gesamte freimaurerische Philosophie beruht auf Ehrlichkeit und Integrität. Freimaurer gehören zu den vertrauenswürdigsten Menschen, denen Sie begegnen können.«

»Ich habe schon überzeugende Beweise für das Gegenteil gesehen.«

Direktor Sato wurde Langdon zunehmend unsympathischer. Er hatte Jahre damit verbracht, über die reiche freimaurerische Tradition metaphorischer Ikonographie und Symbole zu schreiben und wusste, dass von allen Organisationen gerade die Freimaurer auf unfairste Weise verleumdet und missdeutet wurden. Während ihnen immer wieder alles Mögliche vorgeworfen wurde, von der Teufelsanbetung bis hin zu Weltherrschaftsplänen, bestand ihre Politik darin, gar nicht erst auf Kritiker zu reagieren – was sie wiederum zu einem leichten Ziel machte.

»Trotzdem«, erwiderte Sato bissig, »stecken wir wieder in einer Sackgasse, Mr. Langdon. Mir scheint, dass Sie entweder etwas übersehen oder dass Sie mir etwas verschweigen. Der Mann, mit dem wir es zu tun haben, sagte, dass Peter Solomon speziell Sie bestimmt hat.« Sie richtete einen kalten Blick auf Langdon. »Ich denke, es ist Zeit, dass wir diese Unterhaltung in die CIA-Zentrale verlegen. Vielleicht haben wir da mehr Glück.«

Satos Drohung wurde von Langdon kaum registriert. Sie hatte gerade etwas gesagt, das sich in seinem Kopf festgesetzt hatte. *Peter Solomon hat Sie bestimmt.* Diese Bemerkung – zusammen mit der Erwähnung der Freimaurer – hatte Langdon seltsam berührt. Er blickte auf den Freimaurerring an Peters Finger. Dieser Ring hatte zu seinen meistgeschätzten Besitztümern gehört – ein Familienerbstück, welches das Symbol des doppelköpfigen Phönix trug, das geheimnisvollste Zeichen maurerischer Weisheit. Das Gold glänzte im Licht und löste eine unerwartete Erinnerung aus.

Langdon schnappte verblüfft nach Luft, als er das schaurige Flüstern von Peters Entführer im Ohr hatte: *Sie begreifen es noch immer nicht, wie? Warum Sie ausgewählt wurden?*

Jetzt, in einem einzigen, erschreckenden Augenblick, rückten Langdons Gedanken an die richtige Stelle, und der Nebel lichtete sich.

Mit einem Mal war ihm der Zweck seines Hierseins glasklar.

Sechzehn Kilometer entfernt, auf dem Suitland Parkway, hörte Mal'akh ein charakteristisches Brummen auf dem Beifahrersitz. Es war Peter Solomons iPhone, das sich an diesem Tag als machtvolles Werkzeug erwiesen hatte.

Im Display erschien das Bild einer attraktiven Frau mittleren Alters mit langen, schwarzen Haaren.

Anrufer: Katherine Solomon

Mal'akh lächelte und ignorierte den Anruf. *Das Schicksal bringt mich näher.*

Nur aus einem Grund hatte er Katherine Solomon am Nachmittag in seine Wohnung gelockt: um festzustellen, ob sie etwas wusste, das ihm nützte ... ein Familiengeheimnis vielleicht, durch das er aufspüren konnte, was er suchte. Doch ganz offensichtlich hatte ihr Bruder ihr nicht erzählt, was er jahrelang gehütet hatte.

Trotzdem hatte Mal'akh etwas von ihr erfahren. *Etwas, das sie heute ein paar Stunden länger leben lässt.* Sie hatte ihm bestätigt, dass sich ihre gesamten Forschungsergebnisse an *einem* Ort befanden, sicher verschlossen in ihrem Labor.

Ich muss es vernichten.

Katherines Forschung stand kurz davor, eine neue Tür der Erkenntnis aufzustoßen, und sobald diese Tür auch nur einen Spaltbreit offen stand, würden andere folgen. Es wäre nur eine Frage der Zeit, bis alles sich änderte. *Das kann ich nicht zulassen. Die Welt muss bleiben, wie sie ist ... im Zustand dunkler Unwissenheit.*

Das iPhone piepte und zeigte damit an, dass Katherine eine Nachricht auf die Mailbox gesprochen hatte. Mal'akh hörte sie ab.

»Peter, ich bin's noch mal.« Sie klang besorgt. »Wo bist du? Ich denke immer wieder an meine Unterhaltung mit Dr. Abaddon … und ich mache mir Sorgen. Ist alles in Ordnung? Bitte ruf mich an. Ich bin im Labor.«

Damit endete die Nachricht.

Mal'akh lächelte. *Sie sollte sich weniger um ihren Bruder als vielmehr um sich selbst Sorgen machen.* Er bog vom Suitland Parkway in die Silver Hill Road ein. Eine knappe Meile weiter, abseits der Schnellstraße auf der rechten Seite, sah er in der Dunkelheit den schwachen Umriss des SMSC zwischen den Bäumen. Der gesamte Gebäudekomplex war von einem hohen Klingendrahtzaun umgeben.

Ein sicheres Gebäude? Mal'akh lachte in sich hinein. *Ich kenne jemanden, der mir die Tür öffnen wird.*

Kapitel 24

Langdon fiel es wie Schuppen von den Augen.

Ich weiß, warum ich hier bin.

Er stand in der Mitte der Rotunde und verspürte das heftige Verlangen, sich umzudrehen und zu flüchten ... vor Peters Hand, vor dem glänzenden Goldring, vor den argwöhnischen Blicken Satos und Andersons. Stattdessen stand er wie erstarrt und hielt seine Umhängetasche noch fester an sich gedrückt. *Ich muss hier raus.*

Langdon biss die Zähne aufeinander, als die Szene von jenem kalten Morgen damals in Cambridge noch einmal vor seinem geistigen Auge ablief. Es war sechs Uhr früh, und er betrat seinen Seminarraum, wie immer nach seinen morgendlichen Bahnen im Schwimmbad der Universität. Die vertrauten Gerüche von Kreidestaub und Dampfheizungswärme empfingen ihn auf der Schwelle. Nach zwei Schritten auf dem Weg zum Schreibtisch stockte er.

Jemand wartete auf ihn – ein eleganter Gentleman mit Adlergesicht und leuchtend grauen Augen.

»Peter?« Langdon starrte ihn bestürzt an.

Peter Solomons Lächeln blitzte in dem düsteren Raum auf. »Guten Morgen, Robert. Überrascht, mich zu sehen?« Sein Tonfall war gewinnend, strahlte zugleich aber Autorität aus.

Langdon eilte zu ihm und schüttelte ihm herzlich die Hand. »Was um alles in der Welt hat alter Yale-Adel vor Morgengrauen auf dem Crimson Campus verloren?«

»Eine verdeckte Operation hinter den feindlichen Linien«, sagte

Solomon lachend. Er deutete auf Langdons Taille. »Die Bahnen zahlen sich aus. Du bist gut in Form.«

»Ich lege es nur darauf an, dass du dich alt fühlst«, neckte Langdon. »Ich freue mich riesig, dich zu sehen, Peter. Was gibt's denn?«

»Kurze Geschäftsreise.« Solomon blickte sich in dem leeren Seminarraum um. »Tut mir leid, dass ich einfach so hereinschneie, Robert, aber ich habe nur ein paar Minuten Zeit. Ich muss dich um etwas bitten … persönlich. Um einen Gefallen.«

Das ist das erste Mal. Langdon fragte sich, was ein einfacher College-Professor für den Mann, der alles hatte, überhaupt tun könnte. »Was immer du möchtest«, sagte er, erfreut, einmal etwas für den Mann tun zu können, der ihm schon so viel gegeben hatte, besonders als Peters glückliches Leben von einer Tragödie überschattet worden war.

Solomon senkte die Stimme. »Ich möchte dich bitten, auf etwas aufzupassen.«

Langdon verdrehte die Augen. »Nicht auf Herkules, hoffe ich.« Langdon hatte sich einmal bereit erklärt, Solomons siebzig Kilo schweren Mastiff zu hüten, wenn Peter auf Reisen war. In Langdons Wohnung hatte der Hund Sehnsucht nach seinem liebsten Lederspielzeug bekommen und einen würdigen Ersatz im Arbeitszimmer entdeckt – eine pergamentene, kalligrafierte und illuminierte Bibelhandschrift aus dem 17. Jahrhundert. »Böser Hund« schien ihm nicht die adäquate Bezeichnung zu sein.

»Weißt du, ich suche noch immer nach einem Ersatz«, sagte Solomon und lächelte betreten.

»Vergiss es. Ich freue mich, dass Herkules Geschmack an der Religion gefunden hat.«

Solomon kicherte, wirkte jedoch abgelenkt. »Ich bin hier, Robert, weil ich dich bitten möchte, ein Auge auf etwas zu haben, das ziemlich wertvoll für mich ist. Ich habe es vor einiger Zeit geerbt, aber es behagt mir nicht mehr, es zu Hause oder im Büro zu lassen.«

Langdon war augenblicklich unwohl. In Peters Welt musste etwas »ziemlich Wertvolles« ein Vermögen wert sein. »Wie wär's mit einem Bankschließfach?« *Ist deine Familie nicht bei der Hälfte aller amerikanischen Banken Aktionär?*

»Das würde jede Menge Papierkram bedeuten. Ein vertrauenswürdiger Freund ist mir lieber. Und ich weiß, du kannst schweigen wie ein Grab.« Solomon griff in seine Tasche, zog ein kleines Päckchen heraus und reichte es Langdon.

Angesichts der dramatischen Vorrede hatte Langdon etwas Eindrucksvolleres erwartet als eine würfelförmige Schachtel von drei Zoll Kantenlänge, eingeschlagen in verblichenes braunes Packpapier und verschnürt mit Bindfaden. Nach dem Gewicht und der Größe zu urteilen, musste der Inhalt aus Stein oder Metall sein. *Das ist es?* Langdon drehte die Schachtel hin und her und sah, dass der Bindfaden an einer Seite sorgfältig mit einem Wachssiegel gesichert war wie ein altes Edikt. Das Siegel trug einen doppelköpfigen Phönix mit einer »33« auf der Brust – das traditionelle Symbol des höchsten Freimaurergrades.

»Ach so, Peter«, sagte Langdon, während sich ein schiefes Grinsen auf sein Gesicht stahl. »Du bist also der Meister vom Stuhl, nicht der Papst. Siegelst Päckchen mit deinem Ring, hm?«

Solomon blickte auf seinen goldenen Ring und lächelte. »Ich habe das Päckchen nicht versiegelt, Robert. Das war mein Urgroßvater. Vor fast einem Jahrhundert.«

Langdon hob ruckartig den Kopf. »Was?«

Solomon hielt den Ringfinger hoch. »Dieser Freimaurerring war seiner. Danach gehörte er meinem Großvater, dann meinem Vater … und schließlich mir.«

Langdon deutete auf das Päckchen. »Dein Urgroßvater hat das vor hundert Jahren eingepackt, und bis heute hat es niemand geöffnet?«

»So ist es.«

»Aber ... warum nicht?«

Solomon lächelte. »Weil die Zeit noch nicht gekommen ist.«

Langdon starrte ihn an. »Die Zeit für was?«

»Robert, ich weiß, es klingt eigenartig, aber je weniger du weißt, desto besser. Leg es einfach an einen sicheren Platz, und sag bitte keinem, dass ich es dir gegeben habe.«

Langdon suchte in den Augen seines Mentors nach einem schelmischen Funkeln. Solomon hatte einen Hang zum Dramatischen, und Langdon fragte sich, ob es nicht irgendeine clevere Masche seines Freundes war. »Bist du sicher, Peter, dass das nicht bloß ein Trick ist, um mir weiszumachen, man habe mir ein altes Freimaurergeheimnis anvertraut, damit ich neugierig werde und deinem Verein beitrete?«

»Die Freimaurer werben niemanden, Robert, das weißt du. Außerdem hast du mir schon gesagt, dass du es vorziehst, nicht beizutreten.«

Das stimmte. Langdon hatte großen Respekt vor der Philosophie und Symbolik der Freimaurer, hatte aber trotzdem beschlossen, sich nicht einweihen zu lassen. Wegen der Geheimhaltungsschwüre des Ordens hätte er mit seinen Studenten nicht mehr über die Freimaurerei sprechen dürfen. Aus demselben Grund hatte Sokrates abgelehnt, offiziell an den Eleusinischen Mysterien teilzunehmen.

Als Langdon nun die geheimnisvolle Schachtel und das Freimaurersiegel betrachtete, konnte er sich die naheliegende Frage nicht verkneifen. »Warum vertraust du sie keinem deiner Brüder an?«

»Sagen wir einfach, ich habe so eine Ahnung, dass sie außerhalb der Bruderschaft sicherer aufgehoben ist. Und lass dich bitte von der Größe des Päckchens nicht täuschen. Wenn es wahr ist, was mein Vater mir gesagt hat, enthält es etwas von beträchtlicher Macht.« Er zögerte. »Eine Art Talisman.«

Hat er Talisman gesagt? Ein Talisman war per definitionem ein Gegenstand mit magischen Kräften. Traditionell wurden sie benutzt, damit sie Glück brachten, böse Geister abhielten oder bei alten Ritualen dienten. »Dir ist doch klar, Peter, dass Talismane seit dem Mittelalter aus der Mode sind?«

Peter legte Langdon eine Hand auf die Schulter. »Ich weiß, wie sich das anhört, Robert. Ich kenne dich schon lange, und deine Skepsis ist eine deiner größten Stärken. Sie ist aber auch deine größte Schwäche. Ich kenne dich gut genug, um zu wissen, dass man dich nicht einfach bitten kann zu glauben ... aber zu vertrauen. Darum bitte ich dich jetzt, mir zu vertrauen, wenn ich dir sage, dass dieser Talisman machtvoll ist. Mir wurde gesagt, er könne seinem Besitzer die Fähigkeit verleihen, aus dem Chaos Ordnung hervorzubringen.«

Langdon blickte ihn verwundert an. »Ordnung aus Chaos« war einer der wichtigsten maurerischen Grundgedanken. *Ordo ab chao.* Daher war die Behauptung, ein Talisman könne überhaupt Macht ausüben, absurd – erst recht, wenn es um die Macht ging, Ordnung aus Chaos zu schaffen.

»Dieser Talisman«, fuhr Solomon fort, »wäre in den falschen Händen gefährlich, und leider habe ich Grund zu der Annahme, einflussreiche Leute wollen ihn mir stehlen.« Er blickte dabei vollkommen ernst. »Ich möchte, dass du ihn eine Zeit lang für mich aufbewahrst. Würdest du das tun?«

In jener Nacht saß Langdon allein an seinem Küchentisch und versuchte sich vorzustellen, was in dem rätselhaften Päckchen sein könnte. Am Ende hakte er es einfach als Peters Exzentrik ab und schloss das Päckchen im Wandsafe in seiner Bibliothek ein, um es irgendwann völlig zu vergessen.

Bis zu diesem Morgen.

Der Anruf von dem Mann mit dem Südstaatenakzent.

»Ach, Professor, beinahe hätte ich's vergessen!«, hatte der Assistent gesagt, nachdem er Langdon die Reisearrangements genannt hatte. »Da ist noch eine Sache, um die Mr. Solomon gebeten hat.«

»Ja?«, sagte Langdon, in Gedanken bereits bei dem Vortrag, zu dem er sich bereit erklärt hatte.

»Mr. Solomon hat hier eine Notiz für Sie hinterlassen.« Der Mann fing stockend an zu lesen, als müsse er Peters Handschrift mühsam entziffern. »Bitten Sie Robert... das kleine versiegelte Päckchen mitzubringen, das ich ihm damals gegeben habe.« Der Mann schwieg kurz. »Sagt Ihnen das etwas?«

Langdon war überrascht, als ihm wieder einfiel, was seit damals in seinem Wandsafe lag. »Ja, durchaus. Ich weiß, was Peter meint.«

»Und Sie können es mitbringen?«

»Natürlich. Sagen Sie ihm, ich bringe es mit.«

»Wunderbar.« Der Assistent klang erleichtert. »Viel Spaß bei Ihrem Vortrag heute Abend. Gute Reise.«

Vor seiner Abreise hatte Langdon das Päckchen pflichtgemäß aus dem Safe genommen und in seine Umhängetasche gesteckt.

Jetzt stand er im Kapitol und wusste nur eins: Peter Solomon wäre entsetzt, wenn er wüsste, wie sehr sein Freund Robert Langdon ihn enttäuschte.

Kapitel 25

Mein Gott, Katherine hatte recht. Wie immer.

Trish Dunne starrte entgeistert auf die Ergebnisse ihrer Spider-Suche, die auf der Plasmabildwand vor ihr aufgelistet wurden. Sie hatte bezweifelt, dass die Suche überhaupt irgendwelche Ergebnisse erbringen würde; inzwischen aber hatte sie mehr als ein Dutzend Treffer. Und es kamen immer noch weitere hinzu.

Ein Eintrag sah besonders vielversprechend aus.

Trish drehte sich um und rief in Richtung der Bibliothek: »Katherine? Ich glaube, du solltest dir das mal ansehen!«

Es war ein paar Jahre her, seit Trish einen Webcrawler wie diesen eingesetzt hatte, und die Ergebnisse des heutigen Abends verblüfften sie selbst. *Vor ein paar Jahren wäre so eine Suche in einer Sackgasse geendet.* Nun jedoch war die Menge des durchsuchbaren Materials weltweit explosionsartig gewachsen – so sehr, dass man praktisch alles finden konnte. Es war unglaublich; eines der Schlüsselwörter war ein Wort, das Trish noch nie zuvor gehört hatte ... und der Spider *selbst* hatte es aufgestöbert.

Katherine erschien in der Tür des Kontrollraums. »Was hast du gefunden?«

»Einen Berg von Kandidaten.« Trish zeigte auf die Plasmawand. »Jedes dieser Dokumente enthält wortwörtlich sämtliche deiner Schlüsselbegriffe.«

Katherine schob sich eine Haarsträhne hinters Ohr und überflog die Liste.

»Bevor du jetzt ganz ausflippst«, fügte Trish hinzu, »solltest du wissen, dass die meisten dieser Dokumente nicht das sind, wonach du suchst. Wir nennen sie ›schwarze Löcher‹. Schau dir die Dateigrößen an … gigantisch. Da gibt es komprimierte Archive mit Millionen von E-Mails, riesige, ungekürzt erfasste Enzyklopädien, weltweite, seit Jahren laufende Internet-Foren und so weiter. Wegen ihrer Größe und ihrer weit gestreuten Inhalte enthalten diese Dateien so viele potenzielle Schlüsselwörter, dass sie jede Suchmaschine einsaugen, die auch nur in ihre Nähe kommt – deshalb ›schwarze Löcher‹.«

Katherine zeigte auf einen Eintrag, der ziemlich weit oben auf der Liste stand. »Was ist mit dem da?«

Trish lächelte. Katherine war schon einen Schritt weiter; denn sie hatte bereits die einzige Datei auf der Liste erspäht, die eine relativ kleine Größe aufwies. »Ja, das ist tatsächlich unser einziger echter Kandidat bisher. Die Datei ist so klein, dass sie kaum mehr als eine Textseite lang sein dürfte.«

»Kannst du sie öffnen?« Katherines Stimme war angespannt.

Trish konnte sich kein einseitiges Dokument vorstellen, das all die seltsamen Zeichenketten enthielt, nach denen Katherine gesucht hatte. Doch als sie das Dokument öffnete, waren die Schlüsselwörter da, glasklar und im Text leicht zu erkennen.

Katherine trat näher heran. »Dieses Dokument ist … *geschwärzt?*«

Trish nickte. »Willkommen in der Welt der digitalisierten Texte.«

Wo immer digitalisierter Content dargeboten wurde, war automatische Freigabe zu einer Standardpraxis geworden. Dabei erlaubte ein Server dem Benutzer, den vollständigen Text zu durchsuchen, gab ihm dann aber nur einen kleinen Teil davon frei – nur den unmittelbaren Kontext der gesuchten Schlüsselbegriffe. Indem der Anbieter den größten Teil des Textes unleserlich machte, vermied er Urheberrechtsverletzungen und sandte dem Benutzer zugleich eine Botschaft: *Ich habe die Information, nach der du suchst, aber wenn du den Rest davon haben willst, musst du dafür bezahlen.*

»Wie du siehst«, sagte Trish und scrollte die heftig redigierte Seite hinunter, »enthält das Dokument all deine Schlüsselbegriffe.«

Katherine blickte stumm auf die geschwärzten Zeilen.

Trish ließ ihr eine Minute Zeit und scrollte dann zum Anfang der Seite zurück. Jeder von Katherines Schlüsselbegriffen war in unterstrichenen Kapitälchen wiedergegeben und von kleinen Textfetzen begleitet – jeweils zwei Worten davor und danach.

██

██

████████ an einen <u>UNTERIRDISCHEN</u> geheimen Ort ████████

████████████████████████████ … ████████████████

████████████████████████████████ Koordinaten in <u>WASHINGTON, D.C.,</u>

um einen ██

████████████████████████ … ████████████████████

██

████████████████████████ und ein <u>ALTES PORTAL</u> entdeckt, das

██

██

████████████ … ██████████████████████████████████

██

████████████ Warnung, die <u>PYRAMIDE</u> berge Gefahren ████████

████████████████████ … ██████████████████████████

████████████████████████████ sollten dieses <u>SYMBOLON</u>

besser entziffern ████████████████████████████████

██

██

██

Trish hatte keine Vorstellung, worauf das Dokument sich bezog. *Und was zum Kuckuck ist ein »Symbolon«?*

Katherine fand endlich ihre Stimme wieder. »Woher kam dieses Dokument? Wer hat es geschrieben?«

Trish arbeitete bereits daran. »Gib mir eine Sekunde. Ich versuche die Quelle zu lokalisieren.«

»Ich muss wissen, wer das geschrieben hat«, wiederholte Katherine. »Und ich muss den Rest lesen.«

»Ich versuche es«, sagte Trish, überrascht von der Schärfe in Katherines Tonfall.

Seltsamerweise war der Speicherort der Datei nicht als konventionelle Webadresse, sondern als numerische Internet-Protokoll-Adresse wiedergegeben. »Ich kann die IP nicht demaskieren«, sagte Trish. »Der Name der Domain lässt sich nicht zuordnen. Warte.« Sie zog ihr Terminalfenster auf. »Ich lasse eine Traceroute durchlaufen.«

Trish tippte eine Befehlsfolge, um alle Hops zwischen ihrem Rechner im Kontrollraum und dem Server anzupingen, auf dem das Dokument abgespeichert war.

»Tracing läuft«, sagte sie, als sie den Befehl abschickte.

Traceroutes waren extrem schnell, und auf der Plasmawand erschien fast augenblicklich eine lange Liste von Netzwerkdevices ... der ganze Pfad von Routern und Switches zwischen ihrem Rechner und ...

Was ist das? Ihr Trace hatte gestoppt, bevor es den Server gefunden hatte. Das Ping hatte aus irgendeinem Grund ein Netzwerkdevice erreicht, das die Anfrage geschluckt hatte, anstatt sie zu erwidern. »Es sieht aus, als wäre der Trace blockiert worden«, sagte Trish. *Ist das überhaupt möglich?*

»Versuch's noch mal.«

Trish ließ eine weitere Traceroute vom Stapel und erhielt dasselbe Ergebnis. »Nichts. Sackgasse. Es sieht so aus, als läge dieses Dokument auf einem Server, der nicht aufzuspüren ist.« Sie sah sich die letzten Hops vor dem blinden Ende an. »Es sieht aber so aus, als stünde dieser Server irgendwo in Washington und Umgebung.«

»Im Ernst?«

»Ja. Das hatte ich sowieso schon vermutet«, meinte Trish. »Spider-Programme breiten sich geografisch aus, sodass die ersten Ergebnisse immer in der Nähe zu finden sind. Außerdem war einer deiner Suchbegriffe ›Washington, D.C.‹.«

»Wie wär's mit einer WHOIS-Abfrage?«, schlug Katherine vor. »Würde uns das nicht Auskunft über den Inhaber der Domain geben?«

Ein bisschen primitiv, aber keine schlechte Idee. Trish wechselte zu einem WHOIS-Server und schickte eine Suchanfrage mit der IP-Adresse los, in der Hoffnung, die kryptischen Zahlen mit dem dazugehörenden Domainnamen verbinden zu können. Ihre anfängliche Frustration war inzwischen wachsender Neugierde gewichen. *Wer hat dieses Dokument?* Die WHOIS-Ergebnisse erschienen, zeigten aber keine Übereinstimmung. Trish hob resignierend die Hände. »Diese IP-Adresse scheint gar nicht zu existieren. Ich kann überhaupt keine Informationen darüber einholen.«

»Die Adresse *muss* existieren. Wir haben soeben Einblick in das Dokument genommen, das dort gespeichert ist.«

Wohl wahr. Und doch – wer immer dieses Dokument hatte, zog es anscheinend vor, seine oder ihre Identität nicht preiszugeben. »Ich weiß nicht, was ich dazu sagen soll. Systemtracing ist nicht wirklich mein Ding, und wenn du nicht jemanden mit Hacker-Fähigkeiten darauf ansetzen willst, weiß ich nicht weiter.«

»Kennst du jemanden?«

Trish drehte sich um und starrte ihre Chefin an. »Katherine, das sollte ein Witz sein. Ich halte das für keine gute Idee.«

»Aber es wäre machbar?« Katherine warf einen Blick auf die Uhr.

»Ja, sicher. Technisch gesehen, ist es ziemlich einfach.«

»Wen kennst du da?«

»An Hackern?« Trish lachte nervös. »Ungefähr die Hälfte der Typen in meinem Job sind welche.«

»Jemand dabei, dem du trauen kannst?«

Trish konnte sehen, dass es Katherine todernst war. »Ich kenne da jemanden, den wir fragen könnten. Er war unser Experte für System Security – ein absoluter Computerfreak. Er hat damals versucht, mich anzubaggern, aber ich hab ihn abblitzen lassen. Aber er ist kein schlechter Kerl. Ich glaube, man kann ihm trauen. Ich weiß auch, dass er nebenbei Jobs annimmt.«

»Kann er den Mund halten?«

»Er ist Hacker. Natürlich kann er den Mund halten. Das gehört zu seinem Job. Allerdings müssen wir damit rechnen, dass er mindestens tausend Dollar verlangt, um nur mal einen Blick…«

»Ruf ihn an. Biete ihm das Doppelte für ein schnelles Resultat.«

Trish war nicht sicher, was ihr mehr Unbehagen bereitete: Katherine Solomon zu helfen, einen Hacker zu engagieren, oder jemanden anzurufen, der es vermutlich immer noch nicht glauben konnte, dass eine pummelige rothaarige Metasystemanalytikerin für sein Liebeswerben nicht empfänglich gewesen war. »Bist du dir sicher?«

»Nimm das Telefon in der Bibliothek«, sagte Katherine. »Es hat eine Geheimnummer. Und meinen Namen solltest du besser nicht erwähnen.«

»Okay.« Trish ging zur Tür, als sie Katherines iPhone piepsen hörte. Mit ein wenig Glück würde die angekommene Nachricht Informationen enthalten, die Trish dieser unangenehmen Aufgabe entheben würde. Sie wartete, während Katherine das iPhone aus ihrer Kitteltasche fischte und einen Blick auf den Touchscreen warf.

Katherine Solomon verspürte eine Welle der Erleichterung, als sie den Namen des Absenders las.

Endlich.

»Es ist eine Textnachricht von meinem Bruder«, sagte sie mit einem Blick hinüber zu Trish.

Trish schöpfte Hoffnung. »Sollten wir nicht vielleicht besser erst ihn fragen, bevor wir einen Hacker einschalten?«

Katherine beäugte das geschwärzte Dokument auf dem Plasmaschirm und hörte Dr. Abaddons Stimme: *Das, wovon Ihr Bruder glaubt, dass es in Washington verborgen ist... Es kann gefunden werden.* Katherine wusste nicht, was sie noch glauben sollte – und dieses Dokument enthielt Informationen über die an den Haaren herbeigezogenen Ideen, von denen ihr Bruder anscheinend besessen war.

Sie schüttelte den Kopf. »Ich möchte wissen, wer das geschrieben hat und wo sich das Dokument befindet. Ruf ihn an.«

Missmutig verließ Trish den Raum.

Ob dieses Dokument nun das Mysterium dessen, was ihr Bruder Dr. Abaddon erzählt hatte, klären konnte oder nicht – es gab zumindest *ein* Mysterium, das heute gelöst worden war: Peter hatte endlich gelernt, mit dem iPhone, das Katherine ihm geschenkt hatte, eine Textnachricht zu verfassen.

»Und gib eine Pressemeldung raus«, rief sie Trish hinterher. »Der große Peter Solomon hat soeben seine erste SMS verschickt.«

Auf dem Parkplatz einer kleinen Einkaufsstraße gegenüber vom SMSC stand Mal'akh neben seiner Limousine, streckte die Beine und wartete auf den Telefonanruf, von dem er wusste, dass er kommen würde. Der Regen hatte aufgehört, und ein Wintermond lugte verstohlen zwischen den Wolken hindurch. Es war ein Mond in derselben Phase, wie er drei Monate zuvor durch die Kuppel im Haus des Tempels auf Mal'akh herabgeschienen hatte.

Die Welt sieht heute Nacht anders aus.

Als er wartete, meldete sein Magen sich erneut. Sein zweitägiges Fasten, wenngleich unangenehm, war wesentlich für seine Vorbereitung, denn so schrieb der alte Weg es vor. Bald würden alle körperlichen Unannehmlichkeiten bedeutungslos sein.

Wie Mal'akh so in der kalten Nachtluft stand, lachte er leise in sich hinein, als er sah, dass das Schicksal ihn nicht ohne Ironie direkt vor eine kleine Kirche platziert hatte. Hier, zwischen einer Zahnarztpraxis und einem Minimart, befand sich ein winziges Heiligtum.

LORD'S HOUSE OF GLORY.

Mal'akh blickte zu dem Fenster empor, das Teile des Glaubensbekenntnisses wiedergab:

WE BELIEVE THAT JESUS CHRIST WAS BEGOTTEN BY THE HOLY SPIRIT, AND BORN OF THE VIRGIN MARY, AND IS BOTH TRUE MAN AND GOD.

Mal'akh lächelte. *Ja, Jesus ist in der Tat Mensch* und *Gott, doch eine jungfräuliche Geburt ist nicht Voraussetzung für Göttlichkeit. So läuft das heute nicht mehr.*

Das Klingeln eines Handys durchschnitt die Nachtluft, und Mal'akhs Herz schlug unwillkürlich schneller. Das Telefon, das nun läutete, war sein eigenes – ein billiges Gerät, das er gestern gekauft hatte. Die Signatur des Anrufers zeigte an, dass es der Anruf war, auf den er gewartet hatte.

Ein Ortsgespräch, sinnierte Mal'akh und blickte hinaus über die Silver Hill Road zu dem dünnen, vom Mondlicht erhellten Schattenriss einer gezackten Dachlinie über den Baumwipfeln. Mal'akh klappte sein Handy auf.

»Dr. Abaddon hier«, sagte er mit verstellter Stimme.

»Hallo, hier ist Katherine«, antwortete eine Frauenstimme. »Ich habe endlich eine Nachricht von meinem Bruder erhalten.«

»Oh, das freut mich zu hören. Wie geht es ihm?«

»Er ist gerade auf dem Weg zu meinem Labor. Er meinte, Sie sollten vielleicht hinzukommen.«

»Wie bitte?« Mal'akh täuschte Zögern vor. »In Ihr ... Labor?«

»Er muss großes Vertrauen zu Ihnen haben. Er hat noch nie jemanden hierhin eingeladen.«

»Vielleicht meint er, mein Besuch könnte unserer Diskussion förderlich sein. Aber ich möchte nicht aufdringlich erscheinen.«

»Wenn mein Bruder sagt, Sie sind willkommen, dann ist es so. Außerdem sagte er mir, dass er uns beiden viel mitzuteilen hat, und ich möchte endlich erfahren, worum es hier eigentlich geht.«

»Also gut, ich komme. Wo genau ist Ihr Labor?«

»Im Smithsonian Museum Support Center. Wissen Sie, wo das ist?«

»Nein«, sagte Mal'akh, obwohl der Komplex genau vor ihm lag. »Aber ich sitze im Auto und habe ein Navigationssystem. Wie lautet die Adresse?«

»Zweiundvierzig-zehn, Silver Hill Road.«

»Okay, bleiben Sie dran. Ich tipp's ein.« Mal'akh wartete zehn Sekunden; dann sagte er: »Ah, das sieht gut aus. Anscheinend bin ich näher, als ich dachte. Das GPS meldet, dass ich nur ungefähr zehn Minuten von Ihnen entfernt bin.«

»Sehr gut. Ich werde der Security am Tor Bescheid sagen, dass Sie kommen.«

»Vielen Dank.«

»Bis dann.«

Mal'akh steckte das Handy ein und blickte zum SMSC hinüber. *War ich nicht clever, mich selbst einzuladen?* Lächelnd zog er Peter Solomons iPhone hervor und bewunderte die Textnachricht, die er Katherine wenige Minuten zuvor geschickt hatte.

Habe deine Nachrichten abgehört. Alles okay. Viel zu tun. Habe Termin mit Dr. Abaddon vergessen. Tut mir leid, ihn nicht früher erwähnt zu haben. Lange Geschichte. Komme jetzt ins Labor. Wenn möglich, bitte Dr. Abaddon hinzu. Ich

vertraue ihm voll und ganz, und ich habe euch beiden viel zu
erzählen. – Peter

Es überraschte Mal'akh nicht, als Peters iPhone nun mit einem Piepsen eine eintreffende Nachricht Katherines ankündigte.

toll, dass du jetzt texten kannst, peter! freut mich, dass du
okay bist. habe mit dr. A. gesprochen, er kommt ins labor. bis
bald! – k

Solomons iPhone in der Hand, bückte Mal'akh sich unter die Limousine und klemmte das Handy zwischen Vorderreifen und Pflas-
ter. Das Gerät war nützlich gewesen; nun aber war es Zeit, sich
davon zu verabschieden. Er setzte sich hinters Lenkrad, legte den
Gang ein und ließ den Wagen langsam vorrollen, bis er das scharfe
Knacken des implodierenden iPhones hörte.

Mal'akh schaltete zurück auf »Parken« und blickte auf die Silhouette des SMSC. *Zehn Minuten.* Peter Solomons riesiges Lagerhaus enthielt mehr als dreißig Millionen Schätze, doch heute
Nacht würde Mal'akh nur die beiden wertvollsten vernichten.

Katherine Solomons Forschungsergebnisse.

Und Katherine Solomon selbst.

Kapitel 26

P rofessor Langdon?«, fragte Sato. »Sie sehen aus, als hätten Sie ein Gespenst gesehen. Alles in Ordnung?«

Langdon rückte den Riemen seiner Umhängetasche auf der Schulter zurecht und legte die Hand darauf, als könnte er auf diese Weise das würfelförmige Päckchen darin besser verbergen. Dabei spürte er, wie er aschfahl im Gesicht wurde. »Ich mache mir nur Sorgen um Mr. Solomon.«

Sato neigte den Kopf zur Seite und blickte ihn schief an.

Langdon hegte den plötzlichen Verdacht, Sato könnte sich an diesem Abend nur wegen des rätselhaften Talismans in dem Päckchen eingeschaltet haben, das Peter Solomon ihm anvertraut hatte. Peters Warnung klang Langdon noch in den Ohren: *Dieser Talisman wäre in den falschen Händen gefährlich... einflussreiche Leute wollen ihn mir stehlen.* Langdon konnte sich nicht vorstellen, weshalb die mächtige CIA es auf eine unscheinbare Schachtel abgesehen haben könnte, in der sich ein Talisman befand, und er hatte nicht die leiseste Ahnung, was dieser Talisman überhaupt sein könnte.

Ordo ab chao?

Sato trat näher. Aus schwarzen Augen musterte sie Langdon durchdringend. »Ich sehe es Ihnen an: Sie hatten eine Offenbarung, nicht wahr?«

Langdon wurde gewahr, dass er schwitzte. »Nein, nicht ganz.«

»Was beschäftigt Sie dann?«

»Nichts. Ich ...« Langdon zögerte. Er wusste nicht, was er sagen sollte. Er hatte nicht die Absicht, die Existenz des Päckchens in seiner Tasche zu offenbaren, doch wenn Sato ihn zur CIA mitnahm, wurde seine Tasche mit Sicherheit am Eingang durchsucht. »Das heißt«, flunkerte er, »mir ist da noch etwas zu den Ziffern auf Peters Hand eingefallen.«

Satos Gesicht verriet nichts. »Ja?« Sie blickte Anderson an, der das Spurensicherungsteam eingewiesen hatte, das soeben eingetroffen war.

Langdon schluckte mühsam und kauerte neben der Hand nieder. Er musste sich rasch etwas einfallen lassen. *Du bist Dozent, Robert – improvisiere!* Er warf einen letzten Blick auf die sieben winzigen Symbole und hoffte auf eine Eingebung.

Nichts. Gar nichts.

Sosehr Langdon mit seinem eidetischen Gedächtnis die Enzyklopädie der Symbole in seinem Hirn durchforstete, er fand nur eine Sache, die er überhaupt anmerken konnte – etwas, das ihm ganz zu Anfang aufgefallen, aber unwahrscheinlich erschienen war. Nun aber musste er sich Zeit zum Nachdenken erkaufen.

»Nun«, begann er, »das Erste, was den Symbolologen darauf hinweist, dass er sich bei der Entzifferung von Symbolen und Codes auf der falschen Fährte befindet, ist der Umstand, dass er Symbole unter Benutzung mehrerer Symbolsprachen interpretiert. Als ich Ihnen zum Beispiel sagte, dieser Text sei römisch und arabisch, war es eine schlechte Analyse, weil ich mehrere Symbolsysteme benutzt habe. Gleiches gälte für römisch und runisch.«

Sato verschränkte die Arme und wölbte die Brauen, als wollte sie sagen: *Und weiter?*

»Im Allgemeinen wird in nur *einer* Sprache kommuniziert, nicht in mehreren. Daher ist es bei jedem Text die erste Aufgabe eines jeden Symbolologen, nach einem *einzelnen* konsistenten Symbolsystem zu suchen, das sich auf den gesamten Text anwenden lässt.«

»Und Sie erkennen jetzt ein einzelnes System?«

»Ja und nein.« Langdons Erfahrungen mit rotationssymmetrischen Ambigrammen hatten ihn gelehrt, dass Symbole aus unterschiedlichen Winkeln betrachtet manchmal unterschiedliche Bedeutungen haben konnten. In diesem Fall gab es tatsächlich eine Möglichkeit, alle sieben Symbole einer einzelnen Sprache zu entnehmen. »Wenn wir die Hand ein wenig manipulieren, wird die Sprache konsistent.« Schaurigerweise schien die Manipulation, die Langdon vorzunehmen beabsichtigte, bereits von Peters Entführer angedeutet worden zu sein, als er die alte hermetische Redewendung zitierte: *Wie oben, so unten.*

Langdon schauderte, als er den Arm ausstreckte und den Holzständer ergriff, auf dem Peter Solomons Hand aufgespießt war. Sanft drehte er den Sockel herum, sodass Peters ausgestreckte Finger nun direkt nach unten wiesen. Die Symbole auf der Handfläche wandelten sich augenblicklich um.

»Aus diesem Winkel«, sagte Langdon, »wird X-I-I-I zu einer *gültigen* römischen Zahl – dreizehn. Vor allem aber können die restlichen Zeichen als Buchstaben des lateinischen Alphabets gedeutet werden – als SBB.« Langdon hatte erwartet, dass seine Analyse nur verständnisloses Achselzucken hervorrufen würde, doch Andersons Miene schlug augenblicklich um.

»SBB?«, wollte der Chief wissen.

Sato wandte sich Anderson zu. »Wenn ich mich nicht sehr irre, klingt das nach einem vertrauten Nummerierungssystem im Kapitol.«

Anderson blickte sie an. Sein Gesicht war bleich. »Allerdings.«

Sato grinste grimmig und nickte Anderson zu. »Kommen Sie bitte mit. Ich möchte unter vier Augen mit Ihnen sprechen.«

Während Sato den Chief außer Hörweite zog, blieb Langdon allein zurück, verwirrt und ratlos. *Verdammt noch mal, was geht hier vor? Und was soll SBB XIII bedeuten?*

Chief Anderson fragte sich, ob dieser Abend überhaupt noch merkwürdiger werden konnte. *Auf der Hand steht SBB 13?* Er war erstaunt, dass ein Außenstehender überhaupt vom SBB wusste … ganz zu schweigen von SBB 13. Peter Solomons Zeigefinger wies anscheinend nicht nach oben, wie es zuerst ausgesehen hatte … sondern in die genau entgegengesetzte Richtung.

Sato führte Anderson zu einer abgeschiedenen Stelle unweit der Bronzestatue von Thomas Jefferson. »Chief«, sagte sie, »ich kann davon ausgehen, dass Sie genau wissen, wo SBB 13 zu finden ist?«

»Natürlich.«

»Wissen Sie, was darin ist?«

»Nein. Nicht ohne hineinzusehen. Ich glaube nicht, dass es in den letzten Jahrzehnten benutzt wurde.«

»Nun, Sie werden es öffnen.«

Anderson mochte es gar nicht, gesagt zu bekommen, was er in seinem eigenen Gebäude zu tun hatte. »Ma'am, das könnte ein Problem darstellen. Als Erstes müsste ich in den Zuweisungsplan sehen. Wie Sie wissen, sind die unteren Geschosse größtenteils private Büro- oder Lagerräume, und die Sicherheitsvorschriften, was private …«

»Sie werden mir SBB 13 aufschließen«, entgegnete Sato, »sonst rufe ich beim OS an und befehle ein Einsatzkommando mit einer Türramme her.«

Anderson musterte sie ein paar Sekunden lang; dann zog er sein Funkgerät aus der Jacke und hielt es sich vor die Lippen. »Hier Anderson. Ich brauche jemanden, der das SBB aufschließt. Jemand soll dort in fünf Minuten auf mich warten.«

Eine verwirrte Stimme antwortete. »Chief? Haben Sie ›SBB‹ gesagt? Bitte bestätigen.«

»Richtig. SBB. Schicken Sie mir sofort jemanden. Er soll eine Taschenlampe mitbringen.« Anderson steckte das Funkgerät weg. Sein Herz pochte heftiger, als Sato näher trat und die Stimme noch mehr senkte.

»Chief, die Zeit ist knapp«, raunte sie, »und Sie werden uns so schnell wie möglich zu SBB 13 bringen.«

»Jawohl, Ma'am.«

»Sie müssen noch etwas für mich tun.«

Außer einem Einbruch? Protest hätte Anderson nicht das Geringste genützt, doch es war nicht unbemerkt an ihm vorübergegangen, dass Sato wenige Minuten nach dem Fund von Solomons Hand in der Rotunde eingetroffen war und nun die Situation nutzte, um Zugang zu Privatbereichen des Kapitols zu erhalten. Heute Abend schien Sato den Ereignissen so weit voraus zu sein, dass sie sie praktisch bestimmte.

Sato wies durch den Saal auf Robert Langdon. »Diese Umhängetasche über seiner Schulter …«

Anderson blickte zu Langdon hinüber »Was ist damit?«

»Ich gehe davon aus, dass Ihre Leute die Tasche geröntgt haben, als Langdon ins Gebäude kam?«

»Ja, sicher. Alle Taschen werden durchleuchtet.«

»Ich will die Röntgenaufnahme sehen. Ich will wissen, was darin ist.«

Anderson sah auf die Tasche, die Langdon schon den ganzen Abend lang getragen hatte. »Aber … wäre es nicht angebrachter, ihn einfach danach zu fragen?«

»Habe ich mich missverständlich ausgedrückt?«

Anderson nahm das Funkgerät wieder hervor und gab die Anforderung weiter. Sato nannte dem Chief ihre Blackberry-Adresse und verlangte, dass seine Leute ihr eine E-Mail mit einer Digitalkopie der Röntgenaufnahme schickten, sobald sie sie gefunden hatten. Widerstrebend gehorchte Anderson.

Sato wies die Spurensicherung an, die abgetrennte Hand gleich an die CIA in Langley zu schicken. Anderson war zu müde und entnervt, um zu protestieren. Ihn hatte soeben eine kleine japanische Dampfwalze überrollt.

»Und den Ring will ich auch!«, rief Sato den Spurensicherern zu.

Der Leiter des Teams schien ihre Anweisung infrage stellen zu wollen, besann sich jedoch rasch eines Besseren. Er zog den goldenen Ring von Solomons Hand, steckte ihn in einen durchsichtigen Asservatenbeutel und reichte ihn Sato. Sie schob sich die Tüte in die Jackentasche. Dann blickte sie Langdon an.

»Wir brechen auf, Professor. Holen Sie Ihre Sachen.«

»Wohin gehen wir?«, fragte Langdon.

»Folgen Sie einfach Mr. Anderson.«

Ja, dachte Anderson, *und folgen Sie mir dichtauf.*

Das SBB war ein Teil des Kapitols, der kaum besucht wurde. Um dorthin zu kommen, mussten sie ein ausgedehntes Labyrinth kleiner Kammern und enger Gänge unterhalb der Krypta durchqueren. Abraham Lincolns jüngster Sohn Tad hatte sich einmal dort unten verirrt und hätte fast nicht wieder herausgefunden. Anderson vermutete allmählich, dass Robert Langdon, wenn es nach Sato ging, ein ähnliches Schicksal bevorstände.

Kapitel 27

ark Zoubianis, Spezialist für Systemsicherheit, hatte sich stets gerühmt, verschiedene Dinge gleichzeitig erledigen zu können. Im Augenblick saß er mit einer TV-Fernbedienung, einem Schnurlostelefon, einem Laptop, einem PDA und einer Schale Pirate's Booty auf seinem Futon. Ein Auge auf das stumm gestellte Spiel der Redskins im Fernseher gerichtet, das andere auf den Bildschirm seines Laptops, telefonierte er über sein Bluetooth-Headset mit einer Frau, von der er seit mehr als einem Jahr nichts gehört hatte.

Typisch Trish Dunne, ausgerechnet während der Übertragung eines Play-off-Spiels anzurufen.

Wie zur Bestätigung ihrer sozialen Unangepasstheit hatte Marks ehemalige Kollegin sich ausgerechnet das Spiel der Redskins auserkoren, um einen Gefallen von ihm zu erbitten. Nach einem kurzen Austausch von Belanglosigkeiten über die alten Zeiten und darüber, wie sehr sie Marks Witze vermisste, war Trish rasch auf den Punkt gekommen: Sie versuchte eine versteckte IP-Adresse zu demaskieren, die wahrscheinlich zu einem gesicherten Server in der Gegend von Washington gehörte. Auf dem Server lag ein kleines Textdokument, und sie wollte Zugriff darauf... oder wenigstens Informationen, wer der Besitzer dieses Dokuments war.

Richtiger Mann, falsche Zeit, hatte Mark ihr gesagt, worauf Trish ihn mit den größten Schmeicheleien überschüttet hatte, von denen die meisten sogar zutrafen – und ehe Mark sich's versah, tippte er die merkwürdige IP-Adresse in seinen Laptop.

Schon beim ersten Blick auf die Nummer überkam ihn tiefes Unbehagen. »Trish, diese Nummer hat ein abgefahrenes Format. Das Protokoll ist derzeit noch gar nicht öffentlich verfügbar. Entweder Geheimdienst der Regierung oder Militär, würde ich sagen.«

»Militär?« Trish lachte auf. »Glauben Sie mir, Mark, ich habe gerade eben ein freigegebenes Dokument von diesem Server gezogen, und es war definitiv *nicht* vom Militär.«

Zoubianis öffnete sein Terminalprogramm und startete eine Traceroute. »Sie sagen, Ihre Traceroute wäre im Nirwana gelandet?«

»Ja. Zwei Mal sogar. Jedes Mal beim gleichen Hop.«

»Meine auch.« Er aktivierte ein Diagnosetool. »Was ist so interessant an dieser IP?«

»Ich hatte einen Delegator aufgerufen, und eine der Suchmaschinen fand unter der vorliegenden IP ein freigegebenes Dokument, das ich herunterladen wollte. Ich brauche die restlichen Informationen in diesem Dokument. Ich bin bereit, dafür zu zahlen, finde aber nicht mal heraus, wem die IP gehört, geschweige denn, wie ich darauf zugreifen kann.«

Zoubianis blickte stirnrunzelnd auf seinen Schirm. »Sind Sie ganz sicher? Ich habe eine Sonde gestartet, und diese Firewall sieht nicht so aus, als wäre sie zum Spaß installiert.«

»Das ist einer der Gründe für Ihr fettes Honorar.«

Zoubianis überlegte kurz. Man hatte ihm in der Tat ein Vermögen für diesen kinderleichten Job geboten. »Eine Frage, Trish. Warum sind Sie so scharf auf dieses Dokument?«

Trish zögerte. »Es ist eine Gefälligkeit. Für eine Freundin.«

»Muss eine ganz spezielle Freundin sein.«

»Das ist sie.«

Zoubianis kicherte und verkniff sich einen Kommentar. *Ich hab's gewusst.*

»Hören Sie, Mark.« Trish klang mit einem Mal ungeduldig. »Schaffen Sie's, die IP zu demaskieren? Ja oder nein?«

»Ja. Und ja – ich weiß, dass Sie mich manipulieren.«

»Wie lange brauchen Sie?«

»Nicht lange.« Er tippte bereits, während er antwortete. »Ungefähr zehn Minuten, bis ich auf die Rechner in diesem Netz zugreifen kann. Sobald ich drin bin und weiß, womit ich es zu tun habe, rufe ich Sie zurück.«

»Danke. Und sonst? Wie geht's so?«

Ausgerechnet jetzt will sie das wissen? »Herrgott noch mal, Trish, Sie rufen mich mitten während eines Play-off-Spiels der Redskins an und wollen mit mir plaudern? Soll ich nun diese IP hacken oder nicht?«

»Ich wäre Ihnen sehr verbunden, Mark. Rufen Sie mich dann zurück.«

»Okay. In fünfzehn Minuten.« Zoubianis legte auf, griff nach seiner Schale Pirate's Booty und drückte die Stummtaste der Fernbedienung.

Frauen!

Kapitel 28

Wohin bringen sie mich?

Während Langdon zusammen mit Anderson und Sato immer weiter hinunter in die Tiefen des Kapitols eilte, spürte er, wie sein Pulsschlag sich mit jedem Schritt erhöhte. Sie waren im westlichen Säulengang der Rotunde losgegangen und eine Marmortreppe hinuntergestiegen, bevor sie kehrtgemacht und durch eine breite Tür die berühmte Halle direkt unter dem Boden der Rotunde betreten hatten.

Die Krypta.

Die Luft war schwerer hier, und bereits jetzt beschlich Langdon ein klaustrophobisches Gefühl. Das relativ niedrige Deckengewölbe der Capitol Crypt und die indirekte Beleuchtung ließen die vierzig dorischen Säulen, die erforderlich waren, um den Boden des weiten Kuppelsaals darüber zu tragen, noch massiger erscheinen. *Entspann dich, Robert. Ganz ruhig.*

»Hier entlang«, sagte Anderson und führte die kleine Gruppe zwischen den Säulen hindurch nach links.

Glücklichweise gab es in dieser Krypta keine Toten, sondern eine Reihe von Statuen, ein großes Modell des Kapitols und einen Lagerraum für den breiten Katafalk, auf dem die Särge bei Staatsbegräbnissen aufgebahrt wurden. Die Gruppe eilte weiter, ohne den marmornen Kompass auf dem Boden in der Mitte der Halle, in dessen Zentrum einst die Ewige Flamme gebrannt hatte, auch nur eines Blickes zu würdigen.

DER KATAFALK, KRYPTA DES KAPITOLS

Anderson schien in Eile zu sein, und Sato war erneut in ihr Blackberry vertieft. Die Mobilfunknetze, hatte Langdon erfahren, wurden mithilfe von Transpondern verstärkt und bis in die entferntesten Winkel des Kapitols weitergeleitet, um die Hunderte von Mobiltelefonen von Regierungsmitgliedern zu versorgen, die tagaus, tagein in Betrieb waren.

Nachdem die kleine Gruppe die Krypta durchquert hatte, gelangte sie in ein schwach erleuchtetes Foyer, dem sich eine verschachtelte Abfolge von Fluren und Seitengängen anschloss. Zahllose nummerierte Türen zweigten von den Gängen ab. Langdon las die Beschilderungen, während er und die anderen weiter vordrangen.

S154 … S153 … S152 …

Langdon wusste nicht, was sich hinter den Türen befand, doch eine Sache schien inzwischen klar: die Bedeutung der Tätowierung in Peter Solomons Handfläche. SBB 13 war die Nummer einer Tür irgendwo tief in den Eingeweiden des Kapitols.

»Was befindet sich hinter all diesen Türen?«, fragte Langdon, wobei er seine Umhängetasche fester an den Leib drückte. Er wunderte sich ohnehin, was Solomons winziges Päckchen mit einer Tür im Kapitol zu tun haben mochte.

»Büros und Lagerräume«, antwortete Anderson. »*Private* Büros und Lagerräume«, verbesserte er sich mit einem raschen Blick auf Sato.

Sie hob nicht einmal den Kopf, so sehr war sie mit ihrem Blackberry beschäftigt.

»Die Räume sehen klein aus«, stellte Langdon fest.

»Bessere Besenkammern, die meisten jedenfalls. Trotzdem gehören sie zu den begehrtesten Adressen in D.C. Dies hier ist das Herz des ursprünglichen Kapitols, und die ehemalige Kammer des Senats liegt zwei Stockwerke über uns.«

»Und SBB 13?«, fragte Langdon. »Wem gehört SBB 13?«

»Niemandem. SBB ist ein privater Lagerbereich. Woher wissen Sie überhaupt…«

»Chief Anderson«, unterbrach Sato den Sicherheitschef, ohne den Blick von ihrem Blackberry zu heben. »Bringen Sie uns einfach nur hin, ja?«

Anderson presste die Lippen zusammen und führte die kleine Gruppe schweigend durch einen Untergrund, der mehr und mehr wie ein Zwischending aus Selbstbedienungslagerräumen und endlosem Labyrinth erschien. An fast jeder Wand gab es Wegweiser, die hierhin und dorthin zeigten und Besuchern in diesem Netzwerk aus Gängen und Fluren wenigstens ansatzweise eine Orientierung ermöglichten.

S142 bis S152…

ST1 bis ST70…

H1 bis H166 & HT1 bis HT67…

Langdon kamen bald ernste Zweifel, ob er auf sich allein gestellt je wieder einen Weg nach draußen finden würde. *Das ist das reinste Labyrinth*. Nach allem, was er sehen konnte, begannen die Nummerierungen an den Türen entweder mit einem H oder einem S; es hing davon ab, ob sie auf der Seite des Senats oder des Abgeordnetenhauses lagen. Bereiche mit der Kennzeichnung ST und HT lagen auf einer weiteren Ebene, die Anderson als »Terrace Level« bezeichnete.

Immer noch keine Spur von SBB.

Endlich erreichten sie eine schwere Sicherheitstür aus massivem Stahl mit einem kodierten Chipkartenschloss.

SB LEVEL

Langdon spürte, dass sie ihrem Ziel näher kamen.

Anderson griff nach seiner Chipkarte, zögerte dann aber. Satos Forderungen schienen plötzlich Unbehagen in ihm zu wecken.

»Chief«, drängte Sato. »Wir haben nicht die ganze Nacht Zeit.«

Widerwillig schob Anderson seine Karte ins Lesegerät. Die Verriegelung der Stahltür klickte. Der Chief drückte die Tür auf, und sie traten hindurch in ein Foyer auf der anderen Seite. Hinter ihnen glitt die Tür wieder ins Schloss.

Langdon war nicht sicher, was er in diesem Foyer erwartet hatte, doch es war definitiv nicht das, was sich nun vor ihm ausbreitete. Er starrte auf die Treppe, die in die Tiefe führte. »Noch weiter runter?«, fragte er und blieb stehen. »Es gibt *noch eine* Ebene unter der Krypta?«

»Allerdings«, antwortete Anderson. »SB steht für ›Senate Basement‹.«

Langdon stöhnte innerlich. *Na wunderbar.*

Kapitel 29

Der Wachmann blickte auf die Scheinwerfer, die sich auf der gewundenen Zufahrtsstraße zum SMSC näherten. Es war das erste Fahrzeug, das er seit einer Stunde zu sehen bekam. Pflichtergeben drehte er die Lautstärke seines tragbaren Fernsehers herunter und verstaute seine Snacks unter dem Tresen. *Was für ein beschissenes Timing.* Die Redskins waren in der Offensive, und er wollte keine Sekunde des Spiels verpassen.

Als der Wagen herankam, warf der Wachmann einen Blick auf das Notizbuch, das vor ihm lag, und kontrollierte den Namen.

Dr. Christopher Abaddon.

Gerade erst hatte Katherine Solomon angerufen und die Security über die unmittelbar bevorstehende Ankunft ihres Gastes informiert. Der Wachmann hatte keine Ahnung, wer dieser Dr. Abaddon war, doch er war allem Anschein nach ein Meister seines Fachs, denn er kam in einer schwarzen Stretchlimo mit Chauffeur. Das lange, schicke Fahrzeug rollte bis zum Wachhaus, wo es hielt. Die dunkel getönte Scheibe auf der Fahrerseite glitt sanft und lautlos nach unten.

»Guten Abend«, sagte der Chauffeur und nahm die Mütze ab. Er war ein athletisch gebauter Mann mit kahl geschorenem Schädel. Im Autoradio lief eine Football-Übertragung. »Ich bringe Dr. Christopher Abaddon zu einer Verabredung mit Miss Katherine Solomon.«

Der Wachmann nickte. »Den Ausweis bitte.«

Der Chauffeur blickte überrascht drein. »Verzeihung, aber hat Miss Solomon nicht Bescheid gegeben?«

»Doch, das hat sie.« Der Wachmann nickte und warf einen verstohlenen Blick auf seinen Fernseher. »Aber ich bin trotzdem verpflichtet, die Ausweise der Besucher zu kontrollieren und die Zeiten im Journal zu vermerken. Tut mir leid, aber die Vorschriften, wissen Sie? Ich muss den Ausweis von Dr. Abaddon sehen.«

»Kein Problem.« Der Chauffeur drehte sich in seinem Sitz um und redete mit gedämpfter Stimme durch die Trennscheibe hindurch mit der Person im Fond. Der Wachmann nutzte die Zeit zu einem weiteren Blick auf den Fernseher. Die Redskins waren gerade wieder in der Offensive. *Hoffentlich ist dieser Dr. Abaddon bald verschwunden.*

Der Chauffeur wandte sich wieder nach vorn und hielt dem Wachmann den Ausweis hin, den er offenbar durch die Scheibe entgegengenommen hatte.

Der Wachmann legte den Ausweis auf den Scanner seines Systems. Auf dem Bildschirm erschienen die Führerscheindaten eines gewissen Dr. Christopher Abaddon aus Kalorama Heights. Das Foto zeigte einen attraktiven blonden Gentleman in blauem Blazer mit Krawatte und einem Einstecktuch aus Satin in der Brusttasche.

Wer zum Teufel geht mit einem Einstecktuch zur Führerscheinstelle?

Aus dem Lautsprecher des kleinen Fernsehers drang gedämpftes Jubeln, und der Wachmann drehte den Kopf gerade rechtzeitig, um zu sehen, wie ein Spieler der Redskins mit in die Luft gerecktem Finger vor Freude in der Endzone tanzte. »Und ich hab's nicht gesehen…«, murmelte der Wachmann missmutig, wobei er sich wieder zum Fenster wandte.

»Okay.« Er reichte dem Chauffeur den Führerschein. »Sie können passieren.«

Als die Stretchlimousine anfuhr, wandte der Wachmann sich wieder der Sportübertragung zu. Vielleicht gab es ja eine Wiederholung.

Mal'akh musste grinsen. Er saß am Steuer seiner Limousine und lenkte den Wagen über die Zufahrtsstraße zu Peter Solomons geheimem Museum. Es war bereits das zweite Mal innerhalb von vierundzwanzig Stunden, dass Mal'akh unbehelligt in eines von Solomons Privathäusern eindrang. Vergangene Nacht hatte er Solomons Wohnhaus einen ähnlichen Besuch abgestattet.

Obwohl Solomon einen prachtvollen Landsitz in Potomac besaß, verbrachte er einen Großteil seiner Zeit in seinem Penthouse-Apartment im obersten Stock des exklusiven Dorchester Arms. Das Gebäude war – wie die meisten Häuser der Superreichen – eine regelrechte Festung. Hohe Mauern. Bewachte Tore. Gästelisten. Gesicherte Parkplätze in der Tiefgarage.

Mal'akh war in genau dieser Limousine bis zum Wachhaus vorgefahren, hatte seine Chauffeursmütze gezogen und verkündet: »Ich bringe Dr. Christopher Abaddon. Er ist bei Mr. Peter Solomon eingeladen.« Er hatte die Worte ausgesprochen, als wäre Solomon der Duke of York.

Der Wachmann hatte einen Blick in ein Journal geworfen und dann auf Abaddons Ausweis geschaut. »Ja. Mr. Solomon erwartet Dr. Abaddon bereits.« Er drückte einen Knopf, und das Tor öffnete sich. »Sie finden Mr. Solomon im Penthouse-Apartment. Dr. Abaddon soll bitte den rechten Aufzug benutzen, der fährt bis ganz nach oben.«

»Danke sehr.« Mal'akh tippte sich an den Mützenschirm und fuhr durchs Tor.

Während er den Wagen die Rampe hinunter in die Tiefgarage lenkte, hielt er nach Sicherheitskameras Ausschau. Keine da. Anscheinend gehörten die Leute, die hier wohnten, entweder zu der Sorte, die nicht in Autos einbrach, oder zu der, die nicht gerne beobachtet wurde – oder beides.

Mal'akh parkte in einer dunklen Ecke in der Nähe der Aufzüge, ließ die Trennscheibe zwischen Fahrerabteil und Passagierabteil herunter und zwängte sich durch die schmale Öffnung in den hinteren

Teil der Limousine, wo er seine Mütze abnahm und sich die blonde Perücke aufsetzte. Nach einem letzten prüfenden Blick in den Spiegel, um sich zu überzeugen, dass sein Make-up nicht verschmiert war, stieg er aus und zupfte sein Jackett zurecht. Mal'akh wollte keinerlei Risiko eingehen. Nicht an diesem Abend.

Dazu habe ich viel zu lange auf diesen Moment gewartet.

Sekunden später trat Mal'akh in den privaten Aufzug. Die Fahrt nach oben verlief glatt und lautlos. Als die Tür zur Seite glitt, fand er sich in einem eleganten privaten Foyer wieder. Sein Gastgeber erwartete ihn bereits.

»Dr. Abaddon. Willkommen.«

Mal'akh blickte in die grauen Augen seines Gegenübers und spürte, wie sein Puls sich beschleunigte. »Mr. Solomon, ich freue mich, dass Sie Zeit für mich haben.«

»Bitte sagen Sie Peter zu mir.«

Die beiden Männer schüttelten sich die Hände. Als Mal'akh die Hand des älteren Mannes ergriff, fiel sein Blick auf den goldenen Freimaurerring an Solomons Ringfinger. Es war die gleiche Hand, die einst eine Waffe auf Mal'akh gerichtet hatte. Eine Stimme aus Mal'akhs ferner Vergangenheit meldete sich. *Wenn Sie abdrücken, werde ich Sie Ihr Leben lang verfolgen.*

»Bitte kommen Sie näher«, sagte Solomon und führte seinen Gast in ein elegantes Wohnzimmer, dessen breite Fensterfront einen atemberaubenden Blick auf die Skyline von Washington bot.

»Rieche ich frisch aufgesetzten Tee?«, fragte Mal'akh beim Betreten des Zimmers.

Solomon schien beeindruckt. »Meine Eltern haben Gäste stets mit Tee begrüßt. Ich setze ihre Tradition fort.« Er deutete auf den Kamin. Vor dem Feuer wartete ein Service. »Zucker? Sahne?«

»Schwarz, danke sehr.«

Solomon schien noch beeindruckter. »Ein Purist.« Er schenkte seinem Gast und sich selbst je eine Tasse schwarzen Tees ein. »Sie sagten, Sie müssten über eine vertrauliche Angelegenheit mit mir reden, die nur unter vier Augen besprochen werden kann?«

»So ist es. Und ich danke Ihnen, dass Sie mir Ihre Zeit opfern.«

»Wir sind Freimaurerbrüder, Sie und ich. Uns verbindet ein besonderes Band. Sagen Sie mir, wie ich Ihnen helfen kann.«

»Zunächst möchte ich Ihnen für die Ehre des 33. Grades danken, der mir vor ein paar Monaten verliehen wurde. Das bedeutet mir sehr viel.«

»Das freut mich, doch wie Sie wissen, war es nicht allein meine Entscheidung. Über diese Dinge wird durch Abstimmung im Obersten Rat entschieden.«

»Ja, natürlich.« Mal'akh vermutete, dass Peter Solomon gegen ihn gestimmt hatte, doch bei den Freimaurern war – wie überall – Geld gleichbedeutend mit Macht und Einfluss. Kaum einen Monat, nachdem Mal'akh in seiner eigenen Loge in den 32. Grad erhoben worden war, hatte er im Namen der Großloge mehrere Millionen Dollar für wohltätige Zwecke gespendet. Wie vermutet, hatte dieser beispiellose Akt von Selbstlosigkeit ausgereicht, um seine rasche Beförderung in den 33. Grad zu bewirken.

Trotzdem habe ich keine Geheimnisse erfahren.

Trotz der alten Legende – »Alles wird enthüllt mit dem 33. Grad« – hatte man Mal'akh nichts Neues verraten; nichts jedenfalls, das ihm auf seiner Suche hätte weiterhelfen können. Doch das hatte er auch nicht erwartet. Der Innere Zirkel der Freimaurerei enthielt weitere Zirkel ... Zirkel, die Mal'akh noch viele Jahre nicht sehen würde, wenn überhaupt jemals. Es spielte keine Rolle. Seine Initiierung hatte ihren Zweck erfüllt. Etwas Einzigartiges war in diesem Tempelsaal geschehen, und es hatte Mal'akh Macht über alle anderen verliehen. *Ich tanze nicht mehr nach eurer Pfeife.*

»Wissen Sie eigentlich ...«, sagte Mal'akh und nippte an seinem Tee. »Wissen Sie, dass wir uns vor vielen Jahren schon einmal begegnet sind?«

Solomon blickte ihn überrascht an. »Tatsächlich? Ich erinnere mich nicht.«

»Es ist lange her.« *Und Christopher Abaddon ist nicht mein richtiger Name.*

»Das tut mir ausgesprochen leid. Anscheinend werde ich alt. Bitte helfen Sie mir auf die Sprünge – woher kennen wir uns?«

Ein letztes Mal lächelte Mal'akh den Mann an, den er mehr hasste als jeden anderen Menschen auf Erden. »Es ist wirklich schade, dass Sie sich nicht erinnern, zu schade …«

In einer einzigen fließenden Bewegung zog Mal'akh ein kleines Gerät aus der Tasche und drückte es Solomon fest gegen die Brust. Es gab ein grelles, blaues Flackern, als der Taser sich mit scharfem Knistern entlud und eine Million Volt durch Solomons Körper jagten. Solomon riss die Augen auf und sank reglos im Sessel zusammen. Mal'akh war aufgesprungen und stand über ihm wie ein hungriger Löwe, der im Begriff war, seine Beute zu verschlingen.

Solomons Körper zuckte. Er rang nach Atem.

Mal'akh sah Angst in den Augen seines Opfers. Er fragte sich, wie viele Menschen den großen Peter Solomon je so hilflos gesehen hatten. Er genoss den Anblick ein paar Sekunden lang, während er einen Schluck Tee nahm, und wartete geduldig, bis der Mann sich weit genug erholt hatte.

Solomon zuckte unkontrolliert und versuchte zu reden. »W-warum?«, brachte er schließlich hervor.

»Was glauben Sie?«, entgegnete Mal'akh.

Solomon starrte ihn aus tränenden Augen an. »Wollen Sie … Geld?«

Geld? Mal'akh lachte und trank einen weiteren Schluck Tee. »Ich habe den Freimaurern Millionen Dollar gespendet. Ich brauche kein Geld.« *Ich bin hergekommen, weil ich Wissen suche, und er bietet mir Geld.*

»Was … was wollen Sie dann?«

»Sie hüten ein Geheimnis. Sie werden es mit mir teilen, noch heute Nacht.«

Solomon hob mühevoll den Kopf, bis er Mal'akh in die Augen sehen konnte. »Ich verstehe nicht ...«

»Keine weiteren Lügen!«, herrschte Mal'akh ihn an und brachte sein Gesicht Zentimeter vor das seines paralysierten Opfers. »Ich weiß, was hier in Washington verborgen liegt!«

Ein trotziger Ausdruck trat in Solomons graue Augen. »Ich habe ... keine Ahnung ... wovon Sie reden.«

Mal'akh trank einen weiteren Schluck Tee und stellte die Tasse auf den Untersetzer. »Die gleichen Worte haben Sie vor zehn Jahren benutzt. In der Nacht, als Ihre Mutter starb.«

Solomon riss die Augen auf. »*Sie ...?*«

»Sie hätte nicht sterben müssen, hätten *Sie* mir gegeben, was ich wollte ...«

Das Gesicht des älteren Mannes verzerrte sich zu einer Maske des Entsetzens und der Fassungslosigkeit, als ihm dämmerte, wer vor ihm stand.

»Ich hatte Sie damals gewarnt«, sagte Mal'akh, »dass ich Sie Ihr Leben lang verfolge, wenn Sie abdrücken.«

»Aber Sie sind ...«

Erneut stieß Mal'akh seinem Opfer den Taser in die Rippen. Ein blauer Blitz, Knistern, und Solomon erschlaffte.

Mal'akh steckte den Taser weg und trank in aller Ruhe seinen Tee zu Ende. Als er fertig war, tupfte er sich mit einer monogrammverzierten Leinenserviette die Lippen ab; dann blickte er auf sein Opfer. »Wollen wir?«

Solomon rührte sich nicht, doch seine Augen waren weit aufgerissen und voller Angst.

Mal'akh beugte sich zu ihm hinunter. »Ich nehme Sie mit zu einem Ort, an dem nur die nackte Wahrheit überlebt.«

Ohne ein weiteres Wort knüllte er die Serviette zusammen und stopfte sie Solomon in den Mund. Dann warf er sich den Wehrlosen über die breite Schulter und ging in Richtung des privaten Aufzugs. Auf dem Weg nach draußen nahm er Solomons iPhone und Schlüssel an sich, die auf dem kleinen Tisch in der Halle gelegen hatten.

Heute Nacht wirst du mir all deine Geheimnisse verraten, dachte Mal'akh. *Und du wirst mir Antwort geben auf die Frage, warum du mich vor so vielen Jahren meinem Schicksal überlassen hast.*

*K*apitel 30

*S*B LEVEL.
Senate Basement.

Robert Langdons Klaustrophobie machte sich mit jeder Stufe, die sie hinunterstiegen, stärker bemerkbar. Je tiefer sie in die ursprünglichen Fundamente des Gebäudes vordrangen, umso drückender wurde die Atmosphäre. Eine Belüftung schien es gar nicht mehr zu geben. Die Wände bestanden zum Teil aus rauem Fels, zum Teil aus gelben Ziegelsteinen.

Direktor Sato tippte beim Gehen irgendetwas in ihr Blackberry. Langdon spürte ihr Misstrauen ihm gegenüber, doch dieses Gefühl beruhte inzwischen auf Gegenseitigkeit. Sato hatte ihm noch immer nicht verraten, woher sie wusste, dass er heute Abend hier war. *Eine Frage der nationalen Sicherheit?* Es fiel Langdon schwer, eine Verbindung zwischen alten Mythen und der nationalen Sicherheit zu entdecken. Auf der anderen Seite fiel es ihm schwer, *überhaupt* einen Sinn in der ganzen Sache zu erkennen.

Peter hat mir einen Talisman anvertraut ... ein fehlgeleiteter Irrer lockt mich unter falschem Vorwand ins Kapitol, mit dem Talisman im Gepäck, und verlangt, dass ich damit ein mystisches Portal öffne ... möglicherweise in einem Raum mit der Bezeichnung SBB 13.

Das passte alles nicht zusammen.

Während sie weitergingen, versuchte Langdon den schrecklichen Anblick von Peters tätowierter Hand, die jemand zur Mysterienhand entstellt hatte, aus seinem Kopf zu verdrängen. Das grässliche Bild wurde von Peters Stimme begleitet: *Aus den Alten Mysterien sind viele Mythen hervorgegangen, Robert ... aber das heißt nicht, dass sie selbst nur Fiktion sind.*

Während seiner gesamten Karriere hatte Langdon sich mit mystischen Symbolen und deren Geschichte beschäftigt. Dennoch hatte er sich nie so recht mit der Theorie der Alten Mysterien und dem Versprechen auf Allmacht, das ihnen angeblich innewohnte, anzufreunden vermocht.

Zugegebenermaßen existierten in zahlreichen historischen Aufzeichnungen unumstößliche Beweise, dass geheimes Wissen über die Jahrhunderte hinweg weitergegeben worden war. Der Ursprung dieses Wissens lag möglicherweise in den Geheimschulen des alten Ägypten. Es war stets im Verborgenen weitergegeben worden, bis es in der Renaissance wieder aufgetaucht war, wo es, den meisten Quellen zufolge, ausgewählten Mitgliedern der führenden Denkfabrik Europas anvertraut wurde: der Royal Society of London, hervorgegangen aus einer Gruppe, die sich das »Invisible College« nannte.

Dieses Unsichtbare Collegium entwickelte sich rasch zu einer Ideenschmiede, der die größten Visionäre ihrer Zeit angehörten: Isaac Newton, Francis Bacon, Robert Boyle und sogar Benjamin Franklin. Die Liste der neuzeitlichen »Mitglieder« war mit Namen wie Einstein, Hawking und Bohr nicht minder beeindruckend. Sie alle waren Genies, denen die Menschheit Quantensprünge in ihrem Wissens- und Erkenntnisstand verdankte – Fortschritte, deren Ursprung bestimmten Quellen zufolge in den Alten Mysterien lag, die irgendwo im Invisible College verborgen waren. Was das betraf, hegte Langdon seine Zweifel, obwohl unbestreitbar war, dass sich innerhalb dieser Gruppe außergewöhnlich viele »geheimnisvolle Vorgänge« zugetragen hatten.

Als 1936 die geheimen Aufzeichnungen Isaac Newtons entdeckt worden waren, war die Welt erstaunt gewesen, mit welcher verzehrenden Leidenschaft Newton sich dem Studium der Alchimie und der geheimen Wissenschaften gewidmet hatte. Unter seinen Privatbriefen befand sich ein Schreiben an Robert Boyle, in dem er diesen eindringlich warnte, »höchstes Stillschweigen« zu wahren, was das geheime Wissen betraf, das sie erlangt hatten. »Es kann nicht weitergegeben werden«, schrieb Newton, »ohne der Welt einen unermesslichen Schaden zuzufügen.«

Die Bedeutung dieser seltsamen Warnung wurde noch heute heiß diskutiert.

»Professor«, sagte Sato plötzlich und sah von ihrem Blackberry auf, »auch wenn Sie behaupten, keine Ahnung zu haben, weshalb Sie heute Abend hier sind, könnten Sie mir vielleicht etwas über Peter Solomons Ring verraten.«

»Ich kann es versuchen«, meinte Langdon und bemühte sich, in die Gegenwart zurückzufinden.

Sato zog den Asservatenbeutel hervor und reichte ihn Langdon. »Erzählen Sie mir etwas über die Symbole auf dem Ring.«

Langdon musterte den vertrauten Ring, während sie weiter durch den verlassenen Gang schritten. Auf seinem Siegel prangte das Bild eines doppelköpfigen Phönix mit einem Banner in den Klauen, auf dem ORDO AB CHAO stand. Auf seiner Brust war die Zahl 33 zu sehen. »Der doppelköpfige Phönix mit der Zahl 33 ist das Zeichen des höchsten Freimaurergrades.« Genau genommen gab es diesen angesehenen Grad nur innerhalb des Schottischen Ritus. Langdon verspürte allerdings keine Lust, Sato die komplexe Hierarchie der Freimaurer an diesem Abend im Detail zu erläutern. »Der 33. Grad ist, kurz gesagt, eine seltene Auszeichnung, die nur einer kleinen Gruppe höchst verdienter Freimaurer zuteilwird. Alle anderen Grade können durch das erfolgreiche Durchlaufen der vorhergehenden Stufen erreicht werden, die Erlangung des 33. Grades allerdings wird streng reglementiert. Eine solche Ernennung erfolgt nur auf Einladung.«

»Ihnen war also bekannt, dass Peter Solomon ein Mitglied dieses elitären Zirkels ist?«

»Natürlich. Die Mitgliedschaft ist kein Geheimnis.«

»Und er hat das höchste Amt der Freimaurer inne.«

»Zurzeit, ja. Peter steht dem Obersten Rat des 33. Grades vor, dem Führungsgremium des Schottischen Ritus in Amerika.« Langdon hatte es stets genossen, den Hauptsitz des Obersten Rates zu besuchen, das Haus des Tempels, ein klassisches architektonisches Meisterwerk, dessen symbolische Ornamente denen von Schottlands Rosslyn Chapel in nichts nachstanden.

»Haben Sie die Gravuren auf dem Ring bemerkt, Professor? Sie ergeben den Satz: ›Alles wird enthüllt mit dem 33. Grad.‹«

Langdon nickte. »Ein bekanntes Motiv der freimaurerischen Lehre.«

»Und es bedeutet, wie ich annehme, dass demjenigen, der zum 33. Grad zugelassen wird, etwas *Besonderes* offenbart wird?«

»Ja, so heißt es. Aber das muss nicht unbedingt der Realität entsprechen. Es hat schon immer Verschwörungstheorien gegeben, die besagen, dass einigen wenigen Auserwählten in den höchsten Rängen der Freimaurer ein großes mystisches Geheimnis anvertraut wird. Die Wahrheit ist, fürchte ich, sehr viel weniger spektakulär.«

Peter Solomon hatte schon oft scherzhafte Anspielungen auf die Existenz eines großen Geheimnisses innerhalb der Bruderschaft gemacht. Langdon hatte jedoch stets vermutet, dass es sich dabei um spitzbübische Versuche handelte, ihn zum Beitritt zu bewegen. Leider waren die Ereignisse dieser Nacht alles andere als erheiternd, und an der Ernsthaftigkeit, mit der Peter ihn gebeten hatte, das versiegelte Päckchen aufzubewahren, das Langdon nun in seiner Umhängetasche trug, war nichts spitzbübisch gewesen.

Langdon starrte auf den Plastikbeutel mit Peters Ring. »Direktor«, fragte er, »hätten Sie etwas dagegen, wenn ich das hier behalte?«

Sato warf ihm einen raschen Blick zu. »Warum?«

»Ich würde Peter den Ring heute Abend gerne wiedergeben. Er hängt sehr daran.«

Sato wirkte skeptisch. »Hoffen wir, dass Sie Gelegenheit dazu bekommen.«

»Danke.« Langdon steckte den Ring ein.

»Noch eine Frage«, sagte Sato, während sie weiter in die Tiefen des Labyrinths vordrangen. »Meine Leute haben mich informiert, sie hätten Hunderte von Querverweisen auf eine ›Pyramide‹ erhalten, als sie die Ausdrücke ›33. Grad‹ und ›Portal‹ mit dem Begriff ›Freimaurer‹ in Verbindung brachten.«

»Das ist nicht verwunderlich«, erwiderte Langdon. »Die Erbauer der ägyptischen Pyramiden sind die Vorläufer der heutigen Freimaurer, und die Pyramide sowie zahlreiche andere ägyptische Motive sind verbreitete freimaurerische Symbole.«

»Und was stellen sie dar?«

»Die Pyramide steht im Allgemeinen für Erleuchtung. Sie ist das architektonische Symbol für die Fähigkeit des Menschen im Altertum, die Fesseln des Hier und Jetzt abzulegen und gen Himmel aufzusteigen, der goldenen Sonne entgegen, um letztendlich den Ursprung aller Erleuchtung zu erreichen.«

»Und sonst nichts?«, fragte Sato nach längerem Schweigen.

Sonst nichts? Langdon hatte soeben eines der stilvollsten Symbole der Geschichte beschrieben. *Das Gefüge, mit dessen Hilfe der Mensch sich in die Gefilde der Götter emporschwang.*

»Meine Leute glauben«, fuhr Sato fort, »dass es für unsere Ermittlungen einen weitaus relevanteren Bezug gibt. Dass es eine bekannte Legende über eine ganz bestimmte Pyramide hier in Washington gibt – eine Pyramide, die in enger Verbindung mit den Freimaurern und den Alten Mysterien steht.«

Langsam wurde Langdon klar, worauf Sato anspielte, und er bemühte sich, sie so schnell wie möglich von diesem Gedanken abzubringen, bevor sie allzu viel Zeit darauf verschwendete. »Mir ist diese Legende bekannt, Direktor, aber sie ist ein reines Hirngespinst. Die Pyramide der Freimaurer ist eine der ältesten Mythen in Washington und rührt wahrscheinlich von der Pyramide auf dem Siegel der Vereinigten Staaten her.«

»Warum haben Sie das nicht früher erwähnt?«

Langdon zuckte mit den Schultern. »Weil die Legende auf keinerlei Tatsachen beruht. Wie ich bereits sagte, handelt es sich um reine Fantasterei. Eine von vielen im Zusammenhang mit den Freimaurern.«

»Dennoch gibt es eine direkte Verbindung zwischen *dieser* Fantasterei und den Alten Mysterien.«

»Sicher, aber das trifft auch auf eine ganze Reihe anderer abstruser Theorien zu. Die Alten Mysterien sind der Ursprung zahlloser Legenden, die bis heute überdauert haben – Geschichten über mächtige Weisheiten, gehütet von geheimen Wächtern wie den Templern, den Rosenkreuzern, den Illuminaten, den Alumbrados und so weiter und so fort. Sie alle basieren auf den Alten Mysterien. Die Pyramide der Freimaurer ist nur eines von vielen Beispielen.«

»Verstehe«, sagte Sato. »Und was genau besagt diese Legende?«

Langdon dachte einen Moment darüber nach. »Nun, ich bin kein Spezialist für Verschwörungstheorien«, erwiderte er dann, »aber ich kenne mich in Mythologie aus, und die meisten Überlieferungen besagen Folgendes: Die Alten Mysterien – das verlorene Wissen vergangener Zeitalter – werden seit ewigen Zeiten als der größte Schatz der Menschheit bezeichnet. Wie die meisten großen Schätze wurden sie sorgfältig gehütet. Die erleuchteten Weisen, die die wahre Bedeutung dieser Mysterien verstanden, fürchteten deren gewaltige potenzielle Macht. Sie wussten, wenn dieses Wissen in falsche, uneingeweihte Hände fiele, wären die Folgen verheerend. Wie bereits gesagt, können machtvolle Werkzeuge sowohl zum Guten als auch zum Bösen eingesetzt werden. Um also die Alten Mysterien zu schützen – und damit die Menschheit –, gründeten die ersten Praktizierenden geheime Bruderschaften. Das Wissen wurde nur innerhalb dieser Bruderschaften an die ordnungsgemäß Eingeweihten weitergegeben, von einem Weisen zum anderen. Viele glauben, dass all die Geschichten über Hexenmeister, Zauberer und Heiler, die sich in den Geschichtsbüchern finden, auf die Letzten jener Weisen zurückgehen, die einst die Mysterien gemeistert haben.«

»Und die Pyramide der Freimaurer?«, fragte Sato. »Wie passt die ins Bild?«

»Nun«, meinte Langdon und schritt schneller aus, um mit der kleinen Frau mitzuhalten, »hier vermischen sich Geschichte und Mythos. Berichten zufolge waren die meisten dieser Bruderschaften im 16. Jahrhundert in Europa nahezu ausgelöscht, der größte Teil davon aufgrund zunehmender religiöser Verfolgung. Die Freimaurer, so heißt es, waren die letzten überlebenden Wächter der Alten Mysterien. Verständlicherweise befürchteten sie, dass diese für alle Zeit verloren wären, sollte auch ihre Bruderschaft eines Tages ausgelöscht werden.«

»Was ist mit der *Pyramide?*«, hakte Sato nach.

Langdon kam zum Punkt. »Die Legende der Freimaurerpyramide ist schnell erzählt. Um ihrer Verantwortung gerecht zu werden und das kostbare Wissen für zukünftige Generationen zu erhalten, wurde es von den Freimaurern in einer großen Festung verborgen.« Langdon versuchte, sich an die Details der Geschichte zu erinnern. »Ich muss noch einmal betonen, dass es sich bei alldem um einen reinen Mythos handelt. Angeblich gelang es den Freimaurern, ihr geheimes Wissen von der Alten Welt in die Neue zu transportieren – hierher, nach Amerika –, in ein Land, von dem sie hofften, dass es von religiöser Tyrannei verschont bliebe. Hier errichteten sie eine uneinnehmbare Festung, eine verborgene Pyramide, erbaut, um die Alten Mysterien zu behüten, bis die *ganze* Menschheit reif genug ist, ihre gewaltige Macht zu beherrschen. Der Legende zufolge krönten die Freimaurer ihre große Pyramide mit einem glänzenden Deckstein aus purem Gold, Symbol für den wertvollen Schatz im Innern: das Alte Wissen, das den Menschen in die Lage versetzt, sein volles Potenzial auszuschöpfen. Die Apotheose.«

»Tolle Geschichte«, meinte Sato.

»Ja. Die Freimaurer wurden schon Opfer aller möglichen hanebüchenen Legenden.«

»Offenbar glauben Sie nicht, dass eine solche Pyramide existiert.«

»Natürlich nicht«, erwiderte Langdon. »Es gibt keinerlei Beweise dafür, dass die Freimaurer unter unseren Vorfahren irgendwo in Amerika eine Pyramide erbaut hätten, geschweige denn hier in Washington. Eine Pyramide zu verstecken ist ziemlich schwierig, erst recht, wenn sie groß genug ist, das verlorene Wissen sämtlicher Zeiten aufzunehmen.«

Soweit Langdon sich erinnern konnte, erklärte die Legende nicht, was genau sich in der Pyramide der Freimaurer befand – ob es alte Texte waren, okkulte Schriften, wissenschaftliche Entdeckungen oder etwas weitaus Geheimnisvolleres. Die Legende besagte nur, dass dieses wertvolle Wissen auf geniale Weise verschlüsselt war und nur von den höchsten Erleuchteten verstanden werden konnte.

»Wie auch immer«, sagte Langdon, »diese Geschichte fällt in eine Kategorie, die wir Symbolologen als ›archetypischen Hybriden‹ bezeichnen – eine Vermischung klassischer Legenden, die sich so vieler populärer mythischer Elemente bedient, dass es sich nur um ein erfundenes Konstrukt handeln kann und nicht um eine historische Tatsache.«

Wenn Langdon seinen Studenten die archetypischen Hybriden erklärte, benutzte er gerne Märchen als Beispiel, die von Generation zu Generation weitererzählt und jedes Mal neu ausgeschmückt wurden. Dabei borgten sie so intensiv voneinander, dass sie zu homogenen Sittenstücken mit immer wiederkehrenden Elementen wurden: der jungfräulichen Maid, dem schönen Prinzen, der uneinnehmbaren Festung und dem mächtigen Zauberer. Vermittels der Märchen wird der urtümliche Konflikt zwischen »Gut« und »Böse« bereits in unserer Kindheit tief in uns verwurzelt: Merlin gegen Morgan le Fay, der heilige Georg gegen den Drachen, David gegen Goliath, Schneewittchen gegen die böse Stiefmutter und selbst Luke Skywalker gegen Darth Vader.

Sato kratzte sich am Kopf, als sie um eine Ecke bogen und Anderson einem kurzen Treppenlauf hinunter folgten. »Sagen Sie, wenn ich mich nicht täusche, hat man Pyramiden einst für mystische *Portale* gehalten, durch die der verstorbene Pharao zu den Göttern aufstieg, nicht wahr?«

»Richtig.«

Sato blieb stehen, packte Langdon am Arm und blickte mit einem Ausdruck zu ihm auf, der zwischen Überraschung und Unglaube lag. »Sie wollen ernsthaft behaupten, Peter Solomons Entführer hätte Ihnen aufgetragen, ein verborgenes *Portal* zu finden, und Sie sind nicht auf den Gedanken gekommen, er könnte von dieser Freimaurerpyramide aus der Legende reden?«

»Egal, *welchen* Maßstab man anlegt, die Geschichte von der Pyramide der Freimaurer ist ein Märchen. Pure Fantasie.«

Sato trat noch einen Schritt näher an ihn heran, sodass Langdon den Zigarettenrauch in ihrem Atem riechen konnte. »Ich verstehe Ihre Einstellung zu diesem Thema, Professor, aber was meine Untersuchung angeht, lässt die Parallele sich schwerlich ignorieren. Ein Portal, das zu geheimem Wissen führt? Für mich hört sich das sehr danach an, als wäre damit genau das gemeint, von dem Solomons Entführer behauptet, *nur Sie* könnten es öffnen...«

»Ich kann mir kaum vorstellen...«

»Darum geht es hier nicht. Egal was Sie davon halten mögen, Sie müssen zugeben, dass dieser Mann sehr wohl an die Pyramide der Freimaurer glauben könnte.«

»Der Mann ist ein Verrückter! *Natürlich* könnte er daran glauben, dass SBB 13 der Eingang zu einer gewaltigen unterirdischen Pyramide ist, die das gesamte verschollene Wissen der alten Weisen enthält!«

Sato rührte sich keinen Zentimeter. In ihren Augen loderte Zorn.

»Die Krise, die ich heute Abend zu bewältigen habe, ist mit Sicherheit keine Märchengeschichte, Professor. Sie ist im Gegenteil nur allzu real, glauben Sie mir!«

Sato verstummte, und die plötzliche Stille schmerzte beinahe in den Ohren.

»Ma'am?«, sagte Anderson schließlich und wies auf eine weitere Sicherheitstür in zehn Metern Entfernung. »Wir sind fast da. Sollen wir weitergehen?«

Endlich löste Sato den Blick von Langdon und bedeutete Anderson, voranzugehen.

Sie folgten dem Sicherheitschef durch die Tür und gelangten in einen engen Durchgang. Langdon blickte nach links, dann nach rechts. *Das muss ein Scherz sein.*

Er stand im längsten Gang, den er je gesehen hatte.

Kapitel 31

Trish Dunne verspürte den gewohnten Adrenalinstoß, als sie aus dem hellen Licht des »Würfels« in die kalte Dunkelheit der »Leere« trat. Der Empfang des SMSC hatte soeben angerufen und mitgeteilt, dass Katherines Gast, Dr. Abaddon, eingetroffen sei und jemand ihn ins Magazin 5 geleiten solle. Trish hatte sich – hauptsächlich aus Neugier – erboten, Abbadon abzuholen. Katherine hatte nur sehr wenig über den Mann erzählt, der sie besuchen kam, und Trish war fasziniert. Offenbar war Dr. Abbadon jemand, dem Peter Solomon vollkommen vertraute. Die Solomons hatten noch nie jemanden in den »Würfel« eingeladen. Dies hier war eine Premiere.

Ich hoffe, er übersteht den Weg unbeschadet, ging es Trish durch den Kopf, als sie durch die eisige Dunkelheit schritt. Dass Katherines VIP in Panik ausbrach, wenn er sah, welchen Weg er zurücklegen musste, um ins Labor zu gelangen, konnte sie jetzt am allerwenigsten gebrauchen. *Das erste Mal ist es immer am schlimmsten.*

Trishs erstes Mal lag ungefähr ein Jahr zurück. Sie hatte Katherines Jobangebot angenommen, eine Geheimhaltungserklärung unterschrieben und war dann mit Katherine zum SMSC gefahren, um sich das Labor anzuschauen. Die beiden Frauen waren die ganze »Straße« hinuntergegangen, bis zur Metalltür mit der Aufschrift »Magazin 5«. Obwohl Katherine ihr von der abgeschiedenen Lage des Labors erzählt hatte, war Trish nicht auf das vorbereitet, was sie erwartete, als die Tür des Magazins sich zischend öffnete.

Die »Leere«.

Katherine trat durch die Tür, ging ein paar Schritte in die Dunkelheit und bedeutete Trish dann, ihr zu folgen. »Vertrauen Sie mir. Sie gehen schon nicht verloren.«

Trish stellte sich vor, wie sie in einem völlig dunklen Raum von der Größe eines Stadions umhertaumelte. Allein der Gedanke brachte sie ins Schwitzen.

»Wir haben eine Art Leitsystem, um Sie auf dem rechten Weg zu halten.« Katherine deutete auf den Boden. »Schauen Sie nach unten. Sehr primitiv.«

Trish blinzelte und richtete den Blick auf den rauen Betonboden. Es dauerte einige Zeit, bis ihre Augen sich an die Dunkelheit gewöhnt hatten, sodass sie den Teppich erkannte, einen schmalen Läufer, der offenbar in gerader Linie wie ein Weg durch den Raum führte – zumindest so weit, wie sie sehen konnte.

»Versuchen Sie, mit den Füßen zu ›sehen‹«, sagte Katherine, drehte sich um und schritt voran. »Bleiben Sie einfach dicht hinter mir.«

Als Katherine von der Dunkelheit verschluckt wurde, fasste Trish sich ein Herz und folgte ihr. *Das ist krank!* Sie hatte erst ein paar Schritte auf dem Teppich zurückgelegt, als die Tür des Magazins sich schloss und den letzten Rest Licht tilgte. Mit rasendem Puls versuchte Trish, sich ganz auf den Teppich unter ihren Füßen zu konzentrieren. Schon nach ein paar Schritten berührte sie mit der rechten Fußsohle harten Beton. Instinktiv wich sie nach links aus und stand wieder mit beiden Füßen auf dem weichen Läufer.

Aus der Schwärze vor ihr erklang Katherines Stimme. Die Worte wurden von der miserablen Akustik in diesem Abgrund fast verschluckt. »Der menschliche Körper ist erstaunlich«, sagte sie. »Wenn sie ihn eines seiner Sinne berauben, übernehmen die anderen Sinne dessen Aufgabe praktisch ohne Verzögerung. Genau in diesem Augenblick stellen Ihre Füße sich darauf ein, noch sensibler zu reagieren.«

Gut so, dachte Trish und passte ihre Richtung erneut an.

Sie setzten ihren Weg schweigend fort. »Wie weit ist es noch?«, fragte Trish schließlich nach einer Zeitspanne, die ihr viel zu lange vorkam.

»Wir haben ungefähr die Hälfte geschafft.« Katherines Stimme klang inzwischen noch entfernter.

Trish schritt schneller aus und bemühte sich, nicht in Panik zu geraten, auch wenn es ihr vorkam, als drohe die unermessliche Dunkelheit sie zu verschlingen. *Ich kann nicht mal die Hand vor Augen sehen.*

»Katherine? Woher wissen Sie, wann wir stehen bleiben müssen?«

»Das werden Sie gleich sehen.«

Das war vor einem Jahr gewesen. Heute, an diesem Abend, lief Trish wieder durch die »Leere«, diesmal jedoch in die andere Richtung, zur Empfangshalle, um den Gast ihrer Chefin abzuholen. Eine plötzliche Veränderung in der Struktur des Teppichs unter ihren Füßen verriet ihr, dass sie nur noch drei Meter vom Ausgang entfernt war. Der »Warning Track«, wie der begeisterte Baseball-Fan Peter Solomon es nannte. Trish blieb stehen, zog ihre Chipkarte hervor und tastete sich in der Dunkelheit an der Wand entlang, bis sie den Schlitz für die Karte fand.

Die Tür öffnete sich zischend.

Trish blinzelte in das einladende Licht des langen SMSC-Korridors.

Geschafft … wieder mal.

Als sie durch die leeren Gänge schritt, musste Trish an die bizarre Datei denken, die sie auf dem gesicherten Netzwerk entdeckt hatte. *Altes Portal? Geheimer unterirdischer Ort?* Sie fragte sich, ob es Mark Zoubianis inzwischen gelungen war, das mysteriöse Dokument zu lokalisieren.

Im Kontrollraum stand Katherine im weichen Licht des Plasmaschirms und starrte auf das rätselhafte Schriftstück, das sie entdeckt hatten. Sie hatte die Schlüsselwörter hervorgehoben, und in ihr wuchs die Überzeugung, dass in dem Dokument von derselben absurden Legende die Rede war, die ihr Bruder offensichtlich Dr. Abaddon erzählt hatte.

> … an einen *unterirdisch*en geheimen Ort …
> … Koordinaten in *Washington, D.C.*, um einen …
> … und ein *Altes Portal* entdeckt, das …
> … Warnung, die *Pyramide* berge Gefahren …
> … sollten dieses *Symbolon* besser entziffern …

Ich muss unbedingt den Rest des Dokuments lesen, sagte sich Katherine.

Sie starrte noch eine Zeit lang auf den Plasmaschirm, ehe sie den Netzschalter umlegte. Dieses Strom fressende Gerät schaltete sie jedes Mal gewissenhaft aus, um die Vorräte an flüssigem Wasserstoff für die Brennstoffzellen nicht zu vergeuden.

Katherine beobachtete, wie ihre Schlüsselwörter langsam verblassten und zu einem winzigen weißen Punkt schrumpften, der nur noch kurze Zeit in der Mitte des Schirms glühte und dann ganz erlosch.

Sie drehte sich um und ging zurück in ihr Büro. Dr. Abaddon würde jeden Augenblick eintreffen, und er sollte sich willkommen fühlen.

Kapitel 32

S ind fast da«, sagte Anderson, als er Langdon und Sato durch den anscheinend endlosen Gang führte, der die gesamte Länge der östlichen Grundmauer des Kapitols entlangführte. »Zu Lincolns Zeiten hatte dieser Gang noch einen Lehmboden, und hier wimmelte es von Ratten.«

Langdon war dankbar, dass der Boden inzwischen gefliest war. Er hatte für Ratten nicht allzu viel übrig. Als Langdon und die anderen weitergingen, hallten ihre Schritte schaurig und unregelmäßig von den Wänden wider. Zu beiden Seiten des Gangs reihten sich zahllose Türen, von denen einige geschlossen und etliche angelehnt waren. Die meisten Räume auf diesem Stockwerk wirkten unbenutzt. Langdon fiel auf, dass die Nummern an den Türen jetzt kleiner wurden und nach einer Weile aufhörten.

SB4 ... SB3 ... SB2 ... SB1 ...

Sie kamen an einer unbeschrifteten Tür vorbei; dann blieb Anderson plötzlich stehen, als die Zahlen in aufsteigender Reihenfolge wieder einsetzten.

HB1 ... HB2 ...

»Entschuldigung«, sagte Anderson. »Hab ich verpasst. Ich komme fast nie hier runter.«

Sie gingen ein paar Schritte zurück zu einer alten Stahltür, die genau auf halber Strecke des Gangs eingesetzt war, wie Langdon jetzt begriff – an der Linie, die den Keller des Senats (SB) und den Keller des Repräsentantenhauses (HB) trennte. Wie sich heraus-

TUNNEL UNTER DEM KAPITOL

stellte, war die Tür tatsächlich mit einer Aufschrift versehen, die aber so verblasst war, dass man sie kaum noch entziffern konnte.

SBB

»Da wären wir«, sagte Anderson. »Die Schlüssel kommen jeden Moment.«

Sato blickte stirnrunzelnd auf die Uhr.

Langdon besah sich die Türbeschriftung und fragte Anderson: »Wieso ist diese Stelle der Senatsseite zugeordnet, obwohl sie in der Mitte ist?«

Der Chief blickte ihn verständnislos an. »Was meinen Sie?«

»Hier steht SBB. Vorne steht ein S, kein H.«

Anderson schüttelte den Kopf. »Das S in SBB steht nicht für ›Senat‹, sondern ...«

»Chief?«, rief ein Wachmann von Weitem. Er kam auf sie zugerannt und hielt ihnen einen Schlüssel entgegen. »Entschuldigung, Sir, hat ein paar Minuten gedauert. Wir konnten den eigentlichen SBB-Schlüssel nicht finden. Das ist ein Ersatz aus einer Reservekiste.«

»Der Originalschlüssel fehlt?«, fragte Anderson verwundert.

»Ist wahrscheinlich verloren gegangen«, antwortete der Wachmann außer Atem. »Hier hat seit der Eiszeit keiner mehr Zugang verlangt.«

Anderson nahm den Schlüssel. »Kein Zweitschlüssel für SBB 13?«

»Tut mir leid, bisher haben wir für keinen einzigen Raum im SBB Schlüssel gefunden. MacDonald sucht weiter.« Der Wachmann zog sein Funkgerät hervor und sprach hinein. »Bob? Ich bin beim Chief. Schon irgendwas Neues zum Schlüssel für SBB 13?«

Das Funkgerät knisterte, und eine Stimme antwortete: »Ja. Aber es ist seltsam. Ich finde keine Einträge, seit wir computerisiert sind, aber den alten handschriftlichen Vermerken ist zu entnehmen, dass alle Lagerräume im SBB vor mehr als zwanzig Jahren gereinigt und aufgegeben wurden. Sie sind jetzt als ungenutzte Räume verzeichnet.« Er hielt kurz inne. »Alle bis auf SBB 13.«

Anderson griff nach dem Funkgerät. »Hier Anderson. Was soll das heißen, alle bis auf SBB 13?«

»Nun ja, Sir«, antwortete der Gefragte, »ich habe hier einen handschriftlichen Eintrag, der SBB 13 als privat bezeichnet. Er ist alt, stammt aber vom Architekten persönlich und ist mit Namenskürzel unterschrieben.«

Dieser »Architekt« war nicht der Mann, der das Kapitol entworfen hatte, wie Langdon wusste, sondern der Verwalter des Gebäudes. Ähnlich wie ein Hausverwalter war der Architekt des Kapitols für Wartung, Instandhaltung, Sicherheit, Einstellung von Personal und Zuteilung von Büros verantwortlich.

»Das Komische ist …«, sagte die Stimme aus dem Funkgerät,

»dass dieser private Raum dem Eintrag zufolge für die Benutzung durch Peter Solomon bestimmt wurde.«

Langdon, Sato und Anderson wechselten bestürzte Blicke.

»Ich vermute, Sir«, fuhr die Stimme fort, »dass Mr. Solomon unseren Hauptschlüssel für das SBB und auch die Schlüssel für SBB 13 hat.«

Langdon traute seinen Ohren nicht. *Peter hat einen privaten Raum im Keller des Kapitols?* Ihm war immer klar gewesen, dass Peter Solomon Geheimnisse hatte, aber das kam selbst für Langdon überraschend.

»Na schön«, meinte Anderson, der keineswegs erfreut war. »Wir benötigen dringend Zugang zu SBB 13, also suchen Sie weiter nach einem Zweitschlüssel.«

»Wird gemacht, Sir. Wir arbeiten auch an dem digitalisierten Bild, das Sie verlangt haben …«

»Danke«, unterbrach Anderson, drückte den Sprechknopf und schnitt dem Mann das Wort ab. »Das wäre alles. Schicken Sie es auf Direktor Satos Blackberry, sobald Sie es haben.«

»Verstanden, Sir.« Das Funkgerät verstummte.

Anderson gab es dem Wachmann zurück.

Der zog die Fotokopie einer Blaupause hervor und reichte sie seinem Vorgesetzten. »Sir, das SBB ist grau, und wir haben mit einem Kreuz gekennzeichnet, welcher Raum SBB 13 ist. Er sollte also nicht schwer zu finden sein. Der Bereich ist ziemlich klein.«

Anderson dankte ihm und wandte sich der Blaupause zu, während der junge Mann davoneilte. Langdon schaute auf das Blatt und sah die erstaunliche Anzahl kleiner Räume, die das absonderliche Labyrinth unter dem Kapitol bildeten.

Anderson betrachtete noch einen Moment lang den Plan, nickte kurz und steckte ihn in die Tasche. Während er sich zur Tür umdrehte, hob er den Schlüssel, zögerte dann aber, als wäre ihm unwohl dabei, die Tür aufzuschließen. Langdon hatte ein ähnlich ungutes Gefühl. Er hatte nicht die leiseste Ahnung, was sich hinter der Tür befand, war aber ziemlich sicher, dass Solomon geheim halten wollte, was er dort versteckte. *Sehr geheim.*

Sato räusperte sich, und Anderson verstand. Er holte tief Luft, steckte den Schlüssel ins Schloss und wollte ihn drehen. Der Schlüssel bewegte sich nicht. Für den Bruchteil einer Sekunde hoffte Langdon, es sei der falsche. Beim zweiten Versuch ließ der Schlüssel sich drehen, und Anderson zog die schwere Tür auf.

Als sie quietschend nach außen schwang, schlug ihnen feuchte Luft entgegen.

Langdon spähte ins Dunkel, doch es war nichts zu erkennen.

»Professor«, sagte Anderson über die Schulter zu Langdon und tastete dabei nach einem Lichtschalter. »Um Ihre Frage zu beantworten: Das S in SBB steht nicht für Senat, sondern für Sub.«

»Sub?«, fragte Langdon verständnislos.

Anderson nickte und schaltete das Licht ein. Eine einzelne Glühbirne beleuchtete eine Treppe, die beängstigend steil in pechschwarze Dunkelheit hinunterführte. »Das Subbasement ist das untere Kellergeschoss.«

Kapitel 33

Mark Zoubianis, der Spezialist für Systemsicherheit, sank tiefer in seinen Futon und blickte stirnrunzelnd auf den Bildschirm.

Was ist denn das für eine Adresse?

Seine besten Hackerwerkzeuge erwiesen sich als völlig nutzlos bei seinen Bemühungen, die merkwürdige IP-Adresse zu demaskieren oder Trishs geheimnisvolles Dokument herunterzuladen. Zehn Minuten waren vergangen, und noch immer rannten Zoubianis' Programme erfolglos gegen die Firewall des fremden Netzwerks an. Es sah nicht danach aus, als könnten sie die Sperre überwinden. *Kein Wunder, dass sie mir so viel zahlen.* Zoubianis wollte gerade seinen Laptop rekonfigurieren und für einen neuen Ansatz booten, als sein Telefon läutete.

Herrgott noch mal, Trish, ich hatte doch gesagt, ich rufe an! Er drückte die Stummtaste seines Fernsehers und nahm das Gespräch entgegen. »Ja?«

»Spreche ich mit Mark Zoubianis?«, fragte eine Männerstimme. »Wohnhaft Kingston Drive 357, Washington?«

Im Hintergrund hörte Mark gedämpfte Gespräche. *Ein Telefonverkäufer während eines Play-off-Spiels? Sind die denn noch zu retten?* »Lassen Sie mich raten – ich habe eine Woche Urlaub in Anguilla gewonnen.«

»Nein«, erwiderte der Anrufer ohne jede Spur von Humor. »Ich bin von der Systemsicherheit der CIA. Wir würden gerne wissen, warum Sie versuchen, sich in eine unserer geheimen Datenbanken zu hacken.«

Drei Stockwerke über dem zweiten Tiefgeschoss des Kapitols, in den weiten Hallen des Besucherzentrums, sperrte Sicherheitsmann Alfonso Nuñez wie jeden Abend die Türen des Haupteingangs ab. Während er die mit Marmor ausgelegte Halle zurück zu seinem Schalter durchquerte, dachte er an den Mann mit dem langen Armeemantel und den Tätowierungen.

Ich habe ihn hereingelassen. Nuñez fragte sich, ob er am nächsten Tag noch einen Job haben würde.

Auf dem Weg zur Rolltreppe vernahm er ein lautes, drängendes Klopfen an der Tür und drehte sich um. Er blinzelte in Richtung des Eingangs und sah dort einen älteren Schwarzen, der mit der flachen Hand gegen die Scheibe hämmerte und wild gestikulierend Einlass verlangte.

Nuñez schüttelte den Kopf und deutete auf seine Uhr.

Der Mann klopfte erneut und trat ins Licht. Er trug einen dunkelblauen dreiteiligen Anzug, und sein ergrauendes Haar war kurz geschoren. Nuñez' Puls ging plötzlich schneller. *Heiliger Strohsack.* Selbst auf die Entfernung sah Nuñez, wer der späte Besucher war. Er eilte zum Eingang und öffnete die Tür. »Entschuldigen Sie, Sir, ich habe Sie nicht gleich erkannt. Bitte, treten Sie ein.«

Warren Bellamy – der Architekt des Kapitols – trat über die Schwelle und dankte Nuñez mit einem höflichen Nicken. Bellamy war rank und schlank und besaß eine kerzengerade Haltung. Sein wacher, durchdringender Blick zeugte vom Selbstvertrauen eines Mannes, der alles im Griff hatte. Bellamy war seit fünfundzwanzig Jahren Architekt, das heißt der oberste Bauherr des U.S. Capitol Building.

»Kann ich Ihnen behilflich sein, Sir?«, fragte Nuñez.

»Aber ja, danke sehr.« Bellamy artikulierte sich mit spröder Präzision. Als Absolvent einer der Elite-Universitäten im Nordosten des Landes war seine Diktion so exakt, dass sie beinahe britisch klang. »Ich habe soeben erfahren, dass es heute Abend einen Zwischenfall gegeben hat.« Er sah tief besorgt aus.

»Jawohl, Sir. Es war …«

»Wo ist Chief Anderson?«

»Unten, zusammen mit Direktor Sato vom Office of Security der CIA.«

Bellamys Augen weiteten sich nervös. »Die CIA ist hier?«

»Jawohl, Sir. Miss Sato traf mehr oder weniger unmittelbar nach dem Zwischenfall hier ein.«

»Wieso?«, wollte Bellamy wissen.

Nuñez zuckte die Schultern. *Sehe ich aus, als würde ich einem Direktor der CIA solche Fragen stellen?*

Bellamy marschierte geradewegs in Richtung der Rolltreppen. »Wo sind sie jetzt?«

»Sie sind nach unten gegangen, in die unteren Etagen.« Nuñez eilte dem älteren Mann hinterher.

Bellamy warf einen besorgten Blick über die Schulter. »Nach unten? Warum denn das?«

»Ich weiß es nicht, Sir. Ich habe es über Funk gehört, das ist alles.«

Als die beiden Männer durch die weite Halle eilten, erhaschte Nuñez einen flüchtigen Blick auf den schweren goldenen Ring an Bellamys Finger.

Er zog sein Funkgerät hervor. »Ich melde dem Chief, dass Sie nach unten kommen.«

»Nein!« Bellamys Augen blitzten drohend. »Ich würde es vorziehen, unangekündigt zu bleiben.«

Nuñez hatte an diesem Abend bereits eine Reihe von Fehlern begangen, doch Chief Anderson nicht zu informieren, dass der Architekt des Kapitols im Haus weilte, wäre ohne jeden Zweifel sein letzter. »Sir«, sagte er nervös, »ich denke, Chief Anderson würde es vorziehen ...«

»Ist Ihnen klar, dass ich Chief Andersons Vorgesetzter bin?«, unterbrach ihn Bellamy.

Nuñez nickte.

»Ich denke, Chief Anderson würde es vorziehen, wenn Sie sich meinen Wünschen fügen.«

Kapitel 34

*T*rish Dunne betrat die Lobby des Smithsonian Museum Support Center und blickte überrascht auf. Der Gast, der dort wartete, sah ganz und gar nicht wie die lebensfremden, in Flanell gekleideten Wissenschaftler aus, die normalerweise das Center besuchten – all die Doktoren für Anthropologie, Ozeanografie, Geologie und wer weiß was sonst noch. Ganz im Gegenteil, Dr. Abaddon wirkte in seinem tadellos sitzenden, maßgeschneiderten Anzug beinahe aristokratisch. Er war groß gewachsen, breitschultrig, sonnengebräunt und trug das blonde Haar perfekt gescheitelt. All das erweckte in Trish den Eindruck, als wäre ihr Gast eher an eine luxuriöse Umgebung gewöhnt als an die nüchterne Funktionalität eines Forschungslabors.

»Dr. Abaddon, nehme ich an?«, begrüßte Trish den Ankömmling und streckte ihm die Hand entgegen.

Der Mann sah verunsichert aus, ergriff dann aber Trishs plumpe, kleine Hand, die beinahe in seiner breiten Pranke verschwand. »Bitte verzeihen Sie die Frage, aber wer sind Sie?«

»Trish Dunne, die Assistentin von Miss Solomon. Katherine hat mich gebeten, Sie zu ihrem Labor zu führen.«

»Oh. Ich verstehe.« Jetzt lächelte der Besucher. »Sehr erfreut, Sie kennenzulernen, Miss Dunne. Bitte verzeihen Sie, wenn ich zunächst einen verwirrten Eindruck gemacht habe. Ich hatte angenommen, dass Katherine heute Abend allein im Center ist.« Er deutete nach vorn. »Ich gehöre ganz Ihnen. Bitte gehen Sie voran.«

Obwohl der Mann sich überraschend schnell gefangen hatte, war

Trish das enttäuschte Aufblitzen in seinen Augen nicht verborgen geblieben. Was dazu führte, dass sie nun Zweifel hegte an Katherines Motiven für ihre Geheimnistuerei um Dr. Abaddon. *Vielleicht eine aufkeimende Romanze?*, dachte sie. Katherine sprach niemals über ihr Privatleben, doch der Besucher war attraktiv und schien sehr kultiviert zu sein. Er sah zwar jünger aus als Katherine, kam aber unübersehbar aus der gleichen Welt des Reichtums und der Privilegien. Und was immer Dr. Abaddon sich für seinen nächtlichen Besuch vorgestellt haben mochte, Trishs Anwesenheit schien für seine Pläne nicht vonnöten zu sein.

Am Sicherheitskontrollpunkt in der Lobby zerrte ein einsamer Wachmann hastig seine Kopfhörer herunter, und Trish hörte leise die Übertragung des Play-off-Spiels der Redskins. Der Wachmann nahm die routinemäßigen Kontrollen vor, suchte Dr. Abaddon mit einem Metalldetektor nach verborgenen Waffen ab und stellte ihm einen Besucherausweis aus.

»Wer gewinnt?«, fragte Abaddon in liebenswürdigem Tonfall, wobei er ein Mobiltelefon, ein paar Schlüssel, ein Feuerzeug und Kleingeld aus seinen Taschen kramte.

»Die Skins führen knapp«, antwortete der Wachmann so aufgeregt, als könnte er nicht schnell genug zurück zu seiner Übertragung kommen. »Eine enge Kiste, Sir.«

»Mr. Solomon kommt ebenfalls in Kürze zum SMSC«, informierte Trish den Wachmann. »Würden Sie ihn bitte sofort ins Labor von Miss Solomon schicken?«

»Mach ich.« Der Wachmann zwinkerte ihr dankbar zu, als sie die Schleuse passierten. »Danke für die Warnung. Ich tue so, als wäre ich beschäftigt.«

Trishs Kommentar hatte nicht nur den Wachmann alarmieren, sondern auch Dr. Abaddon daran erinnern sollen, dass Trish nicht der einzige Störenfried im SMSC war, falls er sich einen ungestörten Abend mit Katherine vorgestellt hatte.

»Und woher kennen Sie Katherine Solomon?«, fragte Trish mit einem Blick zu dem geheimnisvollen Besucher.

Dr. Abaddon kicherte. »Oh, das ist eine lange Geschichte. Wir haben gemeinsam an einem Projekt gearbeitet.«

Hab schon verstanden, dachte Trish. *Geht mich nichts an.*

»Eine erstaunliche Anlage«, sagte Abaddon und blickte sich um, während sie den breiten Korridor hinuntergingen. »Ich war noch nie hier.«

Trish bemerkte, wie Abaddon alles in sich aufzunehmen versuchte. In der hellen Beleuchtung des Gangs fiel ihr außerdem auf, dass der Mann offenbar eine Bräunungscreme benutzt hatte. *Merkwürdig.* Doch Trish ließ sich ihr Befremden nicht anmerken, sondern schilderte Abaddon mit knappen Worten Sinn und Zweck des SMSC und berichtete ihm von den Magazinen und Lagerräumen und deren Inhalt, während sie durch die verlassenen Gänge wanderten.

Der Besucher schien beeindruckt. »Das hört sich ja so an, als gäbe es hier einen wahren Schatz an unbezahlbaren Artefakten. Ich frage mich, wieso nicht überall Wachposten stehen?«

»Nicht nötig«, antwortete Trish und deutete auf die Objektive der Sicherheitskameras hoch oben an der Decke. »Die Überwachung ist automatisiert. Jeder Zentimeter dieses Gangs wird vierundzwanzig Stunden am Tag aufgezeichnet, sieben Tage die Woche. Er ist das Rückgrat der gesamten Anlage. Niemand kann in eines der Magazine oder einen der angrenzenden Räume, ohne hier durchzukommen, und er braucht eine Chipkarte und eine PIN.«

»Sehr effizient.«

»Wir hatten noch nie einen Diebstahl. Klopf auf Holz. Andererseits ist das SMSC nicht die Art von Museum, die jemand berauben würde – es gibt auf dem Schwarzmarkt keine Nachfrage nach ausgestorbenen Blumen, Inuit-Kajaks oder Kadavern von Riesenkalmaren.«

»Vermutlich nicht«, kicherte Dr. Abaddon.

»Die größte Gefahr für unsere Sicherheit stellen Nagetiere und Insekten dar.« Trish erklärte, wie das SMSC Insektenplagen vermied, indem sämtliche Abfälle tiefgefroren wurden. Außerdem gab es eine architektonische Besonderheit namens »Todeszone«, eine lebensfeindliche Barriere zwischen doppelten Außenwänden, die die gesamte Anlage einhüllte.

»Faszinierend«, sagte Dr. Abaddon. »Und wo befindet sich das Labor von Katherine und Peter Solomon?«

»In Magazin 5«, antwortete Trish. »Ganz am Ende des Gangs.«

Unvermittelt hielt Abaddon inne und machte dann ein paar Schritte nach rechts auf ein kleines Fenster zu. »Das ist ja nicht zu fassen! Sieh sich das einer an!«

Trish lachte. »Ja. Das ist Magazin 3. Wir nennen es das Feuchtbiotop.«

»Feuchtbiotop?«, fragte Dr. Abaddon, wobei er das Gesicht gegen die Scheibe drückte.

»Dort drinnen lagern fast zwölftausend Liter Ethanol. Erinnern Sie sich an den Riesenkalmar, den ich vorhin erwähnt habe?«

»Das ist er?« Dr. Abaddon wandte sich vom Fenster ab und blickte Trish mit großen Augen an. »Er ist riesig!«

»Ein weiblicher Architeuthis«, sagte Trish. »Über zwölf Meter lang.«

Dr. Abaddon war offenbar völlig hingerissen vom Anblick des Geschöpfs und außerstande, den Blick vom Fenster zu lösen. Für einen Moment fühlte Trish sich an einen kleinen Jungen vor dem Schaufenster eines Zoogeschäfts erinnert, der sich nichts sehnlicher wünschte, als hineinzugehen und die Tiere zu streicheln. Fünf Sekunden verstrichen, und Abaddon hatte sich immer noch nicht vom Fenster abgewendet.

»Also schön«, sagte Trish schließlich lachend und schob ihre Chipkarte in den Leseschlitz, bevor sie ihre PIN eintippte. »Kommen Sie. Ich zeige Ihnen den Kalmar.«

DAS
VERLORENE
SYMBOL

Mal'akh betrat die dämmrige Welt von Magazin 3 und suchte Decke und Wände nach Sicherheitskameras ab. Katherines kleine, dicke Assistentin begann herunterzuleiern, welche kostbaren Präparate in diesem Magazin aufbewahrt wurden. Mal'akh hörte gar nicht hin. Er interessierte sich nicht im Geringsten für Riesenkalmare oder andere Monstrositäten. Er hatte nur ein Ziel: Er musste ein unerwartetes Problem aus dem Weg räumen, und dieser dunkle, abgeschiedene Raum war dafür wie geschaffen.

Kapitel 35

Die Treppe ins Tiefgeschoss des Kapitols war so schmal und steil wie eine Hühnerleiter. Langdons Atem ging immer schneller, und seine Brust fühlte sich an wie zugeschnürt. Die Luft hier unten war kühl und feucht. Unwillkürlich stieg die Erinnerung an eine ähnliche Treppe in ihm auf, die er vor ein paar Jahren in die Nekropolis des Vatikans hinuntergestiegen war. *Die Stadt der Toten.*

Anderson, der vorausging, leuchtete ihnen mit seiner Taschenlampe den Weg. Sato folgte dicht hinter Langdon und trieb ihn hin und wieder mit leichten Schubsern zur Eile an. *Schneller kann ich nicht!* Langdon atmete tief ein und versuchte, die bedrückenden Wände rechts und links zu ignorieren, die die gefürchtete Klaustrophobie in ihm zu erwecken drohten. Die Treppe war kaum breit genug für seine Schultern, und seine Umhängetasche schrammte immer wieder an der Wand entlang.

»Vielleicht sollten Sie Ihre Tasche oben lassen«, schlug Sato vor, die hinter ihm ging.

»Keine Sorge, es geht schon«, erwiderte Langdon. Er hatte nicht die Absicht, die Tasche auch nur für eine Sekunde aus den Augen zu lassen.

Langdon dachte an das kleine Päckchen, das Peter ihm gegeben hatte. Es war ihm schleierhaft, was es mit dem Tiefgeschoss unter dem Kapitol zu tun haben könnte.

»Nur noch ein paar Stufen«, meldete Anderson, der vor ihm ging. »Wir sind fast unten.«

Die Gruppe wurde von undurchdringlicher Dunkelheit empfangen. Das Licht der einsamen Glühbirne an der Decke über der Treppe war längst hinter ihnen zurückgeblieben. Als Langdon von der letzten Stufe trat, spürte er unter den Füßen nacktes, festgestampftes Erdreich. *Reise zum Mittelpunkt der Erde.* Sato folgte ihm auf dem Fuß.

Anderson leuchtete mit der Taschenlampe umher und nahm die Umgebung in Augenschein. Das Tiefgeschoss war weniger ein Keller als vielmehr ein sehr schmaler Gang, der quer vor der Treppe verlief. Anderson leuchtete zuerst nach links, dann nach rechts, und Langdon sah, dass der Durchgang höchstens fünfundzwanzig Meter lang war. Zu beiden Seiten befanden sich kleine Türen aus Holz, die so dicht aufeinanderfolgten, dass die Räume dahinter nicht mehr als drei Meter breit sein konnten.

Eine Mischung aus ACME Labs und Domitilla-Katakomben, ging es Langdon durch den Kopf, als Anderson den Grundriss zurate zog. Das Tiefgeschoss war winzig, und in einer Ecke markierte ein X die Stelle von SBB 13. Langdon verglich den Grundriss unwillkürlich mit einem Mausoleum, das vierzehn Gräber enthielt – sieben Gewölbe zu jeder Seite des Mittelgangs, wovon eines die Treppe bildete, über die sie nach unten gekommen waren. *Dreizehn insgesamt.*

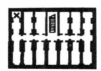

Vermutlich hätten die amerikanischen Verschwörungstheoretiker einen Festtag gehabt, hätten sie gewusst, dass es tief unter dem Kapitol genau *dreizehn* verborgene Lagerräume gab. Nicht wenige fanden es höchst verdächtig, dass das Großsiegel der Vereinigten Staaten dreizehn Sterne aufwies, dreizehn Pfeile, dreizehn Pyramidenstufen, dreizehn Streifen auf dem Schild, dreizehn Olivenblätter, dreizehn Früchte, dreizehn Buchstaben in den Sinnsprüchen *annuit coeptis* sowie *e pluribus unum* und so weiter und so weiter.

»Es sieht verlassen aus«, bemerkte Anderson und lenkte den Lichtstrahl in die Kammer direkt vor ihnen. Die schwere Holztür stand weit offen. Der Lichtkegel erhellte ein schmales Gewölbe von vielleicht drei Metern Breite und zehn Metern Tiefe. Wie ein Seitenkorridor, der vor einer nackten Wand endete. Das Gewölbe war leer bis auf zwei zerfallene alte Holzkisten und brüchiges Packpapier.

Anderson leuchtete mit seiner Taschenlampe auf das Messingschild an der Tür. Es war von Grünspan überzogen, doch die Gravur war noch lesbar:

SBB IV

»SBB 4«, sagte Anderson.

»Welches Gewölbe ist SBB 13?«, fragte Sato. In der kalten unterirdischen Luft kondensierten beim Reden leichte Dunstschleier vor ihrem Mund.

Anderson richtete den Lichtkegel auf das Ende des Gangs. »Da hinten.«

Langdon blickte den Gang hinunter und schauderte. Trotz der Kälte war ihm der Schweiß ausgebrochen.

Sie bewegten sich die Phalanx aus weit offen stehenden Türen entlang. Die Kammern dahinter sahen alle gleich aus und waren offensichtlich seit langer Zeit nicht mehr in Gebrauch. Als sie am Ende der Reihe angekommen waren, wandte Anderson sich nach rechts und hob die Taschenlampe, um in das Innere von SBB 13 zu leuchten. Doch so weit kam der Strahl nicht – eine massive Holztür versperrte den Weg.

Im Gegensatz zu allen anderen war die Tür zu SBB 13 verschlossen.

Sie sah genauso aus wie alle anderen: massive Angeln, ein eisernes Schloss, eine von grüner Korrosion überzogene Messingplatte mit einer Gravur. Die sieben Zeichen waren identisch mit denen auf Peters abgetrennter Hand.

SBB XIII

Bitte mach, dass die Tür abgeschlossen ist, dachte Langdon.

»Versuchen Sie, ob die Tür sich öffnen lässt«, forderte Sato den Sicherheitschef auf.

Anderson blickte unbehaglich drein, doch er streckte die Hand aus und drückte die schwere Klinke nach unten. Sie gab keinen Millimeter nach. Er richtete die Taschenlampe auf das altmodische Schlossblatt und das Schlüsselloch darin.

»Versuchen Sie es mit dem Hauptschlüssel«, verlangte Sato.

Anderson nahm den Hauptschlüssel von der Eingangstür oben hervor, doch er passte nicht einmal annähernd.

»Irre ich mich«, bemerkte Sato in sarkastischem Tonfall, »oder ist es nicht so, dass die Sicherheitskräfte für den Notfall Zutritt zu jedem Raum des Gebäudes haben sollten?«

Anderson atmete langsam aus und erwiderte Satos Blick. »Ma'am, meine Männer suchen nach einem zweiten Schlüssel, allerdings …«

»Zerschießen Sie das Schloss«, verlangte Sato mit einem Nicken in Richtung des Schlossblattes unterhalb der Klinke.

Langdons Puls schnellte in die Höhe.

Chief Anderson räusperte sich. Seine Stimme klang nervös, als er erklärte: »Ma'am, ich rechne jeden Moment mit der Nachricht, dass der zweite Schlüssel gefunden wurde. Ich bin nicht sicher, ob ich uns den Weg freischießen …«

»Vielleicht fühlen Sie sich in einem Gefängnis sicherer. Dort werden Sie nämlich landen, wenn Sie weiterhin eine Ermittlung der CIA behindern.«

Anderson starrte Sato ungläubig an. Nach langem Zögern reichte er ihr schließlich die Taschenlampe und öffnete sein Pistolenhalfter.

»Warten Sie!«, meldete Langdon sich zu Wort. Er konnte nicht länger untätig dabeistehen. »Überlegen Sie doch mal. Peter hat sich lieber die Hand abschneiden lassen, als zu verraten, was hinter dieser Tür wartet. Sind Sie ganz sicher, dass Sie das tun wollen? Diese Tür aufzubrechen ist im Grunde nichts anderes, als auf die Forderungen eines Terroristen einzugehen.«

»Wollen Sie Peter Solomon zurück oder nicht?«, entgegnete Sato.

»Selbstverständlich, aber ...«

»Dann schlage ich vor, Sie tun ganz genau das, was sein Entführer verlangt.«

»Was denn, ein antikes Portal aufschließen? Sie denken, das hier ist es?«

Sato leuchtete Langdon ins Gesicht. »Professor, ich *weiß* nicht, was es ist. Aber egal ob hinter dieser Tür nun ein Lagerraum liegt oder der geheime Eingang zu einer alten Pyramide – ich bin fest entschlossen, sie zu öffnen. Habe ich mich klar genug ausgedrückt?«

Langdon blinzelte geblendet. Schließlich nickte er.

Sato senkte die Taschenlampe und leuchtete erneut auf das antike Schlossblatt. »Chief? Fangen Sie an.«

Immer noch zögernd, zog Anderson langsam seine Pistole aus dem Halfter und starrte nachdenklich auf die Waffe.

»Herrgott noch mal, Anderson!« Satos Hände schossen vor. Sie entwand ihm die Pistole und drückte ihm die Taschenlampe in die leere Hand. »Leuchten Sie auf das verdammte Schloss!«

Mit geübter Professionalität legte sie den Sicherungshebel um, spannte den Hahn und zielte auf das Schloss.

»Warten Sie!«, rief Langdon, doch es war zu spät.

Drei Schüsse fielen.

Langdon hatte das Gefühl, ihm würden die Trommelfelle zerfetzt. *Hat die Frau den Verstand verloren?* Die Schüsse dröhnten ohrenbetäubend laut in dem beengten Raum.

Anderson sah nicht weniger mitgenommen aus. Die Hand des Sicherheitschefs zitterte, als er die von Kugeln durchlöcherte Tür anleuchtete.

Der Schließmechanismus war zerstört, das Holz rings um das Schloss pulverisiert. Nachdem das Schloss nachgegeben hatte, glitt die Tür langsam nach innen auf.

Sato half mit dem Pistolenlauf nach. Im Raum dahinter herrschte undurchdringliche Schwärze, aus der ihnen ein widerlicher Gestank entgegenschlug.

Anderson trat als Erster über die Schwelle und leuchtete den Boden vor sich ab. Der Raum war wie die anderen – lang, schmal und leer. Die Wände bestanden aus roh behauenem Stein und ließen das Gewölbe wie ein altes Verlies erscheinen. *Aber dieser Gestank…*

»Hier ist nichts«, sagte Anderson und leuchtete weiter über den Boden bis zum hinteren Ende. Dort angekommen, hob er die Lampe, um die rückwärtige Wand in Augenschein zu nehmen.

»O Gott!«, rief er aus.

Alle sahen es.

Alle zuckten zusammen.

Langdon starrte ungläubig in den hintersten Teil der Kammer.

Zu seinem Entsetzen starrte etwas zurück.

Kapitel 36

Was in drei Teufels Namen …?« Anderson, der die Taschenlampe hielt, trat einen Schritt in den Gang zurück.

Auch Langdon wich zurück, ebenso Sato, die zum ersten Mal den Eindruck erweckte, als hätte sie die Fassung verloren.

Sie zielte mit der Pistole auf die rückwärtige Wand der Gewölbekammer und bedeutete Anderson, ihr erneut zu leuchten. Der Chief hob die Lampe. Der Lichtstrahl war nicht mehr allzu hell, als er auf die Wand fiel, reichte jedoch aus, um ein bleiches, geisterhaftes Gesicht erkennen zu lassen, das sie aus leeren Augenhöhlen anstarrte.

Ein menschlicher Schädel.

Er ruhte auf einem klapprigen Holztisch an der Rückwand der Kammer. Vor dem Schädel lagen zwei gekreuzte Oberschenkelknochen sowie eine Reihe anderer Dinge, die mit akribischer Sorgfalt wie auf einem Altar angeordnet worden waren – ein antikes Stundenglas, eine Kristallkaraffe, eine Kerze, zwei kleine Schalen mit hellem Pulver darin, ein Blatt Papier. Neben dem Tisch lehnte eine Sense mit furchterregend langer Schneide an der Wand, ein Anblick wie Gevatter Tod persönlich.

Sato betrat den Raum. »Was sagt man dazu? Peter Solomon scheint mehr Geheimnisse zu bewahren, als ich gedacht hätte.«

Anderson nickte, wobei er sich dicht hinter ihr hielt. »Buchstäblich Leichen im Keller.« Er hob die Taschenlampe und leuchtete den Rest der Kammer ab. »Und dieser Gestank!« Er rümpfte die Nase. »Was ist das?«

»Schwefel«, antwortete Langdon mit gleichmütiger Stimme hinter ihnen. »Auf dem Tisch müssten zwei Schalen stehen. In der Schale auf der rechten Seite ist Salz, in der anderen Schwefel.«

Sato fuhr ungläubig zu ihm herum. »Woher wissen Sie das?«

»Weil es überall auf der Welt Räume gibt, die genauso aussehen wie dieser hier.«

Ein Stockwerk über dem Tiefgeschoss eskortierte Sicherheitsmann Alfonso Nuñez den Architekten des Kapitols, Warren Bellamy, den langen Gang hinunter, der sich durch das gesamte östliche Kellergewölbe zog. Nuñez hätte schwören können, dass er soeben drei Schüsse gehört hatte. Sie hatten dumpf geklungen, als wären sie von noch weiter unten gekommen. *Unmöglich*, dachte er.

»Die Tür zum Tiefgeschoss steht offen«, bemerkte Bellamy mit einem Blick auf die Tür am anderen Ende des Gangs.

Was für ein merkwürdiger Abend, dachte Nuñez. *Niemand geht je dort hinunter.* »Ich finde heraus, was da los ist«, sagte er und griff nach seinem Funkgerät.

»Nein«, widersprach Bellamy. »Ich komme von hier aus allein zurecht. Gehen Sie an Ihren Platz zurück, und tun Sie weiter Ihren Dienst.«

Nuñez trat nervös von einem Fuß auf den anderen. »Kommen Sie wirklich allein klar, Sir?«

Warren Bellamy blieb stehen und legte Nuñez eine kräftige Hand auf die Schulter. »Mein Sohn, ich arbeite seit fünfundzwanzig Jahren in diesem Gebäude. Glauben Sie mir, ich finde den Weg auch ohne Hilfe.«

Kapitel 37

M al'akh war schon an manchen gespenstischen Orten gewesen, doch nur wenige hielten einem Vergleich mit Magazin 3 stand. Der riesige Raum sah aus, als hätte ein verrückter Wissenschaftler einen Wal-Mart übernommen und jeden Gang und jedes Regal mit Präparategefäßen aller Größen und Formen vollgestellt. Hinzu kam, dass der Raum wie die Dunkelkammer eines Fotolabors von rötlich-diffusem Licht erhellt war, das unter den Regalen angebracht war und die ethanolgefüllten Behälter von unten beleuchtete. Der klinische Geruch von Konservierungsmitteln war ekelerregend.

»In diesem Magazin lagern mehr als zwanzigtausend Präparate«, erklärte Trish. »Fische, Nagetiere, Säugetiere, Reptilien.«

»Alle tot, hoffe ich«, sagte Mal'akh und tat nervös.

Die junge Frau lachte. »Aber ja. Alle mausetot. Ich muss allerdings gestehen, dass ich mich sechs Monate lang nicht in diesen Raum getraut habe, als ich hier anfing.«

Mal'akh konnte ihre Scheu verstehen. Wo er auch hinschaute – überall standen Präparategläser mit toten Tieren: Salamander, Quallen, Ratten, Käfer, Vögel und andere Arten, die er nicht identifizieren konnte. Und als wäre diese Sammlung an sich nicht unheimlich genug, vermittelte das diffuse rote Dunkelkammerlicht, das die lichtempfindlichen Proben vor nachhaltiger Beschädigung schützte, dem Besucher den Eindruck, inmitten eines riesigen Beckens zu stehen, gefüllt mit leblosen Kreaturen, die ihn aus den Schatten heraus anstarrten.

»Das ist ein Quastenflosser«, sagte Trish und deutete auf einen großen Plexiglasbehälter, in dem der hässlichste Fisch schwamm, den Mal'akh je gesehen hatte. »Man glaubte lange, sie wären zusammen mit den Dinosauriern ausgestorben, aber dieser hier wurde vor ein paar Jahren vor der afrikanischen Küste gefangen und der Smithsonian geschenkt.«

Wie schön für euch, dachte Mal'akh, der kaum zuhörte. Er war damit beschäftigt, die Wände nach Überwachungskameras abzusuchen. Er entdeckte nur eine, die auf die Eingangstür gerichtet war – nicht verwunderlich, wenn man bedachte, dass diese Tür den wahrscheinlich einzigen Zugang zum Magazin darstellte.

»Und hier ist das, was Sie sich näher anschauen wollten …« Trish führte Mal'akh zu dem riesigen Tank, den er vom Fenster aus gesehen hatte. »Unser größtes Präparat.« Mit der Geste eines Gameshow-Moderators, der ein neues Auto präsentiert, streckte Trish den Arm aus und deutete auf die abscheuliche Kreatur. »Der Riesenkalmar.«

Der Tank mit dem Tintenfisch sah aus, als hätte man eine Reihe gläserner Telefonzellen umgekippt und miteinander verschmolzen. In dem langen, durchsichtigen Sarg aus Plexiglas schwebte eine scheußlich bleiche, formlose Gestalt. Mal'akh starrte auf den knolligen, sackartigen Kopf und die baseballgroßen Augen. »Im Vergleich dazu sieht Ihr Quastenflosser richtig niedlich aus«, sagte er.

RIESENKALMAR, SMITHSONIAN MUSEUM SUPPORT CENTER

»Warten Sie erst, bis ich das Licht angemacht habe.«

Trish öffnete den langen Deckel des Beckens. Ethanoldampf stieg auf, während sie in den Tank griff und einen Schalter umlegte. Ein Band fluoreszierender Lichter, das den Boden des Behälters umschloss, leuchtete flimmernd auf und ließ den Riesenkalmar in all seiner Pracht erstrahlen – vom riesigen Kopf mit den vom Alkohol verschrumpelten Armen bis zu den Fangtentakeln mit den rasiermesserscharfen Saugringen.

Trish dozierte, dass ein Riesenkalmar durchaus in der Lage war, einen Pottwal im Kampf zu besiegen.

Für Mal'akh war es bloß hohles Geschwätz.

Die Zeit war gekommen.

Trish Dunne war in Magazin 3 immer ein wenig unwohl zumute, doch der Schauder, der ihr jetzt über den Rücken lief, fühlte sich anders an. Es war nackte, animalische Angst.

Sie versuchte dagegen anzukämpfen, doch die Furcht wurde immer stärker und hielt sie gepackt. Obwohl Trish sich nicht erklären konnte, woher ihre Angst rührte, spürte sie deutlich, dass sie verschwinden musste.

Und zwar schnell.

»Also ... das ist der Riesenkalmar«, sagte sie, griff in den Tank und schaltete das Licht aus. »Wir sollten jetzt zu Katherine gehen ...«

Eine große Hand presste sich hart auf ihren Mund und drückte ihren Kopf zurück. Im nächsten Augenblick legte sich ein kräftiger Arm um ihren Oberkörper und hielt sie in eisernem Griff. Für den Bruchteil einer Sekunde war Trish wie betäubt.

Dann kam die Panik.

Der Mann tastete nach ihrer Chipkarte und zog kräftig daran. Die Kordel brannte in Trishs Nacken, ehe sie riss. Die Chipkarte fiel zu Boden und blieb vor ihren Füßen liegen. Trish wehrte sich verzweifelt, doch sie war hoffnungslos unterlegen. Ein panischer Schrei stieg ihr in die Kehle, aber die Hand auf ihrem Mund erstickte jeden Laut. Der Mann beugte sich vor, brachte seinen Mund dicht an ihr Ohr und flüsterte: »Wenn ich meine Hand von deinem Mund nehme, will ich keinen Mucks hören, ist das klar?«

Trish nickte heftig. Ihre Lungen schrien nach Luft. *Ich kann nicht atmen.*

Der Mann nahm die Hand weg. Trish keuchte und sog tief die Luft ein.

»Bitte … lassen Sie mich los«, forderte sie außer Atem.

»Gib mir deine PIN«, sagte der Mann.

Trish fühlte sich völlig hilflos. *Katherine! O Gott! Wer ist dieser Mann?* »Der Sicherheitsdienst kann Sie sehen«, sagte sie, wohl wissend, dass sie sich weit außerhalb des Bereichs der Überwachungskamera befanden. Außerdem passte sowieso niemand auf.

»Deine PIN!«, wiederholte der Mann. »Die zur Chipkarte gehört.«

Eiskalte Furcht breitete sich in Trishs Eingeweiden aus. Sie fuhr wild herum, bekam einen Arm frei und versuchte dem Mann die Augen auszukratzen. Ihre Fingernägel schabten über seine Wange, hinterließen vier blutige Striemen. Doch gleich darauf erkannte sie, dass die dunklen Streifen auf seiner Haut gar kein Blut waren. Der Mann trug Make-up, das sie soeben verschmiert hatte. Unter der Schminke kam eine Tätowierung zum Vorschein.

Wer ist dieses Ungeheuer?

Mit schier übernatürlicher Kraft wirbelte der Mann sie herum, hob sie hoch und bugsierte sie mit dem Oberkörper über das geöffnete Becken. Trishs Gesicht befand sich nun unmittelbar über dem Ethanol. Die Dämpfe brannten ihr in der Nase.

»Die PIN«, wiederholte der Mann.

Trishs Augen tränten. Das bleiche Fleisch des Riesenkalmars schimmerte in der Flüssigkeit unter ihr.

»Die Nummer«, forderte der Mann und brachte ihr Gesicht noch näher an das Ethanol. »Wie lautet sie?«

Jetzt brannte auch Trishs Kehle. »Null-acht-null-vier!«, platzte es aus ihr heraus. Sie konnte kaum sprechen. »Und jetzt lassen Sie mich los ... bitte ...«

»Falls du gelogen hast ...«, sagte der Mann und drückte ihren Kopf ein wenig tiefer, sodass ihre Haarspitzen das Ethanol berührten.

»Ich habe nicht ... gelogen«, sagte sie und hustete. »Vierter August! Das ist ... mein Geburtstag!«

»Danke, Trish.«

Seine unnachgiebigen Hände legten sich noch fester um ihren Kopf, und mit vernichtender Gewalt drückte er sie nach unten, tauchte ihr Gesicht in den Tank. Stechender Schmerz brannte in ihren Augen. Der Mann drückte sie noch tiefer ins Becken, tauchte ihren ganzen Kopf unter die Oberfläche. Trish spürte, wie ihr Gesicht in das schwammige Fleisch des Tintenfischs gepresst wurde.

Sie nahm alle Kraft zusammen, bäumte sich heftig auf, versuchte den Rücken zu strecken und den Kopf aus dem Tank zu heben. Doch die kräftigen Hände gaben keinen Millimeter nach.

Ich muss Luft holen!

Trish zwang sich, weder Augen noch Mund zu öffnen. Ihre Lungen brannten, während sie gegen das übermächtige Verlangen ankämpfte, Luft zu holen.

Nein! Tu's nicht, um Himmels willen! Tu's nicht ...

Ihr Mund öffnete sich, ihre Lungen dehnten sich heftig aus, bemüht, den Sauerstoff aufzunehmen, nach dem ihr Körper so verzweifelt schrie. Augenblicklich drang ein Schwall Ethanol in ihren Mund. Als die Chemikalie durch ihre Luftröhre schoss und sich in den Lungen ausbreitete, verspürte Trish einen Schmerz, wie sie ihn nie für möglich gehalten hätte. Es war eine Gnade, dass es nur wenige Sekunden dauerte, bis die Welt um sie herum schwarz wurde.

Mal'akh stand neben dem Tank, atmete tief durch und besah sich den Schaden.

Die leblose Frau lag vornübergebeugt über dem Rand des Beckens, den Kopf noch immer im Ethanol. Als Mal'akh sie so sah, musste er an die einzige andere Frau denken, die er je getötet hatte.

Isabel Solomon.

Vor langer Zeit. In einem anderen Leben.

Mal'akh ließ den Blick über Trishs schlaffen Körper gleiten. Er packte ihre üppigen Hüften, half mit dem Bein nach, hob sie hoch und schob, bis sie über den Beckenrand in den Tank rutschte. Den Kopf voran, glitt Trish Dunne ins Ethanol. Ihr Körper brachte die Flüssigkeit zum Schwappen. Nach und nach verebbten die Wellen, und die Leiche schwebte reglos über der riesigen Meereskreatur. Erst als Trishs Kleider sich vollsogen, sank sie tiefer. Ganz langsam kam Trishs Leichnam auf dem großen Kalmar zu liegen.

Mal'akh schloss den Plexiglasdeckel des Behälters.

Es gibt ein neues Präparat im Feuchtbiotop.

Er hob Trishs Chipkarte vom Boden auf und steckte sie in die Tasche. 0804.

Als Trish ihn in der Empfangshalle abgeholt hatte, war die Frau ihm zuerst wie unnötiger Ballast erschienen. Dann war ihm klar geworden, dass ihre Chipkarte und ihr Passwort ihm eine Rückversicherung boten. Falls Katherines Datenspeicher so sicher war, wie Peter Solomon behauptet hatte, konnte es problematisch werden, Katherine davon zu überzeugen, den Speicher zu öffnen. *Jetzt habe ich meinen eigenen Schlüssel.* Mal'akh war froh, dass er keine Zeit mehr darauf verschwenden musste, Katherine gefügig zu machen.

Als er sich aufrichtete, sah er im Glas, dass sein Make-up verwüstet war, aber das spielte keine Rolle mehr. Bevor Katherine sich alles zusammengereimt hatte, würde es bereits zu spät sein.

Kapitel 38

Das ist ein Freimaurerraum?«, wollte Sato wissen, wandte den Blick vom Totenschädel und richtete ihn in der Dunkelheit auf Langdon.

Langdon nickte bedächtig. »Man nennt ihn Vorbereitungsraum oder Dunkle Kammer. Diese kalten, nüchternen Orte sollen dazu dienen, über die eigene Sterblichkeit nachzusinnen. Durch das Meditieren über die Unausweichlichkeit des Todes gewinnt der Freimaurer wertvolle Erkenntnisse über die Vergänglichkeit des Lebens.«

Sato blickte sich in der gespenstischen Kammer um. Offenbar war sie nicht ganz überzeugt. »Ein Meditationszimmer also?«

»Im Grunde genommen ja. Die Räume enthalten stets dieselben Gegenstände: Totenschädel und gekreuzte Knochen, Sense, Stundenglas, Schwefel, Salz, ein leeres Blatt Papier, eine Kerze und anderes. Symbole des Todes. Sie sollen den Meditierenden anregen, darüber nachzudenken, wie er ein besseres Leben führen kann, solange er auf Erden weilt.«

»Sieht für mich eher nach einer Grabstätte aus«, meinte Anderson.

So ist es gedacht! »Den meisten Studenten der Symbolologie geht es am Anfang genauso.« Langdon riet ihnen dann häufig, einen Blick in Beresniaks *Symbole der Freimaurer* zu werfen, in dem ausgezeichnete Fotos von Vorbereitungsräumen enthalten waren.

»Und Ihre Studenten«, fuhr Sato fort, »finden es nicht merkwürdig, dass die Freimaurer mit Totenschädeln und Sensen meditieren?«

»Nicht merkwürdiger als Christen, die zu Füßen eines Mannes beten, der ans Kreuz genagelt wurde. Oder Hindus, die einen vierarmigen Elefanten namens Ganesha anbeten. Missverstandene Symbole einer Kultur sind oft die Quellen zahlreicher Vorurteile.«

Sato wandte sich ab. Anscheinend war sie nicht in der Stimmung für eine Vorlesung. Sie ging zu dem Tisch mit den Artefakten. Anderson bemühte sich, ihr mit der Taschenlampe den Weg zu weisen, doch die Leuchtkraft wurde allmählich schwächer. Der Chief klopfte auf den Fuß der Lampe, woraufhin sie wieder ein wenig heller strahlte.

Als Langdon und die anderen tiefer in den schmalen Raum traten, stieg ihnen erneut der stechende Geruch nach Schwefel in die Nase. Das Tiefgeschoss war klamm, und die Feuchtigkeit in der Luft reagierte mit dem Schwefel in der Schüssel. Sato erreichte den Tisch und ließ den Blick über den Totenschädel und die anderen Gegenstände schweifen. Anderson trat neben sie und bemühte sich, den Tisch mit dem immer schwächeren Licht seiner Lampe zu erhellen.

Sato betrachtete jeden einzelnen Gegenstand und stemmte die Hände in die Hüften. »Was hat dieser Müll zu bedeuten?«

Langdon wusste, dass sämtliche Artefakte in dieser Kammer sorgfältig ausgewählt und arrangiert worden waren. »Es sind Symbole der Wandlung«, erklärte er. Das Gefühl der Beengtheit nahm zu, als er näher trat und sich zu Sato und dem Chief an den Tisch gesellte. »Der Schädel, oder *caput mortuum*, symbolisiert die letzte Wandlung des Menschen durch organischen Verfall. Er soll daran erinnern, dass wir alle eines Tages unsere sterbliche Hülle zurücklassen. Schwefel und Salz sind alchimistische Katalysatoren, die die Wandlung erleichtern. Die Sanduhr steht für die verwandelnde Kraft der Zeit. Die Kerze schließlich symbolisiert das formgebende, ursprüngliche Feuer sowie die Erweckung des Menschen aus dem Schlummer der Ignoranz – Transformation durch Illumination.«

»Und ... das?« Sato deutete in die Ecke.

Anderson schwenkte das nun flimmernde Licht seiner Taschenlampe auf die große Sense an der Rückwand.

»Kein Symbol für den Tod, wie die meisten annehmen«, erklärte Langdon. »Die Sense steht für die wandelnde Kraft der Nahrung – das Ernten der Gaben der Natur.«

Sato und Anderson schwiegen, offenbar bemüht, die Eindrücke der bizarren Umgebung zu verarbeiten.

Langdon drängte es, die beengende Kammer endlich zu verlassen. »Ich kann mir vorstellen, dass dieser Raum fremdartig auf Sie wirkt«, meinte er, »aber hier gibt es nichts zu sehen. Es ist eine ganz normale Kammer. Viele Logen besitzen genau solche Räume.«

»Das hier ist keine Freimaurerloge!«, widersprach Anderson. »Es ist das Kapitol der Vereinigten Staaten, und ich würde verdammt noch mal gerne wissen, was diese Kammer in meinem Gebäude zu suchen hat.«

»Manchmal richten Freimaurer sich Räume wie diesen in ihren Büros oder bei sich zu Hause ein, als Meditationszimmer. Das ist nichts Ungewöhnliches.« Langdon kannte einen Herzchirurgen in Boston, der eine kleine Kammer seines Büros in einen freimaurerischen Vorbereitungsraum verwandelt hatte, damit er über die Vergänglichkeit allen Seins nachdenken konnte, ehe er in den Operationssaal ging.

Sato wirkte nicht überzeugt. »Sie behaupten also, Peter Solomon käme hier herunter, um über den Tod zu meditieren?«

»Ich weiß es nicht«, gestand Langdon. »Vielleicht hat er den Raum als Zufluchtsort für seine Freimaurerbrüder eingerichtet, die hier im Gebäude arbeiten. Ein spirituelles Asyl, fern der Hektik des Alltags ... ein Ort, an dem ein mächtiger Gesetzgeber nachdenken kann, bevor er Entscheidungen trifft, die das Leben seiner Mitmenschen bestimmen.«

»Ein schönes Bild«, sagte Sato sarkastisch. »Ich vermute allerdings, die meisten Amerikaner hätten ein kleines Problem mit der Vorstellung, dass ihre politischen und wirtschaftlichen Führer sich in Kammern voller Sensen und Totenschädel zurückziehen, um zu beten.«

Was sie viel zu selten tun, dachte Langdon. Wie anders würde die Welt aussehen, wenn die Mächtigen sich die Zeit nähmen, über den Tod nachzudenken, bevor sie einen Krieg anzetteln?

Sato schürzte die Lippen und musterte die vier Ecken der schwach erhellten Kammer. »Irgendetwas muss hier drin sein, Professor. Hier muss es mehr geben als menschliche Knochen und Schalen voller chemischer Substanzen. Irgendjemand hat Sie den ganzen weiten Weg von Boston bis hierher gelockt, nur damit Sie an diesem Abend in genau diesem Raum stehen.«

Langdon drückte die Umhängetasche fester an sich. Ihm war immer noch nicht klar, was das Päckchen darin mit dieser Kammer zu tun haben könnte. »Tut mir leid, Ma'am, aber ich kann nichts Ungewöhnliches entdecken.« Langdon hoffte, dass sie nun endlich zur Sache kommen und versuchen würden, Peter Solomon zu finden.

Andersons Taschenlampe flackerte erneut, und Sato zuckte zusammen. Allmählich schien sie die Nerven zu verlieren. »Um Himmels willen, ist es denn zu viel verlangt …?« Sie griff in ihre Tasche, zog ein Feuerzeug hervor, drehte mit dem Daumen am Zündstein und hielt die Flamme an die einsame Kerze auf dem Tisch. Der Docht zischte, fing Feuer und tauchte den beengten Raum in ein geisterhaftes, flackerndes Licht. Lange Schatten tanzten über die Steinwände. Als die Flamme größer wurde, tauchte vor ihren Augen etwas völlig Unerwartetes auf.

»Schauen Sie!« Anderson deutete mit dem Finger.

Im Kerzenlicht konnten sie einen verblassten Schriftzug an der Rückwand ausmachen, der aus sieben Großbuchstaben bestand:

»Ein merkwürdiges Wort«, sagte Sato. Über den Buchstaben tauchten nun noch die Umrisse eines Totenkopfes aus der Dunkelheit auf.

»Es ist ein Akronym«, erklärte Langdon. »Es wird meist auf die Rückwand von Räumen wie diesem geschrieben – eine Art Kurzschrift des freimaurerischen Mediations-Mantras: *Visita interiora terrae, rectificando invenies occultum lapidem.*«

Sato warf ihm einen beinahe beeindruckten Blick zu. »Und das heißt?«

»Tritt ein ins Innere der Erde, und indem du es richtest, wirst du den verborgenen Stein finden.«

»Könnte es einen Zusammenhang geben zwischen dem versteckten Stein und der versteckten Pyramide?«, fragte Sato.

Langdon zuckte mit den Schultern. Er wollte den Vergleich nicht von der Hand weisen. »Wer gerne über versteckte Pyramiden in Washington spekuliert, würde *occultum lapidem* sicher als Pyramide deuten, ja. Andere würden darin den Stein der Weisen sehen – eine Substanz, von der die Alchimisten glaubten, dass sie ewiges Leben verleihen und Blei in Gold verwandeln könne. Wieder andere würden sagen, es handele sich um das Allerheiligste, eine verborgene Kammer im Herzen des Großen Tempels. Christen sähen darin einen Bezug auf die Lehren des heiligen Petrus – den Fels. Jede esoterische Tradition interpretiert den ›Stein‹ auf ihre Weise, doch *occultus lapis* bezieht sich eindeutig auf eine Quelle der Macht und der Erleuchtung.«

Anderson räusperte sich. »Kann es sein, dass Solomon diesen Typen belogen hat? Vielleicht hat er ihm gesagt, dass hier unten irgendetwas wäre … aber eigentlich gibt es hier gar nichts?«

Langdon hatte ähnliche Gedanken.

Ohne Vorwarnung begann die Kerze zu flackern wie in einem Luftzug. Für einen Moment wurde sie schwächer; dann erholte sie sich und leuchtete wieder hell.

»Das ist seltsam«, sagte Anderson. »Hoffentlich hat niemand oben die Tür geschlossen.« Er verließ die Kammer und trat hinaus in die Dunkelheit des Gangs. »Hallo?«

Langdon registrierte kaum, dass Anderson den Raum verließ. Sein Blick war unverwandt auf die Rückwand gerichtet. *Was war das gerade?*

»Haben Sie das gesehen?«, fragte Sato, die ebenfalls alarmiert auf die Wand starrte.

Langdon nickte. Sein Puls schnellte in die Höhe. Für einen Sekundenbruchteil hatte die Wand *geflimmert*, als wäre ein Energiestoß durch sie hindurchgegangen.

Anderson kam in die Kammer zurück. »Da draußen ist niemand, aber...« Als er eintrat, flimmerte die Wand erneut. »Mein Gott!«, rief er aus und fuhr erschrocken zurück.

Langdon erschauderte, als ihm endlich klar wurde, was sie gerade beobachtet hatten. Vorsichtig streckte er die Hand aus, bis seine Fingerspitzen die Rückseite der Kammer berührten. »Das ist keine Wand«, sagte er.

Anderson und Sato traten näher und beobachteten die Rückseite mit einer Mischung aus Furcht und Faszination.

»Es ist ein Tuch«, sagte Langdon.

»Aber es hat sich bewegt«, flüsterte Sato.

Ja, und zwar auf sehr merkwürdige Weise. Langdon schaute sich das Tuch genauer an. Die glänzende Oberfläche des Gewebes hatte das Licht der Kerze in eine unerwartete Richtung abgelenkt, weil das Tuch sich nach außen, aus der Kammer *heraus* gewölbt hatte – mitten durch die Wand hindurch.

Langdon streckte die Finger noch weiter aus, drückte das Tuch ganz vorsichtig nach hinten – und zog erschrocken die Hand zurück. *Da ist eine Öffnung!*

»Ziehen Sie das Ding beiseite!«, befahl Sato.

Langdons Puls raste. Er streckte die Hand erneut aus, ergriff den

Rand des Tuches und zog den Stoff langsam zur Seite. Ungläubig starrte er auf das, was sich dahinter verbarg.

Mein Gott!

Auch Sato und Anderson standen da wie vom Donner gerührt und starrten auf das Loch in der Rückwand.

Schließlich ergriff Sato das Wort. »Sieht aus, als hätten wir unsere Pyramide gefunden.«

Kapitel 39

Robert Langdon starrte auf die Öffnung in der Rückwand der Kammer. Hinter dem Leinwandbanner war ein ebenfalls quadratisches, aus der Wand gebrochenes Loch verborgen gewesen. Die Öffnung hatte eine Kantenlänge von ungefähr einem Meter und schien entstanden zu sein, als eine Reihe von Ziegeln herausgenommen worden war. Wegen der Dunkelheit hielt Langdon das Loch zuerst für ein Fenster zu einem Raum dahinter, bis er seinen Irrtum erkannte.

Die Öffnung reichte nur ungefähr einen Meter in die Wand hinein und bildete eine Nische, wie sie in Museen zur Aufstellung von Statuetten dienten.

Passenderweise enthielt die Nische tatsächlich einen kleinen Gegenstand.

Es handelte sich um ein Stück behauenen, soliden Granit von ungefähr zwanzig Zentimetern Höhe mit vier glatten, polierten Seitenflächen, die im Kerzenlicht glänzten.

Langdon wusste nicht einmal ansatzweise, um was für einen Gegenstand es sich handelte. *Eine steinerne Pyramide?*

»Aus Ihrem verwunderten Gesicht schließe ich«, sagte Sato, »dass ein solcher Gegenstand nicht typisch ist für eine Dunkle Kammer?«

»Da haben Sie allerdings recht«, sagte Langdon.

»Dann möchten Sie Ihre bisherige Einschätzung, was die Legende einer in Washington versteckten Freimaurerpyramide betrifft, vielleicht noch einmal überdenken?« Sato klang nun beinahe selbstgefällig.

»Ma'am«, erwiderte Langdon, »was wir hier sehen, ist nicht die Freimaurerpyramide.«

»Dann ist es purer Zufall, dass wir eine Pyramide gefunden haben, die im Herzen des Kapitols in einer geheimen, von einem hochrangigen Freimaurer gemieteten Kammer versteckt war?«

Langdon rieb sich die Augen und versuchte klar zu denken. »Hören Sie, Ma'am, diese Pyramide gleicht der aus der Legende in keiner Weise. Die Freimaurerpyramide wird als gewaltig beschrieben und soll eine massiv goldene Spitze haben.«

Außerdem stellte diese kleine Pyramide mit ihrer flachen Spitze ein vollkommen anderes Symbol dar. Als Unvollendete Pyramide bezeichnet, erinnerte dieses Symbol daran, dass der Weg des Menschen zur Ausschöpfung seines ganzen Potenzials ein fortlaufender Prozess war und bleiben würde. Obwohl es nur wenige wussten, war die Unvollendete Pyramide das am weitesten verbreitete Symbol auf der ganzen Welt: Es war mehr als zwanzig Milliarden Mal gedruckt worden. Auf jeder einzelnen Eindollarnote, die sich im Umlauf befand, wartete die Unvollendete Pyramide geduldig auf ihren glänzenden Deckstein, der über ihr schwebte als Erinnerung an das noch unvollendete Schicksal der USA und an die Arbeit, die vom Staat und jedem Einzelnen noch geleistet werden musste.

Sato blickte Anderson an. »Heben Sie sie runter«, sagte sie mit einem Wink auf die Pyramide. »Ich möchte sie mir näher ansehen.« Sie schuf Platz auf dem Schreibtisch, indem sie den Totenschädel und die gekreuzten Knochen pietätlos zur Seite schob. Langdon kam es beinahe so vor, als wären sie Grabräuber, die einen Schrein entweihten.

Anderson schob sich an Langdon vorbei, griff in die Nische und nahm den Pyramidenstumpf zwischen seine großen Hände. Dann zog er ihn – kaum in der Lage, ihn in diesem ungünstigen Winkel anzuheben – zu sich und senkte ihn auf die hölzerne Tischplatte, auf der er mit dumpfem Knall auftraf. Dann wich er zurück, damit Sato näher treten konnte.

Sie stellte die Kerze neben die Unvollendete Pyramide und musterte die polierten Flächen. Langsam fuhr sie mit ihren winzigen Fingern darüber und untersuchte jeden Quadratzentimeter der Deckfläche, dann die Seiten. Sie schlang die Hände darum, betastete die Rückseite. Schließlich runzelte sie in offensichtlicher Enttäuschung die Stirn. »Professor, vorhin haben Sie gesagt, die Freimaurerpyramide sei gebaut worden, um geheime Informationen zu schützen.«

»So sagt es die Legende.«

»Angenommen, Peter Solomons Entführer hält dieses Ding hier für die Freimaurerpyramide – dann würde er doch glauben, dass es machtvolles Wissen enthält.«

Langdon nickte. »Aber selbst wenn er dieses Wissen finden würde, könnte er es sich wahrscheinlich nicht aneignen. Der Legende zufolge ist der Inhalt der Pyramide verschlüsselt und deshalb nicht zu entziffern, außer für die Würdigsten.«

»Die Würdigsten? Wie darf ich das verstehen?«

Trotz seiner wachsenden Ungeduld erwiderte Langdon: »Mythische Schätze sind immer auch durch Prüfungen der Würdigkeit geschützt, vereinfacht gesagt. Das Schwert Excalibur konnte nur Artus aus dem Fels ziehen, weil er spirituell darauf vorbereitet worden war, die Macht zu handhaben, die dieses Schwert verlieh. Bei der Freimaurerpyramide liegt der gleiche Gedanke zugrunde. In diesem Fall ist das *Wissen* der Schatz, und es heißt, es sei in einer verschlüsselten Sprache verfasst – einer mystischen Sprache aus verlorenen Wörtern, lesbar nur für die Würdigen.«

Ein mattes Lächeln huschte über Satos Lippen. »Das könnte erklären, weshalb Sie heute Abend hierherbestellt worden sind.«

»Bitte?«

Gelassen drehte Sato den Pyramidenstumpf um 180 Grad. Die vierte Seitenfläche glänzte im Kerzenlicht.

»Wie es scheint, Mr. Langdon«, sagte Sato, »hält jemand Sie für würdig.«

Kapitel 40

Wo *Trish nur bleibt?*

Katherine Solomon blickte wieder auf die Uhr. Sie hatte vergessen, Dr. Abaddon vorzuwarnen, was den bizarren Weg zu ihrem Labor betraf, konnte sich aber nicht vorstellen, dass die Dunkelheit sie so lange aufgehalten hatte. Sie hätten längst da sein müssen.

Katherine ging zum Ausgang, öffnete die bleiverkleidete Tür und starrte in die Leere. Sie lauschte kurz, hörte aber nichts. »Trish?«, rief sie. Die Finsternis verschluckte ihre Stimme.

Schweigen.

Verwirrt schloss sie die Tür, zog ihr Handy hervor und rief in der Empfanghalle an. »Hier Katherine Solomon. Ist Trish noch bei Ihnen?«

»Nein, Ma'am«, sagte der Wachmann. »Sie und Ihr Gast haben sich vor ungefähr zehn Minuten auf den Weg gemacht.«

»Seltsam. Ich glaube nicht einmal, dass sie schon in Magazin 5 sind.«

»Einen Moment bitte, ich schaue nach.« Katherine konnte hören, wie die Finger des Wachmanns über die Computertastatur huschten. »Sie haben recht, Ma'am. Nach Miss Dunnes Schlüsselkartenlogs hat sie die Tür zu Magazin 5 noch nicht geöffnet. Ihr letzter Zugang war vor acht Minuten ... bei Magazin 3. Ich glaube, sie macht mit unserem Gast einen kleinen Rundgang.«

Katherine runzelte die Stirn. So sah es tatsächlich aus. Es hörte sich zwar ein wenig merkwürdig an, doch wenigstens wusste sie, dass

Trish nicht lange in Magazin 3 bleiben würde. *Da stinkt es furchtbar.*

»Danke. Ist mein Bruder schon eingetroffen?«

»Nein, Ma'am, noch nicht.«

»In Ordnung. Danke.«

Als Katherine das Gespräch beendete, befiel sie eine unerwartete Beklemmung. Es war genau die gleiche Unruhe, die sie verspürt hatte, als sie Dr. Abaddons Haus betrat. Peinlicherweise hatte ihre weibliche Intuition sie dort im Stich gelassen.

Es wird schon alles in Ordnung sein, sagte sich Katherine, und das unbehagliche Gefühl verebbte wieder.

Kapitel 41

Robert Langdon betrachtete die Seitenfläche der Steinpyramide. *Das kann doch nicht sein.*

»Eine alte, verschlüsselte Schrift«, sagte Sato, ohne aufzublicken. »Was meinen Sie, erfüllt das die Bedingungen?«

Auf der nun nach vorn weisenden Seitenfläche waren sechzehn Zeichen sauber in den glatten Stein graviert.

Anderson stand offenen Mundes neben Langdon und blickte drein, als hätte er gerade eine Art außerirdisches Tastenfeld gesehen.

»Professor?«, sagte Sato. »Ich nehme an, Sie können das lesen. Oder nicht?«

Langdon wandte sich ihr zu. »Wie kommen Sie darauf?«

»Weil Sie hierhergebracht wurden. Sie wurden auserwählt. Diese Inschrift scheint eine Art Code zu sein, und in Anbetracht Ihres Rufes erscheint es mir offensichtlich, dass Sie hier sind, um diesen Code zu entschlüsseln.«

Langdon musste zugeben, dass er nach seinen Erlebnissen in Rom und Paris einen nicht abreißenden Strom von Anfragen erhalten hatte, bei der Entschlüsselung der großen, noch nicht entzifferten Codes der Geschichte zu helfen – dem Diskos von Phaistos, der Dorabella-Chiffre, dem geheimnisvollen Voynich-Manuskript.

Sato fuhr mit dem Finger die Inschrift nach. »Können Sie mir die Bedeutung dieser Bildchen erklären?«

Das sind keine Bildchen, dachte Langdon. *Das sind Symbole.* Die Schrift hatte er auf den ersten Blick erkannt – eine Chiffreschrift aus den Anfängen der Freimaurerei. Und er wusste, wie man sie dekodierte. »Ma'am«, sagte er zögernd, »diese Pyramide ist Peter Solomons Privateigentum.«

»Privat oder nicht, wenn dieser Code tatsächlich der Grund ist, weshalb Sie nach Washington gebracht wurden, lasse ich Ihnen in dieser Angelegenheit keine andere Wahl. Ich will wissen, was da steht.«

Satos Blackberry meldete sich, und sie riss das Gerät ungehalten aus der Tasche. Ein paar Sekunden lang starrte sie auf die eingetroffene Nachricht. Langdon war erstaunt, dass das drahtlose Netzwerk des Kapitols so weit in die Tiefe reichte.

 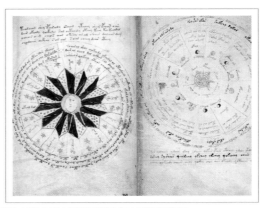

SEITEN AUS DEM VOYNICH-MANUSKRIPT

Sato grunzte, zog die Brauen hoch und musterte Langdon mit seltsamem Blick.

»Mr. Anderson?«, sagte sie, wobei sie sich ihm zuwandte. »Ein Wort unter vier Augen, wenn ich bitten darf.« Sie winkte Anderson, ihr zu folgen, und beide traten hinaus auf den stockdunklen Gang. Langdon blieb allein in Peters Dunkler Kammer zurück, die gespenstisch vom flackernden Kerzenschein erhellt wurde.

Chief Anderson fragte sich, wann diese Nacht enden würde. *Eine abgetrennte Hand in meiner Rotunde? Ein Todesschrein in meinem Keller? Bizarre Gravuren auf einer Steinpyramide?* Irgendwie kam ihm das Spiel der Redskins nicht mehr ganz so wichtig vor.

Während er Direktor Sato in den dunklen Gang folgte, schaltete er die Taschenlampe ein. Der Strahl war schwach, aber besser als gar nichts. Sato führte ihn ein paar Meter über den Korridor, bis sie aus Langdons Blickfeld waren.

»Sehen Sie sich das an«, flüsterte sie dann und reichte Anderson ihren Blackberry.

Anderson nahm das Gerät und blickte mit zusammengekniffenen Augen auf das beleuchtete Display. Er sah ein Schwarz-Weiß-Foto – die Röntgenaufnahme von Langdons Tasche, die auf Andersons Befehl an Sato geschickt worden war. Wie auf allen Röntgenbildern erschienen die Objekte mit der höchsten Dichte im hellsten Weiß. Ein Gegenstand in Langdons Tasche überstrahlte alle anderen. Offensichtlich von extremer Dichte, leuchtete dieses Objekt wie ein funkelndes Juwel in einem Sammelsurium matter Steine. Die Gestalt des Gegenstands war unverkennbar.

Das hat er den ganzen Abend bei sich gehabt? Anderson blickte Sato erstaunt an. »Warum hat Mr. Langdon nichts davon gesagt?«

»Verdammt gute Frage«, flüsterte Sato.

»Die Gestalt dieses Gegenstandes … das kann kein Zufall sein.«

»Stimmt«, sagte Sato wütend. »Da haben Sie verdammt recht.«

DAS
VERLORENE
SYMBOL

Ein leises Rascheln im Korridor erregte Andersons Aufmerksamkeit. Erschrocken richtete er die Taschenlampe in den nachtschwarzen Gang, doch der schwache Lichtstrahl ließ nur den menschenleeren Korridor mit seinen Türreihen erkennen.

»Hallo?«, rief Anderson gedämpft. »Ist da jemand?«

Stille.

Sato blickte ihn fragend an. Offenbar hatte sie das Geräusch nicht gehört.

Anderson lauschte noch einen Augenblick; dann zuckte er die Achseln. *Ich muss hier raus, verdammt.*

Langdon war im matten Kerzenschein der Kammer allein zurückgeblieben und fuhr mit den Fingern über die scharfen Ränder der Gravuren in der Pyramide. Zu gern hätte er gewusst, worin die Botschaft bestand, doch er wollte nicht tiefer in Peter Solomons Privatsphäre eindringen, als es ohnehin schon geschehen war. *Und wieso sollte dieser Irrsinnige, der mit Peter und mir ein teuflisches Spiel treibt, sich überhaupt für diese kleine Pyramide interessieren?*

»So geht es nicht weiter«, erklang plötzlich Satos laute Stimme in Langdons Rücken. »Mir wurden gerade neue Informationen zugeleitet. Ich habe Ihre Lügen endgültig satt, Professor.«

Der OS-Direktor kam zurück in die Kammer, das Blackberry in der winzigen Hand, ein loderndes Feuer in den schwarzen Augen. Hilfe suchend blickte Langdon zu Anderson hinüber, doch der Chief stand mit wenig mitfühlender Miene an der Tür auf Posten.

Sato trat auf Langdon zu und hielt ihm ihr Blackberry vor das Gesicht.

Erstaunt blickte Langdon auf das Display, auf dem ein gespenstisch aussehendes Schwarz-Weiß-Negativ zu sehen war. Es zeigte ein Wirrwarr verschiedener Gegenstände, von denen einer besonders hell auf dem Foto leuchtete. Unverkennbar handelte es sich bei diesem Objekt um eine kleine, spitze Pyramide.

Langdon blickte Sato an. »Woher haben Sie das? Was ist das für eine Aufnahme?«

»Wie bitte?« Mit dieser Frage schien er Sato nur noch mehr zu reizen. »Sie wollen so tun, als wüssten Sie es nicht?«

Langdon riss der Geduldsfaden. »Verdammt noch mal, ich habe das noch nie gesehen!«

»Ach ja?«, versetzte Sato spitz. »Obwohl Sie es schon den ganzen Abend in Ihrer Tasche herumtragen?«

»Ich ...« Langdon stockte mitten im Satz, senkte den Blick langsam auf seine Umhängetasche und hob ihn wieder zu dem Blackberry. *Das Päckchen.* Er schaute sich das Bild auf dem Blackberry genauer an und sah einen schemenhaft erkennbaren Würfel, der die Pyramide umschloss.

Jäh begriff Langdon, dass er ein Röntgenbild seiner Umhängetasche sah – und von Peters geheimnisvollem, würfelförmigem Päckchen, das sich darin befand. *Und dieser Würfel ist hohl und enthält eine kleine Pyramide ...*

Langdon öffnete den Mund, um Sato zu antworten, doch ihm stockte der Atem, als ihn die Erkenntnis traf.

Einfach. Sauber. Vernichtend.

Mein Gott. Wieder musterte er den Pyramidenstumpf auf dem Schreibtisch. Die Deckfläche war plan ... ein kleines Quadrat ... eine Leerstelle, die gefüllt werden wollte ... von dem Bauteil, das die Pyramide vollständig machte ...

Langdon begriff, dass der kleine Gegenstand in seiner Umhängetasche gar keine Pyramide war. Er war ein Deckstein.

Im selben Augenblick wusste Langdon, weshalb nur er die Geheimnisse dieser Pyramide enträtseln konnte.

Weil ich das letzte Teil habe.

Und es ist tatsächlich *ein Talisman.*

Als Peter ihm gesagt hatte, das Päckchen enthielte einen Talisman, hatte Langdon noch gelacht. Jetzt begriff er, dass sein Freund die Wahrheit gesagt hatte. Dieser kleine Deckstein war ein Talisman, aber nicht von der zauberkräftigen Art, sondern in der weit älteren Ausprägung. Lange bevor das Wort »Talisman« mit Magie in Verbindung gebracht worden war, hatte es eine andere Bedeutung gehabt: »Vollendung«. Nach dem griechischen Wort »telesmós«, »Vollendung«, war ein Talisman jeder Gegenstand oder jede Idee, die irgendetwas vervollständigte oder »ganz machte«. *Das abschließende Teil.*

Nach dieser Definition war auch ein Deckstein ein Talisman, denn er vollendete eine Unvollendete Pyramide und verwandelte sie in ein Symbol, das höchste Perfektion versinnbildlichte.

Langdon sah sich gezwungen, eine eigenartige Wahrheit zu akzeptieren: Sah man von ihrer Größe ab, schien die steinerne Pyramide in Peters Dunkler Kammer sich Stück für Stück in etwas zu verwandeln, das vage der legendären Freimaurerpyramide ähnelte.

Der Deckstein war auf dem Röntgenbild so hell, dass er vermutlich aus Metall bestand ... einem Metall von sehr hoher Dichte. Ob er nun aus massivem Gold war oder nicht, konnte Langdon nicht wissen, und er wollte sich von seiner Fantasie keine Streiche spielen lassen. *Die Pyramide ist zu klein. Der Code ist zu leicht zu lesen. Und es ist ein Mythos, um Himmels willen!*

Sato ließ ihn nicht aus den Augen. »Für einen klugen Mann haben Sie heute Abend viele dumme Entscheidungen getroffen, Professor Langdon. Eine leitende Geheimdienstlerin anlügen? Absichtlich eine CIA-Ermittlung behindern?«

»Lassen Sie es mich erklären«, sagte Langdon. »Die Sache ist die ...«

»Erklären Sie es mir in Langley«, unterbrach Sato ihn kalt. »Sie sind festgenommen.«

Langdon erstarrte. »Das kann nicht Ihr Ernst sein.«

»Es ist mir sogar todernst. Ich habe Ihnen von vornherein klargemacht, dass es heute Nacht um sehr viel geht, und Sie haben beschlossen, nicht mit mir zu kooperieren. Ich warne Sie: Überlegen Sie es sich, und erklären Sie mir, was diese Inschrift auf der Pyramide bedeutet. Denn wenn wir erst in Langley eintreffen«, sie hob ihr Blackberry und machte eine Nahaufnahme der Gravur auf der steinernen Pyramide, »haben meine Fachleute bereits einen Vorsprung.«

Langdon öffnete den Mund, um zu protestieren, doch Sato wandte sich bereits Anderson zu, der noch immer an der Tür stand. »Chief«, sagte sie, »stecken Sie die Steinpyramide in Mr. Langdons Tasche, und nehmen Sie sie mit. Ich werde mich darum kümmern, dass Mr. Langdon in Gewahrsam genommen wird. Ihre Waffe bitte.«

Mit steinernem Gesicht trat Anderson in die Kammer und öffnete im Gehen das Schulterhalfter. Er gab seine Pistole Sato, die sie augenblicklich auf Langdon richtete.

Langdon erstarrte. *Das darf doch nicht wahr sein.*

Anderson trat zu ihm, zog ihm die Umhängetasche von der Schulter, ging damit zum Schreibtisch und setzte die Tasche auf einen Stuhl. Dann zog er den Reißverschluss auf, öffnete die Tasche, hob die schwere Steinpyramide vom Schreibtisch und legte sie mit einiger Mühe zu Langdons Aufzeichnungen und dem kleinen Paket.

Plötzlich war zu hören, wie sich auf dem Gang etwas bewegte. Der dunkle Umriss eines Mannes erschien in der Tür, kam in die Kammer gehuscht und rammte Anderson, der ihn gar nicht kommen sah, die Schulter in den Rücken. Der Chief stürzte nach vorn und schlug mit dem Schädel gegen die Kante der Steinnische. Sein Oberkörper kippte auf den Schreibtisch und wirbelte Knochen, Teller und andere Gegenstände umher. Die Sanduhr zerschellte auf den Steinen. Die Kerze fiel herunter und rollte, noch immer brennend, über den Boden.

Sato schwenkte die Waffe herum, doch der Eindringling packte einen Oberschenkelknochen, schlug damit zu und traf Sato an der Schulter. Sie stieß einen Schmerzensschrei aus, ließ die Pistole fallen und taumelte zurück. Der Angreifer trat die Waffe zur Seite und fuhr zu Langdon herum. Der Mann war ein großer, schlanker Schwarzer, den Langdon noch nie zuvor gesehen hatte.

»Nehmen Sie die Pyramide!«, befahl der Mann. »Und kommen Sie mit!«

Kapitel 42

Der hochgewachsene Schwarze führte Langdon durch das Labyrinth unter dem Kapitol. Der Mann schien sich bestens auszukennen, denn er wusste genau, welchen Nebengang er nehmen musste und welche abgelegenen Räume er zu durchqueren hatte. Außerdem hatte er einen Schlüsselring dabei, mit dem sich offenbar jede Tür aufschließen ließ, die ihnen den Weg versperrte.

Langdon folgte dem Mann zu einer Treppe irgendwo im Dämmerlicht dieser unterirdischen Welt. Als sie die Stufen hinaufstiegen, spürte er, wie der Lederriemen seiner Umhängetasche ihm in die Schulter schnitt. Die Steinpyramide war so schwer, dass Langdon fürchtete, der Riemen könnte reißen.

Sein Gefühl riet ihm, dem Fremden zu vertrauen. Der Mann hatte ihn nicht nur vor der Verhaftung durch Sato bewahrt – er hatte sich auch in Gefahr begeben, um Peter Solomons geheimnisvolle Pyramide zu schützen ... *was für eine Pyramide es auch sein mag.*

So rätselhaft der Schwarze und seine Motive waren, wusste Langdon zumindest eines über ihn: Der Mann war Freimaurer. Langdon hatte einen Goldring an der Hand des Mannes aufblinken sehen – einen Freimaurerring mit doppelköpfigem Phönix und der Zahl 33. Der Schwarze und Peter Solomon waren also mehr als nur Freunde, die einander vertrauten: Sie waren freimaurerische Brüder des höchsten Grades.

Langdon folgte dem Schwarzen ans obere Ende der Treppe, dann in einen anderen Korridor und schließlich durch eine unbeschriftete

Tür in einen Gang, in dem ihnen ein moderiger Geruch entgegenschlug. Sie eilten an Kisten mit Hausmeisterbedarf und gefüllten Müllsäcken vorbei und gelangten schließlich durch eine weitere unbeschriftete Tür in eine völlig unerwartete Welt – eine Art nobel eingerichteten Kinosaal. Der Schwarze folgte einem Seitengang und führte Langdon durch die Eingangstüren des Saals in eine erleuchtete, große Vorhalle. Langdon erkannte nun, dass sie sich in dem Besucherzentrum befanden, durch das er am gleichen Abend das Kapitol betreten hatte.

Leider befand sich hier auch ein Sicherheitsbeamter.

Die drei Männer blieben ob der unerwarteten Begegnung wie angewurzelt stehen und starrten einander an. Erst jetzt erkannte Langdon den jungen Latino, der bei seinem Eintreffen den Detektor bedient hatte.

»Officer Nuñez«, sagte der Schwarze. »Kein Wort. Folgen Sie mir.«

Nuñez machte ein beunruhigtes Gesicht, gehorchte dem Schwarzen jedoch ohne Widerrede.

Wer ist dieser Mann?, fragte sich Langdon.

Sie eilten zur Südostecke des Besucherzentrums, wo sie in ein kleines Foyer gelangten. Eine orangefarbene Absperrung blockierte eine schwere Flügeltür, die zusätzlich mit Malerkrepp beklebt war; offenbar sollte Staub von einer Baustelle hinter der Tür aus dem Besucherzentrum ferngehalten werden. Der Schwarze hob die Hand und zog den Krepp von der Tür ab. Dann suchte er an seinem Schlüsselring, während er zum Wachmann sprach. »Unser Freund Anderson ist im unteren Kellergeschoss. Er könnte verletzt sein. Sehen Sie nach ihm.«

»Jawohl, Sir.« Nuñez wirkte alarmiert.

»Vor allem haben Sie uns hier unten nicht gesehen. Klar?«

»Jawohl, Sir.«

Der Schwarze fand den Schlüssel, den er gesucht hatte, löste ihn vom Ring und schloss damit den schweren Riegel auf. Er öffnete die Stahltür und warf dem Wachmann den Schlüssel zu. »Schließen Sie hinter uns ab. Kleben Sie den Malerkrepp wieder an, so gut es geht. Stecken Sie den Schlüssel ein, und sagen Sie niemandem ein Wort, auch nicht dem Chief. Ist das klar, Officer Nuñez?«

Der Wächter musterte den Schlüssel, als hätte man ihm gerade ein kostbares Juwel anvertraut. »Alles klar, Sir.«

Der Schwarze schritt eilig durch die Tür. Langdon folgte ihm, und Nuñez schloss hinter ihnen ab. Langdon hörte an dem Scharren hinter der Tür, dass Nuñez den Malerkrepp wieder anklebte.

»Es wird Zeit, dass ich mich vorstelle, Professor Langdon«, sagte der Schwarze, als sie mit eiligen Schritten über einen modern wirkenden Korridor gingen, der offenbar im Bau war. »Mein Name ist Warren Bellamy. Peter Solomon ist ein guter Freund von mir.«

Langdon blickte den würdevollen Mann erstaunt an. *Das ist Warren Bellamy?* Langdon war dem Architekten des Kapitols noch nie begegnet, hatte dessen Namen aber schon gehört.

»Peter hält große Stücke auf Sie«, fuhr Bellamy fort, »und es tut mir leid, dass wir uns unter diesen schrecklichen Umständen kennenlernen müssen. Ich weiß von Peters Schwierigkeiten und habe auch von der Sache mit der Hand gehört.« Bellamys Stimme wurde bitter. »Aber ich fürchte, das ist noch lange nicht alles.«

Sie kamen an das Ende des beleuchteten Gangabschnitts, und der Korridor bog unvermittelt nach rechts ab. Der Rest des Gangs war in undurchdringliche Schwärze getaucht.

»Warten Sie hier«, sagte Bellamy und verschwand in einem nahen Schaltraum, aus dem sich ein Gewirr dicker, orangefarbener Verlängerungskabel in den finsteren Korridor schlängelte. Augenblicke später hatte Bellamy den Schalter gefunden, der Strom in die Verlängerungskabel leitete, denn plötzlich wurde es im Abschnitt vor ihnen hell.

Langdon konnte es nicht fassen.

Wie Rom war auch Washington von einem Labyrinth verborgener Stollen, geheimer Korridore und unterirdischer Gänge durchzogen. Der Gang vor ihnen erinnerte Langdon an den *passato*, den Stollen, der den Vatikan mit der Engelsburg verband. Lang, dunkel und eng. Im Unterschied zum uralten *passato* jedoch war dieser Gang hochmodern und noch im Bau. Die einzige Beleuchtung stammte von Baulampen, die sich in regelmäßigen Abständen in der Tiefe des schier unglaublich langen, tunnelartigen Gangs verloren.

Bellamy drang bereits in den Tunnel vor. »Kommen Sie, Mr. Langdon. Aber passen Sie auf, wo Sie hintreten.«

Langdon folgte Bellamy auf dem Fuße und fragte sich, wohin um alles in der Welt dieser Tunnel führen mochte.

In diesem Augenblick trat Mal'akh aus Magazin 3 und eilte über den verlassenen Hauptkorridor des SMSC zu Magazin 5, in der Hand Trishs Schlüsselkarte. Wie ein Mantra wisperte er: »Null-acht-null-vier, null-acht-null-vier …«

Noch etwas anderes ging Mal'akh nicht aus dem Sinn. Er hatte soeben eine dringende SMS aus dem Kapitol erhalten. *Meine Kontaktperson ist auf unerwartete Schwierigkeiten gestoßen.* Dennoch, die Neuigkeiten blieben ermutigend: Robert Langdon war nun im Besitz der Pyramide und des Decksteins. Obwohl er sie auf unerwartete Weise in die Hände bekommen hatte, fügten die wichtigen Teile sich zusammen. Es war beinahe so, als lenkte das Schicksal die Ereignisse des heutigen Abends auf eine Weise, als wollte es zu Mal'akhs Sieg beitragen.

Kapitel 43

Langdon beeilte sich, mit Warren Bellamys forschen Schritten mitzuhalten, als die beiden Männer schweigend durch den langen Tunnel eilten. Bislang schien der Architekt des Kapitols mehr darauf erpicht zu sein, von Sato und der Steinpyramide wegzukommen, als Langdon zu erklären, was vor sich ging. Langdon erkannte immer deutlicher, dass diese Sache sehr viel größer war, als er sich vorstellen konnte.

Die CIA? Der Architekt des Kapitols? Zwei Freimaurer des 33. Grades?

Der Klingelton von Langdons Mobiltelefon erklang so plötzlich in der Stille, dass beide Männer erschraken. Langdon zog das Handy aus der Jacke und klappte es auf.

»Ja?«

Die vertraute, schaurige Flüsterstimme meldete sich. »Seien Sie gegrüßt, Professor. Wie ich höre, hatten Sie unerwarteten Besuch.«

Langdon überlief es eiskalt. »Wo ist Peter?« Seine Stimme hallte durch den endlosen Gang. Warren Bellamy blickte ihn drängend von der Seite an und winkte ihm, weiterzugehen.

»Keine Sorge«, erwiderte die Stimme. »Wie ich bereits sagte, Peter ist sicher aufgehoben.«

»Sie haben ihm die Hand abgetrennt, um Gottes willen! Er braucht einen Arzt!«

»Er braucht einen Priester«, widersprach der Mann. »Aber Sie können ihn retten. Wenn Sie tun, was ich sage, wird Peter leben. Ich gebe Ihnen mein Wort.«

»Das Wort eines Wahnsinnigen ist nichts wert.«

»Eines Wahnsinnigen? Wissen Sie denn nicht die Achtung und Ehrfurcht zu schätzen, mit der ich heute Abend an den alten Protokollen festgehalten habe, Professor? Die Mysterienhand führte Sie zu einem Portal – der Pyramide, die die Enthüllung alten Wissens verspricht. Ich weiß, dass nunmehr Sie diese Pyramide besitzen.«

»Und Sie glauben, es ist die Freimaurerpyramide?«, fragte Langdon. »Ich kann Ihnen versichern, es ist bloß ein Stein.«

Am anderen Ende der Leitung war es still. »Mr. Langdon, Sie sind zu intelligent, um den Ahnungslosen zu spielen. Sie wissen sehr genau, was Sie heute Abend entdeckt haben. Eine Steinpyramide, versteckt im Herzen von Washington, von einem einflussreichen Freimaurer.«

»Sie jagen einem Mythos nach! Was immer Peter Ihnen erzählt hat, er hat es aus Angst gesagt. Die Freimaurer haben keine Pyramide gebaut, die Geheimwissen hütet. Es *gibt* keine Freimaurerpyramide.«

Der Mann kicherte. »Ich sehe, Peter hat Ihnen sehr wenig verraten. Trotzdem, Mr. Langdon, ob Sie es nun akzeptieren wollen oder nicht, Sie werden tun, was ich Ihnen sage. Ich weiß genau, dass die Pyramide, die Sie bei sich tragen, eine kodierte Inschrift aufweist. Sie werden diese Inschrift für mich entschlüsseln. Dann – und nur dann – bekommen Sie Peter Solomon zurück.«

»Ich weiß zwar nicht, was diese Inschrift Ihrer Meinung nach enthüllt«, sagte Langdon, »aber es werden nicht die Alten Mysterien sein.«

»Natürlich nicht. Sie sind viel zu umfangreich, als dass sie auf die Seite einer kleinen Steinpyramide passen.«

»Aber wenn die Inschrift *nicht* die Alten Mysterien sind«, entgegnete Langdon, »ist es auch *nicht* die Freimaurerpyramide. Die Legende besagt eindeutig, dass sie errichtet wurde, um die Alten Mysterien zu hüten.«

Herablassend antwortete der Mann: »Mr. Langdon, die Freimaurerpyramide *wurde* erbaut, um die Alten Mysterien zu hüten, glauben Sie mir. Aber es ist ein Trick dabei, von dem Sie offenbar nichts wissen. Hat Peter es Ihnen nie gesagt? Die Macht dieser Pyramide liegt nicht darin, dass *sie selbst* die Mysterien preisgibt. Sie enthüllt lediglich, wo die Mysterien *verborgen* sind.«

Langdon stutzte.

»Entschlüsseln Sie die Inschrift«, fuhr die Stimme fort. »Dann erfahren Sie das Versteck des größten Schatzes der Menschheit.« Er lachte. »Peter hat Ihnen nicht den eigentlichen Schatz anvertraut, Professor.«

Langdon blieb abrupt stehen. »Moment. Wollen Sie behaupten, die Pyramide ist eine *Karte?*«

Auch Bellamys Schritte stockten. Er wirkte bestürzt. Offenbar hatte der Anrufer einen empfindlichen Nerv getroffen. *Die Pyramide ist eine Karte.*

»Diese Karte«, flüsterte die Stimme, »oder Pyramide oder Portal oder wie immer Sie es nennen wollen, wurde vor langer Zeit angefertigt, damit das Versteck der Alten Mysterien vor dem Vergessen bewahrt wird und nicht im Strom der Zeiten verloren geht.«

»Ein Gitter aus sechzehn Symbolen sieht nicht gerade nach einer Landkarte aus.«

»Der Schein kann trügen, Professor. Jedenfalls, Sie allein haben die Fähigkeit, die Inschrift zu lesen.«

»Da irren Sie sich«, erwiderte Langdon eingedenk des simplen Codes. »Diesen Code kann jeder entschlüsseln. Er ist nicht allzu ausgeklügelt.«

»Es steckt mehr hinter dieser Pyramide, als es den Anschein hat, Professor. Jedenfalls sind Sie es, der den Deckstein besitzt.«

Langdon stellte sich den kleinen, unscheinbaren Stein in seiner Tasche vor.

Ordnung aus Chaos?

Er wusste nicht mehr, was er von alldem halten sollte, doch die Steinpyramide in seiner Tasche schien mit jedem Augenblick schwerer zu werden.

Mal'akh hielt das Handy ans Ohr gedrückt und erfreute sich an Langdons spürbarer Verwirrung, Angst und Unsicherheit. »Aber jetzt habe ich etwas zu erledigen, Professor, und Sie ebenfalls. Rufen Sie mich an, sobald Sie die Karte entschlüsselt haben. Dann werden wir uns gemeinsam zu dem Versteck begeben und unseren Handel abschließen. Peters Leben ... gegen das Wissen aller Zeiten.«

»Ich werde *gar nichts* tun«, erwiderte Langdon. »Erst recht nicht ohne den Beweis, dass Peter noch lebt.«

»Ich rate Ihnen, mich nicht herauszufordern. Sie sind ein winziges Zahnrad in einem gigantischen Getriebe. Wenn Sie mir nicht gehorchen oder versuchen, mich zu finden, wird Peter sterben. Das schwöre ich.«

»Nach allem, was ich weiß, ist er bereits tot.«

»Oh nein, er lebt, Professor, ist aber dringend auf Ihre Hilfe angewiesen.«

»Was wollen Sie wirklich, verdammt noch mal?«, rief Langdon ins Handy.

Mal'akh schwieg einen Moment, bevor er antwortete: »Schon viele haben die Alten Mysterien gesucht und über deren Macht oder Ohnmacht gestritten. Heute Nacht werde ich beweisen, dass es diese Macht wirklich gibt.«

Langdon schwieg.

»Ich schlage vor, Sie machen sich sofort an die Entschlüsselung der Karte«, sagte Mal'akh. »Ich brauche die Information noch heute.«

»Heute? Es ist neun Uhr durch!«

»Ganz recht. *Tempus fugit.*«

Kapitel 44

Jonas Faukman, ein New Yorker Lektor, wollte in seinem Büro in Manhattan gerade das Licht ausschalten, als das Telefon klingelte. Er hatte nicht die Absicht, den Anruf um diese Zeit noch entgegenzunehmen – bis er die Nummer des Anrufers im Display sah. Das könnte eine gute Nachricht sein, sagte er sich und griff nach dem Hörer.

»Verlegen wir Sie überhaupt noch?«, fragte Faukman halb im Scherz.

»Jonas!« Robert Langdon klang aufgeregt. »Gott sei Dank, dass du noch da bist. Ich brauche deine Hilfe.«

Faukmans Laune hob sich. »Du hast ein paar Seiten für mich, die ich redigieren kann?« *Na endlich.*

»Nein. Ich brauche eine Information. Letztes Jahr habe ich dir eine Wissenschaftlerin namens Katherine Solomon vorgestellt, die Schwester von Peter Solomon, weißt du noch?«

Faukman runzelte die Stirn. *Keine neuen Seiten...*

»Sie suchte nach einem Verleger für ein Noetik-Buch. Erinnerst du dich?«

Faukman verdrehte die Augen. »Sicher, das weiß ich noch. Und tausend Dank dafür. Die Frau hat sich geweigert, mich ihre Forschungsergebnisse lesen zu lassen. Sie wollte vor irgend so einem magischen Datum in der Zukunft nicht mal was veröffentlichen!«

»Jonas, hör zu, ich hab keine Zeit. Ich brauche Katherines Telefonnummer. Sofort. Hast du die?«

»Hör mal, alter Junge, die Frau sieht klasse aus, aber du wirst sie nicht beeindrucken, indem du …«

»Das ist kein Scherz, Jonas. Ich brauche die Nummer sofort.«

»Okay, okay. Einen Augenblick.« Faukman war mit Langdon seit Jahren eng befreundet, sodass er wusste, wann es Robert ernst war. Er tippte den Namen ins Suchfenster seines E-Mail-Verzeichnisses ein.

»Ich suche«, sagte Faukman. »Und egal was du von ihr willst, du solltest sie nicht aus dem Uni-Schwimmbad anrufen. Das klingt, als wärst du in einer Anstalt.«

»Ich bin nicht in der Schwimmhalle. Ich stehe in einem Gang unter dem Kapitol.«

Faukman merkte an Langdons Tonfall, dass das kein Witz war. *Was ist mit Robert eigentlich los?* »Hör mal, warum kannst du nicht einfach zu Hause bleiben und *schreiben?*« Faukmans Computer gab einen Piepton von sich. »Okay, warte … ich hab sie.« Er scrollte durch die alte E-Mail. »Offenbar habe ich bloß ihre Handynummer.«

»Lass hören.«

Faukman gab die Nummer durch.

»Danke, Jonas«, sagte Langdon erleichtert. »Ich schulde dir was.«

»Du schuldest mir ein Manuskript, Robert. Hast du eigentlich eine Ahnung, wie lange …«

Die Leitung war tot.

Faukman starrte den Hörer an und schüttelte den Kopf. Wie viel einfacher wäre das Verlagsgeschäft doch ohne die Autoren.

Kapitel 45

Katherine war verwundert, als sie den Namen auf dem Display sah. Sie hatte geglaubt, der Anruf käme von Trish, die ihr mitteilen wollte, warum sie und Abaddon so lange brauchten. Aber Trish war nicht die Anruferin. Weit gefehlt.

Katherine merkte, wie sie rot wurde. Kann dieser Abend noch seltsamer werden? Sie klappte das Handy auf.

»Sag es mir nicht«, begrüßte sie ihn. »Weltfremder Akademiker sucht alleinstehende Noetik-Forscherin?«

»Katherine!« Die tiefe Stimme gehörte Robert Langdon. »Gott sei Dank, es geht dir gut.«

»Natürlich. Aber du hättest mich nach Peters Party letzten Sommer ruhig mal anrufen können. Das ist eine ganze Weile her.«

»Katherine, es ist etwas passiert…« Langdons Stimme klang belegt. »Es tut mir leid, was ich dir jetzt sagen muss, aber Peter ist in Schwierigkeiten.«

Katherine stutzte. »Was?«

»Er wurde entführt«, sagte Langdon ohne Umschweife. »Und ich weiß bis jetzt nicht, warum oder von wem. Es muss im Lauf des Tages passiert sein, vielleicht schon gestern.«

»Das ist gar nicht komisch, Robert!«, erwiderte Katherine aufgebracht. »Peter geht es gut. Ich habe erst vor einer Viertelstunde mit ihm gesprochen!«

»Was sagst du da?«, fragte Langdon verwirrt.

»Ja. Er hat mich eben erst angesimst, dass er ins Labor kommt.«

»Angesimst?«, dachte Langdon laut. »Aber seine Stimme hast du nicht gehört?«

»Nein, aber ...«

»Hör mir zu. Die SMS, die du bekommen hast, ist nicht von Peter. Jemand hat sein Handy. Und dieser Jemand ist gefährlich. Er hat mich heute mit einem Trick nach Washington gelockt.«

»Ich verstehe kein Wort.«

»Ich weiß.« Langdon wirkte durcheinander, was ihm gar nicht ähnlich sah. »Hör zu, Katherine, ich habe keine Zeit für lange Erklärungen, aber ich glaube, dass du in Gefahr bist.«

Katherine stutzte. »Wie kommst du darauf? Ich bin in einem sicheren Gebäude, in das man nicht so ohne Weiteres hineinkommt.«

»Lies mir Peters SMS vor. *Bitte.*«

Verunsichert rief Katherine die Nachricht auf und las sie laut vor. Bei dem letzten Teil mit Dr. Abaddon bekam sie eine Gänsehaut. »›Wenn möglich, bitte Dr. Abaddon hinzu. Ich vertraue ihm voll und ganz, und ich habe euch beiden viel zu erzählen ...‹«

»Mein Gott.« Langdons Stimme klang rau vor Angst. »Hast du diesen Mann hereingebeten?«

»Ja. Meine Assistentin ist gerade in die Eingangshalle gegangen, um ihn zu holen. Sie müssten jeden Moment ...«

»Mach, dass du da wegkommst, Katherine!«, rief Langdon. »Sofort!«

Auf der anderen Seite des SMSC in der Pförtnerloge begann ein Telefon zu klingeln und übertönte den Sprecherkommentar beim Spiel der Redskins. Der Wachmann zog sich widerstrebend die Ohrstöpsel heraus.

»Haupteingang«, meldete er sich. »Kyle am Apparat.«

»Kyle, hier Katherine Solomon!« Sie klang ängstlich und außer Atem.

»Ma'am, Ihr Bruder ist noch nicht ...«

»Wo ist Trish?«, fragte Katherine drängend. »Ist sie auf dem Monitor zu sehen?«

Der Wachmann rollte seinen Stuhl zu den Bildschirmen hinüber. »Ist sie noch nicht wieder im Würfel?«

»Nein!«, rief Katherine aufgeregt.

Der Wachmann bemerkte erst jetzt, dass sie außer Atem war, weil sie offenbar rannte. *Was ist da hinten los?*

Er bediente den Video-Joystick und spulte die Aufnahmen zurück. »Moment, ich scrolle durch ... ich habe hier Trish mit Ihrem Gast, wie sie die Eingangshalle verlassen ... sie gehen die Straße hinunter ... ich spule vor ... okay, sie gehen ins Feuchtbiotop ... Trish schließt mit ihrem Schlüssel die Tür auf ... beide gehen hinein ... ich spule vor ... okay, hier kommen sie wieder raus, gerade vor einer Minute ... gehen weiter ...« Er legte den Kopf schräg und spulte langsamer. »Moment mal. Das ist seltsam.«

»Was?«

»Der Besucher ist allein aus dem Feuchtbiotop gekommen.«

»Und Trish ist dringeblieben?«

»Sieht so aus. Ich beobachte jetzt Ihren Gast ... Er ist allein auf dem Flur.«

»Und wo ist Trish?«, fragte Katherine besorgt.

»Ich kann sie nirgends sehen«, antwortete der Wachmann, und ein Anflug von Angst schlich sich in seine Stimme. Er blickte wieder auf den Monitor und bemerkte, dass die Ärmel des Mannes nass bis zu den Ellbogen waren. *Was hat er denn da drinnen gemacht?* Der Wachmann beobachtete, wie der Besucher mit neuer Zielstrebigkeit über den Hauptgang in Richtung von Magazin 5 ging, in der Hand eine Art ... Schlüsselkarte?

Der Wachmann spürte, wie sich ihm die Nackenhaare aufrichteten. »Miss Solomon, wir haben ein ernstes Problem.«

Für Katherine Solomon war es ein Abend mit vollkommen neuen Erfahrungen.

Seit zwei Jahren benutzte sie zum ersten Mal ihr Handy innerhalb der Leere, als sie nun blind über den endlosen Teppich rannte. Jedes Mal, wenn sie spürte, dass sie mit dem Fuß vom Teppich abkam, schwenkte sie wieder zur Mitte hin und rannte weiter durch völlige Dunkelheit.

»Wo ist er jetzt, Kyle?«, fragte sie keuchend.

»Ich gucke gerade«, antwortete der Wachmann. »Spule vor ... okay, hier läuft er den Gang hinunter ... auf Magazin 5 zu ...«

Katherine rannte noch schneller, in der Hoffnung, den Ausgang zu erreichen, bevor sie hier in der Falle säße. »Wie lange braucht er noch bis zum Eingang von Magazin 5?«

Der Wachmann stutzte. »Ma'am, Sie verstehen nicht. Ich spule noch immer vor. Das sind Aufzeichnungen. Das ist bereits *passiert*.« Er hielt inne. »Augenblick, lassen Sie mich mal eben die Türüberwachung checken.« Er schwieg einen Moment; dann sagte er: »Ma'am, Miss Dunnes Schlüsselkarte wurde vor ungefähr einer Minute am Eingang von Magazin 5 benutzt.«

Mitten im Nichts blieb Katherine schwer atmend stehen. »Hat er Magazin 5 schon aufgeschlossen?«, fragte sie mit rauer Stimme.

Der Wachmann tippte hektisch. »Ja, sieht so aus, als wäre er drinnen ... seit neunzig Sekunden.«

Katherine erstarrte. Sie hielt den Atem an. Die Dunkelheit schien plötzlich zum Leben zu erwachen.

Er ist hier drinnen bei mir.

In diesem Moment begriff sie, dass das einzige Licht in dem ganzen Raum von ihrem Handy kam und eine Hälfte ihres Gesichts beschien. »Schicken Sie Hilfe«, flüsterte sie. »Und laufen Sie zum Feuchtbiotop, helfen Sie Trish.« Sie klappte leise das Handy zu, sodass auch das letzte Licht erlosch.

Um sie herum war es stockdunkel.

Katherine stand wie gelähmt da und atmete, so leise sie konnte. Nach ein paar Sekunden wehte der stechende Geruch von Ethanol zu ihr herüber. Der Geruch wurde intensiver. Dann spürte sie jemanden, nur ein paar Schritte vor ihr auf dem Teppich. Panik erfasste sie. Sie meinte, allein ihr Herzklopfen müsse sie verraten. Leise stieg sie aus den Schuhen und rückte ganz langsam nach links vom Teppich herunter. Der Beton unter ihrer Fußsohle war kalt. Beim nächsten Schritt war sie vom Teppich herunter.

Einer ihrer Zehen knackte.

In der Stille kam es ihr so laut vor wie ein Pistolenschuss.

Nur ein paar Schritte entfernt hörte sie das Rascheln von Kleidungsstücken. Jemand näherte sich ihr aus der Dunkelheit. Katherine sprang zur Seite – einen Augenblick zu spät. Ein kräftiger Arm griff nach ihr. Hände tasteten und versuchten sie festzuhalten. Katherine wand sich weg, als eine Hand sich wie ein Schraubstock um ihren Kittel schloss, sie zurückkriss und herumdrehte.

Sie warf die Arme nach hinten, glitt aus dem Kittel und war frei. Sofort und ohne zu wissen, in welche Richtung, hetzte Katherine blindlings durch die endlose Schwärze.

Kapitel 46

Auch wenn das Gebäude den vielleicht »schönsten Raum der Welt« beherbergt, wie viele meinen, ist die Kongressbibliothek weniger für ihre atemberaubende Schönheit als für ihre riesigen Sammlungen bekannt. Mit mehr als achthunderttausend Regalmetern – was einer Strecke von Washington bis Boston entspricht – kann sie von sich behaupten, die größte Bibliothek der Welt zu sein. Und sie wächst immer noch, mit einer Rate von über zehntausend Schriftstücken pro Tag.

Nach dem Ankauf von Thomas Jeffersons persönlicher Sammlung von Büchern über Philosophie, Wissenschaft und Literatur bereits kurz nach ihrer Gründung, war die Kongressbibliothek immer schon ein Symbol für das amerikanische Bekenntnis zur freien Verbreitung des Wissens gewesen. Sie war eines der ersten Gebäude in Washington, das mit elektrischem Licht ausgestattet wurde, und sie erstrahlte im wahrsten Sinne des Wortes als ein Leuchtfeuer in der Dunkelheit der Neuen Welt.

Wie der Name sagt, wurde die Kongressbibliothek eingerichtet, um dem Kongress zu dienen, dessen ehrbare Mitglieder auf der gegenüberliegenden Straßenseite im Kapitol tagten. Das uralte Band zwischen Bibliothek und Kapitol war in neuerer Zeit durch die Errichtung einer materiellen Verbindung bekräftigt worden – einen langen Tunnel unter der Independence Avenue, der die beiden Gebäude verband.

In diesem matt erleuchteten Tunnel folgte Robert Langdon Warren Bellamy durch einen Baustellenbereich und versuchte dabei, seine wachsende Besorgnis um Katherine zu verdrängen. *Dieser Irre ist in ihrem Labor?* Langdon wollte sich nicht einmal ausmalen, wieso. Als er Katherine angerufen hatte, um sie zu warnen, hatte er ihr genau erklärt, wo sie ihn finden könne, ehe sie das Gespräch beendet hatten. *Hört dieser verdammte Tunnel denn nie auf?* Langdon brummte der Schädel, und in seinem Kopf wirbelte alles durcheinander: Katherine, Peter, die Freimaurer, Bellamy, Pyramiden, alte Prophezeiungen ... und eine Karte.

Langdon schüttelte diese Gedanken ab und eilte weiter. *Bellamy hat mir Antworten versprochen.*

Als die beiden Männer schließlich das Ende des Gangs erreichten, führte Bellamy Langdon durch eine Doppeltür, die noch im Bau war. Da es keine Möglichkeit gab, die Tür hinter sich abzuschließen, improvisierte Bellamy, indem er sich eine Aluminiumleiter aus den Baumaterialien schnappte und sie von außen gegen die Tür lehnte. Auf die oberste Sprosse stellte er einen Blecheimer. Wenn jemand die Tür öffnete, würde der Eimer mit lautem Getöse zu Boden fallen.

Das ist unser Alarmsystem? Langdon beäugte den wackligen Eimer und hoffte, dass Bellamy noch einen besseren Sicherheitsplan in der Tasche hatte. Alles war so schnell vor sich gegangen, dass Langdon sich erst jetzt allmählich über die Konsequenzen seiner halsbrecherischen Flucht mit Bellamy klar zu werden begann. *Ich werde von der CIA gejagt.*

Bellamy bog um eine Ecke, hinter der eine breite Treppe nach oben führte, die mit orangefarbenen Pylonen abgesperrt war. Beim Hinaufsteigen wurde Langdons Umhängetasche mit jedem Schritt schwerer. »Die Steinpyramide«, sagte er, »ich verstehe noch immer nicht, was sie ...«

»Nicht hier«, unterbrach ihn Bellamy. »Wir sollten uns das bei Licht ansehen. Ich weiß einen sicheren Ort.«

Langdon hatte seine Zweifel, ob es für jemanden, der soeben den

Direktor des Office of Security der CIA niedergeschlagen hatte, wirklich so etwas wie Sicherheit gab.

Als die beiden Männer den Kopf der Treppe erreicht hatten, gelangten sie in einen breiten Gang aus weißem italienischem Marmor, Stuck und Blattgold. Unterhalb der Decke waren auf beiden Seiten jeweils acht Statuen zu sehen, die alle die Göttin Minerva darstellten. Bellamy drängte weiter und führte Langdon in östlicher Richtung durch einen Torbogen in einen weit größeren – und großartigeren – Raum.

Selbst im düsteren Schein der Nachtbeleuchtung erstrahlte die große Eingangshalle in der opulenten Pracht eines europäischen Renaissancepalasts. Mehr als zwanzig Meter über ihnen glänzten zwischen Strebebalken, die mit seltenem »Blattaluminium« verziert waren – einem Metall, das seinerzeit als kostbarer als Gold galt –, bunt verglaste Oberlichtfenster. Darunter säumte eine imposante Folge von gekuppelten Säulen den Balkon des ersten Stocks, der über zwei Freitreppen zur Rechten und zur Linken zugänglich war, die von riesigen, weiblichen Bronzefiguren mit hochgereckten Fackeln der Erleuchtung bewacht wurden.

In einem bizarren Versuch, dieses Thema der modernen Aufklärung widerzuspiegeln und doch innerhalb des dekorativen Rahmens der Renaissance-Architektur zu bleiben, hatte man die Treppengeländer mit kindlichen Engelsfiguren geschmückt, die mit den Attributen moderner Technik und Wissenschaft versehen waren. *Ein Putto-Elektriker mit Telefon? Ein Cherub-Entomologe mit einer Sammelbüchse?* Langdon fragte sich, was Bernini wohl dazu gesagt hätte.

»Hier können wir uns unterhalten«, sagte Bellamy und führte Langdon vorbei an den Vitrinen aus kugelsicherem Glas, in denen die beiden wertvollsten Bücher der Bibliothek ausgestellt waren – die Mainzer Riesenbibel, eine der letzten großen lateinischen Bibelhandschriften aus der Mitte des 15. Jahrhunderts, und die Gutenberg-Bibel, eines der drei letzten vollständig erhaltenen Exemplare.

Passend dazu zeigte die Gewölbedecke darüber John White Alexanders sechsteiliges Gemälde *Die Entwicklung des Buches.*

Bellamy ging direkt auf eine elegante Doppeltür in der Mitte der Rückwand des Ostkorridors zu. Langdon wusste, welcher Raum hinter dieser Tür lag, doch für eine Unterhaltung erschien er ihm denkbar ungeeignet. Abgesehen von der Ironie, in einem Raum voller »Bitte-Ruhe«-Schilder ein Gespräch zu führen, konnte er sich diesen Saal kaum als »sicheren Ort« vorstellen. Genau im Zentrum des kreuzförmigen Grundrisses gelegen, war dieser Raum das Herz des Gebäudes. Sich hier zu verstecken war wie in eine Kirche einzubrechen und sich auf den Altar zu flüchten.

Nichtsdestotrotz schloss Bellamy die Doppeltür auf, trat in das Dunkel dahinter und tastete nach dem Lichtschalter. Als er ihn umlegte, schien eines der großen architektonischen Meisterwerke Amerikas aus dem Nichts zu materialisieren.

Der berühmte Lesesaal war ein Fest für die Sinne. Ein gewaltiges Oktogon erhob sich in der Mitte fast fünfzig Meter bis zum Scheitel der Kuppel. Die acht Seiten waren mit braunem Tennessee-Marmor, gelblich weißem Siena-Marmor und apfelrotem algerischem Marmor verkleidet. Da der Raum von acht Seiten beleuchtet wurde, gab es keine Schatten, sodass der ganze Saal von innen heraus zu leuchten schien.

»Manche sagen, es sei der eindrucksvollste Raum in Washington«, meinte Bellamy und winkte Langdon hinein.

Vielleicht auf der ganzen Welt, dachte Langdon, als er über die Schwelle trat. Wie jedes Mal schweifte sein Blick als Erstes direkt hinauf zum Scheitel der Kuppel, von dessen Kranz sich arabeske Kassetten strahlenförmig über die Innenwand der Kuppel zu der oberen Galerie hinabschwangen, die von großen Rundbogenfenstern mit Tonnengewölben beherrscht wurde. Von der Balustrade der Galerie blickten sechzehn bronzene Porträt-Statuen in das Innere des Saales. Darunter zog sich hinter Rundbogenarkaden eine

LESESAAL DER KONGRESSBIBLIOTHEK

zweite Galerie entlang. Unten im Saal umgaben drei konzentrische Ringe mit Arbeitspulten aus poliertem Holz, unterbrochen von radial angeordneten Durchgängen, die ebenfalls ringförmige zentrale Ausleihtheke.

Langdon wandte seine Aufmerksamkeit wieder Bellamy zu, der nun die Doppeltür, durch die sie hereingekommen waren, so verkeilte, dass sie weit offen stand.

»Ich dachte, wir wollten uns *verstecken*«, meinte Langdon verwirrt.

»Wenn jemand hier reinkommt«, sagte Bellamy, »möchte ich ihn hören.«

»Aber wird man uns hier nicht sofort finden?«

»Wir können uns verstecken, wo wir wollen, man wird uns sowieso finden. Aber wenn irgendjemand uns in diesem Gebäude in die Enge zu treiben versucht, werden Sie noch froh sein, dass ich diesen Raum ausgesucht habe.«

Langdon hatte keine Ahnung, wie Bellamy das meinte, doch der Architekt wollte anscheinend nicht weiter darüber reden. Er war bereits auf dem Weg ins Saalinnere, wo er sich eins der Lesepulte aussuchte, zwei Stühle heranzog und die Leselampe anknipste. Dann deutete er auf Langdons Tasche.

»Okay, Professor, schauen wir uns das Ding mal an.«

Da er die polierte Arbeitsfläche nicht mit einem rauen Stück Granit verkratzen wollte, hievte Langdon seine Tasche auf das Pult und zog die umlaufenden Reißverschlüsse auf, bis er die eine Seite der Tasche zurückklappen konnte, sodass die Pyramide freilag. Warren Bellamy rückte die Leselampe zurecht und studierte das Objekt sorgfältig. Dann ließ er die Finger über die ungewöhnliche Inschrift gleiten.

»Ich nehme an, Sie kennen die Schrift, Professor Langdon.«

»Natürlich.« Langdon nahm die sechzehn Symbole in Augenschein.

Bekannt als das Freimaurer-Alphabet, war diese Chiffreschrift im 18. Jahrhundert unter Freimaurerbrüdern für persönliche Mitteilungen und sogar für Druckwerke verwendet worden. Doch die Verschlüsselungsmethode wurde seit Langem nicht mehr verwendet, und dies aus einem einfachen Grund: Sie war viel zu simpel. Die meisten Studenten in Langdons Symbolologie-Seminar für Fortgeschrittene konnten diesen Code in ungefähr fünf Minuten knacken. Langdon schaffte es mit Bleistift und Papier in weniger als sechzig Sekunden.

Die sattsam bekannte leichte Entschlüsselbarkeit dieses jahrhundertealten Codes führte nun gleich zu mehreren Widersprüchen: Zum einen war die Behauptung, dass Langdon die einzige Person auf Erden sei, die das Rätsel lösen könne, schlichtweg absurd. Zum anderen war es unsinnig zu unterstellen, dass ein Freimaurer-Code eine Sache der nationalen Sicherheit sei, wie Sato hatte durchblicken lassen. Das wäre so, als würden die Codes für die Atomraketen mit einem Spielzeug-Decoderring aus einer Cornflakes-Packung verschlüsselt. Langdon konnte das alles nicht glauben. *Diese Pyramide ist eine Karte? Die einen Hinweis auf das verlorene Wissen aller Zeiten enthält?*

»Robert.« Bellamys Stimme war ernst. »Hat Direktor Sato Ihnen gesagt, warum sie ein solches Interesse an dieser Angelegenheit hat?«

Langdon schüttelte den Kopf. »Sie hat nur immer wieder betont, es sei eine Sache der nationalen Sicherheit. Ich nehme an, sie lügt.«

»Vielleicht.« Bellamy rieb sich den Nacken. Er schien einen inneren Kampf auszufechten. »Aber es gibt eine andere Möglichkeit, die mir viel mehr Sorgen bereitet.« Er hob den Kopf und blickte Langdon in die Augen. »Dass Direktor Sato das wahre Potenzial der Pyramide erkannt hat.«

apitel 47

ie Schwärze, die Katherine Solomon umfing, war undurchdringlich.

Nachdem sie die vertraute Sicherheit des Teppichs verlassen hatte, tastete sie sich nun blind voran. Ihre ausgestreckten Hände fanden nur Leere, als sie immer tiefer in die Dunkelheit tappte. Unter ihren bestrumpften Füßen fühlte sich die endlose Weite des kalten Betons wie ein gefrorener See an ... eine feindliche Umwelt, der es zu entkommen galt.

Da sie kein Ethanol mehr roch, hielt sie inne. Bewegungslos wartete sie im Finstern und lauschte. Doch das Einzige, was sie hörte, war das laute Pochen ihres Herzens. Die schweren Schritte hinter ihr schienen verstummt zu sein. *Habe ich ihn abgehängt?* Katherine schloss die Augen und versuchte sich darüber klar zu werden, wo sie sich befand. *In welche Richtung bin ich gelaufen? Wo ist die Tür?*

Es war zwecklos. Sie hatte jede Orientierung verloren; der Ausgang konnte überall sein.

Angst wirkte mitunter als Stimulans und schärfte das Denkvermögen. Doch jetzt, in dieser Situation, hatte die Angst Katherine so fest im Griff, dass sie vor Panik nicht mehr klar denken konnte. *Selbst wenn ich den Eingang finde, ich komme hier nicht raus.* Ihre Schlüsselkarte steckte im Laborkittel, den nun ihr Verfolger hatte. Ihre einzige Hoffnung war die schiere Größe dieser Anlage, in der sie gleichsam eine Nadel im Heuhaufen war, ein winziger Punkt auf einem Raster von mehr als zweieinhalbtausend Quadratmetern.

Nicht bewegen, sagte sie sich. *Und keinen Mucks.* Der Wachmann war unterwegs, und ihr Verfolger roch stark nach Ethanol, aus welchem Grund auch immer. Wenn er ihr zu nahe kam, würde sie es merken.

Während Katherine stocksteif im Dunkeln stand, gingen ihr Langdons Worte noch einmal durch den Sinn. *Peter ist in Schwierigkeiten... Er wurde entführt.* Sie spürte, wie sich ein kalter Schweißtropfen auf ihrem Arm bildete und hinunter zu dem Handy rann, das sie noch immer in der rechten Hand hielt. O Gott, an diese Gefahr hatte sie gar nicht gedacht. Wenn das Handy klingelte, würde es einem Verfolger verraten, wo sie sich befand. Und sie konnte es nicht abstellen, ohne es aufzuklappen und dabei das Leuchtdisplay zu aktivieren.

Leg das Handy auf den Boden. Lass es einfach liegen und geh weiter.

Doch es war zu spät. Von der rechten Seite wehte der Geruch von Ethanol zu ihr herüber und wurde intensiver. Katherine versuchte ruhig zu bleiben und zwang sich, den Fluchtinstinkt zu unterdrücken. Langsam, vorsichtig, trat sie einen Schritt nach links. Doch das leise Rascheln ihrer Kleidung genügte ihrem Verfolger, um sie zu orten. Er machte einen Satz auf Katherine zu. Der Geruch von Ethanol wogte über sie hinweg, als eine starke Hand nach ihrer Schulter griff. Sie drehte sich weg, von schierer Panik erfüllt, und stürmte los, schwenkte scharf nach links, änderte die Richtung und rannte blindlings in die Dunkelheit.

Die Mauer erwuchs wie aus dem Nichts.

Der Aufprall war so hart, dass Katherine die Luft wegblieb. Schmerz schoss ihr durch Arm und Schulter, doch es gelang ihr, sich auf den Füßen zu halten. Sie war in stumpfem Winkel gegen die Mauer geprallt, was die Wucht der Kollision abgemildert hatte, aber das half jetzt wenig, denn der Lärm war nicht zu überhören gewesen. *Er weiß, wo ich bin.* Zusammengekrümmt vor Schmerz, drehte Katherine den Kopf zur Seite, starrte hinaus in die Schwärze des

Magazins und spürte, dass ihr Verfolger von irgendwo aus der Finsternis zurückstarrte.

Weg hier! Sofort!

Katherine schob sich an der Wand entlang. Mit der linken Hand tastete sie im Vorübergehen über jeden der hervorstehenden Stahlbolzen. *Bleib an der Wand. Versuch an dem Kerl vorbeizukommen, bevor er dich in die Enge treibt.* Mit der rechten Hand umklammerte Katherine immer noch ihr Handy, bereit, es als Wurfgeschoss zu benutzen.

Mit einem Mal hörte sie das Rascheln von Kleidung direkt vor ihr. Sie erstarrte, hielt den Atem an. *Wie kann der Kerl vor mir an der Wand sein?* Dann spürte sie einen Lufthauch, versetzt mit dem vertrauten Ethanolgeruch. *O Gott, er kommt an der Wand entlang auf mich zu!*

Katherine bewegte sich ein paar Schritte rückwärts. Dann drehte sie sich um hundertachtzig Grad und bewegte sich rasch in entgegengesetzter Richtung die Wand entlang. Wieder hörte sie das Rascheln von Kleidung unmittelbar vor ihr, gefolgt von einem erneuten Lufthauch, in dem der Geruch von Ethanol lag.

Mein Gott, dieser Verrückte ist überall!

Mal'akh spürte die kalte Luft auf der bloßen Haut, als er in die Dunkelheit starrte.

Der Geruch von Ethanol an seiner Kleidung hatte sich als hinderlich erwiesen, doch er hatte ihn in einen Vorteil verwandelt, indem er Jackett und Hemd ausgezogen und dazu benutzt hatte, seine Beute in die Enge zu treiben. Er hatte das Jackett nach rechts gegen die Wand geworfen und gehört, wie Katherine augenblicklich die Richtung gewechselt hatte. Gleiches war geschehen, als Mal'akh sein Hemd nach links geschleudert hatte. Auf diese Weise hatte er Katherines Bewegungsspielraum eingeengt und zwei Grenzen markiert, die sie nicht zu überschreiten wagte.

Nun wartete er, lauschte angestrengt in die Dunkelheit. *Es gibt nur eine Richtung, in die sie sich bewegen kann – direkt auf mich zu.* Doch alles blieb still. Entweder war Katherine vor Angst wie gelähmt, oder sie hatte beschlossen, sich nicht zu rühren und darauf zu warten, dass von außen Hilfe kam. *Pech gehabt, Mädchen.* Niemand würde in absehbarer Zeit Magazin 5 betreten; Mal'akh hatte das Tastenfeld für den Zugangscode mit einer simplen, aber sehr effektiven Methode außer Betrieb gesetzt. Nachdem er Trishs Schlüsselkarte benutzt hatte, hatte er ein Zehncentstück tief in den Kartenschlitz gerammt. Damit war das Gerät unbrauchbar geworden.

Wir sind ganz allein, Katherine, du und ich, und deine Zeit wird knapp.

Mal'akh schob sich nach vorn, lauschte auf jedes Anzeichen einer Bewegung. Heute Nacht würde Katherine Solomon sterben, in der Stille und Düsternis dieses Museums. Des Museums ihres Bruders – was für ein poetisches Ende! Mal'akh stellte sich in Gedanken vor, wie er Peter die Nachricht von Katherines Tod überbrachte. Die Qualen dieses Mannes würden ein Teil seiner lang ersehnten Rache sein.

Plötzlich sah Mal'akh in der Dunkelheit ein winziges Licht aufleuchten. Triumphierend erkannte er, dass Katherine soeben einen tödlichen Fehler begangen hatte. *Sie hat das Telefon eingeschaltet. Sie will um Hilfe rufen.* Das elektronische Display, das gerade zum Leben erwacht war, blinkte ungefähr in Hüfthöhe, gut zwanzig Meter entfernt, wie ein Leuchtfeuer in einem endlosen Meer der Schwärze.

Sofort rannte Mal'akh in Richtung des schwebenden Lichts. Er musste die Frau erwischen, bevor sie ihren Notruf absetzen konnte. Nach wenigen Sekunden war Mal'akh heran und sprang mit einem gewaltigen Satz, die Arme rechts und links vorgestreckt, auf den Lichtpunkt zu.

Mal'akhs Hände stießen mit solcher Wucht gegen eine feste

Wand, dass er sich beinahe die Finger brach. Sein Kopf prallte gegen einen Stahlträger. Er schrie vor Schmerz, als er an der Wand zusammensank. Dann zog er sich fluchend an dem hüfthohen, horizontalen Stahlträger hoch, auf dem Katherine ihr aufgeklapptes Handy zurückgelassen hatte.

Katherine rannte in panischer Furcht durch die Schwärze. Diesmal verschwendete sie keinen Gedanken daran, welchen Lärm sie machte, als ihre Hand über die in regelmäßigen Abständen angebrachten Bolzen von Magazin 5 hüpfte. *Schneller!* Wenn sie der Wand um das ganze Magazin herum folgte, musste sie früher oder später zum Ausgang gelangen.

Wo bleibt der Wachmann?

Mit der linken Hand strich Katherine im Laufen über die Wand, die rechte hielt sie schützend vorgestreckt. Die Seitenwand schien kein Ende zu nehmen. Dann, unvermittelt, brach der Rhythmus der Bolzen ab. Mehrere Schritte lang griff ihre linke Hand ins Leere; dann ertastete sie die Bolzen wieder. Katherine blieb stehen, ging ein paar Schritte zurück. Ihre Hände ertasteten eine glatte Metallfläche. *Warum sind hier keine Bolzen?*

Kaum hatte sie sich diese Frage gestellt, hörte sie ihren Verfolger hinter sich näher kommen. Auch er achtete jetzt nicht mehr darauf, leise zu sein, während er sich an der Wand entlang in Richtung seines Opfers bewegte. Doch da war noch ein weiteres Geräusch, das Katherine noch mehr beunruhigte: Irgendwo schlug jemand mit einem Gegenstand von außen rhythmisch gegen die Tür von Magazin 5.

Der Wachmann? Bekommt er die Tür nicht auf?

Der Gedanke war entsetzlich. Doch die Richtung, aus der das Geräusch kam – schräg von rechts –, gab Katherine die Orientierung zurück. Endlich wusste sie, wo in Magazin 5 sie sich befand. Und das Bild, das dabei blitzartig vor ihrem inneren Auge erschien, brachte eine unerwartete Erkenntnis mit sich: Sie wusste nun auch, was die merkwürdige große Fläche an der Wand war.

Jedes Magazin verfügte über ein Rolltor, eine riesige, bewegliche Wand, die zur Seite geschoben werden konnte, um übergroße Objekte ein- und auszulagern. Das Tor war fast so groß wie die Tore in einem Flugzeughangar. Katherine hätte nie geglaubt, es einmal öffnen zu müssen, aber nun schien es ihre einzige Hoffnung zu sein.

Ob ich es aufbekomme?

Katherine tastete blind in der Dunkelheit an dem Rolltor, bis sie einen Metallgriff zu fassen bekam. Sie packte ihn, so fest sie konnte, und setzte ihr ganzes Gewicht ein, um die Tür aufzuschieben, doch sie bewegte sich keinen Millimeter. Katherine versuchte es noch einmal. Nichts.

Sie hörte, dass ihr Verfolger nun schneller näher kam, wobei er den lauten Geräuschen folgte, die sie machte. *Das Rolltor ist abgesperrt!* In wilder Panik tastete Katherine mit den Händen das Tor ab, auf der verzweifelten Suche nach einem Hebel oder einer Klinke. Plötzlich stieß ihre Hand gegen etwas, das ein vertikal angebrachter Metallstab zu sein schien. Katherine hockte sich hin, tastete mit den Fingern und stellte fest, dass der Stab in eine Vertiefung im Beton eingelassen war. *Ein Sicherheitsriegel!* Sie stand auf, packte den Metallstab, schob ihn nach oben und klinkte ihn aus.

O Gott, der Kerl ist fast hier!

Mit zitternden Händen suchte Katherine nach dem Griff, bekam ihn wieder zu fassen und bot ihre ganze Kraft auf. Das massive Tor schien sich kaum zu bewegen, doch mit einem Mal drang ein dünner Streifen Mondlicht ins Innere von Magazin 5. *Noch einmal!* Der Lichtstrahl, der von draußen hereinfiel, wurde breiter. *Noch ein bisschen!* Sie zog ein letztes Mal an dem Griff, spürte bereits den Atem ihres Verfolgers im Nacken.

Katherine sprang auf das Licht zu, wand ihren schlanken Körper seitwärts in die Öffnung. Eine Hand materialisierte aus der Dunkelheit, krallte nach ihr, versuchte sie zurück ins Innere zu zerren. Mit einem schrillen Schrei stemmte sie sich durch die Öffnung, verfolgt von einem muskulösen, nackten Arm, der mit einem Muster von Schuppen bedeckt war. Der Arm wand sich wie eine zornige Schlange, die sie zu packen versuchte.

Katherine drehte sich um und floh die lange, fahle Außenwand von Magazin 5 entlang. Das Kiesbett, das den gesamten Komplex des SMSC umschloss, schnitt in ihre Füße, doch sie achtete nicht darauf und rannte weiter auf den Haupteingang zu. Draußen war es schwarze Nacht, doch ihre Pupillen waren nach der Finsternis im Magazin weit geöffnet, und so konnte sie perfekt sehen, fast wie bei Tageslicht. Hinter ihr öffnete sich knirschend das Rolltor. Dann hörte sie schwere Schritte hinter sich, die rasch näher kamen. Ihr Verfolger war beängstigend schnell.

So schaffe ich es nie bis zum Haupteingang. Katherine wusste, dass es bis zu ihrem Volvo näher war, aber selbst das würde zu weit sein. *Dieser Wahnsinnige hätte mich vorher längst eingeholt.*

Mit einem Mal wurde ihr klar, dass sie noch einen letzten Trumpf im Ärmel hatte.

Als sie sich der Ecke von Magazin 5 näherte, war der Verfolger fast bei ihr. *Jetzt oder nie.* Statt um die Ecke zu biegen, schlug Katherine einen Haken, schwenkte scharf nach links, weg vom Gebäude und hinaus auf den Rasen. Im gleichen Augenblick kniff sie die Augen fest zu, legte beide Hände vors Gesicht und rannte los.

Die bewegungsaktivierte Sicherheitsbeleuchtung, die rings um Magazin 5 aufflammte, verwandelte die Nacht augenblicklich in hellen Tag. Ein schriller Schmerzensschrei erklang, als das grelle Licht der Scheinwerfer sich in die weit geöffneten Pupillen ihres Verfolgers brannte. Katherine hörte, wie er auf den losen Steinen ins Stolpern geriet.

Sie kniff die Augen zusammen und lief weiter auf den offenen Rasen hinaus. Als sie das Gefühl hatte, weit genug vom Gebäude und dem Licht entfernt zu sein, schlug sie die Augen wieder auf, korrigierte ihren Kurs und rannte, als wäre der Leibhaftige hinter ihr her.

Der Autoschlüssel war dort, wo Katherine ihn immer ließ – in der Mittelkonsole. Atemlos nahm sie den Schlüssel in ihre zitternden Hände und schob ihn ins Zündschloss. Der Motor brüllte auf, die Scheinwerfer gingen an und beleuchteten eine schreckliche Szenerie.

Eine grässliche Gestalt kam auf sie zugerannt.

Katherine erstarrte für einen Moment.

Die Kreatur im Scheinwerferlicht war kahl und halb nackt. Ihre Haut war mit tätowierten Schuppen, Symbolen und Texten bedeckt. Das Wesen kreischte auf, als das Licht es erfasste, und hob die Hände vor die Augen wie ein Höhlentier, das zum ersten Mal das Sonnenlicht erblickt. Katherine griff nach dem Schalthebel, doch das Ungeheuer war bereits heran, rammte den Ellbogen ins Seitenfenster und überschüttete die junge Frau mit einem Schauer von Sicherheitsglas.

Ein monströser, mit Schuppen bedeckter Arm schoss durchs Fenster, tastete halb blind um sich und fand Katherines Hals. Sie legte den Rückwärtsgang ein, aber der Angreifer ließ ihre Kehle nicht los, drückte mit unvorstellbarer Kraft zu. Sie drehte den Kopf in dem Versuch, sich seinem Griff zu entwinden – und starrte plötzlich in sein Gesicht. Vier dunkle Streifen, wie Fingernagelspuren, zogen sich durch das Make-up im Gesicht und legten die Tätowierung darunter frei. Die Augen der Kreatur funkelten wild und gnadenlos.

»Ich hätte dich vor zehn Jahren töten sollen«, stieß das Wesen hervor. »An dem Abend, als ich deine Mutter umgebracht habe.«

Als seine Worte zu Katherine durchdrangen, überkam sie eine schreckliche Erinnerung: Der wirre Blick in seinen Augen – sie hatte ihn schon einmal gesehen. *Er ist es.* Sie hätte geschrien, aber der schraubstockähnliche Griff um ihren Hals ließ ihr keine Luft dazu.

Katherine trat das Gaspedal durch. Der Wagen schoss mit einer solch brutalen Beschleunigung rückwärts, dass es ihr beinahe den Hals gebrochen hätte, als ihr Angreifer mitgeschleift wurde. Der Volvo schoss einen Hang hinauf. Katherine hatte das Gefühl, als würde ihr jeden Moment der Kopf von den Schultern gerissen. Plötzlich kratzten Zweige gegen die Seite des Wagens, peitschten durchs Seitenfenster, und das Gewicht war verschwunden.

Der Wagen brach durch die Sträucher und schoss hinaus auf den oberen Parkplatz. Katherine trat auf die Bremse. Ein Stück unterhalb von ihr kam der halb nackte Mann auf die Füße und starrte in ihre Scheinwerfer. Mit unglaublicher Ruhe hob er drohend einen schuppenbedeckten Arm und zeigte direkt auf sie.

Katherines Blut wallte heiß vor Angst und Hass, als sie das Lenkrad herumriss und Gas gab. Sekunden später bog sie mit kreischenden Reifen in die Silver Hill Road ein.

Kapitel 48

Im Eifer des Gefechts hatte Officer Nuñez keine andere Wahl gesehen, als Warren Bellamy und Robert Langdon bei deren Flucht zu helfen. Nun aber, als Nuñez wieder im Keller der Zentrale des Sicherheitsdienstes war, sah er, dass ein Unwetter heraufzog.

Chief Anderson hielt sich einen Eisbeutel an den Kopf, während ein weiterer Sicherheitsmann sich um Direktor Satos Verletzungen kümmerte. Beide standen beim Videoüberwachungsteam und gingen die Videodateien durch in der Hoffnung, Langdon und Bellamy auf einer der Aufzeichnungen zu finden.

»Überprüfen Sie die Videos aus jedem Korridor und von jedem Ausgang«, verlangte Sato. »Ich will wissen, wohin die beiden geflohen sind!«

Nuñez wurde übel. Er wusste, es war nur eine Frage von Minuten, bis Sato die richtige Datei finden und die Wahrheit erfahren würde. *Ich habe ihnen bei der Flucht geholfen.* Und die Ankunft des vier Mann starken CIA-Einsatzteams machte die Sache nur noch schlimmer. Die Männer warteten in der Nähe und bereiteten sich darauf vor, die Verfolgung Langdons und Bellamys aufzunehmen. Diese Männer waren von anderem Kaliber als der Sicherheitsdienst des Kapitols: Sie waren Elitesoldaten, gnadenlos und effizient, in schwarzer Tarnkleidung und ausgerüstet mit Nachtsichtgeräten und futuristisch aussehenden Handfeuerwaffen.

Nuñez hatte das Gefühl, sich übergeben zu müssen. Verstohlen winkte er Anderson. »Auf ein Wort, Chief…«

»Was ist denn?« Anderson folgte Nuñez auf den Gang hinaus.

»Chief, ich habe einen großen Fehler begangen«, sagte Nuñez, dem der Schweiß ausbrach. »Es tut mir leid, Sir. Es wird wohl das Beste sein, wenn ich kündige.« *In ein paar Minuten feuerst du mich sowieso.*

»Kündigen?«, fragte Anderson verdutzt. »Warum denn das?«

Nuñez schluckte. »Vorhin habe ich Langdon und Mr. Bellamy im Besucherzentrum gesehen, auf dem Weg nach draußen.«

»Was?«, fuhr Anderson ihn an. »Warum haben Sie nicht Bescheid gegeben, Mann?«

»Architekt Bellamy hat gesagt, ich solle den Mund halten.«

»Sie arbeiten für *mich*, verdammt noch mal!« Andersons Stimme hallte durch den Gang. »Bellamy hat meinen Kopf gegen eine Wand geknallt!«

Nuñez reichte Anderson den Schlüssel, den der Architekt ihm gegeben hatte.

»Was ist das?«, wollte Anderson wissen.

»Einer der Schlüssel zu dem neuen Tunnel unter der Independence Avenue. Architekt Bellamy hatte ihn dabei. Auf diese Weise sind er und Langdon entkommen.«

Sprachlos starrte Anderson auf den Schlüssel.

Sato steckte den Kopf zur Tür hinaus und blickte die beiden Männer durchdringend an. »Was geht hier vor?«

Nuñez spürte, wie ihm alle Farbe aus dem Gesicht wich. Anderson hielt noch immer den Schlüssel in der Hand, und Sato hatte ihn offenkundig gesehen. Als die kleine, aggressive Frau näher kam, improvisierte Nuñez so gut er konnte in der Hoffnung, auf diese Weise den Chief zu schützen. »Der Schlüssel lag auf dem Boden im Tiefgeschoss, Ma'am. Ich habe Chief Anderson gerade gefragt, ob er weiß, wozu er gehört.«

Sato musterte den Schlüssel. »Und? Weiß er es?«

Nuñez schaute zu Anderson, der rasch seine Möglichkeiten abwog. Schließlich schüttelte er den Kopf. »Tut mir leid, da müsste ich erst nachsehen ...«

»Sparen Sie sich die Mühe«, unterbrach Sato ihn. »Dieser Schlüssel ermöglicht den Zugang zu einem Tunnel, der vom Besucherzentrum wegführt.«

»Tatsächlich?«, sagte Anderson. »Woher wissen Sie das?«

»Wir haben gerade die entsprechende Videoaufzeichnung gefunden. Officer Nuñez hat Langdon und Bellamy bei der Flucht geholfen und die Tunneltür hinter ihnen wieder verschlossen. Bellamy hat Nuñez diesen Schlüssel gegeben.«

Anderson drehte sich zu Nuñez um. In seinen Augen loderte Zorn. »Stimmt das?«

Nuñez nickte eifrig und tat sein Bestes mitzuspielen. »Es tut mir leid, Sir. Architekt Bellamy hat mich angewiesen, keiner Menschenseele etwas zu sagen.«

»Mir ist scheißegal, was Bellamy Ihnen gesagt hat!«, brüllte Anderson. »Ich erwarte ...«

»Halten Sie den Mund«, fuhr Sato dazwischen. »Sie beide sind lausige Lügner. Sparen Sie sich Ihren Atem für das CIA-Verhör.« Sie riss Anderson den Schlüssel aus der Hand. »Das war's für Sie.«

Kapitel 49

Robert Langdon legte auf. Er machte sich zunehmend Sorgen. *Katherine geht nicht ans Handy.* Sie hatte versprochen, ihn anzurufen, sobald sie sicher aus dem Labor und auf dem Weg hierher war, doch sie hatte sich noch immer nicht gemeldet.

Bellamy saß neben Langdon am Tisch im Lesesaal. Auch er hatte gerade jemanden anzurufen versucht – jemanden, hatte er Langdon anvertraut, der ihnen Zuflucht und ein sicheres Versteck gewähren könne. Leider ging dieser Jemand nicht ans Telefon; deshalb hatte Bellamy eine Nachricht hinterlassen und gebeten, er – oder sie – solle umgehend auf Langdons Handy zurückrufen.

»Ich werde es weiter versuchen«, sagte er zu Langdon, »aber im Augenblick sind wir auf uns allein gestellt. Und wir müssen nun über die Pyramide sprechen.«

Die Pyramide. Langdon schenkte dem spektakulären Lesesaal keine Aufmerksamkeit mehr. Er konzentrierte sich nur noch auf die Steinpyramide, auf das Päckchen, das den Deckstein enthielt, und auf den schwarzhäutigen Mann, der so plötzlich aus der Dunkelheit erschienen war und ihn vor einem Verhör durch die CIA gerettet hatte.

Warum beharrte Bellamy auf seiner Meinung, es müsse sich bei der Steinpyramide tatsächlich um die Freimaurerpyramide der Legende handeln?

Eine alte Karte? Die zu machtvollem Wissen führt?

»Verzeihen Sie«, sagte Langdon höflich, »aber die Vorstellung, dass irgendeine Art von altem Wissen existiert, das den Menschen unfassbare Macht verleihen sollte, kann ich nicht ernst nehmen.«

Bellamy blickte enttäuscht drein. »Ich hatte befürchtet, dass Sie so denken, Professor. Nun, das sollte mich wohl nicht überraschen. Sie sind ein Außenstehender, der einen Blick in eine fremde Welt wirft. Es gibt gewisse freimaurerische Realitäten, die Sie als Mythen betrachten werden, da Sie nicht eingeweiht sind und auch nicht darauf vorbereitet wurden, diese Mythen zu begreifen.«

Langdon fühlte sich leicht angegriffen. *Ich war auch keiner von Odysseus' Schiffbrüchigen; trotzdem bin ich sicher, dass der Zyklop nur ein Mythos ist.* »Mr. Bellamy, selbst wenn die Legende stimmen sollte ... *diese* Pyramide kann unmöglich die der Freimaurer sein.«

»Nicht?« Bellamy strich mit dem Finger über die Zeichen des Freimaureralphabets auf dem Stein. »Für mich sieht es so aus, als würde sie perfekt zu der Beschreibung passen. Eine Steinpyramide mit einem leuchtenden Deckstein aus Metall. Dies ist der Röntgenaufnahme zufolge, die Sato sich hat zuschicken lassen, genau der Gegenstand, den Peter Ihnen anvertraut hat.« Bellamy griff nach dem kleinen, würfelförmigen Päckchen und wog es in der Hand.

»Die Steinpyramide ist ungefähr zwanzig Zentimeter hoch.« Langdon schüttelte den Kopf. »In jeder mir bekannten Legende wird die Freimaurerpyramide als gigantisch beschrieben.«

Mit diesem Argument hatte Bellamy offenbar gerechnet. »Wie Sie wissen, spricht die Legende von einer Pyramide, die so hoch aufragt, dass Gott selbst die Hand ausstrecken und sie berühren kann.«

»So ist es.«

»Ich verstehe Ihr Dilemma, Professor Langdon. Allerdings feiern sowohl die Alten Mysterien als auch die Philosophie der Freimaurer das Wirken der göttlichen Kraft in jedem von uns. Selbst die Bibel stimmt damit überein. Und wenn wir akzeptieren, wie es in der Genesis steht, dass Gott den Menschen nach seinem Ebenbild erschaffen hat, müssen wir ebenso akzeptieren, dass die Menschheit nicht minderwertiger ist als Gott selbst. Bei Lukas Kapitel siebzehn, Vers zwanzig, heißt es: ›Das Reich Gottes ist inwendig in euch.‹«

»Ich kenne keine Christen, die ihre *Gleichwertigkeit* mit Gott betonen.«

»Natürlich nicht«, sagte Bellamy. »Weil die meisten Christen beides wollen. Sie wollen an die Bibel glauben und zugleich jene Teile der Heiligen Schrift ignorieren, die ihnen zu schwierig oder unangenehm erscheinen.«

Er blickte Langdon erwartungsvoll an, aber der schwieg.

»Wie auch immer«, fuhr Bellamy fort, »in der alten Beschreibung der Freimaurerpyramide heißt es, sie sei groß genug, dass Gott sie berühren könne. Das führt seit ewig langen Zeiten immer wieder zu Fehlinterpretationen, was die Größe dieser Pyramide betrifft. Und genau deshalb können Gelehrte wie Sie auf dem Standpunkt beharren, dass die Pyramide nur eine Legende sei … weshalb auch niemand nach ihr sucht.«

Langdon blickte auf die Steinpyramide. »Für mich war die Freimaurerpyramide stets ein Mythos.«

»Gibt es Ihnen denn nicht zu denken, dass eine von Freimaurern geschaffene Karte in Stein gemeißelt ist? Wie einige der bedeutendsten Botschaften der Geschichte, darunter die Zehn Gebote, die unser aller Handeln leiten?«

»Trotzdem wird stets von der Legende der Freimaurerpyramide gesprochen, und das Wort *Legende* impliziert etwas Mystisches.«

»Ja, *Legende*.« Bellamy lachte leise. »Ich fürchte, Sie kämpfen mit dem gleichen Problem wie Moses.«

»Bitte?«

Bellamy drehte sich auf seinem Stuhl um und blickte zum Balkon im ersten Stock hinauf, wo sechzehn Bronzestatuen standen. »Schauen Sie auf Moses dort oben!«

Langdon blickte zu der Skulptur hinauf.

MOSES VON
MICHELANGELO

»Er hat Hörner«, sagte Bellamy.

»Das ist mir bekannt.«

»Aber wissen Sie auch, *warum* er Hörner hat?«

Langdon mochte es nicht, wenn jemand ihm einen Vortrag hielt. Dass Moses häufig mit Hörnern dargestellt wurde, ging auf einen Übersetzungsfehler im Buch Exodus zurück. Im ursprünglichen hebräischen Text heißt es in der Beschreibung des Moses, er habe *qua-ran or panav* – »Gesichtshaut, die von Licht glüht« –, doch als die römisch-katholische Kirche die offizielle lateinische Übersetzung der Bibel anfertigen ließ, verpfuschte der Übersetzer die Beschreibung des Moses. Er schrieb *cornuta esset facies sua* – »sein Gesicht war gehörnt«. Seit jener Zeit stellten sämtliche Künstler Moses mit Hörnern da, um dem Vorwurf zu entgehen, sich nicht wortgetreu an die Heilige Schrift zu halten.

»Das war ein Übersetzungsfehler des heiligen Hieronymus um vierhundert nach Christus«, sagte Langdon.

Bellamy schien beeindruckt. »Richtig. Ein Fehler. Mit dem Ergebnis, dass der arme Moses für alle Zeiten missgestaltet ist.«

»Missgestaltet« war ein freundlicher Ausdruck: Als Kind hatte Langdon Angst bekommen, als er zum ersten Mal Michelangelos diabolischen »gehörnten« Moses gesehen hatte – das Prunkstück der römischen Basilika San Pietro in Vincoli.

»Ich erwähne den gehörnten Moses«, sagte Bellamy, »um Ihnen zu verdeutlichen, wie man mit einem einzigen falsch verstandenen Wort die Geschichte umschreiben kann.«

Du trägst Eulen nach Athen, mein Freund, dachte Langdon. Vor ein paar Jahren hatte er diese Lektion in Paris aus erster Hand gelernt. *SanGreal: der Heilige Gral. SangReal: das königliche Blut.*

»Im Falle der Freimaurerpyramide«, fuhr Bellamy fort, »haben die Menschen von einer ›Legende‹ gehört, und diese Vorstellung ist haften geblieben. Die ›Legende der Freimaurerpyramide‹ klang wie ein Mythos. Aber das Wort *Legende* bezog sich auf etwas anderes. Eine Fehlinterpretation – ähnlich wie das Wort Talisman.«

»Jetzt komme ich nicht mehr mit.«

»Robert, die Freimaurerpyramide ist eine *Karte*, und wie jede Karte hat sie eine *Legende* – eine Art Schlüssel, der einem sagt, wie man diese Karte lesen muss.« Bellamy nahm das würfelförmige Päckchen und hielt es in die Höhe. »Verstehen Sie denn nicht? Dieser Deckstein *ist* die Legende zur Pyramide. Er ist der Schlüssel, der Ihnen verrät, wie Sie das mächtigste Artefakt der Welt lesen müssen … eine Karte, die das Versteck des größten Schatzes der Menschheit enthüllt: das verlorene Wissen aller Zeiten.«

Langdon schwieg.

»Sie wollen Ihre gigantische Freimaurerpyramide sehen, Robert?«, sagte Bellamy. »Sie steht vor Ihnen auf dem Tisch! Eine kleine, unscheinbare Steinpyramide und ein goldener Deckstein, der hoch genug reicht, dass Gott ihn berühren kann.«

Langdon schaute fassungslos auf die Pyramide hinunter. Dann

richtete er den Blick auf die Freimaurerzeichen. »Aber dieser Code ist so …«

»Einfach?«

Langdon nickte. »Jedes Kind könnte ihn entziffern.«

Bellamy lächelte und zog Stift und Papier hervor. »Dann können Sie uns ja erleuchten.«

Langdon war es unangenehm, den Code zu lesen, doch in Anbetracht der Umstände schien es ihm kein Vertrauensbruch gegenüber Peter Solomon zu sein. Und was die Inschrift auch besagen mochte, Langdon konnte sich nicht vorstellen, dass sie das Versteck von irgendetwas Bedeutsamem enthüllte – ganz sicher nicht den verborgenen Ort, an dem einer der größten Schätze der Menschheit ruhte.

Langdon nahm den Stift von Bellamy entgegen und klopfte sich damit ans Kinn, während er die Chiffre musterte. Der Code war so primitiv, dass Langdon ihn beinahe im Kopf entschlüsseln konnte. Doch weil er keinen Fehler machen wollte, malte er ein einfaches Schema auf, das den meisten Freimaurer-Codes zugrunde lag.

Es bestand aus zwei leeren, quadratischen Matrizes dritter Dimension und zwei ebensolchen zweiter Dimension in der Zeile darunter. Die Felder der jeweils rechten Matrix versah er mit Punkten. Anschließend zeichnete er fortlaufend die Buchstaben des Alphabets in die Felder der Matrizes, sodass jeder Buchstabe in einem definierten Feld oder einer »Umhüllung« stand. Die Umhüllung wurde im nächsten Schritt, der eigentlichen Verschlüsselung, zum Symbol für den Buchstaben.

Das Schema war kinderleicht, wenn man es begriffen hatte.

Langdon überprüfte seine Arbeit gleich doppelt. Er war überzeugt, dass der Schlüssel richtig war.

Nun wandte er sich wieder dem Code der Pyramide zu. Um ihn zu entziffern, musste er nur die passende Form im Schlüssel finden und den Buchstaben hineinschreiben.

Das erste Zeichen auf der Pyramide sah wie ein nach unten gerichteter Pfeil oder ein Kelch aus. Rasch fand Langdon die entsprechende Abbildung in der Matrix. Sie befand sich im unteren linken Raster und umschloss den Buchstaben *S*.

Langdon schrieb das *S* hin.

Das nächste Symbol auf der Pyramide war ein Quadrat mit Punkt, dem die rechte Seite fehlte. Die entsprechende Form in der Matrix umschloss den Buchstaben *O*.

Langdon schrieb das *O* hin.

Das dritte Symbol war ein Quadrat, das den Buchstaben *E* umschloss.

Langdon schrieb das *E* nieder.

S O E …

Er machte weiter, bis er sämtliche Matrizes vervollständigt hatte. Als er auf die fertige Übertragung blickte, schüttelte er den Kopf. *Eine weltbewegende Entdeckung ist das nicht gerade.*

Bellamy lächelte. »Wie Sie wissen, Professor, sind die Alten Mysterien ausschließlich den wahrhaft Erleuchteten vorbehalten.«

»Stimmt«, sagte Langdon. *Und ich gehöre offenbar nicht dazu.*

Kapitel 50

In einem Kellerbüro in der CIA-Zentrale in Langley, Virginia, waren die gleichen sechzehn Zeichen des freimaurerischen Codes auf einem hochauflösenden Monitor zu sehen. Nola Kaye, Chief Security Analyst des OS, studierte das Bild, das ihr von ihrer Chefin Inoue Sato per E-Mail geschickt worden war.

Soll das ein Scherz sein? Nola wusste natürlich, dass dem nicht so war. Direktor Sato besaß keinerlei Sinn für Humor, und die Ereignisse dieser Nacht waren alles andere als erheiternd. Nolas Tätigkeit im allwissenden Office of Security der CIA hatte ihr die Augen für die dunklen Welten der Macht geöffnet, doch die Ereignisse der vergangenen vierundzwanzig Stunden hatten für immer ihr Bild vom Geheimwissen der Mächtigen verändert.

»Ja, Direktor«, sagte Nola, die sich den Hörer zwischen Kinn und Schulter geklemmt hatte. »Es handelt sich tatsächlich um einen freimaurerischen Code. Allerdings ist der Klartext sinnlos.« Sie schaute auf die von ihr entschlüsselten Buchstaben.

S O E U

A T U N

C S A S

V U N J

»Irgendetwas *muss* es bedeuten«, beharrte Sato.

»Nicht, solange es keinen zweiten Code gibt, der unter dem ersten verborgen ist.«

»Irgendwelche Ideen?«, fragte Sato.

»Es ist eine rasterbasierte Matrix. Ich könnte es zuerst einmal mit Vigenères oder Masken versuchen. Aber ich kann Ihnen nichts versprechen, erst recht nicht, wenn es sich um einen Einmalschlüssel handelt.«

»Tun Sie, was Sie können. Und tun Sie es schnell. Was ist mit der Röntgenaufnahme?«

Nola drehte sich auf ihrem Stuhl zu einem zweiten System herum, auf dem das Standardröntgenbild von einer Umhängetasche zu sehen war. Sato hatte um Informationen über einen Gegenstand gebeten, der eine kleine Pyramide in einem würfelförmigen Kästchen zu sein schien. Normalerweise wäre ein fünf Zentimeter großer Gegenstand keine Frage der nationalen Sicherheit, es sei denn, es handelte sich um angereichertes Plutonium. Daraus bestand dieser Gegenstand zwar nicht, doch er war nicht minder brisant.

»Die Analyse der Stoffdichte war eindeutig«, sagte Nola. »Neunzehn Komma drei Gramm pro Kubikzentimeter. Das ist reinstes Gold.«

»Sonst noch was?«

»Ja. Der Dichtigkeitsscan hat einige Unregelmäßigkeiten auf der Oberfläche der goldenen Pyramide zutage gefördert. Dabei hat sich herausgestellt, dass ein Text in die Goldoberfläche geritzt ist.«

»Wirklich?« Sato klang hoffnungsvoll. »Was steht denn da?«

»Das kann ich noch nicht sagen. Die Inschrift ist nur marginal eingeritzt. Ich versuche, das Bild mit Filtern zu verbessern, doch die Röntgenaufnahme ist nicht sehr gut.«

»Versuchen Sie es weiter. Rufen Sie mich an, wenn Sie etwas haben.«

»Jawohl, Ma'am.«

»Noch was, Nola.« Satos Stimme nahm einen bedrohlichen Tonfall an. »Wie alles, was Sie in den letzten vierundzwanzig Stunden erfahren haben, unterliegen auch die Bilder der Steinpyramide und des goldenen Decksteins strengster Geheimhaltung. Berichte gehen nur an mich. Ist das klar?«

»Natürlich, Ma'am.«

»Gut. Halten Sie mich auf dem Laufenden.«

Sato legte auf.

Nola rieb sich die Augen und blickte müde auf ihre Computermonitore. Sie hatte seit sechsunddreißig Stunden nicht geschlafen, und sie wusste sehr genau, dass sie kein Auge zutun würde, ehe diese Krise nicht überwunden war.

Auf welche Weise auch immer.

Im Besucherzentrum des Kapitols standen vier schwarz gekleidete CIA-Spezialisten am Eingang des Tunnels und spähten in den nur schwach beleuchteten Schacht hinein wie eine Meute scharfer Hunde, die es nicht erwarten konnte, von der Leine gelassen zu werden.

Sato näherte sich den Männern. »Gentlemen«, sagte sie und hielt noch immer den Schlüssel des Architekten in der Hand, »Sie wissen, was Sie zu tun haben?«

»Absolut«, antwortete der Chef des Kommandotrupps. »Es geht um eine Steinpyramide und ein kleines, würfelförmiges Paket. Beides wurde zuletzt in der Umhängetasche von Robert Langdon gesehen.«

»Korrekt«, bestätigte Sato. »Diese beiden Gegenstände müssen schnell und unversehrt in meine Hände gelangen. Noch Fragen?«

»Was ist mit dem Einsatz von Gewalt?«

»Wie ich bereits sagte«, entgegnete Sato, »es ist von allergrößter Wichtigkeit, dass diese Gegenstände wiederbeschafft werden.«

»Verstanden.« Die vier Männer huschten in die Dunkelheit des Tunnels.

Sato zündete sich eine Zigarette an und blickte ihnen hinterher.

Kapitel 51

Katherine Solomon war stets eine besonnene Fahrerin gewesen, doch nun beschleunigte sie ihren Volvo auf mehr als hundertvierzig Stundenkilometer, als sie über den Suitland Parkway flüchtete. Bis ihre Panik sich legte, blieb ihr zitternder Fuß wie festgenagelt auf dem Gaspedal. Erst dann bemerkte sie, dass ihr Zittern nicht allein von Angst herrührte.

Mir ist kalt.

Eisige Luft wehte durch die zerborstene Scheibe ins Wageninnere und umtoste ihren Körper wie ein arktischer Sturm. Ihre Füße, nur mit Strümpfen bekleidet, waren taub, und so griff sie nach dem Ersatzpaar Schuhe, das stets unter dem Beifahrersitz lag. Dabei spürte sie einen stechenden Schmerz an den Druckstellen, wo die kräftige Hand sich um ihren Hals geschlossen hatte.

Katherine dachte an den furchterregenden Mann, der die Seitenscheibe des Wagens eingeschlagen hatte. Diese Kreatur hatte nichts mit dem blonden Gentleman gemein, den sie als Dr. Christopher Abaddon kannte. Kein dichtes Haar, keine glatte, sonnengebräunte Haut; stattdessen ein kahler Schädel, eine breite, nackte Brust und ein grässlicher Teppich aus Tattoos in einem von Makeup verschmierten Gesicht.

Wieder hörte Katherine die Stimme der Kreatur, die ihr im Heulen des Fahrtwindes draußen neben der zerschlagenen Scheibe zuflüsterte: *Ich hätte dich vor zehn Jahren töten sollen. An dem Abend, als ich deine Mutter umgebracht habe.*

Katherine schauderte. Es gab keinen Zweifel. *Er war es.* Sie hatte das Funkeln teuflischer Gewalt in seinen Augen nie vergessen, ebenso wenig wie das Geräusch des einen Schusses, den Peter abgefeuert und der diesen Mann getötet hatte. Die Kugel hatte ihn in den zugefrorenen Fluss geschleudert, wo er durchs Eis gebrochen und nie wieder aufgetaucht war. Die Polizei hatte wochenlang nach ihm gesucht, die Leiche jedoch nie gefunden. Schließlich waren die Suchmannschaften zu dem Schluss gekommen, dass die Strömung die Leiche hinaus in die Chesapeake Bay getragen hatte.

Sie haben sich geirrt, dachte Katherine schaudernd. *Er lebt.*

Und er ist wieder da.

Das alles war vor fast genau zehn Jahren geschehen, an Weihnachten. Katherine, Peter und ihre Mutter hatten sich auf dem weitläufigen Familiensitz in Potomac versammelt, auf einem zweihundert Morgen großen Grundstück.

Isabel Solomon werkelte emsig in der Küche, um nach alter Feiertagssitte ihre beiden Kinder zu bekochen. Selbst mit fünfundsiebzig Jahren war sie eine unermüdliche, begeisterte Köchin. An diesem Abend wehte der verlockende Duft von gebratenem Fasan, Pastinakensoße und Kartoffelpüree mit Knoblauch durchs Haus.

Während ihre Mutter das Festessen zubereitete, entspannten Katherine und Peter sich im Musikzimmer und redeten über Katherines jüngstes Steckenpferd, die neue wissenschaftliche Disziplin mit Namen Noetik, eine Verbindung von moderner Quantenphysik und antikem Mystizismus – eine Mischung, die Katherines Fantasie außerordentlich angeregt hatte.

Physik trifft Philosophie.

Katherine erzählte Peter von Experimenten, die sie gerne vornehmen wollte, und sah die Faszination in seinen Augen, was sie umso mehr freute, als die Feiertage Peter jedes Jahr aufs Neue an eine schreckliche Tragödie erinnerten.

An seinen Sohn Zachary.

Der einundzwanzigste Geburtstag von Katherines Neffen war auch sein letzter gewesen. Die Familie hatte einen Albtraum durchlebt. Doch endlich schien Peter den schlimmsten Schmerz überwunden zu haben.

Zachary war ein Spätentwickler gewesen, ein rebellischer, zorniger, im Grunde jedoch schwacher junger Mann. Trotz seiner privilegierten Erziehung schien er fest entschlossen, sich vom Solomon'schen »Establishment« zu lösen. Er wurde von der Privatschule geworfen, feierte rauschende Partys und widersetzte sich jedem noch so liebevollen Versuch seiner Eltern, ihn wieder bei der Hand zu nehmen.

Kurz vor Zacharys achtzehntem Geburtstag hatten Isabel und Peter erwogen, dem Jungen sein Erbe zu verweigern, bis er reifer geworden war. Das »Solomon-Erbe« war die alte Tradition, jedem Spross des Klans am achtzehnten Geburtstag einen großzügigen Teil des Familienvermögens auszuzahlen. Die Solomons waren der durchaus nachvollziehbaren Ansicht, dass ein solches Erbe einem Menschen am Anfang seines Lebens mehr nutzt als am Ende. Diese Praxis hatte sich für die Solomons bewährt: Die frühzeitige Auszahlung beträchtlicher Summen an junge, ehrgeizige Familienangehörige hatte dazu beigetragen, dass das Vermögen der Solomons rasch gewachsen war.

In Zacharys Fall jedoch, argumentierte Isabel, sei es riskant, ihm eine größere Summe Geldes anzuvertrauen. Peter aber widersprach ihr. »Das Solomon-Erbe«, hatte er gesagt, »ist eine Familientradition, mit der nicht gebrochen werden darf. Das Geld könnte dafür sorgen, dass Zachary verantwortungsbewusster wird.«

Er hatte sich geirrt.

Kaum hatte Zachary das Geld, brach er mit der Familie und verschwand, um ein paar Monate später in der Boulevardpresse wieder aufzutauchen: REICHER PLAYBOY GENIESST EUROPÄISCHES JETSET-LEBEN.

Die Zeitungen genossen es, Zacharys ausschweifendes Leben in sämtlichen Facetten zu dokumentieren. Die Fotos von wilden

Partys auf Jachten und den Besuchen bekannter Nobeldiscos in volltrunkenem Zustand waren für die Solomons eine schreckliche Last. Doch es kam noch schlimmer. Irgendwann waren die Fotos ihres missratenen Sprösslings nicht mehr tragisch, sondern beängstigend gewesen, als die Zeitungen berichteten, Zachary sei bei dem Versuch erwischt worden, Kokain zu schmuggeln: MILLIONÄRSSOHN IN TÜRKISCHEM GEFÄNGNIS.

Das Gefängnis, so erfuhren die Solomons, hieß Soganlik – ein verrufener Knast der Klasse F im Bezirk Kartal unmittelbar vor den Toren von Istanbul. Peter Solomon fürchtete um die Sicherheit seines Sohnes und flog in die Türkei, um ihn aus dem Gefängnis zu holen, kehrte jedoch verzweifelt und mit leeren Händen zurück. Man hatte ihm sogar verboten, Zachary auch nur zu besuchen. Die einzige hoffnungsvolle Neuigkeit war, dass Peters einflussreiche Kontakte im US-Außenministerium daran arbeiteten, Zachary so schnell wie möglich aus der Türkei zu holen.

Doch zwei Tage später erhielt Peter einen niederschmetternden Auslandsanruf. Am nächsten Morgen lauteten die Schlagzeilen: SOLOMON-ERBE IM GEFÄNGNIS ERMORDET.

Die Fotos aus dem Gefängnis waren fürchterlich, doch die sensationsgierigen Medien zeigten sie immer wieder, noch lange nach der Beerdigungsfeier im engsten Familienkreis. Außerdem ging Peters Ehe in die Brüche, da seine Frau ihm nicht verzeihen konnte, dass es ihm nicht gelungen war, Zachary aus dem Gefängnis herauszuholen. Seitdem war Peter allein gewesen.

Erst Jahre später waren er, Katherine und ihre Mutter Isabel wieder zum Weihnachtsfest versammelt. Der Schmerz war noch immer gegenwärtig, doch die Zeit hatte die schlimmsten Wunden geheilt. Nun erklang wieder das heimelige Klappern von Töpfen und Pfannen aus der Küche, während Isabel das traditionelle Festmahl zubereitete. Draußen im Musikzimmer genossen Peter und Katherine einen gebackenen Brie und entspannte Feiertagskonversation.

Bis ein unerwartetes Geräusch erklang.

»Hallo, Solomons«, sagte eine dünne Stimme hinter ihnen.

Erschrocken fuhren Katherine und ihr Bruder herum und sahen eine große, massige Gestalt ins Musikzimmer treten. Der Mann trug eine schwarze Skimaske, die sein Gesicht verdeckte und nur die funkelnden Augen freiließ.

Peter sprang auf. »Wer sind Sie? Wie sind Sie hereingekommen?«

»Ich habe Ihren kleinen Jungen gekannt, Zachary. Damals im Gefängnis. Er hat mir gesagt, wo der hier versteckt ist.« Der Fremde hielt einen alten Schlüssel in die Höhe und schien unter seiner Maske zu grinsen. »Kurz bevor ich den armen Zachary totgeschlagen habe.«

Alle Farbe wich aus Peters Gesicht.

Der Fremde trat weiter ins Zimmer hinein, zückte eine Pistole und richtete sie auf Peters Brust. »Setzen«, sagte er kalt.

Peter ließ sich auf den Stuhl sinken.

Katherine stand wie erstarrt da. Die Augen des Fremden waren wie die eines tollwütigen Tieres.

»Hören Sie!«, rief Peter, als wolle er Isabel warnen, die noch in der Küche war. »Nehmen Sie sich, was Sie wollen, und verschwinden Sie!«

Der Mann hielt die Waffe unbeirrt auf Peters Brust gerichtet. »Was glauben Sie denn, was ich will?«

»Sagen Sie mir, wie viel«, erwiderte Solomon. »Wir haben kein Geld im Haus, aber ich ...«

Der Fremde lachte auf. »Beleidigen Sie mich nicht. Ich bin nicht wegen Geld hier. Ich bin gekommen, um Zacharys Geburtsrecht einzufordern.« Wieder schien er zu grinsen. »Er hat mir von der Pyramide erzählt.«

Pyramide?, fragte Katherine sich verwirrt. *Was für eine Pyramide?*

Peter gab sich weiterhin trotzig. »Ich weiß nicht, wovon Sie reden.«

»Spielen Sie nicht den Dummen. Zachary hat mir erzählt, was Sie im Safe Ihres Arbeitszimmers verstecken. Geben Sie es mir. Jetzt sofort.«

»Ich habe keine Ahnung, wovon Sie reden!«, stieß Peter hervor.

»Nein?« Der Eindringling drehte sich um und richtete seine Waffe auf Katherines Gesicht. »Und wie ist es jetzt?«

Ein Ausdruck des Entsetzens erschien in Peters Augen. »Sie müssen mir glauben! Ich weiß nicht, was Sie wollen!«

»Wenn Sie mich noch einmal anlügen«, sagte der Mann, die Pistole noch immer auf Katherine gerichtet, »schieße ich ihr das Gesicht weg.« Durch die Maske hindurch war das Lächeln des Mannes zu sehen. »Und nach dem, was Zachary mir so alles erzählt hat, liegt Ihre kleine Schwester Ihnen mehr am Herzen als Ihre…«

»Was geht hier vor?« Isabel Solomon kam mit Peters Schrotflinte ins Zimmer, die sie auf die Brust des Mannes richtete. Der fuhr zu ihr herum, doch die resolute alte Dame zögerte keine Sekunde und drückte ab. Es krachte ohrenbetäubend. Der Mann wurde nach hinten geschleudert und schoss wild in alle Richtungen. Mit lautem Krachen stürzte er durch die Glastür nach draußen und ließ dabei die Pistole fallen.

Peter setzte sich sofort in Bewegung und schnappte sich die herrenlose Waffe. Katherine war zu Boden gefallen. Ihre Mutter eilte zu ihr und kniete sich neben sie. »Katherine! Bist du verletzt?«

Katherine schüttelte stumm den Kopf. Der Schock hatte ihr die Sprache verschlagen. Vor der zerborstenen Glastür hatte der Maskierte sich inzwischen aufgerappelt und lief zum Waldrand, wobei er sich die Seite hielt. Peter Solomon warf einen Blick auf Katherine und seine Mutter, um sich davon zu überzeugen, dass beide in Sicherheit waren; dann nahm er die Verfolgung des Mannes auf.

Isabel Solomon ergriff die zitternde Hand ihrer Tochter. »Gott sei Dank, dir ist nichts…« Plötzlich zog die alte Dame die Hand zurück. »O Gott, Katherine… du blutest. Du bist verletzt.«

Katherine sah das Blut, schrecklich viel Blut, überall auf ihr. Seltsamerweise spürte sie keinen Schmerz.

Verzweifelt suchte Isabel den Körper ihrer Tochter nach einer Wunde ab. »Wo tut es weh?«

»Ich weiß nicht, Mom ... Ich spüre nichts ...«

Plötzlich sah Katherine, woher das viele Blut kam. »Mom!« Sie deutete auf die weiße Seidenbluse ihrer Mutter, die sich rot gefärbt hatte. Das Blut floss in Strömen über Isabels Körper. Die alte Dame senkte den Blick. Sie sah mehr verwirrt als erschrocken aus. Mit einem Mal zuckte sie zusammen und sank zurück, als hätte der Schmerz unvermittelt zugeschlagen.

»Katherine ...« Ihre Stimme klang ruhig, aber nun waren ihr die fünfundsiebzig Jahre anzuhören. »Du musst ... einen Rettungswagen rufen.«

Katherine rannte zum Telefon im Flur und rief Hilfe herbei. Als sie ins Musikzimmer zurückkehrte, lag ihre Mutter in einer Lache aus ihrem eigenen Blut. Katherine eilte zu ihr, kauerte sich neben sie und legte die Arme um den schlaffen Körper.

Sie wusste nicht, wie viel Zeit vergangen war, als in der Ferne ein Schuss peitschte. Irgendwann flog die Tür des Musikzimmers auf, und Peter stürmte herein, keuchend und verschwitzt, mit wirrem Blick, noch immer die Waffe in der Hand. Als er die weinende Katherine und seine blutüberströmte Mutter sah, legte sich ein Ausdruck unendlicher Qual auf sein Gesicht. Den Schrei, den er ausstieß, vergaß Katherine ihr Leben lang nicht.

Kapitel 52

Mal'akh spürte das Spiel der Muskeln unter der tätowierten Haut auf seinem Rücken, während er um das Gebäude herum zum offenen Tor von Magazin 5 rannte.

Ich muss in ihr Labor.

Mit Katherines Flucht hatte Mal'akh nicht gerechnet. Das konnte ein Problem werden. Katherine wusste, wo er wohnte, und sie kannte seine wahre Identität. Außerdem wusste sie, dass niemand anders als er vor zehn Jahren in ihr Haus eingebrochen war.

Auch Mal'akh hatte diesen Abend nicht vergessen. Die Pyramide war zum Greifen nahe gewesen. Dann aber hatte das Schicksal ihm Steine in den Weg gelegt. *Damals war ich noch nicht bereit.*

Aber jetzt war er es. Er war stärker, mächtiger, einflussreicher. *Wissender.* Bei der Vorbereitung auf seine Rückkehr hatte er unvorstellbare Entbehrungen auf sich genommen. Und nun endlich, in dieser Nacht, würde seine Bestimmung sich erfüllen. Er hatte keinen Zweifel: Ehe der Abend vorüber war, würde er in die erlöschenden Augen Katherine Solomons blicken.

Als Mal'akh das Tor erreichte, versicherte er sich noch einmal, dass Katherine nicht die Flucht gelungen war, sondern dass sie das Unausweichliche nur aufgeschoben hatte. Er schlüpfte durch die Öffnung und schritt selbstsicher durch die Dunkelheit, bis seine Füße den Teppich ertasteten. Er wandte sich nach rechts und hielt auf den Würfel zu. Die dröhnenden Schläge gegen die Tür von Magazin 5 waren verstummt. Mal'akh vermutete, dass der Wachmann sich nun damit beschäftigte, die Münze zu entfernen, die Mal'akh in den Kartenleseschlitz geschoben hatte, um das Gerät unbrauchbar zu machen.

Als Mal'akh die Tür zum Würfel erreichte, ertastete er das äußere Zahlenfeld und schob Trishs Schlüsselkarte in den Schlitz. Die Tasten leuchteten auf. Er gab Trishs Geheimnummer ein. Nun konnte er den Würfel betreten. Die Lampen waren eingeschaltet. Als er in den sterilen Raum trat, kniff er beim Anblick des eindrucksvollen Geräteparks die Augen zusammen. Die Macht der Technik war Mal'akh nichts Fremdes: Im Keller seines Hauses praktizierte er seine eigene Art von Wissenschaft. Und in der vergangenen Nacht hatte diese Wissenschaft Früchte getragen.

Die Wahrheit.

Peter Solomons Gefangenschaft im Fegefeuer hatte sämtliche Geheimnisse dieses Mannes offenbart. *Ich kann seine Seele sehen.* Mal'akh hatte Dinge erfahren, von denen er nichts geahnt hatte, darunter von Katherines Labor und ihren atemberaubenden und zugleich schockierenden Entdeckungen. *Die Wissenschaft wird immer mächtiger*, hatte Mal'akh erkannt, *doch ich werde nicht zulassen, dass sie den Unwürdigen den Weg erhellt.*

Katherines Arbeit beantwortete alte philosophische Fragen mit moderner Naturwissenschaft. *Erhört jemand unsere Gebete? Gibt es ein Leben nach dem Tod? Haben Menschen Seelen?* Es war unglaublich, aber Katherine hatte alle diese Fragen tatsächlich beantwortet – und noch andere mehr. Naturwissenschaftlich. Abschließend. Die Methoden, die sie benutzte, waren unwiderlegbar. Mit den Ergebnissen ihrer Experimente würde sie selbst die größten Skeptiker überzeugen. Wurden diese Informationen veröffentlicht, musste das Bewusstsein der Menschen sich grundlegend verändern. *Dann finden sie ihren Weg.* Mal'akhs letzte Pflicht in dieser Nacht, vor seiner Transformation, bestand darin, dafür zu sorgen, dass es nicht so weit kam.

Rasch hatte Mal'akh den Datenraum gefunden, von dessen Existenz er von Peter erfahren hatte. Er blickte durch die dicken Glaswände auf die beiden holografischen Datenspeichergeräte. *Genau wie er es beschrieben hat.* Mal'akh konnte sich nur schwer mit dem Gedanken abfinden, dass der Inhalt dieser unscheinbaren Kästen den Gang der menschlichen Entwicklung verändern würde, und doch war die Wahrheit stets der wirkungsvollste aller Katalysatoren gewesen.

Ohne die holografischen Speichergeräte aus den Augen zu lassen, zog Mal'akh Trishs Schlüsselkarte hervor und schob sie in den Leser an der Tür. Zu seinem Erstaunen blieb das Tastenfeld dunkel. Offenbar hatte Trish Dunne keinen Zugang zu diesem Raum besessen. Mal'akh griff nach der Schlüsselkarte, die er in Katherines Laborkittel gefunden hatte. Als er die Karte einführte, leuchtete das Tastenfeld auf.

Doch Mal'akh hatte ein weiteres Problem: Er hatte Katherines Geheimnummer nicht erfahren. Er versuchte es mit Trishs PIN, doch die bewirkte nichts. Er strich sich übers Kinn, trat zurück und musterte die Tür. Gut zehn Zentimeter dickes Plexiglas... Selbst mit einer Axt könnte er sie nicht durchbrechen und an die Speicherlaufwerke gelangen, die er vernichten musste.

Doch Mal'akh hatte diesen Fall eingeplant.

Im Stromversorgungsraum entdeckte er, so wie von Peter geschildert, das Gestell mit den großen Metallzylindern, die an überdimensionierte Taucherflaschen erinnerten. Sie trugen die Aufschrift H, die Ziffer 2 und das weltweit einheitliche Symbol für »Leicht entzündlich«. Eine der Stahlflaschen war mit der Wasserstoffzelle des Labors verbunden.

Mal'akh rührte die angeschlossene Stahlflasche nicht an. Stattdessen lud er einen der Reservebehälter auf einen Transportkarren, der neben dem Gestell stand. Über den Ventilstutzen zog er ein passendes meterlanges Stück Kunststoffschlauch; dann fuhr er die Flasche aus dem Stromgeneratorraum durchs Labor bis vor die Plexiglastür des Datenspeicherraums. Obwohl der Raum bestens abgesichert war, hatte Mal'akh eine Schwäche der schweren Plexiglastür bemerkt: den schmalen Spalt zwischen ihrer Unterkante und der Schwelle.

Vor der Tür legte er vorsichtig die Stahlflasche zur Seite und schob den flexiblen Kunststoffschlauch durch den Spalt. Er löste das Drahtsiegel am Hauptventil der Stahlflasche und drehte vorsichtig am Rad. Zischend strömte das Gas aus. Langsam drehte Mal'akh das Ventil so weit auf, wie er es wagen konnte, ohne dass der Rückstoß die Druckflasche in Bewegung setzte. In einer gewöhnlichen Stahlflasche ist Wasserstoff nicht flüssig, sondern steht unter hohem Druck; daher konnte Mal'akh nicht beobachten, wie das farb- und geruchlose Gas in den Raum strömte, doch er wusste, dass er bald mit einem hochexplosiven Gemisch gefüllt sein würde, das man landläufig und nicht ohne Grund als »Knallgas« bezeichnete.

Immer an das Luftschiff Hindenburg *denken.*

Mal'akh eilte ins Labor zurück und fand dort eine große Flasche gelierten Spiritus – brennbar, aber nicht leicht entzündlich. Er ging mit der Flasche zur Plexiglastür, wo die Wasserstoffflasche noch immer vor sich hin zischte. Die Flasche war beschlagen, da sich das Gas beim Ausdehnen abkühlte. Es musste mittlerweile den gesamten kleinen Raum ausfüllen.

Mal'akh hob die Spiritusflasche und goss eine großzügige Menge auf den Wasserstoffbehälter, den Schlauch und in den schmalen Spalt unter der Tür. Dann ging er langsam rückwärts durch das Labor zur Würfeltür und hinterließ dabei auf dem Fußboden eine ununterbrochene Spur aus Spiritus.

An diesem Abend hatte die Notrufzentrale in Washington alle Hände voll zu tun. *Football, Bier und Vollmond*, dachte der Operator, als sein Bildschirm schon wieder einen Notruf anzeigte. Er kam von einem Münzfernsprecher an einer Tankstelle am Suitland Parkway in Anacostia. *Wahrscheinlich ein Autounfall.*

»Neun-eins-eins«, meldete er sich.

»Hallo! Ich wurde am Smithsonian Museum Support Center überfallen!«, rief eine panische Frauenstimme. »Gerade eben! Bitte schicken Sie die Polizei! Silver Hill Road Zweiundvierzig-Zehn!«

»Okay, beruhigen Sie sich«, sagte der Operator. »Sie müssen mir erst einmal…«

»Und Sie müssen Leute zu einem Haus in Kalorama Heights schicken! Ich glaube, mein Bruder wird dort festgehalten!«

Der Operator seufzte. *Vollmond.*

Kapitel 53

*I*n dieser Pyramide verbirgt sich unendlich viel mehr«, sagte Bellamy zu Langdon, »als man mit bloßem Auge sehen kann.«

Offensichtlich. Langdon musste zugeben, dass die Steinpyramide in seiner geöffneten Umhängetasche inzwischen schon weit geheimnisvoller für ihn aussah. Seine Entschlüsselung des Freimaurercodes hatte ein scheinbar sinnloses Muster von Buchstaben zutage gefördert.

Chaos.

S	O	E	U
A	T	U	N
C	S	A	S
V	U	N	J

Lange Zeit betrachtete Langdon das Muster und suchte nach irgendeiner Bedeutung in den Buchstaben – verborgene Worte, Anagramme, irgendein Hinweis –, doch er fand nichts.

»Es heißt von der Freimaurerpyramide«, erklärte Bellamy, »sie hüte ihre Geheimnisse hinter vielen Schleiern. Zieht man einen zur Seite, erscheint der nächste. Natürlich weiß nur derjenige, der den Deckstein hat, wie das geht. Der *Deckstein*, nehme ich an, hat ebenfalls eine Inschrift, die verrät, wie man die Pyramide entziffern kann.«

Langdon schaute auf das würfelförmige Päckchen auf dem Tisch. Nach dem, was Bellamy gesagt hatte, verstand Langdon nun, dass die Pyramide und der Deckstein einen in mehrere Teile gegliederten Code darstellten. Moderne Kryptologen benutzten ständig gegliederte Codes, obwohl das grundlegende Konzept schon im antiken Griechenland entwickelt worden war. Wenn die Griechen eine geheime Information verwahren wollten, schrieben sie sie auf eine Tontafel und brachen diese dann in mehrere Teile, die sie wiederum an verschiedenen Orten lagerten. Erst wenn alle Teile wieder beisammen waren, konnte die Geheiminformation gelesen werden. Diese Art von Tontafel – Symbolon genannt – wurde später dann zum Ursprung des modernen Wortes »Symbol«.

»Robert«, sagte Bellamy, »diese Pyramide und der Deckstein sind über Generationen hinweg voneinander getrennt verwahrt worden, um so die Sicherheit des Geheimnisses zu garantieren.« Seine Stimme nahm einen reumütigen Tonfall an. »Heute Nacht jedoch sind die

GEWÖLBEBÖGEN, KONGRESSBIBLIOTHEK

beiden Teile einander gefährlich nahe gekommen. Ich bin sicher, ich muss Ihnen das nicht extra sagen … aber es ist Ihre Pflicht, dafür zu sorgen, dass die Pyramide nicht zusammengesetzt wird.«

Langdon empfand Bellamys Dramatik als ein wenig übertrieben. *Beschreibt er die Pyramide und den Deckstein … oder eine Atombombe und deren Zünder?* Er konnte Bellamys Behauptungen noch immer nicht wirklich akzeptieren, aber irgendwie schien das auch nicht von Bedeutung zu sein. »Selbst wenn das die Freimaurerpyramide sein *sollte* und selbst wenn diese Inschrift den Ort alten Wissens verrät, wie soll dieses Wissen dann jemandem die Macht verleihen, die es angeblich besitzen soll?«

»Peter hat mir immer gesagt, dass Sie nur schwer zu überzeugen seien – ein Wissenschaftler, der Beweise Spekulationen vorzieht.«

»Wollen Sie mir damit sagen, Sie *glauben* daran?«, verlangte Langdon zu wissen. Er wurde allmählich ungeduldig. »Bei allem Respekt … Sie sind ein moderner, gebildeter Mensch. Wie können Sie nur so etwas glauben?«

Bellamy lächelte geduldig. »Die Kunst der Freimaurerei hat mich tiefen Respekt vor dem gelehrt, was das menschliche Verständnis übersteigt. Ich habe gelernt, meinen Geist vor keiner Idee zu verschließen, nur weil sie mir wundersam erscheint.«

Kapitel 54

Verzweifelt rannte der Wachmann des SMSC über den Kiesweg, der um das Gebäude herumführte. Er hatte soeben einen Anruf von einem der Sicherheitsleute im Innern des Gebäudes erhalten: Das Tastaturschloss zu Magazin 5 war sabotiert worden, und eine Warnleuchte zeigte an, dass die Tore zu Magazin 5 offen standen.

Was geht da vor?

Als der Mann das Magazin erreichte, fand er die Tür gut einen Meter offen. *Verrückt*, dachte er. *Die kann doch nur von innen aufgemacht werden!* Er zerrte seine Taschenlampe vom Gürtel und leuchtete damit in die tintenschwarze Dunkelheit des Magazins. Nichts. Da er nicht den Wunsch verspürte, ins Unbekannte vorzustoßen, ging der Mann nur bis zur Schwelle; dann schob er die Taschenlampe in die Öffnung, schwang sie nach links, nach rechts …

Riesige Pranken packten sein Handgelenk und rissen ihn in die Finsternis. Eine unsichtbare Kraft wirbelte den Wachmann herum. Er roch Ethanol. Die Taschenlampe flog ihm aus der Hand. Ehe er verarbeiten konnte, was vor sich ging, traf ihn eine steinharte Faust mitten auf die Brust. Er brach zusammen, schlug auf dem Betonboden auf und stöhnte vor Schmerz, als eine große, schwarze Gestalt sich von ihm löste.

Der Wachmann lag auf der Seite und schnappte nach Luft. Seine Taschenlampe war nicht weit entfernt; ihr Strahl ergoss sich über den Boden und erhellte einen Gegenstand, der eine Art Metallkanister zu sein schien. Ein Schild darauf besagte, dass er gelierten Spiritus enthielt.

Ein Feuerzeug schlug Funken, und die orangefarbene Flamme enthüllte eine Vision, die kaum menschlich erschien. *Gütiger Gott!* Der Wachmann hatte kaum Zeit zu verarbeiten, was er sah, bevor die barbrüstige Kreatur sich niederkniete und die Flamme an den Boden hielt.

Sofort loderte ein Feuerstreifen auf, sprang von ihnen weg und raste in die Leere. Verwirrt schaute der Wachmann wieder zurück, doch die Kreatur schlüpfte bereits zur Tür hinaus und verschwand in der Nacht.

Mühsam setzte der Wachmann sich auf und zuckte vor Schmerz zusammen, als sein Blick dem schmalen Feuerband folgte. *Was zum Teufel…*

Die Flamme sah zu klein aus, um gefährlich zu sein; trotzdem sah der Mann nun etwas Grauenhaftes: Das Feuer erhellte nicht mehr nur die dunkle Leere, sondern war den ganzen Weg bis zur hinteren Wand gewandert, wo es eine massive Betonstruktur erhellte. Der Wachmann hatte nie Zutritt zu Magazin 5 gehabt, doch er wusste, auf was für ein Gebilde nun sein Blick fiel.

Den Würfel.

Das Labor von Katherine Solomon.

Die Flamme raste in direkter Linie zur Außentür des Labors. Panikerfüllt quälte der Wachmann sich hoch. Er wusste, was geschehen würde, falls das Flammenband unter der Tür hindurchwanderte und drinnen ein Feuer entfachte. Doch als er sich umdrehte, um Hilfe zu holen, spürte er einen unerwarteten Luftstoß, der an ihm vorbeischoss.

Einen kurzen Augenblick war das gesamte Magazin 5 in Licht getaucht.

Der Wachmann sah nicht mehr, wie der Wasserstofffeuerball gen Himmel jagte, das Dach von Magazin 5 wegriss und Hunderte von

Metern hoch in die Luft schoss, während Bruchstücke des Titange-flechts, elektronische Geräte und Tropfen geschmolzenen Siliziums aus dem holografischen Speicher des Labors vom Himmel regneten.

Katherine Solomon fuhr Richtung Norden, als sie den Blitz im In-nenspiegel sah. Sie erschrak, als ein fernes Donnern erklang.

Ein Feuerwerk?, fragte sie sich. *Machen die Redskins eine Halb-zeitshow?*

Sie konzentrierte sich wieder auf die Straße. In Gedanken war sie noch immer bei dem Notruf, den sie von dem Münztelefon an der verlassenen Tankstelle abgesetzt hatte.

Sie hatte die Notrufzentrale dazu bringen können, die Polizei zu schicken, um nach einem tätowierten Eindringling im SMSC zu suchen. Dabei, so hoffte Katherine, würde die Suchmannschaft viel-leicht auch ihre Assistentin finden, Trish. Außerdem hatte sie den Telefonisten gedrängt, Dr. Abaddons Adresse in Kalorama Heights zu überprüfen, da sie vermutete, dass Peter dort festgehalten wurde.

Leider war es Katherine nicht gelungen, Robert Langdons un-gelistete Handynummer zu bekommen. Deshalb sah sie nun keine andere Möglichkeit, als schnellstmöglich zur Kongressbibliothek zu fahren, wohin Langdon unterwegs war, zumindest seinen eigenen Worten zufolge.

Die schreckliche Enthüllung der wahren Indentität Dr. Abaddons hatte alles verändert. Katherine wusste nicht, was sie noch glauben sollte. Sie wusste nur noch eins: Derselbe Mann, der vor zehn Jahren ihre Mutter und ihren Neffen ermordet hatte, hielt nun ihren Bruder gefangen und hatte versucht, auch sie zu töten. *Wer ist dieser Wahn-sinnige? Was will er?* Auf diese Frage fiel Katherine nur eine einzige Antwort ein, und die ergab keinen Sinn. *Eine Pyramide?* Nicht min-der verwirrend war, warum dieser Mann heute Nacht in ihr Labor gekommen war. Wenn er sie töten wollte – weshalb hatte er es nicht schon in der Abgeschiedenheit seiner Wohnung früher an diesem Tag getan? Wieso hatte er sich die Mühe gemacht, eine SMS zu schicken, und einen Einbruch in ihr Labor riskiert?

Seltsamerweise wurde das Feuerwerk im Innenspiegel des Wagens immer heller. Dem ersten Blitz folgte ein unerwarteter Anblick – ein gleißend heller, orangefarbener Feuerball, den Katherine über die Bäume aufsteigen sah. Dieser Feuerball wurde von dunklem Rauch begleitet, und er befand sich nicht einmal in der *Nähe* des Stadions der Redskins. Verwirrt überlegte Katherine, welche Fabriken auf der anderen Seite der Baumreihe lagen, unmittelbar südöstlich des Parkways.

Dann traf es sie wie ein Hammerschlag.

Kapitel 55

Warren Bellamy tippte ungeduldig auf die Tasten seines Handys und versuchte noch einmal, einen Kontaktmann anzurufen, der ihnen helfen könnte – wer auch immer das sein mochte.

Langdon behielt Bellamy im Auge, doch in Gedanken war er bei Peter und der Frage, wie man ihn am besten finden könnte. *Entschlüsseln Sie die Inschrift*, hatte Peters Entführer gesagt, *dann erfahren Sie das Versteck des größten Schatzes der Menschheit ... Dann werden wir uns gemeinsam zu dem Versteck begeben und unseren Handel abschließen.*

Bellamy legte auf. Seine Miene war düster. Immer noch keine Antwort.

»Eines verstehe ich nicht«, sagte Langdon. »Selbst wenn ich akzeptieren könnte, dass dieses verborgene Wissen existiert und dass diese Pyramide irgendwie den Weg zum unterirdischen Versteck dieses Wissens weist ... wonach suchen wir eigentlich? Nach einem Gewölbe? Einem Bunker?«

Bellamy saß eine Zeit lang still da. Dann stieß er einen Seufzer aus und sagte mit aller Zurückhaltung: »Professor Langdon, nach dem, was ich über die Jahre gehört habe, führt die Pyramide zum Eingang einer unterirdischen Treppe.«

»Einer Treppe?«

»Ja. Einer Wendeltreppe, die tief in die Erde reicht ... tiefer, als man sich vorstellen kann.«

Langdon konnte nicht glauben, was er hörte.

»Ich habe sagen hören«, fügte Bellamy hinzu, »dass am Ende dieser Treppe das Alte Wissen verborgen liegt.«

Langdon erhob sich und ging unruhig auf und ab. *Eine Wendeltreppe, die in die Erde reicht ... tiefer, als man sich vorstellen kann ... in Washington?* »Und diese Treppe hat noch nie jemand gesehen?«

»Angeblich ist der Eingang mit einem riesigen Stein verschlossen.«

Langdon seufzte. Die Idee von einer Gruft, die mit einem riesigen Stein verschlossen war, stammte aus den biblischen Berichten vom Grab Jesu. Dieser archetypische Hybride war der Ahnherr all dieser Schilderungen. »Warren, glauben Sie, dass diese mystische Geheimtreppe wirklich existiert?«

»Ich habe sie nie persönlich gesehen. Doch ein paar der älteren Freimaurer schwören, dass es sie gibt. Ich habe gerade versucht, einen von ihnen anzurufen.«

Langdon hatte keine Ruhe und ging weiter auf und ab.

»Robert, Sie machen mir die Sache nicht leicht, was diese Pyramide betrifft.« Warren Bellamys Blick wurde hart. »Wie soll man jemanden zwingen, wahrhaftig zu glauben, was er nicht glauben will? Und doch hoffe ich, Sie verstehen Ihre Pflicht gegenüber Peter Solomon richtig.«

Ja, ich habe die Pflicht, ihm zu helfen.

»Sie müssen nicht an die Macht glauben, die die Pyramide enthüllen kann, Robert. Sie müssen auch nicht an die Treppe glauben, zu der sie angeblich führt. Aber Sie müssen glauben, dass Sie moralisch verpflichtet sind, dieses Geheimnis zu schützen ... was es auch sein mag.« Bellamy wies auf das kleine, würfelförmige Päckchen. »Peter hat Ihnen den Deckstein zur Aufbewahrung gegeben, weil er darauf vertraut hat, dass Sie seinen Wunsch erfüllen und das Geheimnis bewahren. Und nun müssen Sie genau das tun – selbst wenn es Peter das Leben kostet.«

Langdon blieb stehen und fuhr herum. »*Was?*«

Bellamy blieb sitzen. Im sanften Schein der Leselampe war seine Miene gequält, aber entschlossen. »Er würde es nicht anders wollen. Sie müssen Peter vergessen. Er ist nicht mehr da. Peter hat seine Aufgabe erfüllt, die Pyramide nach bestem Wissen und Gewissen zu beschützen. Jetzt liegt es bei uns, dafür Sorge zu tragen, dass seine Mühen nicht umsonst gewesen sind.«

»Ich kann nicht glauben, was Sie da sagen!«, rief Langdon aus, von plötzlichem Zorn erfüllt. »Selbst wenn diese Pyramide alles ist, was Sie behaupten – Peter ist Ihr Freimaurerbruder. Sie haben geschworen, ihn zu beschützen, mehr als alles auf der Welt, und sei es Ihr eigenes Land.«

»Nein, Robert. Ein Freimaurer muss einen Bruder über alles schützen ... mit einer Ausnahme: dem großen Geheimnis, das unsere Bruderschaft für die gesamte Menschheit bewahrt. Ob ich glaube, dass dieses verlorene Wissen wirklich so machtvoll ist, wie die Überlieferungen behaupten, oder nicht, so habe ich doch einen Eid abgelegt, dieses Wissen nicht in die Hände eines Unwürdigen fallen zu lassen. Und ich würde es niemandem als Pfand geben ... nicht einmal im Austausch für das Leben von Peter Solomon.«

»Ich kenne viele Freimaurer«, sagte Langdon zornig, »darunter einige hochgradige, und ich bin mir verdammt sicher, dass diese Männer nicht geschworen haben, ihr Leben für eine Steinpyramide zu opfern ... Genau so, wie ich mir ziemlich sicher bin, dass keiner dieser Leute an eine unterirdische Treppe glaubt, die zu einem verborgenen Schatz führt.«

»Es gibt Zirkel innerhalb von Zirkeln, Robert. Nicht jeder weiß alles.«

Langdon stieß langsam die Luft aus und versuchte, die Fassung wiederzuerlangen. Natürlich hatte auch er die Gerüchte von Elitezirkeln innerhalb der Freimaurer gehört. Ob es nun stimmte oder nicht, erschien ihm angesichts der Situation unerheblich. »Warren, wenn diese Pyramide und der Deckstein wirklich den Schlüssel zum letzten freimaurerischen Geheimnis darstellen, warum sollte Peter dann gerade mich mit einbeziehen? Ich bin noch nicht einmal ein Bruder... geschweige denn Teil irgendeines Inneren Zirkels.«

»Ich weiß, und vermutlich ist genau das der Grund, weshalb Peter Sie ausgewählt hat, das Geheimnis zu hüten. Diese Pyramide war in der Vergangenheit Ziel vieler Anschläge, darunter von Leuten, die sich aus unwürdigen Motiven in unsere Bruderschaft eingeschlichen haben. Peters Entscheidung, sie außerhalb unserer Reihen in Verwahrung zu geben, war sehr klug.«

»Haben Sie gewusst, dass ich den Deckstein besitze?«, fragte Langdon.

»Nein. Und wenn Peter es jemandem erzählt hat, dann konnte es nur einer sein.« Bellamy zog sein Handy hervor und drückte die Wahlwiederholung. »Und bislang habe ich ihn nicht erreichen können.« Ein automatischer Anrufbeantworter schaltete sich ein, und Bellamy beendete das Gespräch. »Nun, Robert, es sieht so aus, als wären wir beide im Moment auf uns allein gestellt. Und wir haben eine Entscheidung zu treffen.«

Langdon blickte auf seine Micky-Maus-Uhr: 21.42 Uhr. »Ihnen ist klar, dass Peters Entführer von mir erwartet, dass ich die Pyramide heute entziffere und ihm sage, was die Inschrift bedeutet.«

Bellamy runzelte die Stirn. »Viele haben in der Geschichte der Menschheit große persönliche Opfer gebracht, um die Alten Mysterien zu bewahren. Sie und ich müssen dasselbe tun.« Er stand auf. »Wir sollten den Standort wechseln. Früher oder später wird Sato dahinterkommen, wo wir sind.«

»Was ist mit Katherine?«, wollte Langdon wissen. »Ich kann sie nicht erreichen, und sie hat sich nicht ein einziges Mal gemeldet.«

»Offensichtlich ist ihr etwas zugestoßen.«

»Aber wir können sie doch nicht einfach ihrem Schicksal überlassen.«

»Vergessen Sie Katherine!«, sagte Bellamy. Es klang wie ein Befehl. »Vergessen Sie Peter! Vergessen Sie alle! Begreifen Sie nicht, Robert, dass man Sie mit einer Pflicht betraut hat, die größer ist als jeder Einzelne von uns, sei es nun Peter, Katherine, Sie oder ich?« Er fing Langdons Blick ein. »Wir müssen einen sicheren Ort finden, wo wir die Pyramide und den Deckstein verbergen können, weit weg von ...«

Ein lautes, metallisches Krachen ertönte aus Richtung der großen Halle.

Bellamy fuhr herum. Furcht stand in seinen Augen. »Das ging aber schnell.«

Langdon wandte sich zur Tür um. Der Lärm war anscheinend von dem Blecheimer gekommen, den Bellamy auf die Leiter gestellt hatte, welche die Tür zum Tunnel blockierte. *Sie kommen, uns zu holen.*

Dann, ganz unerwartet, ertönte das Krachen erneut.

Und wieder.

Und wieder.

Der Obdachlose auf der Bank vor der Kongressbibliothek rieb sich die Augen und starrte verblüfft auf die merkwürdige Szene, die sich vor ihm abspielte.

Ein weißer Volvo mit eingeschlagenem Seitenfenster holperte über den Bordstein, fuhr quer über den verlassenen Bürgersteig und kam mit kreischenden Reifen vor dem Haupteingang der Bibliothek zum Stehen. Eine attraktive, dunkelhaarige Frau sprang heraus und sah sich gehetzt um. Als sie den Mann auf der Parkbank sah, rief sie ihm zu: »Haben Sie ein Handy?«

Gute Frau, ich hab nicht mal 'nen linken Schuh.

Das schien auch der Frau sehr schnell klar zu werden. Sie rannte die Stufen zum Haupteingang der Bibliothek hinauf. Oben angekommen packte sie den Türgriff und versuchte vergeblich, eine der drei großen Türen zu öffnen.

Der Penner kicherte. *Die Bibliothek ist geschlossen, Süße.*

Doch die Frau schien sich damit nicht abfinden zu wollen. Sie packte einen der schweren, ringförmigen Türklopfer, stemmte ihn hoch und ließ ihn mit einem lauten Krachen gegen die Tür fallen. Und noch einmal. Und noch einmal.

Mann, dachte der Obdachlose, *das muss aber 'n toller Schmöker sein.*

Kapitel 56

Als Katherine sah, wie die massive Bronzetür der Bibliothek vor ihr aufschwang, schien es ihr, als hätte sich plötzlich ein emotionales Schleusentor geöffnet, und all die Angst und Verwirrung, die sich in dieser Nacht aufgestaut hatten, strömten hindurch.

Die Gestalt in der Bibliothekstür war Warren Bellamy, ein Freund und Vertrauter ihres Bruders. Doch es war der Mann in den Schatten hinter Bellamy, über dessen Anblick sich Katherine am meisten freute, und dieses Gefühl beruhte offenbar auf Gegenseitigkeit. Erleichterung spiegelte sich auf Robert Langdons Zügen, als Katherine durch die Tür direkt in seine Arme gestürmt kam.

Während sie sich in der tröstenden Umarmung des Freundes verlor, schloss Bellamy die Tür.

Katherine hörte, wie das schwere Schloss einrastete. Endlich fühlte sie sich wieder sicher. Mühsam kämpfte sie gegen die Tränen an.

Langdon hielt sie in den Armen. »Ist schon gut«, flüsterte er. »Du bist in Sicherheit.«

Aber mein Labor ist zerstört, meine Arbeit zunichtegemacht... jahrelange Forschungsarbeit, in Flammen aufgegangen. Sie wollte ihm alles erzählen, bekam aber kaum noch Luft. *Und ich weiß, wer es war. Derselbe Mann, der meine Mutter und meinen Neffen ermordet hat.*

Doch bevor Katherine auch nur ein Wort sagen konnte, zerriss ein lautes Krachen die Stille der Bibliothek. Es hallte von unten im Vestibül herauf und hörte sich an, als wäre ein schwerer Gegenstand auf einen Fliesenboden gefallen.

Katherine spürte, wie Langdons Muskeln sich spannten.

Bellamy trat vor. Ein düsterer Schatten hatte sich auf sein Gesicht gelegt. »Wir müssen gehen. *Schnell!*«

Verwirrt folgte Katherine den beiden Männern, als sie durch den hohen Gang in den hell erleuchteten Lesesaal der Bibliothek eilten.

Bellamy schloss sofort die beiden Türen hinter ihnen ab; erst die äußere, dann die innere.

Wie benommen lief Katherine weiter, als Bellamy sie und Langdon in die Mitte des Saales drängte. Sie kamen an einen Lesetisch, auf dem unter einer Lampe eine Ledertasche lag. Neben der Tasche lag ein kleines, würfelförmiges Päckchen, das Bellamy sich schnappte und in die Tasche steckte. Daneben stand eine kleine …

Katherine erstarrte.

Obwohl sie die gravierte Steinpyramide noch nie gesehen hatte, erschauderte sie. Sie konnte es sich selbst nicht erklären, aber instinktiv erkannte sie die Wahrheit. Katherine Solomon erblickte endlich jenen Gegenstand, der so viel Leid in ihr Leben gebracht hatte.

Die Pyramide.

Bellamy schloss die Tasche und reichte sie Langdon. »Lassen Sie sie bloß nicht aus den Augen!«

Eine Explosion erschütterte die Außentür des Saals, gefolgt vom Klirren zersplitternden Glases.

»Hier entlang!«, drängte Bellamy. Nun wirkte selbst er verängstigt, beinahe panisch, als er Katherine und Langdon zur ringförmigen Ausleihtheke im Zentrum des Saales drängte. Er führte sie hinter den Schalter und deutete auf eine Öffnung im Karteischrank. »Rein da! Schnell!«

»*Da* rein? Da finden Sie uns mit Sicherheit!«

»Vertrauen Sie mir, Robert«, sagte Bellamy. »Es ist nicht, was Sie glauben.«

Kapitel 57

Mal'akh jagte in seiner Limousine nach Norden in Richtung Kalorama Heights. Die Explosion in Katherines Labor war stärker gewesen, als er erwartet hatte, und er konnte von Glück sagen, dass er unversehrt davongekommen war. Außerdem hatte ihm das darauffolgende Chaos ermöglicht, ohne Gegenwehr zu entkommen. Er war in seiner Limousine einfach an einem abgelenkten Torwächter vorbeigefahren, der entsetzt in sein Telefon gebrüllt hatte.

Ich muss von der Straße runter, dachte Mal'akh nun. Auch wenn Katherine die Polizei vielleicht noch nicht angerufen hatte, die Explosion würde sie ohne Zweifel auf den Plan rufen. *Und ein Mann mit nacktem Oberkörper, der eine große Limousine fährt, ist nur schwer zu übersehen.*

Nach Jahren der Vorbereitung konnte Mal'akh kaum glauben, dass die Nacht nun gekommen war. Bis zu diesem Augenblick war die Reise lang und beschwerlich gewesen. *Was vor Jahren im Elend begonnen hat, wird heute Nacht in Herrlichkeit enden.*

In der Nacht, in der alles begann, hatte er den Namen Mal'akh noch nicht getragen. Tatsächlich hatte er in jener Nacht überhaupt keinen Namen gehabt. *Häftling Nr. 37.* Wie die meisten Gefangenen des gefürchteten Gefängnisses Soganlik vor den Toren Istanbuls saß Häftling Nr. 37 wegen eines Drogenvergehens ein.

Er hatte auf seinem Bett in einer Betonzelle gelegen, hungrig und durchgefroren in der Dunkelheit, und sich gefragt, wie lange er wohl eingesperrt bleiben würde. Sein neuer Zellengenosse, den er erst vor vierundzwanzig Stunden kennengelernt hatte, schlief in dem Bett über ihm. Der Gefängnisdirektor, ein fetter Alkoholiker, der seinen Job hasste und dies an den Insassen ausließ, hatte gerade das Licht für die Nacht abschalten lassen.

Es war fast zehn Uhr, als Häftling Nr. 37 das Gespräch hörte, das durch den Lüftungsschacht zu ihm drang. Die erste Stimme war klar und unverkennbar. Sie gehörte dem Gefängnisdirektor, dem es offensichtlich nicht gefiel, dass der späte Besucher ihn geweckt hatte.

»Jajaja, Sie kommen von weit her«, sagte der Direktor, »aber im ersten Monat dürfen die Häftlinge keinen Besuch empfangen. So sind die Vorschriften. Ausnahmen gibt es nicht.«

Die Stimme, die ihm antwortete, war sanft, kultiviert und voller Schmerz. »Ist mein Sohn sicher?«

»Er ist drogenabhängig.«

»Wird er gut behandelt?«

»Gut genug«, antwortete der Direktor. »Das hier ist kein Hotel.«

Es folgte eine schmerzhafte Pause. »Ihnen ist doch klar, dass das Außenministerium der Vereinigten Staaten die Auslieferung beantragen wird, oder?«

»Jajaja, das tun sie immer. Und sie wird auch genehmigt werden, auch wenn der Papierkram ein paar Wochen dauern kann oder sogar einen Monat. Es hängt davon ab.«

»Wovon hängt es ab?«

»Nun«, sagte der Direktor, »wir sind unterbesetzt.« Er hielt kurz inne. »Natürlich machen besorgte Leute wie Sie, für die Geld kein Thema ist, bisweilen Spenden an das Gefängnispersonal, um die Dinge ein bisschen zu beschleunigen.«

Der Besucher erwiderte nichts darauf.

»Mr. Solomon«, fuhr der Gefängnisdirektor fort und senkte die Stimme, »ein Mann wie Sie, für den Geld kein Thema ist, hat stets Möglichkeiten. Ich kenne Leute in der Regierung. Wenn wir beide zusammenarbeiten, wird es uns vielleicht gelingen, Ihren Sohn hier rauszubekommen ... *morgen*, und sämtliche Anklagepunkte werden fallen gelassen. So würde er sich zu Hause auch nicht mit der Staatsanwaltschaft konfrontiert sehen.«

Die Antwort kam sofort. »Mal ganz abgesehen von den juristischen Problemen Ihres Vorschlags ... Ich weigere mich, meinen Sohn zu lehren, dass Geld alle Probleme löst oder dass man im Leben keine Verantwortung übernehmen muss, besonders in einer so ernsten Angelegenheit wie dieser.«

»Sie wollen ihn *hier*lassen?«

»Ich will mit ihm sprechen. Sofort.«

»Wie ich Ihnen schon gesagt habe: Wir haben unsere Vorschriften. Ihr Sohn steht Ihnen nicht zur Verfügung ... es sei denn, Sie wollen über seine sofortige Freilassung verhandeln.«

Mehrere Augenblicke lang herrschte eisiges Schweigen. »Das Außenministerium wird Kontakt zu Ihnen aufnehmen. Sorgen Sie für Zacharys Sicherheit. Ich erwarte, dass er binnen einer Woche in einem Flugzeug nach Hause sitzt. Gute Nacht.«

Die Tür wurde zugeschlagen.

Häftling Nr. 37 traute seinen Ohren nicht. *Was für ein Vater lässt seinen Sohn in diesem Höllenloch, um ihm eine Lektion beizubringen?* Peter Solomon hatte sogar das Angebot abgelehnt, Zacharys Akte zu löschen.

Später in dieser Nacht, als er wach in seiner Koje lag, hatte Häftling Nr. 37 erkannt, wie er sich selbst befreien würde. Wenn Geld das Einzige war, was einen Gefangenen von der Freiheit trennte, war Häftling Nr. 37 schon so gut wie frei. Peter Solomon mochte ja nicht bereit sein, sich von seinem Geld zu trennen, doch wie jeder wusste, der Zeitung las, verfügte auch Zachary, sein Sohn, über jede Menge Geld. Am nächsten Tag sprach Häftling Nr. 37 unter vier Augen mit dem Direktor und unterbreitete ihm einen Plan – einen kühnen, genialen Plan, der ihnen beiden genau das geben würde, was sie wollten.

»Damit das klappt, muss Zachary Solomon sterben«, erklärte Häftling Nr. 37. »Aber wir könnten beide sofort verschwinden. Sie könnten sich auf einer griechischen Insel zur Ruhe setzen und müssten diesen Ort nie wiedersehen.«

Nach einiger Diskussion schüttelten die beiden Männer sich die Hände.

Bald wird Zachary Solomon tot sein, dachte Häftling Nr. 37 und lächelte bei dem Gedanken, wie leicht das sein würde.

Zwei Tage später überbrachte das Außenministerium der Familie Solomon die schreckliche Nachricht. Die Fotos aus dem Gefängnis zeigten den furchtbar geschundenen Körper ihres Sohnes, der zusammengekrümmt und leblos auf dem Boden seiner Zelle lag. Sein Kopf war mit einer Eisenstange eingeschlagen worden, und der Körper war derart verdreht und zerbrochen, dass man es sich kaum vorstellen konnte. Er schien gefoltert und anschließend getötet worden zu sein. Der Hauptverdächtige war der Gefängnisdirektor persönlich, der jedoch spurlos verschwunden war, vermutlich mit dem ganzen Geld des armen Jungen. Zachary hatte Papiere unterzeichnet, die sein riesiges Vermögen auf ein privates Nummernkonto transferiert hatten, das dann unmittelbar nach seinem Tod leer geräumt worden war. Niemand vermochte zu sagen, wo das Geld sich jetzt befand.

Peter Solomon flog mit einem Privatjet in die Türkei und kehrte mit dem Sarg seines Sohnes zurück, der dann auf dem Familienfriedhof der Solomons beigesetzt wurde. Der Gefängnisdirektor wurde nie gefunden. Und das würde auch nie geschehen, wie Häftling Nr. 37 wusste. Der Leichnam des fetten Türken verrottete nun auf dem Grund des Marmarameeres und diente als Futter für die blauen Krabben, die durch den Bosporus eingewandert waren. Das riesige Vermögen, das einst Zachary Solomon gehört hatte, war vollständig auf ein nicht zurückzuverfolgendes Nummernkonto überwiesen worden. Häftling Nr. 37 war wieder ein freier Mann – ein *steinreicher*, freier Mann.

Die griechischen Inseln waren himmlisch. Das Licht. Das Wasser. Die Frauen.

Es gab nichts, was man mit Geld nicht kaufen konnte – eine neue Identität, neue Pässe, neue Hoffnung. Häftling Nr. 37 legte sich einen griechischen Namen zu: Andros Dareios. *Andros* bedeutete »Krieger« und *Dareios* »wohlhabend«. In den dunklen Nächten im Gefängnis hatte Andros stets große Angst gehabt, und er schwor sich, nie wieder dorthin zurückzukehren. Er schor sich das zottelige Haar und schwor den Drogen ab. Er begann sein Leben noch einmal von vorne und erkundete nie gekannte sinnliche Freuden. Die Gelassenheit eines Segeltörns durch die dunkelblauen Wasser der Ägäis wurde sein neuer Herointrip; die Sinnlichkeit, feuchte *arni souvlaki* direkt vom Spieß zu saugen, wurde sein neues Ecstasy, und der Adrenalinschub eines Klippensprungs in die schaumigen Wasser von Mykonos wurde sein neues Kokain.

Ich bin neugeboren.

Andros kaufte sich eine riesige Villa auf der Insel Syros und ließ sich inmitten der *Bella Gente* in der exklusiven Stadt Possidonia nieder. Diese neue Welt war nicht nur eine Gemeinschaft des Reichtums, sondern auch der Kultiviertheit und der körperlichen Perfektion. Seine Nachbarn waren ausgesprochen stolz auf ihre Körper und ihren Verstand, und das war ansteckend. Der Neuankömmling begann wie von selbst, am Strand zu joggen, seinen blassen Körper zu bräunen und Bücher zu lesen. Andros las Homers *Odyssee*, fasziniert von den Bildern kraftvoller, bronzefarbener Männer, die auf diesen Inseln Schlachten schlugen. Am nächsten Tag begann er, Gewichte zu stemmen, und er war erstaunt, wie schnell Brust und Arme an Muskelmasse zulegten. Immer öfter fühlte er die Blicke der Frauen auf sich ruhen, und deren Bewunderung war berauschend. Er hatte nur den Wunsch, noch kräftiger zu werden, und dieses Ziel erreichte er dann auch: Mithilfe aggressiver Steroide, von Wachstumshormonen, die er sich auf dem Schwarzmarkt beschaffte, mit endlosen Stunden Krafttraining und zahllosen Besuchen im Sonnenstudio verwandelte Andros sich in ein breitschultriges, perfekt gebräuntes Muskelpaket.

Jetzt schaute *jeder*.

Doch die Warnungen bewahrheiteten sich: Die Steroide und Hormone veränderten nicht nur Andros' Körper, sondern auch seine Stimme. Sie wurde zu einem geisterhaften, gehauchten Flüstern, wodurch er sich noch geheimnisvoller vorkam. Die leise Stimme in Verbindung mit seinem neuen, gewaltigen Körper, seinem Reichtum und seiner Weigerung, über seine mysteriöse Vergangenheit zu sprechen, faszinierte die Frauen – von Models, die zu Fotoshootings auf der Insel waren, bis hin zu attraktiven amerikanischen Collegemädchen auf Urlaub, den einsamen Ehefrauen seiner Nachbarn bis hin zu gelegentlichen jungen Männern. Sie konnten einfach nicht genug von ihm bekommen.

Ich bin ein Meisterwerk.

Doch im Lauf der Jahre verloren die sexuellen Abenteuer ihren Reiz für Andros. Auch die üppige Inselküche verlor für ihn ihren Geschmack. Bücher interessierten ihn nicht mehr, und selbst die atemberaubenden Sonnenuntergänge erschienen ihm langweilig. *Wie kann das sein?* Er war erst Mitte zwanzig, und trotzdem fühlte er sich alt. *Was gibt es denn noch im Leben?* Er hatte seinen Körper zu einem Meisterwerk geformt; er hatte seinen Geist mit Wissen und Kultur genährt; er hatte sich im Paradies eine Heimstatt geschaffen, und er konnte jede Frau bekommen, die er haben wollte.

Und doch fühlte er sich so leer wie damals in dem türkischen Gefängnis.

Was fehlt mir?

Die Antwort entdeckte er mehrere Monate später. Er saß allein in seiner Villa und zappte mitten in der Nacht gedankenverloren durch die Fernsehkanäle, als er auf eine Dokumentation über die Geheimnisse der Freimaurerei stieß. Die Sendung war schlecht gemacht und warf mehr Fragen auf, als dass sie Antworten lieferte. Trotzdem war Andros fasziniert von den Verschwörungstheorien, die die Bruderschaft umgaben:

Die Freimaurer und die Neue Weltordnung...
Das Große Freimaurerische Wappen der Vereinigten Staaten...
Die Loge P2...
Das Verlorene Geheimnis der Freimaurerei...
Die Freimaurerpyramide...

Andros setzte sich erschrocken auf. *Eine Pyramide.* Der Erzähler begann mit der Geschichte einer geheimnisvollen Steinpyramide, deren Inschrift den Weg zu verlorenem Wissen und unergründlicher Macht weisen sollte. So unwahrscheinlich diese Geschichte auch klingen mochte, sie weckte eine weit entfernte Erinnerung in Andros... ein schwaches Bild aus einer viel dunkleren Zeit. Andros erinnerte sich daran, was Zachary Solomon einst von seinem Vater über eine mysteriöse Pyramide gehört hatte.

Ist das möglich? Andros versuchte, sich die Einzelheiten ins Gedächtnis zurückzurufen.

Am Ende der Dokumentation trat Andros auf den Balkon hinaus, um wieder einen klaren Kopf zu bekommen. Die Erinnerungen wurden deutlicher, und schließlich hatte er das Gefühl, dass die Legende vielleicht doch ein Körnchen Wahrheit enthielt. Und falls dem so war, hatte Zachary Solomon ihm doch noch etwas zu bieten – auch wenn er schon lange tot war.

Was habe ich schon zu verlieren?

Drei Wochen später – das Timing war sorgfältig geplant – stand Andros in der Eiseskälte vor dem Musikzimmer des Familiensitzes der Solomons in Potomac. Durch das Glas konnte er Peter mit seiner Schwester Katherine reden und lachen sehen. *Sieht so aus, als hätten sie kein Problem, Zachary zu vergessen.*

Ehe er sich die Skimaske übers Gesicht zog, schnupfte Andros eine Line Kokain, die erste seit Urzeiten. Augenblicklich spürte er die vertraute Woge der Furchtlosigkeit. Er zog eine Pistole, benutzte einen alten Schlüssel, um die Tür zu öffnen, und trat hinein. »Hallo, Solomons.«

Unglücklicherweise war es in jener Nacht nicht so gelaufen, wie Andros es geplant hatte. Anstatt die Pyramide zu bekommen, wegen der er gekommen war, wurde er von Schrot durchsiebt und floh über den verschneiten Rasen in Richtung des dichten Waldes. Zu seiner Überraschung jagte Peter Solomon ihm mit einer Pistole in der Hand hinterher. Andros floh in den Wald und einen Pfad am Rande einer tiefen Schlucht entlang. Von weit unter ihm klangen die Geräusche eines Wasserfalls durch die eisige Winterluft. Andros kam an einer Gruppe Eichen vorbei und bog nach links ab. Wenige Sekunden später kam er auf dem vereisten Pfad rutschend zum Stehen; nur knapp war er dem Tod entronnen.

Mein Gott!

Wenige Zentimeter vor ihm endete der Pfad, und es ging senkrecht hinunter in den eiskalten Fluss. Irgendjemand – offenbar ein Kind – hatte in einen großen Fels neben dem Pfad eingeritzt:

Zach's bRiDge

Auf der anderen Seite der Schlucht führte der Pfad weiter. *Aber wo ist die Brücke?* Das Kokain half nicht mehr. *Ich sitze in der Falle.* Andros geriet in Panik, drehte sich um und wollte wieder über den Pfad zurücklaufen, sah sich dann aber Peter Solomon gegenüber, der atemlos mit der Pistole vor ihm stand.

Andros starrte auf die Waffe und wich einen Schritt zurück. Hinter ihm ging es mindestens fünfzehn Meter zu dem mit Eis bedeckten Fluss hinunter. Der Dunst des Wasserfalls weiter flussaufwärts waberte um die beiden Männer herum und ließ sie bis auf die Knochen frieren.

»Zachs Brücke ist schon vor langer Zeit verrottet«, keuchte Solomon. »Er war der Einzige, der je so weit gegangen ist.« Solomon hielt die Waffe bemerkenswert ruhig. »Warum haben Sie meinen Sohn umgebracht?«

»Er war ein Nichts«, antwortete Andros. »Ein Drogensüchtiger. Ich habe ihm einen Gefallen getan.«

Solomon trat näher an ihn heran, die Waffe direkt auf Andros' Brust gerichtet. »Vielleicht sollte ich *Ihnen* den gleichen Gefallen erweisen.« Er klang überraschend entschlossen. »Sie haben meinen Sohn zu Tode *geprügelt*. Wie kann ein Mensch so etwas tun?«

»Wenn man einen Menschen weit genug treibt, tut er das Undenkbare.«

»Sie haben meinen Sohn *ermordet!*«

»Nein«, antwortete Andros wütend. »*Sie* haben Ihren Sohn getötet. Was für ein Mann lässt seinen Sohn im Gefängnis, obwohl er die Möglichkeit hat, ihn herauszuholen? *Sie* haben Ihren Sohn umgebracht, nicht ich.«

»Sie wissen *gar nichts!*«, brüllte Solomon, die Stimme von Schmerz erfüllt.

Da irrst du dich, dachte Andros. *Ich weiß alles.*

Peter Solomon rückte näher. Er war nur noch drei Meter entfernt, die Pistole weiterhin nach vorne gerichtet. Andros' Brust brannte, und er wusste, dass er stark blutete. Die warme Flüssigkeit rann ihm über den Bauch. Er schaute über die Schulter in den Fluss hinunter. *Unmöglich.* Er drehte sich wieder zu Solomon um. »Ich weiß mehr über dich, als du glaubst«, flüsterte er. »Ich weiß, dass du kein Mann bist, der kaltblütig tötet.«

Solomon kam noch ein Stück näher und zielte.

»Ich warne Sie«, sagte Andros. »Wenn Sie abdrücken, werde ich Sie Ihr Leben lang verfolgen.«

»Das tun Sie ohnehin schon.« Und mit diesen Worten schoss Peter Solomon.

Als er nun in seiner schwarzen Limousine zurück nach Kalorama Heights jagte, dachte der Mann, der sich selbst Mal'akh nannte, über die wundersamen Ereignisse nach, die ihn oberhalb der vereisten Schlucht vor dem sicheren Tod bewahrt hatten. Er war für immer transformiert worden. Der Schuss war nur für einen Augenblick zu hören gewesen, doch sein Echo hallte über die Jahrzehnte hinweg. Sein Körper, einst sonnengebräunt und makellos, war nun von den Narben jener Nacht entstellt... Narben, die er unter den eintätowierten Symbolen seiner neuen Identität verbarg.

Ich bin Mal'akh.

Das war immer schon mein Schicksal.

Er war durchs Feuer gegangen, war zu Asche verbrannt und wiederauferstanden ... ein weiteres Mal transformiert. Heute Nacht würde er den letzten Schritt seiner langen und wundersamen Reise tun.

Kapitel 58

Der scherzhaft »Key4« genannte Sprengstoff war von den Special Forces eigens zum Öffnen verschlossener Türen mit minimalem Kollateralschaden entwickelt worden. Er bestand hauptsächlich aus Cyclotrimethylentrinitramin mit Bis(2-ethylhexyl)-sebacat als Weichmacher und war im Grunde ein Stück C4, zu papierdünnen Bögen ausgerollt, die sich in jeden Türspalt schieben ließen. Im Falle des Lesesaals der Bibliothek hatte der Sprengstoff ganze Arbeit geleistet.

Agent Turner Simkins, der Einsatzleiter, trat über die Trümmer der Türen hinweg und suchte den riesigen, achteckigen Saal nach irgendwelchen Anzeichen von Bewegung ab. Nichts.

»Licht aus«, befahl er.

Ein zweiter Agent trat an die Wandtafel und legte die Schalter um. Der Saal wurde in Finsternis getaucht. Wie auf Kommando hoben alle vier Männer die Hand und zogen sich ihre Nachtsichtgeräte über die Augen. Dann standen sie regungslos da und ließen den Blick durch den Lesesaal schweifen, der sich in ihren Brillen leuchtend grün schattiert zeigte.

Die Szene blieb unverändert.

Niemand versuchte, sich im Schutz der Dunkelheit davonzustehlen.

Die Flüchtigen waren vermutlich unbewaffnet; dennoch drang das Einsatzkommando mit erhobenen Schusswaffen ein, die in der Dunkelheit einen bedrohlich aussehenden Suchstrahl aus rotem Laserlicht ausstrahlten. Die Männer schwenkten ihre Waffen in sämtliche Richtungen, ließen den Suchstrahl über den Fußboden gleiten, die gegenüberliegenden Wände hinauf und auf die Galerien, und sondierten damit in der Dunkelheit. Oft brauchte man nur mit Laservisieren in einen dunklen Raum hineinzuleuchten, und wer immer sich darin verschanzt hatte, gab sofort auf.

Heute Abend wohl nicht.

Noch immer keine Bewegung.

Agent Simkins hob die Hand und ließ sein Team in den Saal vorrücken. Schweigend schwärmten die Männer aus. Simkins folgte vorsichtig dem Mittelgang und legte einen Schalter an seiner Nachtsichtbrille um, wodurch er eines der neuesten Geräte im Hightech-Arsenal der CIA aktivierte. Seit Jahren konnte man Wärmebilder erzeugen, doch erst jüngste Fortschritte in der Miniaturisierung, der Sensorempfindlichkeit und der Signalverarbeitung hatten eine neue Generation von Sichtverstärkungsgeräten hervorgebracht, die den Agenten vor Ort eine Sehkraft verliehen, die an das Übermenschliche grenzte.

Wir sehen im Dunkeln. Wir sehen durch Wände. Und jetzt sehen wir in die Vergangenheit.

Thermobildgeräte waren Temperaturunterschieden gegenüber so empfindlich geworden, dass man damit nicht nur den Aufenthaltsort einer Person feststellen konnte – sondern auch, wo sie sich zuvor aufgehalten hatte. Diese Möglichkeit, in die Vergangenheit zu blicken, erwies sich oft als wertvollste Errungenschaft von allen. So auch an diesem Abend. Agent Simkins entdeckte eine Wärmespur an einem der Lesetische. Die beiden hölzernen Stühle leuchteten in seiner Brille in einer rötlich purpurnen Farbe, die anzeigte, dass diese Stühle wärmer waren als alle anderen im Saal. Die Schreibtischlampe glühte orange. Offenbar hatten die beiden Männer am Tisch gesessen, doch die Frage lautete nun, in welche Richtung sie verschwunden waren.

Simkins fand die Antwort auf der zentralen Ausleihtheke, die den großen Holzaufbau in der Mitte des Saales umschloss: Dort entdeckte er einen geisterhaften, karmesinrot leuchtenden Handabdruck.

Mit erhobener Waffe näherte Simkins sich der kreisrunden Buchausgabe und ließ dabei den Ziellaserstrahl über die Oberfläche wandern. Er umkreiste sie, bis er eine Öffnung in dem Aufbau entdeckte. Der Agent musterte die Einfassung dieser Öffnung und entdeckte einen weiteren leuchtenden Handabdruck. Ganz eindeutig hatte jemand den Türrahmen berührt, als er in den Aufbau gestiegen war.

Jetzt war keine Stille mehr geboten.

»Wärmesignatur!«, rief Simkins und zeigte auf die Öffnung. »In die Zange nehmen!«

Seine beiden Flankenmänner drangen aus unterschiedlichen Richtungen heran und verstellten die Fluchtwege.

Als Simkins noch drei Meter von der Öffnung entfernt war, sah er, dass Licht darin brannte. »Licht im Aufbau!«, rief er und hoffte, dass seine vernehmliche Stimme Bellamy und Langdon dazu brachte, mit erhobenen Händen zum Vorschein zu kommen.

Nichts geschah.

Okay, wenn nicht so, dann eben anders.

Als Simkins sich der Öffnung noch weiter näherte, hörte er ein unerwartetes leises Summen darin, das nach einer Maschine klang. Was konnte in einem derart beengten Raum ein solches Geräusch verursachen? Schrittweise ging Simkins näher und konnte plötzlich Stimmen hören, die sich mit dem Summen der Maschine vermischten. In dem Moment, als er die Öffnung erreichte, erlosch das Licht.

Vielen Dank auch, dachte er und justierte sein Nachtsichtgerät. *Vorteil für uns.*

Er stellte sich an die Öffnung und sah hinein. Was er dahinter sah, überraschte ihn. Der Aufbau war die Überdachung einer steilen Treppe, die in einen tiefer gelegenen Raum führte. Simkins richtete die Waffe nach unten und machte sich an den Abstieg. Mit jedem Schritt wurde das Maschinengeräusch lauter.

Was ist das?

Der Raum unter dem Lesesaal war verblüffend klein. Das Rumpeln, das Simkins hörte, kam tatsächlich von einer Maschine. Lief sie, weil Bellamy und Langdon sie eingeschaltet hatten, oder war sie rund um die Uhr in Betrieb? Letztendlich spielte es keine Rolle, denn Bellamy und Langdon hatten ihre verräterischen Wärmespuren am einzigen Ausgang des Raums hinterlassen – einer schweren Stahltür, an deren Tastenfeld vier deutliche Fingerabdrücke auf den Ziffern leuchteten. Unter der Tür war ein orangefarbener Spalt zu sehen und verriet, dass auf der anderen Seite die Lampen eingeschaltet waren.

»Die Tür sprengen«, befahl Simkins.

Es dauerte acht Sekunden, ein Blatt Key4 einzuschieben und zur Explosion zu bringen. Als der Rauch sich verzog, blickten die Agenten des Einsatzteams auf eine fremdartige unterirdische Welt, das Hauptmagazin.

Die Kongressbibliothek besaß Kilometer an Bücherregalen, die meisten davon unterirdisch. Die endlosen Regalreihen sahen aus wie eine Illusion von Unendlichkeit, die mit Spiegeln geschaffen wurde. Ein Schild verkündete:

TEMPERATURGEREGELTE UMGEBUNG
Tür stets geschlossen halten!

Simkins schob sich durch die zerstörte Tür und spürte kühle Luft dahinter. Er musste grinsen. Viel einfacher konnte man es nicht haben. In temperaturgeregelter Umgebung zeigten Wärmespuren sich so deutlich wie eine Sonneneruption, und bereits jetzt offenbarte Simkins' Brille einen leuchtend roten Schmier an einem Pfosten, den Langdon oder Bellamy berührt haben mussten, als sie vorbeigerannt waren.

»Ihr könnt fliehen«, flüsterte Simkins, »aber verstecken könnt ihr euch nicht.«

Während Simkins und seine Leute in das Labyrinth der Regale vorstießen, wähnte der Agent sich so sehr im Vorteil, dass er glaubte, auf sein Nachtsichtgerät verzichten zu können, um seine Beute einzufangen. Unter normalen Umständen wäre dieser Irrgarten aus Bücherregalen ein passables Versteck gewesen, doch die Kongressbibliothek benutzte aus Gründen der Energieersparnis Lampen, die an Bewegungsmelder gekoppelt waren, und die Fluchtstrecke wurde erhellt wie eine Rollbahn am Flughafen: Im Zickzack erstreckte sich vor Simkins und seinen Leuten ein schmaler, beleuchteter Streifen.

Die vier durchtrainierten Männer nahmen die Nachtsichtbrillen ab; dann huschten sie geschmeidig durch ein scheinbar endloses Bücherlabyrinth und folgten der gewundenen Lichtspur. Bald sah Simkins, wie in der Dunkelheit vor ihm flackernd Lampen aufflammten. *Wir holen auf.* Er rannte schneller, bis er vor sich Schritte und keuchenden Atem hörte. Sekunden später entdeckte er eine der Zielpersonen.

»Optische Erfassung!«, rief er.

Offenbar machte der schlaksige Warren Bellamy die Nachhut, denn der elegant gekleidete Schwarze taumelte zwischen den Regalen voran, ersichtlich mit den Kräften am Ende. *Es hat keinen Sinn mehr, alter Mann.*

»Bleiben Sie stehen, Mr. Bellamy!«, rief Simkins.

Bellamy rannte weiter, bog unvermittelt um Ecken, wand sich durch Bücherreihen. Doch an jeder Ecke erstrahlten über seinem Kopf die Lampen.

Als das Team noch sechs Meter von Bellamy entfernt war, riefen die Agenten ihm eine letzte Warnung zu, doch Bellamy rannte weiter.

»Zugriff!«, befahl Simkins.

Einer der Agenten legte an und feuerte. Das Projektil, das über den Gang schoss und sich um Bellamys Beine wickelte, trug den

Spitznamen »Silly String«, doch an der Schnur war überhaupt nichts Komisches. Für den militärischen Einsatz von den Sandia National Laboratories entwickelt, war diese »Waffe zum Entzug der Kampffähigkeit« ein Faden aus klebrigem Polyurethan, der bei Kontakt steinhart wurde und die Kniekehlen des Flüchtenden mit starrem Kunststoff verklebte. Die Wirkung auf ein sich bewegendes Ziel war in etwa damit zu vergleichen, als würde man einen Stock zwischen die Speichen eines rollenden Fahrrads schieben. Die Beine des Mannes erstarrten mitten im Schritt. Er stürzte schwer nach vorn auf den Boden und schlitterte noch drei Meter in einen dunklen Gang hinein, ehe er liegen blieb. Über ihm schalteten sich flackernd die Lampen ein.

»Ich kümmere mich um Bellamy!«, rief Simkins seinen Leuten zu. »Ihr verfolgt Langdon! Er muss irgendwo da vorn ...« Er unterbrach sich mitten im Satz. Erst jetzt sah er, dass die Bücherreihen vor Bellamy pechschwarz waren. Offenbar war niemand vor ihm hergerannt. *Er ist allein?*

Bellamy lag auf der Brust und atmete schwer. Seine Beine und Fußknöchel waren mit ausgehärtetem Kunststoff fixiert. Simkins ging zu ihm und drehte ihn mit dem Fuß auf den Rücken.

»Wo ist er?«, fuhr der Agent ihn an.

Bellamys Lippen bluteten von dem Sturz. »Wo ist wer?«

Simkins hob den rechten Fuß und stemmte seinen Stiefel fest auf Bellamys Seidenkrawatte. Dann beugte er sich vor und übte leichten Druck aus. »Glauben Sie mir, Mr. Bellamy, mit mir sollten Sie sich auf dieses Spiel lieber nicht einlassen.«

Kapitel 59

Robert Langdon lag auf dem Rücken, die Hände auf der Brust gefaltet, in völliger Dunkelheit und eingeschlossen in schier unerträglicher Enge. Obwohl Katherine in ähnlicher Haltung ganz in seiner Nähe lag, konnte Langdon sie nicht sehen. Er kniff die Augen zusammen, während in seinem Innern die Angst wühlte.

Sechzig Sekunden zuvor, als ihre Verfolger die Flügeltür zum Lesesaal aufgesprengt hatten, waren sie in die runde Konsole geflüchtet, geführt von Bellamy, dann eine steile Treppe hinunter und in den Raum darunter, auf dessen Existenz weiter oben nichts hindeutete.

Langdon hatte sofort begriffen, wo sie sich befanden: im Herzen des Ausleihsystems der Bibliothek. Der Raum erinnerte an ein kleines Gepäckzentrum auf einem Flughafen. Zahlreiche Förderbänder führten in unterschiedliche Richtungen davon. Da die Kongressbibliothek sich auf drei Gebäude verteilte, mussten oft Bücher, die im Lesesaal angefordert wurden, über das Förderbandsystem durch ein Netz unterirdischer Tunnel über große Entfernungen transportiert werden.

Bellamy ging durch den Raum zu einer Stahltür, wo er seine Schlüsselkarte einführte und mehrere Tasten drückte, um die Tür zu öffnen. Dahinter war es dunkel, doch als die Tür aufschwang, wurden mehrere bewegungsaktivierte Lampen eingeschaltet.

Schon auf den ersten Blick wusste Langdon, was sich hinter der Tür befand: das Hauptmagazin der Kongressbibliothek, das nur we-

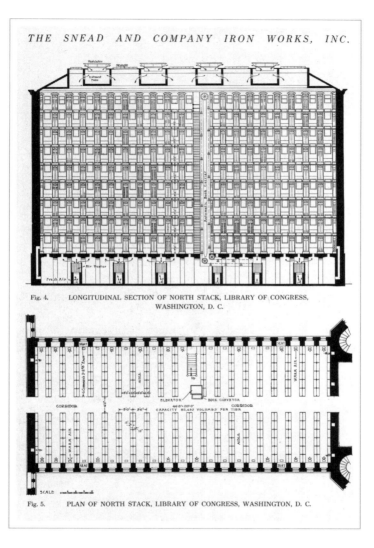

THE SNEAD AND COMPANY IRON WORKS, INC.

Fig. 4.   LONGITUDINAL SECTION OF NORTH STACK, LIBRARY OF CONGRESS,
WASHINGTON, D. C.

Fig. 5.   PLAN OF NORTH STACK, LIBRARY OF CONGRESS, WASHINGTON, D. C.

HAUPTMAGAZIN DER KONGRESSBIBLIOTHEK

nige Menschen zu Gesicht bekamen. Bellamys Plan flößte ihm neuen Mut ein. Was eignete sich besser als Versteck als ein Labyrinth von riesigen Ausmaßen?

Bellamy legte ein Buch zwischen Tür und Rahmen, damit sie nicht wieder zufiel, und kam zu Langdon und Katherine zurück. »Ich hatte gehofft, ich könnte Ihnen mehr erklären, aber wir haben keine Zeit.« Er reichte Langdon die Schlüsselkarte. »Die werden Sie brauchen.«

»Sie kommen nicht mit uns?«, fragte Langdon betroffen.

Bellamy schüttelte den Kopf. »Wir müssen uns aufteilen, sonst schaffen Sie es nie. Jetzt ist es erst einmal am wichtigsten, die Pyramide und den Deckstein in Sicherheit zu bringen.«

Langdon sah keinen anderen Ausgang als die Treppe, die zum Lesesaal hinaufführte. »Und wohin gehen Sie?«

»Ich locke sie ins Magazin, von Ihnen weg«, erwiderte Bellamy. »Mehr kann ich nicht tun, um Ihre Flucht zu unterstützen.«

Ehe Langdon fragen konnte, in welche Richtung er und Katherine sich wenden sollten, hob Bellamy eine große Bücherkiste von einem Förderband. »Legen Sie sich dahin«, sagte er. »Und halten Sie die Hände bei sich.«

Langdon starrte ihn an. *Das kann doch nicht sein Ernst sein!* Nach weniger als einem Meter verschwand das Förderband in einem schwarzen Loch in der Wand. Die Öffnung war so groß, dass eine Bücherkiste hindurchpasste, aber nicht viel mehr. Langdon blickte sehnsüchtig ins Magazin.

»Das geht nicht«, sagte Bellamy. »Die Lampen werden von Bewegungsmeldern gesteuert und machen es unmöglich, sich dort zu verstecken.«

»Wärmesignatur!«, brüllte hoch über ihnen plötzlich eine Stimme. »In die Zange nehmen!«

Katherine zögerte nicht länger. Sie stieg aufs Förderband und legte sich darauf, den Kopf knapp einen Meter von der Wandöffnung entfernt. Wie eine Mumie im Sarkophag kreuzte sie die Hände über der Brust.

Langdon stand wie erstarrt daneben.

»Robert«, drängte Bellamy, »wenn Sie es für mich nicht tun können, dann tun Sie es für Peter!«

Die Stimmen kamen näher.

Leise fluchend ging Langdon zum Förderband. Er stellte seine Umhängetasche darauf, kletterte hinterher und legte sich hin, den Kopf zu Katherines Füßen. Das harte Gummiband war kalt in seinem Rücken. Er starrte zur Decke und kam sich vor wie ein Patient, der mit dem Kopf voran in einen Kernspintomografen geschoben werden sollte.

Genau das Richtige für deine Klaustrophobie.

»Lassen Sie Ihr Handy an«, sagte Bellamy. »Jemand wird Sie bald anrufen und Ihnen Hilfe anbieten. Vertrauen Sie ihm.«

Jemand wird anrufen? Langdon erinnerte sich, dass Bellamy erfolglos versucht hatte, jemanden per Handy zu erreichen. Deshalb hatte er ihm eine Nachricht hinterlassen. Erst vor wenigen Sekunden, nachdem sie die Treppe hinuntergeeilt waren, hatte Bellamy es ein letztes Mal versucht. Diesmal war er durchgekommen, hatte ein paar Sekunden lang mit gedämpfter Stimme gesprochen und das Gespräch dann beendet.

»Fahren Sie mit dem Förderband bis zur Rücklaufstation«, sagte Bellamy. »Und springen Sie rasch ab, ehe es zurückkommt. Benutzen Sie meine Schlüsselkarte, um hinauszukommen.«

»Wo hinaus?«, wollte Langdon wissen.

Doch Bellamy zog bereits an mehreren Hebeln. Sämtliche Förderbänder des Ausleihsystems setzten sich leise summend in Bewegung. Langdon spürte, wie er fortgezogen wurde. Über ihm strich die Decke vorbei.

Gott schütze mich.

Als Langdon sich der Wandöffnung näherte, blickte er zurück

und sah, wie Warren Bellamy rasch im Magazin verschwand und die Tür hinter sich schloss. Einen Augenblick später glitt Langdon in die Dunkelheit. Die Bibliothek verschluckte ihn genau in dem Augenblick, als ein roter Laserpunkt die Treppe heruntergetanzt kam.

Kapitel 60

Die unterbezahlte Wachfrau von Preferred Security las noch einmal die Adresse in Kalorama Heights auf ihrem Auftragszettel. *Bin ich hier richtig?*

Die von einem Tor verschlossene Einfahrt, vor der sie stand, gehörte zu einem der größten und ruhigsten Anwesen in der Gegend; deshalb erschien es ihr seltsam, dass gerade von diesem Haus ein dringender Notruf gekommen sein sollte.

Wie bei unbestätigten Notrufen üblich, hatte die Zentrale zunächst nicht die Polizei alarmiert, sondern die örtliche Wach- und Schließgesellschaft verständigt. An diesem Abend war die Wachfrau wie üblich zum Einsatzort gefahren, ohne erfahren zu haben, worum es bei dem Notruf überhaupt gegangen war. Dazu war sie nicht berechtigt. Ihre Aufgabe bestand lediglich darin, mit eingeschalteter gelber Drehspiegelleuchte vor dem Haus zu stehen, einen Blick auf das Anwesen zu werfen und alles Ungewöhnliche zu melden. Entdeckte sie dann, dass etwas Banales den Hausalarm ausgelöst hatte, stellte sie ihn mit ihrem Hauptschlüssel ab. An diesem Haus allerdings war alles ruhig. Kein Alarm. Von der Straße aus wirkte alles dunkel und friedlich.

Die Wachfrau drückte den Rufknopf der Gegensprechanlage am Tor, erhielt aber keine Antwort. Daraufhin machte sie von ihrem Generalschlüssel Gebrauch, der das Tor öffnete, stieg in ihren Wagen und fuhr in die Auffahrt. Sie ließ den Motor laufen und die gelbe Drehspiegelleuchte eingeschaltet, als sie zur Vordertür ging und klingelte. Niemand öffnete. Sie sah kein Licht und keine Bewegung im Haus.

Widerstrebend schaltete sie die Taschenlampe ein, wie ihre Vorschriften es verlangten, und begann ihren Rundgang um das Haus, bei dem sie Fenster und Türen auf Anzeichen eines Einbruchs absuchte. Als sie um eine Ecke ging, glitt eine schwarze Stretchlimousine am Haus vorbei. Vor der Auffahrt verlangsamte der Wagen kurz; dann beschleunigte er wieder. *Diese neugierigen Nachbarn!*

Die Wachfrau entdeckte nichts Ungewöhnliches. Das Gebäude war größer, als sie angenommen hatte, und als sie die Hinterseite erreichte, zitterte sie vor Kälte. Ganz offensichtlich war niemand zu Hause.

»Zentrale?«, sagte sie in ihr Funkgerät. »Ich bin an der Villa in Kalorama Heights. Eigentümer nicht zu Hause. Keine Anzeichen von Ärger. Kein Hinweis auf Einbruch. Falscher Alarm.«

Die Zentrale bestätigte.

Die Wachfrau steckte ihr Funkgerät in die Gürteltasche und ging den Weg zurück, den sie gekommen war. Sie sehnte sich nach der Wärme in ihrem Wagen. Dabei fiel ihr etwas auf, das ihr auf dem Hinweg entgangen war – ein schwaches Leuchten von bläulichem Licht am hinteren Teil des Hauses.

Verwundert ging sie dorthin und entdeckte rasch die Quelle: ein niedriges Fenster, das offenbar zum Keller des Hauses gehörte. Die Fensterscheibe war geschwärzt worden, indem man sie an der Innenseite mit undurchsichtiger Farbe gestrichen hatte. Eine Dunkelkammer? Das bläuliche Leuchten, das ihr aufgefallen war, fiel an einer Stelle aus dem Fenster, an der sich ein winziges Stück Farbe abgelöst hatte.

Die Frau hockte sich nieder und versuchte hindurchzublicken, konnte durch die winzige Öffnung aber nicht viel sehen. Sie klopfte gegen die Scheibe und fragte sich, ob dort unten jemand arbeitete.

»Hallo?«, rief sie.

Niemand antwortete. Als sie erneut klopfte, sprang das halb abgelöste Stückchen Farbe plötzlich ganz ab und gewährte ihr einen besseren Einblick. Sie beugte sich vor und drückte ihr Gesicht ans Fenster, während sie den Blick durch den Keller schweifen ließ. Im gleichen Moment wünschte sie sich, sie hätte darauf verzichtet.

Was ist das, um Himmels willen?

Wie versteinert blieb sie hocken und starrte voller Entsetzen auf die Szene, die sich ihr bot. Schließlich löste sie sich aus ihrer Erstarrung und tastete nach dem Funkgerät an ihrem Gürtel.

Sie sollte es niemals finden.

Zischend schlug ein Paar Taser-Nadelelektroden in ihren Nacken ein. Brennender Schmerz raste durch ihren Körper. Ihre Muskeln erstarrten. Sie kippte nach vorn, nicht imstande, auch nur die Augen zu schließen, ehe sie mit dem Gesicht auf den kalten Erdboden schlug.

Kapitel 61

Für Warren Bellamy war es nicht das erste Mal, dass ihm die Augen verbunden wurden. Wie jeder seiner Freimaurerbrüder hatte er beim Aufstieg in die höheren Grade jedes Mal die rituelle Augenbinde getragen. Dabei aber war er unter Freunden gewesen, unter Brüdern. Heute Abend war es anders. Seine Entführer hatten ihn gefesselt, hatten ihm einen Sack über den Kopf gezogen und drängten ihn jetzt zwischen den Bibliotheksregalen hindurch.

Sie hatten Bellamy Gewalt angedroht, als sie von ihm wissen wollten, wo Robert Langdon sich aufhielt. Bellamy war klar gewesen, dass sein alternder Körper nicht mehr widerstandsfähig genug war, um viel Schmerz auszuhalten; deshalb hatte er den Entführern seine Lügen aufgetischt, ohne ihnen allzu großen Widerstand zu leisten.

»Langdon ist gar nicht mit hier unten gewesen«, hatte Bellamy zitternd und nach Atem ringend behauptet. »Ich habe ihm gesagt, er soll zur Galerie hinaufgehen und sich hinter der Moses-Statue verstecken, aber ich weiß nicht, wo er jetzt ist...«

Die Geschichte war offenbar überzeugend gewesen, denn zwei Agenten hatten umgehend die Verfolgung aufgenommen. Die anderen zwei gingen mit Bellamy schweigend zwischen den Bücherreihen hindurch.

Der alte Mann dankte dem Himmel, dass Langdon und Katherine mit der Pyramide entkommen waren. Bald würde ein Mann mit Langdon in Verbindung treten, der ihm und Katherine Schutz bieten konnte. *Vertrauen Sie ihm.* Der Mann, den Bellamy angerufen hatte, wusste eine Menge über die Freimaurerpyramide und das Geheimnis, das sie enthielt – die Lage einer Wendeltreppe, die tief in die Erde führte zu einer Stelle, an der seit undenklichen Zeiten altes, machtvolles Wissen verborgen war.

Während Bellamy nun blind vorwärtslief, sah er die Steinpyramide und den goldenen Deckstein in Langdons Tasche vor seinem geistigen Auge. *Wie viele Jahre es her ist, seit diese beiden Gegenstände sich in ein und demselben Raum befunden haben…*

Jenen schmerzlichen Abend – für Peter der erste von vielen – würde er nie vergessen. Bellamy war zu Zacharys achtzehntem Geburtstag auf Solomons Anwesen in Potomac eingeladen worden. Zachary war zwar ein rebellischer Sprössling, aber ein Solomon, und das hieß, dass er gemäß der Familientradition an jenem Abend das »Solomon-Erbe« erhalten würde. Bellamy war einer von Peters engsten Freunden und sein Freimaurerbruder; deshalb hatte man ihn darum gebeten, dabei zu sein. Doch es war nicht nur die Übergabe eines Geldvermögens, bei der Bellamy Zeuge sein sollte. An diesem Abend ging es um viel mehr.

Bellamy war früh eingetroffen und wartete in Peters privatem Arbeitszimmer. In dem erlesen eingerichteten alten Raum roch es nach Leder, Kaminrauch und edlem Tee. Warren hatte gerade Platz genommen, als Peter mit seinem Sohn Zachary hereinkam. Als der hagere Achtzehnjährige den Besucher sah, runzelte er die Stirn. »Was tun Sie denn hier?«

»Ich soll Zeuge sein«, erklärte Bellamy. »Herzlichen Glückwunsch zum Geburtstag, Zachary.«

Der Junge murmelte etwas und beachtete Bellamy nicht weiter.

»Setz dich, Zach«, sagte Peter mit einem verlegenen Blick zu seinem alten Freund.

Zachary ließ sich in den Sessel sinken, der vor dem riesigen Schreibtisch seines Vaters stand. Solomon schloss die Tür ab. Bellamy nahm an der Seite Platz.

Solomon sprach seinen Sohn in ernstem Ton an. »Weißt du, warum du hier bist?«

»Ich glaube schon«, sagte Zachary.

Solomon seufzte tief. »Was ist nur los mit dir, Zach? Ich habe mir alle Mühe gegeben, dir ein guter Vater zu sein und dich auf diesen Augenblick vorzubereiten.«

Zachary schwieg.

»Wie du weißt, wird jedem Solomon, der das Erwachsenenalter erreicht, sein Erbe übergeben, ein Teil des Solomon-Vermögens – ein Keim, den er nähren soll, auf dass er wächst und gedeiht, sodass er ihn zum eigenen Wohl und dem aller Menschen nutzen kann.«

Solomon ging zu einem Wandtresor, schloss ihn auf und entnahm ihm eine große, schwarze Mappe. »Mein Sohn, diese Aktenmappe enthält alles, was du brauchst, um dein Erbe rechtsgültig auf deinen Namen zu überschreiben.« Er legte sie auf den Schreibtisch. »Benutze dieses Geld, um ein sinnvolles Leben zum eigenen Wohl und zum Wohle aller Menschen zu führen.«

Zachary griff nach der Mappe. »Danke.«

»Einen Augenblick«, sagte sein Vater und legte die Hand darauf. »Es gibt noch etwas, das ich dir erklären muss.«

Zachary warf seinem Vater einen geringschätzigen Blick zu und lehnte sich wieder zurück.

»Es gibt ein paar Dinge, die du noch nicht über das Solomon-Erbe weißt.« Peter blickte seinem Sohn fest in die Augen. »Du bist mein Erstgeborener, Zachary, und das bedeutet, du bist zu einer Wahl berechtigt – einer Wahl, die für deine Zukunft entscheidend sein kann. Darum rate ich dir dringend, sorgfältig abzuwägen.«

»Was ist das für eine Wahl?«

Peter holte tief Luft. »Die Wahl zwischen Reichtum und Wissen.«

Zachary blickte ihn verständnislos an. »Reichtum und Wissen?«

Solomon ging erneut zum Tresor und nahm eine schwere Steinpyramide heraus, in die Freimaurersymbole eingeritzt waren. Er stellte sie zu der Mappe auf den Schreibtisch. »Diese Pyramide«, verkündete er, »wurde vor langer Zeit gefertigt und ist unserer Familie seit Generationen anvertraut.«

»Eine Pyramide?« Zachary runzelte die Stirn.

»Sie stellt eine Karte dar, auf der die Lage eines der größten Schätze der Menschheit verzeichnet ist.« In Peters Stimme schwang Stolz mit. »Heute Abend werde ich dir diese Pyramide übergeben, wie es in unserer Familie Brauch ist … allerdings verknüpft mit gewissen Bedingungen.«

Zachary beäugte die Pyramide argwöhnisch. »Was für ein Schatz soll das sein?«

Bellamy entging nicht, dass diese grobe, respektlose Frage Peter verletzte. Dennoch blieb er unverändert ruhig und väterlich.

»Ohne weitläufige Erklärungen ist das schwer zu verstehen, Zachary. Aber dieser Schatz … er verkörpert das, was wir als die Alten Mysterien bezeichnen.«

Zachary lachte. Offenbar hielt er die Bemerkung für einen Scherz.

Bellamy sah die wachsende Traurigkeit in Peters Blick.

»Ich kann es schwer in Worte fassen, Zachary. Üblicherweise nimmt ein Solomon mit achtzehn Jahren ein Studium auf …«

»Ich hab's dir doch schon gesagt!«, fiel Zachary ihm zornig ins Wort. »Mich interessiert das College nicht!«

»Ich rede nicht vom College.« Peter blieb immer noch gelassen. »Ich rede von der Bruderschaft der Freimaurer. Ich rede von der Suche nach den ewigen Rätseln des göttlichen und menschlichen Seins und des Strebens nach Wissen und Weisheit. Würdest du mir in die Reihen der Bruderschaft folgen, würde dir schon bald die nötige Erziehung und Ausbildung zuteil, um die volle Bedeutung deiner Entscheidung am heutigen Abend zu begreifen.«

Zachary verdrehte die Augen. »Verschone mich mit deinem Freimaurervortrag. Ich bin der erste Solomon, den das alles nicht interessiert! Wann kapierst du es denn endlich? Ich habe keine Lust, mit einem Haufen alter Männer Verkleiden zu spielen!«

Peter schwieg. Bellamy sah zum ersten Mal die Altersfältchen, die um die noch jugendlich wirkenden Augen seines Freundes erschienen.

»Doch, ich weiß es«, sagte Peter schließlich. »Es sind andere Zeiten. Ich verstehe, dass die Freimaurerei dir seltsam vorkommt, vielleicht sogar langweilig. Aber du sollst wissen, dass diese Tür dir immer offen steht, falls du deine Meinung irgendwann änderst.«

»Da kannst du lange warten«, murmelte Zach.

»Jetzt reicht es aber!«, rief Peter und sprang auf. »Ich weiß, dass dein Leben nicht leicht gewesen ist, Zachary, aber ich bin nicht der Einzige, der dir die Richtung weisen kann. Es warten gute Männer auf dich, die dich im Schoß der Freimaurerei willkommen heißen und dir dein wahres Potenzial zeigen werden.«

Zachary kicherte und blickte zu Bellamy hinüber. »Sind Sie deshalb hier, Mr. Bellamy? Wollt ihr Freimaurer euch gegen mich zusammenrotten? Schon wieder eine Verschwörung?«

Bellamy erwiderte nichts darauf, sondern wandte sich respektvoll Peter Solomon zu – ein Wink mit dem Zaunpfahl in Richtung Zachary, wer hier zählte und wer nicht.

Zachary blickte wieder seinen Vater an.

»Zach«, sagte Peter, »so kommen wir nicht weiter. Darum lass mich dir eines sagen: Ob du nun begreifst, welche Verantwortung dir heute Abend angeboten wird, oder nicht, es ist meine Pflicht, sie dir zu unterbreiten.«

Er deutete auf die Pyramide. »Dieses Stück zu hüten ist ein seltenes Privileg. Ich möchte dir ans Herz legen, ein paar Tage darüber nachzudenken, ob du dir die Chance wirklich entgehen lassen willst.«

»Chance?«, wiederholte Zachary. »Den Babysitter für einen Stein zu spielen?«

»Diese Welt birgt große Geheimnisse, Zach«, sagte Peter beinahe beschwörend. »Geheimnisse, die deine wildesten Fantasien übersteigen. Die Pyramide hütet diese Geheimnisse. Sie hütet ein uraltes Wissen. Und es wird eine Zeit kommen, wahrscheinlich noch zu deinen Lebzeiten, da sie endlich entschlüsselt wird und ihre Geheimnisse ans Licht gebracht werden. Das wird ein Augenblick unvorstellbaren Wandels sein, für die Menschen, für ihr gegenseitiges Verständnis und für das Verständnis der Welt, in der wir leben. Und dir bietet sich die Chance, eine entscheidende Rolle dabei zu spielen. Ich möchte, dass du sehr sorgfältig darüber nachdenkst. Reichtum ist alltäglich, doch Weisheit ist rar.« Peter deutete auf die Mappe, dann auf die Pyramide. »Bedenke bitte, dass Reichtum ohne Weisheit oft im Unglück endet.«

Zachary musterte seinen Vater, als würde er ihn für verrückt halten. »Du kannst denken, was du willst«, sagte er schließlich, »aber für diesen Steinklotz werde ich mein Erbe bestimmt nicht aufgeben.«

Peter verschränkte die Hände. »Wenn du dich entscheidest, diese Verantwortung zu übernehmen, werde ich dein Geld und die Pyramide für dich aufheben, bis deine Erziehung bei den Freimaurern erfolgreich abgeschlossen ist. Es wird Jahre dauern; danach aber wirst du die Reife für beides haben, für das Geld und die Pyramide. Für Reichtum und Weisheit. Eine machtvolle Verbindung.«

Zachary sprang auf. »Du gibst wohl nie auf, was? Will es dir nicht in den Kopf, dass mich die Freimaurer mit ihren Steinpyramiden und Alten Mysterien einen Dreck interessieren?« Er griff nach der schwarzen Mappe und hielt sie seinem Vater vors Gesicht. »*Das* ist mein Geburtsrecht! Das Geburtsrecht aller Solomons, die vor mir kamen! Ich kann nicht glauben, dass du mir mein Erbe mit deinen lahmen Geschichten über alte Schatzkarten abspenstig machen willst!« Er klemmte sich die Mappe unter den Arm und ging an Bellamy vorbei zur Glasschiebetür.

»Zachary, warte!« Peter eilte ihm nach, als Zachary in die Nacht hinaustrat. »Egal was du tust, du darfst niemals über die Pyramide sprechen!«, sagte er drängend. »Zu niemandem. Niemals! Darum bitte ich dich!«

Doch Zachary beachtete ihn nicht und verschwand in der Dunkelheit.

Peter Solomons graue Augen blickten gequält, als er an seinen Schreibtisch zurückkehrte und sich schwer in seinen Ledersessel sinken ließ. Nach langem Schweigen blickte er Bellamy an und rang sich ein trauriges Lächeln ab. »Das lief gut.«

Bellamy seufzte teilnahmsvoll. »Peter, ich möchte nicht gefühllos klingen, aber traust du ihm?«

Solomon starrte ins Leere.

»Ich meine ...«, Bellamy zögerte kurz, »dass er über die Pyramide den Mund hält?«

Solomons Miene war ausdruckslos. »Ich weiß nicht, was ich sagen soll, Warren. Ich bin mir nicht einmal sicher, ob ich ihn noch kenne.«

Bellamy stand auf und ging langsam vor dem großen Schreibtisch auf und ab. »Peter, du hast der Familienpflicht Genüge getan, aber in Anbetracht dessen, was sich soeben abgespielt hat, sollten wir Vorsichtsmaßnahmen treffen. Ich sollte den Deckstein an dich zurückgeben, damit du einen neuen Aufbewahrungsort dafür findest. Jemand anders sollte ihn in Obhut nehmen.«

»Warum?«, fragte Solomon.

»Wenn Zachary jemandem von der Pyramide erzählt ... und erwähnt, dass ich heute Abend dabei gewesen bin ...«

»Er weiß nichts vom Deckstein. Und er ist zu unreif, um zu begreifen, dass die Pyramide eine Bedeutung hat. Wir brauchen keinen neuen Aufbewahrungsort. Ich werde die Pyramide in meinem

Safe lassen. Und du wirst den Deckstein dort behalten, wo du ihn hast. Wie immer.«

Es war sechs Jahre später am Weihnachtstag – die Familie hatte den Schmerz über Zacharys Tod noch immer nicht überwunden –, als der unheimliche, hünenhafte Mann, der behauptete, Zach im Gefängnis getötet zu haben, in Solomons Haus einbrach. Er war wegen der Pyramide gekommen, doch das Einzige, was er an diesem Abend nahm, war Isabel Solomons Leben.

Tage später bat Peter seinen alten Freund Bellamy in sein Arbeitszimmer. Er schloss die Tür ab, nahm die Pyramide aus dem Safe und stellte sie zwischen ihnen auf den Schreibtisch. »Ich hätte auf dich hören sollen.«

Bellamy wusste, dass Peter sich mit Schuldgefühlen quälte. »Das hätte nichts geändert.«

Solomon seufzte erschöpft. »Hast du den Deckstein mitgebracht?«

Bellamy zog ein kleines, würfelförmiges Päckchen aus der Tasche. Das ausgebleichte Packpapier war mit Bindfaden verschnürt und trug ein Wachssiegel von Solomons Ring. Bellamy legte es auf den Schreibtisch in dem Bewusstsein, dass die beiden Teile der Freimaurerpyramide näher beieinanderlagen, als sie sollten. »Suche jemand anders, der darauf aufpasst, Peter. Und verrate mir nie, wer es ist.«

Solomon nickte.

»Ich weiß, wo du die Pyramide verstecken kannst«, fuhr Bellamy fort und berichtete vom Tiefgeschoss des Kapitols. »Es gibt in ganz Washington keinen Ort, der sicherer wäre.«

Bellamy erinnerte sich, dass Peter die Idee auf Anhieb gefallen hatte, weil es passend erschien, die Pyramide im symbolischen Zentrum der USA zu verstecken. *Typisch Solomon*, war es Bellamy durch den Kopf gegangen. *Ein Idealist, sogar noch in der Krise.*

Jetzt, zehn Jahre später, als Bellamy mit verbundenen Augen durch die Kongressbibliothek gestoßen wurde, wusste er, dass diese

Krise noch lange nicht vorüber war. Er wusste jetzt auch, wen Solomon zum Hüter des Decksteins erwählt hatte … und er betete zu
Gott, Robert Langdon möge seiner Aufgabe gewachsen sein.

 Kapitel 62

Ich bin unter der Second Street.

Langdon hielt die Augen fest geschlossen, als das Förderband durch die Dunkelheit auf das Adams Building zurollte. Er tat sein Bestes, nicht an die Tausende Tonnen Erde über seinem Kopf zu denken oder an die enge Röhre, durch die er sich nun tragen ließ. Er konnte Katherine ein paar Meter vor sich atmen hören, doch gesagt hatte sie bisher nichts.

Sie steht unter Schock. Langdon dachte beklommen an den Augenblick, da er ihr von Peters abgetrennter Hand erzählen musste. *Du musst es ihr sagen. Sie muss es endlich erfahren.*

»Katherine?«, fragte Langdon, ohne die Augen zu öffnen. »Alles in Ordnung?«

Von weiter vorn antwortete eine zittrige, geisterhafte Stimme: »Robert, die Pyramide, die du bei dir hast … Sie gehört meinem Bruder, nicht wahr?«

»Ja«, sagte Langdon.

Längeres Schweigen. »Ich glaube«, sagte Katherine dann, »ihretwegen wurde meine Mutter ermordet.«

Langdon wusste, dass Isabel Solomon zehn Jahre zuvor ermordet worden war, kannte aber keine Einzelheiten, und Peter hatte die Pyramide in diesem Zusammenhang nicht erwähnt. »Was willst du damit sagen?«

Katherines Stimme war bewegt, als sie von dem schrecklichen Geschehen jener längst vergangenen Nacht erzählte, als der tätowierte

Mann ins Haus eingedrungen war. »Das ist lange her, aber ich werde nie vergessen, dass er eine Pyramide verlangt hat. Er sagte, er hätte es im Gefängnis erfahren, von meinem Neffen Zachary... kurz bevor er ihn umgebracht hat.«

Langdon hörte sprachlos zu. Die Tragödie in Solomons Familie war schier unglaublich. Katherine erzählte weiter, sie habe immer geglaubt, der Einbrecher sei damals getötet worden... bis derselbe Mann heute wieder aufgetaucht sei, sich als Peters Psychotherapeut ausgegeben und sie, Katherine, in seine Wohnung gelockt habe. »Er wusste persönliche Dinge über meinen Bruder, über den Tod meiner Mutter und sogar über meine Arbeit«, sagte sie ängstlich. »Das konnte er nur von Peter erfahren haben. Deshalb habe ich ihm getraut... und so ist er ins Smithsonian Museum Support Center gelangt.« Katherine holte tief Luft und fügte hinzu, sie sei überzeugt davon, dieser Mann habe heute Abend ihr Labor zerstört.

Langdon hörte ihr mit wachsendem Entsetzen zu und dachte an seine traurige Pflicht, Katherine die anderen schrecklichen Neuigkeiten dieses Abends beizubringen. So schonend er konnte, schilderte er ihr, wie Peter ihm vor Jahren das Päckchen anvertraut hatte und dass er durch eine List mitsamt diesem Päckchen nach Washington gelockt worden war und wie man schließlich in der Rotunde des Kapitols Peters abgetrennte Hand entdeckt hatte.

Katherine schwieg.

Langdon spürte, dass es ihr den Boden unter den Füßen weggerissen hatte. Gerne hätte er die Hand ausgestreckt und sie getröstet. »Peter lebt, Katherine«, flüsterte er, um ihr Hoffnung zu machen, »und wir werden ihn zurückbekommen. Sein Entführer hat mir sein Wort gegeben, dass er Peter gehen lässt, wenn ich die Pyramide für ihn entschlüssele.«

Katherine schwieg noch immer.

Langdon redete weiter, erzählte von der Steinpyramide, dem Freimaureralphabet, dem versiegelten Deckstein und von Bellamys

Behauptung, diese Pyramide sei tatsächlich die Freimaurerpyramide aus der Legende ... eine Karte mit den Ortsangaben zu einer Wendeltreppe, die tief in die Erde führte ... zu einem rätselhaften, alten Schatz, der vor langer Zeit in Washington versteckt worden war.

Endlich reagierte Katherine, doch ihre Stimme war matt und emotionslos. »Robert, mach die Augen auf.«

Was? Langdon hatte nicht die geringste Lust zu sehen, wie beengt der Raum um ihn herum war.

»Robert!«, verlangte Katherine drängend. »Wir sind da!«

Er riss die Augen auf, als er durch eine ähnliche Öffnung fuhr wie die am anderen Ende des Förderbands. Katherine stieg bereits herunter. Sie nahm seine Umhängetasche vom Band, als Langdon die Beine über die Kante schwang und auf den gefliesten Boden sprang, kurz bevor das Förderband um eine Ecke bog und denselben Weg zurückführte. Sie befanden sich in einem ganz ähnlichen Raum wie dem, durch den sie aus dem anderen Gebäude gekommen waren. Auf einem kleinen Schild stand: *Adams Building: Rücklaufstation 3.*

Langdon fühlte sich, als wäre er soeben aus einem unterirdischen Geburtskanal aufgetaucht. *Wiedergeboren.* Er drehte sich sofort zu Katherine um. »Alles in Ordnung?«

Ihre Augen waren gerötet. Sie hatte offensichtlich geweint, nickte jedoch mit resolutem Gleichmut. Sie nahm Langdons Tasche und trug sie wortlos durch den Raum, um sie auf einen übervollen Schreibtisch zu legen. Dann schaltete sie die Schreibtischlampe ein, zog den Reißverschluss der Tasche auf, schlug die Seiten zurück und blickte hinein.

In dem Halogenlicht sah die Pyramide ziemlich unscheinbar aus. Katherine strich mit den Fingern über die Inschrift, wobei Langdon spürte, wie es sie innerlich aufwühlte. Langsam griff sie in die Tasche und holte das würfelförmige Päckchen heraus. Sie hielt es ins Licht und betrachtete es eingehend.

»Wie du siehst«, sagte Langdon, »wurde es mit Peters Freimaurerring versiegelt. Vor über hundert Jahren, hat er gesagt.«

Katherine schwieg.

»Als er es mir damals anvertraut hat«, fuhr Langdon fort, »sagte er, das gäbe mir die Macht, aus Chaos Ordnung hervorzubringen. Ich bin mir nicht ganz sicher, was das heißen soll, aber ich nehme an, der Deckstein enthüllt etwas Wichtiges, weil Peter mir eingeschärft hat, dass er nicht in die falschen Hände geraten darf. Mr. Bellamy hat mir gerade dasselbe gesagt und mich gedrängt, die Pyramide zu verstecken und niemanden das Päckchen öffnen zu lassen.«

Katherine drehte sich um. Zorn spiegelte sich auf ihrem Gesicht. »Bellamy hat dir gesagt, du sollst es *nicht* öffnen?«

»Ja. Er hat darauf bestanden.«

Katherine schaute ungläubig. »Aber du hast gesagt, wir können die Pyramideninschrift nur mithilfe des Decksteins entschlüsseln, stimmt's?«

»Wahrscheinlich, ja.«

Katherine wurde lauter. »Und genau das sollst du tun. Das ist die einzige Möglichkeit, wie wir Peter zurückbekommen, richtig?«

Langdon nickte.

»Warum reißen wir das Päckchen dann nicht sofort auf und tun es, Robert?«

Langdon wusste nicht, wie er darauf reagieren sollte. Schließlich erwiderte er: »Das war auch mein erster Impuls, aber Bellamy sagte mir, das Geheimnis der Pyramide müsse unbedingt gewahrt bleiben. Das sei wichtiger als alles andere … wichtiger noch als das Leben deines Bruders.«

Katherines hübsches Gesicht verhärtete sich, und sie schob sich eine Haarsträhne hinters Ohr. Als sie antwortete, klang ihre Stimme entschlossen. »Wegen dieser Steinpyramide habe ich meine ganze Familie verloren. Zuerst meinen Neffen Zachary, dann meine Mutter und jetzt meinen Bruder. Und seien wir mal ehrlich, Robert, wenn du mich heute Abend nicht angerufen hättest, um mich zu warnen...«

Langdon sah sich zwischen ihrer Argumentation und Bellamys beinharter Forderung gefangen.

»Ich bin zwar Wissenschaftlerin«, sagte Katherine, »aber ich stamme auch aus einer Familie bekannter Freimaurer. Glaub mir, ich kenne sämtliche Geschichten über die Freimaurerpyramide und die Verheißung eines großen Schatzes, der die Menschheit erleuchten wird. Und ich finde die Vorstellung, dass ein solcher Schatz existiert, ziemlich abwegig. Aber wenn es ihn tatsächlich gibt, ist es vielleicht an der Zeit, die Sache ans Licht zu bringen.« Sie schob einen Finger unter den alten Bindfaden des Päckchens.

Langdon machte einen hastigen Schritt auf sie zu. »Katherine, nein! Warte!«

Sie hielt inne, den Finger unter der Kordel. »Ich werde meinen Bruder nicht für das hier sterben lassen. Was immer dieser Deckstein sagt, welche verborgenen Schätze diese Inschrift auch enthüllt... mit diesem Geheimnis ist heute Nacht Schluss.«

Damit riss sie trotzig an der Kordel, und das brüchige Wachssiegel brach auseinander.

Kapitel 63

Westlich der Embassy Row, in einer gepflegten, ruhigen Wohngegend, gibt es in Washington einen eingefriedeten mittelalterlichen Garten, dessen Rosenstöcke angeblich aus dem 12. Jahrhundert stammen. Die Picknicklaube, bekannt als »Schattenpavillon«, erhebt sich elegant zwischen gewundenen Pfaden, die mit Steinen aus George Washingtons persönlichem Steinbruch gelegt wurden.

In der spätabendlichen Stille des Gartens erklang die Stimme eines jungen Mannes, der laut rufend durch das hölzerne Eingangstor stürmte.

DER SCHATTENPAVILLON, WASHINGTON NATIONAL CATHEDRAL

»Hallo?« Er versuchte, in der Dunkelheit etwas zu erkennen. »Sind Sie hier drin?«

Die Stimme, die ihm antwortete, klang gebrechlich und war kaum zu vernehmen. »Im Pavillon … Ich schnappe nur ein bisschen frische Luft.«

Der junge Mann fand seinen betagten Vorgesetzten auf einer Steinbank sitzend, die Beine unter einer Wolldecke. Der Greis war sehr klein, mit beinahe elfengleichen Zügen. Das Alter hatte ihm den Rücken gekrümmt und das Augenlicht geraubt, doch sein Wille war ungebrochen. Nein, noch durfte man ihn nicht abschreiben.

Völlig außer Atem stieß der junge Mann hervor: »Ihr Freund … Warren Bellamy … hat mich gerade angerufen …«

»Oh!« Der Alte horchte auf. »Was wollte er?«

»Das hat er nicht gesagt, aber es hörte sich an, als wäre er in großer Eile. Er sagte, er hätte Ihnen eine Nachricht auf dem Anrufbeantworter hinterlassen, die Sie sich unbedingt sofort anhören sollen.«

»Mehr nicht?«

»Doch.« Der junge Mann hielt inne. »Er sagte, ich solle Ihnen eine Frage stellen.« *Eine sehr merkwürdige Frage.* »Er wartet dringend auf Antwort.«

Der Alte beugte sich vor. »Was für eine Frage?«

Selbst im schwachen Mondlicht war zu erkennen, wie das Gesicht des alten Mannes leichenblass wurde, als er die Frage Warren Bellamys hörte. Augenblicklich schlug er die Decke zurück und mühte sich auf die Beine.

»Bitte helfen Sie mir nach drinnen. Sofort.«

*K*apitel 64

*K*eine Geheimnisse mehr, dachte Katherine Solomon.

Auf dem Tisch vor ihr lag das aufgebrochene Wachssiegel, das generationenlang von ihrer Familie gehütet worden war. Sie wickelte das kostbare Päckchen ihres Bruders aus dem verblassten, braunen Papier. Langdon, der neben ihr stand, wirkte entschieden unruhig.

Katherine zog einen kleinen, grauen Steinquader aus dem Papier. Er ähnelte einem polierten Granitbrocken. Es gab keinerlei Scharniere, keinen Riegel oder sonstige Hinweise, wie man ihn öffnen konnte. Entfernt erinnerte er Katherine an einen chinesischen Holzknoten.

»Sieht wie ein massiver Block aus«, sagte sie und fuhr mit den Fingerspitzen über die Kanten. »Und das Röntgenbild hat wirklich angezeigt, dass er innen hohl ist? Mit einem Deckstein darin?«

»So ist es«, erwiderte Langdon, stellte sich direkt neben Katherine und musterte den geheimnisvollen Quader. Sie betrachteten ihn aus den verschiedensten Blickwinkeln und suchten angestrengt nach dem Öffnungsmechanismus.

»Ich hab's«, sagte Katherine, als ihr Fingernagel den versteckten Schlitz auf der Oberseite des Würfels fand. Sie stellte ihn auf den Tisch und zog behutsam die Klappe auf, die sanft wie der Deckel eines Schmuckkästchens aufglitt.

Langdon und Katherine schnappten hörbar nach Luft, als die Klappe sich ganz geöffnet hatte. Das Innere der Box schien in einem beinahe überirdischen Glanz zu strahlen. Noch nie hatte Katherine ein so großes Stück Gold gesehen, das im Licht der Deckenlampe von innen zu glühen schien.

»Das ist fantastisch«, flüsterte sie. Obwohl er mehr als ein Jahrhundert im Innern eines dunklen Steinwürfels geruht hatte, war der Deckstein weder verblasst noch angelaufen. *Gold widersteht den entropischen Gesetzen des Zerfalls; das ist einer der Gründe, weshalb die Menschen der Antike diesem Metall magische Eigenschaften zugeschrieben haben.* Katherines Puls beschleunigte sich, als sie sich vorbeugte und die kleine, goldene Spitze genauer betrachtete. »Da ist eine Inschrift.«

Langdon trat näher heran, sodass ihre Schultern sich berührten. Seine blauen Augen funkelten fasziniert. Er hatte Katherine von der Gepflogenheit der alten Griechen erzählt, ein Symbolon zu erstellen – einen Code, der in mehrere Teile zerlegt wird –, und dass dieser Deckstein, der so lange von der Pyramide getrennt gewesen war, den Schlüssel zur Entzifferung darstellte. Vermutlich würde diese Inschrift, wie immer sie aussehen mochte, Ordnung in das ganze Chaos bringen.

Katherine hielt den Würfel ins Licht und sah sich den Deckstein genau an.

Obwohl die elegante Inschrift winzig war, war sie deutlich zu erkennen – ein kurzer Text, der auf einer Seite des Steins eingraviert war. Katherine las die sechs schlichten Worte.

Und las sie noch einmal.

»Nein!«, stieß sie hervor. »Das *kann* nicht sein!«

Nicht weit entfernt eilte Direktor Sato über den langen Fußgängerweg vor dem Kapitol zum vereinbarten Treffpunkt auf der First Street. Der Bericht ihres Einsatzteams hatte sie in rasende Wut versetzt. Kein Langdon. Keine Pyramide. Kein Deckstein. Bellamy befand sich in Gewahrsam, doch er erzählte nicht die Wahrheit. Zumindest noch nicht.

Ich werde ihn schon zum Reden bringen!

Sie warf einen Blick über die Schulter auf eine der neuesten Sehenswürdigkeiten Washingtons: das Besucherzentrum mit der Kuppel des Kapitols im Hintergrund. Das imposante, angestrahlte Gebäude unterstrich die Bedeutung dessen, was in dieser Nacht auf dem Spiel stand. *Gefährliche Zeiten.*

Direktor Sato war erleichtert, als ihr Telefon klingelte und sie die Nummer von Security Analyst Nola Kaye auf dem Display sah.

»Schießen Sie los, Nola«, meldete sich Sato. »Was haben Sie für mich?«

Nola Kaye hatte schlechte Nachrichten. Die Röntgenaufnahme der Inschrift auf dem Deckstein war zu schwach, um sie entziffern zu können. Auch die Bildvergrößerungen hatten nicht geholfen.

Verdammter Mist! Sato biss sich auf die Lippen. »Was ist mit der Matrix aus den sechzehn Buchstaben?«

»Ich sitze noch dran«, erwiderte Nola. »Bis jetzt hab ich leider noch keinen passenden Code gefunden. Ich lasse die Buchstaben-Matrix durch einen Computer laufen, der sie neu ordnet und nach irgendetwas Identifizierbarem sucht, aber es gibt über zwanzig Billionen Möglichkeiten.«

»Bleiben Sie dran. Und halten Sie mich auf dem Laufenden.« Missmutig unterbrach Sato die Verbindung. Ihre Hoffnung, die Pyramide mithilfe eines Fotos und einer Röntgenaufnahme zu entziffern, verflüchtigte sich rasch. *Ich brauche diese Pyramide und den Deckstein … Mir läuft die Zeit davon.*

Sato erreichte die First Street in genau dem Augenblick, als ein schwarzer Escalade SUV mit verdunkelten Scheiben über die doppelte gelbe Linie fuhr und kurz vor ihr zum Stehen kam, genau am verabredeten Treffpunkt. Ein Agent stieg aus.

»Irgendetwas Neues über Langdon?«, fragte Sato.

»Die Sicherheitsvorkehrungen wurden verstärkt«, sagte der Mann gleichmütig. »Sämtliche Bibliotheksausgänge sind bewacht. Verstärkung ist soeben eingetroffen. Wir erhalten sogar Unterstützung aus der Luft. Wir werden ihn mit Tränengas aus seinem Versteck jagen.«

»Und Bellamy?«

»Sitzt mit Handschellen auf dem Rücksitz.«

Gut. Satos Schulter schmerzte noch immer.

Der Agent händigte ihr einen Plastikbeutel mit einem Telefon, Schlüsseln und einer Brieftasche aus. »Bellamys Sachen.«

»Sonst nichts?«

»Nein, Ma'am. Die Pyramide und der Kasten sind wahrscheinlich immer noch bei Langdon.«

»Okay«, meinte Sato. »Bellamy weiß viel mehr, als er verrät. Ich werde ihn selbst verhören.«

»Jawohl, Ma'am. Also nach Langley?«

Sato atmete tief ein und schritt eine Weile neben dem SUV auf und ab. Die Befragung eines amerikanischen Staatsbürgers war durch strenge Vorschriften geregelt, und Bellamys Verhör wäre illegal, falls es nicht in Langley im Beisein von Anwälten stattfand und von Videokameras aufgezeichnet wurde und blah, blah, blah …

»Nein, nicht Langley«, sagte sie schließlich und überlegte, ob ihr ein Ort in der Nähe einfiel, der etwas abgeschiedener lag.

Der Mann erwiderte nichts. Er blieb geduldig neben dem SUV stehen und wartete auf weitere Anweisungen.

Sato zündete sich eine Zigarette an, nahm einen tiefen Zug und musterte den Plastikbeutel mit Bellamys Sachen. An seinem Schlüsselbund befand sich ein elektronischer Schlüsselanhänger, auf dem vier Buchstaben geschrieben standen: USBG. Natürlich wusste Sato, zu welchem Regierungsgebäude er passte. Es befand sich ganz in der Nähe, und um diese Zeit hielt sich dort niemand mehr auf.

Sato lächelte und steckte den Schlüsselbund ein. *Perfekt.*

Als sie dem Agenten erklärte, wohin er sie und Bellamy bringen sollte, rechnete sie damit, dass der Mann überrascht reagierte. Doch er nickte nur und öffnete ihr die Beifahrertür. Sein gleichgültiger Blick verriet keine Regung.

Sato arbeitete gerne mit Profis zusammen.

Langdon stand im Untergeschoss des Adams Building und blickte ungläubig auf die elegant geschwungene Inschrift des goldenen Decksteins.

Mehr steht da nicht?

Neben ihm brachte Katherine den Stein kopfschüttelnd näher ans Licht. »Da muss noch mehr sein«, behauptete sie. Sie klang enttäuscht, als hätte man sie betrogen. »*Das* hier soll mein Bruder all die Jahre behütet haben?«

Langdon musste gestehen, dass er verwirrt war. Peter und Bellamy zufolge würde dieser Deckstein ihnen bei der Entschlüsselung der Inschrift auf der Steinpyramide helfen. In Anbetracht dieser Tatsache hatte Langdon etwas sehr viel Erhellenderes, Hilfreicheres erwartet. *Und nicht etwas derart Offensichtliches und Nutzloses.* Noch einmal las er die feine Inschrift auf dem Stein.

The
secret hides
within The Order

Auf den ersten Blick schien die Inschrift tatsächlich nur das Offensichtliche zu sagen – dass die Buchstaben auf der Pyramide nicht richtig geordnet waren und das Geheimnis darin lag, sie in die richtige Reihenfolge, die richtige »Ordnung« zu bringen. Doch nicht nur, weil dies so offensichtlich war, musste es noch eine andere Interpretation geben. »›The‹ und ›Order‹ sind großgeschrieben«, sagte Langdon.

Katherine nickte, ohne zu verstehen, worauf er hinauswollte. »Das habe ich gesehen.«

Langdon fiel nur eine logische Erklärung ein. »›Order‹ könnte auch ›Orden‹ bedeuten und sich auf die Freimaurer beziehen.«

»Stimmt«, sagte Katherine, »nur hilft es uns immer noch nicht weiter. Es besagt gar nichts.«

Langdon musste ihr beipflichten. Schließlich drehte die ganze Geschichte mit der Freimaurerpyramide sich um nichts anderes als um ein Geheimnis innerhalb der Bruderschaft der Freimaurer.

»Hat Peter nicht gesagt, dieser Deckstein könne die Macht verleihen, ›Ordnung‹ zu erkennen, wo andere nur ›Chaos‹ sehen?«

Robert Langdon nickte bloß. Schon zum zweiten Mal in dieser Nacht kam er sich nutzlos vor.

Kapitel 65

Nachdem Mal'akh sich seiner unerwarteten Besucherin entledigt hatte, besserte er den Anstrich auf der Fensterscheibe aus und übermalte das Loch, durch das die Wachfrau von Preferred Security in seinen geheiligten Arbeitsraum geblickt hatte.

Schließlich stieg er aus dem gedämpften, bläulichen Licht des Kellers nach oben und trat durch eine Geheimtür in sein Wohnzimmer. Hier blieb er stehen, warf einen kurzen, bewundernden Blick auf sein eindrucksvolles Gemälde der Drei Grazien und genoss die vertrauten Düfte und Geräusche seines Heims.

Bald werde ich für immer gehen. Mal'akh wusste, dass er nach dieser Nacht nicht mehr hierher würde zurückkehren können. *Wenn diese Nacht vorüber ist*, dachte er lächelnd, *brauche ich diesen Ort nicht mehr.*

Er fragte sich, ob Robert Langdon die wahre Macht der Pyramide bereits erkannt hatte … oder wie bedeutend die Rolle war, die ihm vom Schicksal auferlegt worden war. *Langdon hat immer noch nicht angerufen*, dachte Mal'akh, nachdem er zwei Mal die Mailbox seines Handys abgehört hatte. Es war bereits 22.02 Uhr. *Er hat weniger als zwei Stunden Zeit.*

Mal'akh ging nach oben ins Badezimmer, das mit italienischem Marmor ausgelegt war, und drehte die Dusche auf, um das Wasser heiß werden zu lassen. Methodisch legte er seine Kleider ab, begierig, sein Reinigungsritual zu beginnen.

Er trank zwei Gläser Wasser, um seinen ausgehungerten Magen zu beruhigen. Dann trat er vor den wandhohen Spiegel und betrachtete seinen nackten Körper. Zwei Tage Fasten hatten seine Muskulatur noch deutlicher hervortreten lassen, und er kam nicht umhin zu bewundern, was aus ihm geworden war.

Im Morgengrauen werde ich noch sehr viel mehr sein.

Kapitel 66

Wir sollten von hier verschwinden«, sagte Langdon zu Katherine. »Es ist nur eine Frage der Zeit, bis sie herausgefunden haben, wo wir sind.« Er hoffte, dass Bellamy die Flucht gelungen war.

Katherine war noch immer wie gebannt von dem Deckstein und starrte ungläubig auf die Inschrift, die sich als so wenig hilfreich erwiesen hatte. Sie nahm den Deckstein aus dem Kasten, musterte jede Seite genau und setzte ihn dann vorsichtig auf den Tisch.

The secret hides within The Order, dachte Langdon. *Toller Tipp.*

Er fragte sich, ob Peter die ganze Zeit eine falsche Vorstellung vom Inhalt des Kästchens gehabt hatte. Die Pyramide und der Deckstein waren lange vor seiner Geburt geschaffen worden, und Peter hatte einfach nur das getan, was seine Ahnen ihm aufgetragen hatten: Er hatte ein Geheimnis gehütet, das ihm möglicherweise ebenso ein Rätsel war wie Langdon und Katherine.

Was hast du erwartet?, fragte sich Langdon. Je mehr er in dieser Nacht über die Freimaurerpyramide erfuhr, umso unglaubwürdiger erschien ihm alles. *Suche ich wirklich nach einer Wendeltreppe, deren Eingang mit einem riesigen Stein verschlossen ist?* Sein Gefühl sagte ihm, dass er einem Hirngespinst nachjagte. Nichtsdestotrotz: Die Entschlüsselung der Pyramide schien der beste Weg zu sein, seinen Freund Peter zu retten.

»Sagt dir das Jahr 1514 etwas, Robert?«

Fünfzehn-vierzehn? Die Frage erschien Langdon völlig zusammenhanglos. Er zuckte mit den Schultern. »Nein. Warum?«

Katherine reichte ihm den steinernen Behälter. »Hier, sieh mal. In dem Würfel steht eine Zahl. Halte ihn ins Licht.«

Langdon setzte sich an den Tisch und betrachtete den würfelförmigen Behälter unter dem Licht. Katherine legte ihm leicht die Hand auf die Schulter und beugte sich hinunter, um ihm die winzige Inschrift zu zeigen, die sie innen in der Ecke auf dem Boden entdeckt hatte.

»Fünfzehn-vierzehn A.D.«, sagte sie und wies mit dem Finger darauf.

Tatsächlich erkannte Langdon die Ziffern 1514, gefolgt von den Buchstaben A und D, die allerdings ungewöhnlich stilisiert waren.

1514 𝔸𝔻

»Dieses Datum …«, sagte Katherine und klang plötzlich voller Hoffnung. »Vielleicht ist das der fehlende Puzzlestein? Der Würfel gleicht doch sehr einem freimaurerischen Grundstein. Vielleicht verweist er auf einen *echten* Grundstein? Vielleicht von einem Gebäude, das 1514 nach Christus gebaut wurde?«

Langdon hörte ihr kaum zu.

1514 A.D. ist kein Datum.

Das Zeichen 𝔸𝔻, das jeder Student mittelalterlicher Kunst sofort erkannt hätte, war ein wohlbekanntes Monogramm – ein Zeichen, das anstelle einer Signatur benutzt wird. Viele der alten Philosophen, Künstler und Schriftsteller signierten ihre Werke mit einem unverwechselbaren Monogramm statt mit ihrem Namen. Diese Gewohnheit verlieh ihren Werken einen zusätzlichen, geheimnisvollen Reiz und schützte sie außerdem vor Verfolgung, falls ihre Schriftstücke oder Gemälde beispielsweise als aufrührerisch oder ketzerisch eingestuft wurden.

In diesem Fall bedeuteten die Buchstaben A.D. nicht Anno Domini ... Es war eine deutsche Abkürzung, und sie stand für etwas ganz anderes.

Mit einem Mal fügte sich alles zusammen. Binnen Sekunden war Langdon klar, wie er die Pyramide entschlüsseln konnte. »Katherine, du hast es geschafft«, sagte er und packte hastig zusammen. »Das war es, was uns gefehlt hat! Komm. Ich erkläre es dir unterwegs.«

Katherine blickte ihn verwundert an. »Die Jahresangabe 1514 A.D. sagt dir tatsächlich etwas?«

Langdon zwinkerte ihr zu und stürmte in Richtung Tür. »A.D. ist keine Zeitangabe, Katherine. Es ist eine Person.«

 Kapitel 67

Westlich der Embassy Row, im eingefriedeten Garten mit den Rosenstöcken aus dem 12. Jahrhundert und dem Schattenpavillon, war alles wieder still. Nachdem sie einen der Zugangswege überquert hatten, half der junge Mann seinem gebeugten Vorgesetzten über eine ausgedehnte Rasenfläche.

Er lässt zu, dass ich ihn führe?

Normalerweise lehnte der blinde Mann jede Hilfe ab und zog es vor, sich allein auf sein Gedächtnis zu verlassen, solange er sich auf vertrautem Boden befand. Heute Nacht jedoch schien er es eilig zu haben, nach Hause zu kommen und Warren Bellamys Anruf zu beantworten.

»Danke«, sagte der alte Mann, als sie das Gebäude betraten, in dem sich sein privates Arbeitszimmer befand. »Von hier aus finde ich mich alleine zurecht.«

»Ich würde mich freuen, Sir, wenn ich bleiben und Ihnen helfen dürfte...«

»Das ist alles für heute Abend«, sagte der alte Mann, ließ den Arm los, auf den er sich gestützt hatte, und schlurfte, so schnell er konnte, in die Dunkelheit des Hauses. »Gute Nacht.«

Der junge Mann verließ das Gebäude und ging über den Rasen zurück zu seiner bescheidenen Unterkunft, die ebenfalls auf dem Gelände lag. Als er seine Wohnung erreichte, nagte die Neugier immer heftiger in ihm. Die Frage, die Mr. Bellamy übermittelt hatte, schien den alten Mann offensichtlich sehr erregt zu haben... und das, obwohl sie sich verschroben und sinnlos anhörte.

Gibt es keine Hilfe für den Sohn der Witwe?

Sosehr er darüber nachdachte – er konnte sich nicht vorstellen, was diese Worte bedeuteten. Verwirrt ging der junge Mann zu seinem Computer und tippte die Frage wortwörtlich in eine Suchmaschine.

Er war verwundert, als eine Seite nach der anderen mit Verweisen auftauchte, die genau diese Frage zitierten. Ungläubig las er die Einträge. Es sah ganz so aus, als wäre Warren Bellamy nicht der erste Mann in der Geschichte, der diese seltsame Frage gestellt hatte. Dieselben Worte waren schon vor Jahrhunderten ausgesprochen worden … von König Salomon, als er um einen ermordeten Freund trauerte. Angeblich dienten sie den Freimaurern noch heute als verschlüsselter Hilferuf. Wie es aussah, sandte Warren Bellamy einen Notruf an einen Freimaurerbruder.

*K**apitel 68***

*A**lbrecht Dürer?***

Katherine versuchte die Puzzlesteine zusammenzufügen, während sie mit Langdon durch das Untergeschoss des Adams Building eilte. *A.D. steht für Albrecht Dürer?* Der berühmte deutsche Maler und Grafiker des 16. Jahrhunderts war einer von Peters Lieblingskünstlern, und Katherine kannte sich halbwegs mit seinen Arbeiten aus. Dennoch vermochte sie sich nicht vorzustellen, wie Dürer ihnen in diesem Fall weiterhelfen sollte. *Er ist schließlich seit mehr als vierhundert Jahren tot.*

»Aus der Sicht des Symbolologen ist Dürer perfekt«, sagte Langdon, während sie der Reihe beleuchteter EXIT-Schilder folgten. »Er war einer der großen Meister der Renaissance – Künstler, Philosoph, Alchimist und lebenslanger Student der Alten Mysterien. Bis zum heutigen Tag ist es niemandem gelungen, die Botschaften, die Dürer in seinen Werken versteckt hat, vollständig zu entschlüsseln.«

»Das mag ja sein«, sagte Katherine. »Aber wie kann ›Albrecht Dürer 1514‹ der Schlüssel zum Entziffern der Pyramide sein?«

Sie hatten eine verschlossene Tür erreicht, und Langdon benutzte Bellamys Anhänger, um sie zu öffnen.

»Die Zahl 1514 deutet auf ein ganz spezielles Werk Dürers hin«, erklärte Langdon, als sie die Treppe hinaufeilten und einen weiten Korridor erreichten. Langdon blieb kurz stehen, blickte sich um und deutete nach links. »Dort entlang.«

Sie setzten sich erneut in Bewegung. »Albrecht Dürer hat die

Zahl 1514 in seinem berühmtesten Werk – *Melencolia I* –, das er im Jahre 1514 vollendete, förmlich *versteckt*. Es gilt als *das* grundlegende Werk der nordeuropäischen Renaissance.«

Peter hatte seiner Schwester den Kupferstich einst in einem antiken Buch über die Alten Mysterien gezeigt, doch Katherine erinnerte sich nicht an eine versteckte Zahl.

»Wie du vielleicht weißt«, fuhr Langdon mit aufgeregter Stimme fort, »zeigt *Melencolia I* die Bemühungen des Menschen, die Alten Mysterien zu begreifen. Die Symbolik ist dermaßen komplex, dass Leonardos Arbeiten dagegen fast banal wirken.«

Abrupt blieb Katherine stehen und blickte Langdon an. »Robert, *Melencolia I* befindet sich hier in Washington. In der Nationalgalerie.«

»Ja«, sagte er mit einem Lächeln. »Und irgendetwas sagt mir, dass das kein Zufall ist. Das Museum ist um diese Zeit geschlossen, aber ich kenne den Kurator und …«

»Vergiss es, Robert. Ich weiß genau, was passiert, wenn du in ein Museum gehst.« Katherine trat zu einer Nische in der Wand, wo ein Schreibtisch mit einem Computer stand.

Langdon folgte ihr seufzend.

»Machen wir es auf die einfachere Art.«

Es schien, als verspürte der Kunstkenner Langdon einen inneren Widerwillen, das Internet zu benutzen, wenn das Original so greifbar nah war. Katherine setzte sich hinter den Schreibtisch und bootete den Computer. Als der Desktop geladen war, fand sie sich mit einem weiteren Problem konfrontiert. »Es gibt keinen Internetbrowser.«

»Brauchen wir auch nicht«, sagte Langdon. »Es ist ein internes Netz. Versuch es hiermit.« Er zeigte auf ein Symbol mit der Unterschrift DIGITALE SAMMLUNGEN. Ein neues Fenster öffnete sich, und Langdon deutete auf ein weiteres Symbol. Katherine klickte mit der Maus auf DRUCKE – SUCHEN. Eine leere Maske erschien.

»Gib ›Albrecht Dürer‹ ein.«

Katherine tippte den Namen ein und klickte auf LOS. Sekunden später erschien eine Reihe von Vorschaubildern, alle stilistisch sehr ähnlich: kunstvolle Schwarz-Weiß-Gravuren. Dürer hatte offensichtlich Gravuren im Dutzend angefertigt.

Katherine ging die Liste der Kunstwerke durch.

Adam und Eva
Verrat Christi
Reiter der Apokalypse
Große Passion
Letztes Abendmahl

Beim Anblick all der biblischen Titel fiel Katherine ein, dass Dürer etwas praktiziert hatte, das sich »Mystisches Christentum« nannte – eine Fusion aus Alchimie, Astrologie, Frühchristentum und Wissenschaft. *Wissenschaft…*

Das Bild ihres brennenden Labors kam Katherine in den Sinn. Die Folgen waren kaum abzuschätzen, doch im Moment galt ihre erste Sorge ihrer Assistentin, Trish Dunne. *Ich hoffe, sie hat es rechtzeitig nach draußen geschafft.*

Langdon erzählte irgendetwas über Dürers Version des Letzten Abendmahls, doch Katherine hörte nur mit einem Ohr hin. Sie hatte soeben den Link für *Melencolia I* gefunden.

Sie klickte mit der Maus darauf, und die Suchmaske füllte sich mit aktuellen Informationen.

Melencolia I, 1514
Albrecht Dürer
(Kupferstich auf Büttenpapier)
Rosenwald-Kollektion
National Gallery of Art
Washington, D.C.

Sie scrollte nach unten, und ein hochaufgelöstes digitales Bild von einem der Meisterwerke Dürers erschien in ganzer Pracht.

Katherine betrachtete es voller Staunen. Sie hatte vergessen, welch eigenartige Ausstrahlung von diesem Werk ausging.

Langdon kicherte, als er ihre Reaktion bemerkte. »Wie ich bereits sagte, es steckt voller Rätsel.«

Melencolia I zeigte eine Gestalt mit riesigen Flügeln, die in Gedanken versunken vor einem Steingebäude saß, umgeben von einem Sammelsurium der skurrilsten Objekte – Maßstäbe, einem ausgemergelten Hund, Zimmermannswerkzeugen, einem Stundenglas, verschiedenen geometrischen Festkörpern, einer Glocke, einem Putto, einer Klinge und einer Leiter.

Katherine erinnerte sich undeutlich an die Worte ihres Bruders: Die geflügelte Gestalt war ein Symbol für den »menschlichen Genius« – ein großer Denker, das Kinn in die Hand gestützt und trotz aller Anstrengungen nicht fähig, zur Erleuchtung zu gelangen.

Selbst der menschliche Genius hat große Schwierigkeiten, die Alten Mysterien zu begreifen.

»Symbolisch betrachtet ist es der fehlgeschlagene Versuch der Menschheit, ihren Intellekt auf gottgleiches Niveau zu erheben«, erklärte Langdon. »Alchimistisch betrachtet ist es unsere Unfähigkeit, Blei in Gold zu verwandeln.«

»Keine besonders ermutigende Botschaft«, pflichtete Katherine ihm bei. »Aber wie hilft sie uns weiter?«

Die verborgene Zahl 1514, die Langdon erwähnt hatte, war nirgendwo zu sehen.

»Ordnung aus dem Chaos«, sagte Langdon mit schiefem Grinsen. »Genau wie dein Bruder es versprochen hat.« Er griff in die Jackentasche und nahm das Blatt mit der Buchstaben-Matrix hervor, die er von dem Freimaureralphabet kopiert hatte. »Noch ist diese Matrix ohne Bedeutung.« Er breitete das Blatt auf dem Schreibtisch aus.

S	O	E	U
A	T	U	N
C	S	A	S
V	U	N	J

Katherine musterte die Zeichen. *Völlig ohne Bedeutung.*

»Aber Dürer transformiert sie.«

»Und wie?«

»Durch linguistische Alchimie.« Langdon deutete auf den Bildschirm. »Sieh genau hin. In diesem Meisterwerk ist etwas versteckt, das unsere sechzehn Buchstaben mit Sinn erfüllt.« Er wartete geduldig. »Siehst du es? Achte auf die Zahl 1514.«

Katherine war nicht in der Stimmung für eine Lehrstunde. »1514? Tut mir leid, Robert, ich sehe sie nicht. Eine Leiter, ein Messer, ein Polyeder, ein Maßstab … ich geb's auf.«

»Hier. Hier im Hintergrund. Auf der Hauswand, neben dem Engel. Unter der Glocke. Das Quadrat voller Zahlen.«

Jetzt sah Katherine, dass es auf dem Bild tatsächlich ein Zahlenquadrat gab, dessen untere Reihe nebeneinander eine 15 und eine 14 zeigte.

»Das, Katherine, ist der Schlüssel zum Geheimnis der Pyramide.«

Sie blickte ihn erstaunt an.

»Das ist nicht irgendein Zahlenquadrat«, sagte er. »Das, Miss Solomon, ist ein *magisches Quadrat.*«

Kapitel 69

Wohin bringen sie mich?

Bellamy saß mit verbundenen Augen im Fond eines SUV. Nach einem kurzen Halt irgendwo in der Nähe der Kongressbibliothek hatten sie ihre Fahrt fortgesetzt ... für eine Minute. Dann hatte der Wagen erneut gehalten, nachdem er höchstens einen Straßenzug weit gefahren war.

Bellamy hörte eine gedämpfte Unterhaltung.

»Tut mir leid ... unmöglich ...«, sagte eine autoritäre Stimme, »um diese Zeit bereits geschlossen ...«

Der Mann am Steuer antwortete mit der gleichen Autorität: »... CIA-Ermittlung ... nationale Sicherheit ...« Offenbar hatte er Erfolg, denn der Tonfall seines Gesprächspartners änderte sich augenblicklich.

»Ja, selbstverständlich ... Nebeneingang ...« Ein lautes Schleifen wie von einem Garagentor folgte; dann erkundigte sich die Stimme: »Soll ich Sie begleiten? Wenn Sie erst drinnen sind, kommen Sie nicht mehr ...«

»Nein. Wir haben bereits Zugang.«

Falls der Wachmann überrascht war, war es zu spät.

Das SUV hatte sich wieder in Bewegung gesetzt. Es fuhr vielleicht fünfzig Meter weit, bevor es ein weiteres Mal hielt. Das schwere Tor glitt rumpelnd hinter ihnen zu.

Dann herrschte Stille.

Bellamy wurde bewusst, dass er am ganzen Leib zitterte.

Mit einem Mal flog die Hecktür des SUV auf. Bellamy spürte einen scharfen Schmerz an den Schultern. Dann zerrte jemand ihn an den Armen brutal aus dem Wagen und stellte ihn auf die Füße. Ohne ein weiteres Wort wurde er von einem Wächter, einem massigen Mann, über einen weiten Platz geführt. Ein eigenartiger, erdiger Geruch stieg ihm in die Nase, den er nicht zuordnen konnte. Er hörte die Schritte einer Person, die ihn und seinen Wächter begleitete. Wer immer es war, er hatte noch kein Wort gesprochen.

Sie blieben stehen. Bellamy vernahm ein elektronisches Ping, gefolgt von einem Klicken. Eine Tür öffnete sich, und Bellamy wurde durch eine Abfolge von Gängen und Fluren geführt. Die Luft wurde immer wärmer und feuchter. *Ein Hallenbad?* Nein. Der Geruch in der Luft war nicht der von Chlor ... er war viel erdiger, ursprünglicher.

Wo sind wir? Sie konnten nicht weiter als ein paar Blocks vom Kapitol entfernt sein. Wieder blieben sie stehen. Bellamy hörte das elektronische Ping einer Sicherheitstür, die zischend zur Seite glitt. Er wurde weitergeschoben. Diesmal war der Geruch, der ihn erwartete, unverwechselbar.

Mein Gott! Schlagartig wurde ihm klar, wohin man ihn gebracht hatte. Er kam oft hierher, wenngleich nie durch den Seiteneingang. Das prachtvolle Glasgebäude war bloß dreihundert Meter vom Kapitol entfernt und gehörte rein technisch sogar noch zum U.S. Capitol Complex. *Eines von* meinen *Gebäuden!* Es war Bellamys eigener elektronischer Schlüsselanhänger, der ihnen überall Zutritt verschaffte.

Er wurde von kräftigen Armen durch die Tür gestoßen und eine vertraute, gewundene Passage hinuntergeführt. Die schwüle Wärme dieses Ortes fühlte sich normalerweise beruhigend an – in dieser Nacht jedoch schwitzte Bellamy heftig.

Was tun wir hier?

Unvermittelt blieben sie stehen. Bellamy wurde auf eine Bank gestoßen. Der muskulöse Wärter löste seine Handschellen gerade lang genug, um sie hinter ihm an der Bank erneut festzumachen.

»Was wollen Sie von mir?«, fragte Bellamy mit wild pochendem Herzen.

Die einzige Antwort war das Geräusch sich entfernender Schritte und der ins Schloss gleitenden Glastür.

Dann herrschte Stille.

Totenstille.

Wollen sie mich etwa hier zurücklassen? Bellamy schwitzte noch stärker, als er versuchte, sich von seinen Fesseln zu befreien. *Ich kann mir nicht mal die Augenbinde herunternehmen!*

»Hilfe!«, brüllte er, so laut er konnte. »Ist jemand da? *Hilfe!*«

Noch während er rief, wurde ihm bewusst, dass niemand ihn hören konnte. Der gläserne Raum, der sogenannte Dschungel, war vollkommen luftdicht, sobald die Türen geschlossen waren.

Sie haben mich tatsächlich hier zurückgelassen, dachte Bellamy entsetzt. *Vor morgen früh wird mich niemand finden.*

Dann hörte er das Geräusch.

Es war so leise, dass er es kaum wahrgenommen hatte, doch es ängstigte ihn beinahe zu Tode.

Jemand atmet. Ganz dicht neben mir.

Er war nicht allein auf der Bank.

Plötzlich das Fauchen eines Schwefelhölzchens so dicht vor seinem Gesicht, dass er die Hitze spürte. Bellamy zuckte instinktiv zurück und zerrte wild an seinen Ketten.

Eine Hand griff ihm ins Gesicht und riss ihm die Augenbinde herunter.

Die Flamme des Streichholzes spiegelte sich in den schwarzen Augen von Inoue Sato, als diese sich nur wenige Zentimeter vor Bellamys Gesicht eine Zigarette ansteckte.

Sie musterte ihn im Mondlicht, das durch die Glasdecke in den Raum fiel. Unübersehbar weidete sie sich an seiner Angst.

»Da wären wir also, Mr. Bellamy«, sagte Sato und wedelte das Streichholz aus. »Wo fangen wir an?«

Kapitel 70

Ein magisches Quadrat.

Katherine nickte, als sie die Zahlenfelder auf Dürers Kupferstich sah. Die meisten Menschen hätten Langdon wahrscheinlich für verrückt erklärt, doch Katherine war rasch klar geworden, dass er recht hatte.

Der Ausdruck »magisches Quadrat« bezog sich weniger auf Magie als vielmehr auf ein mathematisches Gebilde – eine Anordnung von Zahlen, bei der sämtliche Reihen und Spalten sowie die Diagonalen beim Addieren das gleiche Ergebnis aufwiesen.

Ersonnen worden war dieses Schema vor mehr als viertausend Jahren von ägyptischen und indischen Mathematikern. Noch heute glaubten manche Menschen, dass diese Quadrate über magische Kräfte verfügten.

Katherine hatte gelesen, dass fromme Inder bis zum heutigen Tag spezielle 3x3-Matrizes, sogenannte »Kubera Kolam«, auf ihre Puja-Altäre malten. Die meisten modernen Menschen jedoch hatten die magischen Quadrate der Kategorie »Entspannungsspielereien« zugeordnet, und viele vertrieben sich die Zeit damit, immer neue »magische« Anordnungen zu finden. *Sudoku für Gelangweilte.*

Katherine untersuchte Dürers magisches Quadrat, indem sie probehalber die Zahlen in mehreren Spalten und Reihen addierte.

16	3	2	13
5	10	11	8
9	6	7	12
4	15	14	1

»Vierunddreißig«, stellte sie fest. »Jede Richtung ergibt vierunddrei-ßig.«

»Genau«, bestätigte Langdon. »Aber das ist noch nicht alles. Wuss-test du, dass dieses magische Quadrat deshalb so berühmt ist, weil Dü-rer das anscheinend Unmögliche zustande gebracht hat?« Rasch zeigte er ihr, dass Dürer eine Möglichkeit gefunden hatte, die Anordnung so zu gestalten, dass außer den Reihen, Spalten und Diagonalen auch die Zahlen in den vier Quadranten, die vier Zahlen im Zentrum und sogar die vier Zahlen in den Ecken in der Summe vierunddreißig ergaben. »Das Erstaunlichste aber ist, dass es ihm gelang, die Jahreszahl in der unteren Reihe zu verewigen. Eine Fünfzehn und eine Vierzehn als Hinweis auf das Jahr, in dem er diese unglaubliche Leistung vollbracht hat.«

Katherine überflog die Zahlen. Sie war fasziniert von den zahl-reichen Kombinationen.

Langdon wurde immer aufgeregter. »Außerdem wird zum ersten Mal in einem Kunstwerk der europäischen Kultur ein magisches Quadrat gezeigt. Manche Historiker meinen, es wäre Dürers ver-schlüsselter Hinweis darauf, dass die Alten Mysterien die ägypti-schen Schulen verlassen hatten und nun von europäischen Geheim-gesellschaften bewahrt wurden.« Langdon zögerte. »Und das bringt uns wieder zu dem hier.«

Er zeigte auf das Blatt Papier mit der Buchstaben-Matrix von der Steinpyramide:

S	O	E	U
A	T	U	N
C	S	A	S
V	U	N	J

»Ich nehme an, das Layout erscheint dir mittlerweile vertraut?«, fragte Langdon.

»Ein Quadrat mit der Seitenlänge vier.«

Langdon nahm den Stift in die Hand und übertrug Dürers magisches Quadrat sorgfältig auf das Papier, direkt neben die Buchstaben des Quadrats.

Jetzt sah auch Katherine, wie einfach die Lösung werden würde. Doch mit einem Mal zögerte Langdon trotz seiner anfänglichen Begeisterung.

»Robert …?«

Er drehte sich zu ihr um und blickte sie beklommen an. »Bist du sicher, dass wir das tun sollten? Peter hat ausdrücklich …«

»Wenn du es nicht entschlüsseln willst, tue ich es.« Katherine streckte die Hand nach dem Stift aus.

Langdon sah, dass sie nicht von ihrem Vorsatz abzubringen war, also richtete er seine Aufmerksamkeit wieder auf die Pyramide. Sorgfältig legte er das magische Quadrat über die Buchstaben-Matrix und wies jedem Buchstaben eine Nummer zu. Dann erzeugte er eine neue Matrix, in der er die Buchstaben des Freimaureralphabets in der neuen, durch die Sequenz in Dürers magischem Quadrat definierten Reihenfolge platzierte.

Als er fertig war, untersuchten Katherine und er gemeinsam das Ergebnis.

J	E	O	V
A	S	A	N
C	T	U	S
U	N	U	S

Katherine war verwirrt. »Es ist immer noch Kauderwelsch.«

Langdon schwieg einen langen Moment. »Nein, Katherine«, widersprach er ihr dann. »Das ist es ganz und gar nicht.« Seine Augen leuchteten aufgeregt ob seiner Entdeckung. »Es ist Latein!«

In einem langen, dunklen Korridor schlurfte ein blinder, alter Mann zu seinem Büro, so schnell er konnte. Dort angekommen, ließ er sich erleichtert in seinen Sessel fallen. Seine müden Knochen dankten es ihm. Der Anrufbeantworter auf dem Schreibtisch blinkte. Der Alte drückte den Knopf und lauschte der aufgezeichneten Nachricht.

»Hier ist Warren Bellamy«, sagte die flüsternde Stimme seines Freundes und Freimaurerbruders. »Ich habe schlimme Neuigkeiten …«

Katherine blickte gebannt auf die Matrix aus Buchstaben und suchte nach einem lesbaren Text. Und tatsächlich, nach kurzer Zeit erschien vor ihren Augen ein lateinisches Wort. *Jeova.*

J	E	O	V
A	S	A	N
C	T	U	S
U	N	U	S

Katherine hatte kein Latein studiert, doch das Wort war ihr aus alten hebräischen Texten vertraut. *Jeova. Jehovah.* Sie versuchte das Quadrat wie ein Buch zu lesen und stellte erstaunt fest, dass sie den *gesamten* Text der Pyramide verstand.

Jeova Sanctus Unus.

Sie wusste sogleich, was das bedeutete. Dieser Sinnspruch war in den modernen Übersetzungen hebräischer Schriften allgegenwärtig. Der Gott der Hebräer war in der Thora unter vielen Namen bekannt – Jeova, Jehovah, Jeshua, Jachwe, Elohim, der Ursprung –, doch die vielen lateinischen Übertragungen hatten die verwirrende Vielfalt der Nomenklatur zu einem einzigen lateinischen Begriff konsolidiert. *Jeova Sanctus Unus.*

»Ein wahrer Gott?«, flüsterte sie. Das sah ganz und gar nicht nach einem Hinweis aus, der ihnen helfen konnte, ihren Bruder zu finden. »Das ist die geheime Botschaft dieser Pyramide? *Es gibt nur einen Gott?* Ich dachte, es wäre eine Karte?«

Langdon war nicht minder verwirrt, und seine Erregung verflog. »Der Code ist offensichtlich korrekt entschlüsselt, aber ...«

»Der Mann, der meinen Bruder hat, will eine genaue Adresse.« Katherine schob sich die Haare hinters Ohr. »Das hier wird ihn kaum zufriedenstellen.«

»So etwas hatte ich befürchtet, Katherine«, sagte Langdon und seufzte tief. »Ich hatte schon die ganze Nacht das Gefühl, dass wir eine Sammlung von Mythen und Allegorien für bare Münze nehmen. Vielleicht weist diese Inschrift auf einen metaphorischen Ort hin ... vielleicht sagt sie uns, dass das wahre Potenzial der Menschen nur durch den einen wahren Gott erschlossen werden kann.«

»Aber das ergibt doch keinen Sinn!« In Katherines Stimme schwang Ratlosigkeit, ja Verzweiflung mit. »Meine Familie schützt diese Pyramide seit Generationen! *Ein wahrer Gott?* Das ist das ganze Geheimnis? Und die CIA betrachtet es als eine Angelegenheit der nationalen Sicherheit? Entweder lügt die CIA, oder wir haben etwas übersehen.«

Langdon nickte schulterzuckend.

Genau in diesem Augenblick summte sein Handy.

In einem mit alten Büchern, Schriften und Folianten überladenen Büro kauerte der alte Mann über seinem Schreibtisch und hielt einen altmodischen Telefonhörer in der arthritischen Hand.

Auf der anderen Seite läutete es ununterbrochen.

Endlich meldete sich eine zögernde Stimme. »Hallo?« Die Stimme klang tief und unsicher.

»Ich wurde informiert, dass Sie Zuflucht suchen«, flüsterte der alte Mann in den Hörer.

Sein Gesprächspartner am anderen Ende schwieg verblüfft. »Wer spricht da?«, fragte er schließlich. »Hat Warren Bell…«

»Keine Namen am Telefon«, unterbrach ihn der Alte. »Sagen Sie mir – konnten Sie die Karte schützen, die Ihnen anvertraut wurde?«

Eine neuerliche verwirrte Pause. »Ja… allerdings glaube ich nicht, dass es eine Rolle spielt. Es steht nicht viel drin. Falls es überhaupt eine Karte ist, scheint sie mir eher metaphorisch zu sein als…«

»Hier haben wir es mit einer *richtigen* Karte zu tun, so viel darf ich Ihnen versichern. Und sie weist zu einem sehr realen Ort. Sie müssen diese Karte sicher verwahren. Ich kann gar nicht genug betonen, wie wichtig das ist. Sie werden verfolgt, aber wenn es Ihnen gelingt, ungesehen bis zu mir zu kommen, kann ich Ihnen Zuflucht gewähren… und Ihre Fragen beantworten.«

Der Mann am anderen Ende der Leitung zögerte unentschlossen.

»Mein Freund…«, fuhr der Alte fort und wählte seine Worte mit Bedacht. »Es gibt ein Refugium in Rom, nördlich des Tiber, das zehn Steine vom Berg Sinai enthält, einen aus dem Himmel selbst und einen mit dem Antlitz von Lukas' dunklem Vater. Wissen Sie, wo Sie mich finden?«

Eine lange Pause entstand, ehe der andere antwortete. »Ja. Ich weiß, wo ich Sie finde.«

Der alte Mann lächelte. *Das dachte ich mir, Professor Langdon.* »Kommen Sie her, so schnell es geht. Und achten Sie darauf, dass Ihnen niemand folgt.«

Kapitel 71

M al'akh stand nackt in den wärmenden Schwaden seiner Dampfdusche. Er fühlte sich wieder rein, nachdem er die letzten Reste von anhaftendem Ethanol abgewaschen hatte. Er spürte, wie seine Poren sich in der Hitze öffneten und die mit Eukalyptus durchsetzten Dämpfe seine Haut durchdrangen. Dann begann er mit seinem Ritual.

Zuerst verteilte er enthaarende Chemikalien über seinem tätowierten Leib und dem Kopf und entfernte jegliche Spuren von Körperbehaarung. *Haarlos waren die Götter der Heliaden.* Dann massierte er Abramelinöl in das aufgeweichte, empfängliche Fleisch. *Das heilige Öl des großen Magi.* Schließlich drehte er den Hebel der Dusche hart nach links, und das Wasser wurde eisig kalt. Eine volle Minute blieb er unter dem Wasserstrahl stehen, um die Hautporen zu verschließen und die Wärme und Energie in sich aufzunehmen. Die Kälte sollte an das eisige Wasser des Flusses gemahnen, in dem seine Transformation ihren Anfang genommen hatte.

Als er aus der Dusche trat, zitterte er am ganzen Leib. Sekunden später kroch die Hitze durch seinen Körper und wärmte ihn, bis er innerlich in einem mythischen Feuer brannte. Nackt stand er vor dem Spiegel und bewunderte seine Gestalt – vielleicht war es das letzte Mal, dass er sich als bloßen Sterblichen sah.

Seine Füße waren die Klauen eines Falken. Seine Beine – Boas und Jachin – die Säulen der Weisheit. Seine Hüften und sein Unterleib waren der Torbogen zu mythischer Macht. Das riesige Geschlechtsorgan unter dem Bogen trug die tätowierten Symbole seiner Bestimmung. In einem anderen Leben war der gewaltige fleischerne Schaft ein Quell sinnlicher Lust gewesen. Aber das war Vergangenheit.

Ich bin gereinigt.

Wie einst die Eunuchenmönche der Katharer hatte Mal'akh seine Testikel entfernt. Er hatte seine physische Potenz geopfert und gegen etwas Würdigeres, Weihevolleres eingetauscht. *Götter haben kein Geschlecht.* Nachdem er diese menschliche Unvollkommenheit zusammen mit dem irdischen Trieb sexueller Verlockung abgelegt hatte, war Mal'akh wie Ouranos geworden, wie Attis, Sporus und die Kastratenmagier der Artus-Legende. *Jeder spirituellen Metamorphose geht eine physische voran.* Das war die Lektion, die alle großen Götter lehrten ... angefangen bei Osiris über Tammus, Jesus und Shiva bis hin zu Buddha.

Ich muss den Menschen abstreifen, der mich umhüllt.

Abrupt richtete Mal'akh den Blick nach oben, vorbei an dem doppelköpfigen Phönix auf der Brust, der Collage alter Siegel auf dem Gesicht hin zum kahlen Schädeldach. Er neigte den Kopf nach vorn in Richtung des Spiegels, um die kleine, kreisförmige Stelle nackter Haut zu betrachten, die dort wartete. Diese Stelle war heilig. Es war die Fontanelle, jener Bereich des menschlichen Schädels, der bei der Geburt offen war. Ein *Oculus* zum Hirn. Auch wenn dieses Portal sich innerhalb der ersten Lebensmonate schloss, blieb es ein symbolisches Rudiment, eine Erinnerung an die verlorene Verbindung zwischen der äußeren und der inneren Welt.

Mal'akh studierte den heiligen Fleck jungfräulicher Haut, umschlossen vom Bild einer Schlange, die sich selbst in den Schwanz biss, einem *Ouroboros*. Der kahle Fleck schien ihn anzustarren ... voll strahlender Verheißung.

Bald schon würde Robert Langdon den großen Schatz entdecken, den Mal'akh suchte. Sobald er in Mal'akhs Besitz übergegangen war, würde er die kahle Stelle auf seinem Schädeldach füllen. Dann erst war er bereit für die letzte, finale Transformation.

Mal'akh tappte durchs Schlafzimmer und nahm einen Lendenschurz aus weißer Seide aus der untersten Schublade seiner Kommode. Wie schon so viele Male zuvor wickelte er sich den Schurz um die Hüften und das Geschlecht.

Dann ging er nach unten.

Der Computer in seinem Büro zeigte eine eingegangene E-Mail an.

Sie stammte von seinem Kontakt.

Was Sie suchen, ist nun in greifbarer Nähe.
Ich melde mich bald bei Ihnen. Noch ein KLEIN wenig Geduld.

Mal'akh lächelte. Die Zeit für die letzten Vorbereitungen war gekommen.

Kapitel 72

Der CIA-Agent kam übel gelaunt die Treppe hinunter. *Bellamy lügt.* Der Agent hatte in der Umgebung der Moses-Statue keinerlei Hitzesignaturen entdecken können. Genau genommen hatte er im gesamten oberen Bereich keine Spuren gefunden.

Wohin ist Langdon verschwunden?

Der Agent kehrte zurück zu der einzigen Stelle, wo er Hitzespuren entdeckt hatte – zur Ausleihe der Bibliothek. Er stieg die Treppe hinunter und begab sich unter die oktogonale Konsole, wo der Lärm der rumpelnden Transportbänder an den Nerven zerrte. Er klappte sein Infrarotsichtgerät vor die Augen und suchte den Raum ab. Nichts. Er sah zu der Stelle, wo die zerfetzte Tür immer noch heiß von der Explosion leuchtete. Ansonsten war keine …

Heiliger Strohsack.

Der Agent zuckte zurück, als eine unerwartete Lumineszenz in sein Blickfeld schwebte. Wie Geister waren die deutlich leuchtenden Abdrücke zweier menschlicher Umrisse auf einem Transportband hinter der Wand hervorgekommen. Hitzesignaturen.

Sie sind auf dem Transportband nach draußen gefahren? Das ist ja Wahnsinn!

Abgesehen von der Erkenntnis, dass Langdon ihm durch ein Loch in der Wand entwischt war, wurde dem Agenten bewusst, dass er ein weiteres Problem hatte. *Langdon ist nicht allein!*

Er wollte gerade über Funk den Einsatzleiter informieren, doch der war schneller.

»An alle, wir haben einen Volvo auf der Plaza vor der Bibliothek entdeckt, registriert auf eine Katherine Solomon. Augenzeugen haben gesehen, wie sie vor nicht allzu langer Zeit in die Bibliothek gegangen ist. Wir nehmen an, sie ist bei Langdon. Direktor Sato hat befohlen, die beiden zu suchen und unverzüglich zu ihr zu bringen!«

»Ich habe Hitzesignaturen der beiden gefunden!«, rief der Agent in das Mikro. Er erklärte seinem Einsatzleiter die Situation.

»Herrgott noch mal!«, stieß dieser hervor. »Wohin führt dieses Band?«

Der Agent studierte bereits den Grundriss am Anschlagbrett für die Mitarbeiter der Bibliothek. »Zum Adams Building, einen Block von hier.«

»Alle Kräfte sofort umgruppieren. Neues Ziel ist das Adams Building. Bewegung!«

Kapitel 73

Zuflucht. Antworten.

Die Worte hallten in Langdons Kopf wider, als er und Katherine durch eine Seitentür des Adams Building und hinaus in die kalte Nacht stürmten. Der geheimnisvolle Anrufer hatte in Rätseln gesprochen, als er seinen Aufenthaltsort nannte, doch Langdon hatte verstanden. Katherines Reaktion auf ihr Ziel war überraschend hoffnungsvoll gewesen: *Es gibt keinen besseren Ort, den Einen Wahren Gott zu finden.*

Stellte sich nur noch die Frage, wie sie dorthin gelangen sollten.

Langdon drehte sich um die eigene Achse, um sich zu orientieren. Es war dunkel, aber glücklicherweise hatte das Wetter sich aufgeklart. Sie standen in einem kleinen Hof. In der Ferne schien die Kuppel des Kapitols überraschend weit weg zu sein. Erst jetzt wurde Langdon bewusst, dass er zum ersten Mal wieder ins Freie trat, seit er vor Stunden im Kapitol eingetroffen war.

So viel zu meinem Vortrag.

»Schau, Robert.« Katherine deutete auf die Silhouette des Jefferson Building.

Langdons erste Reaktion auf den Anblick des Gebäudes war Erstaunen. Er hätte nicht gedacht, dass sie auf dem unterirdischen Förderband so weit gekommen waren. Dann aber befiel ihn Sorge. Am Jefferson Building herrschte rege Betriebsamkeit. Es wimmelte von Fahrzeugen, und Menschen riefen einander zu. *Ist das da ein Suchscheinwerfer?*

Langdon ergriff Katherines Hand. »Komm.«

Sie liefen nach Nordosten über den Hof und verschwanden hinter einem eleganten, u-förmigen Gebäude, das Langdon als die Folger Shakespeare Library erkannte, in der das auf Latein verfasste Manuskript von Francis Bacons *Neu-Atlantis* aufbewahrt wurde – jene Utopie, auf deren Grundlage die amerikanischen Gründerväter angeblich eine neue Welt im Sinne antiken Wissens entwickelt hatten.

Langdon und Katherine eilten auf der Third Street in Richtung Norden und brachten rasch Abstand zwischen sich und die Kongressbibliothek. Dann sah Langdon ein Taxi um die Ecke biegen und winkte es heran.

Orientalische Musik plärrte aus dem Radio, und der junge, offenbar arabische Fahrer lächelte die beiden an. »Wohin?«, fragte er, als sie in den Wagen sprangen.

»Richtung Union Station und dann nach links auf die Massachusetts Avenue«, wies Katherine ihn an. »Wir sagen Ihnen, wann Sie halten sollen.«

Der Fahrer zuckte mit den Schultern, schloss die Trennscheibe aus Plexiglas und drehte das Radio wieder lauter.

Katherine warf Langdon einen mahnenden Blick zu, als wolle sie sagen: »Keine Spuren hinterlassen!« Dann deutete sie aus dem Fenster auf einen schwarzen Helikopter, der sich im Tiefflug näherte. Sato meinte es offenbar todernst damit, Solomons Pyramide wiederzubeschaffen.

Sie beobachteten, wie der Helikopter zwischen dem Jefferson und dem Adams Building landete. Katherine drehte sich zu Langdon um. Sie sah zunehmend besorgt aus. »Kann ich mal kurz dein Handy haben?«

Langdon reichte es ihr.

»Peter hat mir erzählt, du hättest ein eidetisches Gedächtnis. Stimmt das?«, fragte sie und kurbelte das Fenster herunter. »Und dass du dir jede Telefonnummer merken kannst, die du gewählt hast?«

»Das stimmt, aber ...«

Katherine warf das Telefon in die Nacht hinaus. Langdon beobachtete offenen Mundes, wie es auf dem Bürgersteig in tausend Stücke zersprang. »Warum hast du das getan?«

»So kann man uns nicht orten«, sagte Katherine und schaute ihn ernst an. »Die Pyramide ist die einzige Hoffnung, Peter zu finden, und ich habe nicht die Absicht, sie mir von der CIA stehlen zu lassen.«

Auf dem Fahrersitz wiegte Omar Amirana den Kopf hin und her und summte die Musik mit. Sein Taxi fuhr soeben am Stanton Park vorbei, als die vertraute Stimme seines Fahrdienstleiters aus dem Funkgerät drang.

»Hier Zentrale. An alle Fahrzeuge im Gebiet der National Mall. Wir haben gerade eine Meldung der Behörden über zwei Flüchtige im Bereich des Adams Building bekommen ...«

Omar hörte erstaunt zu, als die Meldung durchgegeben wurde. Die Personenbeschreibung traf genau auf seine beiden Fahrgäste zu. Nervös schaute er in den Innenspiegel. Er musste zugeben, dass der große Kerl ihm irgendwie bekannt vorkam. *Habe ich ihn schon mal bei irgendeiner Fahndungssendung im Fernsehen gesehen?*

Zögernd griff Omar nach seinem Mikrofon. »Zentrale?«, sagte er und sprach so leise wie möglich. »Hier Wagen 1-3-4. Die beiden Leute, nach denen ihr gefragt habt ... Sie sind in meinem Taxi.«

Die Zentrale wies Omar sofort an, was er zu tun hatte. Die Hände des jungen Arabers zitterten, als er die Nummer wählte, die ihm die Zentrale gegeben hatte. Die Stimme am anderen Ende der Leitung klang herrisch und streng, wie die eines Soldaten.

»Agent Turner Simkins hier, CIA. Wer spricht da?«

»Äh ... Ich bin der Taxifahrer«, sagte Omar. »Man hat mir gesagt, ich solle wegen der beiden ...«

»Sind die Flüchtigen derzeit in Ihrem Taxi? Antworten Sie nur mit Ja oder Nein.«

»Ja.«

»Können sie dieses Gespräch mit anhören? Ja oder Nein?«

»Nein. Die Trennscheibe ist ...«

»Wo fahren Sie die beiden hin?«

»Richtung Nordwesten auf der Massachusetts.«

»Das genaue Ziel?«

»Das haben sie nicht gesagt.«

Der Agent zögerte. »Hat der männliche Passagier eine Ledertasche dabei?«

Omar blickte in den Innenspiegel, und seine Augen wurden groß. »Ja! In der Tasche ist doch kein Sprengstoff oder so ...?«

»Hören Sie mir gut zu«, sagte der Agent. »Sie sind so lange nicht in Gefahr, wie Sie meine Anweisungen genau befolgen. Ist das klar?«

»Jawohl, Sir.«

»Wie heißen Sie?«

»Omar.« Dem Fahrer rann eine Schweißperle über die Stirn.

»Hören Sie zu, Omar«, sagte der CIA-Mann ruhig. »Sie machen das großartig. Ich möchte, dass Sie so langsam wie möglich fahren, während ich ein Team in Ihre Nähe bringe. Haben Sie das verstanden?«

»Jawohl, Sir.«

»Können Sie mit Ihren Fahrgästen über Interkom reden?«

»Ja, Sir.«

»Gut. Dann möchte ich, dass Sie Folgendes tun.«

*K*apitel 74

Der »Dschungel« bildete den Mittelpunkt des U.S. Botanic Garden – Amerikas lebendiges Museum – unmittelbar neben dem Kapitol. Botanisch gesehen ein Regenwald, war der Dschungel in einem riesigen Gewächshaus untergebracht. Es gab hier gewaltige Gummibäume, Würgefeigen und einen Laufsteg in Baumwipfelhöhe für die Wagemutigeren unter den Touristen.

Normalerweise genoss Warren Bellamy den Duft der Pflanzen und der feuchten Erde und erfreute sich am Sonnenlicht, das durch den Dunst fiel, der von Wassersprenklern hoch oben in der gläsernen Decke erzeugt wurde. Heute jedoch, nur vom Mondlicht erhellt, jagte der Dschungel ihm Angst ein. Bellamy schwitzte aus

DER DSCHUNGEL, U.S. BOTANIC GARDEN

allen Poren und wand sich unter den Krämpfen in seinen Armen, die noch immer schmerzhaft hinter seinem Rücken gefesselt waren.

Inoue Sato ging vor ihm auf und ab und rauchte in aller Ruhe eine Zigarette, was in dieser Umgebung das Äquivalent zu einem ökologischen Terroranschlag darstellte. In dem von Rauch erfüllten Mondlicht, das durchs Glasdach fiel, sah ihr Gesicht beinahe dämonisch aus.

»Nun denn«, sagte Sato, »als Sie heute Abend am Kapitol eingetroffen sind und herausfanden, dass ich bereits dort war, haben Sie einen Entschluss getroffen. Anstatt sich bei mir zu melden, haben Sie sich ins Tiefgeschoss geschlichen, wo Sie mich und Chief Anderson attackiert und Langdon geholfen haben, mit der Pyramide und dem Deckstein zu entkommen.« Sie rieb sich die Schulter. »Eine interessante Entscheidung.«

Eine Entscheidung, die ich jederzeit wieder treffen würde, dachte Bellamy. »Wo ist Peter?«, fragte er zornig.

»Woher soll ich das wissen?«, entgegnete Sato kalt.

»Alles andere scheinen Sie doch *auch* zu wissen!« Bellamy machte keinen Hehl aus seinem Verdacht, dass Sato hinter allem steckte. »Sie wussten, dass Sie sich ins Kapitol begeben mussten. Sie wussten, dass Sie Robert Langdon dort finden würden. Sie wussten sogar, dass Sie Langdons Tasche durchleuchten mussten, um den Deckstein zu finden. Offensichtlich hat irgendjemand Ihnen eine Menge Insiderinformationen zugespielt.«

Sato lachte kalt und trat einen Schritt auf ihn zu. »Mr. Bellamy, ist *das* der Grund, warum Sie mich angegriffen haben? Halten Sie mich für den *Feind*? Glauben Sie, ich versuche, Ihre kleine Pyramide zu stehlen?« Sato zog an ihrer Zigarette und blies den Rauch durch die Nase. »Hören Sie mir gut zu. Niemand weiß besser als ich, wie wichtig es ist, Geheimnisse zu wahren. Genau wie Sie bin auch ich der Meinung, dass es Informationen gibt, die besser nicht an die Öffentlichkeit gelangen sollten. Heute Nacht jedoch sind hier

Kräfte am Werk, die Sie offenbar noch nicht ganz erfasst haben. Der Mann, der Peter Solomon entführt hat, verfügt über eine Macht, die so gewaltig ist, wie Sie es sich in Ihren kühnsten Träumen nicht vorstellen können. Glauben Sie mir, er ist eine wandelnde Zeitbombe. Er kann eine Kette von Ereignissen in Gang setzen, die die Welt für immer verändern würde.«

»Ich verstehe nicht…« Bellamy rückte auf der Bank hin und her. Die mit Handschellen gefesselten Arme bereiteten ihm höllische Schmerzen.

»Sie müssen auch nicht verstehen, sondern *gehorchen*. Im Augenblick sehe ich nur eine Möglichkeit, eine Katastrophe abzuwenden: Wir müssen mit diesem Mann kooperieren und ihm genau das geben, was er will. Und das bedeutet, Sie werden jetzt Mr. Langdon anrufen und ihm sagen, er soll sich stellen – mit der Pyramide und dem Deckstein. Sobald Langdon sich in meinem Gewahrsam befindet, wird er die Pyramideninschrift entziffern, dem Mann jede Information beschaffen, die er benötigt, und ihm genau das geben, was er haben will.«

Der Ort der Wendeltreppe, die zu den Alten Mysterien führt? »Das kann ich nicht. Ich habe geschworen, Schweigen zu wahren.«

Sato platzte der Kragen. »Mir ist scheißegal, *was* Sie geschworen haben! Ich werde Sie so schnell in den Knast stecken…«

»Sie können mir drohen, so viel Sie wollen«, erwiderte Bellamy trotzig. »Ich werde Ihnen nicht helfen.«

Sato atmete tief durch, und ihre Stimme wurde zu einem furchterregenden Flüstern. »Mr. Bellamy, Sie haben keine Ahnung, was hier heute Nacht wirklich vor sich geht, oder?«

Das angespannte Schweigen, das auf diese Worte folgte, hielt mehrere Sekunden an; dann endete es mit dem Klingeln von Satos Handy. Sie riss den Apparat aus der Tasche. »Verstehe…ja, gut…«, sagte sie und hörte aufmerksam zu. »Wo ist das Taxi jetzt? Wie lange? Okay, gut. Bringen Sie sie zum Botanischen Garten. Bediensteteneingang.

Und bringen Sie mir auch die gottverdammte Pyramide und den Deckstein mit.«

Sato beendete das Telefonat und drehte sich mit einem selbstgefälligen Lächeln zu Bellamy um. »Nun, wie es aussieht, sind Sie bald nicht mehr von Nutzen für uns.«

 Kapitel 75

obert Langdon starrte ins Leere. Er war viel zu müde, um den Taxifahrer zur Eile anzutreiben. Neben ihm war Katherine ebenfalls verstummt. Offenbar machte es ihr zu schaffen, dass sie nicht verstand, was die Pyramide so besonders machte. Was *war* mit der Pyramide und dem Deckstein? Was hatten beide Gegenstände mit den seltsamen Ereignissen dieses Abends zu tun? Und inwiefern konnte man die Pyramide als Karte betrachten?

Jeova Sanctus Unus? The secret hides within The Order?

Ihr geheimnisvoller Kontakt hatte ihnen Antworten versprochen, sobald sie ihn an einem bestimmten Ort trafen. *Ein Refugium in Rom, nördlich des Tiber.* Langdon wusste, dass das »Neue Rom« der Gründerväter schon früh in der Geschichte der Stadt Washington umbenannt worden war; dennoch hatten Reste des ursprünglichen Traums überlebt: Der Tiber floss noch immer in den Potomac; die Senatoren versammelten sich nach wie vor unter einer Nachbildung der Kuppel von Sankt Peter, und Vulkan und Minerva wachten bis heute über die längst erloschene Flamme in der Rotunde.

Die Antworten, die Langdon und Katherine suchten, warteten offensichtlich nur ein paar Kilometer entfernt auf sie. *Richtung Nordwesten auf der Massachusetts Avenue.* Ihr Ziel war in der Tat eine Zuflucht ... nördlich von Tiber Creek.

Langdon wünschte sich, der Fahrer würde endlich Gas geben.

Abrupt richtete Katherine sich im Sitz auf, als wäre ihr plötzlich irgendetwas Bedeutsames klar geworden. »Robert!« Sie drehte sich zu ihm um; ihr Gesicht war kreidebleich. Sie zögerte einen Moment und erklärte dann mit Nachdruck: »Wir fahren in die falsche Richtung!«

»Wie kommst du darauf? Unser Ziel liegt nordwestlich auf der …«

»Nein! Wir fahren zum falschen *Ort!*«

Langdon war verwirrt. Er hatte Katherine bereits erklärt, woher er den Ort kannte, den der geheimnisvolle Anrufer beschrieben hatte. *Es enthält zehn Steine vom Berg Sinai, einen aus dem Himmel selbst und einen mit dem Antlitz von Lukas' dunklem Vater.* Nur ein Gebäude auf der Welt konnte dies alles von sich behaupten, und genau dorthin war das Taxi unterwegs.

»Katherine, ich bin mir sicher, dass der Ort stimmt.«

»Nein! *Dort* müssen wir nicht mehr hin. Ich habe das Rätsel der Pyramide und des Decksteins gelöst! Ich weiß jetzt, um was es hier geht!«

»Ich verstehe nicht …«

»Wir müssen zur Freedom Plaza, Robert!«

Langdon kam nicht mehr mit. Die Freedom Plaza war zwar ganz in der Nähe, erschien ihm aber völlig unbedeutend in den rätselhaften Geschehnissen der letzten Stunden.

»*Jeova Sanctus Unus!*«, sagte Katherine. »Der Eine Wahre Gott der Hebräer. Das heilige Symbol der Hebräer ist der Davidsstern, das Siegel Salomons, ein bedeutendes Symbol der Freimaurer!« Sie fischte eine Dollarnote aus der Tasche und zog einen Stift hervor. »Schau her.« Sie breitete die Dollarnote auf ihrem Schenkel aus, nahm den Stift und deutete auf das Staatssiegel. »Wenn man Salomons Siegel über das Staatssiegel der Vereinigten Staaten legt …« Sie zeichnete den Davidsstern exakt über die Pyramide. »Sieh dir an, was man dann bekommt.«

Langdon blickte auf die Banknote und dann wieder zu Katherine, als hätte sie den Verstand verloren.

»Sieh genauer hin, Robert. Erkennst du denn nicht, worauf ich zeige?«

Erneut sah er sich die Zeichnung an.

Worauf will sie hinaus? Langdon hatte dieses Bild schon allzu oft gesehen. Bei Verschwörungstheoretikern war es ein populärer »Beweis« dafür, dass die Freimaurer unmittelbar nach der Gründung der USA insgeheim Einfluss auf die Geschicke des Landes ausgeübt hätten. Wenn man den sechszackigen Stern so über das Staatssiegel der Vereinigten Staaten legte, dass das obere Feld das allsehende Auge einrahmte, deuteten die fünf anderen Spitzen genau auf die Buchstaben, die das Wort M-A-S-O-N bildeten – »Freimaurer«.

»Das ist Zufall, Katherine. Ich verstehe immer noch nicht, was das mit der Freedom Plaza zu tun hat.«

»Sieh noch einmal hin!« Katherine klang allmählich wütend. »Du schaust nicht auf das, worauf ich zeige! Genau *da!*«

Einen Augenblick später sah Langdon es.

Der Chef des CIA-Einsatzteams, Turner Simkins, stand vor dem Adams Building, drückte sich das Handy ans Ohr und versuchte, das Gespräch zu verfolgen, das im Fond des Taxis geführt wurde.

Irgendwas geschieht da…

Sein Team war gerade dabei, an Bord eines modifizierten Black-Hawk-Helikopters zu steigen, um nach Nordwesten zu fliegen und eine Straßensperre zu errichten, doch nun schien die Situation sich plötzlich geändert zu haben.

Mit einem Mal beharrte Katherine Solomon darauf, dass das Taxi in die falsche Richtung fuhr. Ihre Erklärung – irgendetwas mit der amerikanischen Eindollarnote und dem Davidsstern – ergab keinen Sinn, weder für Simkins noch für Langdon.

Nun aber schien Langdon zu begreifen, worauf die Frau hinauswollte.

»Du hast recht«, stieß Langdon hervor. »Das habe ich anfangs nicht gesehen.«

Plötzlich hörte Simkins, wie jemand gegen die Trennscheibe hämmerte, die daraufhin aufglitt.

»Planänderung«, rief Katherine dem Fahrer zu. »Bringen Sie uns zur Freedom Plaza!«

»Zur Freedom Plaza?« Die Stimme des Fahrers klang nervös. »Nicht nach Nordwesten über die Massachusetts?«

»Vergessen Sie das«, sagte Katherine. »Zur Freedom Plaza! Da vorne links! Hier! *Hier!*«

Simkins hörte, wie das Taxi mit kreischenden Reifen um eine Kurve schoss. Katherine redete wieder aufgeregt auf Langdon ein. Sie sagte irgendwas von einem berühmten Bronzeabguss des Staatssiegels, der in die Plaza eingelassen sei.

»Ma'am, nur um sicherzugehen«, unterbrach sie die Stimme des Fahrers. »Sie wollen zur Freedom Plaza an der Ecke Pennsylvania und Dreizehnte?«

»Ja!«, antwortete Katherine. »Beeilen Sie sich!«

»Das ist sehr nah. Zwei Minuten.«

Simkins lächelte. *Gut gemacht, Omar.* Als er zu dem wartenden Helikopter rannte, rief er seinem Team zu: »Wir haben sie! Freedom Plaza! Bewegung!«

Kapitel 76

Die Freedom Plaza ist eine Karte.

An der Ecke Pennsylvania Avenue und Dreizehnte Straße gelegen, zeigt die riesige Oberfläche der Plaza in schwarzen und weißen Steinen die Straßen Washingtons, wie Pierre L'Enfant sie sich ursprünglich vorgestellt hatte. Die Plaza wird von Touristen auch deshalb viel besucht, weil Martin Luther King Jr., dem die Freedom Plaza ihren Namen zu verdanken hatte, einen Großteil seiner »Ich habe einen Traum«-Rede im nahen Willard Hotel geschrieben hat.

FREEDOM PLAZA

Omar Amirana fuhr ständig Touristen zur Freedom Plaza, doch in dieser Nacht hatten seine beiden Fahrgäste offensichtlich kein Sightseeing im Sinn. *Sie werden von der CIA gejagt?* Omar hatte kaum am Bordstein gehalten, schon sprangen der Mann und die Frau aus seinem Taxi.

»Warten Sie hier«, sagte der Mann in der Tweedjacke zu Omar. »Wir sind gleich wieder zurück.«

Omar beobachtete, wie das Paar auf den riesigen Stadtplan lief, hierhin und dorthin deutete und einander zurief, während beide den Blick über die sich kreuzenden Straßen schweifen ließen. Omar nahm sein Handy vom Armaturenbrett. »Sir? Sind Sie noch da?«

»Ja, Omar!«, rief eine Stimme, die über den höllischen Krach am anderen Ende hinweg kaum zu vernehmen war. »Wo sind die beiden jetzt?«

»Auf dem Stadtplan. Sie scheinen nach etwas zu suchen.«

»Lassen Sie sie nicht aus den Augen«, rief der Agent. »Ich bin fast da!«

Omar beobachtete, wie die beiden Flüchtigen das Große Staatssiegel fanden – eine der größten Bronzeplaketten, die je gegossen worden waren. Dort blieben sie kurz stehen und deuteten nach Südwesten. Dann kam der Mann in Tweed zum Taxi zurückgerannt. Omar legte rasch sein Handy zurück auf die Armaturen.

»In welcher Richtung liegt Alexandria, Virginia?«, wollte der Mann wissen.

»Alexandria? Dort.« Omar deutete nach Südwesten, in genau die Richtung, in die auch die beiden gezeigt hatten.

»Ich wusste es!«, flüsterte der Mann. Er drehte sich um und rief der Frau zu: »Du hast recht! Alexandria!«

Die Frau deutete nun über die Plaza hinweg zu einem beleuchteten U-Bahn-Schild in der Nähe. »Die Blue Line fährt direkt dorthin. Wir müssen zur King Street Station.«

In Omar stieg Panik auf. *Oh nein.*

Der hochgewachsene Mann drehte sich wieder zu Omar um und drückte ihm Geldscheine in die Hand. Es war bei Weitem zu viel für die Fahrt. »Danke. Sie brauchen nicht länger zu warten.« Der Mann schnappte sich seine Tasche vom Rücksitz und eilte davon.

»Warten Sie! Ich kann Sie fahren! Ich fahre ständig dorthin!« Doch es war zu spät. Der Mann und die Frau rannten bereits über die Plaza und verschwanden auf der Treppe, die hinunter zur U-Bahn-Station führte.

Omar griff nach seinem Handy. »Sir! Sie sind in die U-Bahn gelaufen! Ich konnte sie nicht aufhalten! Sie fahren mit der Blue Line nach Alexandria!«

»Bleiben Sie, wo Sie sind!«, rief der Agent. »Ich bin in fünfzehn Sekunden da!«

Omar starrte auf die Geldscheine, die der Mann ihm gegeben hatte. Die Banknote, die zuoberst lag, war offensichtlich diejenige, auf die die Frau etwas gekritzelt hatte. Ein Davidsstern war über das Staatssiegel der Vereinigten Staaten gelegt; die Spitzen des Sterns deuteten genau auf die Buchstaben M-A-S-O-N – »Freimaurer«.

Unvermittelt spürte Omar ein ohrenbetäubendes Vibrieren um sich herum, als würde ein tonnenschwerer Truck auf sein Taxi zurasen. Erschrocken schaute er sich um, doch die Straße war leer. Der Lärm wurde lauter. Dann, plötzlich, sank ein schlanker, schwarzer Helikopter vom finsteren Himmel und landete mitten auf der Plaza mit ihrer Karte.

Eine Gruppe schwarz gekleideter Männer sprang aus dem Helikopter. Die meisten rannten zur U-Bahn-Station; einer kam zu Omars Taxi und riss die Beifahrertür auf. »Omar? Sind Sie das?«

Omar nickte. Es hatte ihm glatt die Sprache verschlagen.

»Der Mann und die Frau – haben sie gesagt, wohin sie wollen?«

»Alexandria! King Street Station!«, platzte Omar heraus. »Ich habe angeboten, sie zu fahren, aber …«

»Haben Sie gesagt, *wo* genau in Alexandria sie hinwollen?«

»Nein! Sie haben sich die Plakette mit dem Staatssiegel ange-schaut, dann nach Alexandria gefragt und mich *hiermit* bezahlt.« Er gab dem Agenten die Dollarnote mit dem bizarren Diagramm.

Während der Agent den Geldschein betrachtete, fügte Omar in Gedanken alles zusammen. *Die Freimaurer ... Alexandria ...* Eines der berühmtesten Freimaurergebäude Amerikas befand sich in Alexandria. »Natürlich!«, rief er unvermittelt. »Das George Washington Masonic Memorial! Es liegt direkt gegenüber der King Street Station!«

»Das ist es«, sagte der Agent, der offensichtlich gerade zum selben Schluss gekommen war, als die restlichen Agenten aus der U-Bahn-Station zurückkehrten.

»Wir haben die beiden verpasst!«, rief einer der Männer. »Die Blue Line ist gerade abgefahren! Sie sind nicht unten!«

Agent Simkins blickte auf die Uhr und drehte sich wieder zu Omar um. »Wie lange braucht die U-Bahn bis Alexandria?«

»Mindestens zehn Minuten ... wahrscheinlich mehr.«

»Sie haben hervorragende Arbeit geleistet, Omar. Ich danke Ih-nen.«

»Äh ... gern geschehen. Sagen Sie, worum geht es hier eigentlich?«

Doch Agent Simkins lief bereits zum Helikopter zurück und rief dabei: »King Street Station! Wir werden noch vor ihnen dort sein!«

Verwirrt beobachtete Omar, wie der große, schwarze Vogel sich erhob. Dann bog er scharf nach Süden über die Pennsylvania Ave-nue ab und donnerte in die Nacht davon.

Tief unter Omar Amiranas Taxi nahm die Blue Line Fahrt auf und entfernte sich von der Freedom Plaza. Robert Langdon und Kathe-rine Solomon saßen atemlos in einem der Waggons. Sie sprachen kein Wort, während der U-Bahn-Waggon sie ihrem Ziel stetig nä-her brachte.

 Kapitel 77

Die Erinnerung begann stets gleich.

Er fiel rücklings eine tiefe Schlucht hinunter, auf deren Grund ein zugefrorener Fluss auf ihn wartete. Über ihm starrten die gnadenlosen grauen Augen Peter Solomons über den Lauf von Andros' Pistole auf ihn hinunter. Während er fiel, entfernte die Welt über ihm sich immer mehr. Alles verschwand, als er vom wabernden Dunst des Wasserfalls weiter flussaufwärts eingehüllt wurde.

Einen Augenblick war alles weiß, so wie im Himmel.

Dann schlug er auf dem Eis auf.

Kalt. Schwarz. Schmerz.

Er wurde hin und her geschleudert ... von einer gewaltigen Kraft gegen Felsen geworfen, in einer unglaublich kalten Leere. Seine Lunge gierte nach Luft, doch seine Brustmuskeln hatten sich in der Kälte so krampfartig zusammengezogen, dass er nicht atmen konnte.

Ich bin unter dem Eis.

In der Nähe des Wasserfalls war das Eis aufgrund des aufgewühlten Wassers weitaus dünner als an anderen Stellen, und Andros war durchgebrochen. Nun wurde er flussabwärts getrieben, gefangen unter einem durchsichtigen Dach. Er krallte sich in die Unterseite des Eises und versuchte durchzubrechen, hatte aber keinen Hebel, um seine gewaltige Kraft anzusetzen. Der stechende Schmerz des Einschussloches in seiner Schulter verebbte ebenso wie das Pochen der Wunden, die das Vogelschrot ihm zugefügt hatte. Dafür bewirkte nun die eisige Kälte, dass jede Faser seines Körpers immer tauber wurde.

Die Strömung wurde stärker und schleuderte Andros um eine Flussbiegung. Sein Leib schrie nach Sauerstoff. Mit einem Mal verfing er sich in den Ästen eines ins Wasser gestürzten Baumes. *Denk nach!* Er packte einen Ast, zerrte sich bis an die Oberfläche und entdeckte die Stelle, wo der Baum das Eis durchbrochen hatte. Mit den Fingerspitzen ertastete er die winzige Lücke um den Ast und zog am Rand, um die Öffnung zu vergrößern. Einmal, zweimal... die Öffnung wuchs bis auf mehrere Zentimeter.

Andros drückte sich an den Ast, legte den Kopf zurück und schob den Mund durch das kleine Loch. Die Winterluft, die in seine Lunge strömte, fühlte sich warm an, und die plötzliche Flut an Sauerstoff nährte seine Hoffnung auf Rettung. Er stemmte sich mit den Füßen gegen den Stamm und drückte Rücken und Schultern nach oben, so fest er konnte. Das Eis um den umgestürzten Baum, perforiert von den Ästen, war bereits geschwächt, und als Andros nun mit seinen kraftvollen Beinen drückte, brach er mit Kopf und Schultern durchs Eis und hinaus in die Winternacht. Luft strömte in seine Lunge. Noch immer bis zur Brust unter Wasser, kämpfte er sich nach oben, schob mit den Beinen und zog mit den Armen, bis er sich endlich befreit hatte und atemlos auf dem nackten Eis lag.

Andros riss sich die durchnässte Skimaske herunter, steckte sie weg und blickte erschöpft den Fluss hinauf, ob irgendetwas von Peter Solomon zu sehen war. Die Flussbiegung behinderte seine Sicht. Seine Brust brannte noch immer. Er zog einen kleinen Ast über das Loch im Eis, um es zu verbergen. Am nächsten Morgen würde es wieder zugefroren sein.

Als Andros in den Wald wankte, setzte Schneefall ein. Er hatte keine Ahnung, wie weit er laufen musste, als er unvermittelt auf die Böschung einer Fernstraße stolperte. Er war benommen und völlig unterkühlt. Der Schneefall war stärker geworden. Nach kurzer Zeit entdeckte er ein einzelnes Paar Scheinwerfer in der Ferne, das rasch näher kam. Andros winkte wild, und der Pick-up fuhr an den Straßenrand. Das Fahrzeug hatte ein Nummernschild des Staates Vermont. Ein alter Mann in einem rot karierten Hemd sprang heraus.

Andros taumelte auf ihn zu und hielt sich die blutende Brust. »Ein Jäger ... hat auf mich geschossen! Ich muss ins Krankenhaus.«

Ohne zu zögern, half der alte Mann Andros auf den Beifahrersitz und drehte die Heizung hoch. »Wo ist das nächste Krankenhaus?«, erkundigte er sich.

Andros hatte keine Ahnung, deutete aber in Richtung Süden. »Nächste Ausfahrt.« *Wir fahren nicht zum Krankenhaus, mein Freund.*

Am Tag darauf wurde der alte Mann aus Vermont als vermisst gemeldet, doch niemand wusste, wo auf seiner Fahrt durch den Schneesturm er verschwunden sein könnte. Auch stellte niemand eine Verbindung zwischen seinem Verschwinden und einer anderen Nachricht her, die am folgenden Tag die Schlagzeilen beherrschte – dem schrecklichen Mord an Isabel Solomon.

Als Andros aufwachte, lag er in einem trostlosen Zimmer in einem billigen Motel, das für die Saison bereits geschlossen hatte. Er erinnerte sich daran, in dieses Motel eingebrochen zu sein und seine Wunden mit einem zerrissenen Bettlaken verbunden zu haben. Dann hatte er sich in das schäbige Bett gelegt und die schimmeligen Decken über seinen geschundenen Körper gebettet. Er war halb verhungert.

Andros humpelte ins Bad und sah die blutigen Schrotkugeln im Waschbecken. Verschwommen erinnerte er sich daran, sie sich aus der Brust gepult zu haben. Er blickte in den verdreckten Spiegel und nahm den blutigen Verband ab, um den Schaden in Augenschein zu nehmen. Seine harten Muskeln an Brust und Bauch hatten die Kugeln daran gehindert, allzu tief ins Fleisch zu dringen, doch sein einst so makelloser Körper war nun von Wunden entstellt. Die eine Kugel, die Peter Solomon abgefeuert hatte, war offenbar sauber durch die Schulter gedrungen und hatte einen kleinen, blutigen Krater hinterlassen.

Und als wäre das nicht schlimm genug, war es Andros nicht gelungen, an sich zu bringen, weshalb er zu den Solomons gekommen war: *die Pyramide.*

Sein Magen knurrte, und er humpelte nach draußen zum Wagen des alten Mannes in der Hoffnung, dort etwas zu essen zu finden. Der Pick-up war inzwischen mit einer dicken Lage Schnee bedeckt, und Andros fragte sich, wie lange er wohl in dem schäbigen Motel geschlafen hatte. *Gott sei Dank bin ich wieder aufgewacht.* Andros fand zwar nichts zu essen, entdeckte im Handschuhfach jedoch Schmerztabletten für Arthritiker. Er nahm ein paar davon und schluckte sie mit einer Handvoll Schnee, den er im Mund tauen ließ.

Ich brauche etwas zu essen.

Ein paar Stunden später sah der Pick-up, der nun hinter dem Motel hervorkam, nicht mehr so aus wie der Wagen, der zwei Tage zuvor hier geparkt hatte. Die Radkappen fehlten ebenso wie sämtliche Aufkleber und andere Verzierungen. Auch die Nummernschilder aus Vermont waren verschwunden, ersetzt durch die eines alten Werkstatttrucks, den Andros neben den Müllcontainern des Motels entdeckt hatte. In diesen Container hatte er auch die blutigen Laken und die Schrotkugeln geworfen sowie alle anderen Beweisstücke, die bekundet hätten, dass er jemals in diesem Motel gewesen war.

Andros hatte die Jagd nach der Pyramide noch nicht aufgegeben, doch für den Augenblick würde sie erst einmal ruhen müssen. Er musste sich verstecken, seine Wunden heilen lassen und vor allen Dingen *essen*. Ein Stück weiter die Straße hinunter fand er ein Diner, wo er eine große Portion Eier, Schinken und Kartoffelpuffer hinunterschlang und mit drei Gläsern Orangensaft nachspülte. Als er fertig war, bestellte er sich noch mehr zum Mitnehmen. Wieder auf der Straße, schaltete Andros das alte Radio des Pick-ups ein. Seit seinem Martyrium hatte er weder ferngesehen noch eine Zeitung gelesen. Als er schließlich die Lokalnachrichten hörte, versetzte ein Bericht ihn in Erstaunen.

»Beamte des F B I«, erklärte der Nachrichtensprecher, »setzen ihre Suche nach dem bewaffneten Eindringling fort, der Isabel Solomon vor zwei Tagen in ihrem Haus in Potomac ermordet hat. Inzwischen geht man davon aus, dass der Täter durch das Eis in den Fluss gebrochen ist und seine Leiche ins Meer gespült wurde.«

Andros erstarrte. *Der Eindringling, der Isabel Solomon ermordet hat?* Verwirrt fuhr er weiter.

Es war an der Zeit, von hier wegzukommen. Weit, weit weg.

Das Apartment an der Upper West Side bot einen atemberaubenden Blick auf den Central Park. Andros hatte es sich ausgesucht, weil das grüne Meer ihn an die Aussicht in der Ägäis erinnerte. Er wusste, dass er froh sein sollte, noch am Leben zu sein, aber so war es nicht: Die innere Leere hatte ihn nie verlassen, und seine Gedanken drehten sich immerzu um den gescheiterten Versuch, Peter Solomons Pyramide zu stehlen.

Andros hatte lange Stunden mit Nachforschungen zur Legende der Freimaurerpyramide verbracht. Zwar gab es keine Einigkeit darüber, ob sie nun existierte oder nicht, doch alle Autoren sprachen davon, dass sie Weisheit und Macht verspräche.

Es gibt *die Freimaurerpyramide,* sagte sich Andros. *Meine Insiderinformation ist unwiderlegbar.*

Das Schicksal hatte die Pyramide in Andros' Reichweite gebracht. Wenn er dies ignorierte, war es so, als hätte er das große Los gezogen, ohne den Gewinn abzuholen. *Ich bin der einzige lebende Nichtfreimaurer, der weiß, dass die Pyramide echt ist ... und ich kenne auch die Identität des Mannes, der über sie wacht.*

Monate waren vergangen, die Wunden verheilt. Andros war nicht mehr der großspurige, genusssüchtige junge Mann, der er in Griechenland gewesen war. Er hatte sich sehr verändert. Er machte kein Krafttraining mehr und bewunderte sich nicht mehr nackt im Spiegel. Er hatte sogar den Eindruck, als zeige sein Körper die ersten Anzeichen von Alter. Seine einst so makellose Haut war nun ein Flickenteppich aus Narben, was ihn umso mehr deprimierte. Nach wie vor nahm er die Schmerzmittel, die ihm durch den schmerzhaften Heilungsprozess geholfen hatten, und musste feststellen, dass er wieder mehr und mehr in jenes Leben abglitt, das ihn damals ins Gefängnis von Soganlik gebracht hatte. Aber das war ihm egal. *Der Körper lechzt nach dem, wonach der Körper lechzt.*

Eines Nachts war Andros in Greenwich Village, um Drogen von einem Typen zu kaufen, auf dessen Unterarm ein langer, gezackter Blitz tätowiert war. Andros fragte ihn danach, worauf der Dealer ihm erzählte, das Tattoo verdecke eine lange Narbe, die er sich bei einem Autounfall zugezogen habe. »Jeden Tag die Narbe zu sehen hat mich immer wieder an den Unfall erinnert«, sagte der Dealer. »Darum habe ich mir ein Symbol persönlicher Macht darübertätowieren lassen. So hab ich die Herrschaft über mich selbst wieder an mich gerissen.«

In jener Nacht wankte Andros, vollgepumpt mit Drogen, in ein Tätowierstudio und zog sein Hemd aus. »Ich will diese Narben verdecken«, erklärte er. *Ich will die Herrschaft über mich selbst zurück.*

»Die Narben verdecken?« Der Tätowierer beäugte Andros' Brust. »Womit?«

»Mit Tätowierungen.«

»Und was für welche?«

Andros zuckte mit den Schultern. Er wünschte sich nichts sehnlicher, als die hässlichen Erinnerungen an seine Vergangenheit zu verschleiern. »Ich weiß nicht. Such du was für mich aus.«

Der Mann schüttelte den Kopf und reichte Andros ein Pamphlet über die alte und heilige Tradition des Tätowierens. »Komm wieder zurück, wenn du bereit bist.«

Andros fand heraus, dass die Stadtbibliothek von New York mehrere Dutzend Bücher zum Thema Tätowieren besaß, und binnen weniger Wochen hatte er sie alle gelesen. Nachdem er dabei seine Leidenschaft für das Lesen an sich wiederentdeckt hatte, begann er, ganze Rucksäcke voller Bücher zwischen der Bibliothek und seinem Apartment hin- und herzuschleppen, wo er die Bücher verschlang, während er den Blick auf den Central Park genoss.

Die Bücher über die Tätowierkunst öffneten eine Tür zu einer fremdartigen Welt, von der Andros zuvor nicht einmal gewusst hatte, dass sie existierte – eine Welt der Symbole, des Mystizismus, der Mythologie und der magischen Künste. Je mehr er las, desto deutlicher erkannte er, wie blind er gewesen war. Er begann, seine Ideen und seltsamen Träume niederzuschreiben und machte sich Skizzen. Als er in der Bibliothek nichts Neues mehr finden konnte, bezahlte er Antiquare, um ihm esoterische Texte unterschiedlichster Art und magische Schriften zu besorgen.

De Praestigiis Daemonum … das Lemegeton … die Ars Almadel … das Grimorium Verum … die Ars Notoria … und so weiter und so fort. Er las sie alle und war immer mehr davon überzeugt, dass die Welt noch Schätze für ihn bereithielt. *Es gibt Geheimnisse dort draußen, die das menschliche Verständnis übersteigen.*

Dann entdeckte er die Schriften von Aleister Crowley – einem visionären Mystiker vom Anfang des 20. Jahrhunderts –, den die Kirche zum »bösesten Menschen, der je gelebt hat« erklärt hatte. *Schlichtere Gemüter fürchten stets die großen Geister.* Andros lernte von der Macht des Rituals und der Beschwörung. Er lernte, dass heilige Worte, richtig ausgesprochen, Schlüssel zu anderen Welten sein konnten. *Es gibt ein Schattenuniversum jenseits des unseren … eine Welt, aus der ich Macht beziehen kann.* Wenngleich Andros sich nichts sehnlicher wünschte, als diese Macht zu beherrschen, wusste er, dass es zuvor Regeln zu beachten und Aufgaben zu erfüllen galt.

Werde etwas Heiliges, hatte Crowley geschrieben. *Heilige dich selbst.*

Der alte Ritus des »Heiligmachens« war einst Gesetz gewesen. Von den alten Hebräern, die im Tempel Brandopfer darbrachten, über die Mayas, die auf den Pyramiden von Chichén Itzá Menschen köpften, bis hin zu Jesus Christus, der sein Blut am Kreuz darbot – die Alten verstanden Gottes Forderung nach Opfern. Ein Opfer, oder in diesem Zusammenhang besser *Sacrificium*, war das ursprüngliche Ritual, mit dessen Hilfe die Menschen sich die Gunst der Götter erwarben und sich selbst heiligten.

Sacrum – heilig.

Facere – machen.

Obwohl der Opferritus schon vor Jahrhunderten aufgegeben worden war, blieb seine Macht bestehen. Doch eine Handvoll moderner Mystiker, unter ihnen Aleister Crowley, hatte diese Kunst praktiziert, sie mit der Zeit perfektioniert und sich selbst nach und nach in etwas Anderes, *Größeres* transformiert. Andros sehnte sich danach, sich auf die gleiche Weise zu verändern. Er wusste natürlich auch, dass er dabei eine gefährliche Brücke überschreiten musste.

Blut trennt das Licht von der Dunkelheit.

Eines Nachts flog eine Krähe durch Andros' offenes Badezimmerfenster und fand nicht mehr aus seiner Wohnung heraus. Andros beobachtete, wie der Vogel eine Zeit lang herumflatterte und sich dann niederließ, als hätte er sein Schicksal akzeptiert, nicht entkommen zu können. Andros hatte mittlerweile genug gelernt, um ein Zeichen zu erkennen. *Ich werde gedrängt!*

Er packte den Vogel mit einer Hand, ging zu dem selbst errichteten Altar in der Küche und ergriff ein scharfes Messer. Dabei sprach er laut die Beschwörung, die er auswendig gelernt hatte.

»Camiach, Eomiahe, Emial, Macbal, Emoii, Zazean ... bei den heiligsten Namen der Engel im Buch der Himmel beschwöre ich dich, auf dass du mir durch die Macht des Einen Wahren Gottes bei dieser Tat zur Hand gehst.«

Nun nahm Andros das Messer wieder herunter und stach vorsichtig in die Vene am rechten Flügel des panisch zuckenden Vogels. Die Krähe begann zu bluten. Während Andros beobachtete, wie die rote Flüssigkeit in den Metallkelch tropfte, den er als Auffangbehälter benutzte, spürte er eine unerwartete Kälte in der Luft. Trotzdem machte er weiter.

»Allmächtiger Adonai, Arathron, Ashai, Elohim, Elohi, Elion, Asher Eheieh, Shaddai… sei meine Hilfe, auf dass dieses Blut mit Macht in allem wirken möge, was ich will, und allem, was ich verlange.«

In jener Nacht träumte Andros von einem gewaltigen Phönix, der sich aus einem lodernden Feuer erhob. Als er am nächsten Morgen aufwachte, war er von einer Energie erfüllt, wie er sie seit seiner Kindheit nicht mehr verspürt hatte. Er joggte durch den Park, weiter und schneller, als er es je für möglich gehalten hätte. Anschließend machte er unzählige Liegestütze und Kniebeugen. Und immer noch war seine Kraft nicht erschöpft.

In der Nacht darauf träumte er abermals vom Phönix.

Der Herbst hatte im Central Park Einzug gehalten, und die Tiere huschten umher auf Suche nach Nahrung für den Winter. Andros verabscheute die Kälte, und doch quollen seine sorgfältig versteckten Fallen von Ratten und Eichhörnchen über. Er trug die noch lebenden Tiere in einem Rucksack nach Hause und vollzog immer kompliziertere magische Rituale.

Emanual, Massiach, Yod, He, Vaud… ich bitte euch: Erachtet mich als würdig.

Die Blutrituale nährten Andros' Lebenskraft. Er fühlte sich mit jedem Tag jünger. Und Tag und Nacht las er: antike mystische Texte, mittelalterliche Gedichte, die frühen Philosophen. Je mehr er über die wahre Natur der Dinge erfuhr, desto deutlicher wurde ihm, dass für die Menschheit alle Hoffnung verloren war. *Sie sind blind… Sie wandern ziellos durch eine Welt, die sie nie begreifen werden.*

Andros war immer noch ein Mensch, doch er fühlte, dass er sich zu etwas anderem entwickelte. Zu etwas Größerem. *Etwas Heiligem.* Seine kraftvolle Physis war wieder aus dem Schlaf erwacht, machtvoller denn je. Und endlich verstand er den wahren Zweck seines Leibes. *Mein Körper ist nur ein Gefäß für meinen machtvollsten Schatz... meinen Geist.*

Andros wusste, dass sein wahres Potenzial noch lange nicht ausgeschöpft war, und so setzte er seine Suche fort. *Was ist mein Schicksal?* Die alten Texte sprachen von Gut und Böse... und von der Notwendigkeit, dass der Mensch sich zwischen beiden entscheiden müsse. *Ich habe meine Wahl schon vor langer Zeit getroffen.* Doch Andros bereute nichts. *Was ist das Böse, wenn nicht ein Naturgesetz?* Dunkelheit folgt auf Licht, Chaos folgt auf Ordnung. Alles verrottet, alles vergeht. Auch der makelloseste Kristall wird irgendwann zu Staub zerrieben.

Es gibt jene, die erschaffen, und jene, die zerstören.

Aber erst, als Andros John Miltons »Das Verlorene Paradies« las, sah er, wie das Schicksal vor ihm Gestalt annahm. Er las von dem großen gefallenen Engel... dem Kriegerdämon, der gegen das Licht kämpfte... dem Kühnen... dem Engel mit Namen Moloch.

Moloch wandelte als Gott über die Erde. Wenn man den Namen des Engels in die Sprache der Alten übertrug, erfuhr Andros später, wurde daraus Mal'akh.

Und so wird es auch mit mir geschehen.

Wie alle großen Transformationen, musste auch diese mit einem Opfer beginnen. Aber nicht mit der Opferung von Ratten oder Vögeln. Nein, diese Transformation verlangte ein *wahres* Opfer.

Es gibt nur ein würdiges Opfer.

Plötzlich überkam ihn ein Gefühl der Klarheit, wie er es in seinem Leben noch nie erlebt hatte. Sein ganzes Schicksal zeichnete sich deutlich sichtbar ab. Drei Tage lang zeichnete Andros auf ein großes Zeichenblatt. Als er fertig war, hatte er eine Blaupause dessen erschaffen, was er werden würde.

Er hängte die lebensgroße Zeichnung an die Wand und schaute sie an, als blicke er in einen Spiegel.

Ich bin ein Meisterwerk.

Am Tag darauf ging er mit seiner Zeichnung in das Tätowierstudio.

Nun war er bereit.

Kapitel 78

Das George Washington Masonic Memorial erhebt sich auf dem Shuter's Hill in Alexandria, Virginia. Mit seinen drei Abschnitten von zunehmender architektonischer Komplexität – dorisch, ionisch, korinthisch – ist dieses Bauwerk ein steinernes Symbol für den geistigen Aufstieg des Menschen. Der hoch aufragende Turm, dem Leuchtturm Pharos im antiken Alexandria nachempfunden, wird gekrönt von einer ägyptischen Pyramide mit einer stilisierten Flamme darüber.

Im Innern des marmorverkleideten Foyers steht eine massive Bronzestatue von George Washington in vollem freimaurerischen Ornat. In der Hand trägt sie jenen Hammer, den der Präsident bei der Grundsteinlegung des Kapitols benutzt hatte. Über dem Foyer tragen neun verschiedene Stockwerke Namen wie »Grotto«, »Krypta« und »Kapelle der Tempelritter«. Unter den Schätzen, die in diesen Räumen aufbewahrt werden, sind zwanzigtausend Bände freimaurererischer Schriften, eine Nachbildung der Bundeslade und sogar ein maßstabsgetreues Modell des Thronraums in König Salomons Tempel.

CIA-Agent Simkins warf einen Blick auf die Uhr, als der umgebaute Black-Hawk-Helikopter im Tiefflug über den Potomac strich. *Sechs Minuten bis zur Ankunft des Zuges.* Simkins stieß die Luft aus und blickte durchs Fenster auf das erleuchtete Masonic Memorial am Horizont. Er musste zugeben, dass der hell strahlende Turm ebenso eindrucksvoll war wie die Gebäude an der National Mall.

Simkins war nie im Innern des Memorials gewesen, und das hatte er auch diesmal nicht vor. Wenn alles nach Plan ging, würden Robert Langdon und Katherine Solomon es niemals aus der U-Bahn ins Freie schaffen.

»Da drüben!«, rief Simkins dem Piloten zu und zeigte auf die U-Bahn-Station King Street, die dem Memorial gegenüberlag. Der Pilot ging in Sinkflug und setzte die Maschine auf einer Grasfläche am Fuß des Shuter's Hill auf.

Fußgänger sahen überrascht auf, als Simkins und sein Team aus dem Helikopter stürmten, über die Straße hetzten und die Treppe der U-Bahn hinuntereilten. Auf der Treppe sprangen mehrere Zuggäste erschrocken beiseite und drückten sich an die Wand, als die Phalanx bewaffneter Männer in Schwarz an ihnen vorbeistürmte.

Die King Street Station war größer, als Simkins erwartet hatte; offenbar diente sie verschiedenen Linien als Terminal – Blue, Yellow und Amtrak. Er rannte zum Metroplan an der Wand, fand die Freedom Plaza und die direkte Verbindung von dort zu dieser Station.

»Blue Line, Bahnsteig Südrichtung!«, rief Simkins. »Alle da runter, und macht den Bahnsteig frei!«

Sein Team stürmte los. Simkins rannte zum Fahrkartenschalter und hielt seine Dienstmarke hoch. »Der nächste Zug von Metro Center – wann ist er fällig?«

Die Frau hinter dem Schalter starrte ihn erschrocken an. »Ich weiß nicht genau. Die Blue Line fährt alle elf Minuten. Es gibt keinen genauen Fahrplan.«

»Wann war der letzte Zug hier?«

»Vor fünf, sechs Minuten vielleicht. Bestimmt nicht länger.«

Simkins rechnete im Kopf nach. *Perfekt.* Der nächste Zug müsste der sein, in dem Langdon saß.

In dem dahinratternden U-Bahn-Waggon rutschte Katherine Solomon unbehaglich auf dem harten Plastiksitz hin und her. Die helle Neonbeleuchtung schmerzte in ihren Augen; sie kämpfte gegen den Impuls an, die Lider zu schließen, und sei es nur für eine Sekunde. Langdon saß neben ihr in dem leeren Abteil und starrte geistesabwesend auf die lederne Umhängetasche zu seinen Füßen. Seinen Augen nach zu urteilen, kämpfte auch er gegen die Müdigkeit und das monotone Rattern des Zuges, das ihn immer wieder kurz einnicken ließ.

Katherine dachte an den seltsamen Inhalt von Langdons Tasche. *Was will die CIA mit dieser Pyramide?* Bellamy hatte angedeutet, dass Sato womöglich hinter der Pyramide her sei, weil sie um deren wahres Potenzial wisse. Doch selbst wenn diese Pyramide einen Hinweis auf einen Ort enthielt, an dem uralte Geheimnisse verborgen lagen, konnte Katherine sich nur schwer mit dem Gedanken abfinden, dass eine Verheißung mystischen Wissens der Vorzeit ein Thema für die CIA sein könnte.

Andererseits, sagte sie sich, war die CIA öfter dabei ertappt worden, dass sie sich mit Parapsychologie oder PSI-Phänomenen befasste, die an alte Magie und Mystik grenzten. Im Jahre 1995 hatte der »Stargate / Scangate«-Skandal ein Geheimprogramm der CIA aufgedeckt, das die sogenannte Fernbeobachtung erforschte – eine Art telepathischer Reise, die einen »Seher« befähigte, sein geistiges Auge an irgendeinen Ort der Welt zu entsenden und dort zu spionieren, ohne körperlich zugegen zu sein. Natürlich war die Technik nichts Neues. Die Mystiker nannten sie Astralprojektion, die Yogis außerkörperliche Erfahrung. Die entsetzten amerikanischen Steuerzahler nannten das Ganze absurd, und das Programm war gekippt worden. Zumindest stand es so in den Zeitungen.

Ironischerweise sah Katherine auffallende Verbindungen zwischen den fehlgeschlagenen CIA-Programmen und ihren eigenen Forschungsergebnissen in den Noetischen Wissenschaften.

Zu gerne hätte sie die Polizei angerufen, um nachzufragen, ob sie in Kalorama Heights etwas entdeckt hatten, doch Langdon und sie waren jetzt ohne Handy, und Verbindung zu den Behörden aufzunehmen wäre in dieser Situation vermutlich sowieso ein Fehler gewesen. Keiner konnte wissen, wie weit Satos Einfluss reichte.

Geduld, Katherine. Innerhalb von Minuten würden sie in einem sicheren Versteck sein, Gäste eines Mannes, der erklärt hatte, er könne ihnen ihre Fragen beantworten. Katherine hoffte, dass seine Antworten, wie sie auch ausfallen mochten, ihr helfen würden, ihren Bruder zu retten.

Sie warf einen Blick auf den Netzplan. »Robert?«, flüsterte sie. »Bei der nächsten Station müssen wir raus.«

Langdon tauchte aus seinem Wachtraum auf. »Ach ja, danke.« Als der Zug sich der Station näherte, nahm Langdon seine Umhängetasche vom Boden auf und warf Katherine einen unsicheren Blick zu. »Hoffen wir, dass unsere Ankunft ohne Probleme verläuft.«

Als Turner Simkins wieder zu seinen Leuten stieß, war der U-Bahn-Steig bereits geräumt worden. Das Team fächerte aus und ging hinter den Stützpfeilern in Stellung, welche die Länge des Bahnsteigs säumten. Ein fernes Grollen hallte im Tunnel am anderen Ende des Bahnsteigs wider und wurde lauter. Simkins spürte einen Schwall abgestandener, warmer Luft hereinwehen, den der Zug vor sich herschob.

Das war's dann wohl, Mr. Langdon.

Simkins wandte sich den beiden Agenten zu, die er zu sich auf den Bahnsteig befohlen hatte. »Dienstmarke und Waffe bereithalten. Diese Züge sind automatisiert, doch sie haben alle einen Schaffner, der die Türen öffnet. Sucht ihn.«

Die Scheinwerfer des Zuges erschienen nun im Tunnel, und das Geräusch quietschender Bremsen durchschnitt die Luft. Als der Zug in die Station einfuhr und langsamer wurde, standen Simkins und die beiden Agenten bereits an der Bahnsteigkante, winkten mit ihren CIA-Dienstmarken und versuchten die Aufmerksamkeit des Schaffners auf sich zu ziehen, bevor dieser die Türen öffnen konnte.

Der Zug bremste immer mehr ab. Im dritten Waggon sah Simkins schließlich das verblüffte Gesicht des Schaffners, der sich einen Reim darauf zu machen versuchte, warum drei Männer in Schwarz auf dem Bahnsteig standen und hektisch mit irgendwelchen Ausweisen wedelten. Simkins rannte neben dem Zug her, der nun fast schon zum Stehen gekommen war.

»CIA!«, rief Simkins und hielt seine Erkennungsmarke hoch. »Die Türen nicht öffnen!« Während der Zug langsam ausrollte, lief er neben dem Abteil des Schaffners her und rief: »Halten Sie die Türen geschlossen. Haben Sie verstanden? Die Türen *nicht* aufmachen!«

Der Zug kam endlich zum Stehen, und der verwirrte Schaffner nickte heftig. »Was ist denn los?«, fragte er durchs Seitenfenster.

»Lassen Sie den Zug nicht weiterfahren«, sagte Simkins. »Und lassen Sie die Türen zu.«

»Okay.«

»Können Sie uns in den ersten Wagen reinlassen?«

Der Schaffner nickte erneut. Mit ängstlichem Gesicht stieg er aus dem Wagen, schloss die Tür hinter sich und führte Simkins und die beiden anderen Agenten zum ersten Waggon, wo er die Tür manuell öffnete.

»Schließen Sie hinter uns ab«, sagte Simkins und zog seine Waffe. Er und seine Männer traten in das grelle Licht des ersten Abteils. Der Schaffner verschloss hinter ihnen die Tür.

Im ersten Wagen befanden sich nur vier Passagiere, drei halbwüchsige Jungen und eine alte Frau, die entgeistert dreinschaute, als drei bewaffnete Männer eindrangen. Simkins hielt seine Marke hoch. »Alles in Ordnung. Bitte bleiben Sie sitzen.«

Die drei Agenten durchkämmten den verschlossenen Zug, ein

Abteil nach dem anderen – eine Vorgehensweise, die man in der »Farm«, dem geheimen Ausbildungszentrum der CIA, als »Zahnpasta ausquetschen« bezeichnete. Der Zug war kaum besetzt; als sie die erste Hälfte durchsucht hatten, war von Robert Langdon und Katherine Solomon noch keine Spur zu sehen gewesen. Doch Simkins blieb zuversichtlich. In einem U-Bahn-Zug gab es keinen Platz, sich zu verstecken. Keine Toiletten, keinen Stauraum, keine gesonderten Ausgänge. Selbst wenn die Zielpersonen sie gesehen hatten und sich in den hinteren Teil des Zuges geflüchtet hatten, gab es keinen Weg hinaus. Eine Tür aufzustemmen war so gut wie unmöglich; außerdem hatte Simkins Männer abgestellt, die den Bahnsteig und beide Seiten des Zuges im Auge behielten.

Geduld.

Als Simkins den vorletzten Wagen erreichte, konnte er eine gewisse Nervosität nicht verhehlen. Der vorletzte Waggon hatte nur einen Passagier – einen Chinesen. Simkins und seine Agenten rückten weiter vor, suchten jede Stelle ab, an der jemand sich verstecken konnte. Es war niemand da.

»Letzter Waggon«, sagte Simkins und hob seine Waffe, als das Trio sich auf den Durchgang zum letzten Abteil des Zuges zubewegte. Als sie den Waggon betraten, hielten die drei Männer wie erstarrt inne.

Das gibt's doch nicht! Simkins rannte zum Ende des leeren Abteils und schaute hinter alle Sitze. Dann drehte er sich zu seinen Leuten um, rot vor Wut. »Verdammte Scheiße! Wo sind sie hin?«

Kapitel 79

Zwölf Kilometer nördlich von Alexandria, Virginia, schlenderten Robert Langdon und Katherine Solomon gemächlich über taubedecktes Gras.

»Du solltest Schauspielerin werden«, sagte Langdon, immer noch beeindruckt von Katherines schneller Auffassungsgabe und ihrem Improvisationstalent.

»Du warst aber auch nicht schlecht.« Sie lächelte ihm zu.

Zuerst hatte Langdon gerätselt, was Katherines merkwürdiges Verhalten im Taxi bedeuten mochte. Von einer Sekunde zur anderen hatte sie darauf beharrt, dass die Freedom Plaza ihr Ziel sei, wobei sie sich auf irgendeine obskure Erkenntnis über einen Davidsstern und das Staatssiegel der Vereinigten Staaten stützte. Sie hatte ein bekanntes Verschwörungstheoriebild auf eine Dollarnote gezeichnet und Langdon dann aufgefordert, er sollte genau hinsehen, worauf sie zeige.

Und schließlich war Langdon ein Licht aufgegangen: Katherine zeigte nicht auf den Dollarschein, sondern auf eine winzige Kontrolllampe an der Rückseite des Fahrersitzes. Das Lämpchen war so verdreckt, dass er es nicht einmal bemerkt hatte. Doch als er sich vorbeugte, konnte er sehen, dass das Licht in einem matten roten Schein brannte. Er konnte auch die zwei Worte lesen, die direkt unter der erleuchteten Anzeige standen.

–INTERCOM ON–

Überrascht blickte Langdon zu Katherine zurück, die ihn mit hektischem Augenrollen drängte, einen Blick nach vorne auf den Fahrersitz zu werfen. Langdon gehorchte und riskierte einen diskreten Blick durch die Trennscheibe. Das Handy des Taxifahrers lag auf dem Armaturenbrett, aufgeklappt, erleuchtet, direkt neben dem Mikrofon der Wechselsprechanlage. Jetzt wusste Langdon, was Katherine ihm hatte sagen wollen.

Sie wissen, dass wir in diesem Taxi sind ... sie haben uns belauscht.

Langdon wusste nicht, wie viel Zeit Katherine und er noch hatten, bis man ihr Taxi anhalten und sie auffordern würde, mit erhobenen Händen herauszukommen. Doch er wusste, dass sie jetzt schnell handeln mussten. Deshalb hatte er sich sofort auf das Spiel eingelassen, da ihm klar war, dass Katherines Absicht, zur Freedom Plaza zu fahren, nichts mit der Pyramide zu tun hatte, sondern allein mit der Tatsache, dass sich dort eine große U-Bahn-Station befand – Metro Center –, von der aus die Red, Blue und Orange Line in sechs verschiedene Richtungen führten.

An der Freedom Plaza stiegen sie aus dem Taxi, und Langdon übernahm die weitere Improvisation, wobei er eine Spur zum Masonic Memorial in Alexandria legte. Dann eilten Katherine und er in die U-Bahn-Station hinunter, vorbei am Bahnsteig der Blue Line und weiter zu dem der Red Line, wo sie einen Zug in die entgegengesetzte Richtung nahmen.

Sie fuhren sechs Stationen Richtung Norden bis Tenleytown, wo sie als einzige Passagiere ausstiegen. Es war eine ruhige, gepflegte Wohngegend. Ihr Ziel, das höchste Gebäude weit und breit, war sofort am Horizont sichtbar, am Nordende der Embassy Row im Winkel zwischen Massachusetts und Wisconsin Avenue inmitten einer ausgedehnten, gepflegten Rasenfläche.

Nunmehr für ihre Verfolger »aus dem Raster gefallen«, wie Katherine es nannte, gingen die beiden über das nasse Gras. Zu ihrer Rechten befand sich ein Garten im mittelalterlichen Stil, berühmt für seine alten Rosenstöcke und eine Laube, »Schattenpavillon« genannt. Sie ließen den Garten seitwärts liegen und gingen direkt auf das eindrucksvolle Gebäude zu, zu dem sie gebeten worden waren.

Ein Refugium, das zehn Steine vom Berg Sinai enthält, einen aus dem Himmel selbst und einen mit dem Antlitz von Lukas' dunklem Vater.

Katherine blickte zu den hell erleuchteten Türmen hinauf. »Spätabends bin ich noch nie hier gewesen«, sagte sie. »Ein spektakulärer Anblick.«

Langdon pflichtete ihr bei. Er hatte ganz vergessen, wie eindrucksvoll dieser Ort war. Er war seit Jahren nicht mehr hier gewesen; das letzte Mal, als er einen Beitrag für eine Kinderzeitschrift darüber geschrieben hatte in der Hoffnung, bei jungen Amerikanern ein wenig Interesse für dieses ungewöhnliche Bauwerk zu wecken. Sein Artikel – »Moses, Mondsteine und *Star Wars*« – war inzwischen ein Standardtext in Touristenprospekten.

Die Washington National Cathedral, dachte Langdon und verspürte ein unerwartetes Hochgefühl, nach all diesen Jahren wieder hier zu sein. *Wo könnte man besser nach dem Einen Wahren Gott fragen?*

»Gibt es in dieser Kathedrale wirklich zehn Steine vom Berg Sinai?«, fragte Katherine, die den Blick nicht von den beiden Glockentürmen lassen konnte.

Langdon nickte. »In der Nähe des Hauptaltars. Sie symbolisieren die Zehn Gebote, die Moses am Berg Sinai erhielt.«

»Und was ist mit dem Stein aus dem Himmel selbst?«

»Eines der Bleiglasfenster wird Space Window genannt und enthält eingebettet ein Stück Mondgestein.«

»Aber das mit dem ›dunklen Vater‹, das war doch sicher ein Scherz.« Katherine sah ihn an, und ihre hübschen Augen blitzten. »Eine Statue von *Darth Vader?*«

Langdon schmunzelte. »*Luke* Skywalkers dunkler Vater? Aber

DARTH-VADER-GARGOYLE,
WASHINGTON NATIONAL
CATHEDRAL

sicher. Das war kein Bezug auf die Bibel, sondern auf *Star Wars.*
Vader ist einer der bekanntesten Gargoyles.« Er zeigte nach oben
auf das Westwerk. »Da oben am Nordturm. Du kannst ihn von hier
aus nicht sehen, aber er ist da.«

»Was um alles in der Welt hat Darth Vader an der Washington
National Cathedral zu suchen?«

»Bei einem Wettbewerb für Kinder, einen Wasserspeier zu ent-
werfen, der das Gesicht des Bösen verkörpert, hat Darth gewonnen.«

Sie erreichten die Stufen des Hauptportals. Es lag in einem fast
fünfundzwanzig Meter hohen Bogenfeld, das von einem atemberaubenden Rosenfenster umschlossen wurde. Als sie die Stufen hinaufstiegen, schweiften Langdons Gedanken zu dem mysteriösen
Fremden, der ihn angerufen hatte. *Keine Namen am Telefon. Sagen Sie mir – konnten Sie die Karte schützen, die Ihnen anvertraut
wurde?* Langdons Schulter schmerzte von der schweren Steinpyramide, die er in seiner Umhängetasche bei sich trug; er konnte es
kaum erwarten, die Tasche endlich abzusetzen. *Eine Zuflucht und
Antworten.*

Als sie den oberen Treppenabsatz erreichten, gelangten sie an
eine große, zweiflügelige Portaltür. »Was jetzt?«, fragte Katherine.
»Klopfen wir einfach an?«

Das hatte Langdon sich auch schon gefragt, doch ihm wurde die Entscheidung abgenommen, als sich jetzt eine der Türen knarzend öffnete.

»Wer ist da?«, sagte eine schwache Stimme. Im Türspalt erschien das verwitterte Gesicht eines alten Mannes. Er trug Priesterkleidung, und seine Augen starrten weiß und blind, umwölkt vom grauen Star.

»Mein Name ist Robert Langdon«, erhielt er zur Antwort, »und das ist Katherine Solomon. Wir bitten um Asyl.«

Der Blinde atmete auf. »Gott sei Dank. Ich habe Sie bereits erwartet.«

Kapitel 80

Warren Bellamy verspürte einen plötzlichen Hoffnungsschimmer.

Im »Dschungel« hatte Direktor Sato einen Anruf von einem ihrer Agenten erhalten und in den Hörer geschrien: »Dann bewegt eure Ärsche und findet sie, verdammt noch mal! Uns läuft die Zeit weg!«

Nun ging sie vor Bellamys Augen unruhig auf und ab, als versuche sie sich darüber klar zu werden, was sie als Nächstes tun solle.

Schließlich blieb sie direkt vor ihm stehen und wandte sich ihm zu. »Mr. Bellamy, ich frage Sie nur *ein Mal*.« Sie sah ihm scharf in die Augen. »Haben Sie irgendeine Ahnung, wo Robert Langdon jetzt sein könnte?«

Bellamy hatte mehr als nur eine Ahnung, doch er schüttelte den Kopf. »Nein.«

Satos durchdringender Blick wich nicht von seinem Gesicht. »Es ist Teil meines Jobs zu durchschauen, wann Menschen lügen – so wie Sie jetzt.«

Bellamy wandte den Blick ab. »Es tut mir leid, aber ich kann Ihnen nicht helfen.«

»Architekt Bellamy«, sagte Sato, »heute Abend haben Sie kurz nach sieben Uhr, als Sie in einem Restaurant außerhalb der Innenstadt zu Abend speisten, einen Anruf von einem Mann erhalten, der Ihnen gesagt hat, er habe Peter Solomon entführt.«

Bellamy spürte, wie es ihm kalt über den Rücken lief. Er richtete den Blick wieder auf Sato. *Woher weiß sie das?*

»Dieser Mann«, fuhr Sato fort, »hat zu Ihnen gesagt, er habe Robert Langdon zum Kapitol geschickt, um dort eine Aufgabe zu lösen … eine Aufgabe, die Ihre Hilfe erfordere. Er hat Sie gewarnt, wenn Langdon bei dieser Aufgabe versage, werde Ihr Freund Peter Solomon sterben. Voller Panik haben Sie sämtliche Telefonnummern Solomons durchprobiert, ohne ihn erreichen zu können. Daraufhin sind Sie zum Kapitol gefahren, so schnell Sie konnten.«

Bellamy hatte keine Ahnung, wie Sato von diesem Anruf erfahren hatte.

»Als Sie aus dem Kapitol geflohen sind«, fuhr Sato unnachgiebig fort, »haben Sie Solomons Entführer eine Textnachricht geschickt, in der Sie ihm versicherten, Sie und Langdon hätten die Freimaurerpyramide in Ihren Besitz gebracht.«

Woher hat sie diese Informationen?, fragte sich Bellamy. *Nicht einmal Langdon weiß, dass ich eine SMS geschickt habe.*

Gleich nachdem sie den Tunnel zur Kongressbibliothek betreten hatten, war Bellamy kurz in einem Schaltraum verschwunden, um die Baustellenbeleuchtung einzuschalten. In diesem ungestörten Augenblick hatte er beschlossen, Peter Solomons Entführer eine kurze Textnachricht zu schicken, in der er ihn über Satos Verwicklung in die Angelegenheit informierte, ihm aber auch versicherte, dass er – Bellamy – und Langdon im Besitz der Freimaurerpyramide seien und seine Bedingungen erfüllen würden. Es war natürlich eine Lüge gewesen, doch Bellamy hatte gehofft, dies könne ihnen ein wenig Zeit verschaffen – sowohl Peter Solomon als auch Langdon und ihm –, um die Pyramide in Sicherheit zu bringen.

»Wer hat Ihnen das erzählt?«, wollte Bellamy wissen.

Sato warf Bellamys Handy auf die Bank neben ihm. »Das war technisch nicht allzu schwierig.«

Bellamy erinnerte sich nun daran, dass die Agenten ihm bei seiner Festnahme Handy und Schlüssel abgenommen hatten.

»Was den Rest meiner Insider-Informationen betrifft«, sagte Sato,

»so gibt mir der Patriot Act das Recht, das Telefon einer jeden Person abzuhören, die ich als ernsthafte Bedrohung für die nationale Sicherheit einstufe. Ich betrachte Peter Solomon als eine solche Bedrohung und habe gestern Abend entsprechende Schritte eingeleitet.«

Bellamy traute seinen Ohren nicht. »Sie haben Peter Solomons Telefon abgehört?«

»Ja. Dadurch habe ich auch erfahren, dass der Entführer Sie im Restaurant kontaktiert hat. Sie haben Solomon auf dem Handy angerufen und eine besorgte Nachricht auf seiner Mailbox hinterlassen, in der Sie ihm mitgeteilt haben, was geschehen ist.«

Das erklärte natürlich einiges.

»Wir haben auch einen Anruf von Robert Langdon aus dem Kapitol abgefangen, der sehr verärgert war, dass man ihn unter Vorspiegelung falscher Tatsachen dorthin gelockt hatte. Ich habe mich sofort auf den Weg zum Kapitol gemacht und bin vor Ihnen dort eingetroffen, weil ich es nicht so weit hatte. Und wie ich dazu kam, mich für den Inhalt von Langdons Tasche zu interessieren? Nun, angesichts meines begründeten Verdachts, dass Langdon irgendwie in die Sache verstrickt war, ließ ich meine Mitarbeiter einen scheinbar unverfänglichen Anruf vom frühen Morgen zwischen Langdon und Peter Solomons Handy überprüfen, in dem der Entführer, der sich als Solomons Assistent ausgab, Langdon überredete, zu einem Vortrag nach Washington zu kommen und ein Päckchen mitzubringen, das Peter ihm anvertraut hatte. Als Langdon mir gegenüber nichts von diesem Päckchen erwähnte, ließ ich mir die Aufnahme zusenden, die bei der Durchleuchtung seiner Tasche gemacht wurde.«

Bellamy konnte kaum noch klar denken; in seinem Kopf drehte sich alles. Zugegeben – alles, was Sato sagte, klang logisch; dennoch passte es irgendwie nicht zusammen. »Aber ... wie können Sie überhaupt auf den Gedanken kommen, dass Peter Solomon einen Bedrohung für die nationale Sicherheit darstellt?«

»Glauben Sie mir, Peter Solomon *ist* eine ernste Bedrohung für die nationale Sicherheit«, blaffte Sato ihn an. »Und Sie, Mr. Bellamy, ebenso!«

Bellamy fuhr so abrupt hoch, dass ihm die Handschellen in die Handgelenke schnitten. *»Was?«*

Sato rang sich ein Lächeln ab. »Ihr Freimaurer spielt ein riskantes Spiel. Ihr hütet ein sehr gefährliches Geheimnis.«

Spricht sie von den Alten Mysterien?

»Gott sei Dank haben Sie und Ihre Brüder es bislang jedes Mal geschafft, Ihre Geheimnisse zu wahren. Leider sind Sie in jüngerer Zeit unvorsichtig geworden, und heute Nacht steht Ihr gefährlichstes Geheimnis kurz davor, der Welt enthüllt zu werden. Wenn wir das nicht verhindern, sind katastrophale Auswirkungen nicht zu vermeiden.«

Bellamy starrte sie fassungslos an.

»Wenn Sie mich nicht angegriffen hätten«, sagte Sato, »wäre Ihnen klar geworden, dass wir beide auf derselben Seite stehen.«

Auf derselben Seite? Die Worte ließen in Bellamy einen Gedanken aufkeimen, dessen Folgerungen kaum auszudenken waren. *Gehört Sato zum Stern des Ostens?* Dieser Orden, oft als eine Schwesterorganisation der Freimaurer betrachtet, hing einer ähnlichen mystischen Philosophie von Wohltätigkeit, geheimem Wissen und spiritueller Aufgeschlossenheit an. *Auf derselben Seite? Ich trage Handschellen! Diese Frau hat Peters Telefon angezapft!*

»Sie werden mir helfen, diesen Mann aufzuhalten«, sagte Sato. »Er hat das Potenzial, eine Katastrophe herbeizuführen, von der unser Land sich nie mehr erholen würde.« Ihr Gesicht war wie versteinert.

»Warum peilen Sie *ihn* dann nicht an?«

Sato musterte ihn, als zweifelte sie an seinem Verstand. »Glauben Sie, wir hätten es nicht versucht? Unsere Verbindung mit Solomons Handy ist tot. Seine andere Nummer gehört zu einem Handy, das er nur einschaltet, wenn er es benutzt – was es fast unmöglich macht, seinen Standort anzupeilen. Die private Fluggesellschaft, mit der Langdon gereist ist, hat uns mitgeteilt, der Flug sei von Solomons Assistenten mit Solomons Handy gebucht und mit Solomons Marquis-Jet-Karte bezahlt worden. Es gibt keine Spur. Aber das ist auch unerheblich. Selbst wenn wir herausfinden, wo genau er sich aufhält, kann ich es nicht riskieren, den Einsatzbefehl zu geben und einen Zugriff zu veranlassen.«

»Und wieso nicht?«

»Das kann ich Ihnen nicht sagen, weil die Informationen der Geheimhaltung unterliegen«, sagte Sato, deren Geduld offensichtlich erschöpft war. »Ich bitte Sie, mir in diesem Punkt zu vertrauen.«

»Vertrauen? Dass ich nicht lache!«

Satos Augen waren wie Eis. Abrupt wandte sie sich um und rief durch den Dschungel: »Agent Hartmann! Den Koffer, bitte!«

Bellamy hörte das Zischen der elektronischen Tür, und ein Agent betrat den Dschungel. Er trug einen schlanken Aluminiumkoffer, den er neben dem OS-Direktor auf den Boden stellte.

»Lassen Sie uns allein!«, befahl Sato.

Der Agent ging davon, und die Tür zischte erneut. Dann herrschte Stille.

Sato nahm den Metallkoffer auf, legte ihn auf den Schoß und ließ die Verschlüsse aufschnappen. Dann hob sie langsam den Blick und schaute Bellamy an. »Ich wollte das hier nicht tun, aber unsere Zeit wird knapp, und Sie haben mir keine Wahl gelassen.«

Bellamy beäugte den seltsamen Aktenkoffer, und ein mulmiges Gefühl überkam ihn. *Will sie mich foltern?* Wieder zerrte er an seinen Handschellen. »Was ist da drin?«

Sato lächelte grimmig. »Der Inhalt dieses Koffers wird Sie von meiner Sicht der Dinge überzeugen. Garantiert.«

Kapitel 81

M al'akh hatte den unterirdischen Raum, in dem er die *Kunst* ausübte, mit großem Einfallsreichtum getarnt. Dem arglosen Besucher erschien der Keller seines Hauses völlig normal – ein typischer Keller mit Heißwasserspeicher, Sicherungskasten, Feuerholzstapel und einem bunten Sammelsurium von Vorräten. Dieser sichtbare Keller war allerdings nur ein Teil von Mal'akhs unterirdischem Reich. Hinter Trennwänden verbarg sich ein beträchtliches Areal, das ausschließlich seinen geheimen Praktiken diente.

Mal'akhs privater Arbeitsbereich bestand aus einer Anzahl kleiner Räume, von denen jeder einem eigenen Zweck diente. Der einzige Eingang zu diesem Areal war eine versteckte steile Rampe, zu der man nur durch sein Wohnzimmer gelangte. Auf diese Weise war eine Entdeckung seiner Geheimräume so gut wie ausgeschlossen.

Als Mal'akh an diesem Abend die Rampe hinunterstieg, schienen die tätowierten Siegel und Zeichen auf seiner Haut im himmelblauen Schein der Beleuchtung seines geheimen Reiches zum Leben zu erwachen. In dem bläulichen Schimmer ging er an mehreren geschlossenen Türen vorbei und hielt direkt auf die große Kammer am Ende des Korridors zu.

Das Allerheiligste, wie Mal'akh es gern nannte, war ein perfektes Quadrat von zwölf Fuß Kantenlänge. *Zwölf sind die Zeichen des Tierkreises. Zwölf sind die Stunden des Tages. Zwölf sind die Tore des Himmels.* Mitten in der Kammer stand ein steinerner Tisch, der sieben Fuß im Geviert maß. *Sieben sind die Siegel der Offenbarung.*

Sieben sind die Stufen zum Tempel. Genau über der Mitte des Tisches hing eine sorgsam kalibrierte Lichtquelle, die innerhalb einer bestimmten Zeit eine Skala genau festgelegter Farben durchlief und nach der Tafel der Planetarischen Stunden ihren Zyklus alle sechs Stunden vollendete. *Die Stunde von Yanor ist blau. Die Stunde von Nasnia ist rot. Die Stunde von Salam ist weiß.*

Jetzt war die Stunde von Caerra; folglich hatte das Licht im Raum eine weiche Purpurfarbe angenommen. Nur mit einem seidenen Lendenschurz bekleidet, der sein Gesäß und das kastrierte Geschlechtsorgan bedeckte, begann Mal'akh mit seinen Vorbereitungen.

Sorgsam mischte er die Chemikalien, die er später entzünden würde, um die Luft zu weihen. Dann faltete er die jungfräuliche Seidenrobe, die er anstelle des Lendenschurzes anlegen würde. Zuletzt reinigte er eine Flasche Wasser zur Salbung seines Opfers. Als er fertig war, setzte er diese vorbereiteten Ingredienzien auf einen Beistelltisch.

Als Nächstes trat er an ein Regal, nahm ein kleines elfenbeinernes Kästchen herunter, trug es zu dem Beistelltisch und legte es zu den anderen Dingen. Wenngleich er noch nicht bereit war, es zu benutzen, konnte er nicht widerstehen: Er klappte den Deckel auf und bewunderte seinen Schatz.

Das Messer.

In dem Elfenbeinkasten, in eine Wiege aus schwarzem Samt geschmiegt, schimmerte das Opfermesser, das Mal'akh für diesen Abend aufgespart hatte. Im letzten Jahr hatte er es im Nahen Osten für 1,6 Millionen Dollar auf dem Schwarzmarkt erstanden.

Das berühmteste Messer aller Zeiten.

Die Klinge dieses unfassbar alten und kostbaren, verloren geglaubten Messers bestand aus Eisen und war in einem beinernen Griff gefasst. Zahllose mächtige Persönlichkeiten hatten es im Lauf der Jahrtausende besessen. In den letzten Jahrzehnten allerdings war es verschwunden gewesen und hatte in einer geheimen Privatsammlung gelegen. Mal'akh war durch die Hölle gegangen, um es in seinen Besitz zu bringen. Das Messer, vermutete er, hatte jahrzehntelang kein Blut mehr gekostet – vielleicht seit Jahrhunderten nicht. Heute Nacht aber sollte die Klinge wieder die Macht des Opfers kosten, für die sie geschärft worden war.

Mal'akh hob das Messer vorsichtig aus dem gepolsterten Fach und polierte die Klinge ehrfürchtig mit einem Seidentuch, das er mit gereinigtem Wasser getränkt hatte. Seit seinen ersten primitiven Experimenten in New York hatten seine Fähigkeiten sich weit entwickelt. Die dunkle Kunst, die Mal'akh praktizierte, war unter vielen Namen aus vielen Sprachen bekannt gewesen, doch wie man sie auch nannte, sie war eine exakte Wissenschaft. Die urtümliche Technologie hatte einmal den Schlüssel zu den Portalen der Macht besessen, doch schon vor langer Zeit war sie verbannt worden, in die Schattenreiche von Okkultismus und Magie verwiesen. Die wenigen, die diese Kunst weiter ausübten, wurden als wahnsinnig betrachtet, doch Mal'akh wusste es besser. *Dies ist wahrhaft keine Beschäftigung für einen tumben Menschen.* Die dunkle alte Kunst war wie die moderne Wissenschaft eine Disziplin mit präzisen Formeln, die genau definierte Ingredienzien und akribische zeitliche Abstimmung erforderte.

Seine *Kunst* war nicht die kraftlose schwarze Magie der heutigen Zeit, halbherzig von neugierigen Seelchen praktiziert. Seine Kunst besaß, ganz wie die Kernphysik, das Potenzial, gewaltige Macht zu entfesseln. Die Warnung war ernst gemeint: *Der Unkundige läuft Gefahr, von rücklaufenden Strömungen getroffen und vernichtet zu werden.*

Mal'akh legte das geweihte Messer zurück, das er bewundert hatte, und wandte sich dem dicken Pergamentblatt zu, das vor ihm auf dem Tisch lag. Er selbst hatte dieses Pergament aus der Haut eines jungen Lamms hergestellt. Wie das Protokoll es verlangte, war das Lamm rein gewesen, da es die Geschlechtsreife noch nicht erlangt hatte. Neben dem Pergament lagen ein Kiel, den Mal'akh aus der Feder einer Krähe geschnitten hatte, und eine silberne Untertasse. Drei brennende Kerzen umstanden eine Schale aus massivem Messing. Die Schale enthielt einen Zoll hoch dickliche, rote Flüssigkeit.

Die Flüssigkeit war das Blut Peter Solomons.

Blut ist die Tinktur der Ewigkeit.

Mal'akh nahm den Federkiel auf, legte die Linke geöffnet auf das Pergament, tauchte die Kielspitze ins Blut und zeichnete sorgsam den Umriss seiner Hand nach. Als er damit fertig war, fügte er die fünf Symbole der Alten Mysterien hinzu, eines auf jede Fingerkuppe in der Zeichnung.

Die Krone ... für den König, der ich werden soll.

Der Stern ... für die Himmel, die meine Bestimmung festgelegt haben.

Die Sonne ... für die Erleuchtung meiner Seele.

Die Laterne ... für das matte Licht menschlichen Begreifens.

DIE TIERKREIS-
ZEICHEN

Und der Schlüssel … für das fehlende Teil, in dessen Besitz ich heute Nacht endlich gelangen werde.

Mal'akh vollführte den letzten Strich, hob das Pergament und bewunderte im Licht der drei Kerzen seine Arbeit. Er wartete, bis das Blut getrocknet war; dann faltete er das Pergament dreimal zusammen. Während er eine alte Beschwörung sang, berührte er mit dem Pergament die dritte Kerzenflamme, worauf es sofort Feuer fing. Er legte das lodernde Pergament auf die silberne Untertasse und ließ es gänzlich verbrennen. Es verkohlte zu feiner, pulveriger Asche. Nachdem die Flamme erloschen war, klopfte Mal'akh die Tierkohle vorsichtig in die Messingschale mit dem Blut. Mit der Krähenfeder rührte er die Mixtur durch.

Die Flüssigkeit nahm ein tiefes Rot an, das beinahe schwarz erschien.

Mal'akh nahm die Schale in beide Hände, hob sie über den Kopf und sprach seinen Dank, indem er die Blut-Eucharistía der Alten intonierte. Dann goss er die geschwärzte Mixtur langsam in eine Glasphiole und verkorkte sie. Ihr Inhalt war die Tinte, mit der Mal'akh das kleine Stück untätowierter Haut auf seinem Scheitel beschreiben und sein Meisterstück vollenden würde.

Kapitel 82

Die Washington National Cathedral ist die sechstgrößte Kirche der Welt und höher als ein dreißigstöckiger Wolkenkratzer. Das Meisterwerk im neugotischen Stil besitzt mehr als zweihundert bemalte Glasfenster, ein Glockenspiel mit dreiundfünfzig Glocken und eine Orgel mit 10 647 Pfeifen und bietet mehr als dreitausend Gläubigen Platz.

An diesem Abend allerdings war die große Kathedrale verlassen.

Reverend Colin Galloway – Dompropst der National Cathedral – sah aus, als lebte er seit Anbeginn der Zeit. Der gebeugte, verwitterte alte Mann trug eine schlichte, schwarze Soutane und schlurfte wortlos voran, als Langdon und Katherine ihm schweigend auf dem Mittelgang durch das einhundertachtundfünfzig Meter lange Hauptschiff folgten, das in tiefer Dunkelheit lag. Der Hauptgang schwenkte nach links, was eine optische Täuschung hervorrief, die die Strenge des Kirchenschiffs milderte. Als sie die große Vierung erreichten, führte der Dompropst sie durch den Lettner – die symbolische Trennwand zwischen Gemeinderaum und Sanktuarium.

Im Altarraum roch es nach Weihrauch. Es war schummrig; die einzige Beleuchtung stammte von Lichtreflexionen an den mit Blätterwerk verzierten Gewölben weit oben. Die Flaggen der fünfzig US-Bundesstaaten hingen über dem Chor, den mehrere gehauene Retabeln schmückten, die biblische Begebenheiten darstellten. Galloway ging weiter; offenbar hatte er den Weg verinnerlicht. Einen Augenblick lang glaubte Langdon, sie hielten geradewegs auf den

Hochaltar zu, wo die zehn Steine vom Berge Sinai eingelassen waren, doch der steinalte Dompropst bog vorher nach links ab und durchschritt eine diskret verborgene Tür, hinter der ein Verwaltungsanbau begann.

Sie folgten einem kurzen Gang zu einer Bürotür mit einem Namensschild aus Messing:

REVEREND DR. COLIN GALLOWAY
DOMPROPST

Galloway öffnete die Tür und schaltete das Licht ein – eine Gefälligkeit gegenüber seinen Besuchern, die er offenbar verinnerlicht hatte. Er bat sie hinein und schloss die Tür.

Das Büro des Dompropstes war klein, aber schmuck und mit hohen Bücherregalen, einem Schreibtisch und einem mit Schnitzereien verzierten Schrank eingerichtet. Nebenan befand sich ein privates Badezimmer. An den Wänden hingen Gobelins aus dem 16. Jahrhundert und verschiedene Gemälde, die Szenen aus der Bibel zeigten. Der alte Priester wies einladend auf die beiden Ledersessel vor seinem Schreibtisch. Langdon setzte sich, nachdem Katherine Platz genommen hatte, und war dankbar, die schwere Schultertasche endlich vor seinen Füßen auf den Boden setzen zu können.

Zuflucht und Antworten, dachte Langdon, als er sich auf dem bequemen Möbel zurücklehnte.

Der alte Mann schlurfte hinter seinen Schreibtisch und ließ sich langsam auf den hochlehnigen Stuhl sinken. Dann hob er mit müdem Seufzen den Kopf und starrte seine Besucher mit seinen trüben Augen an. Als er sprach, war seine Stimme unerwartet klar und kräftig.

»Obwohl mir bewusst ist, dass wir einander nie begegnet sind«, sagte der alte Mann, »habe ich das Gefühl, Sie beide zu kennen.« Er zog ein Taschentuch hervor und tupfte sich den Mund ab. »Professor Langdon, ich bin mit Ihren Schriften vertraut, auch mit dem klugen Artikel über die Symbolik dieser Kathedrale.« Er blickte zu Katherine. »Miss Solomon, Ihr Bruder Peter und ich sind seit vielen Jahren Freimaurerbrüder.«

»Mein Bruder ist in schrecklichen Schwierigkeiten«, sagte Katherine.

»Ich habe davon gehört.« Der alte Mann seufzte. »Und ich werde alles in meiner Macht Stehende tun, um Ihnen zu helfen.«

Langdon sah keinen Freimaurerring an der Hand des Dompropstes, doch er wusste, dass viele Freimaurer, besonders Geistliche, es vorzogen, ihre Mitgliedschaft nicht öffentlich zur Schau zu stellen.

Als sie redeten, wurde rasch klar, dass Dompropst Galloway aus Warren Bellamys SMS bereits einiges über die Ereignisse des Abends erfahren hatte. Während Langdon und Katherine ihm berichteten, was sich sonst noch zugetragen hatte, schaute der alte Geistliche immer besorgter drein.

»Und dieser Mann, der unseren lieben Peter entführt hat«, fragte Galloway, »besteht darauf, dass Sie im Tausch gegen sein Leben die Inschrift der Pyramide entschlüsseln?«

»So ist es«, antwortete Langdon. »Er nimmt an, dass die Inschrift eine Karte darstellt, die ihn zum Versteck der Alten Mysterien führen kann.«

Der Dompropst richtete seine gespenstischen, trüben Augen auf Langdon. »Ich höre an Ihrer Stimme, dass Sie nicht an solche Dinge glauben.«

Mit einer Diskussion über dieses Thema wollte Langdon keine Zeit vergeuden. »Was ich glaube, spielt keine Rolle. Wir müssen Peter helfen. Leider hat die Inschrift uns keinen Schritt weitergebracht, nachdem wir sie entziffert hatten.«

Der alte Mann richtete sich auf. »Sie haben die Inschrift *entziffert?*«

Katherine erklärte rasch, dass sie trotz Bellamys Warnung und der Bitte ihres Bruders, Langdon möge das Päckchen nicht öffnen, genau das getan habe, weil sie es für ihre oberste Pflicht hielte, ihrem Bruder zu helfen, egal mit welchen Mitteln. Sie berichtete dem Dompropst von dem goldenen Deckstein und Albrecht Dürers magischem Quadrat und wie sie anhand dessen die Freimaurerchiffre aus sechzehn Buchstaben zu der Wendung *Jeova Sanctus Unus* entschlüsselt hatten.

»Mehr steht da nicht?«, fragte der Dompropst. »Der Eine Wahre Gott?«

»So ist es, Sir«, antwortete Langdon. »Offenbar handelt es sich bei der Pyramide um eine Karte eher *metaphorischer* als geografischer Natur.«

Der Dompropst streckte die Hände aus. »Lassen Sie mich die Pyramide befühlen.«

Langdon zog den Reißverschluss seiner Tasche auf und nahm die Pyramide heraus. Er setzte sie vorsichtig auf dem Tisch ab und schob sie direkt vor den Reverend.

Langdon und Katherine beobachteten, wie der alte Mann mit gebrechlichen Händen jeden Quadratzentimeter des Steins abtastete – die Seite mit der Inschrift, die glatte Basis und die Deckfläche, wo die Spitze fehlte. Als er fertig war, streckte er wieder die Hände vor. »Und der Deckstein?«

Langdon nahm das kleine Steinkästchen, setzte es auf den Schreibtisch und öffnete den Deckel. Er nahm den Deckstein heraus und legte ihn dem alten Mann in die Hände. Der Dompropst untersuchte ihn auf ähnliche Weise wie die Unvollendete Pyramide und tastete jeden Quadratzentimeter ab. Seine Finger verharrten auf der Inschrift. Offenbar fiel es ihm schwer, den klein und elegant gravierten Text zu erfassen.

»*The secret hides within The Order*«, sagte Langdon. »Die Wörter *the* und *order* sind großgeschrieben.«

Mit regloser Miene setzte der alte Mann den Deckstein auf die

Pyramide und richtete ihn allein mithilfe des Tastsinns aus. Einen Augenblick lang schien er innezuhalten, als betete er; dann fuhr er mehrmals ehrerbietig mit den Handflächen über die vollendete Pyramide. Schließlich streckte er die Hände aus, ertastete das würfelförmige Kästchen, nahm es an sich und befühlte es sorgfältig von allen Seiten.

Als er fertig war, setzte er das Kästchen ab und lehnte sich zurück. »Nun sagen Sie mir«, verlangte er mit einer Stimme, die plötzlich ernst geworden war, »wieso sind Sie zu mir gekommen?«

Die Frage verwirrte Langdon. »Wir sind gekommen, Sir, weil Sie uns dazu *aufgefordert* haben. Mr. Bellamy sagte uns, wir sollten Ihnen vertrauen.«

»Dennoch haben Sie *ihm* nicht vertraut?«

»Wie soll ich das verstehen?«

Die weißen Augen des Dompropstes starrten direkt durch Langdon hindurch. »Das Päckchen, das den Deckstein enthielt, war versiegelt. Mr. Bellamy hat Ihnen untersagt, es zu öffnen; dennoch haben Sie es getan. Darüber hinaus hat Peter Solomon Ihnen untersagt, es zu öffnen. Auch gegen seine Anweisung haben Sie verstoßen.«

»Sir«, warf Katherine ein, »wir versuchen, meinen Bruder zu retten. Der Mann, der ihn in seiner Gewalt hat, verlangt ...«

»Ich kann Ihre Motive verstehen«, unterbrach der Reverend sie, »aber was haben Sie erreicht, indem Sie das Päckchen geöffnet haben? Nichts. Peters Entführer sucht nach einer Ortsangabe und wird sich mit der Antwort *Jeova Sanctus Unus* kaum zufriedengeben.«

»Ich stimme Ihnen zu«, sagte Langdon, »doch leider steht nicht mehr auf der Pyramide. Wie ich schon anmerkte, scheint es sich um eine Karte eher im *übertragenen* Sinne zu handeln als um ...«

»Sie irren sich, Professor«, sagte der Dompropst. »Die Freimaurerpyramide ist eine *echte* Karte. Sie verweist auf einen *realen* Ort. Sie verstehen das nicht, weil Sie die Inschrift noch nicht vollständig entziffert haben. Nicht einmal annähernd.«

Langdon und Katherine tauschten einen erschrockenen Blick.

Der Dompropst legte die Hände wieder auf die Pyramide; er schien sie beinahe zu liebkosen. »Diese Karte weist, ganz wie die Alten Mysterien selbst, viele Ebenen der Bedeutung auf. Ihr wahres Geheimnis bleibt vor Ihnen verborgen.«

»Reverend«, sagte Langdon, »wir haben jeden Quadratmillimeter des Pyramidenstumpfs und des Decksteins abgesucht. Es gibt dort nichts weiter zu sehen.«

»In ihrem derzeitigen Zustand allerdings nicht. Aber Gegenstände sind veränderlich.«

»Reverend?«

»Wie Sie wissen, Professor Langdon, verspricht die Pyramide eine wunderbare Macht zur Umgestaltung. Der Legende nach vermag sie ihre Gestalt zu ändern … ihre physische Form zu wechseln, um ihre Geheimnisse preiszugeben. Wie der berühmte Stein, der König Artus das Schwert Excalibur in die Hände gab, kann die Freimaurerpyramide sich verändern, wenn sie es beschließt, und ihr Geheimnis dem Würdigen offenbaren.«

Langdon beschlich das Gefühl, dass der alte Mann im fortgeschrittenen Alter möglicherweise an Geisteskraft eingebüßt hatte. »Es tut mir leid, Sir. Wollen Sie sagen, dass diese Pyramide tatsächlich eine physische Umwandlung im Sinne des Wortes vollziehen kann?«

»Professor Langdon, wenn ich meine Hand ausstreckte und die Pyramide hier vor Ihren Augen verwandelte, würden Sie dann glauben, was Sie beobachtet hätten?«

Langdon wusste nicht, was er darauf antworten sollte. »Ich nehme an, mir bliebe keine andere Wahl.«

»Also gut. Nur einen Augenblick, bitte, dann werde ich genau das tun.« Erneut tupfte er sich den Mund ab. »Ich darf Sie erinnern, dass es eine Zeit gab, in der selbst die klügsten Köpfe unsere Erde für eine Scheibe hielten. Denn wäre die Erde eine Kugel, müssten die Meere hinunterfließen. Stellen Sie sich vor, wie man Sie verhöhnt hätte, hätten Sie erklärt: ›Nicht nur, dass die Erde eine Kugel ist – es gibt überdies eine unsichtbare, geheimnisvolle Kraft, die alles an ihrer Oberfläche festhält, sodass es nicht in die Leere stürzen kann.‹«

»Es gibt einen Unterschied«, erwiderte Langdon, »zwischen der Existenz der Schwerkraft und der Fähigkeit, feste Gegenstände durch die Berührung der Hand zu verwandeln.«

»Wirklich? Ist es nicht möglich, dass wir noch immer im Dunklen Zeitalter leben und nach wie vor die Vorstellung ›mystischer‹ Kräfte verhöhnen, weil wir sie nicht sehen oder verstehen können? Wenn die Geschichte uns überhaupt etwas lehrt, dann zeigt sie uns, dass die eigenartigen Ideen, die wir heute verlachen, eines Tages unsere gefeierte Wahrheit sein könnten. Ich behaupte, diese Pyramide mit einer Berührung meines Fingers verwandeln zu können, und Sie stellen meinen Geisteszustand infrage. Von einem Historiker hätte ich mir mehr versprochen. Die Geschichte ist angefüllt von Genies, die alle genau das Gleiche erklärt haben – großen Geistern, die alle darauf beharrten, dass der Mensch mystische Fähigkeiten besitzt, von denen er nichts ahnt.«

Langdon wusste, dass der Dompropst recht hatte. Der berühmte hermetische Aphorismus *Wisst ihr nicht, dass ihr Götter seid?* war eine der Säulen der Alten Mysterien. *Wie oben, so unten … Gott schuf den Menschen nach seinem Bilde … Apotheose.* Die Verkündigung der Göttlichkeit des Menschen – die Botschaft von seinem verborgenen Potenzial – war das große wiederkehrende Thema in den alten Texten zahlloser Traditionen. Selbst die Bibel schrie es in Psalm 82,6 heraus: *Ihr seid Götter!*

»Professor«, fuhr der alte Mann fort, »mir ist durchaus klar, dass Sie wie viele gebildete Menschen gleichsam zwischen den Welten in der Falle sitzen – mit einem Fuß im Spirituellen, mit dem anderen im Stofflichen. Ihr Herz sehnt sich zu glauben … doch Ihr Intellekt weigert sich, es zuzulassen. Als Akademiker wären Sie allerdings gut beraten, von den großen Köpfen der Vergangenheit zu lernen.« Er verstummte und räusperte sich. »Wenn ich mich recht entsinne, hat einer der größten Geister, die jemals lebten, erklärt: ›Meine Religiosität besteht in einer demütigen Bewunderung des unendlich überlegenen Geistes, der sich in dem wenigen offenbart, was wir mit unserer schwachen und hinfälligen Vernunft von der Wirklichkeit zu erkennen vermögen.‹«

»Wer hat das gesagt?«, fragte Langdon. »Gandhi?«

»Nein«, erwiderte Katherine. »Albert Einstein.«

Katherine Solomon hatte jedes Wort gelesen, das Einstein je geschrieben hatte, und war stets beeindruckt gewesen vom tiefen Respekt dieses Gelehrten vor dem Mystischen wie auch von seinen Vorhersagen, dass eines Tages die Massen genauso empfinden würden. *Die religiösen Genies aller Zeiten waren durch diese kosmische Religiosität ausgezeichnet*, hatte Einstein gesagt, *die keine Dogmen und keinen Gott kennt, der nach dem Bild des Menschen gedacht wäre.*

Robert Langdon schien seine Schwierigkeiten mit dieser Vorstellung zu haben. Katherine spürte, dass Langdon das Gefühl hatte, hier bei dem alten episkopalen Priester seine Zeit zu verschwenden, und sie verstand ihn gut. Schließlich und endlich waren sie hierhergekommen, um Antworten zu erhalten; stattdessen waren sie auf einen blinden, alten Mann gestoßen, der von sich behauptete, Gegenstände durch bloße Berührung verwandeln zu können. Zugleich fühlte Katherine sich von der offenkundigen Begeisterung des alten Mannes für mystische Kräfte an ihren Bruder erinnert.

»Reverend«, sagte sie, »Peter schwebt in Lebensgefahr. Die CIA jagt uns. Und Warren Bellamy hat uns zu Ihnen geschickt, damit Sie uns helfen. Ich weiß nicht, was die Inschrift dieser Pyramide aussagt oder worauf sie verweist, aber wenn wir Peter retten können, indem wir sie entziffern, müssen wir das tun. Mr. Bellamy hätte es vielleicht vorgezogen, das Leben meines Bruders zu opfern, um diese Pyramide zu schützen, doch ihretwegen hat meine Familie nichts als Schmerz erlebt. Welches Geheimnis sie auch birgt – heute Nacht hört es auf, ein Geheimnis zu sein.«

»Sie haben recht«, erwiderte der alte Mann düster. »Heute Nacht endet tatsächlich alles. Dafür haben Sie gesorgt.« Er seufzte. »Miss Solomon, als Sie das Siegel an diesem Päckchen brachen, haben Sie eine Ereigniskette in Bewegung gesetzt, von der es nun kein Zurück mehr gibt. Heute Nacht sind Kräfte am Werk, die Sie noch nicht begreifen. Und umkehren können Sie diese Kräfte jetzt nicht mehr.«

Katherine starrte den Dompropst wie gelähmt an. Sein Tonfall hatte etwas Apokalyptisches, als spräche er von den Sieben Siegeln in der Offenbarung des Johannes oder der Büchse der Pandora.

»Bei allem Respekt, Sir«, wandte Langdon ein, »ich kann mir nicht vorstellen, wie eine Pyramide aus Stein *irgendetwas* in Bewegung setzen sollte.«

»Freilich können Sie das nicht, Professor Langdon.« Der alte Mann starrte blind durch ihn hindurch. »Sie haben noch keine Augen, um zu sehen.«

Kapitel 83

Der Architekt des Kapitols spürte, wie ihm in der feuchten Luft des »Dschungels« der Schweiß hinunterlief. Seine Handgelenke schmerzten in den Handschellen, doch seine ganze Aufmerksamkeit war auf den unheildrohenden Aktenkoffer gerichtet, den Sato gerade zwischen ihnen auf der Bank geöffnet hatte.

Der Inhalt dieses Koffers, hatte sie ihm versichert, *wird Sie von meiner Sicht der Dinge überzeugen. Garantiert.*

Die kleine Japanerin hatte den Koffer von Bellamy abgewendet geöffnet, und er hatte den Inhalt noch nicht gesehen, sodass seine Fantasie beinahe verrücktspielte. *Was ist da drin?* Sato hantierte im Kofferinnern, und Bellamy rechnete beinahe damit, dass sie funkelnde, rasiermesserscharfe Werkzeuge hervorziehen würde.

Plötzlich flackerte im Koffer eine Lichtquelle auf, wurde heller und beleuchtete schließlich Satos Gesicht von unten. Ihre Hände bewegten sich noch immer im Innern des Koffers, und das Licht änderte die Farbe. Schließlich zog Sato die Hände zurück, packte den Koffer bei den Seiten und drehte ihn zu Bellamy herum, damit er hineinschauen konnte.

Bellamy blickte mit zusammengekniffenen Augen in das Leuchten, das von einem futuristischen Laptop mit einem Telefonhörer, zwei Antennen und einer zweigeteilten Tastatur ausging. Seine anfängliche Erleichterung schlug rasch in Erstaunen um.

Der Bildschirm zeigte das Emblem der CIA und den Text:

GESICHERTES LOGIN
Name: Inoue Sato
SICHERHEITSSTUFE: 5

Unter dem Loginfenster lief ein Fortschrittsbalken:

Einen Augenblick bitte ...
Datei wird entschlüsselt ...

Bellamys Blick zuckte zu Sato, die ihm in die Augen sah. »Eigentlich wollte ich es Ihnen nicht zeigen«, sagte sie, »aber Sie lassen mir keine andere Wahl.«

Wieder flackerte der Schirm, und Bellamy beobachtete, was geschah. Die Datei öffnete sich, ihr Inhalt füllte den gesamten LCD-Bildschirm.

Eine ganze Weile starrte Bellamy auf den Schirm und versuchte zu begreifen, was er dort sah. Als es ihm dämmerte, wich ihm alles Blut aus dem Gesicht. Entsetzt starrte er auf den Bildschirm, nicht imstande, die Augen abzuwenden. »Aber das ist ... *unmöglich!*«, rief er aus. »Wie soll das gehen?«

Sato sah ihn grimmig an. »Das möchte ich von *Ihnen* wissen, Mr. Bellamy.«

Während der Architekt des Kapitols immer mehr die Bedeutung dessen begriff, was er sah, schien es ihm, als schwankte seine Welt gefährlich nahe am Rand der Katastrophe und drohte jeden Augenblick in einen gähnenden Abgrund zu stürzen.

Mein Gott, ich habe einen schrecklichen, unverzeihlichen Fehler begangen!

Kapitel 84

*C*olin Galloway fühlte sich lebendig.

Wie alle Menschen wusste auch er, dass die Zeit kommen würde, da er seine sterbliche Hülle abwerfen musste – doch nicht heute Nacht! Sein Herz schlug schnell und kräftig, und all seine Sinne waren geschärft. *Es gibt viel zu tun.*

Als er mit seiner arthritischen Hand über die glatte Oberfläche der Pyramide strich, konnte er kaum glauben, was er fühlte. *Ich hätte nie gedacht, dass ich diesen Augenblick erleben würde.* Generationenlang waren die einzelnen Teile der Symbolon-Karte voneinander getrennt aufbewahrt worden. Nun waren sie endlich wieder vereint. Galloway fragte sich, ob dies die Zeit der Prophezeiung war.

Seltsamerweise hatte das Schicksal zwei Nicht-Maurer dazu bestimmt, die Pyramide zusammenzufügen. Dennoch schien es passend. *Die Geheimnisse verlassen den Inneren Zirkel ... treten hinaus aus der Dunkelheit ... hinein ins Licht.*

»Professor«, sagte er und wandte den Kopf in Langdons Richtung, da er ihn deutlich atmen hören konnte. »Hat Peter Ihnen gesagt, warum Sie das Päckchen bewachen sollen?«

»Er sagte, mächtige Leute wollten es ihm stehlen«, antwortete Langdon.

Der Dompropst nickte. »Ja, das hat er mir auch gesagt.«

»Tatsächlich?«, fragte Katherine plötzlich zu seiner Linken. »Sie und mein Bruder haben über diese Pyramide gesprochen?«

»Natürlich«, meinte Galloway. »Ihr Bruder und ich haben über viele Dinge gesprochen. Ich war einst Meister vom Stuhl, und er kam manchmal zu mir, um sich Rat zu holen. Es ist ungefähr ein Jahr her, dass er mich aufgesucht hat. Er war offenbar sehr besorgt. Er saß genau da, wo Sie jetzt sitzen, und fragte mich, ob ich an übernatürliche Vorahnungen glaube.«

»Vorahnungen?«, fragte Katherine bestürzt. »Sie meinen … Visionen?«

»Nein, keine Visionen. Eher ein … Gefühl. Peter behauptete, er spüre immer deutlicher die Präsenz einer dunklen Macht in seinem Leben. Er fühlte sich beobachtet … als warte jemand nur darauf, ihm Schaden zuzufügen … großen Schaden.«

»Offenbar hatte er recht«, sagte Katherine, »wenn man bedenkt, dass derselbe Mann, der unsere Mutter und Peters Sohn getötet hat, nach Washington gekommen ist und einer seiner Freimaurerbrüder wurde.«

»Richtig«, pflichtete Langdon bei, »aber es erklärt nicht, was die CIA damit zu tun hat.«

Galloway war sich nicht so sicher. »Menschen mit Macht sind immer daran interessiert, noch mehr Macht zu erlangen.«

»Aber die CIA?«, meinte Langdon skeptisch. »In Zusammenhang mit mystischen Geheimnissen? Das passt irgendwie nicht zusammen.«

»Oh doch«, meinte Katherine. »Die CIA hat schon immer technische Entwicklungen vorangetrieben und mit Geheimwissenschaften experimentiert … außersinnliche Wahrnehmung, Fernwahrnehmung, sensorische Deprivation, medikamentös verursachte Bewusstseinserweiterungen und so weiter. Es läuft alles auf das Gleiche hinaus – das noch ungenutzte Potenzial des menschlichen Verstandes anzuzapfen. Wenn es etwas gibt, das ich von Peter gelernt habe, dann dies: Wissenschaft und Mystik sind nah miteinander verwandt und unterscheiden sich nur durch ihren Ansatz. Das Ziel ist das Gleiche, nur der Weg dorthin ist ein anderer.«

»Peter hat mir erzählt«, sagte Galloway, »dass Ihr Fachgebiet eine Art moderne mystische Wissenschaft ist.«

»Die Noetik«, bestätigte Katherine. »Sie beweist, dass der Mensch über Kräfte verfügt, die weit über das hinausgehen, was wir uns auch nur vorstellen können.« Sie ging zu einem Buntglasfenster, das den Verklärten Heiland zeigte, jenes bekannte Bild Jesu, das ihn mit Lichtstrahlen darstellt, die von seinen Händen und dem Kopf ausgehen. »Um Ihnen ein Beispiel zu nennen: Vor Kurzem habe ich einen Super-CCD-Sensor benutzt, um die Hände eines Wunderheilers zu fotografieren. Die Fotos ähnelten sehr dem Bild von Jesus auf dem Fenster dort. Es waren Energiebahnen zu sehen, die aus den Fingerspitzen dieses Heilers strömten.«

Oh, dieser wissenschaftlich geschulte Verstand!, dachte Galloway und unterdrückte ein Lächeln. *Was glaubst du wohl, wie Jesus die Kranken geheilt hat?*

»Ich weiß«, fuhr Katherine fort, »dass die moderne Medizin sich über Heiler und Schamanen lustig macht, aber ich habe es mit eigenen Augen gesehen. Meine CCD-Kameras haben eindeutig festgehalten, dass massive Energieströme aus den Fingerspitzen dieses Mannes drangen und die Zellstruktur des Patienten veränderten. Wenn das keine göttliche Macht ist, dann weiß ich es nicht.«

Colin Galloway erlaubte sich ein Lächeln. Katherine besaß dieselbe Leidenschaft wie ihr Bruder. »Peter hat die noetischen Wissenschaftler einmal mit jenen Forschern verglichen, über die man sich lustig gemacht hat, weil sie die ketzerische Behauptung aufstellten, die Erde sei eine Kugel. Beinahe über Nacht wurden diese Narren zu Helden, die den Horizont der Menschen unfassbar erweiterten und ihr bis dato unentdeckte Welten schenkten. Peter glaubt, dass *Sie* das auch tun werden. Er blickt mit großen Hoffnungen auf Ihre Arbeit. Es wäre schließlich nicht das erste Mal in der Geschichte, dass eine einzige kühne Idee zu einer großen philosophischen Entdeckung führt.«

Natürlich wusste Galloway, dass es keines Labors bedurfte, um zu dieser Erkenntnis zu gelangen und das unentdeckte Potenzial des menschlichen Geistes zu erkennen. In der Kathedrale, in der sie nun saßen, wurden Betkreise abgehalten, die dazu dienen sollten, Kranke zu heilen, und Galloway hatte schon oft schier unglaubliche Dinge erlebt, medizinisch dokumentierte physische Veränderungen. Die Frage war nicht, ob Gott die Menschen mit mächtigen Kräften ausgestattet hatte, sondern wie sie diese Kräfte freisetzen konnten.

Der alte Dompropst legte die Hände ehrfurchtsvoll um die Freimaurer-Pyramide und fuhr ganz leise fort: »Meine Freunde, ich weiß nicht, wohin genau diese Pyramide weist ... aber eins weiß ich. Irgendwo dort draußen liegt ein gewaltiger spiritueller Schatz vergraben, der seit Jahrhunderten darauf wartet, geborgen zu werden. Ich glaube, dieser Schatz ist ein Katalysator, der die Macht besitzt, die ganze Welt zu verändern.« Seine Hand wanderte zur goldenen Spitze des Decksteins. »Nun, da die Pyramide zusammengefügt ist, rückt diese Zeit rasch näher. Und warum auch nicht? Das Versprechen auf eine alles verwandelnde große Erleuchtung ist so alt wie die Zeit.«

»Reverend«, sagte Langdon ungeduldig, »wir kennen die Offenbarung des heiligen Johannes und die wörtliche Bedeutung der Apokalypse, aber biblische Prophezeiungen scheinen wohl kaum ...«

»Ach, dummes Zeug! Die Offenbarung des Johannes ist ein heilloses Durcheinander!«, unterbrach der Dompropst ihn. »Niemand weiß, wie man sie lesen muss. Ich spreche von *wachen* Geistern, die in einer *klaren* Sprache schreiben: Sir Francis Bacon, Newton, Einstein, die Weissagungen des heiligen Augustinus ... die Liste ließe sich beliebig fortsetzen. Alle haben einen Augenblick der Erleuchtung vorausgeahnt, der Transformation. Selbst Jesus hat gesagt: ›Nichts ist verborgen, das nicht offenbar werde, auch nichts Heimliches, das nicht kundwerde und an den Tag komme.‹«

»Eine solche Vorhersage lässt sich sehr leicht tätigen«, sagte Langdon. »Wissen wächst exponentiell. Je mehr wir wissen, umso größer wird unsere Fähigkeit zu lernen, und umso größer wiederum unsere Wissensbasis.«

»Richtig«, meldete Katherine sich zu Wort. »Das können wir in der Wissenschaft ständig beobachten. Mit jeder neuen Technologie, die wir entwickeln, erhalten wir ein neues Werkzeug, weitere neue Technologien zu entwickeln. Es ist wie ein Schneeballsystem. Aus diesem Grund ist die Wissenschaft in den letzten fünf Jahren mehr gewachsen als in *fünftausend* Jahren zuvor. Exponentielles Wachstum. Mathematisch gesehen, geht die Steigung – und damit die Geschwindigkeit – irgendwann gegen unendlich. Das heißt, neue Entwicklungen schießen förmlich aus dem Boden.«

Schweigen erfüllte das Büro des Dompropstes. Galloway spürte, dass seine beiden Gäste noch immer nicht wussten, wie die Pyramide ihnen weiterhelfen konnte. *Deshalb hat das Schicksal euch zu mir geführt*, dachte der alte Mann. *Das ist die Rolle, die mir zugedacht ist.*

Lange Jahre hatte Reverend Colin Galloway zusammen mit seinen Freimaurerbrüdern die Rolle des Torwächters gespielt. Nun war alles anders.

Ich bin kein Torwächter mehr. Ich bin ein Führer.

»Professor Langdon?«, fragte Galloway und griff über den Tisch hinweg. »Wenn Sie mir bitte die Hand reichen würden.«

Robert Langdon wusste nicht recht, was er tun sollte, als er Colin Galloways ausgestreckte Hand sah.

Will er mit uns beten?

Höflich streckte Langdon den rechten Arm aus und ergriff die welke Altmännerhand des Dompropstes. Der alte Mann packte fest zu, doch er begann nicht zu beten. Stattdessen suchte er tastend Langdons Zeigefinger und führte ihn in den steinernen Würfel, in dem der goldene Deckstein aufbewahrt worden war.

»Eure Augen haben euch blind gemacht«, sagte der uralte Mann.

»Hättet ihr mit euren Fingern geschaut, wie ich es tue, hättet ihr erkannt, dass der Würfel noch nicht alle seine Geheimnisse preisgegeben hat.«

Pflichtbewusst tastete Langdon mit dem Zeigefinger an den Innenseiten des Würfels entlang, konnte aber nichts ertasten. Die Seiten waren vollkommen glatt.

»Nur weiter«, forderte Galloway ihn auf.

Erneut gehorchte Langdon, und diesmal stieß seine Fingerspitze tatsächlich auf etwas: einen winzigen erhabenen Kreis, einen Punkt in der Mitte des Würfelbodens. Er zog die Hand zurück und starrte in das Behältnis. Mit bloßem Auge war der kleine Kreis kaum zu erkennen.

Was ist das?

»Erkennen Sie dieses Symbol?«, fragte Galloway.

»Symbol?«, erwiderte Langdon. »Ich kann kaum etwas erkennen.«

»Drücken Sie darauf.«

Langdon gehorchte und drückte die Fingerspitze auf den winzigen Punkt. *Was glaubt er, wird geschehen?*

»Lassen Sie Ihren Finger im Würfel«, sagte der Dompropst. »Erhöhen Sie den Druck.«

Langdon warf Katherine einen Blick zu. Sie wirkte ebenfalls verwirrt und strich sich in ihrer typischen Art eine Strähne ihres Haars hinters Ohr.

Ein paar Sekunden später nickte der alte Mann und meinte: »Gut, nehmen Sie die Hand weg. Die Alchimie ist vollendet.«

Alchimie? Robert Langdon zog den Finger aus dem Würfel und setzte sich zurück. Er schwieg verwirrt. Es war rein gar nichts geschehen. Das Behältnis lag unverändert auf dem Tisch.

»Nichts«, sagte Langdon.

»Schauen Sie auf Ihre Fingerspitze«, forderte der Dompropst ihn auf. »Dort sollten Sie eine Veränderung erkennen.«

Langdon starrte auf seinen Zeigefinger, konnte dort aber nur einen kreisförmigen Abdruck auf seiner Haut entdecken, der von der Erhebung im Würfel stammte – ein winziger Kreis mit einem Punkt in der Mitte.

»Erkennen Sie nun dieses Symbol?«, fragte der Dompropst.

Langdon erkannte es durchaus. Im Augenblick jedoch war er mehr von der Fähigkeit des Dompropstes beeindruckt, solch winzige Details mit den knochigen Fingern zu ertasten. Offenbar gehörte viel Geschick dazu, mit den Fingerspitzen zu sehen.

»Ein alchimistisches Zeichen«, sagte Katherine, rückte ihren Stuhl näher heran und betrachtete Langdons Finger. »Es ist das alte Symbol für Gold.«

»In der Tat.« Der Dompropst lächelte und tätschelte den Würfel. »Meinen Glückwunsch, Professor. Ihnen ist soeben gelungen, was zahllose Alchimisten vor Ihnen vergeblich versucht haben. Sie haben eine wertlose Substanz in Gold verwandelt.«

Langdon runzelte die Stirn. Er verstand noch immer nicht. Der kleine Zaubertrick brachte sie kein Stück weiter. »Eine interessante Idee, Reverend, aber ich fürchte, dieses Symbol – ein Kreis mit einem Punkt in der Mitte – hat Dutzende von Bedeutungen. Man nennt es *Circumpunct*, und es ist eines der meistgebrauchten Symbole in der Geschichte.«

»Wie meinen Sie das?«, fragte der Dompropst skeptisch.

Langdon war verwundert, dass der Freimaurer nicht mehr über die Bedeutung dieses Symbols wusste. »Reverend, der Circumpunct hat zahllose Bedeutungen. Im alten Ägypten war er das Symbol für Ra, den Sonnengott, und die moderne Astronomie benutzt ihn noch heute als Sonnenzeichen. In der östlichen Philosophie steht er für das Dritte Auge, für die göttliche Rose, und er fungiert als Symbol der spirituellen Erleuchtung. In der Kabbalah steht er für die Kether, die höchste Sephira im Lebensbaum, das ›Verborgene aller Verborgenen‹. Die alten Mystiker nannten ihn das Auge Gottes. Er ist der Ursprung des allsehenden Auges auf dem Großen Siegel. Bei den Pythagoreern war der Circumpunct das Symbol für die Monade – die Göttliche Wahrheit, die *Prisca Sapientia*, die Einheit von Körper und Geist und die …«

»Genug, genug!«, unterbrach Colin Galloway und kicherte. »Danke, Professor. Natürlich haben Sie recht.«

Langdon erkannte, dass Galloway nur mit ihm gespielt hatte. *Er hat das alles gewusst.*

»Der Circumpunct«, sagte der Dompropst und lächelte noch immer still in sich hinein, »ist das wichtigste Symbol der Alten Mysterien. Ich vermute daher, dass er sich keineswegs zufällig in diesem Würfel befindet. Die Legende besagt, dass die Geheimnisse dieser Karte in den winzigsten Details verborgen liegen.«

»Schön«, sagte Katherine, »aber selbst wenn dieses Symbol absichtlich angebracht wurde, hilft uns das beim Entziffern der Karte nicht weiter, oder?«

»Sie haben eben erwähnt, dass die Prägung des Siegels, das Sie aufgebrochen haben, von Peters Siegelring stammte, nicht wahr?«

»Ja.«

»Und Sie haben den Ring bei sich?«

»Ja.« Langdon griff in die Tasche, nahm den Ring aus dem Plastikbeutel und legte ihn vor dem alten Mann auf den Tisch.

Galloway hob ihn auf und tastete ihn ab. »Dieser einzigartige Ring wurde zu derselben Zeit wie die Pyramide gefertigt. Er wird traditionell von dem Freimaurer getragen, in dessen Obhut sich die Pyramide befindet. Als ich heute Abend den winzigen Circumpunct auf dem Boden des Steinwürfels entdeckte, wurde mir klar, dass der Ring Teil des Symbolons ist.«

»Tatsächlich? Reverend …«

»Ich bin mir sicher. Peter ist mein engster Freund, und er hat diesen Ring jahrelang getragen. Ich kenne ihn recht gut.« Er gab Langdon den Ring zurück. »Schauen Sie selbst.«

Langdon nahm den Ring und betrachtete ihn ganz genau. Er ließ die Finger über den doppelköpfigen Phönix, die Zahl 33, die Wörter *ordo ab chao* und den Spruch »Alles wird enthüllt mit dem 33. Grad« schweifen. Er spürte nichts, das ihn weiterbrachte. Dann aber, als seine Finger weiter an der Außenseite des Ringbandes entlangfuhren, hielt er unvermittelt inne. Verblüfft drehte er den Ring um und starrte auf die Stelle unten auf dem Band, genau gegenüber dem Siegel.

»Haben Sie es gefunden?«, fragte Galloway.

»Ich glaube, ja«, erwiderte Langdon.

Katherine rückte näher. »Was denn?«

»Das Gradzeichen auf dem Band«, sagte Langdon und zeigte es ihr. »Es ist so klein, dass man es mit bloßem Auge kaum erkennen kann. Aber wenn man mit dem Finger darüberfährt, spürt man, dass es absichtlich dort angebracht wurde – wie ein winziger Einstich.« Das Gradzeichen saß genau in der Mitte des Ringbandes und sah aus, als hätte es exakt dieselbe Größe wie die punktförmige Erhebung auf dem Boden des Würfels.

»Es ist genauso groß?« Katherine, in deren Stimme nun Erregung mitschwang, kam noch näher.

»Das können wir herausfinden.« Langdon nahm den Ring, senkte ihn in den Würfel und brachte die beiden Kreise exakt übereinander. Als er sie aufeinanderdrückte, glitt der erhabene Circumpunct im Würfel genau in die kleine Ausbuchtung des Rings. Ein leises, aber deutlich vernehmbares Klicken war zu hören.

Alle zuckten zusammen.

Langdon wartete, doch nichts geschah.

»Was war das?«, fragte Galloway.

»Nichts«, antwortete Katherine. »Der Ring ist arretiert ... aber sonst ist nichts geschehen.«

»Keine große Transformation?« Galloway wirkte verwirrt.

Wir sind noch nicht fertig, erkannte Langdon, als er auf die im Ring eingravierten Insignien starrte: den doppelköpfigen Phoenix und die Zahl 33. *Alles wird enthüllt mit dem 33. Grad.*

Er musste an Pythagoras denken, an die heilige Geometrie und an Winkel, und er fragte sich, ob »Grad« vielleicht eine mathematische Bedeutung hatte.

Sein Puls ging schneller. Er streckte die Hand aus und ergriff den Ring, der auf dem Boden des Würfels arretiert war. Behutsam drehte er ihn nach rechts. *Alles wird enthüllt mit dem 33. Grad.*

Er drehte den Ring zehn Grad nach rechts ... zwanzig ... dreißig.

Was dann geschah, hätte Langdon nie erwartet.

*K*apitel 85

*T*ransformation.

Dompropst Galloway hörte nur, wie es geschah, wusste aber genau, was vor sich ging.

Gegenüber von seinem Schreibtisch saßen Langdon und Katherine und starrten in sprachlosem Erstaunen auf den Steinwürfel, der sich vor ihren Augen soeben lautlos umgebildet hatte.

Galloway konnte sich ein Lächeln nicht verkneifen. Er hatte dieses Ergebnis vorausgesehen. Auch wenn er noch nicht wusste, wie diese Entwicklung letztlich dazu beitragen konnte, das Rätsel der Pyramide zu lösen, freute er sich diebisch über die seltene Gelegenheit, einem Harvard-Symbolologen etwas über Symbole beizubringen.

»Professor«, sagte der alte Mann, »nur wenige Leute wissen, dass die Freimaurer die Form des Würfels – oder Quaders – verehren, weil er die dreidimensionale Gestalt eines anderen Symbols ist ... eines viel älteren, *zweidimensionalen* Symbols.« Galloway brauchte nicht zu fragen, ob Langdon das uralte Symbol erkannte, das jetzt vor ihm auf dem Schreibtisch lag. Es war eines der berühmtesten der Welt.

Robert Langdons Gedanken überschlugen sich, als er auf den umgewandelten Steinwürfel starrte. *Ich hatte ja keine Ahnung ...*

Eben noch hatte er in das Steinkästchen gegriffen, den Freimaurerring genommen und ihn um dreiunddreißig Grad gedreht. An diesem Punkt hatte der Würfel sich vor seinen Augen umgebildet: Die Wände kippten eine nach der anderen zur Seite, wobei ihre verborgenen Angeln sich lösten, bis das gesamte Kästchen auseinanderfiel. Seitenwände und Deckel klappten nacheinander auf die Tischplatte.

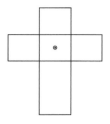

Der Würfel wird zu einem Kreuz, dachte Langdon. *Symbol-Alchimie.*

Katherine machte ein verwirrtes Gesicht. »Die Freimaurerpyramide hat Bezug zum Christentum?«

Einen Moment stellte Langdon sich dieselbe Frage. Das christliche Kreuz war bei den Freimaurern ein bedeutendes Symbol, und zweifellos gab es viele Christen unter ihnen. Doch es gab ebenso Juden, Muslime, Buddhisten, Hindus und solche, die keinen Namen für ihren Gott hatten. Die Präsenz eines rein christlichen Symbols erschien einschränkend. Dann aber dämmerte Langdon die wahre Bedeutung.

»Das ist kein christliches Kreuz«, sagte er und stand auf. »Das Kreuz mit dem Circumpunct ist ein Doppelsymbol, bei dem zwei zu einem verschmolzen sind.«

»Was meinst du damit?« Katherines Blicke folgten ihm, als er unruhig auf und ab ging.

»Das Kreuz«, sagte Langdon, »war bis zum 4. Jahrhundert kein christliches Symbol. Schon lange vorher wurde es von den Ägyptern benutzt, um die Überschneidung von zwei Dimensionen darzustellen – der menschlichen und der göttlichen. Wie oben, so unten.

Es war eine Verbildlichung jenes Augenblicks, in dem Mensch und Gott eins werden.« Er blieb stehen und blickte Katherine an. »Der Circumpunct«, fuhr er dann fort, »hat viele Sinninhalte, wie wir wissen. Eine sehr esoterische Bedeutung ist die der Rose, das alchimistische Symbol für Vollkommenheit. Setzt man eine Rose jedoch in die Mitte eines Kreuzes, erhält man ein ganz anderes Zeichen – das Rosenkreuz.«

Galloway lehnte sich lächelnd zurück. »Na, na, jetzt reimen Sie sich aber was zurecht.«

Katherine erhob sich nun ebenfalls. »Moment, ich kann euch nicht mehr folgen«, sagte sie zu Langdon und Galloway.

»Das Rosenkreuz«, erklärte Langdon, »ist ein gängiges Symbol in der Freimaurerei. Einer der Grade des Schottischen Ritus ist der Ritter vom Rosenkreuz, ein Bezug zu den frühen Rosenkreuzern, die die freimaurerische Philosophie beeinflusst haben. Peter hat sie dir gegenüber, Katherine, vielleicht einmal erwähnt. Viele große Wissenschaftler waren Rosenkreuzer: John Dee, Elias Ashmole, Robert Fludd …«

»Ja«, sagte Katherine. »Ich habe während meiner Forschungen die Rosenkreuzermanifeste gelesen.«

Das sollte jeder Wissenschaftler tun, dachte Langdon. Der Orden vom Rosenkreuz – offizieller: der Alte Mystische Orden vom Rosenkreuz – hatte eine dunkle Vergangenheit, die großen Einfluss auf die Wissenschaft besaß und vieles mit der Legende der Alten Mysterien gemein hatte: Auch hier spielten alte Gelehrte eine Rolle, die geheimes Wissen besaßen, das durch sämtliche Zeitalter weitergegeben und nur von den klügsten Köpfen studiert wurde. Bekanntermaßen war die Liste berühmter Rosenkreuzer eine Art Who's who des europäischen 16. und 17. Jahrhunderts: Paracelsus, Bacon, Fludd, Descartes, Pascal, Spinoza, Newton, Leibniz.

Der Orden vom Rosenkreuz gründete sich auf »esoterischen Wahrheiten der alten Vergangenheit«, die »vor dem durchschnittlichen Menschen zu verbergen« seien und tiefen Einblick in die

»göttliche Sphäre« verhießen. Das Symbol der Bruderschaft hatte sich im Lauf der Jahre zu einer aufgeblühten Rose auf einem verzierten Kreuz entwickelt, das jedoch von einem schlichten Kreis mit einem Punkt in der Mitte auf einem ebenso schlichten Kreuz ausging – der einfachsten Darstellung der Rose auf der einfachsten Darstellung des Kreuzes.

»Peter und ich unterhalten uns oft über die Rosenkreuzerphilosophie«, sagte Galloway zu Katherine.

Während der Dompropst die Beziehung zwischen Freimaurerei und Rosenkreuzertum umriss, schweiften Langdons Überlegungen wieder zu dem Gedanken ab, der ihn schon den ganzen Abend beschäftigte. *Jeova Sanctus Unus. Dieser Ausdruck hat etwas mit Alchimie zu tun.* Er konnte sich noch immer nicht genau erinnern, was Peter ihm darüber gesagt hatte, aber die Erwähnung der Rosenkreuzer musste ihn wieder auf diesen Gedanken gebracht haben. *Denk nach, Robert!*

»Ihr Gründer«, sagte Galloway soeben, »war angeblich ein deutscher Mystiker mit Namen Christian Rosencreutz – offensichtlich ein Pseudonym, vielleicht für Francis Bacon, der die Gesellschaft nach Ansicht einiger Historiker gegründet haben soll, wofür es allerdings keinen Beweis …«

»Ein Pseudonym!«, rief Langdon plötzlich aus. »Das ist es! *Jeova Sanctus Unus* ist ein Pseudonym!«

»Was meinst du damit?«, fragte Katherine.

Langdons Herz schlug schneller. »Ich versuche schon den ganzen Abend, mich zu erinnern, was Peter mir über diesen Begriff und seinen Bezug zur Alchimie gesagt hat, und endlich ist es mir eingefallen. Es hat weniger mit der Alchimie als mit einem Alchimisten zu tun … einem sehr berühmten Alchimisten!«

Galloway kicherte. »Das wird aber auch Zeit, Professor. Ich habe seinen Namen schon zweimal erwähnt – und auch das Wort Pseudonym.«

Langdon starrte den alten Dompropst an. »Sie haben es gewusst?«

»Nun, ich hatte gewisse Vermutungen, als Sie mir sagten, die Inschrift laute ›Jeova Sanctus Unus‹ und sei mithilfe von Dürers alchimistischem magischen Quadrat entschlüsselt worden. Doch als Sie das Rosenkreuz fanden, war ich sicher. Wie Sie wahrscheinlich wissen, enthielten die persönlichen Unterlagen des fraglichen Wissenschaftlers eine mit ausgiebigen Anmerkungen versehene Abschrift der Rosenkreuzermanifeste.«

»Von wem reden Sie?«, fragte Katherine.

»Von einem der größten Wissenschaftler aller Zeiten«, antwortete Langdon. »Er war Alchimist, Mitglied der Royal Society of London und Rosenkreuzer, *und* er unterzeichnete seine geheimsten wissenschaftlichen Papiere mit einem Pseudonym – ›Jeova Sanctus Unus‹.«

»Der Eine Wahre Gott?«, meinte Katherine. »Ein bescheidener Mensch.«

»Ein brillanter Geist«, sagte Galloway. »Er hat seine Schriften mit ›Jeova Sanctus Unus‹ unterzeichnet, weil er sich als göttlich begriff, wie die alten Adepten. Ein weiterer Grund war der, dass die sechzehn Buchstaben von ›Jeova Sanctus Unus‹ so umgruppiert werden können, dass sich der lateinische Name dieses Genies ergibt – ein perfektes Pseudonym.«

Katherine blickte die Männer ratlos an. »›Jeova Sanctus Unus‹ ist ein Anagramm für einen berühmten Alchimisten?«

Langdon nahm einen Notizzettel und einen Stift vom Schreibtisch und schrieb, während er erklärte: »Im Lateinischen steht das I für J und das V für U, sodass es genau hinkommt.«

Langdon schrieb die sechzehn Buchstaben nieder: *Isaacus Neutonuus.*

Er reichte Katherine den Zettel. »Ich nehme an, du hast schon von ihm gehört.«

»Isaac Newton?«, fragte Katherine und blickte auf die Notiz. »Ist es *das*, was die Inschrift auf der Pyramide uns mitteilen will?«

In Gedanken stand Langdon wieder in der Westminster Abbey vor Newtons pyramidenförmigem Grabmal, wo er vor Jahren eine ähnliche Erleuchtung erlebt hatte. Und heute Nacht tauchte der große Wissenschaftler wieder auf. Das war kein Zufall ... die Pyramiden, Geheimnisse, Wissenschaft, Alchimie, verborgenes Wissen ... alles war miteinander verflochten. Newtons Name war immer schon ein Wegweiser für jene gewesen, die geheimes Wissen suchten.

»Isaac Newton«, sagte Galloway, »muss etwas damit zu tun haben, wie die Bedeutung der Pyramide zu entschlüsseln ist. Ich kann mir nicht vorstellen, was es sein könnte, aber ...«

»Genie!«, rief Katherine. »So transformieren wir die Pyramide!«

»Du hast die Lösung?«, fragte Langdon.

»Ja! Ich kann nicht glauben, dass wir es nicht längst gesehen haben! Es war direkt vor unserer Nase. Ein simpler alchimistischer Prozess. Ich kann diese Pyramide mithilfe grundlegender Wissenschaft transformieren. Mit Newton'scher Wissenschaft!«

Langdon hatte Mühe, ihr zu folgen.

»Reverend«, sagte Katherine zu Galloway, »wenn Sie den Ring lesen, da steht ...«

»Halt!« Der Dompropst hob hastig den Finger an die Lippen und bat sie zu schweigen. Er neigte leicht den Kopf zur Seite, als würde er horchen. Dann erhob er sich abrupt. »Meine Freunde, diese Pyramide birgt offenbar noch mehr Geheimnisse. Ich weiß nicht, worauf Miss Solomon hinauswill, aber wenn sie ihren nächsten Schritt kennt, habe ich meinen Zweck erfüllt. Nehmen Sie Ihre Sachen, und verraten Sie mir nichts mehr. Lassen Sie mich vorerst im Dunkeln. Es wäre mir lieber, nicht noch mehr zu wissen ... für den Fall, dass unsere Besucher mich zwingen wollen, ihnen dieses Wissen anzuvertrauen.«

»Besucher?«, wiederholte Katherine und horchte. »Ich höre niemanden.«

»Das werden Sie gleich«, sagte Galloway und lief zur Tür. »Beeilen Sie sich.«

Am anderen Ende der Stadt versuchte ein Funkmast Verbindung zu einem Handy herzustellen, das zerschmettert auf der Massachusetts Avenue lag. Da er kein Signal fand, leitete er den Anruf an die Mailbox weiter.

»Robert!«, rief die panische Stimme von Warren Bellamy. »Wo sind Sie? Rufen Sie mich an! Es ist etwas Schreckliches passiert!«

 Kapitel 86

*I*m himmelblauen Schein seiner Kellerlampen stand Mal'akh am Steintisch und setzte seine Vorbereitungen fort. Ihm knurrte der Magen, doch er schenkte dem keine Beachtung. Die Zeiten, als er noch hilflos den Launen seines Fleisches ausgeliefert war, lagen hinter ihm.

Transformation verlangt Opfer.

Wie viele spirituelle Männer in der Geschichte hatte auch Mal'akh sich seinem Weg verschrieben, indem er das kostbarste und edelste Fleisch geopfert hatte.

Die Kastration war nicht so schmerzhaft gewesen, wie er es sich vorgestellt hatte. Und – wie er erfahren hatte – viel weiter verbreitet, als man gemeinhin annahm. Jedes Jahr unterzogen sich Tausende Männer dem chirurgischen Eingriff, Orchidektomie genannt. Die Gründe dafür waren vielfältig: Geschlechtsumwandlung, Beseitigung krankhafter sexueller Sucht bis zu tief sitzenden spirituellen Überzeugungen.

Mal'akh folgte nur den reinsten und höchsten Motiven. Wie Attis, der sich der Sage nach selbst entmannte, wusste auch Mal'akh, dass Unsterblichkeit nur zu erlangen war, wenn er mit der physischen Welt von Mann und Frau gänzlich brach.

Der Androgyne ist eins.

Heutzutage wurden Eunuchen gemieden, während man früher die inhärente Kraft dieses Opfers verstand. Auch die Urchristen hatten Jesus selbst die Vorzüge preisen hören, wie in Matthäus 19,12 geschrieben stand: »Da sind die, die sich zum Eunuchen gemacht haben um des Reiches der Himmel willen. Wer es auf sich nehmen kann, der soll es auf sich nehmen.«

Peter Solomon hatte ein fleischliches Opfer gebracht, auch wenn eine einzelne Hand ein kleiner Preis in diesem großen Plan war. Am Ende dieser Nacht jedoch würde Solomon noch viel, viel mehr opfern.

Um zu schaffen, muss ich vernichten.

Das war das Wesen von Gegensätzen.

Peter Solomon verdiente das Schicksal, das ihn heute Nacht erwartete. Es würde ein passendes Ende sein. Vor langer Zeit hatte dieser Mann eine zentrale Rolle in Mal'akhs sterblichem Leben gespielt. Aus diesem Grund sollte Solomon nun die zentrale Rolle in Mal'akhs großer Transformation spielen. Dieser Mann hatte alle Schrecken und Schmerzen verdient, die er erdulden würde. Peter Solomon war nicht der Mann, für den ihn alle hielten.

Er hat seinen eigenen Sohn geopfert.

Peter Solomon hatte seinen Sohn Zachary einst vor eine unmögliche Wahl gestellt – Reichtum oder Wissen. *Zachary hat schlecht gewählt.* Die Entscheidung des Jungen hatte eine Kette von Ereignissen ausgelöst, die den jungen Mann schließlich in die Tiefen der Hölle gezogen hatte. In das Gefängnis von Soganlik in der Türkei. Zachary Solomon war in diesem Höllenloch gestorben. Die ganze Welt kannte die Geschichte. Doch niemand wusste, dass Peter Solomon seinen Sohn hätte retten können.

Ich war da, dachte Mal'akh. *Ich habe alles gehört.*

Er hatte diese Nacht nie vergessen. Solomons brutale Entscheidung bedeutete das Ende seines Sohnes und zugleich die Geburt von Mal'akh.

Einige müssen sterben, damit andere leben können.

Als das Licht über ihm erneut die Farbe wechselte, bemerkte

Mal'akh, dass es spät geworden war. Er beendete seine Vorbereitungen und lief die Rampe hinauf.

Es war Zeit, sich um die banalen Angelegenheiten der sterblichen Welt zu kümmern.

Kapitel 87

A lles wird enthüllt mit dem 33. Grad, ging es Katherine durch den Kopf. *Ich weiß, wie man die Pyramide transformiert!* Die Antwort hatte die ganze Nacht vor ihnen gelegen, zum Greifen nahe.

Katherine und Langdon waren jetzt allein. Sie rannten durch den Annex der Kathedrale. Kurz darauf gelangten sie in einen großen, von dicken Mauern umschlossenen Garten, genau wie Reverend Galloway es gesagt hatte.

Der in Gestalt eines Pentagons angelegte Garten war klösterlich abgeschieden. In seiner Mitte sprudelte ein moderner bronzener Springbrunnen. Katherine staunte, wie laut das Plätschern des Wassers in dem ummauerten Hof widerhallte – bis ihr klar wurde, dass das Geräusch gar nicht vom Wasser herrührte.

»Ein Helikopter!«, rief sie, als ein greller Suchscheinwerfer aufflammte. »In den Säulengang, schnell!«

Blendend helles Licht flutete in den Garten, gerade als Langdon und Katherine die andere Seite erreicht hatten. Sie schlüpften unter einem gotischen Bogen hindurch in einen Tunnel, der nach draußen auf den Rasen führte. Dort warteten sie geduckt, während der Helikopter über ihnen kreiste und die unmittelbare Umgebung der Kathedrale absuchte.

»Galloway hatte recht, als er sagte, er würde Besucher *hören*«, sagte Katherine beeindruckt. *Schlechte Augen machen das Gehör umso schärfer.* In Katherines eigenen Ohren hämmerten die Rotorblätter des Helikopters mit ihrem rasenden Pulsschlag um die Wette.

»Hier lang«, sagte Langdon, drückte seine Tasche an sich und rannte weiter.

Reverend Galloway hatte ihnen einen einzelnen Schlüssel und eine Reihe klarer Anweisungen mit auf den Weg gegeben. Doch als sie nun das Ende des kurzen Gangs erreichten, stellten sie fest, dass eine ausgedehnte freie Rasenfläche, die nun im grellen Licht des Suchscheinwerfers lag, sie am weiteren Vorankommen hinderte.

»Wir können nicht rüber«, sagte Katherine.

»Warte … sieh nur.« Langdon deutete auf einen dunklen Schatten, der zu ihrer Linken auf dem Rasen erschien. Anfangs war es nicht mehr als ein unförmiger Fleck, der aber rasch größer wurde, wobei er in ihre Richtung kam und mehr und mehr an Konturen gewann. Er streckte sich, verwandelte sich in ein riesiges, schwarzes Rechteck, gekrönt von zwei gewaltigen Auswüchsen.

»Das ist der Schatten der Kathedrale im Licht des Suchscheinwerfers«, sagte Langdon.

»Sie landen draußen.«

Langdon packte Katherines Hand. »Los! Lauf!«

Im Innern der Kathedrale bewegte Dompropst Galloway sich mit so leichten, unbeschwerten Schritten wie seit Jahren nicht. Er ging den großen Kreuzgang und das Hauptschiff hinunter bis zur inneren Vorhalle mit dem mächtigen Eingangsportal.

Nun hörte er den Helikopter draußen vor der Kathedrale. *Wenn ich doch nur sehen könnte*, dachte er bedauernd, als er sich vorzustellen versuchte, wie der Suchscheinwerfer durch das große, runde Fenster leuchtete und den Altarraum in spektakuläre Farben tauchte. Ironischerweise hatte das lichtlose Nichts, zu dem seine Welt geworden war, ein neues Licht auf viele andere Dinge geworfen. *Ich sehe heute klarer als je zuvor.*

ALTARRAUM, WASHINGTON NATIONAL CATHEDRAL

Galloway war bereits als junger Mann dem Ruf seines Gottes gefolgt. Er hatte die Kirche geliebt, wie ein Mensch sie nur lieben konnte. Doch wie viele seiner Brüder, die ihr Leben dem Dienst an Gott gewidmet hatten, war er mit den Jahren müde geworden und hatte sich verausgabt in seinem Bestreben, sich über den Lärm der Ignoranz hinweg Gehör zu verschaffen.

Was hast du anderes erwartet?

Von den Kreuzzügen über die Inquisition bis hin zur Politik der Vereinigten Staaten in der Gegenwart – Christus war immer wieder in allen nur denkbaren Machtkämpfen als vorgeblicher Verbündeter missbraucht worden. Seit Anbeginn der Zeit hatten stets jene ihre Stimme am lautesten erhoben, die am ahnungslosesten waren. Sie hatten die Massen beeindruckt und die Menschen gezwungen, das zu tun, was sie, die Mächtigen, wollten. Sie hatten ihre weltlichen Begierden mit Zitaten aus der Heiligen Schrift gerechtfertigt, die sie selbst nicht verstanden. Sie hatten ihre Intoleranz als Beweis für ihre Überzeugungen zelebriert. Und heute, nach all den Jahren, war es der Menschheit gelungen, *alles* zu pervertieren, was an Jesus Christus einst so wunderbar gewesen war.

Die Begegnung mit dem Symbol des Rosenkreuzes in dieser Nacht hatte den Reverend mit neuer, großer Hoffnung erfüllt. Sie hatte ihn an die Prophezeiungen erinnert, die in den Manifesten der Rosenkreuzer niedergeschrieben waren. Galloway hatte sie in der Vergangenheit zahllose Male gelesen und konnte sie selbst heute noch sinngemäß wiedergeben.

Kapitel 1:
Der Herr Jehovah wird die Menschheit erlösen, indem er ihr die Geheimnisse enthüllt, die er zuvor nur für die Auserwählten gehütet hat.

Kapitel 4:
Und die ganze Welt wird wie ein Buch werden, und alle Widersprüche von Wissenschaft und Theologie werden in Einklang gebracht.

Kapitel 7:
Vor dem Ende der Welt wird Gott eine große Flut aus spiritueller Erleuchtung schaffen, um das Leiden der Menschheit zu lindern.

Kapitel 8:
Ehe diese Offenbarung möglich ist, muss die Welt schlafen, auf dass die Wirkung des Gifts in dem Kelch vergeht, der gefüllt war mit dem falschen Leben des theologischen Weins.

Galloway wusste, dass die Kirche schon vor vielen Jahrhunderten vom rechten Weg abgekommen war. Er hatte sein ganzes Leben dem Bemühen gewidmet, dies rückgängig zu machen, so gut er es vermochte. Und nun, so erkannte er, nahte der entscheidende Moment mit Riesenschritten.

Es ist immer am dunkelsten, bevor die Morgendämmerung anbricht.

CIA-Agent Turner Simkins hockte auf der Kufe des Black-Hawks, als der Helikopter auf dem von Tau überzogenen Rasen landete. Simkins sprang ab, gefolgt von seinen Männern, und winkte dem Piloten, sofort wieder aufzusteigen und die Ausgänge im Auge zu behalten.

Niemand verlässt das Gebäude.

Während der Black-Hawk sich in den nächtlichen Himmel schraubte, rannten Simkins und sein Team die Treppe zum Haupteingang der Kathedrale hinauf. Noch bevor er sich entscheiden konnte, an welches der sechs mächtigen Portale er hämmern sollte, schwang eines davon nach innen auf.

»Sie wünschen?«, fragte eine gelassene Stimme in den tiefen Schatten dahinter.

Es war so dunkel, dass Simkins die gebeugte Gestalt im Priestergewand kaum ausmachen konnte. »Reverend Colin Galloway?«

»Der bin ich«, antwortete der alte Mann.

»Ich suche Robert Langdon. Haben Sie ihn gesehen?«

Der alte Mann trat vor und starrte mit unheimlichen, leeren Augen an Simkins vorbei. »Das, mein lieber Sohn, wäre ein echtes Wunder.«

Kapitel 88

D *ie Zeit wird knapp.*

Security Analyst Nola Kayes Nerven lagen blank, und das Koffein aus dem dritten Becher Kaffee jagte durch ihren Kreislauf wie elektrischer Strom.

Immer noch keine Nachricht von Sato.

Endlich läutete ihr Telefon, und Nola sprang auf, um den Hörer abzunehmen. »Office of Security«, meldete sie sich. »Nola Kaye am Apparat.«

»Nola, hier Rick Parrish von der Systems Security.«

Nola sank in ihrem Sessel zusammen. *Keine Sato.* »Hi, Rick. Was kann ich für Sie tun?«

»Ich wollte Ihnen eine Mitteilung zukommen lassen. Unsere Abteilung hat möglicherweise relevante Informationen bezüglich der Sache, an der Sie heute Nacht arbeiten.«

Nola stellte ihren Kaffee ab. *Woher weiß er, woran ich heute Nacht arbeite?* »Wie bitte?«

»Sorry, Nola. Es ist das neue KI-Programm. Wir haben es im Beta-Test«, sagte Parrish. »Es signalisiert immer wieder die Adresse Ihrer Workstation.«

Jetzt erst wurde Nola klar, wovon er redete. Die Agency hatte eine neue Software für »kollaborative Integration« im Einsatz, dazu gedacht, Echtzeitinformationen an verschiedene Abteilungen zu versenden, falls sie Daten verarbeiteten, die miteinander in Beziehung standen. In einer Epoche, in der die Bedrohung durch Terroristen immer zeitsensitiver wurde, lag der Schlüssel zur Abwendung von Katastrophen oftmals in einer schlichten Information, die einem mitteilte, dass der Kollege nebenan bereits die Daten analysierte, die man dringend benötigte. Was Nola anging, hatte diese neue Software sich bisher allerdings eher als Hemmschuh erwiesen denn als echte Hilfe.

»Ah, richtig, das hatte ich vergessen«, sagte Nola. »Also schön, Rick – was haben Sie?« Sie war vollkommen sicher, dass außer ihr niemand im Gebäude etwas von dieser Krise wusste, geschweige denn, dass jemand an Daten arbeitete, die damit zu tun hatten. Die einzigen Recherchen, die Nola in dieser Nacht am Computer durchgeführt hatte, waren Suchanfragen für Sato gewesen, bei denen es um historische und esoterische Freimaurerthemen gegangen war. Nichtsdestotrotz musste sie das Spiel mitspielen.

»Wahrscheinlich ist es falscher Alarm«, sagte Parrish, »aber wir haben heute Abend einen Hacker aufgehalten, und das KI-Programm beharrt darauf, dass ich Ihnen diese Informationen zukommen lassen soll.«

Ein Hacker? Nola trank einen Schluck Kaffee. »Ich bin ganz Ohr, Rick.«

»Vor etwa einer Stunde haben wir einen Kerl namens Zoubianis hochgenommen«, berichtete Parrish. »Er hat versucht, eine Datei von einer unserer internen Datenbanken herunterzuladen. Der Kerl behauptet, es wäre ein Auftragsjob gewesen und er hätte keine Ahnung, warum er dafür bezahlt wurde, diese Datei zu laden. Angeblich weiß er auch nicht, dass der Server der CIA gehört.«

»Okay. Weiter.«

»Wir haben ihn vernommen. Der Bursche ist sauber. Aber jetzt kommt das Seltsame an der Geschichte: Die gleiche Datei, die er gesucht hat, wurde früher am Abend von einer internen Suchmaschine angesteuert. Es sieht aus, als hätte sich jemand in unser System eingeschlichen, eine Schlüsselwortsuche durchgeführt und eine Freigabe generiert. Die Sache ist die – die Schlüsselwörter, die er benutzt hat, sind äußerst seltsam. Eins hat dazu geführt, dass das KI-Programm dieser Information höchste Priorität zugeordnet hat – ein Schlüsselwort, das in unseren beiden Datensätzen einzigartig ist.« Er zögerte. »Sagt Ihnen der Begriff *Symbolon* etwas?«

Nola sprang so überrascht von ihrem Sessel auf, dass sie Kaffee auf ihrem Schreibtisch verschüttete.

»Die anderen Schlüsselwörter sind genauso ungewöhnlich«, fuhr Parrish fort. »*Pyramide, Portal* ...«

»Schaffen Sie Ihren Hintern hier runter!«, rief Nola, während sie den verschütteten Kaffee aufwischte. »Und bringen Sie alles mit, was Sie haben!«

»Diese Worte bedeuten *tatsächlich* etwas?«

»Machen Sie sich auf den Weg!«

Kapitel 89

Das Cathedral College ist ein elegantes, burgähnliches Gebäude, das unmittelbar an die National Cathedral grenzt. Die Predigerschule – so hatte der erste episkopale Bischof von Washington es konzipiert – war gegründet worden, um Kleriker nach ihrer Weihe weiterzubilden. Heutzutage wurde am Cathedral College ein breit gefächertes Programm zu den Themen Theologie, globale Gerechtigkeit und Spiritualität behandelt.

Langdon und Katherine waren über die Rasenfläche gerannt und benutzten nun Galloways Schlüssel, um just in dem Augenblick ins Gebäude zu verschwinden, als der Helikopter, dessen Scheinwerfer die Nacht zum Tag machte, sich wieder über die Kathedrale erhob. Atemlos standen sie im Foyer und sahen sich ihre Umgebung an. Durch die Fenster fiel genügend Licht, und Langdon sah keinen Grund, die Lampen einzuschalten und dabei das Risiko einzugehen, ihre Position an den Helikopter über ihnen zu verraten. Als sie über den zentralen Flur gingen, kamen sie an einer Reihe von Konferenzsälen, Seminarräumen und Sitzecken vorbei. Das Innere des Gebäudes erinnerte Langdon an die neogotischen Gebäude der Universität von Yale: alte Eleganz, die man technisch nachgerüstet hatte, um die hohen Besucherzahlen bewältigen zu können.

»Hier runter«, sagte Katherine und deutete ans andere Ende des Gangs.

Katherine hatte Langdon noch nicht ihre neueste Erkenntnis in Bezug auf die Pyramide anvertraut, die aber offensichtlich mit der Erwähnung von Isaacus Neutonuus zu tun hatte. Auf dem Weg in dieses Gebäude hatte Katherine lediglich erklärt, die Pyramide könne mit »simpler Wissenschaft« transformiert werden. Was dazu nötig war, glaubte sie hier finden zu können. Langdon hatte keine Ahnung, was Katherine brauchte oder wie sie ein massives Stück Granit oder Gold umwandeln wollte; doch in Anbetracht dessen, was er vorhin erst gesehen hatte – die Transformation eines Würfels in ein Rosenkreuz –, war seine Skepsis ins Wanken geraten.

Sie erreichten das Ende des Flurs. Katherine runzelte die Stirn; offenbar sah sie nicht, was sie sehen wollte. »Hast du nicht gesagt, dass man hier auch übernachten kann?«

»Ja, bei mehrtägigen Konferenzen.«

»Dann müsste es hier doch eine Küche geben, oder?«

»Du möchtest was zu essen?«

Katherine funkelte ihn an. »Nein, ich möchte ein *Labor*.«

Langdon entdeckte eine Treppe, die nach unten führte und ein vielversprechendes Symbol aufwies. *Amerikas beliebtestes Piktogramm.*

Die fensterlose Kellerküche war darauf ausgelegt, größere Mengen zu kochen, und machte einen professionellen Eindruck – jede Menge rostfreier Stahl und große Töpfe. Katherine schloss die Tür und schaltete das Licht ein. Die Lüftung wurde automatisch aktiviert.

Katherine machte sich daran, die Schränke zu durchsuchen. »Robert«, wies sie Langdon an, »stell die Pyramide bitte auf die Arbeitsfläche.«

Langdon fühlte sich wie ein Küchenjunge, der Befehle von Daniel Boulud bekam, doch er tat, wie ihm geheißen, hob die Pyramide aus der Tragetasche und legte den goldenen Deckstein obenauf. Als er fertig war, füllte Katherine einen großen Topf mit heißem Wasser.

»Würdest du den bitte für mich zum Herd bringen?«

Langdon wuchtete das schwere Ding auf den Herd, während Katherine das Gas einschaltete.

»Gibt's Hummer?«, fragte Langdon hoffnungsvoll.

»Sehr witzig. Nein, wir betreiben Alchimie. Außerdem ist das ein Nudeltopf, kein Hummertopf.« Sie deutete auf den perforierten Einsatz, den sie aus dem Topf genommen und neben die Pyramide auf die Arbeitsfläche gestellt hatte.

»Und Pastakochen hilft uns dabei, die Pyramide zu entschlüsseln?«

Katherine ignorierte die Bemerkung geflissentlich, und ihre Stimme bekam einen ernsten Beiklang. »Wie du sicher weißt, gibt es einen historischen *und* symbolischen Grund, warum die Freimaurer den 33. Grad zu ihrem höchsten Grad gemacht haben.«

»Natürlich«, sagte Langdon. Zur Zeit des Pythagoras, sechs Jahrhunderte vor Christus, pries die Tradition der *Numerologie* die 33 als höchste aller Meisterzahlen. Sie war Symbol der göttlichen Wahrheit und die heiligste aller Zahlen. Diese Tradition lebte bei den Freimaurern weiter, aber auch anderswo. Es war kein Zufall, dass man Christen lehrte, Jesus sei mit 33 Jahren gekreuzigt worden, obwohl es keinen dahingehenden historischen Beweis gab. Ebenso wenig war es ein Zufall, dass es hieß, Josef sei 33 Jahre alt gewesen, als er die Jungfrau Maria geheiratet hat, oder dass Jesus 33 Wunder gewirkt habe, dass Gottes Name 33 Mal in der Genesis erwähnt wurde oder dass im Islam alle Bewohner des Himmels auf ewig 33 Jahre alt blieben.

»Die 33«, sagte Katherine, »gilt in vielen mythischen Traditionen als heilige Zahl.«

»Stimmt.« Langdon hatte noch immer keine Ahnung, was das mit dem Nudeltopf zu tun hatte.

»Dann sollte es dich auch nicht überraschen, dass ein Alchimist, Rosenkreuzer und Mystiker wie Isaac Newton die Zahl 33 *ebenfalls* für etwas Besonderes hielt.«

»Da bin ich sicher«, erwiderte Langdon. »Newton hat sich viel mit Numerologie, Astrologie und dergleichen beschäftigt. Aber was hat das …«

»Alles wird enthüllt mit dem 33. Grad.«

Langdon nahm Peters Ring aus der Tasche und las die Inschrift. Dann schaute er wieder auf den Topf mit Wasser. »Tut mir leid, aber ich kann dir nicht ganz folgen.«

»Robert, vor ein paar Stunden sind wir alle noch davon ausgegangen, der 33. Grad beziehe sich auf den Freimaurergrad, doch als wir diesen Ring um dreiunddreißig Grad gedreht haben, hat der Würfel sich verwandelt und ein Kreuz enthüllt, woraufhin sogar du bemerkt hast, dass das Wort *Grad* in einem anderen Sinn gemeint war.«

»Ja. Als Winkel.«

»Genau. Aber *Grad* hat noch eine *dritte* Bedeutung.«

Langdon schaute erneut zu dem Topf auf dem Herd. »Temperatur.«

»Richtig. Es war die ganze Zeit vor unserer Nase. ›Alles wird enthüllt mit dem 33. Grad‹? Oder *bei* dreiunddreißig Grad? Wenn wir diese Pyramide auf dreiunddreißig Grad erwärmen, wird sie uns vielleicht etwas enthüllen.«

Langdon wusste, dass Katherine Solomon ausgesprochen intelligent war, und doch schien sie etwas Offensichtliches zu übersehen. »Wenn ich mich nicht irre, sind dreiunddreißig Grad Fahrenheit sehr kalt! Sollten wir die Pyramide da nicht besser in einen Gefrierschrank tun?«

Katherine lächelte. »Nicht, wenn wir dem Rezept folgen, das der große Alchimist, Rosenkreuzer und Mystiker niedergeschrieben hat, der seine Schriften stets mit ›Jeova Sanctus Unus‹ unterzeichnete.«

Isaacus Neutonuus hat Rezepte geschrieben?

»Die *Temperatur* ist ein grundlegender alchimistischer Katalysator, und sie wurde nicht immer in Fahrenheit oder Celsius gemessen. Es gibt weit ältere Temperaturskalen. Eine davon hat Isaac ...«

»Kluges Mädchen«, sagte Langdon, der erkannte, dass Katherine recht hatte. »Die Newton-Skala.«

»Ja. Isaac Newton hat ein System zur Temperaturmessung ersonnen, das ausschließlich auf natürlichen Phänomenen beruhte. Die Temperatur von schmelzendem Schnee war dabei sein Ausgangspunkt. Das waren *seine* null Grad.« Katherine hielt kurz inne. »Ich nehme an, du kannst dir denken, wie viel Grad er für die Temperatur von kochendem Wasser angesetzt hat – dem König aller alchimistischen Prozesse?«

»33?«

»Kluger Junge. 33 – der 33. Grad. Auf der Newton-Skala beträgt die Temperatur von kochendem Wasser dreiunddreißig Grad. Warum hat Newton ausgerechnet diese Zahl gewählt? Warum nicht die 100? Peter hat mir mal gesagt, dass es für einen Mystiker wie Newton keine elegantere und symbolhaftere Zahl gab als die 33 und dass er sich deshalb dafür entschieden habe.«

Alles wird enthüllt mit dem 33. Grad. Langdon schaute auf den Wassertopf und dann zur Pyramide. »Katherine, die Pyramide besteht aus Granit und massivem Gold. Glaubst du wirklich, kochendes Wasser ist heiß genug, um eine Transformation in Gang zu setzen, wie immer sie aussehen mag?«

Das Lächeln auf Katherines Gesicht verriet Langdon, dass sie irgendetwas wusste, was ihm bisher entgangen war. Selbstbewusst ging sie zur Arbeitsplatte, hob die Granitpyramide mit ihrer Goldspitze an und stellte sie in den Einsatz. Dann senkte sie alles vorsichtig in das blubbernde Wasser. »Gleich werden wir es wissen.«

Hoch über der National Cathedral schaltete der CIA-Pilot den Hubschrauber in den automatischen Schwebemodus und suchte das Umfeld des Gebäudes ab. *Keine Bewegungen.* Sein Wärmebildgerät konnte den Stein der Kathedrale nicht durchdringen, deshalb wusste er nicht, was das Einsatzteam dort drinnen machte, doch sobald jemand ins Freie kam, würde die Wärmebildkamera ihn augenblicklich aufspüren.

Sechzig Sekunden später schlug das Gerät an, als es einen starken Temperaturunterschied registrierte, was für gewöhnlich bedeutete, dass eine menschliche Gestalt sich durch ein kühleres Umfeld bewegte; aber was nun auf dem Monitor erschien, war eher eine thermische Wolke, ein Flecken heißer Luft, der über den Rasen trieb. Dann entdeckte der Pilot die Quelle: Es war ein aktiver Luftabzugsschacht an der Außenmauer des Cathedral College.

Hat wahrscheinlich nichts zu bedeuten, dachte er. Er sah diese Art von Anzeigeverlauf immer wieder. *Jemand kocht oder wäscht.*

Er wollte gerade den Blick abwenden, als er etwas Merkwürdiges bemerkte: Auf dem Parkplatz stand kein Auto, und nirgendwo brannte Licht.

Einen langen Augenblick studierte der Pilot das Bildsystem seines Black-Hawk. Dann funkte er an den Einsatzleiter: »Simkins, es ist vermutlich nichts, aber …«

»Thermochromie!« Langdon musste zugeben, das war clever.

»Das habe ich mit ›simpler Wissenschaft‹ gemeint«, sagte Katherine. »Unterschiedliche Substanzen beginnen bei unterschiedlichen Temperaturen zu leuchten. Das nennen wir thermischen Marker. Ein gängiges Verfahren in den Naturwissenschaften.«

Langdon blickte zu der untergetauchten Pyramide und dem Deckstein. Dampf wogte über dem blubbernden Wasser; viel Hoffnung auf irgendeinen Erfolg hatte Langdon allerdings nicht.

Er schaute auf die Uhr, und sein Puls ging schneller: 23.45 Uhr. »Glaubst du, irgendetwas wird hier lumineszieren?«

»Nicht *lumineszieren*, Robert. Hier geht es um *Inkandeszenz*. Das ist ein großer Unterschied. Inkandeszenz wird durch *Hitze* hervorgerufen und tritt je nach Material bei einer ganz bestimmten Temperatur auf. Bei der Herstellung von Stahlträgern beispielsweise wird das Metall mit einer transparenten Schicht eingesprüht, die bei einer bestimmten Zieltemperatur zu glühen beginnt, damit man weiß, wann das Produkt fertig ist. Denk an einen Stimmungsring. Steck ihn dir an den Finger, und er verändert seine Farbe je nach Körpertemperatur.«

»Katherine, die Pyramide wurde im 19. Jahrhundert gefertigt. Ich kann ja nachvollziehen, wenn der Feinmechaniker von damals einen verborgenen Klappmechanismus eingebaut hat, aber eine transparente, hitzeabhängige Schicht ...?«

»Durchaus vorstellbar«, erwiderte Katherine und schaute hoffnungsvoll auf die untergetauchte Pyramide. »Schon die Alchimisten haben organische Phosphorverbindungen als thermische Marker benutzt. Selbst die alten Chinesen, sogar schon die Ägypter ...« Katherine hielt mitten im Satz inne und starrte in das kochende Wasser.

»Was ist?« Langdon folgte ihrem Blick, sah aber nichts.

Katherine beugte sich vor, schaute noch genauer hin. Plötzlich drehte sie sich um und eilte durch die Küche zur Tür.

»Wo willst du hin?«, rief Langdon ihr hinterher.

Katherine schaltete das Licht aus; gleichzeitig verstummte die Lüftung. Mit einem Schlag wurde es vollkommen still und stockdunkel. Langdon wandte sich wieder der Pyramide zu und schaute durch den Dampf auf den Deckstein im Wasser. Als Katherine wieder neben ihn trat, stand sein Mund vor Staunen offen.

Genau wie Katherine vorhergesagt hatte, begann ein kleiner Teil des Decksteins unter Wasser zu glühen. Buchstaben erschienen und leuchteten immer heller, je länger das Wasser kochte.

»Text!«, flüsterte Katherine.

Langdon nickte bloß. Es hatte ihm glatt die Sprache verschlagen. Die leuchtenden Worte erschienen unmittelbar unter der Inschrift auf dem Deckstein. Es schienen nur drei Worte zu sein. Wenngleich Langdon sie noch nicht lesen konnte, fragte er sich, ob sie wohl alles enthüllen würden, wonach sie in dieser Nacht gesucht hatten. *Hier haben wir es mit einer richtigen Karte zu tun*, hatte Galloway ihnen gesagt. *Und sie weist zu einem sehr realen Ort.*

Als die Buchstaben hell genug strahlten, drehte Katherine das Gas ab, und das kochende Wasser hörte allmählich auf zu brodeln. Der Deckstein war nun wieder unverzerrt unter der sich beruhigenden Wasseroberfläche zu sehen.

Deutlich waren drei leuchtende Worte zu lesen.

Kapitel 90

*I*m schwachen Licht der Küche des Cathedral College standen Langdon und Katherine über den Wassertopf gebeugt und starrten auf den transformierten Deckstein unter der Wasseroberfläche. Auf einer Seite der goldenen Pyramidenspitze erstrahlte deutlich sichtbar eine Botschaft.

Langdon las den leuchtenden Text. Er glaubte, seinen Augen nicht trauen zu können. Langdon wusste, dass die Pyramide einen bestimmten Ort enthüllen sollte, hätte aber nie vermutet, dass die Ortsangabe so *präzise* sein würde.

Eight Franklin Square

»Eine Adresse«, flüsterte er erstaunt.

Katherine war nicht minder verblüfft. »Eight Franklin Square … Ich weiß nicht, was dort ist. Du?«

Langdon schüttelte den Kopf. Er wusste, dass der Franklin Square in einem der älteren Stadtteile von Washington lag, doch die Adresse sagte ihm nichts. Er blickte auf die Spitze des Decksteins und las den gesamten Text von oben nach unten.

The
secret hides
within The Order
Eight Franklin Square

Gibt es irgendeinen Orden am Franklin Square?

Gibt es dort ein Gebäude, das den Zugang zu einer in die Tiefe führenden Wendeltreppe verbirgt?

Langdon hatte keine Ahnung, ob am Franklin Square tatsächlich irgendetwas *vergraben* war. Doch wichtig war zum jetzigen Zeitpunkt vor allem, dass er und Katherine die Pyramide entschlüsselt hatten und nun über die Information verfügten, die es ihnen ermöglichte, über Peters Freilassung zu verhandeln.

Und das keinen Augenblick zu früh.

Die leuchtenden Zeiger von Langdons Micky-Maus-Uhr zeigten an, dass ihnen nur noch zehn Minuten blieben.

»Ruf an«, sagte Katherine und wies auf ein Telefon an der Küchenwand. »Jetzt!«

Dass dieser Augenblick so plötzlich gekommen war, ließ Langdon zögern.

»Bis du dir ganz sicher?«

»Ja.«

»Aber ich werde ihm nichts sagen, solange wir nicht wissen, ob Peter in Sicherheit ist.«

»Natürlich nicht. Bitte, ruf jetzt an. Hast du noch die Nummer im Kopf?«

Langdon nickte und ging zum Küchentelefon. Er nahm den Hörer ab und wählte die Handynummer des Mannes. Katherine kam zu ihm und schob den Kopf vor, sodass sie mithören konnte. Während das Freizeichen ertönte, bereitete Langdon sich innerlich darauf vor, nun wieder das gespenstische Wispern des Mannes zu hören, der ihn am Abend so hereingelegt hatte.

Endlich wurde der Anruf entgegengenommen.

Doch es gab keine Begrüßung. Keine Stimme meldete sich. Am anderen Ende war lediglich ein Atmen zu vernehmen.

Langdon wartete. Schließlich sagte er: »Sie bekommen die Information, die Sie haben wollten, aber erst, wenn Peter bei uns ist.«

»Wer ist da?«, fragte die Stimme einer Frau.

Langdon erschrak. »Robert Langdon«, antwortete er reflexartig. »Wer sind *Sie?*« Einen Augenblick glaubte er, sich verwählt zu haben.

»Ihr Name ist Langdon?« Die Frau klang überrascht. »Hier ist jemand, der nach Ihnen fragt.«

Was? »Wie bitte? Wer *sind* Sie?«

»Officer Paige Montgomery von Preferred Security.« Ihre Stimme zitterte. »Vielleicht können Sie uns ja helfen. Vor etwa einer Stunde hat meine Kollegin einen Notruf in Kalorama Heights entgegengenommen – eine mögliche Geiselnahme. Auf einmal hatte ich keine Verbindung mehr zu ihr. Daraufhin habe ich Verstärkung angefordert, und wir sind gemeinsam zu dem Haus gefahren. Wir haben meine Kollegin tot im Hinterhof gefunden. Der Hausbesitzer war nicht da, also haben wir die Tür aufgebrochen. Im Flur lag ein Handy auf einem Tisch. Es klingelte, und ich ...«

»Sind Sie noch in dem Haus?«, unterbrach Langdon den Redefluss der Frau.

»Ja, und der Notruf ... er war echt«, stammelte sie. »Bitte entschuldigen Sie, wenn ich ein bisschen durcheinander klinge, aber meine Kollegin ist tot, und wir haben einen Mann gefunden, der hier gegen seinen Willen festgehalten wurde. Sein Zustand ist ziemlich schlecht. Wir versorgen ihn gerade. Er hat nach zwei Leuten gefragt – einem Mr. Langdon und einer Katherine.«

»Der Mann ist mein Bruder Peter!«, rief Katherine in den Apparat und drückte ihren Kopf noch dichter an Langdons. »Ich habe den Notruf abgesetzt! Wie geht es Peter?«

»Um ehrlich zu sein, Ma'am, er ist ...« Für einen Moment versagte der Frau die Stimme. »Sein Zustand ist ziemlich schlecht. Ihm wurde die rechte Hand abgetrennt.«

»Bitte«, drängte Katherine. »Ich will mit ihm sprechen!«

»Im Augenblick sind die Rettungssanitäter bei ihm. Er verliert immer wieder das Bewusstsein. Wenn es geht, sollten Sie sofort hierherkommen. Er will Sie offensichtlich sehen.«

»Wir sind in fünf Minuten bei Ihnen!«, sagte Katherine.

»Gut.« Ein gedämpftes Geräusch erklang im Hintergrund; dann meldete die Frau sich wieder. »Tut mir leid, ich werde gebraucht. Wir reden weiter, sobald Sie hier sind.«

Die Leitung war tot.

Kapitel 91

Im Cathedral College eilten Langdon und Katherine die Kellertreppe hinauf und rannten durch den dunklen Korridor zum Vorderausgang. Das Rattern des Helikopters war verstummt, und Langdon hoffte, ungesehen aus dem Gebäude schlüpfen und nach Kalorama Heights fahren zu können – zu Peter.

Sie haben ihn gefunden. Er lebt.

Dreißig Sekunden zuvor, nachdem die Frau vom Sicherheitsdienst aufgelegt hatte, hatte Katherine rasch die dampfende Pyramide und den Deckstein aus dem Wasser genommen. Die Pyramide tropfte noch, als Katherine sie in Langdons Ledertasche verstaute. Nun spürte er die Hitze durch das Leder hindurch.

Die Freude über Peters Auftauchen hatte vorübergehend jeden Gedanken an die glühende Botschaft auf dem Deckstein unterbunden – *Eight Franklin Square* –, aber dafür würde noch genug Zeit sein, wenn sie erst bei Peter waren.

Als sie oben an der Treppe um die Ecke bogen, blieb Katherine unvermittelt stehen und deutete auf einen Sitzbereich jenseits der Halle. Durch das Erkerfenster hindurch sah Langdon einen schlanken schwarzen Helikopter stumm auf dem Rasen stehen. Ein einsamer Pilot stand daneben. Er hatte ihnen den Rücken zugekehrt und sprach in sein Funkgerät. Ein schwarzer Escalade mit abgedunkelten Scheiben parkte nicht weit entfernt.

Langdon und Katherine schlichen sich durch die Schatten in den Sitzbereich und spähten zum Fenster hinaus. Sie suchten nach den anderen Leuten des CIA-Einsatzteams, doch der ausgedehnte Rasen vor der National Cathedral war leer.

»Offenbar haben wir Glück«, meinte Langdon. »Sie müssen in der Kathedrale sein.«

»Sind sie nicht«, sagte eine tiefe Stimme hinter ihnen.

Langdon und Katherine wirbelten herum und sahen, wer da gesprochen hatte. In der Tür standen zwei schwarz gekleidete Gestalten und richteten Gewehre mit Laserzielgeräten auf sie. Langdon sah einen leuchtend roten Punkt auf seiner Brust tanzen.

»Schön, Sie wiederzusehen, Professor«, sagte eine vertraute, heisere Stimme. Die Agenten machten einen Weg zwischen sich frei, und die winzige Gestalt von Direktor Sato schob sich hindurch. Sie durchquerte die Sitzecke und blieb unmittelbar vor Langdon stehen. »Sie haben heute Nacht ein paar außergewöhnlich schlechte Entscheidungen getroffen, Professor.«

»Die Polizei hat Peter Solomon gefunden«, erwiderte Langdon mit Nachdruck. »Es geht ihm nicht gut, aber er wird überleben. Es ist vorbei.«

Falls Sato überrascht war, dass man Peter gefunden hatte, ließ sie es sich nicht anmerken. Ihre Augen zuckten nicht einmal, als sie noch näher an Langdon heranrückte, bis sie nur noch wenige Zentimeter von ihm entfernt war. »Professor, ich kann Ihnen versichern, dass diese Sache nicht einmal *annähernd* vorbei ist. Und wenn jetzt die Polizei involviert ist, ist die Lage noch wesentlich ernster geworden. Wie ich Ihnen bereits früher am Abend sagte, sind wir mit einer äußerst heiklen Situation konfrontiert. Sie hätten nie mit der Pyramide fliehen dürfen.«

»Ma'am«, platzte Katherine heraus, »ich muss meinen Bruder sehen. Sie können die Pyramide *haben*, aber Sie müssen mich …«

»Ich *muss?*« Sato fuhr zu Katherine herum und musterte sie mit flammendem Blick. »Sie sind Miss Solomon, nehme ich an, ja?« Ehe Katherine antworten konnte, drehte Sato sich wieder zu

Langdon um. »Stellen Sie die Ledertasche auf den Tisch, Professor.«

Langdon blickte auf den tanzenden Laserpunkt auf seiner Brust. Zögernd stellte er die Ledertasche auf den Kaffeetisch. Ein Agent näherte sich ihm zaghaft, öffnete die Tasche und zog sie auseinander. Eine kleine Dampfwolke stieg aus dem Innern empor. Der Agent leuchtete in die Tasche, warf einen ausgiebigen, prüfenden Blick hinein und nickte Sato dann zu.

Sato ging zu dem Agenten hinüber und blickte ebenfalls in die Tasche. Die nasse Pyramide und der ebenso nasse Deckstein schimmerten im Licht der Taschenlampe. Sato hockte sich hin und schaute sich den goldenen Deckstein ganz genau an; wie Langdon wusste, hatte sie ihn bis jetzt nur auf einer Röntgenaufnahme gesehen.

»Diese Inschrift…«, sagte Sato schließlich. »Sagt die Ihnen etwas? ›The secret hides within The Order?‹«

»Wir sind uns nicht sicher, Ma'am.«

»Warum ist die Pyramide glühend heiß?«

»Wir haben sie in kochendes Wasser getaucht«, antwortete Katherine, ohne zu zögern. »Das war notwendig, um den Code zu entschlüsseln. Wir werden Ihnen alles erzählen, aber bitte, lassen Sie uns zu meinem Bruder. Er hat viel…«

»Sie haben die Pyramide *gekocht?*«, rief Sato.

»Ja. Sagen Sie Ihrem Agenten, er soll die Taschenlampe ausmachen«, sagte Katherine. »Und dann schauen Sie sich den Deckstein an. Sie können es vermutlich noch immer sehen.«

Auf einen Wink Satos knipste der Agent seine Taschenlampe aus, und der OS-Direktor kniete sich vor den Deckstein. Selbst von dort aus, wo Langdon stand, konnte er die Schrift noch immer leicht glühen sehen.

»Franklin Square Nummer acht?«, fragte Sato verdutzt.

»Ja, Ma'am. Der Text ist vermutlich mit einem inkandeszenten Lack geschrieben. Der 33. Grad war in Wirklichkeit…«

»Und die Adresse?«, unterbrach Sato ihn. »Hat der Kerl es auf diese Adresse abgesehen?«

»Ja«, antwortete Langdon. »Er hält die Pyramide für eine Art Karte, die ihm die Lage eines Schatzes verrät – des Schlüssels zu den Alten Mysterien.«

Sato runzelte die Stirn und blickte erneut auf den Deckstein. Ihre Zweifel waren ihr deutlich anzusehen. »Sagen Sie mir«, begann sie, und Furcht schlich sich in ihre Stimme, »haben Sie diesen Mann bereits kontaktiert? Haben Sie ihm die Adresse schon *gegeben?*«

»Wir haben es versucht.« Langdon berichtete mit knappen Worten, was geschehen war, als sie auf dem Handy des Mannes angerufen hatten.

Sato hörte zu und leckte sich dabei mit der Zunge über die nikotingelben Zähne. Obwohl sie so den Eindruck erweckte, jeden Moment die Beherrschung zu verlieren, drehte sie sich zu einem ihrer Agenten um und flüsterte mühsam beherrscht: »Schicken Sie ihn rein. Er ist im SUV.«

Der Agent nickte und sprach in sein Mikrofon.

»Wen reinschicken?«, fragte Langdon.

»Die einzige Person, die diese gottverdammte Sauerei, die Sie angerichtet haben, überhaupt noch in Ordnung bringen kann!«

»Was reden Sie denn da?«, fragte Langdon wütend. »Jetzt, da Peter Solomon in Sicherheit ist, ist doch alles …«

»Verdammt noch mal!«, explodierte Sato. »Hier geht es nicht um Peter Solomon! Das habe ich Ihnen schon im Kapitol klarzumachen versucht, Professor, aber Sie haben ja beschlossen, lieber gegen mich zu arbeiten als mit mir! Und jetzt haben Sie den Karren in den Dreck gefahren! Als Sie Ihr Handy zerstört haben – das übrigens *tatsächlich* von uns überwacht wurde –, haben Sie unsere Verbindung zu diesem Mann unterbrochen. Und diese Adresse, die Sie entdeckt haben – was immer sie sein mag –, war unsere *einzige* Chance, diesen Irren zu schnappen. Ich musste Sie sein Spiel spielen lassen. Ich musste zulassen, dass Sie ihm die Adresse geben, um in Erfahrung zu bringen, wo wir ihn fassen können, und nun haben Sie alles zerstört!«

Ehe Langdon etwas erwidern konnte, richtete Sato ihren offenbar unerschöpflichen Zorn bereits auf Katherine.

»Und Sie, meine Gute, haben *gewusst*, wo dieser Irre wohnt? Warum haben Sie es mir nicht gesagt? Aber nein, stattdessen haben Sie einen Schnüffler zu seinem Haus geschickt. Ist Ihnen eigentlich klar, dass Sie damit jede Chance zunichtegemacht haben, den Kerl dort zu erwischen? Ich bin froh, dass Ihr Bruder in Sicherheit ist, aber lassen Sie mich Ihnen eines sagen: Wir sehen uns heute Nacht einer Krise gegenüber, deren Folgen weit über irgendwelche läppischen Familiengeschichten hinausgehen. Diese Krise wird man auf der ganzen Welt zu spüren bekommen. Haben Sie das begriffen? Der Mann, der Ihren Bruder entführt hat, verfügt über ungeheure Macht. Wenn wir ihn nicht schnellstens erwischen … weiß der Himmel, was dann geschieht.«

Als Sato mit ihrer Tirade fertig war, trat die hochgewachsene Gestalt Warren Bellamys aus den Schatten. Er sah zerschunden und mitgenommen aus, als wäre er durch die Hölle gegangen.

»Warren!« Langdon riss die Augen auf. »Was ist passiert?«

»Sagen wir mal so«, antwortete Bellamy. »Es war nicht besonders angenehm.«

»Haben Sie schon gehört? Peter ist in Sicherheit.«

Bellamy nickte, jedoch seltsam halbherzig. Es schien, als wäre nichts mehr von Bedeutung für ihn. »Ja, ich habe Ihr Gespräch gerade gehört. Ich freue mich.«

»Warren? Was ist los? Was zum Teufel geht hier vor?«

Ehe Bellamy antworten konnte, fuhr Sato dazwischen. »Ihr Jungs könnt nachher ein bisschen plaudern. Erst einmal wird Mr. Bellamy mit diesem Verrückten Kontakt aufnehmen und sich mit ihm verständigen, wie er es schon die ganze Nacht getan hat.«

Langdon platzte der Kragen. »Bellamy soll sich heute Nacht mit diesem Mann *verständigt* haben? Was reden Sie denn da? Der Kerl weiß ja nicht einmal, dass Bellamy mit dieser Sache zu tun hat!«

Sato drehte sich zu Warren Bellamy um und hob die Brauen.

Bellamy seufzte. »Robert, ich fürchte, ich war heute Abend nicht ganz ehrlich zu Ihnen.«

Langdon musterte ihn verwirrt.

»Ich dachte, ich würde das Richtige tun …«, sagte Bellamy und verstummte. Mit einem Mal sah er verängstigt aus.

»Nun«, sagte Sato, »*jetzt* werden Sie jedenfalls das Richtige tun. Und wir alle sollten beten, dass es funktioniert.« Wie um Satos rätselhafte, düstere Worte zu betonen, schlug die Kaminuhr die Stunde. Der OS-Direktor zog einen Asservatenbeutel aus der Tasche und warf ihn Bellamy zu. »Hier sind Ihre Sachen. Haben Sie ein Fotohandy?«

»Ja, Ma'am.«

»Gut. Halten Sie den Deckstein hoch.«

Die Nachricht, die Mal'akh soeben erhalten hatte, stammte von seinem Kontaktmann – Warren Bellamy, dem Freimaurer, den er früher an diesem Abend ins Kapitol geschickt hatte, um Robert Langdon zu assistieren. Wie Langdon wollte auch Bellamy Peter Solomon lebend zurück, und er hatte Mal'akh versichert, Langdon bei der Beschaffung und Entschlüsselung der Pyramide zu helfen. Die ganze Nacht war Mal'akh per E-Mail auf dem Laufenden gehalten worden, die automatisch an sein Handy weitergeleitet worden waren.

Das dürfte interessant sein, dachte Mal'akh und öffnete die Nachricht.

Von: Warren Bellamy

bin von langdon getrennt worden
habe aber endlich die info

die sie verlangt haben. beweis im anhang.
rufen sie an für fehlendes stück. – wb

ein Anhang (jpeg) –

Rufen Sie an für fehlendes Stück? Stirnrunzelnd öffnete Mal'akh den Anhang.

Es war ein Foto.

Als Mal'akh es sah, schnappte er nach Luft, und das Herz schlug ihm vor Aufregung bis zum Hals. Es war die Nahaufnahme einer winzigen, goldenen Pyramide. *Der legendäre Deckstein!* Die reich verzierte Inschrift enthielt eine vielversprechende Botschaft: *The secret hides within The Order.*

Unterhalb dieser Inschrift sah Mal'akh nun etwas, was ihn wirklich erstaunte. Der Deckstein schien zu glühen. Ungläubig starrte er auf den schwach strahlenden Text und erkannte, dass die Legende im wörtlichen Sinne wahr war: *Die Freimaurer-Pyramide transformiert sich selbst, um dem Würdigen ihr Geheimnis zu enthüllen.*

Mal'akh hatte keine Ahnung, wie diese magische Transformation vonstattengegangen war, und es war ihm auch egal. Der leuchtende Text deutete eindeutig auf einen ganz bestimmten Ort in Washington hin, so wie es prophezeit worden war. *Franklin Square.* Unglücklicherweise zeigte das Foto des Decksteins auch Warren Bellamys Zeigefinger, der strategisch geschickt genau über dem entscheidenden Teil der Information platziert war.

The

secret hides

within The Order

▬▬▬ Franklin Square

Rufen Sie an für fehlendes Stück. Jetzt wusste Mal'akh, was Bellamy damit meinte.

Der Architekt des Kapitols war die ganze Nacht über kooperativ gewesen; doch nun hatte er beschlossen, ein äußerst gefährliches Spiel zu spielen.

Kapitel 92

Unter den wachsamen Blicken mehrerer bewaffneter CIA-Agenten warteten Langdon, Katherine und Bellamy zusammen mit Sato im Wohnraum des Cathedral College. Langdons Tasche lag noch immer geöffnet auf dem Tisch. Der goldene Deckstein lugte daraus hervor. Die Worte *Eight Franklin Square* waren inzwischen verblasst. Es gab keinen Hinweis mehr, dass sie jemals existiert hatten.

Katherine hatte Sato angefleht, zu ihrem Bruder gebracht zu werden, doch die kleine Frau hatte nur den Kopf geschüttelt und weiterhin auf Bellamys Handy gestarrt, das vor ihnen auf dem Couchtisch lag und bis jetzt stumm geblieben war.

Warum hat Bellamy mir nicht einfach die Wahrheit gesagt?, fragte sich Langdon. Offenbar hatte der Architekt des Kapitols die ganze Nacht mit Peters Entführer in Verbindung gestanden und ihm versichert, dass Langdon beim Entschlüsseln der Pyramide Fortschritte machte. Es war ein Bluff gewesen, der Versuch, Peter mehr Zeit zu verschaffen. Im Grunde genommen hatte Bellamy jeden zu behindern versucht, der das Geheimnis der Pyramide zu lüften drohte. Nun aber hatte er offenbar die Seiten gewechselt. Er und Sato schienen gewillt zu sein, die Lösung des Geheimnisses aufs Spiel zu setzen, wenn sie dafür diesen Verrückten erwischten.

»Hände weg!«, erklang eine greise, ein wenig zittrige, dennoch laute Stimme in der Eingangshalle. »Ich bin blind, nicht behindert. Und ich kenne mich hier aus.« Reverend Colin Galloway protestierte noch immer, als ein CIA-Agent ihn ins Wohnzimmer führte und auf einen der Stühle drückte.

»Wer ist da?«, wollte Galloway wissen und starrte mit seinen blinden Augen ins Leere. »Das hört sich nach einer ganzen Versammlung an. Wie viele Leute brauchen Sie denn, um einen alten Mann festzuhalten? Also wirklich!«

»Wir sind zu siebt«, erklärte Sato. »Einschließlich Robert Langdon, Katherine Solomon und Ihrem Freimaurerbruder Warren Bellamy.«

Der steinalte Reverend sank in sich zusammen. Mit einem Mal war all seine Wut verraucht.

»Es geht uns gut, Reverend«, sagte Langdon. »Außerdem haben wir gerade erfahren, dass Peter in Sicherheit ist. Sein Zustand ist kritisch, aber die Polizei ist jetzt bei ihm.«

»Dem Himmel sei Dank«, sagte Galloway. »Und die ...«

Ein plötzliches Brummen ließ jeden im Zimmer zusammenfahren. Es war Bellamys Handy, das auf dem Couchtisch zu vibrieren begann. Alle verstummten.

»Okay, Mr. Bellamy«, sagte Sato. »Vermasseln Sie's nicht! Sie wissen, was auf dem Spiel steht.«

Bellamy atmete tief durch. Dann beugte er sich vor, drückte auf die Freisprechtaste und nahm das Gespräch an.

»Bellamy«, meldete er sich, bemüht, laut und deutlich in das Handy auf dem Tisch zu sprechen.

Die Stimme, die krächzend aus dem Lautsprecher drang, klang vertraut. Ein dünnes Flüstern. Es hörte sich an, als benutzte der Anrufer eine Freisprechanlage in einem Auto. »Mitternacht ist vorüber, Mr. Bellamy. Ich wollte Peter eigentlich von seinem Elend erlösen.«

Eine Sekunde lang lastete unbehagliches Schweigen im Raum. »Lassen Sie mich mit ihm sprechen.«

»Unmöglich«, erwiderte der Mann. »Wir sind mit dem Auto unterwegs. Peter Solomon ist im Kofferraum.«

Langdon und Katherine sahen sich an und schüttelten beide den Kopf. *Er blufft. Er hat Peter gar nicht mehr!*

Sato bedeutete Warren Bellamy, hartnäckig zu bleiben.

»Ich will einen Beweis, dass Peter lebt«, sagte Bellamy. »Ich werde Ihnen keine weiteren Informationen …«

»Ihr Meister vom Stuhl braucht einen Arzt. Vergeuden Sie keine Zeit mit unnützen Verhandlungen. Nennen Sie mir die Hausnummer am Franklin Square, und ich werde Peter dorthin bringen.«

»Ich sagte Ihnen doch, dass ich …«

»Nein!«, brüllte der Mann. »Jetzt sofort. Oder ich halte an und bringe Solomon auf der Stelle um.«

»Hören Sie mir zu«, sagte Bellamy mit Nachdruck. »Wenn Sie den Rest der Adresse erfahren wollen, müssen Sie nach meinen Regeln spielen. Wir treffen uns am Franklin Square. Sobald Sie mir Peter lebend übergeben haben, sage ich Ihnen die Hausnummer des Gebäudes.«

»Wie kann ich sicher sein, dass Sie nicht die Behörden einschalten?«

»Weil ich es nicht riskieren kann, Sie zu hintergehen. Peters Leben ist nicht das einzige Ass, das Sie im Ärmel haben. Ich weiß, um was es heute Nacht *wirklich* geht.«

»Eines ist Ihnen doch wohl klar«, sagte der Mann am anderen Ende. »Schon der geringste Verdacht, dass Sie nicht alleine sind, genügt, und ich fahre einfach weiter. Dann können Sie Peter Solomon abschreiben, kapiert? Und das wird dann noch Ihre kleinste Sorge sein, das kann ich Ihnen versichern.«

»Ich werde alleine kommen«, erwiderte Bellamy düster. »Sobald Sie Peter freigelassen haben, bekommen Sie alles, was Sie wollen.«

»Wir treffen uns im Zentrum des Platzes«, sagte der Mann. »Ich brauche noch mindestens zwanzig Minuten bis dorthin. Ich schlage vor, Sie warten dort so lange auf mich.«

Die Verbindung brach ab.

Augenblicklich breitete sich Hektik aus. Sato rief Befehle, woraufhin mehrere ihrer Agenten sich ihre Funkgeräte schnappten und aus dem Zimmer stürzten. »Los, vorwärts!«, trieb Sato sie an. »Bewegung!«

In all dem Chaos versuchte Langdon Blickkontakt zu Bellamy herzustellen, um herauszufinden, was hier heute Nacht in Wahrheit vor sich ging, doch der Architekt des Kapitols wurde bereits aus der Tür geführt.

»Ich will zu meinem Bruder!«, rief Katherine. »Sie können uns nicht festhalten! Sie müssen uns freilassen!«

Sato ging zu Katherine hinüber. »Ich *muss* überhaupt nichts, Miss Solomon. Ist das klar?«

Katherine blickte Sato flehend in die schmalen Augen.

»Miss Solomon«, fuhr die kleine Frau fort, »für mich steht die Festnahme dieses Mannes am Franklin Square an erster Stelle. Sie werden schön hier sitzen bleiben und warten, bis ich diese Aufgabe erledigt habe. Einer meiner Männer wird auf Sie aufpassen. Dann, und erst dann, werden wir uns um Ihren Bruder kümmern.«

»Sie verstehen nicht«, sagte Katherine. »Ich weiß genau, wo dieser Mann wohnt! Es sind nur fünf Minuten die Straße hoch, in Kalorama Heights! Sie werden dort Hinweise finden, die Ihnen weiterhelfen! Außerdem haben Sie gesagt, dass Sie die ganze Sache nicht an die große Glocke hängen möchten. Woher wollen Sie wissen, was Peter den Behörden alles erzählt, wenn sein Zustand sich erst stabilisiert hat?«

Sato schürzte die Lippen und dachte über Katherines Argumente nach. Draußen begannen sich die Rotorblätter des Hubschraubers zu drehen. Sato runzelte die Stirn; dann wandte sie sich an einen ihrer Männer. »Hartmann, Sie nehmen den Escalade. Bringen Sie Miss Solomon und Mr. Langdon nach Kalorama Heights. Peter Solomon darf mit *niemandem* sprechen. Ist das klar?«

»Ja, Ma'am«, bestätigte der Agent.

»Rufen Sie mich an, wenn Sie angekommen sind. Berichten Sie, was Sie dort vorfinden. Und lassen Sie diese beiden hier keine Sekunde aus den Augen.«

Agent Hartmann nickte, zog die Schlüssel des Escalade aus der Tasche und ging zur Tür.

Katherine folgte ihm auf dem Fuß.

Sato wandte sich an Langdon. »Bis bald, Professor. Ich weiß, dass Sie mich für Ihren Gegner halten, aber ich kann Ihnen versichern, dass das nicht der Fall ist. Fahren Sie unmittelbar zu Peter. Diese Sache hier ist noch nicht vorbei.«

Neben Langdon saß Reverend Galloway schweigend am Couchtisch. Seine Hände hatten die Pyramide gefunden, die noch immer in Langdons geöffneter Ledertasche steckte. Der alte Mann betastete mit beiden Händen die warme Steinoberfläche.

»Kommen Sie mit zu Peter, Reverend?«, fragte Langdon.

»Ich würde Sie nur aufhalten.« Galloway zog die Hände aus der Tasche und schloss den Reißverschluss. »Ich bleibe hier und bete für Peters Genesung. Wir können später reden. Aber wenn Sie Peter die Pyramide zeigen, sagen Sie ihm, dass die Freimaurerpyramide ihr Geheimnis stets bewahrt hat. Will man es lösen, muss man aus sich herauswachsen.«

»Ich verstehe nicht ...«

Der alte Mann zwinkerte ihm zu. »Sagen Sie es ihm einfach. Peter wird verstehen.«

Damit beugte Reverend Colin Galloway den Kopf und begann zu beten.

Verwirrt ließ Langdon den alten Mann zurück und eilte nach draußen. Katherine saß bereits auf dem Vordersitz des SUV und erteilte dem Fahrer Anweisungen. Langdon nahm auf der Rückbank Platz und hatte kaum die Tür geschlossen, als das schwere Fahrzeug bereits über den Rasen schoss und Richtung Kalorama Heights jagte.

Kapitel 93

Der Franklin Square liegt im nördlichen Quadranten von Washingtons Downtown, begrenzt von der K-Street im Norden und der Thirteenth Street im Osten. Von den zahlreichen historischen Gebäuden in dieser Gegend ist die Franklin School eines der bekanntesten. Von hier aus hatte Alexander Graham Bell im Jahre 1880 eine erste drahtlose Nachricht mittels seines berühmten Telefons in die Welt geschickt.

Hoch über dem Platz näherte sich ein Black-Hawk von Westen. Die Strecke von der National Cathedral hatte nur wenige Minuten gedauert. *Noch viel Zeit*, dachte Sato und starrte auf den Platz unter sich. Sie wusste, dass es von entscheidender Bedeutung war, ihre Männer unbemerkt in Position zu bringen, bevor ihr Zielobjekt eintraf. *Er hat gesagt, er ist in frühestens zwanzig Minuten hier.*

Auf Satos Befehl hin setzte der Pilot auf dem Dach des höchsten Gebäudes zur Landung an – dem berühmten One Franklin Square, einem Büro- und Geschäftsgebäude mit goldenen Spitzen auf den beiden Türmen. Natürlich war das Manöver illegal, aber der Helikopter blieb nur wenige Sekunden unten, und seine Landekufen berührten kaum das Kiesdach. Sobald alle herausgesprungen waren, zog der Pilot die Maschine wieder hoch und bog nach Osten ab, um in größerer Höhe außer Hörweite unsichtbare Unterstützung von oben bieten zu können.

Sato wartete, bis ihr Einsatzkommando sich versammelt hatte, und bereitete Bellamy auf seine Aufgabe vor. Der Architekt war

FRANKLIN SQUARE

noch immer wie betäubt von dem File, das er auf Satos Laptop gesehen hatte. *Wie gesagt... es handelt sich um eine Angelegenheit der nationalen Sicherheit.* Bellamy hatte auf Anhieb verstanden, was Sato meinte, und zeigte sich nun kooperativ.

»Alles bereit, Ma'am«, meldete Agent Simkins.

Auf Satos Befehl drängten ihre Agenten Bellamy über das Dach und verschwanden in einem der Treppenhäuser nach unten, um ihre Positionen auf dem Platz einzunehmen.

Sato ging zum Rand des Dachs und spähte hinunter. Der rechteckige, bewaldete Park nahm den gesamten Block in Anspruch. *Jede Menge Platz, um sich zu verstecken.* Satos Team war sich sehr wohl bewusst, wie wichtig es war, unbemerkt in Stellung zu gehen. Falls ihr Zielobjekt misstrauisch wurde und einfach weiterfuhr...

Sato wollte gar nicht erst darüber nachdenken.

Der Wind hier oben war stürmisch und kalt. Sato schlang die Arme um den Oberkörper und suchte mit den Füßen festen Halt, um nicht über die Kante geweht zu werden. Vom Dach aus sah der Franklin Square kleiner und viel weniger bebaut aus, als sie ihn in

Erinnerung hatte. Sato fragte sich, welches der Gebäude die Nummer acht war. Sie hatte Nola gebeten, es herauszufinden, und erwartete jeden Augenblick ihren Rückruf.

Dann tauchten Bellamy und ihre Leute auf, klein wie Ameisen, und schwärmten in die Dunkelheit aus. Simkins positionierte Bellamy auf einer kleinen Lichtung in der Nähe des Parkzentrums. Dann suchten er und sein Team sich Deckung zwischen den Bäumen und verschwanden außer Sicht. Binnen weniger Sekunden war Warren Bellamy allein. Zitternd vor Kälte ging er im Licht einer Straßenlaterne auf und ab.

Sato verspürte kein Mitleid mit ihm.

Sie zündete sich eine Zigarette an, nahm einen tiefen Zug und genoss die Wärme, die sich in ihrer Lunge ausbreitete. Zufrieden, dass unten alles in Ordnung war, trat sie vom Rand des Dachs zurück und wartete auf die beiden ausstehenden Rückrufe von Security Analyst Nola und Agent Hartmann, den sie nach Kalorama Heights geschickt hatte.

Kapitel 94

*L*angsam! Langdon hielt sich am Vordersitz fest, als der Escalade um eine Ecke schoss und zu schlittern drohte. CIA-Agent Hartmann schien den Befehl, so schnell wie möglich nach Kalorama Heights zu fahren, ziemlich wörtlich zu nehmen. Das Hochgeschwindigkeitsrennen mit den roten Ampeln auf der Embassy Row war schon beunruhigend genug gewesen, doch nun rasten sie durch die kurvenreichen Vorortstraßen von Kalorama Heights. Das machte die Fahrt nicht eben sicherer. Katherine, die an diesem Abend bereits im Haus des Entführers gewesen war, wies Hartmann mit lauter Stimme an, wie er fahren musste.

In jeder Kurve schaukelte die Ledertasche zu Langdons Füßen hin und her. Offenbar war der Deckstein von der Pyramide gerutscht und kullerte nun auf dem Boden der Tasche von links nach rechts. Aus Angst, er könne beschädigt werden, fischte Langdon so lange in der Tasche herum, bis er den Stein in der Hand hielt. Er war noch immer warm, doch der glühende Text war nun verschwunden. Nur die ursprüngliche Inschrift war noch sichtbar:

The secret hides within The Order.

Als Langdon den Deckstein in eine Seitentasche stecken wollte, bemerkte er, dass die Oberfläche des Steins mit winzigen, weißen Klumpen einer merkwürdigen Substanz bedeckt war. Verwirrt versuchte er sie abzuwischen, doch sie klebten fest und fühlten sich hart an ... wie Plastik. *Was hat das zu bedeuten?* Dann sah er, dass auch die Oberfläche der Pyramide mit den kleinen, weißen Punkten übersät war. Langdon zupfte einen davon mit dem Fingernagel ab und rollte ihn zwischen den Fingern.

»Wachs!«, stieß er hervor.

Katherine blickte über ihre Schulter. »Bitte?«

»Überall auf der Pyramide und dem Deckstein ist Wachs. Das verstehe ich nicht. Wo kommt das her?«

»Vielleicht aus deiner Tasche?«

»Glaub ich nicht.«

Als sie um die nächste Kurve bogen, deutete Katherine durch die Windschutzscheibe und sagte zu Hartmann: »Das ist es. Wir sind da.«

Langdon blickte auf und entdeckte die rotierenden Warnlichter eines Sicherheitsfahrzeuges, das auf der Zufahrt direkt vor ihnen parkte. Das Eingangstor war zur Seite geschoben, und Hartmann jagte auf das Grundstück, ohne langsamer zu werden.

Vor ihnen erhob sich eine beeindruckende Villa. Das Haus war hell erleuchtet, die Eingangstür stand weit offen. Ein halbes Dutzend Fahrzeuge parkte in einem wilden Durcheinander auf der Zufahrt und dem Rasen. Offenbar waren sie in großer Eile eingetroffen. Die Motoren mehrerer Wagen liefen noch; ihre Scheinwerfer brannten und waren auf das Haus gerichtet; nur einer leuchtete in Richtung Zufahrt und blendete sie, als sie mit dem SUV vorfuhren.

Agent Hartmann brachte den Wagen mit rutschenden Reifen auf dem Rasen neben einer weißen Limousine mit der bunten Aufschrift »Preferred Security« zum Stehen. Geblendet von den vielen zuckenden, rotierenden Lichtern und Scheinwerfern, konnten sie kaum etwas erkennen.

Katherine sprang sofort aus dem Wagen und rannte zum Haus. Langdon hängte seine Tasche über die Schulter, ohne vorher den Reißverschluss zu schließen. Er sprintete los und folgte Katherine über den Rasen zur Eingangstür. Stimmengewirr drang aus dem Haus. Hinter ihm piepste der SUV, als Agent Hartmann ihn per Funk verriegelte und ihnen dann folgte.

Katherine hetzte die Stufen zum Eingang hoch, stürmte durch die Tür und verschwand im Haus. Langdon war dicht hinter ihr und sah, dass sie die Diele bereits durchquert hatte und auf das Zimmer zueilte, aus dem die Stimmen kamen. Hinter ihr, am Ende der Eingangshalle, stand ein großer Tisch, an dem eine Frau in der Uniform eines Sicherheitsdienstes mit dem Rücken zu ihnen saß.

»Officer!«, rief Katherine, ohne stehen zu bleiben. »Wo ist Peter Solomon?«

Langdon stürmte hinter ihr her, als er plötzlich aus den Augenwinkeln eine Bewegung wahrnahm. Durch eine offene Tür zu seiner Linken und das dahinter liegende Wohnzimmerfenster konnte er sehen, wie sich das Eingangstor zum Anwesen schloss. *Seltsam.* Und noch etwas fiel ihm auf – etwas, das er wegen der flirrenden Lichter und blendenden Scheinwerfer nicht bemerkt hatte, als sie vorgefahren waren. Die wild geparkten Fahrzeuge, die in der Auffahrt standen, sahen ganz und gar nicht wie die üblichen Polizei- und Notfallwagen aus, für die er sie anfangs gehalten hatte.

Ein Mercedes? ... Ein Hummer? ... Ein Tesla Roadster?

Im gleichen Augenblick ging Langdon auf, dass die Stimmen, die sie hörten, keine natürlichen Stimmen waren. *Verdammt, sie kommen aus einem Fernseher, der auf volle Lautstärke gedreht ist!*

Wie in Zeitlupe drehte er sich um und rief die Eingangshalle hinunter: »Katherine, warte!«

Doch schon in der Drehung sah er, dass Katherine Solomon nicht mehr lief.

Sie flog durch die Luft.

Kapitel 95

Katherine war durch den Flur zu der Wachfrau im Wohnzimmer gerannt, als sie unvermittelt über ein unsichtbares Hindernis stolperte. Sie flog ein paar Schritte weit und schlug hart auf dem Holzfußboden auf.

Der Aufprall trieb ihr die Luft aus der Lunge. Über ihr schwankte gefährlich ein schwerer Garderobenständer, ehe er umkippte und sie nur um Haaresbreite verfehlte. Benommen hob Katherine den Kopf und stellte verwirrt fest, dass die Frau vom Wachdienst im Sessel saß und keinen Finger gerührt hatte. An dem umgekippten Garderobenständer baumelte ein dünner Draht, der über den Boden der Halle hinweg gespannt gewesen war: der Grund für ihren Sturz. *Aber warum sollte jemand…?*

»Katherine!«, rief Langdon ihr erschrocken hinterher. Sie drehte sich auf die Seite und blickte zu ihm zurück, und das Blut gefror ihr in den Adern. *Robert! Hinter dir!* Sie versuchte zu schreien, doch sie bekam immer noch keine Luft und konnte nur in hilflosem Entsetzen mit ansehen, wie Langdon zu ihr gerannt kam, wie in Zeitlupe, ohne zu ahnen, dass hinter ihm Agent Hartmann über die Schwelle taumelte. Blut sprudelte über die Finger des Agenten, mit denen er seine Kehle umklammerte, während er nach dem Griff eines schweren Schraubenziehers tastete, der aus seinem Hals ragte.

Als Hartmann vornüberkippte und mit dem Gesicht aufschlug, erschien sein Angreifer.

O Gott ... nein!

Der muskelbepackte Hüne hatte sich offensichtlich im Foyer versteckt gehalten. Er war nackt bis auf ein merkwürdiges Unterkleid, das aussah wie ein Lendenschurz, und seine Haut war von Kopf bis Fuß mit seltsamen Tätowierungen bedeckt. Hinter ihm schloss sich die Haustür, und Katherine sah, wie das Ungeheuer mit gewaltigen Sätzen Langdon folgte.

Agent Hartmann schlug genau in dem Augenblick krachend auf dem Boden auf, als die Haustür ins Schloss fiel. Langdon schreckte auf und fuhr herum, doch zu spät. Der Tätowierte war bereits bei ihm und stieß ihm ein merkwürdiges Gerät in den Rücken. Es gab einen Lichtblitz. Lautes elektrisches Knistern war zu vernehmen. Langdon erstarrte. Mit weit aufgerissenen Augen kippte er zur Seite und landete betäubt auf seiner Ledertasche. Die Pyramide fiel heraus und kullerte über den Boden.

Ohne sein Opfer eines weiteren Blickes zu würdigen, trat der tätowierte Riese über Langdon hinweg und kam auf Katherine zu. Auf allen vieren wich sie kriechend vor ihm zurück, bis sie gegen einen Sessel prallte. Die Frau vom Wachdienst, die in ebendiesem Sessel saß, wankte und kippte leblos zu Boden. In ihrem maskenhaft starren Gesicht stand ein Ausdruck nackten Entsetzens. Ihr Mund war mit einem Knebel verstopft.

Der Riese war bei Katherine angekommen, bevor sie reagieren konnte. Mit enormer Kraft packte er sie bei den Schultern. Sein Gesicht, das nun nicht mehr mit Make-up bedeckt war, bot einen furchterregenden Anblick. Seine Muskeln spannten sich, und Katherine wurde auf den Bauch gedreht wie eine Stoffpuppe. Für einen Moment glaubte sie, das Ungeheuer würde ihr die Wirbelsäule brechen, als er ihr sein Knie in den Rücken stemmte, ihre Arme packte und nach hinten riss.

Katherine hatte den Kopf zur Seite gedreht und sah Langdon mit abgewandtem Gesicht ein Stück entfernt am Boden liegen. Er zuckte und zitterte immer noch am ganzen Leib. Dahinter lag Agent Hartmann regungslos im Foyer.

Kaltes Metall schnitt in Katherines Handgelenke, und panisch erkannte sie, dass der Riese sie mit Draht fesseln wollte. Vor lauter Verzweiflung versuchte sie die Hände wegzuziehen, doch der brennende Schmerz in den Handgelenken wurde bald unerträglich.

»Der Draht schneidet in dein Fleisch, wenn du versuchst, dich zu bewegen«, zischte der Mann, als er mit ihren Händen fertig war und sich mit Angst einflößender Effizienz ihren Knöcheln zuwandte.

Katherine trat nach ihm. Der Mann versetzte ihr einen Faustschlag gegen den Oberschenkel, der ihr Bein lähmte. Sekunden später war sie auch an den Füßen gefesselt.

»Robert ...!«, stieß sie mühsam hervor.

Langdon lag stöhnend auf dem Boden des Flures. Neben seinem Kopf lag die Steinpyramide, die aus der Ledertasche gerollt war. Katherine erkannte, dass die Pyramide ihre letzte Hoffnung war.

»Wir haben die Pyramide entschlüsselt!«, rief sie dem tätowierten Hünen zu. »Ich sage Ihnen alles!«

»Ja, das wirst du.« Mit diesen Worten zog er der toten Wachfrau den Knebel aus dem Rachen und stopfte ihn Katherine in den Mund.

Er schmeckte nach Tod.

Robert Langdon hatte das grässliche Gefühl, als würde sein Körper nicht mehr ihm selbst gehören. Er lag betäubt und regungslos auf dem nackten, kalten Dielenboden. Langdon hatte genug über Taser gehört, um zu wissen, dass sie ihre Opfer bewegungsunfähig machten, indem sie das Nervensystem für eine winzige Zeitspanne überlasteten. Diese Wirkung nannte sich elektromuskuläre Disruption; es fühlte sich an, als wäre man vom Blitz getroffen worden. Es war ein beinahe unerträglicher Schmerz, der jede Faser des Körpers zu durchdringen schien. Langdons Muskeln weigerten sich, den Befehlen seines Gehirns zu gehorchen, ganz gleich, wie sehr er sich darauf konzentrierte.

Steh auf!

Mit dem Gesicht nach unten, paralysiert auf dem Boden, atmete Langdon flach und unregelmäßig. Er hatte noch keinen Blick auf seinen Angreifer werfen können, doch er sah Agent Hartmann in einer ständig größer werdenden Blutlache liegen. Langdon hatte gehört, wie Katherine sich gegen den tätowierten Riesen gewehrt und Worte mit ihm gewechselt hatte; dann war ihre Stimme plötzlich dumpf und leise geworden. Offensichtlich hatte der Mann sie geknebelt.

Steh auf, Robert! Du musst ihr helfen!

Langdons Beine brannten wie Feuer. Es war ein schmerzhaftes, quälendes Gefühl wie von eingeschlafenen Gliedmaßen. Trotzdem gehorchten ihm seine Glieder immer noch nicht. *Beweg dich, verdammt noch mal!* Seine Arme zuckten, als Taubheit und Lähmung endlich verebbten. Die Starre im Gesicht löste sich. Unter größter Anstrengung gelang es ihm, den Kopf zu drehen. Seine Wange streifte unsanft über den Holzboden, doch seine Sicht auf das Esszimmer war versperrt durch die Steinpyramide, die aus der Tasche gefallen war und nur Zentimeter vor seinen Augen lag.

Im ersten Moment begriff Langdon nicht, was er vor sich sah. Das Steinquadrat vor ihm war offensichtlich die Unterseite der Pyramide, doch sie hatte sich irgendwie verändert. Sehr verändert. Sie war immer noch quadratisch, immer noch aus Stein, doch sie war nicht mehr eben und glatt, sondern mit eingravierten Zeichen bedeckt. *Wie ist das möglich?* Langdon starrte für mehrere Sekunden auf das Objekt, während er sich fragte, ob er an Halluzinationen litt. *Ich habe die Unterseite der Pyramide ein Dutzend Mal gesehen! Sie hatte keinerlei Gravuren!*

Dann dämmerte es ihm.

Sein Atemreflex setzte ein, und er sog tief die Luft in die Lunge, als ihm klar wurde, dass die Freimaurerpyramide noch mehr Geheimnisse verbarg, die auf Entdeckung warteten. *Ich bin Zeuge einer weiteren Transformation geworden.*

Schlagartig wurde ihm auch die Bedeutung von Galloways seltsamer letzter Bitte klar. *Sagen Sie Peter, dass die Freimaurerpyramide ihr Geheimnis stets bewahrt hat. Will man es lösen, muss man aus sich herauswachsen.*

Die Aussage war Langdon ein Rätsel gewesen, doch nun begriff er, dass der Dompropst auf diese Weise versucht hatte, Peter Solomon eine verschlüsselte Nachricht zu übermitteln. *Herauswachsen … das Wachs herauslösen.* Seit den Tagen Michelangelos hatten Bildhauer die Fehler in ihren Arbeiten dadurch verdeckt, dass sie heißes Wachs in die Spalten ihrer Skulpturen gegossen und dieses Wachs anschließend mit Steinstaub betupft hatten. Die Methode galt als Schummelei; aus diesem Grund war nur eine Skulptur ohne Wachs ein echtes Werk.

Die Gravuren auf der Unterseite der Pyramide waren auf dieselbe Weise getarnt worden. Als Katherine den Anweisungen des Decksteins gefolgt war und die Pyramide *gekocht* hatte, war das Wachs herausgeschmolzen, und die Gravuren waren zum Vorschein gekommen. Galloway hatte die Pyramide mit den Händen betastet und offenbar die freigelegten Vertiefungen auf der Unterseite gespürt.

Schlagartig – nur für einen kurzen Augenblick – hatte Langdon die Gefahr vergessen, der er und Katherine ausgesetzt waren. Er starrte auf die unglaubliche Matrix aus Symbolen auf der Unterseite des so rätselhaften Objekts. Er hatte nicht die geringste Ahnung, was sie bedeuteten oder welches weitere Mysterium sie letztendlich preisgeben würden, doch eines war sicher: *Die Freimaurerpyramide hat uns noch längst nicht all ihre Geheimnisse verraten. Eight Franklin Square ist nicht die endgültige Antwort.* Ob es nun die von Adrenalin befeuerte Offenbarung war oder ob es an den wenigen zusätzlichen Sekunden lag, die Langdon am Boden gelegen hatte, vermochte er nicht zu sagen, doch er spürte, wie er unvermittelt die Kontrolle über seinen Körper zurückgewann.

Unter Schmerzen schob er die Pyramide zur Seite, bis er freie Sicht auf das Esszimmer und die Vorgänge dort hatte.

Zu seinem Entsetzen bemerkte er, dass Katherine gefesselt am Boden lag, mit einem großen Stofffetzen als Knebel im Mund. Langdon spannte die Muskeln an, versuchte sich auf die Knie zu erheben, doch einen Moment später erstarrte er ungläubig. Im Durchgang zum Esszimmer war unvermittelt ein furchterregender Anblick erschienen. Eine menschliche Gestalt, wie Langdon sie nie zuvor gesehen hatte.

Was ist das, um Himmels willen?

Langdon strampelte mit den Beinen, rollte sich herum, versuchte zurückzuweichen, doch der tätowierte Riese packte ihn, drehte ihn auf den Rücken und hockte sich rittlings auf seine Brust. Er stemmte die Knie auf Langdons Oberarme und nagelte ihn auf diese Weise hilflos am Boden fest. Auf der Brust des Riesen prangte auf schwellenden Muskeln ein doppelköpfiger Phönix. Hals, Gesicht und kahler Schädel waren übersät mit einer schwindelerregenden Anzahl von ungewöhnlichen, ineinander verschlungenen Symbolen – Siegeln, erkannte Langdon, wie sie in magischen Ritualen benutzt wurden.

Bevor Langdon noch mehr sehen konnte, packte der Riese seinen Kopf zwischen beide Hände, hob ihn vom Boden hoch und hämmerte ihn mit brutaler Wucht auf den harten Holzfußboden.

Alles wurde schwarz.

Kapitel 96

M al'akh stand in der Eingangshalle und betrachtete das Massaker um ihn herum. Sein Heim sah aus wie ein Schlachtfeld.

Robert Langdon lag bewusstlos zu seinen Füßen.

Katherine Solomon wand sich gefesselt und geknebelt auf dem Boden des Esszimmers.

Neben ihr lag die Leiche der Frau vom Sicherheitsdienst. Sie war aus dem Sessel gekippt, in den Mal'akh sie gesetzt hatte, und an Ort und Stelle liegen geblieben. Die Frau hatte in dem panischen Bemühen, das eigene Leben zu retten, genau das getan, was Mal'akh von ihr verlangt hatte: Mit einem Messer an der Kehle hatte sie seinen Anruf entgegengenommen und die Lügen erzählt, die Langdon und Katherine dazu gebracht hatten, schnellstmöglich hierherzukommen. Anschließend hatte Mal'akh die Frau erdrosselt.

Um die Illusion, dass er nicht zu Hause sei, noch überzeugender zu machen, hatte er Bellamy aus einem seiner vielen Fahrzeuge angerufen. »Ich bin unterwegs«, hatte er zum Architekten gesagt – und wem auch immer, der sonst noch zugehört hatte. »Peter Solomon ist im Kofferraum meines Wagens.« In Wahrheit war Mal'akh nur zwischen Garage und Einfahrt hin- und hergefahren. Anschließend hatte er einige weitere seiner Fahrzeuge mit brennenden Scheinwerfern und laufenden Motoren in der Auffahrt geparkt.

Die Täuschung war perfekt gewesen.

Beinahe.

Der einzige Makel war die blutüberströmte, schwarz gekleidete Gestalt im Foyer. Der Mann, aus dessen Hals ein Schraubenzieher ragte. Mal'akh durchsuchte den Leichnam und kicherte, als er ein winziges, digitales Funkgerät und ein Mobiltelefon mit CIA-Logo fand. *Wie es scheint, haben sogar sie von meinen Kräften Wind bekommen.* Er entfernte die Akkus und zerschmetterte die beiden Geräte mit einem schweren, bronzenen Türstopper.

Mal'akh wusste, dass er sich beeilen musste, insbesondere jetzt, nachdem die CIA sich eingeschaltet hatte. Er kehrte zu Langdon zurück. Der Professor war bewusstlos und würde es noch für eine ganze Weile bleiben. Mal'akhs Blick schweifte zu der Steinpyramide auf dem Boden neben der offenen Tasche des Symbolologen. Ihm stockte der Atem, und sein Herz schlug plötzlich schneller.

Auf diesen Augenblick habe ich viele Jahre gewartet...

Mit zitternden Händen nahm er die Freimaurerpyramide an sich. Ehrfürchtig strich er mit den Fingern über die Gravuren und spürte die von ihnen ausgehende Verheißung. Ehe er vollends in Verzückung geraten konnte, nahm er die Pyramide und steckte sie zurück in Langdons Ledertasche, in der sich auch der Deckstein befand. Dann zog er den Reißverschluss zu.

Bald werde ich die Pyramide zusammensetzen... an einem sichereren Ort.

Er warf sich die Tasche über die Schulter und versuchte Langdon hochzuheben, doch der durchtrainierte Wissenschaftler war viel schwerer, als Mal'akh erwartet hatte. Schließlich begnügte er sich damit, ihn unter den Achseln zu packen und zur Haustür zu schleifen. *Was ich mit ihm vorhabe, wird ihm ganz und gar nicht gefallen,* ging es Mal'akh durch den Kopf.

Während er mit Langdon beschäftigt war, plärrte unablässig der Fernseher in der Küche. Die Stimmen waren Teil des Täuschungsmanövers gewesen, und Mal'akh war noch nicht dazu gekommen, den Fernseher wieder auszuschalten. Ein Prediger führte seine Schar durch das Vaterunser. Mal'akh fragte sich, ob einer der hypnotisierten Zuschauer überhaupt eine Ahnung hatte, woher dieses Gebet ursprünglich rührte.

»…im Himmel wie auf Erden …«, intonierte die Gruppe.

Ja, dachte Mal'akh. *Wie oben, so unten.*

»…und führe uns nicht in Versuchung …«

Hilf uns, die Schwächen des Fleisches zu überwinden.

»…sondern erlöse uns von dem Bösen …«, flehten die Gläubigen inbrünstig.

Mal'akh grinste. *Das könnte schwierig werden. Die Dunkelheit breitet sich immer mehr aus.* Trotzdem musste er ihnen zugutehalten, dass sie es zumindest versuchten. Menschen, die zu unsichtbaren Mächten sprachen und sie um Hilfe baten, waren in der modernen Welt eine Seltenheit geworden.

Mal'akh zerrte Langdon durch das Wohnzimmer, als die Versammlung laut »Amen!« rief.

Amon, verbesserte Mal'akh. *Ägypten ist die Wiege unserer Religion.* Der Gott Amon war der Prototyp für Zeus …Jupiter …und jeden anderen modernen Gott. Bis zum heutigen Tag rief jede Religion der Welt eine andere Spielart seines Namens. *Amen! Amin! Aum!*

Der Fernsehprediger zitierte nun Bibelverse und beschrieb die Hierarchien von Engeln und Dämonen, die im Himmel und in der Hölle herrschten. »Nehmt euch in Acht vor den Mächten des Bösen!«, rief er. »Erhebt eure Herzen zum Gebet! Gott und seine Engel werden euch erhören!«

Da hat er recht, dachte Mal'akh. *Doch das gilt auch für die Dämonen.*

Mal'akh hatte vor langer Zeit herausgefunden, dass ein Mensch durch den inneren Vollzug der richtigen Rituale imstande war, ein Tor in das Reich des Spirituellen aufzustoßen. Die unsichtbaren Mächte, die dort existierten, kamen in vielerlei Gestalt daher. Es gab

Gute, und es gab Böse. Die Mächte des Lichts heilten, beschützten, versuchten Ordnung ins Universum zu bringen. Die Mächte der Dunkelheit hingegen bewirkten das Gegenteil... sie brachten den Menschen Zerstörung und Chaos.

Richtig heraufbeschworen, konnten die unsichtbaren Mächte dazu gebracht werden, die Wünsche des Ausübenden auf Erden zu erfüllen, und ihn auf diese Weise mit schier übernatürlichen Kräften auszustatten. Als Gegenleistung für ihre Hilfe verlangten sie vom Beschwörenden Opfer – die Mächte des Lichts in Form von Gebeten und Lobpreisungen ... und die der Dunkelheit in Form von Blut.

Je größer das Opfer, desto größer die gewährte Macht. Mal'akh hatte seine Beschwörungen mit dem Blut unschuldiger Tiere begonnen. Im Lauf der Zeit waren seine Opfergaben mutiger, spektakulärer geworden. *Heute Nacht mache ich den letzten Schritt.*

»Seht euch vor!«, rief der Prediger im Fernsehen eine Warnung vor der kommenden Apokalypse. »Schon bald wird die letzte Schlacht um die Seelen der Menschheit geschlagen werden.«

In der Tat, dachte Mal'akh. *Und ich werde als der größte Kämpfer in die Annalen eingehen.*

Die Schlacht hatte natürlich bereits vor langer, langer Zeit ihren Anfang genommen. Im alten Ägypten waren die Ausübenden der magischen Kunst zu großen Meistern geworden. Sie hatten sich hoch über die Massen erhoben und waren zu wahren Jüngern des Lichts gereift. Sie waren wie Götter auf Erden gewesen. Sie hatten gewaltige Tempel errichtet, zu denen Neophyten aus der ganzen damaligen Welt gereist waren, um an ihrer Weisheit teilzuhaben. Damals erhob sich ein goldenes Volk von Menschen. Für eine kurze Zeitspanne schien die Menschheit dicht davorzustehen, über sich selbst hinauszuwachsen und ihre irdischen Fesseln abzustreifen.

Das Goldene Zeitalter der Alten Mysterien.

Doch der Mensch war schwach wie sein Fleisch und empfänglich für die Sünden der Hybris, des Hasses, der Ungeduld und der

Gier. Mit der Zeit wurden es immer mehr, welche die Kunst korrumpierten, pervertierten und für ihre persönlichen Zwecke missbrauchten. Sie riefen die dunklen Mächte an, wobei sie die von ihnen verzerrte Form der alten Kunst zugrunde legten, und eine neue Kunst entstand, eine andere Kunst ... noch mächtiger, noch unmittelbarer und vor allem noch berauschender.

Auch meine Kunst ist von dieser Art.

Von dieser Art ist mein Großes Werk.

Die erleuchteten Adepten und ihre esoterischen Bruderschaften beobachteten den Aufstieg des Bösen und sahen, dass die Menschen ihr neu gefundenes Wissen nicht zum Besten ihrer Spezies nutzten. Und so verbargen sie ihre Weisheiten, um sie vor den Augen der Unwürdigen zu schützen. Auf diese Weise gingen sie im Lauf der Geschichte verloren.

Damit einher ging der große Niedergang der Menschheit.

Und eine anhaltende Dunkelheit.

Bis zum heutigen Tag machten die edlen Nachkommen der Adepten unermüdlich weiter, strebten blind nach dem Licht und versuchten, die verlorene Macht ihrer Vergangenheit zurückzuerlangen, um die Dunkelheit in Schach zu halten. Sie waren die Priester und Priesterinnen der Kirchen und Tempel und Schreine aller Religionen der Welt. Die Zeit hatte die Erinnerungen ausgelöscht, die Vergangenheit von der Gegenwart getrennt. Die neuen Wächter des Glaubens kannten die Quelle nicht mehr, aus der ihre machtvolle Weisheit einst geflossen war. Wenn sie nach den göttlichen Mysterien ihrer Vorfahren gefragt wurden, reagierten sie mit lautstarkem Leugnen und verdammten sie als Häresie.

Haben sie sie tatsächlich vergessen?, fragte sich Mal'akh.

Echos der Alten Kunst hallten noch in sämtlichen Winkeln der Welt wider – von der mystischen Kabbalah des Judentums bis hin zu den esoterischen Ritualen der islamischen Sufis. Auch in den Lehren der Christenheit waren Überreste davon zu finden: in der

Teilnahme an Christi Leib und Blut in der heiligen Kommunion, in der Hierarchie der Engel, Heiligen und Dämonen, in Chorälen und Kirchenliedern, in den geweihten Gewändern der Priester, in den astrologischen Grundlagen des heiligen Kalenders und in der Verheißung ewigen Lebens. Selbst heute noch vertrieben katholische Priester die bösen Geister durch das Schwenken von Weihrauchfässern, das Läuten geweihter Glocken und das Besprengen mit Weihwasser. Christen praktizierten die übernatürliche Kunst des Exorzismus – eine alte Glaubenspraxis, die nicht nur die Fähigkeit erforderte, Dämonen zu vertreiben, sondern auch, sie herbeizurufen.

Und doch sind sie blind für ihre Vergangenheit.

Nirgendwo war die geheimnisvolle Vergangenheit der Kirche offensichtlicher als in ihrem Epizentrum. In der Vatikanstadt, im Herzen des Petersplatzes, erhob sich ein großer ägyptischer Obelisk. Erschaffen dreizehnhundert Jahre bevor Jesus Christus seinen ersten Atemzug getan hatte, hatte der geheimnisvolle Monolith dort nicht das Geringste zu suchen. Es gab keinerlei Verbindung zur modernen Christenheit. Und doch stand er dort, im Zentrum der christlichen Kirche. Ein steinernes Fanal, das danach schrie, gehört zu werden. Eine Ermahnung an die wenigen Weisen, die sich noch erinnerten, wo alles begonnen hatte. Die christliche Kirche, geboren aus dem Leib der Alten Mysterien, hielt noch heute an deren Riten und Symbolen fest.

Und an einem Symbol ganz besonders.

Auf ihren Altären, Türmen, Gewändern, ihrer Bibel, prangte das zentrale Symbol der Christenheit. Das eines kostbaren, eines geopferten Menschenlebens. Die Christenheit verstand – mehr als alle anderen Religionen – die transformierende Macht des Opfers. Selbst heute noch boten ihre Anhänger ihre schwachen, fadenscheinigen Gesten von persönlichem Opfer dar – das Fasten.

Das Fasten, das Verzichten und den Zehnten.

Natürlich sind all diese Opfergaben ohne jede Bedeutung. Macht-los. Ohne Blut gibt es kein wahres Opfer.

Die Mächte der Dunkelheit hatten sich längst die Macht des Blutopfers nutzbar gemacht; dadurch waren sie so stark geworden, dass die Mächte des Guten sie nur noch mit Mühe im Zaum halten konnten. Schon bald würden sie das Licht vollkommen verschlingen, und die Adepten der Dunkelheit würden frei durch den Geist der Menschen schweifen.

Kapitel 97

Aber Eight Franklin Square *muss* es geben!«, beharrte Sato. »Sehen Sie noch einmal nach!«

Nola Kaye saß an ihrem Schreibtisch und rückte ihr Headset zurecht. »Ma'am, ich habe überall nachgesehen ... diese Adresse gibt es in Washington nicht.«

»Ich stehe auf dem Dach von One Franklin Square«, sagte Sato. »Es *muss* eine Nummer acht geben!«

Inoue Sato steht auf einem Dach? »Warten Sie bitte, Ma'am.« Nola startete einen neuen Suchlauf. Sie überlegte, ob sie Sato von dem Hacker erzählen sollte, doch Sato schien derzeit ganz und gar auf Eight Franklin Square konzentriert zu sein. Abgesehen davon hatte Nola noch immer nicht alle Informationen zusammen. *Wo bleibt überhaupt dieser verdammte Sys-Sec so lange?*

»Okay«, sagte Nola mit Blick auf den Bildschirm. »One Franklin Square ist der *Name* eines Gebäudes ... Die Adresse ist 1301 K-Street.«

Die Neuigkeit schien Sato die Sprache zu verschlagen. »Nola ... ich habe keine Zeit, es zu erklären, aber die Pyramide weist eindeutig auf die Adresse Eight Franklin Square.«

Nola richtete sich kerzengerade auf. *Die Pyramide weist auf eine ganz bestimmte Adresse?*

»Die Inschrift«, fuhr Sato fort. »Sie lautet: ›The secret hides within The Order – Eight Franklin Square‹.«

Nola konnte ihr nicht folgen. »Ein Orden? Wie ein Freimaurer- oder Mönchsorden?«

»Ich nehme es an«, sagte Sato.

Nola überlegte kurz; dann tippte sie erneut. »Ma'am, vielleicht haben sich die Hausnummern im Lauf der Jahre geändert. Ich meine, wenn diese Pyramide so alt ist, wie die Legende es behauptet, hatten die Häuser am Franklin Square vielleicht andere Nummern, als sie erbaut wurden. Ich starte jetzt einen Suchlauf ohne die Nummer acht ... nach ›The Order‹ ... ›Franklin Square‹ ... und ›Washington‹. Auf diese Weise bekommen wir vielleicht eine Vorstellung, ob es ...« Sie verstummte mitten im Satz, als die Ergebnisse ihrer Anfrage auf dem Bildschirm eingeblendet wurden.

»Was haben Sie gefunden?«, fragte Sato.

Nola starrte auf den ersten Treffer in der Liste, ein spektakuläres Bild der Großen Pyramide von Gizeh in Ägypten, das als thematischer Hintergrund einer Homepage zu einem Gebäude am Franklin Square diente. Das Gebäude war anders als alle anderen an diesem Platz.

In der gesamten Stadt, genau genommen.

Was Nola jedoch hatte erstarren lassen, war nicht die bizarre Architektur des Gebäudes, sondern die Beschreibung seines Zwecks. Der Webseite zufolge war dieses Bauwerk ein heiliger Schrein, errichtet von einem – und *für* einen – alten und geheimen Orden.

Kapitel 98

Robert Langdon erwachte mit unerträglichen Kopfschmerzen aus der Bewusstlosigkeit.

Wo bin ich?

Es war dunkel rings um ihn her. Stockdunkel. Und vollkommen still. Totenstill.

Er lag auf dem Rücken, die Arme an den Seiten. Benommen konzentrierte er sich auf Finger und Zehen und stellte erleichtert fest, dass er sie problemlos bewegen konnte. *Was ist passiert?* Mit Ausnahme der Kopfschmerzen und der undurchdringlichen Dunkelheit schien alles mehr oder weniger normal zu sein.

Oder doch nicht?

Mit einem Mal wurde Langdon bewusst, dass er auf einem ungewöhnlich glatten Boden lag, so glatt wie eine Glasscheibe. Mehr noch, er spürte direkten Hautkontakt mit der glatten Fläche ... die Schultern, der Rücken, die Pobacken, Oberschenkel, Waden ...

Bin ich nackt? Verwirrt betastete er sich.

O Gott! Wo sind meine Sachen?

Allmählich ließ die Benommenheit nach, und Erinnerungsfetzen kehrten zurück, beängstigende Schnappschüsse ... ein toter CIA-Agent ... das tätowierte Gesicht eines Ungeheuers ... und schließlich sein Hinterkopf, der gegen den Dielenboden gehämmert wurde. Die Bilder kamen schneller und schneller ... und dann erinnerte er sich an Katherine, gefesselt und geknebelt auf dem Fußboden im Esszimmer des fremden Hauses, neben ihr eine tote Frau vom Wachdienst.

Gütiger Himmel.

Langdon wollte sich aufrichten – und stieß mit der Stirn gegen ein Hindernis. Wieder explodierte greller Schmerz in seinem Schädel, und sein Kopf fiel schlaff zurück. Erneut drohte Bewusstlosigkeit ihn zu übermannen. Benommen tastete er mit den Händen nach oben, und ein eisiger Schreck durchfuhr ihn. Was er fühlte, ergab keinen Sinn. Die Zimmerdecke befand sich nur ein paar Handbreit über ihm. *Was, um alles in der Welt…* Er breitete die Arme aus, um sich abzustützen, und seine Hände prallten gegen Seitenwände.

Dann dämmerte es ihm. Er befand sich nicht in einem dunklen Zimmer. Ganz und gar nicht.

Ich bin in einer Kiste!

Panik befiel ihn.

In der Dunkelheit seines kleinen, sargähnlichen Gefängnisses hämmerte er wild mit den Fäusten gegen die Wände. Wieder und wieder schrie er mit überkippender Stimme um Hilfe. Die namenlose Angst wuchs mit jedem Moment, bis er glaubte, den Verstand zu verlieren.

Lebendig begraben. O Gott, er hat mich lebendig begraben!

Der Deckel von Langdons eigentümlichem Sarg gab nicht nach, selbst dann nicht, als er sich mit der ganzen Kraft seiner Arme und Beine dagegenstemmte. Soweit er in seinem Zustand sagen konnte, bestand sein Gefängnis aus dickem Fiberglas. Es war schalldicht, luftdicht, lichtdicht. Es gab kein Entkommen. Er würde jämmerlich in diesem Sarg ersticken.

Langdon musste an den tiefen Brunnenschacht denken, in den er als kleiner Junge gefallen war, und an die schreckliche Nacht, die er wassertretend in der Dunkelheit eines unendlichen Abgrunds verbracht hatte. Dieses Trauma hatte eine tiefe Narbe in Langdons Psyche hinterlassen und ihm eine überwältigende Phobie vor engen Räumen beschert.

Lebendig begraben in einem winzigen Gefängnis, durchlitt Robert Langdon seinen schrecklichsten Albtraum.

Katherine Solomon lag zitternd in Mal'akhs Esszimmer auf dem Fußboden. Der dünne Draht um ihre Handgelenke und Knöchel hatte sich in ihre Haut geschnitten, und schon die kleinste Bewegung bewirkte, dass ihre Fesseln sich noch straffer zusammenzogen.

Das tätowierte Ungeheuer hatte Langdon auf brutale Weise bewusstlos geschlagen und seine schlaffe Gestalt zusammen mit der Ledertasche und der Steinpyramide über den Fußboden gezerrt, als würde irgendeine Schreckensgestalt ihre Beute in eine Höhle schleifen, um dort unsägliche Dinge mit ihr anzustellen. Er war mit seiner Beute außer Sicht verschwunden, doch wohin, vermochte Katherine nicht zu sagen. Der Agent, der sie hergebracht hatte, lag tot im Foyer. Sie hatte seit mehreren Minuten keinen einzigen Laut gehört und fragte sich bereits, ob der tätowierte Riese und Langdon überhaupt noch im Haus waren.

Sie hatte versucht, um Hilfe zu rufen, doch der Knebel in ihrem Mund war bei jedem Schrei tiefer in ihren Rachen gedrungen.

Mit einem Mal spürte sie die Vibration von Schritten auf dem Boden. Sie drehte den Kopf in der Hoffnung, dass Hilfe gekommen war; dann aber erschien die massige Gestalt ihres Entführers in der Halle. Katherine zuckte zusammen, als die Erinnerung in ihr aufstieg, wie er vor zehn Jahren in ihrem Elternhaus aufgetaucht war.

Er hat meine Familie ermordet.

Und jetzt kam er zu ihr. Langdon war nirgendwo zu sehen. Der Mann kauerte vor ihr nieder, packte sie mit beiden Händen um die Hüfte und warf sie sich grob über die Schulter. Die dünnen Drähte ihrer Fesseln schnitten in ihr Fleisch, und der Knebel dämpfte ihre Schmerzensschreie. Der Riese trug sie durch die Halle ins Wohnzimmer, wo sie am Nachmittag, als Katherine ihn noch als Dr. Abaddon kannte, gemeinsam Tee getrunken und sich unterhalten hatten.

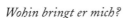

Wohin bringt er mich?

Der Hüne trug Katherine durch das Zimmer und blieb unmittelbar vor dem großen Ölgemälde der Drei Grazien stehen, das sie bereits kannte und bewundert hatte.

»Sie haben erwähnt, dass Ihnen dieses Bild gefällt«, flüsterte der Mann, die Lippen dicht an ihrem Ohr. »Erfreuen Sie sich daran. Es ist vielleicht der letzte schöne Anblick, den Sie genießen werden.«

Mit diesen Worten streckte er die Hand aus und drückte gegen die rechte Seite des großen Rahmens. Zu Katherines Erstaunen rotierte das Gemälde auf einer zentralen senkrechten Achse in die Wand wie eine zweiflügelige Drehtür. *Ein versteckter Durchgang.*

Katherine wand sich und zappelte, doch der tätowierte Riese hielt sie eisern gepackt und trug sie durch die Geheimtür in den Raum dahinter. Die Drei Grazien drehten sich zurück an ihren Platz. Katherine sah eine dicke Schallisolierung auf der Rückseite des Gemäldes, die keinerlei Geräusch nach außen dringen ließ. Was immer hier geschah, sollte von draußen offenbar nicht zu hören sein.

Der Raum hinter dem Gemälde erwies sich als ziemlich enger Korridor. Auf der anderen Seite ging es durch eine massive Tür auf einen kleinen Absatz. Katherine starrte eine schmale Rampe in einen tiefen Keller hinunter. Sie wollte Luft holen, um zu schreien, doch der Knebel ließ es nicht zu.

Die Rampe war steil, und die Wände rechts und links bestanden aus nacktem Beton. Alles war in ein blau schimmerndes Licht getaucht, das von irgendwo unten kam. Die Luft war warm und schwer, beladen mit einer seltsamen Mischung von Gerüchen ... ätzenden Chemikalien, menschlichem Schweiß und – alles überlagernd – animalischer Angst.

»Ihre Wissenschaft hat mich beeindruckt«, flüsterte ihr der Mann ins Ohr, als sie am Fuß der Rampe angekommen waren. »Ich hoffe, *meine* Wissenschaft wird Ihnen genauso imponieren.«

Kapitel 99

CIA-Agent Turner Simkins kauerte in der Dunkelheit des Franklin Parks und hielt den Blick starr auf Warren Bellamy gerichtet. Bis jetzt hatte niemand den Köder geschluckt, aber es war ja auch noch früh.

Simkins' Funkgerät meldete sich, und er schaltete es ein. Er hoffte, einer seiner Männer habe etwas entdeckt, doch es war Sato. Sie hatte neue Informationen.

Simkins hörte zu. Er teilte Satos Sorge. »Bleiben Sie dran, Ma'am«, sagte er. »Ich sage Ihnen gleich, ob ich etwas sehen kann.« Er kroch durch die Sträucher, in denen er sich versteckte, und spähte in die Richtung, aus der er den Platz betreten hatte. Nach einigem Hin und Her hatte er eine Sichtverbindung hergestellt.

Was ist das denn?

Simkins blickte auf ein Bauwerk, das zwischen zwei größeren Gebäuden eingebettet war und an eine islamische Moschee erinnerte. Die maurische Fassade bestand aus schimmernden Terrakottafliesen in komplizierten, vielfarbigen Mustern. Über den drei großen Türen befanden sich zwei Reihen von schmalen Spitzbogenfenstern, die aussahen, als würden dort jeden Augenblick arabische Bogenschützen erscheinen und jeden unter Beschuss nehmen, der uneingeladen näher kam.

»Ich sehe es«, sagte Simkins.

»Irgendwelche Aktivitäten?«

»Nichts.«

EINGANG DES ALMAS SHRINE TEMPLE

»Gut. Ich möchte, dass Sie eine neue Position beziehen und diesen Bau aufmerksam beobachten. Er nennt sich ›Almas Shrine Temple‹ und ist die Zentrale eines mystischen Ordens.«

Simkins arbeitete schon lange in Washington, hatte aber noch nie von diesem Tempel oder einem alten, mystischen Orden gehört, der am Franklin Square sein Hauptquartier hatte.

»Dieses Gebäude«, erklärte Sato weiter, »gehört dem Alten Arabischen Orden der Edlen vom Mystischen Schrein.«

»Nie gehört.«

»Vielleicht doch«, erwiderte Sato. »Sie sind ein Ableger der Freimaurer, eher bekannt als ›Shriners‹.«

Simkins warf einen unschlüssigen Blick auf das reich verzierte Gebäude. *Die Shriners? Die Jungs, die Kinderkrankenhäuser bauen?*

Er konnte sich keinen weniger bedrohlichen ›Orden‹ vorstellen als eine Bruderschaft von Philanthropen, die kleine, rote Feze trugen und bei Paraden mitmarschierten.

Dennoch war Satos Sorge nicht unbegründet. »Ma'am, wenn unsere Zielperson erkennt, dass dieses Gebäude ›The Order‹ am Franklin Square ist, wird er keine Adresse mehr brauchen. Er wird das Treffen platzen lassen und sich direkt zum richtigen Ort begeben.«

»Genau meine Befürchtung«, erwiderte Sato. »Behalten Sie den Eingang im Auge.«

»Jawohl, Ma'am.«

»Irgendetwas Neues von Agent Hartmann in Kalorama Heights?«

»Nein, Ma'am. Hatten Sie ihn nicht angewiesen, Sie direkt anzurufen?«

»Ja. Aber das hat er nicht getan.«

Seltsam, dachte Simkins und schaute auf die Uhr. *Er ist längst überfällig.*

Kapitel 100

Robert Langdon lag zitternd, nackt und allein in vollkommener Schwärze. Von Furcht gelähmt, hämmerte er nicht mehr gegen die Wände, und auch seine Schreie waren verstummt. Er hatte die Augen geschlossen und versuchte, sein wild pochendes Herz und seine vor Panik flache, rasche Atmung wieder unter Kontrolle zu bekommen.

Du liegst unter einem weiten, nächtlichen Himmel, versuchte er sich einzureden. *Über dir ist nichts als kühle, klare Luft.*

Dank dieses beruhigenden Bilds – und einer dreifachen Dosis Valium – hatte er erst vor Kurzem drei aufeinanderfolgende Untersuchungen in einem Kernspintomografen überstanden. Doch in seiner jetzigen Situation hatte das Bild überhaupt keine Wirkung.

Der Knebel war tiefer in Katherines Mund gerutscht und drohte sie zu ersticken. Der Hüne hatte sie eine schmale Rampe hinunter in einen dunklen Kellergang getragen. Am anderen Ende des Gangs hatte Katherine einen kurzen Moment in einen Raum blicken können, in dem ein unheimliches, rotviolettes Licht brannte, doch bis dorthin kamen sie nicht. Stattdessen blieb der Mann vor einem kleinen Nebenraum stehen, trug Katherine hinein und setzte sie auf einen Holzstuhl. Ihre gefesselten Arme hatte er hinter die Stuhllehne geschoben, sodass sie sich nicht mehr bewegen konnte.

Katherine spürte, wie der Draht um ihre Handgelenke immer tiefer ins Fleisch schnitt. Doch schlimmer als der Schmerz war die wachsende panische Angst, an dem Knebel zu ersticken. Immer tiefer rutschte das Stück Stoff in ihre Kehle, und Katherine begann reflexhaft zu würgen, was dazu führte, dass der Lappen umso tiefer in ihren Rachen rutschte. Hinter ihr schloss der tätowierte Riese die Tür und schaltete das Licht ein. Katherines Augen schwammen vor Tränen, sodass sie einzelne Gegenstände in ihrer Umgebung nicht mehr voneinander unterscheiden konnte. Alles war verschwommen. Am Rand ihres Blickfelds sammelte sich die Schwärze. Katherine spürte, wie ihre Augenlider zu flattern begannen, als sie das Bewusstsein zu verlieren drohte.

Dann erschien ein verzerrtes Bild bunten Fleisches vor ihr. Ein mit Schuppen bedeckter Arm riss ihr das Stück Stoff aus dem Mund.

Katherine schnappte gierig nach Luft, atmete tief durch, hustete und würgte, während ihre Lunge sich mit köstlicher Luft füllte. Bald klärte sich auch ihr Blick.

Sie starrte in die Fratze eines Dämons.

Das Antlitz war kaum noch menschlich zu nennen. Ein bizarres Muster tätowierter Symbole bedeckte den Hals, das Gesicht und den kahlen Schädel. Mit Ausnahme einer kleinen, kreisrunden Fläche auf der Schädeldecke schien jeder Zentimeter des massigen Körpers mit Tätowierungen bedeckt zu sein. Ein riesiger, doppelköpfiger Phönix, dessen Augen von den Brustwarzen des Hünen gebildet wurden, funkelte sie an wie ein hungriger Geier, der auf ihren Tod wartete.

»Machen Sie den Mund auf«, flüsterte der Mann.

Katherine starrte das Ungeheuer angewidert an. *Was?*

»Machen Sie den Mund auf«, wiederholte der Mann, »sonst stopfe ich Ihnen den Lappen wieder rein.«

Zitternd öffnete Katherine den Mund. Der Mann schob ihr seinen dicken, tätowierten Zeigefinger zwischen die Lippen. Als er ihre Zunge berührte, glaubte Katherine, sich übergeben zu müssen. Der Riese zog den feuchten Finger aus ihrem Mund und führte ihn an seinen kahl geschorenen Kopf. Mit geschlossenen Augen rieb er Katherines Speichel auf die winzige Fläche jungfräulicher, untätowierter Haut.

Angeekelt wandte Katherine sich ab.

Der Raum, in dem sie saß, schien eine Art Heizungskeller zu sein. Rohre und Leitungen verliefen an den Wänden. Es gluckerte und gurgelte, und das Licht war grell. Doch ehe Katherine ihre Umgebung in sich aufnehmen konnte, blieb ihr Blick neben ihr auf dem Boden haften. Ein Haufen Kleidungsstücke lag dort: Rollkragenpullover, Tweedjacke, Slipper, eine Micky-Maus-Uhr …

»O Gott!« Katherine riss den Kopf herum und zwang sich, dem tätowierten Ungeheuer ins Gesicht zu schauen. »Was haben Sie mit Robert gemacht?«

»Pssst«, flüsterte der Mann. »Sonst hört er Sie noch.« Er trat einen Schritt zur Seite und deutete hinter sich.

Langdon war nicht da. Katherine sah nur eine große, schwarze Kiste aus Fiberglas. Sie erinnerte auf erschreckende Weise an die Särge, in denen gefallene Soldaten aus Kriegsgebieten in die Heimat gebracht wurden. Zwei große Riegel hielten die Kiste fest verschlossen.

»Er ist *da drin?*« Katherine schrie es beinahe. »Er wird ersticken!«

»Nein, wird er nicht.« Der tätowierte Riese deutete auf eine Reihe transparenter Rohre, die an der Wand entlang in die Kiste führten. »Er wird es sich allerdings *wünschen*.«

In völliger Dunkelheit lauschte Langdon auf ein dumpfes, kaum wahrnehmbares Rumoren, das aus der Außenwelt zu ihm drang. *Stimmen?* Er hämmerte gegen die Kiste und schrie so laut er konnte. »Hilfe! *Hilfe!*«

Weit entfernt rief eine gedämpfte Stimme: »Robert! O Gott, nein!«

Langdon kannte die Stimme. Sie gehörte Katherine, und sie war voller Angst und Entsetzen. Dennoch war es ein willkommenes Geräusch. Langdon holte tief Luft, um nach ihr zu rufen, hielt dann aber inne, als etwas Unerwartetes geschah: Ein schwacher Luftzug schien aus dem Kistenboden zu kommen. *Wie ist das möglich?* Langdon lag vollkommen regungslos da und konzentrierte sich ganz auf seine körperlichen Empfindungen. *Ja, eindeutig.* Er spürte, wie die winzigen Härchen in seinem Nacken von einem Lufthauch gekitzelt wurden.

Instinktiv tastete Langdon den Kistenboden ab und suchte nach der Quelle der Luft. Es dauerte nur einen Moment, da hatte er sie gefunden. *Da ist ein winziges Loch...* Die kleine perforierte Öffnung fühlte sich ähnlich wie ein Abfluss an, nur dass ein sanfter, gleichmäßiger Lufthauch hindurchwehte.

Er pumpt Luft zu mir herein. Er will nicht, dass ich ersticke.

Doch das Gefühl der Erleichterung war nur von kurzer Dauer, denn nun drang ein Unheil verkündendes Geräusch durch die Öffnung. Es war eindeutig eine gurgelnde Flüssigkeit... und sie strömte in Langdons Richtung.

Katherine starrte ungläubig auf die klare Flüssigkeit, die durch die transparenten Rohre in Richtung von Langdons Kiste floss. Das Ganze sah wie der perverse Trick eines Bühnenmagiers aus.

Er pumpt Wasser in die Kiste?

Katherine kämpfte gegen ihre Fesseln und ignorierte den Schmerz, den der dünne Draht um ihre Handgelenke verursachte. Doch sie konnte nichts anderes tun, als voller Panik zu beobachten, was geschah. Sie hörte Langdon verzweifelt gegen die Wand der Kiste hämmern, doch als das Wasser die Unterseite des Behälters erreichte, endete das Geräusch. Es folgte ein Augenblick furchtbarer Stille. Dann begann das Hämmern erneut, und wieder war es voller wilder Verzweiflung.

»Lassen Sie ihn frei!«, flehte Katherine. »Bitte! Das können Sie nicht tun!«

»Ertrinken ist ein schrecklicher Tod.« Der Mann sprach vollkommen ruhig, während er im Kreis um Katherine herumging. »Ihre Assistentin ... wie hieß sie gleich? Trish? Sie könnte es Ihnen bestätigen.«

Katherine hörte die Worte, konnte sie aber kaum verarbeiten.

»Sie erinnern sich vielleicht, dass ich selbst einmal fast ertrunken wäre«, flüsterte der Mann. »Am Haus Ihrer Familie in Potomac. Ihr Bruder hat auf mich geschossen, und ich bin in den vereisten Fluss gestürzt, draußen bei Zachs Brücke.«

Trotz ihrer Angst starrte Katherine ihn hasserfüllt an. *Die Nacht, in der du meine Mutter ermordet hast.*

»Die Götter haben mich in jener Nacht beschützt«, sagte er, »und mir den Weg gewiesen ... um einer von ihnen zu werden.«

Das Wasser, das hinter Langdons Kopf in die Kiste gurgelte, fühlte sich warm an ... Körpertemperatur. Die Flüssigkeit war bereits mehrere Zentimeter tief und bedeckte vollständig die Rückseite seines nackten Körpers. Als sie an seinen Rippen emporstieg, traf Langdon die Erkenntnis wie ein Schlag.

Ich werde sterben.

Seine Panik entflammte erneut, und er hämmerte verzweifelt gegen die Wände.

Kapitel 101

*L*assen Sie Langdon frei«, flehte Katherine unter Tränen. »Wir tun alles, was Sie wollen!«

Der tätowierte Hüne lächelte kalt. »Sie sind keine so harte Nuss wie Ihr Bruder. Wenn ich daran denke, was ich alles tun musste, bis Peter mir seine Geheimnisse erzählt hat...«

»Wo ist er?«, fragte Katherine. »Wo ist Peter? Sagen Sie es mir! Wir haben getan, was Sie von uns wollten! Wir haben die Pyramide entschlüsselt und...«

»Nein, das haben Sie nicht. Sie haben mir etwas vorgespielt. Sie haben mir Informationen vorenthalten und einen Regierungsagenten in mein Haus gebracht. Und ich habe nicht vor, Sie für diese Täuschung nun auch noch zu belohnen.«

»Wir hatten keine Wahl«, verteidigte sich Katherine und drängte ihre Tränen zurück. »Die CIA sucht nach Ihnen. Sie haben uns einen Agenten als Aufpasser mitgegeben. Ich werde Ihnen alles erzählen. Nur, bitte, lassen Sie Robert raus!« Katherine konnte Langdons gedämpfte Schreie in dem Behälter hören, und sie sah, wie das Wasser durch die Röhre rann. Sie wusste, dass ihm nicht mehr viel Zeit blieb.

Der tätowierte Hüne strich sich übers Kinn und sagte in aller Ruhe: »Ich nehme an, am Franklin Square wartet bereits die Polizei auf mich...?«

Katherine schwieg.

Der Mann legte seine großen Hände auf ihre Schulter und zog sie langsam nach vorn. Da ihre Arme immer noch hinter der Stuhllehne gefesselt waren, spannten ihre Schultern sich schmerzhaft und drohten ausgekugelt zu werden.

»Ja!«, stieß Katherine hervor. »Es gibt Agenten am Franklin Square!«

Der Mann zog noch kräftiger. »Wie lautet die Adresse auf dem Deckstein?«

Der Schmerz in Katherines Handgelenken und ihren Schultern wurde unerträglich, doch sie biss die Zähne zusammen und sagte kein Wort.

»Du solltest es mir jetzt gleich sagen, Katherine. Oder ich werde dir die Arme brechen und frage dich dann noch mal.«

»Acht!«, rief sie. »Die fehlende Zahl ist *acht!* Die Inschrift lautet: ›The Secret hides within The Order ... *Eight* Franklin Square.‹ Ich schwör's. Ich weiß nicht, was ich Ihnen sonst noch sagen soll! Franklin Square Nummer acht ...«

Der Mann ließ ihre Schultern immer noch nicht los.

»Mehr weiß ich nicht«, stöhnte Katherine. »Das ist die Adresse. Bitte, lassen Sie mich los ... und holen Sie Robert aus dem Tank ...«

»Das würde ich ja gerne tun«, sagte der Hüne, »aber es gibt da ein Problem. Ich kann nicht zum Franklin Square, ohne gesehen zu werden. Sagen Sie mir, was befindet sich an dieser Adresse?«

»Ich weiß es nicht.«

»Und die Symbole auf der Basis der Pyramide? Auf der Unterseite? Kennen Sie deren Bedeutung?

»Was für Symbole auf der Unterseite?« Katherine hatte keine Ahnung, wovon der Mann sprach. »Es gibt da keine Symbole. Nur glatten Stein.«

Offenbar immun gegen die gedämpften Hilfeschreie aus dem sargähnlichen Behälter, ging der tätowierte Mann in aller Seelenruhe zu der Stelle hinüber, wo Langdons Tasche lag, und zog die Steinpyramide hervor. Dann kam er zu Katherine zurück und hielt sie ihr vor die Augen, sodass sie die Unterseite sehen konnte.

Als Katherine die eingeritzten Symbole sah, stockte ihr der Atem. *Das ist unmöglich!*

Der Boden der Pyramide war übersät mit feinsten Gravierungen. *Da war nichts! Da bin ich mir ganz sicher!* Katherine hatte nicht die leiseste Ahnung, was die Symbole bedeuteten. Sie schienen die verschiedensten mystischen Traditionen abzudecken, darunter einige, die sie nicht einmal benennen konnte.

Totales Chaos.

»Ich … ich habe keine Ahnung, was es damit auf sich hat«, stieß sie keuchend hervor.

»Ich auch nicht«, sagte ihr Entführer. »Zum Glück haben wir einen Experten.« Er warf einen Blick auf den Tank. »Fragen wir doch ihn.« Er ging mit der Pyramide zu dem Behälter.

Einen kurzen, hoffnungsvollen Augenblick lang dachte Katherine, er würde den Deckel aufklappen. Stattdessen setzte er sich auf den Container, langte nach unten und schob eine Abdeckung zur Seite, unter der ein Plexiglasfenster zum Vorschein kam.

Licht!

Langdon hob die Hände vors Gesicht und blinzelte in den Lichtstrahl, der nun von oben in den Behälter fiel. Als seine Augen sich auf die Helligkeit eingestellt hatten, verwandelte sich die Hoffnung in Verwirrung. Langdon blickte durch eine Art Fenster im Dach des Tanks. Durch dieses Fenster sah er eine weiße Zimmerdecke und ein fluoreszierendes Licht.

Dann, ohne Vorwarnung, erschien über ihm das tätowierte Gesicht und starrte auf ihn herab.

»Wo ist Katherine?«, rief Langdon. »Lassen Sie mich hier raus!«

Der Mann lächelte. »Ihre Freundin Katherine ist hier bei mir«, sagte er. »Ich habe die Macht, ihr Leben zu verschonen. Und auch das Ihre, Professor. Aber Ihre Zeit wird knapp, deshalb sollten Sie mir gut zuhören.«

Langdon konnte ihn durch das dicke Plexiglas kaum verstehen. Das Wasser war höher gestiegen und kroch ihm nun über die Brust.

»Ist Ihnen bewusst«, fragte der Mann, »dass es Symbole auf der Basis der Pyramide gibt?«

»Ja!«, rief Langdon, der die zahlreichen Symbole gesehen hatte, als die Pyramide vor ihm auf dem Fußboden lag. »Aber ich habe keine Ahnung, was sie bedeuten … Eight Franklin Square, das steht auf dem Deckstein. Sie müssen zum Franklin Square. Dort …«

»Dort wartet die CIA auf mich, Professor, das wissen wir beide. Ich habe nicht die Absicht, mich in deren Hände zu begeben. Außerdem brauche ich die Nummer des Gebäudes nicht. Es gibt am Franklin Square nur ein Bauwerk, das infrage kommt – der Almas Shrine Temple.« Er hielt inne und starrte auf Langdon hinunter. »Der Alte Arabische Orden der Edlen vom Mystischen Schrein.«

Langdon war verwirrt. Der Almas Temple war ihm bekannt; nur hatte er vergessen, dass das Gebäude am Franklin Square stand. *Die* Shriners *sind ›The Order‹?* Ihr *Tempel erhebt sich über der geheimen unterirdischen Treppe?* Historisch betrachtet, ergab das keinen Sinn, aber Langdon war im Augenblick nicht in der Stimmung, über Geschichte zu diskutieren. »Ja!«, rief er. »Das muss es sein. Das Geheimnis verbirgt sich im Orden...«

»Kennen Sie das Gebäude?«

»Natürlich!« Langdon hob den Kopf, um die Ohren über Wasser zu halten und den Tätowierten weiterhin hören zu können. »Ich kann Ihnen helfen. Lassen Sie mich raus.«

»Sie können mir sagen, was dieser Tempel mit den Symbolen auf der Basis der Pyramide zu tun hat?«

»Ja! Lassen Sie mich nur einen Blick auf die Symbole werfen.«

»Also gut. Schauen wir mal, was Ihnen dazu einfällt.«

Mach schnell! Als die warme Flüssigkeit immer höher stieg, hämmerte Langdon gegen die Decke des Tanks, als könnte er dadurch das Öffnen des Deckels beschleunigen. *Beeil dich!* Doch der Deckel rührte sich keinen Millimeter. Stattdessen erschien plötzlich die Basis der Pyramide über dem Plexiglasfenster.

Langdon starrte voller Entsetzen nach oben.

»Ich nehme an, dass es so nah genug für Sie ist, oder?« Der Mann hielt die Pyramide in seinen tätowierten Händen. »Denken Sie schnell, Professor. Ich schätze, Ihnen bleiben weniger als sechzig Sekunden.«

Kapitel 102

Robert Langdon hatte oft gehört, dass ein in die Enge getriebenes Tier zu unvorstellbaren Leistungen fähig war. Doch als er sich nun mit aller Kraft gegen den Boden seines Gefängnisses stemmte, geschah gar nichts. Um ihn herum stieg die Flüssigkeit immer noch an. Da ihm nicht mehr als anderthalb Handbreit Raum unter dem Deckel blieben, musste Langdon den Kopf recken, um in der verbleibenden Luftblase atmen zu können. Sein Gesicht befand sich nun unmittelbar unter dem Plexiglasfenster, und seine Augen waren nur wenige Zentimeter von der Unterseite der Steinpyramide entfernt, deren rätselhafte Bildinschrift über ihm schwebte.

Ich habe keine Ahnung, was das bedeutet.

Über ein Jahrhundert lang unter einer gehärteten Mischung aus Wachs und Steinstaub verborgen, war die letzte Inschrift der Freimaurerpyramide nun freigelegt. Diese Inschrift war ein exakt quadratisches Gitter mit Symbolen aus jeder nur vorstellbaren Tradition – Alchimie, Numerologie, Heraldik, Kabbalah, Magie, Siegelkunde, Griechisch, Latein. Insgesamt betrachtet, war es die reinste symbolische Anarchie – eine Alphabetsuppe, deren Buchstabeninhalt aus einem Dutzend verschiedener Sprachen, Kulturen und Epochen kam.

Totales Chaos.

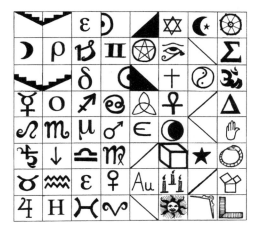

Selbst in seinen wildesten akademischen Interpretationen konnte der Symbolologe Robert Langdon sich keinen Reim darauf machen, wie dieses Schachbrett wirr zusammengewürfelter Symbole einer sinnvollen Deutung zugänglich sein sollte. *Ordnung aus* diesem *Chaos? Unmöglich.*

Die Flüssigkeit hatte nun seinen Adamsapfel erreicht, und Langdon konnte spüren, wie seine Panik in gleichem Maße stieg. Erneut hämmerte er gegen den Tank. Die Pyramide schien ihn höhnisch anzustarren.

Verzweifelt konzentrierte Langdon seine gesamte geistige Energie auf das Muster von Symbolen. *Welche Bedeutung könnte darin liegen?* Die Zusammenstellung war so disparat, dass er keine Ahnung hatte, wo er überhaupt anfangen sollte. *Sie sind nicht einmal aus derselben historischen Epoche!*

Außerhalb des Tanks hörte er Katherines gedämpfte Stimme. Er konnte die Worte kaum verstehen, doch dem Tonfall war zu entnehmen, dass sie das tätowierte Ungeheuer anflehte, ihn freizulassen. Obwohl Langdon nicht ein noch aus wusste, schien der drohende Tod jede Zelle seines Körper anzutreiben, eine Lösung zu finden. *Denk nach!* Seine Blicke huschten hin und her über das Raster, auf der Suche nach irgendeinem Hinweis – einem Muster, einem versteckten Wort, einem speziellen Symbol, irgendetwas –, doch er sah nur ein Muster von Symbolen, die rein gar nichts miteinander zu tun hatten. *Chaos.*

Mit jeder verstreichenden Sekunde spürte Langdon, wie eine unheimliche Taubheit sich in seinem Körper ausbreitete. Es war, als ob sein Fleisch sich darauf vorbereitete, seinen Geist gegen den bevorstehenden Schmerz des Todes abzuschotten. Das Wasser drohte ihm nun in die Ohren zu laufen, und er hob den Kopf, so weit er konnte, presste das Gesicht gegen die Decke des Kastens. Erschreckende Bilder blitzten vor seinen Augen auf. Ein Junge in Neuengland, der auf dem Grund eines dunklen Brunnens Wasser trat. Ein Mann in Rom, der unter einem Skelett in einem umgedrehten Sarg gefangen war.

Katherines Stimme wurde hektischer. Nach dem, was Langdon mitbekam, versuchte sie einem Verrückten beizubringen, dass er, Langdon, die Pyramide nicht entschlüsseln könne, ohne den Almas Temple aufzusuchen: »Es ist doch offensichtlich, dass sich in diesem Gebäude der fehlende Puzzlestein befindet! Wie soll Robert die Pyramide entschlüsseln, wenn ihm die wichtigste Information fehlt?«

Langdon wusste ihre Bemühungen zu schätzen, und doch war er sicher, dass »Eight Franklin Square« sich nicht auf den Almas Temple bezog. Die Zeitlinie stimmte nicht. Der Legende nach war die Freimaurerpyramide um die Mitte des 19. Jahrhunderts geschaffen worden, Jahrzehnte, bevor es die Shriners überhaupt gab – wahrscheinlich sogar, bevor der Platz überhaupt Franklin Square genannt wurde. Der Deckstein konnte unmöglich auf ein damals noch nicht errichtetes Gebäude mit einer nicht existierenden Adresse verwiesen haben. Was immer es war, worauf »Eight Franklin Square« verwies – es *musste* 1850 bereits bestanden haben.

Unglücklicherweise hatte Langdon immer noch keinen Schimmer, was es sein könnte.

Er durchforschte seine Gedächtnisspeicher nach allem, das möglicherweise dem Zeitrahmen entsprechen könnte. *Eight Franklin Square? Etwas, das es 1850 bereits gab?* Ihm fiel nichts ein. Das Wasser lief ihm jetzt in die Ohren. Gegen die Panik ankämpfend, starrte er auf das Muster von Symbolen hinter dem Fenster. *Ich sehe keinen Zusammenhang!* In einem Anfall von Wahnsinn, herbeigeführt von Todesangst, begann sein Hirn all die entlegenen Parallelen auszuspucken, die es finden konnte.

Eight Franklin Square… Square *heißt Quadrat… dieses Muster von Symbolen ist ein Quadrat… Quadrate haben Winkel von neunzig Grad… das Winkelmaß und der Zirkel sind freimaurerische Symbole… freimaurerische Altäre sind quadratisch.* Das Wasser stieg weiter, doch Langdon versuchte, nicht darauf zu achten. *Eight Franklin… acht… dieses Muster hat acht mal acht Felder…* Franklin *hat acht Buchstaben…* »The Order« *hat acht Buchstaben… Acht ist das um neunzig Grad gedrehte Symbol für Unendlichkeit… Acht ist die Zahl der Zerstörung in der Numerologie…*

Aus. Langdon wusste nicht mehr weiter.

Katherine versuchte immer noch, den Verrückten zu bewegen, ihn freizulassen, doch Langdon bekam nur Fetzen davon mit, da ihm das Wasser nun um den Kopf schwappte.

»… unmöglich, ohne zu wissen… die Botschaft des Steins sagt eindeutig…«, hörte Langdon Katherine sagen, »… *the secret hides within*…«

Dann war Katherines Stimme fort.

Wasser rann in Langdons Ohren, sperrte Katherines andere Worte aus. Eine plötzliche dumpfe Stille umgab ihn.

Langdon wartete auf den Tod.

The secret hides within…

Katherines letzte Worte hallten in der Stille seines Grabes wider.

The secret hides within…

Seltsamerweise wurde Robert Langdon in diesem Augenblick bewusst, dass er genau diese Worte viele Male zuvor gehört hatte.

The secret hides… within.

Selbst jetzt, so schien es ihm, verhöhnten ihn die Alten Mysterien. »Das Geheimnis verbirgt sich im Innern« war der zentrale Lehrsatz der Mysterien gewesen, der den Menschen anwies, Gott nicht im Himmel zu suchen… sondern vielmehr im Einzelnen selbst. *The secret hides within.* Es war die Botschaft aller großen mystischen Lehrer.

Das Königreich Gottes liegt in dir, sagte Jesus Christus.

Erkenne dich selbst, sagte Pythagoras.

Wisst ihr nicht, dass ihr Götter seid, sagte Hermes Trismegistos.

Die Liste ging weiter und weiter…

Alle mystischen Lehren der Jahrtausende hatten versucht, diese eine Idee zu vermitteln. *The secret hides within.* Und dennoch blickte die Menschheit immer noch zum Himmel, um das Antlitz Gottes zu erkennen.

Der Zeitpunkt dieser Erkenntnis hätte für Langdon ironischer nicht sein können. Während seine Augen zum Himmel blickten wie die Augen all jener Blinden, die ihm vorangegangen waren, sah Robert Langdon das Licht.

Es traf ihn wie ein Blitz von oben.

The
secret hides
within The Order
Eight Franklin Square

In diesem Augenblick sah er die Lösung.

Die Botschaft auf dem Deckstein war plötzlich kristallklar. Ihre Bedeutung hatte ihm die ganze Nacht ins Gesicht gestarrt. Der

Text auf dem Deckstein, wie die Freimaurerpyramide selbst, war ein Symbolon – ein Code in Einzelstücken –, eine Botschaft, die erst noch zusammengesetzt werden musste. Die Bedeutung des Decksteins war auf so simple Weise kaschiert worden, dass Langdon nicht fassen konnte, weshalb Katherine und er nicht schon früher darauf gekommen waren.

Und was noch erstaunlicher war, wie Langdon mit einem Mal klar wurde: Die Botschaft auf dem Deckstein beschrieb in der Tat genau, wie das Muster von Symbolen auf der Basis der Pyramide zu *entziffern* war. Es war so einfach. Genau wie Peter Solomon behauptet hatte, war der Deckstein ein machtvoller Talisman, der die Kraft besaß, Ordnung in das Chaos zu bringen.

Langdon hämmerte gegen den Deckel. »Ich weiß es! *Ich weiß es!*«

Über ihm wurde die Steinpyramide fortgenommen, und an ihrer Stelle erschien das tätowierte Gesicht, starrte fratzengleich durch das kleine Fenster.

»Ich habe die Lösung gefunden!«, rief Langdon. »Lassen Sie mich raus!«

Als der tätowierte Mann sprach, konnten Langdons wassergefüllte Ohren kein Wort verstehen. Doch seine Augen sahen, dass die Lippen des Mannes drei Worte bildeten: »*Wie lautet sie?*«

»Ich sag's Ihnen!«, rief Langdon. Das Wasser hatte nun fast seine Augen erreicht. »Lassen Sie mich raus. Ich kann alles erklären.« *Es ist so einfach…*

Die Lippen des Mannes bewegten sich erneut. »*Sprechen Sie jetzt… oder Sie sterben.*«

Während das Wasser die letzten Fingerbreit des verbliebenen Luftraums emporstieg, legte Langdon den Kopf zurück, um den Mund oberhalb des Wasserspiegels zu halten. Warme Flüssigkeit rann ihm in die Augen, ließ seinen Blick verschwimmen. Er bäumte sich auf, presste die Lippen gegen das Plexiglasfenster.

Dann, in den letzten Sekunden, die ihm an Atemluft blieben, verriet Robert Langdon das Geheimnis der Entzifferung der Freimaurerischen Pyramide.

Als er zu Ende gesprochen hatte, stieg das Wasser an seinen Mund. Instinktiv holte Langdon ein letztes Mal Luft und presste die Lippen fest zusammen. Eine Sekunde später bedeckte die Flüssigkeit ihn zur Gänze, erreichte den Deckel seines Sarges und schwemmte über das Plexiglas.

Er hat es tatsächlich geschafft, dachte Mal'akh. *Langdon hat das Rätsel der Pyramide gelöst.*

Die Antwort war so einfach. So offensichtlich.

Unter dem Fenster starrte ihn aus der Tiefe das Gesicht von Robert Langdon an, mit verzweifelten, flehenden Augen.

Mal'akh schüttelte sanft den Kopf, und seine Lippen bildeten langsam die Worte: »Danke, Professor. Ruhen Sie in Frieden.«

 Kapitel 103

Als passionierter Schwimmer hatte Langdon sich manchmal gefragt, wie es wohl sein mochte, wenn man ertrank. Was sah man dabei? Was empfand man? Jetzt wusste er, dass er es am eigenen Leib erfahren würde. Zwar konnte er länger die Luft anhalten als die meisten anderen Menschen, doch er spürte bereits, wie sein Körper auf den Luftmangel reagierte. In seinem Blut mehrte sich das Kohlendioxid und bewirkte das instinktive Verlangen, nach Luft zu schnappen. *Nicht atmen!* Doch der Drang wuchs mit jedem Augenblick. Langdon wusste, dass er ziemlich bald den Punkt erreichen würde, wo er sich dem Reflex nicht mehr widersetzen konnte. Dann war es vorbei.

Drück den Deckel auf! Langdon verspürte den Impuls, sich mit aller Kraft dagegenzustemmen, wehrte sich aber dagegen, kostbaren Sauerstoff zu vergeuden. Er konnte nichts weiter tun, als durch das Wasser nach oben zu blicken und zu hoffen. Die Welt draußen war nur noch ein verschwommener Lichtfleck hinter einer Plexiglasscheibe. Er hatte bereits ein brennendes Gefühl in der Brust und wusste, jetzt setzte der Sauerstoffmangel ein, der bewirken würde, dass die Muskeln sich nicht mehr zusammenziehen konnten.

Plötzlich erschien ein schönes, geisterhaftes Gesicht vor der Scheibe und schaute zu ihm hinunter. Es war Katherine, deren weiche Züge durch den Flüssigkeitsschleier beinahe ätherisch wirkten. Ihre Blicke trafen sich, und einen Moment lang glaubte Langdon, er sei gerettet. *Katherine!* Dann hörte er ihre gedämpften Entsetzensschreie und begriff, dass sie von ihrem Entführer festgehalten wurde. Dieses tätowierte Ungeheuer zwang sie, mit anzusehen, was gleich passieren würde.

Katherine, es tut mir leid …

In diesem absonderlichen versteckten Keller, unter Wasser eingeschlossen, versuchte Langdon sich dem Gedanken zu stellen, dass dies die letzten Augenblicke seines Lebens sein würden. Bald würde er nicht mehr existieren … alles, was ihn ausmachte … was er jemals gewesen war … und was er einmal hätte sein können … endete hier. Mit dem Absterben seines Gehirns würden sich alle Erinnerungen, die in der grauen Substanz gespeichert waren, mitsamt dem Wissen, das er erworben hatte, in einer Folge chemischer Reaktionen auflösen.

In diesem Moment erkannte Robert Langdon seine wahre Bedeutung innerhalb des Universums. So klein und einsam hatte er sich noch nie gefühlt. Beinahe dankbar sah er dem Unausweichlichen entgegen. Dem Reflex, Luft zu holen.

Er stand kurz bevor.

Seine Lunge stieß ihren verbrauchten Inhalt aus und zog sich zusammen, um begierig Luft zu holen. Dennoch hielt er einen letzten Moment stand. Seine letzte Sekunde. Dann – wie jemand, der die Hand nicht mehr länger über die Kerzenflamme halten kann – ergab er sich seinem Schicksal.

Der Reflex siegte über den Willen.

Seine Lippen öffneten sich.

Seine Lunge dehnte sich.

Die Flüssigkeit strömte hinein.

Der Schmerz in der Brust war schlimmer, als Langdon ihn sich je vorgestellt hätte. Die Flüssigkeit brannte in seiner Lunge, und der Schmerz schoss ihm augenblicklich bis in den Kopf. Er hatte das Gefühl, in einem Schraubstock zu stecken. Ihm dröhnten die Ohren; dennoch hörte er Katherine Solomon schreien.

Dann ein blendender Lichtblitz.
Dann völlige Schwärze.
Robert Langdon war nicht mehr.

Kapitel 104

*E*s ist vorbei.

Katherines Schreie waren verstummt. Was sie soeben mit angesehen hatte, ließ sie erstarren. Sie war buchstäblich gelähmt vor Entsetzen.

Hinter der Plexiglasscheibe blickten Langdons tote Augen an ihr vorbei ins Leere. In seinem reglosen Gesicht stand ein Ausdruck von Schmerz und Bedauern. Die letzten winzigen Luftbläschen perlten aus seinem Mund. Dann – als wäre er bereit, seinen Geist loszulassen – sank der Harvard-Professor langsam auf den Grund des Tanks, wo er im Dunkeln verschwand.

Er ist tot. Katherine war wie betäubt.

Der Tätowierte streckte den Arm aus, um mit mitleidloser Endgültigkeit das Guckfenster zuzuschieben und Langdons Leiche dahinter verschwinden zu lassen.

Dann lächelte er Katherine an. »Wollen wir?«

Ehe sie antworten konnte, wuchtete er sich die von Trauer überwältigte Frau auf die Schulter, knipste das Licht aus und trug sie davon. Mit wenigen ausgreifenden Schritten durchquerte er den Flur und betrat einen großen Raum, der in rötlich violettes Licht getaucht war. Es roch wie nach Weihrauch. Der Hüne schaffte Katherine zu einem eckigen Tisch in der Mitte des Raums und ließ sie so hart auf den Rücken fallen, dass ihr die Luft aus der Lunge wich. Die Tischplatte war rau und kalt. *Ist das Stein?*

Katherine hatte sich kaum orientiert, als der Tätowierte ihr den

Draht von Hand- und Fußgelenken wickelte. Unwillkürlich wollte sie sich gegen ihn wehren, doch ihre abgeschnürten Arme und Beine reagierten kaum. Der Hüne schnallte sie mit kräftigen Ledergurten an den Tisch – an den Knien, an der Hüfte, wobei er zugleich ihre Arme an den Seiten festschnürte, und schließlich über der Brust.

Es dauerte nur Augenblicke, und Katherine war schon wieder bewegungsunfähig. Ihr kribbelten die Hände und Füße, als die Blutzirkulation wieder in Gang kam.

»Mund auf«, flüsterte der Mann und leckte sich über die tätowierten Lippen.

Katherine biss angeekelt die Zähne zusammen.

Der Tätowierte streckte den Zeigefinger aus und fuhr damit langsam Katherines Lippen entlang, dass es sie kalt überlief. Sie biss die Zähne noch fester zusammen. Der Tätowierte kicherte, tastete nach einer bestimmten Stelle an ihrem Hals und drückte darauf. Katherines Mund öffnete sich ganz von selbst. Im nächsten Moment spürte sie, wie der Mann den Finger hineinschob und damit über ihre Zunge strich. Sie musste würgen, versuchte dann, den Mann zu beißen, doch schon war der Finger wieder verschwunden. Grinsend zeigte der Mann ihr die feuchte Fingerspitze. Dann schloss er die Augen und rieb sich zum zweiten Mal ihren Speichel auf die freie Stelle seiner Kopfhaut.

Seufzend schlug er die Augen wieder auf, wandte sich mit gespenstischer Ruhe ab und ging hinaus.

In der nun einsetzenden Stille fühlte Katherine das Pochen ihres Herzens. Über ihr, an der niedrigen Decke, wechselte das Licht der vielen sonderbaren Lampen von Rotviolett zu Karmesinrot. Als sie nach oben schaute, musste sie unwillkürlich staunen. Jedes Fleckchen war bemalt. Sie blickte in einen Himmel, an dem sich Sternbilder mit astrologischen Symbolen, Tabellen und Formeln mischten. Da waren Pfeile, die elliptische Bahnen vorzeichneten, geometrische Symbole, die Aufstiegswinkel angaben, und Geschöpfe der Tierkreiszeichen, die auf sie herabblickten. Es sah aus wie die Sixtinische Kapelle eines Wahnsinnigen.

Katherine drehte den Kopf auf die Seite, doch zu ihrer Linken war der Anblick auch nicht beruhigender. Eine Reihe Kerzen in mittelalterlich aussehenden Kandelabern warfen einen unsteten Schein auf eine Wand, die lückenlos mit Texten, Fotos und Zeichnungen bedeckt war. Einiges sah aus wie Papyrus oder Pergament, als wäre es aus alten Büchern herausgerissen; andere Blätter stammten erkennbar aus jüngerer Zeit. Dazwischen hingen Karten und Schaubilder. Alles war mit akribischer Sorgfalt nebeneinandergeklebt. Mit Reißzwecken war ein Netz von Fäden darüber gespannt, das alles auf unüberschaubare Weise miteinander verknüpfte.

Katherine wandte erneut den Blick ab und drehte den Kopf in die andere Richtung.

Wo sich der schrecklichste Anblick von allen bot.

Direkt neben der Steinplatte, auf der Katherine festgeschnallt war, stand ein Beistelltisch, der sie augenblicklich an die Instrumentenwagen im OP eines Krankenhauses denken ließ. Auf diesem Tisch lagen verschiedene Gegenstände aufgereiht, darunter eine Kanüle, ein Fläschchen mit dunkler Flüssigkeit und ein sonderbares Messer mit einem Griff aus Bein und blank polierter Klinge.

Mein Gott ... was hat er mit mir vor?

Kapitel 105

Als Rick Parrish von der Systems Security schwungvoll Nola Kayes Büro betrat, hielt er ein einzelnes Blatt Papier in der Hand.

»Warum hat das so lange gedauert?«, wollte Nola wissen. »Ich hatte doch gesagt, Sie sollen sofort herunterkommen.«

»Entschuldigung«, sagte Parrish und schob seine dicken Brillengläser die Nase hoch. »Ich habe nur versucht, ein bisschen mehr für Sie herauszufinden, aber …«

»Zeigen Sie mir einfach, was Sie haben.«

Parrish gab ihr den Ausdruck. »Es sind nur einzelne lesbar gemachte Textpassagen, aber das Wesentliche geht daraus hervor.«

Nola blickte verblüfft auf die Seite.

»Ich versuche noch immer zu begreifen, wie der Hacker da reingekommen ist«, sagte Parrish, »aber es sieht aus, als ob ein Webspider eine unserer Such…«

»Lassen Sie den Quatsch!«, schnauzte Nola und blickte von dem Blatt auf. »Was macht die CIA mit einer als geheim klassifizierten Datei über Pyramiden, alte Portale und eingemeißelte Symbolons?«

»Darum habe ich ja so lange gebraucht. Ich wollte sehen, auf welches Dokument man es abgesehen hatte, also habe ich den Dateipfad verfolgt.« Parrish stockte und räusperte sich. »Es hat sich herausgestellt, dass das Dokument auf einer Partition lag, zu der nur der CIA-Direktor persönlich Zugang hat.«

Nola fuhr herum und starrte ihn ungläubig an. *Satos Chef hat eine Datei über die Freimaurerpyramide?* Nola wusste, dass der derzeitige Direktor – wie viele andere aus der Chefetage – ein hochrangiger Freimaurer war, doch sie konnte sich nicht vorstellen, dass er Freimaurerwissen auf einem CIA-Computer speicherte.

Doch wenn Nola daran dachte, was sie in den letzten vierundzwanzig Stunden so alles erlebt hatte, erschien ihr nichts mehr unmöglich.

Agent Simkins lag bäuchlings in einem Gebüsch am Franklin Square. Sein Blick war auf den Säuleneingang des Almas Temple gerichtet. *Nichts.* Drinnen war nirgends Licht angegangen, und niemand hatte sich der Tür genähert. Simkins wandte den Kopf und schaute zu Bellamy hinüber. Der alte Mann lief im Park auf und ab und schien zu frieren. *Richtig* zu frieren. Simkins sah ihn zittern und schlottern.

Das Handy des Agenten vibrierte. Es war Sato.

»Wie weit ist die Zielperson über die Zeit?«, fragte sie.

Simkins blickte auf die Uhr. »Er sagte, zwanzig Minuten. Es sind jetzt fast vierzig. Da stimmt was nicht.«

»Er kommt nicht«, sagte Sato. »Blasen Sie die Sache ab.«

Simkins wusste, dass sie recht hatte. »Irgendeine Nachricht von Hartmann?«

»Nein, er hat sich von Kalorama Heights aus nicht zurückgemeldet. Ich kann ihn nicht erreichen.«

Simkins stutzte. Wenn das stimmte, war unverkennbar etwas schiefgelaufen.

»Ich habe die Zentrale angerufen«, sagte Sato. »Dort weiß man auch nicht, wo er stecken könnte.«

Verdammt. »Haben Sie die GPS-Koordinaten von dem Cadillac?«

»Ja. Eine Wohnanschrift in Kalorama Heights«, sagte Sato. »Sammeln Sie die Leute ein. Wir rücken ab.«

Sato klappte ihr Handy zu und ließ den Blick über die majestätische Skyline der Hauptstadt schweifen. Ein eisiger Wind blähte ihre leichte Jacke, und sie schlug die Arme um den Oberkörper, um sich warm zu halten. Direktor Inoue Sato war nicht die Frau, die häufig fror ... oder Angst hatte. Doch im Moment traf beides zu.

Kapitel 106

Mal'akh trug nur sein seidenes Lendentuch, als er die Rampe hinauf, durch die Stahltür und durch das Gemälde in sein Wohnzimmer eilte. *Ich muss meine Vorbereitungen treffen.* Er blickte auf den toten CIA-Agenten im Foyer. *Dieses Haus ist nicht mehr sicher.*

Die Steinpyramide in der Hand, ging Mal'akh direkt zu seinem Atelier im ersten Stock und setzte sich an seinen Laptop. Als er sich einloggte, rief er sich das Bild von Langdon unten im Tank vor Augen und fragte sich, wie viele Tage oder gar Wochen vergehen würden, bis man die Wasserleiche in dem geheimen Kellergeschoss fand. Aber das spielte keine Rolle. Bis dahin würde Mal'akh schon lange fort sein.

Langdon hat seine Aufgabe erfüllt ... und zwar brillant.

Robert Langdon hatte nicht nur die beiden Teile der Freimaurerpramide zusammengebracht, er hatte auch herausgefunden, wie das rätselhafte Muster von Symbolen auf der Unterseite zu lesen war. Auf den ersten Blick erschienen die Symbole als nicht zu entziffern, und doch war die Antwort einfach ... und offensichtlich.

Mal'akhs Laptop erwachte zum Leben. Der Bildschirm zeigte immer noch die E-Mail an, die er vorher erhalten hatte – ein Foto des goldglänzenden Decksteins, teilweise verdeckt von Warren Bellamys Finger.

The
secoret hides
within The Order
████████ Franklin Square

Eight Franklin Square, hatte Katherine zu Mal'akh gesagt. Sie hatte auch eingeräumt, dass CIA-Agenten die Umgebung des Franklin Square überwachten in der Hoffnung, Mal'akh zu ergreifen – und auch um herauszufinden, auf welche Art von »Orden« sich die Inschrift auf dem Deckstein bezog. Die Freimaurer? Die Shriners? Die Rosenkreuzer?

Alles falsch, wie Mal'akh nun wusste. *Langdon hat die Wahrheit erkannt.*

Zehn Minuten zuvor, als das Wasser ihm beinahe bis zum Mund gestiegen war, hatte der Harvard-Professor den Schlüssel zum Geheimnis der Pyramide gefunden. *»The Order Eight Franklin Square!«*, hatte er voller Panik gerufen. »Das ist des Rätsels Lösung!«

Zuerst hatte Mal'akh nicht verstanden, was er meinte.

»Es ist keine Adresse!«, hatte Langdon gekeucht, den Mund gegen das Plexiglasfenster gepresst. »Es ist ein magisches Quadrat.« Dann hatte er etwas über Albrecht Dürer gesagt ... und dass der erste Code der Pyramide ein Hinweis darauf sei, wie der letzte zu knacken war.

Mal'akh war vertraut mit magischen Quadraten – *kameas*, wie die frühen Mystiker sie nannten. Der alte Text *De Occulta Philosophia* beschrieb im Detail die mystische Kraft von magischen Quadraten und die Methoden, wie man machtvolle Siegel auf der Basis eines magischen Zahlenmusters erstellte. Und nun behauptete Langdon, ein magisches Quadrat sei der Schlüssel zur Entzifferung der Symbole auf der Pyramidenbasis.

»Sie brauchen ein magisches Quadrat mit acht mal acht Feldern!«, hatte Langdon geschrien, wobei nur noch sein Mund aus der Flüs-

sigkeit ragte. »Magische Quadrate werden nach Ordnungen klassi-
fiziert! Ein Quadrat drei mal drei ist ein Quadrat der Ordnung drei!
Ein Quadrat vier mal vier ist eins der Ordnung vier! Sie brauchen ein
Quadrat der Ordnung acht!«

Ehe die Flüssigkeit über Langdons Gesicht schwappte, hatte er
einen letzten verzweifelten Atemzug getan und etwas über einen
berühmten Freimaurer gerufen … einen amerikanischen Gründerva-
ter … einen Wissenschaftler, Mystiker, Mathematiker, Erfinder …
und Schöpfer der mystischen *kamea*, die bis heute seinen Namen
trug.

Franklin.

In diesem Augenblick hatte Mal'akh gewusst, dass Langdon recht
hatte.

Jetzt, atemlos vor Erwartung, saß Mal'akh an seinem Laptop. Er
ließ eine rasche Websuche durchlaufen, bekam Dutzende von Tref-
fern, wählte einen aus und begann zu lesen.

DAS FRANKLIN-QUADRAT
DER ORDNUNG ACHT

Eines der bekanntesten magischen Quadrate der Geschichte
ist das Quadrat achter Ordnung, 1769 von dem amerikanischen Wissenschaftler Benjamin Franklin veröffentlicht, das
berühmt wurde für die nie zuvor gesehene Einbeziehung
der »gebrochenen Diagonalen«. Franklins Besessenheit, was
diese mystische Kunstform angeht, ist wahrscheinlich auf
seine persönlichen Verbindungen mit den prominenten Alchimisten und Mystikern seiner Zeit zurückzuführen, die –
ebenso wie Franklins Glaube an die Astrologie – auch die
Grundlage für die Vorhersagen in seinem *Poor Richard's Al-
manack* bildeten.

52	61	4	13	20	29	36	45
14	3	62	51	46	35	30	19
53	60	5	12	21	28	37	44
11	6	59	54	43	38	27	22
55	58	7	10	23	26	39	42
9	8	57	56	41	40	25	24
50	63	2	15	18	31	34	47
16	1	64	49	48	33	32	17

Mal'akh studierte Franklins berühmte Schöpfung – ein einzigartiges Arrangement der Zahlen 1 bis 64 –, in der sich sämtliche Reihen, Spalten und Diagonalen zu derselben magischen Konstanten aufaddierten.

The secret hides within The Order Eight Franklin Square.

Das Geheimnis verbirgt sich im Franklin-Quadrat der Ordnung acht.

Mal'akh lächelte. Zitternd vor Aufregung nahm er die Steinpyramide, drehte sie um und betrachtete die Unterseite.

Diese vierundsechzig Symbole mussten neu angeordnet und in anderer Reihenfolge wiedergegeben werden. Die Abfolge wurde dabei von den Zahlen in Franklins magischem Quadrat bestimmt. Zwar konnte Mal'akh sich nicht vorstellen, wie dieses chaotische Muster in einer anderen Anordnung plötzlich Sinn ergeben könnte, doch er glaubte an die alte Verheißung.

Ordo ab chao.

Sein Herz klopfte heftig, als er ein Blatt Papier nahm und ein Gitter von acht mal acht Kästchen darauf zeichnete. Dann machte er sich daran, die Symbole in ihre neu definierten Positionen einzusetzen, eins nach dem anderen. Zu seinem Erstaunen zeichnete sich bald ein Sinn in dem Muster ab.

Ordnung aus dem Chaos.

Mal'akh vollendete die gesamte Dechiffrierung und starrte ungläubig auf die Lösung, die vor ihm lag. Ein Bild hatte Gestalt angenommen. Das durcheinandergewürfelte Muster war neu geordnet worden ... transformiert ... und auch wenn Mal'akh die Bedeutung der gesamten Botschaft noch nicht begriff, verstand er genug ... genug, um zu wissen, wohin er nun gehen musste.

Die Pyramide zeigt den Weg.

Das Muster wies auf eine der großen mystischen Stätten der Welt hin. Unglaublicherweise war es derselbe Ort, an dem Mal'akh bereits in seiner Fantasie, seinen Träumen und Wünschen stets seine Reise vollendet hatte.

Schicksal.

apitel 107

ie Oberfläche des Steintisches war kalt in Katherines Rücken. Immer wieder schoss ihr der entsetzliche Anblick durch den Kopf, wie Langdon in dem Tank um sein Leben kämpfte. Außerdem musste sie ständig an ihren Bruder denken. *Ist Peter ebenfalls tot?* Und dann das sonderbare Messer auf dem Instrumententisch ... Katherine erschauderte bei dem Gedanken daran, was ihr möglicherweise bevorstand.

Ist das wirklich das Ende?

Seltsamerweise kam ihr plötzlich ihre Forschungsarbeit in den Sinn ... die Noetik ... ihr großer wissenschaftlicher Durchbruch. *Alles umsonst ... alles in Rauch aufgegangen.* Sie würde der Welt ihre Ergebnisse nicht mehr mitteilen können. Ihre aufregendste Entdeckung war erst wenige Monate alt und hatte das Potenzial, die allgemeine, althergebrachte Auffassung vom Tod zu revolutionieren. Der Gedanke an dieses Experiment war jetzt unerwartet tröstlich.

Als junges Mädchen hatte Katherine sich oft gefragt, ob es ein Leben nach dem Tod gab. *Gibt es den Himmel wirklich? Was passiert, wenn wir sterben?* Als sie älter wurde, machte das wissenschaftliche Studium alle fantasievollen Vorstellungen vom Paradies, von der Hölle oder einem Leben nach dem Tod zunichte. Nach und nach akzeptierte sie, dass der Gedanke vom »Leben nach dem Tod« nur ein menschliches Konstrukt war ... ein Märchen, das die schreckliche Wahrheit des Sterbens erträglicher machen sollte.

Das habe ich jedenfalls geglaubt ...

Vor einem Jahr hatte sie mit ihrem Bruder eine der ältesten Fragen der Philosophie erörtert – die Existenz der menschlichen Seele; insbesondere, ob der Mensch ein Bewusstsein habe, das außerhalb des Körpers überleben könne.

Sie waren beide der Meinung, dass es solch eine menschliche Seele gab – eine Ansicht, wie sie auch die meisten alten Philosophen vertreten hatten. Die buddhistische und brahmanische Weisheit folgte der Vorstellung der Seelenwanderung, wonach die Seele nach dem Tod in einen neuen Körper übergeht. Die Platoniker bezeichneten den Körper als Gefängnis, aus dem die Seele flieht, und die Stoiker nannten sie *apospasma tou theou* – eine »Abscheidung der Gottheit« – und glaubten, sie werde im Tod von Gott zurückgerufen.

Die Existenz der menschlichen Seele, stellte Katherine mit einiger Enttäuschung fest, war vermutlich eine Vorstellung, die sich wissenschaftlich nicht beweisen ließ. Bestätigen zu wollen, dass das Bewusstsein nach dem Tod außerhalb des menschlichen Körpers weiterlebt, war ungefähr so, als würde man einen Rauchkringel ausstoßen und hoffen, ihn Jahre später noch vorzufinden.

Nach dieser Diskussion hatte Katherine eine sonderbare Idee gehabt. Peter erwähnte damals das Buch Genesis und die dort vertretene Auffassung der Seele – *Neshamah* im Hebräischen – als Geist des Menschen im Sinne eines vom Körper unabhängigen Intellekts. Dabei kam Katherine die Idee, dass das Wort »Intellekt« das Vorhandensein von Gedanken implizierte. Die Noetik ging davon aus, dass Gedanken stoffliche Substanz besaßen, und so lag die Vermutung nahe, dass dies auch für die menschliche Seele galt.

Kann ich eine menschliche Seele wiegen?

Der Gedanke war lächerlich. Es war albern, auch nur darüber nachzudenken.

Drei Tage später jedoch fuhr Katherine aus dem Schlaf hoch, zog sich eilig an, fuhr zum Labor und begann augenblicklich mit einem

Experiment, das verblüffend einfach, zugleich aber erschreckend anmaßend war.

Katherine wusste nicht, ob es überhaupt funktionieren würde, und beschloss, Peter erst davon zu berichten, wenn ihre Arbeit abgeschlossen war. Es dauerte vier Monate, dann bat sie Peter in ihr Labor und zeigte ihm ein Gerät, das sie hinten im Lagerraum verborgen gehalten hatte.

»Ich habe es selbst entworfen und gebaut«, sagte sie, als Peter vor ihrer Erfindung stand. »Kannst du dir denken, was es ist?«

Ihr Bruder musterte die sonderbare Apparatur. »Ein Brutkasten?«

Katherine lachte und schüttelte den Kopf, obwohl die Vermutung gar nicht so abwegig war: Das Gerät sah tatsächlich wie ein Krankenhaus-Brutkasten für Frühgeborene aus. Es hatte jedoch die Größe für einen Erwachsenen – eine lange, luftdichte, durchsichtige Plastikkapsel, die an futuristische Schlaftanks erinnerte. Sie stand auf einer großen elektronischen Apparatur.

»Vielleicht hilft dir das auf die Sprünge«, sagte Katherine und schob den Stecker in die Steckdose. Eine Digitalanzeige leuchtete auf, und Zahlen wechselten hin und her, während Katherine die Nulltarierung vornahm.

Danach stand auf dem Display: 0,0000000000 kg.

»Eine Waage?«, fragte Peter verwundert.

»Nicht irgendeine Waage.« Katherine nahm ein Stückchen Papier von einem Arbeitsplatz und legte es auf die Kapsel. Wieder sprangen die Ziffern hin und her, bis eine neue Anzeige erschien: 0,0008194325 kg.

»Eine Präzisionswaage«, sagte Katherine, »die auf den Bruchteil eines Mikrogramms genau misst.«

Peter blickte noch immer verständnislos drein. »Du hast eine Präzisionswaage gebaut ... für Personen?«

»Genau.« Katherine hob den transparenten Deckel an. »Wenn ich jemanden hineinsteigen lasse und diesen Deckel schließe, befindet der Betreffende sich in einer vollkommen dichten Zelle. Nichts weicht nach draußen. Kein Gas, keine Flüssigkeit, keine Staubpartikel. Nichts kann entweichen: keine Atemluft, keine Schweißdünste, keine Körperflüssigkeit, gar nichts.«

Peter fuhr sich durch das dichte, graue Haar – eine nervöse Geste, die er mit seiner Schwester gemein hatte. »Hm ... man würde ziemlich schnell darin ersticken.«

Katherine nickte. »Nach ungefähr sechs Minuten, je nach Atemfrequenz.«

Peter schüttelte den Kopf. »Ich muss gestehen, das verstehe ich nicht.«

Sie lächelte. »Das wirst du gleich.«

Sie ging mit Peter in den Kontrollraum des Würfels und ließ ihren Bruder vor dem Plasmaschirm Platz nehmen. Dann tippte sie auf einer Tastatur, um auf einige Videodateien zuzugreifen, die in den holografischen Datenspeichern lagen. Als die Aufnahme auf dem Plasmabildschirm erschien, hätte man zunächst an ein Familienvideo denken können.

Die Kamera schwenkte über ein schlichtes Schlafzimmer mit einem ungemachten Bett, Medizinflaschen, einem Beatmungsgerät und einem Herzmonitor. Als in der Mitte des Zimmers schließlich Katherines Waage ins Bild kam, verschlug es Peter die Sprache.

Der Deckel stand offen, und drinnen lag ein Greis mit einer Sauerstoffmaske auf dem Gesicht. Seine Frau und ein Pfleger standen neben ihm. Der Alte atmete mühsam, und seine Augen waren geschlossen.

»Er war einer meiner Professoren in Yale«, sagte Katherine. »Wir sind über die Jahre hinweg in Kontakt geblieben. Er hat immer betont, dass er seinen Körper einmal der Wissenschaft zur Verfügung stellen würde. Wie du siehst, ist er todkrank. Als ich ihm von meinem Experiment erzählte, hat er sich sofort zur Verfügung gestellt.«

Peter schaute sich stumm die aufgezeichnete Szene an.

Der Pfleger drehte sich gerade zu der Ehefrau um. »Es ist so weit. Er ist bereit.«

Die Frau tupfte sich die tränennassen Augen und nickte. »Gut.«

Ganz behutsam griff der Pfleger in die Kapsel und nahm dem Mann die Sauerstoffmaske ab. Der Todkranke bewegte sich ein wenig, ließ die Augen aber geschlossen. Dann schob der Pfleger die medizinischen Geräte beiseite, sodass der sterbenskranke Mann in der Mitte des Zimmers lag, fern aller Geräte und Lebenserhaltungssysteme.

Die Frau ging zu der Kapsel, beugte sich hinunter und gab ihrem Mann einen Kuss auf die Stirn. Er machte die Augen nicht auf, verzog nur die Lippen zu einem liebevollen Lächeln.

Ohne die Sauerstoffmaske atmete er noch angestrengter. Er war offenbar dem Tod ganz nah. Mit bewundernswerter Beherrschung senkte die Frau den Deckel herab und verschloss die Kapsel, wie Katherine es ihr gezeigt hatte.

Peter fuhr entsetzt zu ihr herum. »Katherine, was soll das werden, um Himmels willen?«

»Schon gut«, flüsterte sie. »Es ist reichlich Luft in der Kapsel.« Sie hatte die Aufnahme schon Dutzende Male gesehen, bekam aber jedes Mal aufs Neue heftiges Herzklopfen, so sehr rührte es sie an. Sie deutete auf die Ziffernanzeige unterhalb des verschlossenen Behälters. Dort stand:

51,4534644001 kg

»Das ist sein Körpergewicht«, sagte sie leise.

Die Atmung des Eingeschlossenen wurde flacher, und Peter beugte sich wie gebannt nach vorn.

»Er wollte es so«, flüsterte Katherine. »Sieh zu, was passiert.«

Die Ehefrau trat zurück und setzte sich auf das Bett, wo sie gemeinsam mit dem Pfleger schweigend zuschaute.

Innerhalb der nächsten sechzig Sekunden atmete der Mann immer schneller, bis er schließlich seinen letzten Atemzug tat, als hätte er diesen Augenblick selbst bestimmt.

Es war vorbei.

Die Frau und der Pfleger trösteten einander. Weiter geschah nichts auf der Aufzeichnung.

Nach ein paar Sekunden blickte Peter seine Schwester fragend an.

Warte noch, bedeutete sie ihm stumm und lenkte seinen Blick auf die Digitalanzeige der Kapsel, die das Körpergewicht des Toten angab.

Dann geschah es.

Als Peter es sah, fuhr er zurück und wäre fast mit dem Stuhl umgekippt. »Aber … das ist doch …« Er schlug sich erschrocken die Hand vor den Mund. »Ich kann es nicht …«

Es kam selten vor, dass dem souveränen Peter Solomon die Worte fehlten. Doch Katherine hatte die ersten Male, als sie sich die Aufnahme angeschaut hatte, genauso reagiert.

Wenige Augenblicke nach dem Tod des Mannes zeigte die Waage eine kleinere Zahl an. Der Tote war *leichter* geworden. Der Gewichtsunterschied war winzig, aber messbar … und die Schlussfolgerung absolut unglaublich.

Katherine erinnerte sich, wie sie mit zitternder Hand in ihr Versuchsprotokoll geschrieben hatte: *Es scheint eine unsichtbare Substanz zu geben, die den menschlichen Körper im Moment des Todes verlässt. Sie hat eine quantifizierbare Masse, die stoffliche Barrieren ungehindert durchdringt. Ich muss annehmen, dass sie sich in einer Dimension bewegt, die ich noch nicht erfassen kann.*

Sie konnte Peter ansehen, dass er begriffen hatte. »Katherine …«, flüsterte er und blinzelte, als müsse er sich vergewissern, dass er nicht träumte. »Ich glaube, du hast die menschliche Seele gewogen.«

Eine ganze Weile schwiegen sie.

Katherine spürte, wie ihr Bruder versuchte, all die Auswirkungen und Weiterungen zu überblicken. *Es wird seine Zeit brauchen.* Wenn das, was sie soeben gesehen hatten, tatsächlich dem Anschein entsprach – wenn also der Beweis erbracht war, dass eine Seele oder ein Bewusstsein oder eine Lebenskraft sich außerhalb der körperlichen Sphäre bewegen konnte –, dann würde dies auf zahlreiche mystische Fragen – Seelenwanderung, kosmisches Bewusstsein, Nahtoderfahrung, Astralreisen, Fernwahrnehmung und Ähnliches – ein völlig neues Licht werfen. In medizinischen Zeitschriften fanden sich zuhauf Berichte über Patienten, die auf dem Operationstisch gestorben waren, ihren Körper von oben gesehen hatten und dann ins Leben zurückgeholt worden waren.

Peter schwieg, und Katherine sah schließlich, dass er Tränen in den Augen hatte. Sie konnte es sehr gut verstehen. Sie hatte ebenfalls geweint. Sie hatten geliebte Familienangehörige verloren, und für jemanden in dieser Lage war selbst das schwächste Indiz, dass der Geist eines Menschen weiterlebte, ein Trost.

Er denkt an Zachary. Katherine sah die Schwermut im Blick ihres Bruders. Er hatte ihr oft gesagt, es sei der größte Fehler seines Lebens gewesen, dass er seinen Sohn damals im Gefängnis gelassen habe, und er könne es sich nie verzeihen.

Eine zuschlagende Tür riss Katherine aus ihren Gedanken, sodass sie mit einem Mal wieder in dem Kellerraum auf dem kalten Steintisch lag. Die Stahltür an der Rampe war zugefallen, und der Tätowierte kam zurück. Sie konnte ihn hören, wie er in andere Räume ging und dort hantierte; dann trat er wieder in den Flur und näherte sich dem Raum, in dem Katherine lag. Als er hereinkam, schob er irgendetwas vor sich her. Soweit sie es hören konnte, war es etwas Schweres, das mit Rädern versehen war. Dann trat er damit ins Licht, und Katherine traute ihren Augen nicht. Der Tätowierte schob einen Mann in einem Rollstuhl.

Natürlich erkannte Katherine ihn sofort, doch innerlich weigerte sie sich zu akzeptieren, was sie sah.

Peter?

Sie wusste nicht, ob sie überglücklich sein sollte, weil er noch lebte … oder starr vor Grauen. Peter war am ganzen Leib glatt rasiert. Sein dichtes, graues Haupthaar war verschwunden, ebenso die Augenbrauen, und er glänzte wie eingeölt. Er war mit einem langen schwarzen Seidenhemd bekleidet, und wo seine rechte Hand hätte sein sollen, war ein frisch bandagierter Stumpf. Seine schmerzerfüllten Augen suchten ihren Blick.

»Peter!«, brachte sie krächzend hervor.

Er wollte etwas sagen, brachte aber nur erstickte Laute hervor. Jetzt sah sie auch, dass er geknebelt und an den Rollstuhl gefesselt war.

Der Tätowierte strich Peter sanft über den rasierten Kopf. »Ich habe Ihren Bruder für eine große Ehre vorbereitet. Er hat heute Nacht eine wichtige Rolle zu spielen.«

Katherine versteifte sich am ganzen Leib. *Nein …*

»Peter und ich werden gleich gehen, aber ich dachte, Sie wollten sich noch verabschieden.«

»Wo bringen Sie ihn hin?«, fragte sie kraftlos.

Er lächelte. »Peter und ich müssen zum heiligen Berg. Dort liegt der Schatz. Die Freimaurerpyramide hat die Lage des Ortes preisgegeben. Ihr Freund Robert Langdon war dabei äußerst hilfreich.«

Katherine sah ihrem Bruder in die Augen. »Er hat Robert … getötet.«

Peter Solomon verzog gequält das Gesicht und schüttelte heftig den Kopf, als könne er es nicht mehr ertragen.

»Na, na, Peter«, sagte ihr Entführer und tätschelte wieder den geschorenen Schädel. »Lassen Sie sich den Abschied nicht vermiesen. Sagen Sie auf Wiedersehen zu Ihrer kleinen Schwester. Das ist das letzte Familientreffen.«

Katherine wurde von Verzweiflung erfasst. »Warum tun Sie das?«, schrie sie ihn an. »Was haben wir Ihnen getan? Warum hassen Sie unsere Familie so sehr?«

Der Tätowierte kam zu ihr und beugte sich an ihr Ohr. »Ich habe meine Gründe, Katherine.« Dann ging er an den Beistelltisch, nahm das sonderbare Messer und fuhr ihr mit der glänzenden Klinge über die Wange. »Das ist möglicherweise das berühmteste Messer der Geschichte.«

Katherine wusste nichts von berühmten Messern, aber es sah unheilvoll und alt aus. Die Klinge fühlte sich sehr scharf an.

»Keine Sorge«, sagte er. »Ich habe nicht die Absicht, seine Kraft an Ihnen zu vergeuden. Ich spare es für ein würdigeres Opfer auf... und für einen heiligen Ort.« Er drehte sich zu ihrem Bruder um. »Peter, Sie erkennen das Messer, nicht wahr?«

Peter riss entsetzt und ungläubig die Augen auf.

»Ja, Peter, dieses alte Stück existiert noch. Ich habe viel Geld dafür bezahlt... und es eigens für Sie erworben. Zu guter Letzt werden wir unsere gemeinsame schmerzliche Reise zu Ende bringen können.«

Er schlug das Messer zusammen mit den anderen Dingen – Weihrauch, Phiolen, weißen Tüchern und lauter rituellem Zeug – sorgsam in ein Tuch ein und steckte alles in Robert Langdons lederne Umhängetasche, dazu die Freimaurerpyramide und den Deckstein. Katherine beobachtete hilflos, wie der Mann den Reißverschluss zuzog und sich ihrem Bruder zuwandte.

»Passen Sie gut darauf auf, Peter.« Er legte ihm die Tasche in den Schoß.

Als Nächstes ging er an eine Schublade und kramte darin. Man hörte das Klirren kleiner Metallgegenstände. Als er zu Katherine kam, nahm er ihren rechten Arm und hielt ihn ausgestreckt fest. Katherine konnte nicht sehen, was der Mann tat, doch Peter sah es offenbar genau, denn er bäumte sich heftig in seinem Rollstuhl auf.

Katherine spürte einen schmerzhaften Stich in der Ellenbeuge und dann ein warmes Rinnsal. Peter gab angstvolle Laute von sich und versuchte vergeblich, sich loszureißen. In Katherines Unterarm breitete sich eine kalte Taubheit bis in die Fingerspitzen aus.

Als der Mann ihren Arm freigab, sah sie, warum ihr Bruder so entsetzt war. In der Vene steckte eine Kanüle wie etwa beim Blutspenden, nur war kein Röhrchen aufgesteckt, sodass das Blut ungehindert strömte. Es lief am Arm entlang auf die Steinplatte.

»Ein menschliches Stundenglas«, sagte der Tätowierte zu Peter. »Wenn ich Sie nachher bitten werde, Ihre Rolle zu spielen, sollten Sie in Gedanken bei Katherine sein.«

Auf Peters Gesicht malten sich Höllenqualen ab.

»Sie wird noch ungefähr eine Stunde lang am Leben sein«, sagte der Tätowierte. »Wenn Sie kooperieren, werde ich noch Zeit haben, Ihre Schwester zu retten. Wenn Sie sich widersetzen, wird sie hier sterben, ganz allein und im Dunkeln.«

Durch seinen Knebel stieß Peter einen unverständlichen Schrei aus.

»Ich weiß, ich weiß«, sagte der Tätowierte und legte ihm eine Hand auf die Schulter. »Das fällt Ihnen schwer. Sollte es aber nicht. Schließlich ist es nicht das erste Mal, dass Sie einen Familienangehörigen im Stich lassen.« Er hielt inne, beugte sich herab und flüsterte ihm ins Ohr. »Ich meine natürlich die Episode im Gefängnis von Soganlik.«

Peter zerrte an seinen Fesseln und stieß einen weiteren Schrei aus, der von dem Knebel erstickt wurde.

»Aufhören!«, schrie Katherine.

»Ich erinnere mich sehr gut an damals«, höhnte der Mann. »Ich habe alles gehört. Der Gefängnisdirektor bot Ihnen an, Ihren Sohn freizulassen, aber Sie zogen es vor, Zachary eine Lektion zu erteilen – indem Sie ihn dortließen. Ihr Junge hat die Lektion gelernt, nicht wahr?« Der Mann lächelte. »Sein Verlust war mein Gewinn.«

Jetzt holte er ein Leinentuch hervor und stopfte es Katherine in den Mund. »Das Sterben sollte eine stille Angelegenheit sein.«

Peter wand sich heftig. Ohne ein weiteres Wort zog der Tätowierte den Rollstuhl langsam rückwärts aus dem Raum, um Peter einen langen letzten Blick auf seine Schwester zu verschaffen.

Katherine und Peter sahen sich noch einmal in die Augen.

Dann verschwand er aus ihrem Blickfeld.

Katherine konnte sie auf der Rampe hören. Die Stahltür fiel zu, und es klickte im Schloss. Die Schritte näherten sich dem Gemälde der Drei Grazien. Kurz darauf hörte sie, wie ein Wagen angelassen wurde.

Dann war es still im Haus.

Katherine lag blutend im Dunkeln.

Kapitel 108

Robert Langdon schwebte in einem endlosen Abgrund.

Kein Licht. Kein Geräusch. Kein Gefühl.

Nur unendliche, stille Leere.

Weichheit.

Gewichtslosigkeit.

Sein Körper hatte ihn verlassen. Er war aller Fesseln ledig.

Die physische Welt existierte nicht mehr. Die Zeit gab es nicht mehr.

Er war nun reines Bewusstsein ... als körperlose Empfindung schwebte er in der Leere eines grenzenlosen Universums.

Kapitel 109

Der modifizierte Black-Hawk-Hubschrauber zog tief über die weiten Hausdächer von Kalorama Heights hinweg und donnerte den Koordinaten entgegen, die er erhalten hatte. Den schwarzen Cadillac, der vor einem der Herrenhäuser quer auf dem Rasen parkte, entdeckte Agent Simkins als Erster. Das Tor vor der Einfahrt war geschlossen; das Haus lag dunkel und ruhig da. Sato gab Befehl zur Landung.

Hart setzte der Hubschrauber auf dem Rasen zwischen mehreren Fahrzeugen auf. Eines davon war der Wagen eines Wachdienstes mit einer Drehspiegelleuchte auf dem Dach.

Simkins und sein Team sprangen aus dem Helikopter und stürmten auf die Veranda. Als die Haustür sich als verschlossen erwies, spähte Simkins durch ein Fenster. Das Foyer war dunkel, doch der CIA-Agent machte den undeutlichen Umriss eines Körpers aus, der am Boden lag.

»Scheiße«, flüsterte er. »Das ist Hartmann.«

Einer seiner Leute packte einen Verandastuhl und zerschlug damit das Erkerfenster. Im Dröhnen des Hubschraubers hinter ihnen war das Klirren der zerspringenden Glasscheibe kaum zu hören. Sekunden später waren alle im Haus. Simkins eilte ins Foyer, kniete sich neben Hartmann und tastete nach dessen Puls. Nichts. Überall war Blut. Da erst sah er den Schraubenzieher, der aus Hartmanns Kehle ragte.

Oh, verdammt. Simkins sprang auf und bedeutete seinen Leuten, mit einer gründlichen Durchsuchung des Hauses zu beginnen.

Die Agenten schwärmten ins Erdgeschoss aus. Ihre Visierlaser durchschnitten die Dunkelheit. Im Wohnzimmer und im Arbeitszimmer fanden sie nichts; im Esszimmer jedoch entdeckten sie zu ihrem Erstaunen eine erwürgte Frau in der Uniform des Wachdienstes. Simkins gab jede Hoffnung auf, dass Robert Langdon und Katherine Solomon noch lebten. Der brutale Mörder hatte ihnen eine Falle gestellt, und wenn es ihm gelungen war, einen CIA-Agenten und eine bewaffnete Security-Mitarbeiterin zu töten, konnten zwei Wissenschaftler gegen diesen Killer erst recht keine Chance gehabt haben.

Als das Erdgeschoss gesichert war, schickte Simkins zwei Agenten in die obere Etage. Gleichzeitig entdeckte er in der Küche eine Kellertreppe und stieg sie hinunter. Am unteren Ende der Stufen schaltete er das Licht ein. Der Keller war groß und aufgeräumt; er erweckte den Eindruck, als würde er kaum jemals benutzt. Boiler, nackte Betonwände, ein paar Kisten. *Hier ist nichts.* Simkins kehrte in die Küche zurück, als seine Leute gerade aus dem Obergeschoss herunterkamen. Alle schüttelten den Kopf.

Das Haus war leer.

Es gab keine weiteren Leichen.

Simkins übermittelte Sato die bedrückenden Nachrichten.

Als Simkins das Foyer betrat, kam Sato bereits die Stufen zur Veranda hinauf. Hinter ihr war Warren Bellamy zu sehen, der benommen und allein im Helikopter saß, Satos Aluminiumkoffer zu seinen Füßen. Der abgesicherte Laptop verschaffte Sato über verschlüsselte Satellitenverbindungen einen Zugang zu sämtlichen Computersystemen der CIA weltweit. Vor kurzer Zeit erst hatte sie Bellamy mithilfe dieses Computers etwas gezeigt, das den Mann dermaßen bestürzt hatte, dass er seither vorbehaltlos mit Sato und ihren Leuten zusammenarbeitete. Simkins wusste nicht, was Bellamy gesehen hatte, doch was es auch war, der Architekt des Kapitols schien seitdem unter Schock zu stehen.

Als Sato ins Foyer kam, hielt sie einen Augenblick bei Hartmanns

Leiche inne und neigte den Kopf als Geste des Respekts. Dann hob sie den Blick und fixierte Simkins. »Kein Zeichen von Langdon oder Katherine? Oder von Peter Solomon?«

Simkins schüttelte den Kopf. »Wenn sie noch leben, hat er sie mitgenommen.«

»Haben Sie im Haus einen Computer gesehen?«

»Jawohl, Ma'am. Im Büro.«

»Zeigen Sie ihn mir.«

Simkins führte Sato aus dem Foyer ins Wohnzimmer. Auf dem dicken Teppich lagen die Scherben des eingeschlagenen Fensters. Sie gingen an einem Kamin vorbei, einem großen Gemälde und mehreren Bücherregalen und erreichten eine Bürotür. In dem holzvertäfelten Arbeitszimmer stand ein antiker Schreibtisch mit einem großen Computermonitor. Sato ging hinter den Schreibtisch und blickte auf den Bildschirm. Augenblicklich verdüsterte sich ihr Gesicht.

»Verdammt«, stieß sie leise hervor.

Simkins kam zu ihr und blickte ebenfalls auf den Monitor. Er war leer. »Was stimmt denn nicht?«

Sato wies auf die leere Dockingstation auf dem Schreibtisch. »Der Kerl benutzt einen Laptop. Er hat ihn mitgenommen.«

Simkins konnte ihr nicht folgen. »Hat er Informationen, die Sie sehen wollen?«

»Nein«, erwiderte Sato düster. »Er hat Informationen, die *niemand* sehen soll.«

Unter ihnen, im verborgenen Keller, hatte Katherine Solomon die Geräusche der Rotorblätter gehört, gefolgt vom Klirren berstenden Glases und schweren Schritten auf dem Boden über ihr. Sie hatte versucht, um Hilfe zu rufen, doch der Knebel machte es unmöglich. Sie konnte kaum einen Laut von sich geben. Je mehr sie sich anstrengte, desto rascher strömte ihr das Blut aus der Armbeuge.

Sie hatte das Gefühl zu ersticken, und ihr war schwindlig.

Sie wusste, dass sie sich beruhigen musste. *Gebrauche deinen Verstand.* Mit aller Macht versuchte sie sich in einen meditativen Zustand zu versetzen.

Robert Langdon trieb durch die Weite des Raums. Er sah in die unendliche Leere und suchte nach irgendeinem Bezugspunkt.

Er fand nichts.

Vollkommene Schwärze. Vollkommenes Schweigen. Vollkommener Friede.

Er spürte nicht einmal den Zug der Schwerkraft, der ihm verraten hätte, wo oben und wo unten war. Sein Körper war verschwunden. *Ich muss tot sein.*

Die Zeit schien sich zu verkürzen, zu dehnen und zu komprimieren, als wäre sie nicht mehr im Hier verankert. Er hatte jedes Zeitgefühl verloren. Wie viel Zeit war verstrichen?

Zehn Sekunden? Zehn Minuten? Zehn Tage?

Plötzlich begannen wie ferne, feurige Explosionen in weit entfernten Galaxien Erinnerungen zu materialisieren, die wie Schockwellen durch ein unermessliches Nichts auf Langdon zutrieben.

Und mit einem Mal kehrten Robert Langdons Erinnerungen zurück. Die Bilder durchfuhren ihn; sie waren lebendig und verstörend. Er blickte zu einem Gesicht hoch, das mit Tätowierungen bedeckt war. Ein Paar kräftiger Hände hob seinen Kopf und rammte ihn auf den Boden.

Schmerz ... dann Dunkelheit.

Graues Licht.

Pochen.

Erinnerungsfetzen. Langdon war halb bewusstlos nach unten gezerrt worden, tiefer, noch tiefer. Der Mann, der ihn in seiner Gewalt hatte, hatte etwas gesungen.

Verbum significatum ... Verbum omnificum ... Verbum perditum ...

Kapitel 110

Direktor Sato stand allein im Arbeitszimmer und wartete, dass die Spezialisten der CIA für die Auswertung von Satellitenbildern ihre Anfrage bearbeiteten. Wenn man im District of Columbia arbeitete, genoss man eine Reihe von Vorzügen, und dazu gehörte die ununterbrochene Satellitenbeobachtung. Mit etwas Glück war einer der Satelliten in der passenden Position gewesen und hatte in dieser Nacht Aufnahmen dieses Hauses gemacht... und dabei vielleicht ein Fahrzeug fotografiert, das innerhalb der letzten halben Stunde das Anwesen verlassen hatte.

»Bedaure, Ma'am«, sagte der Satellitentechniker. »Diese Koordinaten wurden heute Nacht nicht abgemustert. Möchten Sie Neupositionierung beantragen?«

»Nein. Zu spät.« Sie legte auf.

Sato seufzte. Wie sollten sie nun herausfinden, wohin die Zielperson verschwunden war?

Sie ging ins Foyer, wo ihre Leute Agent Hartmann in einen Leichensack gesteckt hatten und diesen anhoben, um ihn zum Hubschrauber zu tragen. Sato hatte Simkins befohlen, seine Leute zu sammeln und für die Rückkehr nach Langley vorzubereiten, doch Simkins kauerte auf allen vieren auf dem Wohnzimmerteppich. Er sah aus, als wäre ihm übel.

»Stimmt was nicht?«

Mit einem merkwürdigen Ausdruck blickte Simkins auf. »Sehen Sie das auch?« Er wies auf den Wohnzimmerboden.

Sato ging zu ihm und schaute auf den dicken Teppich. Sie entdeckte nichts und schüttelte den Kopf.

»Sie müssen sich hinknien«, sagte Simkins. »Schauen Sie sich den Flor an.«

Sato tat, was er gesagt hatte. Im nächsten Moment sah sie es auch: Der Teppichflor wirkte stellenweise wie niedergedrückt... zwei gerade Linien zogen sich darüber, als wäre etwas Schweres auf Rädern durchs Zimmer gerollt worden.

»Merkwürdig ist vor allem«, sagte Simkins, »wohin die Spur führt.« Er wies in die Richtung.

Satos Blick folgte den schwach erkennbaren parallelen Linien über den Wohnzimmerteppich. Sie schienen unter einem großen, vom Boden bis zur Decke reichenden Gemälde zu verschwinden, das neben dem Kamin hing. *Was ist das, um alles in der Welt?*

Simkins ging zu dem Bild und versuchte, es von der Wand zu heben, konnte es aber keinen Millimeter bewegen. »Es scheint fest mit der Wand verbunden zu sein«, sagte er und fuhr mit den Fingern an den Kanten entlang. »Warten Sie... da ist etwas darunter...« Sein Finger drückte einen kleinen Hebel hinter der Unterkante, und es klickte.

Als Simkins gegen den Rahmen drückte, rotierte das gesamte Gemälde langsam um seine Mittelachse, als wäre es eine Drehtür.

Agent Simkins hob die Taschenlampe und leuchtete in den dunklen Raum dahinter.

Sato kniff die Augen zusammen. *Was haben wir denn da?*

Am Ende eines kurzen Gangs sah sie eine Stahltür.

Die Erinnerungen, die durch die Schwärze in Langdons Geist herangewogt waren wie Nebelschwaden, hatten ihn erreicht und waren wieder vergangen. In ihrem Kielwasser wirbelten rot glühende Funken zu einem vertrauten fernen Wispern.

Verbum significatum... Verbum omnificum... Verbum perditum.

Der Gesang setzte sich fort wie die Rezitation bei einem mittelalterlichen Choral.

Verbum significatum . . . Verbum omnificum. Die Worte taumelten durch die Leere, und neue Stimmen hallten überall um ihn her wider.

Apokalypse ... Franklin ... Apokalypse ... Verbum ... Apokalypse ...

Mit einem Mal begann irgendwo, weit entfernt, mit wehmütigem Klang eine Glocke zu läuten. Sie wurde lauter, klang immer drängender, als hoffte sie, Langdon würde begreifen – als beschwor sie ihn, ihr zu folgen.

Kapitel 111

Volle drei Minuten lang schlug die Glocke oben im Turm und ließ den schweren Kristalllüster über Langdons Kopf kaum merklich beben. Vor Jahrzehnten hatte er sich in diesem schönen Raum, der Aula der Phillips Exeter Academy, Vorträge angehört. Heute jedoch war er hier, weil ein guter Freund vor der versammelten Studentenschaft sprach. Als das Licht gedämpft wurde, nahm Langdon unter einer Reihe von Porträts ehemaliger Direktoren an der hinteren Wand Platz. Das Getuschel der Menge verstummte.

In völliger Dunkelheit überquerte eine hochgewachsene, dunkle Gestalt die Bühne und trat ans Podium. »Guten Morgen«, wisperte die gesichtslose Stimme ins Mikrofon.

Alle setzten sich gerade auf und versuchten zu sehen, wer da sprach.

Ein Diaprojektor leuchtete auf und warf ein verblichenes Foto in Sepiafarben auf die Leinwand – eine beeindruckende Burg mit roter Sandsteinfassade, hohen, quadratischen Türmen und gotischen Verzierungen.

Der Schatten sprach erneut. »Wer kann mir sagen, wo das ist?«

»In England!«, rief ein Mädchen in der Dunkelheit. »Die Fassade zeigt eine Mischung frühgotischer und spätromanischer Stilelemente, weshalb es sich um eine typische normannische Burg aus dem England des 12. Jahrhunderts handeln muss.«

»Ausgezeichnet«, entgegnete die gesichtslose Stimme. »Da kennt sich aber jemand mit Architektur aus.«

Leises Ächzen ringsum.

»Leider«, fuhr der Schatten fort, »haben Sie sich um fast fünftausend Kilometer und ein gutes halbes Jahrtausend vertan.«

Alles im Saal spitzte die Ohren.

Das nächste Dia zeigte ein farbiges, modernes Foto derselben
Burg aus einem anderen Winkel. Die Burgtürme – errichtet aus
Sandstein aus Seneca Creek – beherrschten den Vordergrund, doch
im Hintergrund, erschreckend nahe, erhob sich majestätisch die
weiße, säulengestützte Kuppel des Kapitols.

»Moment mal«, rief das Mädchen aus. »Eine normannische Burg
in Washington?«

»Seit 1855«, sagte die Stimme. »Dem Jahr, in dem das nächste
Foto aufgenommen wurde.«

Ein neues Dia erschien – eine schwarz-weiße Innenaufnahme,
die einen großen, überwölbten Ballsaal zeigte, der mit Tierskeletten
gefüllt war sowie Schaukästen mit naturgeschichtlichen Exponaten,
Glasbehältern mit biologischen Präparaten, archäologischen Fund-
stücken und Gipsabdrücken prähistorischer Reptilien.

SMITHSONIAN CASTLE

»Diese außerordentliche Burg«, fuhr die Stimme fort, »war das erste echte Naturkundemuseum der Vereinigten Staaten, das Geschenk eines wohlhabenden britischen Wissenschaftlers, der wie unsere Vorväter daran glaubte, dass unser junger Staat zum Hort der Aufklärung werden könnte. Er vererbte unseren Vorvätern ein immenses Vermögen und verlangte im Gegenzug, dass im Herzen unserer Nation eine Einrichtung entstehen sollte, die ›der Vermehrung und Verbreitung von Wissen‹ diene.« Er machte eine dramatische Pause. »Wer kann mir den Namen dieses großzügigen Mannes nennen?«

Eine zaghafte Stimme in einer der vorderen Reihen wagte zu äußern: »James *Smithson?*«

Ein Flüstern des Wiedererkennens durchlief die Menge.

»Ganz recht – Smithson«, sagte der Mann auf der Bühne, und Peter Solomon trat aus den Schatten ins Licht. Seine grauen Augen funkelten verschmitzt. »Guten Morgen. Mein Name ist Peter Solomon, und ich bin Vorsitzender der Smithsonian Institution.«

Die Studenten applaudierten frenetisch.

Auf seinem Platz in der letzten Reihe beobachtete Langdon voller Bewunderung, wie Peter die jungen Leute mit einer Diareise durch die frühen Jahre der Smithsonian Institution gefangen nahm. Die Führung begann mit dem Smithsonian Castle, den Labors in seinem Untergeschoss, Korridoren voller Ausstellungsstücke, einem Salon voller Mollusken und mit Forschern, die sich selbst die »Kuratoren der Krustazeen« nannten. Er zeigte sogar ein Foto der beiden beliebtesten Bewohner der Burg – eines Paares längst verstorbener Eulen namens Diffusion und Increase, benannt nach den englischen Wörtern für Verbreitung und Vermehrung. Die halbstündige Diashow endete mit einem beeindruckenden Satellitenfoto der National Mall, der Straße, die nun von den gewaltigen Museen der Smithsonian Institution gesäumt wurde.

»Wie ich bereits zu Beginn sagte«, erklärte Solomon zum Abschluss, »betrachteten James Smithson und die Gründerväter die Vereinigten Staaten als Land der Aufklärung. Ich glaube, dass diese Männer heute stolz wären. Die großartige Smithsonian Institution erhebt sich im Herzen Amerikas als Symbol für Wissenschaft und Fortschritt, ein lebendiger, atmender und arbeitender Tribut an den Traum unserer Vorväter von Amerika – einem Land, das sich auf die Prinzipien von Bildung, Weisheit und Wissenschaft gründet.«

Begleitet von einem Beifallssturm, stellte Solomon den Diaprojektor ab. Die Saalbeleuchtung wurde hochgefahren. Gleichzeitig hoben sich Dutzende Hände eifriger Fragesteller.

Solomon rief einen rothaarigen Jungen in der Mitte auf.

»Sie sagten, Sir«, meldete der Student sich zu Wort, »unsere Gründerväter seien vor der religiösen Unterdrückung in Europa geflohen, um auf der Grundlage des wissenschaftlichen Fortschritts ein Land aufzubauen.«

»Das ist richtig.«

»Aber … ich hatte den Eindruck, dass unsere Gründerväter fromme Männer gewesen wären, die Amerika als *christliche* Nation gründeten.«

Solomon lächelte. »Meine Freunde, verstehen Sie mich nicht falsch. Unsere Gründerväter waren tiefreligiöse Männer, aber sie waren Deisten – Männer, die an Gott glaubten, aber auf eine universelle, offene Art. Das einzige religiöse Ideal, das sie verfochten, war die *Freiheit* des Glaubens.« Er nahm das Mikrofon vom Pult und trat an den Rand der Bühne. »Die Gründerväter Amerikas hatten die Vision eines spirituell erleuchteten Utopia, in dem die Freiheit der Gedanken, Bildung für alle und wissenschaftlicher Fortschritt die Finsternis überkommenen religiösen Aberglaubens ersetzen sollten.«

Eine blonde Studentin in den hinteren Reihen hob die Hand. »Ja, bitte?«

»Sir«, sagte sie und hielt ihr Handy hoch, »ich habe im Internet über Sie nachgeforscht, und in der Wikipedia steht, dass Sie ein prominenter Freimaurer sind.«

Solomon hielt seinen Freimaurerring hoch. »Die Online-Gebühr hätte ich Ihnen ersparen können.«

Gelächter im Saal.

»Ja, nun«, fuhr die junge Frau zögernd fort, »Sie sprachen ja gerade von ›überkommenem religiösem Aberglauben‹, aber mir scheint, dass es besonders die Freimaurer sind, die überkommenen Aberglauben verbreiten.«

Solomon schien unbeeindruckt. »Tatsächlich? Wie kommen Sie darauf?«

»Ich habe viel über Freimaurer gelesen und weiß, dass sie einer ganzen Reihe seltsamer alter Rituale anhängen und abwegige Glaubensvorstellungen haben. In einem Online-Artikel steht sogar, dass die Freimaurer an irgendein altes magisches Wissen glauben ... das aus Menschen Götter machen kann.«

Alle wandten sich der jungen Frau zu und starrten sie an, als hätte sie den Verstand verloren.

»In der Tat«, sagte Solomon, »da hat die junge Dame recht.«

Die Köpfe der Studenten fuhren herum. Sie musterten Solomon mit großen Augen und verwirrten Blicken.

Solomon verkniff sich ein Lächeln und fragte die Studentin: »Stehen dort noch mehr Wiki-Weisheiten über dieses magische Wissen?«

Die junge Frau wirkte verlegen, las dann aber von der Website vor. »»Um sicherzustellen, dass dieses machtvolle Wissen nicht von den Unwürdigen benutzt werden kann, schrieben die frühen Adepten es verschlüsselt nieder ... sie verbargen seine Macht hinter einer metaphorischen Sprache voller Symbole, Mythen und Allegorien. Bis heute umgibt uns dieses verborgene Wissen ... es findet sich in unserer Mythologie, unserer Kunst und den okkulten Texten aller Zeitalter. Leider hat der moderne Mensch die Fähigkeit verloren, dieses komplexe Geflecht der Symbole zu entschlüsseln ... und die große Wahrheit ist verloren gegangen.‹«

Solomon wartete. »Ist das alles?«

Die junge Frau ruckte unbehaglich auf ihrem Sitz. »Nein, da steht noch mehr.«

»Das hoffe ich. Bitte, lesen Sie es uns vor.«

Die Studentin blickte unschlüssig drein; dann räusperte sie sich und fuhr fort. »›Der Legende zufolge haben die Weisen, die die Alten Mysterien vor langer Zeit chiffriert haben, eine Art *Schlüssel* hinterlassen ... ein *Passwort*, das benutzt werden kann, um die kodierten Geheimnisse wieder zugänglich zu machen. Dieses magische Passwort – als das *Verbum significatum* bekannt – soll die Macht besitzen, die Finsternis zu vertreiben und die Alten Mysterien zu offenbaren, sodass sie für alle Menschen sichtbar sind.‹«

Solomon lächelte wehmütig. »Ach ja ... das *Verbum significatum*.« Einen Moment lang schaute er ins Leere; dann blickte er wieder auf die junge Frau. »Und wo ist dieses wunderbare Wort jetzt?«

Die Studentin wirkte mit einem Mal verschämt. Sie wünschte sich offensichtlich, sie hätte den Gastredner nicht zu einer Diskussion verleitet. Mit unsicherer Stimme las sie zu Ende: »›Der Legende nach ist das *Verbum significatum* tief unter der Erde verborgen, wo es geduldig auf einen Schlüsselmoment wartet, in dem die Menschheit ohne die Wahrheit, das Wissen und die Weisheit aller Zeitalter nicht mehr überleben kann. An diesem dunklen Scheideweg wird die Menschheit das Wort schließlich ausfindig machen und in ein wundervolles neues Zeitalter der Erleuchtung eintreten.‹«

Das Mädchen klappte das Handy zu und sank in den Sitz.

Nach langem Schweigen hob ein anderer Student die Hand. »Mr. Solomon, Sie *glauben* das doch nicht etwa?«

Solomon lächelte. »Wieso nicht? Unsere Mythologien haben eine lange Tradition magischer Wörter, die Erkenntnis und gottähnliche Kräfte verheißen. Bis zum heutigen Tag rufen die Kinder ›Abrakadabra‹ in der Hoffnung, etwas aus dem Nichts zu erschaffen. Natürlich haben wir alle vergessen, dass dieses Wort kein Spielzeug ist; es wurzelt im alten aramäischen Mystizismus. *Avrah KaDabra* bedeutet: ›Ich erschaffe, während ich spreche.‹«

Stille.

»Aber, Sir«, setzte der Student nach, »Sie glauben doch nicht etwa, dass ein einziges *Wort* – dieses *Verbum significatum*, was immer es ist – die Macht besitzt, uraltes Wissen zu offenbaren und weltweite Erleuchtung zu bringen?«

Peter Solomons Miene gab nichts preis. »Über meine Glaubensvorstellungen sollten Sie sich nicht den Kopf zerbrechen. Aber denken Sie einmal darüber nach, dass die Verheißung einer bevorstehenden Erleuchtung Teil nahezu jeder Glaubensrichtung oder philosophischen Tradition auf Erden ist. Die Hindus nennen es das Krita Yuga, Astrologen das Zeitalter des Wassermanns, die Juden beschreiben es als die Ankunft des Messias, Theosophen bezeichnen es als das Neue Zeitalter, Kosmologen nennen es die Harmonische Konvergenz und sagen sogar das tatsächliche Datum voraus.«

»Den 21. Dezember 2012!«, rief jemand.

»Ja, leider recht bald … wenn Sie an die Berechnungen der Maya glauben.«

Langdon lachte stillvergnügt in sich hinein, als er sich erinnerte, wie Solomon schon vor zehn Jahren den aktuellen Schwall von Fernsehreportagen prophezeit hatte, die vorhersagten, dass im Jahre 2012 das Ende der Welt eintreten würde.

»Von den zeitlichen Umständen einmal abgesehen«, sagte Solomon, »halte ich es doch für bemerkenswert, dass im Lauf der Geschichte die Philosophien aller Zeiten und Kontinente, so grundverschieden ihre Standpunkte sein mögen, sich in einer Sache offenbar einig waren – dass eine große Erleuchtung kommen wird. In jeder Kultur, in jedem Zeitalter, in jedem Winkel der Welt hat sich der Traum des Menschen auf ein und dasselbe Konzept fokussiert:

seine Apotheose, die nahe bevorstehende Transformation unseres menschlichen Geistes in sein wahres Potenzial.« Er lächelte. »Was könnte eine solche Synchronizität von Glaubensvorstellungen erklären?«

»*Wahrheit*«, sagte eine leise Stimme in der Menge.

Solomon ließ erstaunt den Blick schweifen. »Wer hat das gesagt?«

Die Hand, die gehoben wurde, gehörte einem jungen Asiaten, dessen weiche Züge darauf hindeuteten, dass er Nepalese oder Tibeter sein konnte. »Vielleicht gibt es eine universelle Wahrheit, die jeder in seiner Seele mit sich trägt. Vielleicht verbirgt sich in uns allen die gleiche Geschichte, vielleicht als gemeinsame Gensequenz in unserem Erbgut. Vielleicht ist diese kollektive *Wahrheit* verantwortlich für die Ähnlichkeit in allen unseren Geschichten.«

Mit strahlender Miene presste Solomon die Hände zusammen und verneigte sich ehrerbietig vor dem Jungen. »Danke.«

Alles schwieg.

»Wahrheit«, sagte Solomon an den gesamten Saal gewandt. »Wahrheit besitzt Macht. Und wenn wir uns alle von ähnlichen Ideen angezogen fühlen, dann vielleicht, weil diese Ideen *wahr* sind ... weil sie tief in uns geschrieben stehen. Und wenn wir die Wahrheit hören, selbst wenn wir sie nicht begreifen, spüren wir doch einen Widerhall tief in uns, den Widerhall unseres eigenen unbewussten Wissens. Vielleicht wird die Wahrheit von uns nicht *erlernt*, sondern vielmehr erinnert ... wiedererkannt ... als das, was bereits in uns vorhanden ist.«

Im Saal herrschte tiefe Stille.

Solomon ließ seine Worte eine Zeit lang wirken; dann fuhr er leise fort: »Zum Abschluss möchte ich Sie warnen, dass es kein Leichtes ist, die Wahrheit zu enthüllen. Im Verlauf der Geschichte ist jede Epoche der Erleuchtung von Dunkelheit begleitet gewesen, die in die Gegenrichtung drängte. So verlangen es die Gesetze der Natur und des Gleichgewichts. Und wenn wir uns die Dunkelheit ansehen, die heute auf der Welt immer mehr zunimmt, müssen wir begreifen, dass es sie nur gibt, weil ein gleich starkes Licht heranwächst. Wir stehen an der Schwelle einer wahrhaft großen Epoche der Erleuchtung, und wir alle – *Sie* alle – werden diesen Wendepunkt der Geschichte miterleben dürfen. Von allen Menschen, die je gelebt haben, egal in welchem Zeitalter, existieren *wir allein* in jenem kleinen Abschnitt, in dem wir Zeuge unserer großen Wiedergeburt werden. Nach Jahrtausenden der Finsternis werden wir sehen, wie unsere Wissenschaften, unser Verstand und sogar unsere Religionen die Wahrheit offenbaren.«

Solomon kam dem Beifall zuvor, indem er die Hand hob und um Ruhe bat. »Miss?« Er wies auf die streitbare, blonde, junge Frau in Schwarz mit dem Handy. »Ich weiß, dass wir in vielen Dingen anderer Meinung sind, aber ich möchte Ihnen danken. Ihre Leidenschaft ist ein wichtiger Katalysator für die bevorstehenden Veränderungen. Dunkelheit nährt sich von der Gleichgültigkeit, und Überzeugung ist unser wirksamstes Gegengift. Vertiefen Sie weiterhin Ihren Glauben. Studieren Sie die Bibel.« Er lächelte. »Besonders die letzten Seiten.«

»Die Apokalypse?«, fragte sie.

»Unbedingt. Die Offenbarung des Johannes ist ein lebendiges Beispiel unserer gemeinsamen *Wahrheit*. Das letzte Buch der Bibel erzählt die gleiche Geschichte, wie sie in zahllosen anderen Überlieferungen vorkommt. Sie alle sagen die bevorstehende Enthüllung großen Wissens voraus.«

Jemand fragte: »Aber ist die Apokalypse denn nicht das Ende der Welt? Der Antichrist, Armageddon, die letzte Schlacht zwischen Gut und Böse?«

Solomon lachte leise. »Wer von Ihnen lernt Griechisch?«

Mehrere Hände schnellten hoch.

»Was bedeutet das Wort *Apokalypse* wörtlich?«

»Es bedeutet …«, begann ein Student und hielt inne, als wäre er überrascht. »*Apokalyptein* bedeutet ›offenbaren‹ oder ›enthüllen‹.«

Solomon nickte ihm zu. »Sehr gut. Die Apokalypse ist wortwörtlich eine *Enthüllung*. Die Offenbarung des Johannes sagt die Enthüllung einer großen Wahrheit und unvorstellbaren Wissens voraus. Die Apokalypse ist nicht das Ende der Welt, sondern das Ende der Welt, wie wir sie *kennen*. Die Prophezeiung der Apokalypse ist nur eine der wundervollen Botschaften der Bibel, die verzerrt worden sind.« Solomon trat wieder nach vorn an den Rand der Bühne. »Glauben Sie mir, die Apokalypse wird kommen … und sie wird nicht im Mindesten so sein, wie man es uns einreden will.«

Hoch über seinem Kopf begann die Glocke zu läuten.

Von den Studenten kam donnernder Applaus.

Kapitel 112

Katherine Solomon war am Rande der Bewusstlosigkeit, als sie von der Druckwelle einer ohrenbetäubenden Explosion durchgeschüttelt wurde.

Augenblicke später roch sie Rauch.

In ihren Ohren klingelte es.

Sie hörte gedämpfte Stimmen aus der Ferne. Rufe. Schritte. Plötzlich atmete sie leichter. Man hatte ihr das Tuch aus dem Mund gezogen.

»Sie sind in Sicherheit«, flüsterte eine Männerstimme. »Halten Sie noch ein bisschen durch.«

Katherine rechnete damit, dass der Mann ihr die Kanüle aus dem Arm zog; stattdessen erteilte er Anweisungen: »Den Sanitätskasten hierher … Infusionsflasche an die Kanüle … geben Sie ihr Ringer-Lactat-Lösung … messen Sie den Blutdruck.« Er kniete neben ihr nieder und fragte: »Miss Solomon, der Mann, der Ihnen das angetan hat … wo ist er hin?«

Katherine versuchte die Augen zu öffnen und etwas zu sagen, brachte aber kein Wort hervor.

»Miss Solomon?«, wiederholte die Stimme. »Wohin ist er?«

Katherine spürte, wie ihr Bewusstsein schwand.

»Wir müssen wissen, wohin er gegangen ist«, drängte der Mann.

Katherine wisperte drei Wörter, obwohl sie wusste, dass sie keinen Sinn ergaben. »Zum … heiligen … Berg.«

Sato ging zur aufgesprengten Stahltür und stieg eine Rampe aus Holz in den verborgenen Keller hinunter. Am unteren Ende erwartete sie einer ihrer Agenten.

»Ma'am, ich glaube, das sollten Sie sich ansehen.«

Sato folgte dem Mann in einen kleinen Raum, der an dem schmalen Gang lag. Das Zimmer war hell erleuchtet und leer bis auf einen Haufen Kleidungsstücke am Boden. Sato erkannte Robert Langdons Tweedjacke und seine Slipper.

Der Agent zeigte auf einen großen, sargartigen Behälter am anderen Ende des Raums.

Was ist das, um alles in der Welt?

Als Sato sich dem Behälter näherte, sah sie, dass er mit einem durchsichtigen Plastikschlauch verbunden war, der in der Wand verschwand. Vorsichtig trat sie an den Tank. Aus der Nähe entdeckte sie den kleinen Schieber auf der Oberseite. Sie streckte die Hand aus und zog ihn zur Seite. Darunter befand sich ein kleines Fenster.

Sato zuckte zurück.

Unter dem Plexiglas trieb unter Wasser das starre Gesicht von Robert Langdon.

Licht!

In der endlosen Leere, in der Langdon schwebte, strahlte plötzlich eine blendend grelle Sonne auf. Weiß glühendes Licht schoss durch die Schwärze des Alls und brannte sich in seinen Kopf.

Das Licht war überall.

Dann erschien in der strahlenden Wolke vor ihm eine wunderschöne Silhouette. Ein Gesicht war es ... verschwommen und undeutlich ... zwei Augen, die ihn durch die Leere anschauten. Licht umwaberte das Gesicht. Langdon fragte sich, ob er in das Antlitz Gottes schaute.

Sato starrte in den Tank. Ob Robert Langdon auch nur halbwegs begriff, was geschehen war? Sie bezweifelte es. Letzten Endes war Desorientierung ja Sinn und Zweck des Verfahrens.

Deprivationstanks, in denen den Sinnen sämtliche äußeren Reize entzogen wurden, gab es seit den Fünfzigerjahren, und sie standen bei New-Age-Experimentatoren noch immer hoch im Kurs. Das »Floating«, wie es genannt wurde, bot eine transzendente Zurück-in-den-Mutterschoß-Erfahrung, eine Meditationshilfe, welche die Hirnaktivität dämpfte, indem sie sämtliche Sinnesreize ausschaltete: Licht, Schall, Berührung, sogar den Zug der Schwerkraft. In althergebrachten Tanks trieb der Proband auf dem Rücken in einer Kochsalzlösung, die dem Körper überstarken Auftrieb verlieh und das Gesicht des Probanden über Wasser hielt, sodass er atmen konnte.

In den letzten Jahren allerdings hatte die Entwicklung dieser Tanks einen Quantensprung vollzogen.

Das Stichwort lautete *sauerstoffgesättigte Perfluorcarbone*.

Die neue Technik, bekannt als vollständige Flüssigkeitsbeatmung – Total Liquid Ventilation (TLV) – widersprach den Erfahrungen des tägliches Lebens so sehr, dass nur wenige Menschen an ihre Existenz glaubten. *Atembare Flüssigkeit.*

Flüssigkeitsbeatmung gab es seit 1966, als Leland C. Clark eine Maus noch stundenlang am Leben erhalten konnte, nachdem er sie in einem sauerstoffgesättigten Perfluorcarbon versenkt hatte. 1989 wurde die TLV-Technik auf dramatische Weise in dem Spielfilm *The Abyss* gezeigt, doch nur wenigen Zuschauern war klar gewesen, dass diese Methode technisch längst umgesetzt werden konnte.

Vollständige Flüssigkeitsbeatmung war aus dem Bemühen der modernen Medizin entstanden, Frühchen das Atmen zu erleichtern, indem man die Neugeborenen gleichsam in die von Flüssigkeit erfüllte Umgebung der Gebärmutter zurückversetzte. Für einen Säugling, der bis zu neun Monate *in utero* verbracht hatte, war eine flüssigkeitsgefüllte Lunge nichts Ungewohntes. Die frühen Perfluorcarbone waren zu zäh, zu viskos gewesen, um volle Atmung zu ermöglichen, doch weitere Forschungen hatten atembare Substanzen hervorgebracht, die fast so dünnflüssig waren wie Wasser.

Das Directorate of Science and Technology der CIA – die »Zauberer von Langley«, wie man sie in der Geheimdienstszene nannte – hatte intensiv mit Perfluorcarbonen gearbeitet, um Verfahren für das US-Militär zu entwickeln. Die Kampftaucher der Navy hatten festgestellt, dass sie mit sauerstoffgesättigten Flüssigkeiten statt des üblichen Heliox oder Trimix in größere Tiefen vordringen konnten, ohne sich dem Risiko der Dekompressionskrankheit auszusetzen. Ähnlich hatten Experimente der NASA und der Air Force ergeben, dass Besatzungen mit Flüssigkeitsatemgeräten anstelle der herkömmlichen Sauerstoffmasken höhere Beschleunigungskräfte ertragen konnten, weil die Flüssigkeit die Andruckkräfte besser auf die inneren Organe verteilte, als eine Gasumgebung es vermochte.

Sato hatte gehört, dass es inzwischen »Extremerfahrungslabors« gab, in denen man TLV-Tanks ausprobieren konnte – »Meditationsmaschinen« wurden sie genannt. Dieser spezielle Tank war vermutlich für private Experimente seines Eigentümers installiert worden, auch wenn das Vorhandensein schwerer, abschließbarer Riegel für Sato nur wenig Zweifel daran ließ, dass der Tank auch für moralisch äußerst zweifelhafte Anwendungen gedacht war ... für Verhörtechniken etwa, die man bei der CIA gut kannte.

Die berüchtigte Verhörmethode des Waterboarding war deshalb so hochwirksam, weil das Opfer *tatsächlich* zu ertrinken glaubte. Sato wusste von mehreren Geheimoperationen, bei denen Deprivationstanks eingesetzt worden waren, um die Illusion auf neue, erschreckende Höhen zu treiben. Ein Opfer, das man in eine atembare Flüssigkeit tauchte, konnte im Sinne des Wortes »ertränkt« werden. Die Panik des Ertrinkens ließ das Opfer in der Regel nicht erkennen, dass die Flüssigkeit, in die es getaucht wurde, ein wenig viskoser war als Wasser. Strömte diese Flüssigkeit in die Lunge, wurde der Betreffende häufig bewusstlos vor Furcht und erwachte dann in völliger »Isolation«.

Lokal wirkende Betäubungsmittel, lähmende Wirkstoffe und Halluzinogene, die in der warmen, sauerstoffgesättigten Flüssigkeit aufgelöst wurden, verstärkten bei dem Betroffenen den Eindruck, sein Geist habe sich vollständig vom Körper gelöst. Wenn sein Hirn Befehle aussandte, Gliedmaßen zu bewegen, geschah nichts. War der Eindruck, tot zu sein, für sich genommen bereits furchteinflößend, konnte die wahre Desorientierung durch den Vorgang der »Wiedergeburt«, wenn man dabei helles Licht, kalte Luft und ohrenbetäubenden Lärm zu Hilfe nahm, überaus traumatisch und schmerzhaft wirken. Nach einer Reihe von »Wiedergeburten« und anschließenden »Ertrinkungstoden« verlor der Betroffene so sehr die Orientierung, dass er nicht mehr wusste, ob er lebte oder tot war … und konnte einem Verhörenden rein gar nichts mehr sagen.

Sato fragte sich, ob sie auf einen Notarzt warten sollte, ehe sie Langdon aus dem Tank holte, doch sie wusste, dass ihr die Zeit fehlte. *Ich muss wissen, was er weiß.*

»Schalten Sie das Licht aus«, befahl sie. »Und holen Sie mir ein paar Decken.«

Die blendende Sonne war fort. Auch das Gesicht war verschwunden.

Die Schwärze war zurückgekehrt, doch Langdon hörte jetzt fernes Flüstern, das über die endlose Leere hinweg zu ihm drang. Gedämpfte Stimmen … unverständliche Worte. Er spürte Schwingungen … als wollte die Welt auseinanderbrechen.

Dann geschah es.

Ohne Vorwarnung wurde das Universum entzweigerissen. Ein gewaltiger Spalt öffnete sich in der Leere, als wäre das All an seinen Rändern aufgebrochen. Gräulicher Nebel quoll durch die Öffnung, und Langdon sah etwas Angst einflößendes. Körperlose Hände griffen nach ihm, packten ihn und wollten ihn aus der Welt zerren.

Nein! Er versuchte sie abzuwehren, doch er hatte keine Arme … keine Fäuste. *Oder doch?* Plötzlich spürte er, wie um seinen Geist herum sein Körper sich verstofflichte. Sein Fleisch war zurückgekehrt und wurde von kräftigen Händen gepackt, die ihn nach oben zogen. *Nein! Bitte, nein!*

Doch es war zu spät.

Unerträgliche Qual brannte in seiner Brust, als die Hände ihn durch die Öffnung zogen. Ihm war, als wäre seine Lunge mit Sand gefüllt. *Ich kann nicht atmen!* Plötzlich lag er mit dem Rücken auf dem kältesten, härtesten Untergrund, der vorstellbar war. Irgendetwas drückte ihm immer wieder auf die Brust, hart und schmerzhaft. Er spie die Wärme aus.

Ich will wieder zurück.

Er fühlte sich wie ein Kind, das gerade aus dem Schoß seiner Mutter verstoßen worden war.

Er zuckte, hustete Flüssigkeit. In seiner Brust und seinem Hals tobte Schmerz. Unerträglicher Schmerz. Seine Kehle brannte. Menschen redeten, und obwohl sie zu flüstern versuchten, war ihr Lärm ohrenbetäubend. Sein Sichtfeld verschwamm. Alles, was er sah, waren schemenhafte Umrisse. Seine Haut war taub und fühlte sich an wie Leder.

Seine Brust kam ihm schwerer vor ... Druck. *Ich kann nicht atmen!*

Wieder hustete er Flüssigkeit aus. Ein überwältigender Würgereiz packte ihn, und er japste heftig. Kalte Luft strömte ihm in die Lunge. Ihm war, als wäre er ein Neugeborenes, das seinen ersten Atemzug tut. Diese Welt war voller Qual. Langdon wollte nur eines: zurück in den Mutterschoß.

Robert Langdon wusste nicht, wie viel Zeit verstrichen war. Er spürte nun, dass er auf der Seite lag, in Handtücher und Decken eingeschlagen, auf einem harten Boden. Ein bekanntes Gesicht sah zu ihm herunter ... doch das wundervolle Licht, das es umspielt hatte, war fort. In seinem Kopf hörte er den Nachhall fernen Gesangs.

Verbum significatum … Verbum omnificum …

»Professor Langdon«, flüsterte jemand. »Wissen Sie, wo Sie sind?«

Langdon nickte matt. Er hustete noch immer.

Wichtiger noch, er begriff allmählich, was in dieser Nacht vor sich ging.

Kapitel 113

Langdon stand in Wolldecken gehüllt auf wackligen Beinen und blickte auf den geöffneten Tank. Sein Körper war zu ihm zurückgekehrt, obwohl er sich wünschte, es wäre nicht so. Sein Hals und seine Lunge brannten. Die Welt ringsum fühlte sich hart und grausam an.

Sato hatte ihm erklärt, was es mit dem Deprivationstank auf sich hatte, und hinzugefügt, dass er im Tank verhungert oder auf schlimmere Art und Weise gestorben wäre, hätten sie ihn nicht herausgeholt. Sehr wahrscheinlich hatte Peter Solomon die gleiche Erfahrung hinter sich. *Peter ist in der Zwischenwelt*, hatte der Tätowierte ihm gesagt. *Er ist im Fegefeuer... Hamistagan.* Es würde Langdon nicht überraschen, wenn Peter seinem Entführer alles verraten hatte, was dieser wissen wollte, sollte er mehr als eine solche Wiedergeburt erlitten haben.

Sato winkte Langdon, ihr zu folgen, und er tappte langsam hinter ihr über den schmalen Flur und weiter in das bizarre Labyrinth hinein, das er nun zum ersten Mal sah. Sie gelangten in einen Raum mit einem Tisch aus Stein, in dem ein düsteres, rotes Licht herrschte. Langdon sah Katherine und seufzte erleichtert, obwohl sie einen besorgniserregenden Anblick bot.

Sie lag mit dem Rücken auf dem Steintisch; ringsherum auf dem Boden sah man blutgetränkte Handtücher. Ein CIA-Agent hielt einen Infusionsbeutel hoch, der mit ihrem Arm verbunden war.

Sie schluchzte leise.

»Katherine?« Langdons Stimme war rau.

Sie drehte den Kopf, blickte ihn verständnislos an. »Robert?« Ungläubig riss sie die Augen auf. »Aber ich … ich habe dich ertrinken sehen!«

Er trat zu ihr an den Steintisch.

Ohne auf die Infusionsnadel und die Einwände des CIA-Mannes Rücksicht zu nehmen, setzte sie sich auf, schlang die Arme um seinen in Decken gewickelten Körper und zog ihn an sich. »Gott sei Dank«, hauchte sie, küsste ihn auf die Wange und drückte ihn, als könne sie nicht glauben, dass er leibhaftig vor ihr stand. »Ich verstehe nicht … wie …«

Sato sagte etwas von Deprivationstanks und sauerstoffgesättigten Perfluorcarbonen, doch Katherine hörte gar nicht hin. Sie hielt Langdon einfach weiter fest.

»Robert«, sagte sie, »Peter ist am Leben.« Ihre Stimme schwankte, als sie das schreckliche Wiedersehen schilderte. Sie beschrieb Peters körperlichen Zustand, den Rollstuhl, das sonderbare Messer, erzählte von den Anspielungen auf irgendein Opfer und wie sie blutend zurückgelassen wurde, als menschliches Stundenglas, das Peter bewegen sollte, sich zu beeilen.

»Hast du … eine Ahnung … wo sie hin sind?«, fragte Langdon mühsam.

»Er hat etwas von einem heiligen Berg gesagt.«

Langdon löste sich von ihr und blickte sie verwirrt an.

Katherine hatte Tränen in den Augen. »Er sagte, er habe das Muster der Pyramide entschlüsselt und darum steige er auf den heiligen Berg.«

»Nun, Professor?«, schaltete Sato sich ein. »Sagt Ihnen das etwas?«

Langdon schüttelte den Kopf. »Nicht das Geringste.« Dennoch sah er einen Hoffnungsschimmer. »Aber wenn er die Information bekommen hat, bekommen wir sie auch.« *Schließlich habe ich ihm gesagt, wie das Rätsel zu lösen ist.*

Sato schüttelte den Kopf. »Die Pyramide ist verschwunden. Wir haben nachgesehen. Er hat sie mitgenommen.«

Für einen Moment schloss Langdon die Augen und versuchte sich zu erinnern, was er auf der Grundfläche der Pyramide gesehen hatte. Das Gitter aus Symbolen war eines der letzten Bilder gewesen, die er beim Ertrinken im Kopf gehabt hatte, und ein solches traumatisches Erlebnis bewirkte, dass das Gesehene sich tief ins Gedächtnis brannte. An einen Teil konnte er sich erinnern, bestimmt nicht an alles, aber vielleicht genügte das ja.

Er drehte sich zu Sato um und sagte hastig: »Vielleicht kann ich noch genug aus meinem Gedächtnis hervorkramen, aber Sie müssen vorher etwas für mich im Internet checken.«

Sato zog ihr Blackberry hervor.

»Suchen Sie nach ›Franklin-Quadrat achter Ordnung‹.«

Sato blickte ihn fragend an, tippte dann aber stumm die Wörter ein.

Langdon konnte noch immer nur unscharf sehen, und jetzt erst fiel ihm auf, wie sonderbar seine Umgebung war. Er sah, dass der Steintisch, an dem sie lehnten, voll alter Blutflecke war, und die Wand zu seiner Rechten war beklebt mit Textseiten, Fotos, Zeichnungen und Karten, über denen kreuz und quer Fäden gespannt waren.

Mein Gott.

Er drückte die Decken an sich und ging zu der Wandcollage. Es war eine eigentümliche Sammlung an Informationen – Seiten aus alten Büchern, die von schwarzer Magie bis zu biblischen Schriften reichten; Zeichnungen verschiedenster Symbole; Auszüge aus Webseiten mit Verschwörungstheorien; Satellitenfotos von Washington; gekritzelte Notizen und markierte Fragen. Auf einem der Blätter stand eine lange Liste von Wörtern in mehreren Sprachen. Langdon erkannte ein paar Freimaurerbegriffe, Ausdrücke der Magie und Zeilen aus Ritualgesängen.

Danach sucht er?
Nach einem Wort?
Ist die Sache so einfach?

Langdons langjährige Skepsis bezüglich der Freimaurerpyramide basierte vor allem darauf, was sie scheinbar enthüllte – den Ort der Alten Mysterien. Dazu gehörte angeblich auch ein gewaltiges Gewölbe mit Abertausenden von Schriften, die länger überdauert hatten als die längst verfallenen Bibliotheken, in denen sie einst aufbewahrt worden waren. Das fand Langdon doch ziemlich unwahrscheinlich. *Ein riesiges Gewölbe? Im Untergrund von Washington?*

Nun jedoch verband sich diese Liste magischer Ausdrücke mit seiner Erinnerung an Peters Vortrag in der Aula der Phillips Exeter Academy und wies in eine erstaunliche Richtung.

Langdon glaubte nicht an die Wirksamkeit magischer Formeln, aber es war ziemlich klar, dass der Tätowierte daran glaubte. Langdons Herz schlug schneller, als er noch einmal die Zettelsammlung an der Wand überflog.

Ganz offensichtlich gab es ein wiederkehrendes Motiv.

Mein Gott, er sucht nach dem Verbum significatum, *dem Verlorenen Wort!* Langdon verfolgte diesen Gedanken fieberhaft weiter, rief sich Einzelheiten aus Peters Vortrag ins Gedächtnis. *Das Verlorene Meisterwort der Freimaurer! Das, glaubt er, liegt hier in Washington verborgen!*

Sato erschien neben ihm. »Ist es das, was Sie brauchen?« Sie reichte ihm ihr Blackberry.

Langdon blickte auf ein Acht-mal-acht-Gitter mit Zahlen. »Genau.« Er griff nach einem Blatt Papier. »Haben Sie einen Stift?«

Sato zog einen aus der Tasche. »Bitte beeilen Sie sich.«

In ihrem Kellerbüro studierte Nola Kaye zum wiederholten Mal das Blatt mit dem Dateiauszug, das Rick Parrish ihr gebracht hatte. *Was macht der CIA-Direktor mit einer Datei über alte Pyramiden und versteckte unterirdische Räume?*

Sie griff zum Telefon und wählte.

Sato meldete sich sofort. Sie klang angespannt. »Nola, ich wollte Sie gerade anrufen.«

»Ich habe neue Informationen«, sagte Nola. »Ich weiß noch nicht genau, wie es zusammenpasst, aber ich habe da einen Text aus…«

»Das ist inzwischen völlig egal«, fiel Sato ihr ins Wort. »Wir haben keine Zeit mehr. Die Zielperson ist uns entwischt, und ich habe allen Grund zu der Annahme, dass der Mann seine Drohung wahr machen wird.«

Nola überlief ein Frösteln.

»Die gute Nachricht ist: Wir wissen genau, wohin er will.« Sato atmete tief durch. »Die schlechte Nachricht ist: Er hat einen Laptop dabei.«

Kapitel 114

Fünfzehn Kilometer entfernt steckte Mal'akh die Decke auf Peter Solomons Rollstuhl fest und schob ihn über einen mondbeschienenen Parkplatz in den Schatten eines riesigen Gebäudes. Das Bauwerk war von genau dreiunddreißig Säulen umgeben ... jede davon exakt dreiunddreißig Fuß hoch. Der wie ein Berg aufragende Bau war zu dieser Stunde verlassen; niemand würde sie hier sehen – nicht, dass es eine Rolle gespielt hätte. Aus der Ferne hätte niemand an einen hochgewachsenen, freundlich aussehenden Mann in langem schwarzem Mantel, der einen kahlköpfigen Invaliden zu einem Abendspaziergang ausfuhr, auch nur einen Gedanken verschwendet.

Als sie die Rückseite des Gebäudes erreichten, schob Mal'akh Peter zu dem dort befindlichen Eingang, der mit einem Tastenschloss gesichert war.

Peter blickte starr geradeaus und hatte offenbar nicht die Absicht, den Zahlencode einzugeben.

Mal'akh lachte. »Was denn? Glauben Sie vielleicht, Sie sind hier, um mich hereinzulassen? Haben Sie schon vergessen, dass ich einer Ihrer Brüder bin?« Er streckte die Hand aus und gab den Zugangscode ein, den man ihm mitgeteilt hatte, nachdem er in den 33. Grad erhoben worden war.

Die schwere Tür öffnete sich mit einem Klicken.

Peter stöhnte und wand sich im Rollstuhl.

»Peter, Peter«, säuselte Mal'akh. »Denken Sie an Katherine. Tun

Sie, was ich sage, und sie wird leben. Sie können sie retten. Ich gebe Ihnen mein Wort.«

Mal'akh rollte seinen Gefangenen hinein und zog die Tür hinter sich zu. Sein Herz schlug höher, als er an das dachte, was vor ihm lag. Er schob den Rollstuhl durch eine Flucht von Korridoren zu einem Aufzug und betätigte den Rufknopf. Die Türen öffneten sich, und Mal'akh trat rückwärts hinein und zog den Rollstuhl mit sich. Dann hob er die Hand und drückte den obersten Knopf, wobei er sich vergewisserte, dass Peter sehen konnte, was er tat.

Ein Ausdruck wachsenden Entsetzens trat auf Peters gequältes Gesicht.

»Pssst…«, flüsterte Mal'akh und strich sanft über Peters rasierten Kopf, als sich die Aufzugtüren schlossen. »Sie wissen es doch selbst: Das Geheimnis liegt darin, wie man stirbt.«

Ich kann mich nicht an all die Symbole erinnern!

Langdon schloss die Augen und tat sein Bestes, sich die genaue Position der Symbole auf der Unterseite der Steinpyramide in Erinnerung zu rufen, doch selbst sein überragendes visuelles Gedächtnis war hier überfordert. Er schrieb die paar Symbole nieder, an die er sich erinnern konnte, wobei er jedes an die durch Franklins magisches Quadrat zugewiesene Stelle setzte.

Den Sinn des Ganzen vermochte er nicht zu erkennen.

»Sieh doch!«, sagte Katherine. »Du musst auf der richtigen Spur sein. Die erste Reihe besteht nur aus griechischen Buchstaben – Symbole derselben Art scheinen zusammen angeordnet zu werden!«

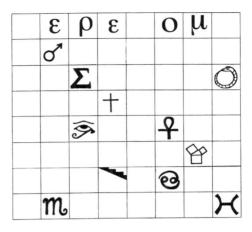

Langdon war das auch schon aufgefallen, doch ihm fiel kein griechisches Wort ein, das zu der Verteilung von Buchstaben und Leerräumen passen wollte. *Ich brauche den ersten Buchstaben.* Er blickte erneut auf das magische Quadrat und versuchte, sich an das Zeichen auf dem Feld am unteren Rand zu erinnern, das im Franklin-Quadrat mit der »1« beziffert war. Denk nach! Er schloss die Augen, versuchte sich die Unterseite der Pyramide bildlich vorzustellen. *Die untere Reihe, das zweite Feld von links... was war da?*

Einen Augenblick lang war Langdon wieder im Tank, von Panik erfüllt, wie er durch das Plexiglas auf den Boden der Pyramide starrte.

Und plötzlich sah er es. Er öffnete die Augen, schnappte nach Luft. »Der erste Buchstabe ist ein H!«

Langdon wandte sich wieder dem Raster zu und schrieb den ersten Buchstaben nieder. Das Wort war immer noch unvollständig, aber er hatte genug gesehen. Plötzlich war ihm klar, wie das Wort lautete.

»Der erste Buchstabe ist nicht griechisch. Er ist lateinisch, denn im Griechischen gibt es keinen Buchstaben für H. Er ist nur da, damit man das Wort erkennt.«

Heredom.

Mit zitternden Fingern rief Langdon auf dem Blackberry die Suchfunktion auf und gab das Wort ein. Der erste Treffer war ein Eintrag aus einer Enzyklopädie. Er las, was dort stand, und wusste, dass er recht hatte.

HEREDOM *n.* – Wichtiger Begriff aus der »Hochgrad«-Freimaurerei, zurückzuführen auf französische Rosenkreuzer-Rituale, wo das Wort einen mythischen Berg in Schottland bezeichnet, den legendären Ort des ersten derartigen Kapitels. Von griechisch *heredom*, abgeleitet von *hieros domos*, »heiliges Haus«.

»Das ist es!«, rief Langdon aus. »Dorthin sind sie gegangen!«

Sato hatte ihm über die Schulter geschaut und mitgelesen. »Zu einem mythischen Berg in Schottland?«, fragte sie verwirrt.

Langdon schüttelte den Kopf. »Nein, zu einem Gebäude in Washington, dessen Codename ›Heredom‹ lautet.«

Kapitel 115

Das Haus des Tempels – unter den Brüdern als Heredom bekannt – war immer schon das Kronjuwel des Schottischen Ritus der Freimaurerei in den Vereinigten Staaten gewesen. Mit seinem steilen, pyramidenförmigen Dach war das Gebäude nach einem imaginären schottischen Berg benannt worden. Mal'akh wusste jedoch, dass der Schatz, der hier verborgen lag, nichts Imaginäres an sich hatte.

Das ist der Ort, dachte er. *Die Freimaurerpyramide hat den Weg gewiesen.*

Als der alte Aufzug sich langsam zum ersten Stock hinaufquälte, nahm Mal'akh das Stück Papier heraus, auf dem er das Gewirr von Symbolen nach der Vorgabe des Franklin-Quadrats neu angeordnet hatte. Die erste Zeile ergab den eindeutigen Hinweis, in klar lesbaren Buchstaben ... zusammen mit einem einfachen Symbol.

Die Botschaft hätte klarer nicht sein können.

Unter dem Haus des Tempels.

Heredom.

Das Verlorene Wort ist hier ... irgendwo.

Auch wenn Mal'akh noch nicht wusste, wo genau, war er zuversichtlich, dass die Antwort in den verbleibenden Symbolen des entschlüsselten Bildmusters lag. Und wenn es darum ging, die Geheimnisse der Freimaurerpyramide und dieses Gebäudes zu enträtseln, war niemand besser geeignet zu helfen als Peter Solomon. *Der Meister vom Stuhl höchstselbst.*

Peter wand sich immer noch in seinem Rollstuhl und gab durch den Knebel gedämpfte Laute von sich.

»Ich weiß, dass Sie sich Sorgen um Katherine machen«, sagte Mal'akh. »Aber bald ist alles vorbei.«

Für Mal'akh war alles ein bisschen plötzlich gekommen. Nach all den Jahren des Schmerzes und der Planung, des Wartens und Suchens … jetzt war der Augenblick da.

Der Aufzug wurde langsamer, und er spürte ein Aufwallen innerer Erregung.

Die Kabine kam mit einem Ruck zum Halten.

Die Bronzetüren glitten auf, und Mal'akh blickte in den prächtigen Saal, der vor ihnen lag. Der gewaltige, quadratische Raum war mit Symbolen geschmückt und vom Mondlicht durchflutet, das durch das zentrale Deckenfenster fiel.

Der Kreis hat sich geschlossen, dachte Mal'akh.

Der Tempelsaal war jener Ort, an dem Peter Solomon und seine Brüder die Dummheit begangen hatten, Mal'akh in den Kreis der Ihren aufzunehmen. Jetzt würde das erhabenste Geheimnis der Freimaurer – etwas, von dem die meisten Brüder nicht einmal wussten, dass es existierte – ans Licht gebracht werden.

»Er wird nichts finden«, sagte Langdon. Er fühlte sich immer noch schwindlig und desorientiert, als er Sato und den anderen über die hölzerne Rampe aus dem Kellergeschoss nach oben folgte. »Das Verlorene Wort gibt es nicht. Es ist alles eine *Metapher* … ein Symbol für die Alten Mysterien.«

Katherine folgte ihm, gestützt von zwei Agenten.

Als die Gruppe sich vorsichtig einen Weg durch die Trümmer

DER TEMPELSAAL,
HAUS DES TEMPELS,
AUFSICHT

der Stahltür und durch das drehbare Gemälde ins Wohnzimmer bahnte, erklärte Langdon der fasziniert lauschenden Sato, das Verlorene Meisterwort sei eines der ältesten und langlebigsten Symbole der Freimaurerei – ein einzelnes Wort, geschrieben in einer arkanen Schrift, die kein Mensch mehr entziffern könne. Das Wort, wie die Mysterien selbst, solle seine verborgene Macht nur denen enthüllen, die erleuchtet genug seien, um es zu entschlüsseln. »Es heißt«, schloss Langdon, »wenn man das Verlorene Meisterwort besäße und es verstünde, würden einem die Alten Mysterien offenbar.«

Sato runzelte die Stirn. »Dann glauben Sie, dass dieser Mann nach einem *Wort* sucht?«

Langdon musste gestehen, dass es auf den ersten Blick absurd klang, und doch beantwortete es eine Menge Fragen. »Schauen Sie, ich bin kein Experte für Zeremonialmagie«, sagte er, »aber den Dokumenten auf seinen Kellerwänden nach zu urteilen … und nach Katherines Beschreibung der untätowierten Stelle auf dem Kopf dieses Mannes … Ich glaube, er hofft, das Verlorene Wort zu finden und es sich anzueignen … es sich in die Haut zu ritzen …«

Sato winkte die Gruppe ins Esszimmer. Draußen wurde der Motor des Helikopters gestartet; seine Rotorblätter schwirrten zuerst und donnerten dann lauter und lauter.

Langdon fuhr fort: »Wenn dieser Mann wirklich glaubt, sich die Macht der Alten Mysterien erschließen zu können, wäre kein Symbol besser geeignet als das Verlorene Wort. Wenn er es finden und es sich auf die Schädelkuppe tätowieren könnte – eine an sich schon heilige Stelle –, würde er sich zweifellos als perfekt geschmückt und rituell gerüstet betrachten, um …« Er stockte, als er sah, wie Katherine erbleichte bei dem Gedanken daran, welches Schicksal Peter drohte.

»Aber, Robert«, sagte sie mit matter Stimme, die im Lärm der Hubschrauberrotoren kaum zu verstehen war, »das sind doch gute Nachrichten, oder? Wenn er sich das Verlorene Wort auf den Schädel tätowieren will, bevor er Peter opfert, haben wir Zeit. Er wird Peter nicht töten, bevor er das Wort gefunden hat. Und wenn es dieses Wort nicht gibt …«

Langdon versuchte hoffnungsvoll dreinzublicken, als die Agenten Katherine in einen Sessel halfen. »Unglücklicherweise glaubt Peter immer noch, dass du verbluten würdest. Er glaubt, er könne dich nur retten, indem er auf die Forderungen dieses Verrückten eingeht … zum Beispiel, indem er ihm dabei hilft, das Verlorene Wort zu finden.«

»Ja, und?«, ließ sie nicht locker. »Wenn das Wort doch gar nicht existiert …«

»Katherine«, sagte Langdon und sah ihr tief in die Augen. »Würde *ich* glauben, dass du im Sterben liegst, und würde *mir* jemand versprechen, ich könnte dich retten, indem ich das Verlorene Wort fände – ich würde diesem Mann ein Wort beschaffen, irgendein Wort, und dann zu Gott beten, dass er sein Versprechen hält.«

»Direktor Sato!«, rief ein Agent aus dem angrenzenden Raum. »Sie sollten sich das mal ansehen!«

Sato eilte aus dem Esszimmer und sah einen ihrer Leute aus dem Schlafraum die Treppe herunterkommen. Er hielt eine blonde Perücke in der Hand. *Was will er denn damit?*

»Eine Männerperücke«, sagte der Mann und reichte sie Sato. »Lag im Ankleidezimmer. Schauen Sie sich das Ding mal genauer an.«

Die blonde Perücke war viel schwerer, als Sato erwartet hatte. Der Einsatz schien aus einem dicken Gel geformt zu sein. Seltsamerweise hing an der Unterseite der Perücke ein Draht heraus.

»Eine Gel-Batterie, die sich der Kopfform anpasst«, sagte der Agent. »Versorgt eine im Haar versteckte faseroptische Kamera mit Strom.«

»Was?« Sato tastete das Haarteil mit den Fingern ab, bis sie die winzige Kameralinse gefunden hatte, die sich zwischen den blonden Haarbüscheln verbarg. »Das Ding hat eine versteckte Kamera?«

»Eine Videokamera«, bestätigte der Agent. »Der Film wird auf dieser winzigen Halbleiterkarte gespeichert.« Er zeigte auf ein briefmarkengroßes, quadratisches Plättchen, das in den Perückeneinsatz eingearbeitet war. »Vermutlich aktiviert durch Bewegung.«

Unglaublich, dachte Sato. *So hat er das also gemacht.*

Diese aufgemotzte Version einer Spionagekamera, wie der Agent sie in klassischen Filmen in der Blume am Revers trug, hatte eine Schlüsselrolle in der Krise gespielt, die Sato heute Nacht zu bewältigen hatte. Sie starrte noch einen Moment auf den Mikrochip, dann reichte sie die Perücke dem Agenten zurück.

»Durchsucht das ganze Haus«, befahl sie. »Ich will jede noch so kleine Information über diesen Kerl. Wir wissen, dass sein Laptop fehlt, und ich möchte genau wissen, wie er Verbindung mit der Außenwelt aufnehmen will, während er unterwegs ist. Durchsucht sein Arbeitszimmer nach Handbüchern, Apparaturen, Kabeln … nach allem, was uns einen Hinweis auf seine Hardware geben könnte.«

»Ja, Ma'am.« Der Agent eilte davon.

Zeit zum Aufbruch. Die Rotoren des Hubschraubers röhrten jetzt in voller Lautstärke. Sato eilte zurück in den Speiseraum, wo Simkins inzwischen Warren Bellamy von draußen hereingelotst hatte und ihn über das Gebäude ausforschte, in dem sich ihre Zielperson allem Anschein nach aufhielt.

Das Haus des Tempels.

»Die Eingangstüren sind von innen versiegelt«, sagte Bellamy, immer noch in eine Decke gehüllt und sichtlich zitternd von der Kälte draußen auf dem Franklin Square. »Der einzig mögliche Zugang befindet sich am Hintereingang des Gebäudes. Er hat ein Schloss mit Tastenfeld, dessen PIN-Code nur den Brüdern bekannt ist.«

»Wie lautet dieser Code?«, wollte Simkins wissen, der eifrig mitschrieb.

Bellamy setzte sich, da ihm die Beine nachzugeben drohten. Mit klappernden Zähnen gab er ihnen seinen Zugangscode durch und fügte dann hinzu: »Die Adresse ist Sechzehnte Straße Nr. 1733, doch die Zufahrt und der Parkplatz hinter dem Gebäude sind nicht ganz einfach zu finden. Sie werden …«

»Ich weiß, wo es ist«, unterbrach Langdon ihn. »Ich zeige es Ihnen, wenn wir dort sind.«

Simkins schüttelte den Kopf. »Sie kommen nicht mit, Professor. Das ist eine militärische …«

»Und ob ich mitkomme!«, schoss Langdon zurück. »Peter ist da drin! Und das Gebäude ist ein Labyrinth! Ohne jemanden, der sich da auskennt, brauchen Sie zehn Minuten, um den Weg hinauf zum Tempelsaal zu finden!«

»Er hat recht«, sagte Bellamy. »Das Haus ist ein Irrgarten. Es gibt einen Aufzug, aber der ist alt und laut und führt direkt in den Tempelsaal. Wenn Sie da unbemerkt hineinkommen wollen, müssen Sie zu Fuß gehen.«

»Sie werden den Weg nie finden«, warnte Langdon. »Vom Hintereingang müssen Sie zuerst durch die Halle der Regalien, dann durch die Ehrenhalle, über das Mittelgeschoss, durch das Atrium, die Große Treppe…«

»Das reicht«, sagte Sato. »Langdon kommt mit.«

Kapitel 116

Die Energie wurde stärker.

Mal'akh konnte spüren, wie sie durch seinen Körper pulsierte, als er Peter Solomon im Rollstuhl zum Altar schob. *Ich werde dieses Gebäude unendlich mächtiger verlassen, als ich es betreten habe.* Jetzt galt es nur noch, die letzte Ingredienz zu finden, die alles entscheidende Zutat.

»*Verbum significatum*«, flüsterte er. »*Verbum omnificum.*«

Mal'akh stellte Peters Rollstuhl neben dem Altar ab; dann zog er den Reißverschluss der schweren Umhängetasche auf, die auf Peters Schoß lag. Er griff hinein, holte die Steinpyramide heraus und hielt sie im Mondlicht in die Höhe, direkt vor Peters Augen, um ihm das Gitter von Symbolen zu zeigen, das auf der Unterseite zu sehen war. »So viele Jahre«, sagte er höhnisch, »und Sie hatten keinen blassen Schimmer, auf welche Weise die Pyramide ihre Geheimnisse gehütet hat.« Mal'akh setzte die Pyramide vorsichtig auf eine Ecke des Altars und wandte sich erneut der Tasche zu. »Und dieser Talisman«, fuhr er fort, als er den goldenen Deckstein hervorholte, »hat tatsächlich Ordnung aus dem Chaos geschaffen, genau wie vorhergesagt.« Er stellte den metallenen Deckstein sorgfältig auf die steinerne Pyramide und trat dann zurück, um Peter freie Sicht zu gewähren. »Siehe, das Werk ist vollendet. Das Symbolon ist komplett.«

Peters Gesicht verzerrte sich. Er versuchte zu sprechen, brachte aber keinen Laut hervor.

»Oh, wie ich sehe, haben Sie mir etwas zu sagen.« Mal'akh riss ihm grob den Knebel aus dem Mund.

Peter Solomon hustete und keuchte mehrere Sekunden lang, ehe er schließlich ein Wort hervorbrachte. »Katherine …«

»Katherines Zeit ist knapp«, wurde er von Mal'akh unterbrochen. »Wenn Sie sie retten wollen, sollten Sie genau das tun, was ich Ihnen sage.« Mal'akh nahm an, dass Katherine schon tot war – oder dem Tod sehr nahe. Es spielte keine Rolle. Sie konnte von Glück reden, dass sie lange genug gelebt hatte, um ihrem Bruder Lebewohl zu sagen.

»Bitte«, flehte Peter mit rauer Stimme, »schicken Sie eine Ambulanz zu ihr …«

»Genau das werde ich tun. Aber erst müssen Sie mir verraten, wo ich die geheime Treppe finde.«

Auf Peters gequältem Gesicht erschien ein Ausdruck des Unglaubens. »*Was?*«

»Die Treppe. Die Legende der Freimaurer spricht von einer Treppe, die hinunter zu dem geheimen Ort führt, wo das Verlorene Wort vergraben liegt.«

In Peters Gesicht war Panik zu lesen.

»Sie kennen die Legende«, köderte ihn Mal'akh. »Eine geheime Treppe, die von einem Stein verschlossen ist.« Er zeigte auf den Altar in der Mitte – ein großer Block aus Granit mit einer vergoldeten Inschrift auf Hebräisch: GOTT SPRACH: »ES WERDE LICHT«, UND ES WARD LICHT. »Offensichtlich ist das hier der richtige Ort. Der Eingang zu der Treppe muss in einem der Stockwerke unter uns versteckt liegen.«

»Es gibt hier keine geheime Treppe!«, rief Peter verzweifelt.

Mal'akh lächelte geduldig und zeigte nach oben. »Das Dach dieses Gebäudes ist wie eine Pyramide geformt.« Er wies auf die vierseitige, abgeschrägte Decke mit dem großen, quadratischen Fenster in der Mitte.

»Ja!«, rief Peter. »Das Haus des Tempels ist eine Pyramide, aber was hat das ...«

»Ich habe die ganze Nacht Zeit, Peter.« Mal'akh glättete die weiße Seidenrobe, die seinen perfekten Körper umhüllte. »Katherine wahrscheinlich nicht. Wenn Sie wollen, dass sie am Leben bleibt, müssen Sie mir sagen, wo sich der Zugang zu dieser Treppe befindet.«

»Ich habe es Ihnen doch schon gesagt«, stöhnte Solomon, »es *gibt* keine geheime Treppe in diesem Gebäude.«

»Nein?« Mal'akh zog langsam das Stück Papier hervor, auf dem er die Symbole vom Boden der Pyramide in eine neue Anordnung gebracht hatte. »Das ist die letzte Botschaft der Freimaurerpyramide. Ihr Freund Robert Langdon hat mir geholfen, sie zu entziffern.«

Mal'akh hob das Papier und hielt es Peter vors Gesicht. Der Logenmeister holte scharf Luft, als er es sah. Nicht nur waren die vierundsechzig Symbole zu erkennbaren Sinngruppen zusammengefasst – in dem Muster zeichnete sich nun auch eine bildliche Darstellung ab.

Das Bild einer Treppe ... unter einer Pyramide.

Ungläubig starrte Peter Solomon auf die Abbildung. Seit Generationen hatte die Freimaurerpyramide ihr Geheimnis bewahrt. Plötzlich war es enthüllt. Die düstere Vorahnung traf ihn wie ein Schlag in die Magengrube.

Das letzte Rätsel der Pyramide.

Auf den ersten Blick blieb die wahre Bedeutung der Symbole für Peter so rätselhaft wie zuvor, und doch konnte er auf Anhieb verstehen, *warum* der tätowierte Mann glaubte, was er glaubte.

Er glaubt, es gibt eine verborgene Treppe unter der Pyramide namens Heredom.

Er versteht die Symbolik völlig falsch.

»Wo ist sie?«, wollte der Tätowierte wissen. »Sagen Sie mir, wo die Treppe zu finden ist, und Katherine wird gerettet.«

Ich wollte, ich könnte es, dachte Peter. *Doch die Treppe ist nicht real.* Die Bedeutung der Treppe war rein symbolisch ... Teil der großen Allegorien der Freimaurerei. Die Wendeltreppe, wie sie bezeichnet wurde, erschien auf der Arbeitstafel des zweiten Grades. Sie stand für den geistigen Aufstieg des Menschen zur göttlichen Wahrheit. Wie die biblische Jakobsleiter war die Wendeltreppe ein Symbol für den Weg zum Himmel ... die Reise des Menschen zu Gott ... die Verbindung zwischen der realen und der spirituellen Welt. Ihre Stufen versinnbildlichten die vielen Tugenden des Geistes.

Er sollte das wissen, dachte Peter. *Er hat alle Grade durchlaufen.*

Jeder freimaurerische Lehrling erfuhr von der symbolischen Treppe, die ihn befähigte, »an den Mysterien des menschlichen Wissens teilzuhaben«. Die Freimaurerei – wie auch die Noetischen Wissenschaften und die Alten Mysterien – beschwor das ungenutzte Potenzial des menschlichen Geistes, und viele freimaurerische Symbole bedienten sich materieller Vergleiche aus Architektur und Physiologie.

Der Geist sitzt wie ein goldener Deckstein auf dem physischen Körper. Der Stein der Weisen. Durch die Treppe des Rückgrats steigt

Energie auf und ab, um zirkulierend den himmlischen Geist mit dem physischen Körper zu verbinden.

Es war kein Zufall, wusste Peter, dass das menschliche Rückgrat aus genau dreiunddreißig Wirbeln bestand. *Dreiunddreißig Grade hat die Freimaurerei.* Die Basis des Rückgrats, das *sacrum*, bedeutete wörtlich »heiliger Knochen«. *Der Körper ist wahrhaftig ein Tempel.* Die Wissenschaft, der die Freimaurer folgten, war das alte Verständnis davon, wie man jenen Tempel für seinen besten und edelsten Gebrauch benutzte.

Unglücklicherweise würde es überhaupt nichts bringen, diesem Mann die Wahrheit zu erklären. Zumindest würde es Katherine nicht helfen. Peter blickte auf die Vielfalt der Symbole und stieß einen Seufzer aus, mit dem er seine Niederlage eingestand. »Sie haben recht«, log er. »Es gibt tatsächlich eine geheime Treppe unter diesem Gebäude. Und sobald Sie Katherine Hilfe geschickt haben, werde ich Sie dorthin führen.«

Der Tätowierte sah ihn einfach nur an.

Solomon starrte trotzig zurück. »Entweder Sie retten meine Schwester und erfahren die Wahrheit... oder Sie töten uns beide und bleiben unwissend bis in alle Ewigkeit!«

Der Mann ließ das Papier sinken und schüttelte den Kopf. »Oh, Peter! Sie haben die Prüfung nicht bestanden. Halten Sie mich immer noch für einen Narren? Glauben Sie wahrhaftig, dass ich nicht weiß, wonach ich suche? Glauben Sie, ich habe mein wahres Potenzial noch nicht erkannt?«

Mit den letzten Worten wandte der Mann ihm den Rücken zu und ließ seine Robe fallen. Als die weiße Seide zu Boden flatterte, sah Peter zum ersten Mal die Tätowierung, die sich das Rückgrat des Mannes entlangzog.

Großer Gott...

Aus dem weißen Lendentuch wand sich eine elegante Wendeltreppe die Mitte des muskulösen Rückens hoch. Jeder Wirbel entsprach einem Treppenabsatz. Sprachlos ließ Peter seinen Blick diese Treppe emporwandern, den ganzen Weg hinauf bis zur Schädelbasis des Mannes.

Peter fehlten die Worte.

Der Tätowierte legte seinen kahlen Kopf in den Nacken, sodass der Kreis bloßen Fleisches auf der Kuppe des Schädels zu sehen war. Die jungfräuliche Haut war von einer Schlange umgeben, die ihren eigenen Schweif verschlang.

Eins-Sein.

Langsam senkte der Mann den Kopf und drehte sich zu Peter um. Der riesige, doppelköpfige Phönix auf seiner Brust starrte ihn aus toten Augen an.

»Ich suche nach dem Verlorenen Meisterwort«, sagte Mal'akh. »Helfen Sie mir, es zu finden ... oder Sie und Ihre Schwester werden sterben.«

Du weißt, wo es zu finden ist, dachte Mal'akh. *Du weißt etwas, das du mir nicht sagen willst.*

Peter Solomon hatte während des Verhörs Dinge enthüllt, an die er sich jetzt vermutlich nicht einmal erinnerte. Die wiederholten Sitzungen innerhalb und außerhalb des Deprivationstanks hatten ihn verwirrt und gefügig gemacht. Doch alles, was er Mal'akh erzählt hatte, war mit der Legende vom Verlorenen Meisterwort einhergegangen.

Das Verlorene Wort ist keine Metapher ... es ist real. Das Wort ist in einer alten Sprache geschrieben ... und es liegt seit Urzeiten verborgen. Das Wort ist imstande, jedem, der seine wahre Bedeutung begreift, unermessliche Macht zu gewähren. Das Verlorene Wort bleibt bis heute verborgen ... und die Freimaurerpyramide hat die Macht, es zu enthüllen.

»Peter«, sagte Mal'akh nun und schaute seinem Gefangenen in die Augen, »als Sie auf diese Anordnung von Symbolen geblickt haben, da haben Sie etwas gesehen. Sie hatten eine Erleuchtung. Dieses Bild ergibt einen *Sinn* für Sie. Sagen Sie es mir.«

»Ich werde Ihnen gar nichts sagen, bevor Sie nicht Katherine Hilfe geschickt haben.«

Mal'akh lächelte ihn an. »Glauben Sie mir, die Aussicht, Ihre Schwester zu verlieren, ist im Augenblick Ihre geringste Sorge.« Ohne ein weiteres Wort wandte er sich Langdons Tasche zu und nahm die Gegenstände heraus, die er im Untergeschoss seines Hauses darin verstaut hatte. Dann arrangierte er sie sorgfältig auf dem Opferaltar.

Ein zusammengefaltetes Seidentuch. In Weiß.

Ein silbernes Weihrauchgefäß. Ägyptische Myrrhe.

Eine Phiole mit Peters Blut. Vermischt mit Asche.

Eine schwarze Krähenfeder. Sein heiliger Griffel.

Das Opfermesser. Geschmiedet aus einem Eisenmeteoriten aus der Wüste Kanaan.

»Glauben Sie, ich hätte Angst vor dem Tod?«, schrie Peter mit sich überschlagender Stimme. »Wenn Katherine nicht mehr lebt, habe ich nichts mehr! Du hast meine ganze Familie ermordet! Du hast mir alles genommen!«

»Nicht *alles*«, erwiderte Mal'akh. »Noch nicht.« Er griff in die Tasche und zog den Laptop hervor, der in seinem Arbeitszimmer gestanden hatte. Er schaltete ihn ein und blickte zu seinem Gefangenen hinüber. »Ich fürchte, Peter, Sie haben das wahre Ausmaß Ihrer prekären Lage noch gar nicht erkannt.«

*K*apitel 117

*L*angdon spürte, wie sich ihm der Magen umdrehte, als der CIA-Helikopter abrupt abhob, zur Seite kippte und schneller beschleunigte, als Langdon es bei einem Hubschrauber je für möglich gehalten hätte. Katherine war mit Bellamy zurückgeblieben, um sich zu erholen, während einer der CIA-Agenten das Haus durchsuchte und auf Verstärkung wartete.

Bevor Langdon ging, hatte Katherine ihn auf die Wange geküsst und geflüstert: »Pass auf dich auf, Robert.«

Nun klammerte er sich mit aller Kraft fest, während der Hubschrauber endlich die Richtung zum Haus des Tempels einschlug.

Neben Langdon saß Sato und rief dem Piloten über den ohrenbetäubenden Lärm hinweg zu: »Fliegen Sie zum Dupont Circle! Dort landen wir!«

Überrascht drehte Langdon sich zu ihr um. »Dupont? Das ist mehrere Häuserblocks vom Haus des Tempels entfernt! Wir können doch auf dem Parkplatz landen!«

Sato schüttelte den Kopf. »Wir müssen das Gebäude heimlich betreten. Wenn unsere Zielperson uns kommen hört ...«

»Wir haben keine Zeit!«, widersprach Langdon. »Dieser Irre will Peter ermorden! Vielleicht jagt das Geräusch des Helikopters ihm Angst ein und hält ihn davon ab ...«

Sato schaute ihn mit kalten Augen an. »Wie ich Ihnen bereits gesagt habe, ist Peter Solomon *nicht* mein Primärziel. Ich dachte, das hätte ich deutlich zum Ausdruck gebracht.«

Langdon war nicht in der Stimmung für eine weitere Vorlesung zum Thema nationale Sicherheit. »Hören Sie, *ich* bin derjenige an Bord, der sich in dem Gebäude auskennt...«

»Vorsicht, Professor«, warnte Sato. »Sie sind hier als Mitglied meines Teams, und Sie werden mit mir kooperieren.« Sie hielt kurz inne und fügte dann hinzu: »Vielleicht ist es an der Zeit, Sie jetzt vollständig über den Ernst der Lage aufzuklären.«

Sato griff unter ihren Sitz, zog einen schmalen Aluminiumkoffer hervor und klappte ihn auf. Darin befand sich ein ungewöhnlich kompliziert aussehender Computer. Als sie ihn anschaltete, erschienen ein CIA-Logo sowie die Passwortabfrage.

Sato loggte sich ein und fragte: »Erinnern Sie sich an die blonde Perücke, die wir im Haus dieses Mannes gefunden haben?«

»Ja.«

»In dieser Perücke war eine winzige faseroptische Kamera versteckt... im Haar.«

»Eine versteckte Kamera? Ich verstehe nicht...«

Sato schaute ihn düster an. »Das wird sich gleich ändern.« Sie öffnete eine Datei.

BITTE WARTEN...

DATEI WIRD ENTSCHLÜSSELT...

Ein Videofenster tat sich auf, das den gesamten Bildschirm ausfüllte. Sato stellte den Koffer auf Langdons Schoß, damit er alles sehen konnte.

Ein ungewöhnliches Bild erschien auf dem Monitor.

Langdon zuckte überrascht zurück. *Was geschieht da?*

Verschwommen und dunkel zeigte das Video einen Mann mit verbundenen Augen. Er trug das Gewand eines mittelalterlichen Ketzers, der zum Galgen geführt wird – Schlinge um den Hals, das linke Hosenbein bis zum Knie aufgerollt, den rechten Ärmel bis zum Ellbogen und das Hemd offen, sodass seine nackte Brust zu sehen war.

Langdon starrte ungläubig auf das Bild. Er hatte genug über Freimaurerrituale gelesen, um zu wissen, was er sah.

Ein Suchender, der in den ersten Grad aufgenommen werden soll.

Der Mann war ungewöhnlich groß und muskulös, trug eine vertraute blonde Perücke und hatte dunkle, sonnengebräunte Haut. Langdon erkannte die Gesichtszüge sofort. Mal'akhs Tätowierungen waren offensichtlich unter einer dicken Schicht Schminke verborgen. Er stand vor einem Ganzkörperspiegel und filmte sein Spiegelbild mit der versteckten Kamera in seiner Perücke.

Aber warum?

Das Bild wurde schwarz.

Ein neues Video erschien. Die Szene zeigte einen matt beleuchteten, rechteckigen Raum. Den Boden bildete ein dramatisches Schachbrettmuster aus schwarzen und weißen Fliesen. In der Mitte stand ein niedriger Holzaltar, der auf drei Seiten von hohen Kerzenständern umgeben war.

Ein Gefühl der Angst beschlich Robert Langdon.

O Gott.

Verwackelt, ganz im Stil eines Amateurvideos, fuhr die Kamera nun durch den Raum und zeigte eine kleine Gruppe von Männern, die den Anwärter beobachteten. Die Männer trugen rituelle freimaurerische Kleidung. In dem schwachen Licht konnte Langdon ihre Gesichter nicht erkennen, doch er hegte keinerlei Zweifel daran, *wo* dieses Ritual stattfand.

Der traditionellen freimaurerischen Anlage nach konnte dieser Logenraum sich überall auf der Welt befinden, doch der blaue, dreieckige Giebel über dem Stuhl des Meisters ließ erkennen, dass der Raum zu einer der ältesten Logen in D.C. gehörte – der Potomac Lodge No. 5 – der Loge George Washingtons und der anderen freimaurerischen Gründerväter, die die Grundsteine für das Weiße Haus und das Kapitol gelegt hatten.

Diese Loge war auch heute noch aktiv.

Peter Solomon hatte nicht nur die Aufsicht über das Haus des Tempels, er war in seiner Loge auch der Meister vom Stuhl. Und der Weg eines Suchenden begann stets in Logen wie dieser, wo er die Johannisgrade durchlief, die ersten drei Grade der Freimaurerei.

»Brüder«, deklarierte Peters vertraute Stimme, »im Namen des Großen Baumeisters aller Welten öffne ich diese Loge für die Arbeit der Freimaurerei im ersten Grad!«

Ein lauter Hammerschlag folgte.

Langdon beobachtete ungläubig, wie das Video rasch von einer Szene zur nächsten überblendete, in denen Peter Solomon einige der obskureren Teile des Rituals zelebrierte.

Einen Degen auf die Brust des Anwärters drücken... ihm damit drohen, ihn zu erstechen, sollte der Anwärter die Geheimnisse der Freimaurerei verraten... das Beschreiben des schwarz-weißen Bodens als Symbol für die Lebenden und die Toten... Darlegung der Strafen für Verrat: der Hals durchschnitten von Ohr zu Ohr, die Zunge bei der Wurzel ausgerissen, der Leib eine Kabellänge vom Ufer entfernt im groben Sand der See begraben...

Langdons Augen wurden immer größer. *Sehe ich das wirklich, oder bilde ich es mir nur ein?* Seit Jahrhunderten waren die Aufnahmeriten der Freimaurer hinter einem Schleier verborgen. Die einzigen Schilderungen, die an die Öffentlichkeit gelangt waren, stammten von abtrünnigen Brüdern. Langdon hatte diese Berichte gelesen, hatte aber nie eine solche Zeremonie mit eigenen Augen gesehen. Das war etwas ganz anderes.

Besonders, wenn sie so zusammengeschnitten ist. Langdon sah bereits jetzt, dass es sich bei dem Video um einen miesen Propagandaclip handelte. Die edelsten Aspekte des Initiationsritus wurden gezielt weggelassen und stattdessen jene Teile hervorgehoben, die Anlass zu düsteren Spekulationen geben konnten. Sollte dieses Video veröffentlicht werden, das wusste Langdon, würde es im Internet über Nacht zur Sensation werden. *Die anti-freimaurerischen*

Verschwörungstheoretiker würden sich wie die Geier darauf stürzen. Die Freimaurer – ganz besonders Peter Solomon – würden sich plötzlich einem Sturm von Angriffen gegenübersehen und mit aller Kraft versuchen müssen, den Schaden in Grenzen zu halten. Dabei war das Ritual völlig harmlos und rein symbolisch.

Unheimlicherweise enthielt das Video auch eine Bibelreferenz, in der von Menschenopfern die Rede war – *»die Unterwerfung Abrahams unter das Oberste Wesen, indem er ihm Isaak darbot, seinen erstgeborenen Sohn«*. Langdon dachte an Peter und wünschte sich, der Hubschrauber würde schneller fliegen.

Wieder wechselte die Szene.

Gleicher Raum, andere Nacht. Nun schaute eine größere Gruppe von Freimaurern zu. Peter Solomon überwachte alles vom Stuhl des Meisters aus. Dies war der zweite Grad. Nun wurde das Ganze noch eindrucksvoller, intensiver. *Knien am Altar... schwören, auf ewig die Geheimnisse zu bewahren, die der Freimaurerei innewohnen... sich der Strafe unterwerfen, die Brust aufgerissen und das Herz herausgerissen zu bekommen, worauf es den Tieren des Feldes zum Fraß vorgeworfen wurde...*

Langdons Herz schlug nun ebenfalls wild, als die Szene abermals wechselte. Wieder eine andere Nacht. Diesmal waren noch mehr Männer zugegen. Ein sargförmiges »Tapis« auf dem Boden.

Der dritte Grad.

Dies war das Todesritual, der Augenblick, in dem der Anwärter gezwungen wurde, sich der letzten und größten Herausforderung zu stellen – dem Tod. Obwohl Langdon die akademischen Berichte über dieses Ritual kannte, war er in keinster Weise auf das vorbereitet, was er nun sah.

Den Mord.

In brutalen, schnellen Schnitten zeigte das Video den grausamen Mord am Anwärter aus der Perspektive des Opfers, sodass einem ein Schauder über den Rücken lief. Es gab simulierte Schläge auf den Kopf, sogar einen Hieb mit einem Maurerhammer. Und die ganze Zeit trug ein Sprecher in leidendem Tonfall die Geschichte vom »Sohn der Witwe« vor, Hiram Abif, dem Baumeister von Salomons Tempel, der lieber gestorben war, als sein geheimes Wissen preiszugeben.

Natürlich war der Angriff nur gestellt, doch die Wirkung des Videos war enorm: Sie ließ einem das Blut in den Adern gefrieren. Nach dem letzten, tödlichen Schlag wurde der Anwärter – nun »tot für sein früheres Selbst« – in den symbolischen Sarg gelegt, wo man ihm die Augen schloss und wie bei einer Leiche die Arme auf der Brust verschränkte. Daraufhin erhoben sich die Freimaurerbrüder und gingen im Kreis um den toten Leib, während auf einer Orgel der Trauermarsch gespielt wurde.

Die makabere Szene war zutiefst beunruhigend.

Und es wurde noch schlimmer.

Als die Männer sich um ihren erschlagenen Bruder versammelten, zeigte die Kamera deutlich ihre Gesichter. Jetzt erkannte Langdon, dass Solomon nicht die einzige Berühmtheit im Raum war. Einer der Männer, der auf den Anwärter in seinem Sarg hinunterschaute, war fast täglich im Fernsehen zu sehen – ein prominenter US-Senator.

Wieder änderte sich die Szene. *Draußen ... Nacht ... die gleiche amateurhafte Aufnahmetechnik ... der Mann ging eine Straße hinunter ... blonde Haarsträhnen wehten vor dem Objektiv ... er bog um eine Ecke ... die Kamera richtete sich auf etwas in der Hand des Mannes ... ein Dollarschein ... eine Nahaufnahme des Staatssiegels ... das Allsehende Auge ... die unfertige Pyramide ... und dann, unvermittelt, fuhr sie zurück und enthüllte eine ähnliche Struktur in der Ferne ... ein Gebäude mit einem riesigen, pyramidenförmigen Dach ... mit abfallenden Seiten und gekappter Spitze.*

Das Haus des Tempels.

Eisiges Grauen erfüllte Langdon.

Das Video lief weiter … *der Mann ging auf das Gebäude zu … stieg die mehrfach geteilte Treppe hinauf … zu den riesigen Bronzetüren … zwischen zwei siebzehn Tonnen schweren Sphingen hindurch.*

Ein Novize, der die Pyramide der Initiation betritt.

Dann Dunkelheit.

In der Ferne spielte eine große Orgel … und ein neues Bild erschien.

Der Tempelraum.

Langdon musste schlucken.

In dem riesigen Raum herrschte eine gespannte Atmosphäre. Mondlicht fiel durch das Rundfenster auf den schwarzen Altar. Um ihn herum saß eine feierliche Versammlung von Freimaurern des 33. Grades auf handgefertigten und mit Schweinsleder bezogenen Stühlen. Sie waren gekommen, um das Geschehen zu bezeugen. Mit bewusster Langsamkeit fuhr die Kamera über ihre Gesichter.

Langdon schaute entsetzt zu.

Auch wenn er das hier nicht hatte kommen sehen, ergab es Sinn. Eine Versammlung der höchstdekorierten und hochgradigsten Freimaurer in der mächtigsten Stadt auf Erden schloss logischerweise auch viele einflussreiche und bekannte Persönlichkeiten mit ein. Angetan mit langen Seidenhandschuhen, Freimaurerschurzen und funkelnden Bijous, saßen dort einige der mächtigsten Männer des Landes.

Zwei Richter des Obersten Gerichtshofs …

Der Verteidigungsminister …

Langdon wurde übel, als die Kamera immer mehr Gesichter enthüllte.

Drei prominente Senatoren … einschließlich des Mehrheitsführers …

Der Heimatschutzminister …

Und …

Der Direktor der CIA...

Langdon hätte am liebsten weggeschaut, konnte aber nicht. Die Szene war faszinierend und selbst für ihn zutiefst beunruhigend. Nun war ihm klar, warum Sato sich solche Sorgen machte.

Auf dem Bildschirm wechselte die Szene zu einem einzelnen, schockierenden Bild.

Ein menschlicher Schädel ... gefüllt mit einer purpurroten Flüssigkeit. Das berühmte *caput mortuum* wurde dem Anwärter von den schlanken Händen Peter Solomons dargeboten, dessen goldener Freimaurerring im Kerzenlicht funkelte. Die rote Flüssigkeit war Wein ... und doch schimmerte sie wie Blut. Der visuelle Effekt war furchteinflößend.

Das fünfte Trankopfer, erkannte Langdon, der Berichte aus erster Hand darüber in John Quincy Adams' *Briefe zur Institution der Freimaurer* gelesen hatte. Aber es wirklich zu *sehen* ... zu sehen, wie Amerikas mächtigste Männer seelenruhig dabei zuschauten ... das war eines der fesselndsten Bilder, die Langdon je untergekommen waren.

Der Anwärter nahm den Schädel in die Hand ... Sein Gesicht spiegelte sich im Wein. »*Möge dieser Wein, den ich nun trinke, mir ein tödliches Gift werden*«, erklärte er, »*sollte ich je wissentlich oder willentlich meinen Eid verletzen.*«

Offensichtlich hatte dieser Anwärter von Anfang an die Absicht gehegt, genau das zu tun – auf ungeheuerliche Weise und in unvorstellbarem Ausmaß.

Langdon vermochte sich kaum vorzustellen, was geschehen würde, sollte dieses Video an die Öffentlichkeit gelangen. *Niemand würde das verstehen.* Die Regierung würde in Chaos versinken. In sämtlichen Medien würden sich die Stimmen von anti-freimaurerischen Gruppen, Fundamentalisten und Verschwörungstheoretikern erheben, die Gift und Galle spucken und Hass verbreiten würden. Erneut würde es zu einer puritanischen Hexenjagd kommen.

Dann würde die Wahrheit verdreht. Das wusste Langdon. *So war und ist es immer mit den Freimaurern.*

Die Wahrheit jedoch war, dass es eine Feier des *Lebens* darstellte, wenn die Bruderschaft den Tod zelebrierte. Freimaurer-Rituale sollten dazu dienen, den schlummernden Menschen im Innern zu wecken, ihn aus dem finsteren Sarg des Unwissens ins Licht zu erheben und ihm Augen zu geben, auf dass er sehen konnte.

Nur durch die *Todes*erfahrung konnte der Mensch seine *Lebens*erfahrung wahrhaft begreifen. Nur durch die Einsicht in die Endlichkeit seiner Zeit auf Erden vermochte er zu erkennen, wie wichtig es war, sein Leben in Ehre, Würde und im Dienste am Mitmenschen zu verbringen.

Freimaurerische Initiationsriten waren deshalb so verwirrend, weil sie als Transformation gedacht waren. Die freimaurerischen Schwüre waren deshalb so unversöhnlich, weil sie daran gemahnen sollten, dass die Ehre eines Menschen und sein Wort alles waren, was er aus dieser Welt mitnehmen konnte. Die freimaurerischen Lehren waren deshalb mysteriös, weil sie *universal* gedacht waren, und sie wurden mittels einer gemeinsamen Sprache aus Symbolen und Metaphern gelehrt, die alle Religionen, Kulturen und Rassen überbrückte. So schufen sie ein einheitliches, weltweites Bewusstsein brüderlicher Liebe.

Einen kurzen Augenblick empfand Langdon einen Funken Hoffnung. Sollte dieses Video jemals veröffentlicht werden, würde die Öffentlichkeit sich vielleicht *doch* als offen und tolerant erweisen und erkennen, dass alle spirituellen Rituale beängstigend wirkten, wenn man sie aus dem Zusammenhang riss … Passionsspiele, Beschneidungszeremonien, mormonische Totentaufen, katholische Exorzismen, schamanistische Geistheilungen, jüdische Sühneopfer, ja selbst das symbolische Verzehren von Christi Leib und Blut.

Aber so wird es nicht sein. Dieses Video wird das Chaos bringen.

Langdon konnte sich nur zu gut vorstellen, was geschehen würde, sollte man die Mächtigen Russlands oder der islamischen Welt in einem Video sehen, wie sie sich Klingen an die nackte Brust drückten, grausame Eide schworen, Morde simulierten, sich in symbolische Särge legten und Wein aus menschlichen Schädeln tranken. Der weltweite Aufschrei wäre ohrenbetäubend.

Gott steh uns bei.

Auf dem Bildschirm hob der Anwärter nun den Schädel an die Lippen. Er kippte ihn nach vorne … leerte den Wein … und besiegelte damit seinen Eid. Dann senkte er den Schädel und ließ seinen Blick über die Versammelten schweifen. Die mächtigsten Männer Amerikas nickten anerkennend.

»*Willkommen, Bruder*«, sagte Peter Solomon.

Als nur noch Schwärze auf dem Monitor zu sehen war, bemerkte Langdon, dass er den Atem angehalten hatte.

Wortlos streckte Sato den Arm aus, schloss den Koffer und nahm ihn Langdon vom Schoß. Langdon drehte sich zu ihr um. Er wollte etwas sagen, doch ihm fehlten die Worte. Aber das spielte keine Rolle: Die Erkenntnis stand ihm ins Gesicht geschrieben. Die Ereignisse der heutigen Nacht stellten tatsächlich eine Gefahr für die nationale Sicherheit dar … eine Gefahr von unvorstellbaren Ausmaßen.

Kapitel 118

Mit seinem Lendenschurz bekleidet, schritt Mal'akh vor Peter Solomons Rollstuhl auf und ab. »Peter«, flüsterte er und weidete sich am Entsetzen seines Opfers, »Sie haben vergessen, dass Sie eine zweite Familie haben: Ihre Freimaurerbrüder. Ich werde auch sie vernichten … es sei denn, Sie helfen mir.«

Im Leuchten des Laptops auf seinen Oberschenkeln sah Solomon gespenstisch aus. »Bitte«, flüsterte er und sah auf. »Falls dieses Video an die Öffentlichkeit kommt …«

»Falls?« Mal'akh lachte auf. »*Falls* es an die Öffentlichkeit kommt?« Er zeigte auf das kleine Funkmodem, das seitlich in den Laptop gestöpselt war. »Ich bin mit der Welt verbunden.«

»Sie können doch nicht …«

Oh doch, ich kann, dachte Mal'akh, *und ich werde*. Wie sehr er Solomons Entsetzen genoss! »Es liegt in Ihrer Macht, mich aufzuhalten und Ihre Schwester zu retten. Aber Sie müssen mir sagen, was ich wissen will. Das Verlorene Wort liegt hier irgendwo verborgen, Peter, und ich weiß, dass dieses Bild einen Hinweis darauf gibt, wo genau es zu finden ist.«

Peter warf einen weiteren Blick auf das Symbolmuster, doch seine Augen verrieten nichts.

»Vielleicht inspiriert Sie das hier ein wenig …« Mal'akh griff über Peters Schultern hinweg und drückte ein paar Tasten am Laptop. Ein E-Mail-Programm erschien. Peter erstarrte. Der Bildschirm zeigte eine E-Mail, die Mal'akh zuvor erstellt hatte, mit einer Videodatei im Anhang, adressiert an eine lange Liste der größten Nachrichtensender.

Mal'akh grinste. »Ich glaube, es wird Zeit, dass wir uns austauschen, nicht wahr?«

»Nein!«

Mal'akh streckte die Hand aus und klickte auf den Sendeknopf des Programms. Peter stemmte sich gegen seine Fesseln und versuchte erfolglos, den Laptop auf den Boden zu stoßen.

»Entspannen Sie sich, Peter«, flüsterte Mal'akh. »Das ist eine sehr große Datei. Die Übertragung dauert mehrere Minuten.« Er wies auf den Fortschrittsbalken:

NACHRICHT WIRD GESENDET: 2 % ABGESCHLOSSEN

»Wenn Sie mir sagen, was ich wissen will, stoppe ich die Übertragung, und niemand wird das Video je zu sehen bekommen.«

Mit aschfahlem Gesicht beobachtete Peter, wie der Balken voranrückte.

NACHRICHT WIRD GESENDET: 4 % ABGESCHLOSSEN

Mal'akh hob den Laptop von Peters Schoß und stellte ihn auf einen der ledergepolsterten Stühle. Den Bildschirm drehte er so, dass Peter Solomon den Fortschrittsbalken sehen konnte. Dann kehrte er zu Peter zurück und legte ihm die Seite mit den Symbolen auf den Schoß. »Die Legenden besagen, dass die Freimaurerpyramide das Verlorene Wort enthüllen wird. Das hier ist der letzte Code der Pyramide. Ich glaube, Sie wissen, wie man ihn zu lesen hat.«

Mal'akh warf einen Blick auf den Laptop.

NACHRICHT WIRD GESENDET: 8 % ABGESCHLOSSEN

Er richtete den Blick wieder auf Peter Solomon. Der starrte ihn an, und seine grauen Augen blitzten vor Hass.

Ja, hasse mich nur, dachte Mal'akh. *Je stärker das Gefühl, desto größer die Energie, die freigesetzt wird, wenn ich das Ritual vollende.*

Nola Kaye drückte sich in Langley den Telefonhörer ans Ohr. Satos Stimme war über dem Lärm des Hubschraubers hinweg kaum zu vernehmen.

»Die Dateiübermittlung kann nicht mehr unterbrochen werden!«, rief Nola. »Es würde gut eine Stunde dauern, die lokalen kabelgebundenen Internetzugänge lahmzulegen, und wenn dieser Mann Zugang über Funk oder Satellit hat, könnten wir ihn selbst dann nicht am Senden hindern.«

Heutzutage war es nahezu unmöglich geworden, den Fluss digitaler Informationen zu stoppen; zum Internet gab es zu viele unterschiedliche Zugangswege: Festnetzleitungen, WLAN-Zugriffspunkte, Funkmodems und Satellitentelefone. Es gab nur eine Möglichkeit, ein potenzielles Datenleck zu stopfen: Man musste den Quellrechner zerstören.

»Ich habe die Spezifikation Ihres Black-Hawk aufgerufen«, sagte Nola. »Wie es aussieht, ist der Helikopter mit einer EMP-Kanone ausgestattet.«

Waffen, die einen elektromagnetischen Impuls oder EMP abgaben, waren bei den Strafverfolgungsbehörden mittlerweile ziemlich verbreitet. Sie wurden vor allem genutzt, um Autoverfolgungsjagden aus sicherer Entfernung zu beenden. Eine EMP-Waffe feuerte einen hochkonzentrierten Impuls elektromagnetischer Strahlung ab und konnte die Elektronik von Fahrzeugen, Handys und Computern zerstören. Den Nola vorliegenden Daten zufolge war der Black-Hawk mit einem unter dem Rumpf montierten Sechs-Gigahertz-Magnetron mit Laservisier und 50-dB-Verstärker ausgestattet, das einen Impuls von zehn Gigawatt abstrahlen konnte. Direkt auf einen

Laptop abgefeuert, würde die Hauptplatine des Rechners augenblicklich brennen und die Festplatte vollständig gelöscht werden.

»EMP bringt nichts!«, rief Sato. »Zielperson ist in einem Steingebäude. Kein Sichtkontakt, massive EM-Abschirmung. Haben Sie schon irgendein Anzeichen, ob das Video verschickt wurde?«

Nola blickte auf einen zweiten Bildschirm, auf dem eine kontinuierliche Suche nach Nachrichtensendungen über die Freimaurer lief. »Noch nicht, Ma'am. Aber wenn es an die Öffentlichkeit geht, wissen wir es innerhalb weniger Sekunden.«

»Halten Sie mich auf dem Laufenden.« Sato unterbrach die Verbindung.

Langdon hielt den Atem an, als der Hubschrauber aus dem Himmel auf den Dupont Circle zustürzte. Eine Handvoll Fußgänger stob auseinander, als der Black-Hawk sich durch eine Lücke zwischen den Bäumen herabsenkte und südlich des berühmten zweistufigen Springbrunnens – der von den beiden Männern entworfen worden war, die auch für die Architektur des Lincoln Memorial verantwortlich zeichneten – auf dem Rasen landete.

Dreißig Sekunden später saß Langdon auf dem Beifahrersitz eines beschlagnahmten Lexus SUV, der die New Hampshire Avenue entlang zum Haus des Tempels raste.

Peter Solomon überlegte verzweifelt, was er tun sollte. Der Anblick Katherines, die in dem versteckten Kellerraum verblutete, ging ihm nicht aus dem Sinn ... ebenso wenig das Video, das er gerade gesehen hatte. Langsam drehte er den Kopf zu dem Laptop auf dem Stuhl, der mehrere Meter entfernt stand. Der Fortschrittsbalken hatte fast ein Drittel seines Weges zurückgelegt.

NACHRICHT WIRD GESENDET: 29 % ABGESCHLOSSEN

Der Tätowierte umkreiste mit langsamen Schritten den quadratischen Altar, schwang dabei ein Weihrauchfass und sang vor sich hin. Dicke Wolken aus weißem Rauch stiegen zum Deckenfenster auf. Der Mann hatte die Augen aufgerissen und schien sich in dämonischer Trance zu befinden. Peter richtete den Blick auf das uralte Messer auf dem weißen Seidentuch, das über den Altar gebreitet war.

Er hatte nicht den leisesten Zweifel, dass er heute Nacht in diesem Tempel sterben würde. Die Frage war, auf welche Weise. Würde er eine Möglichkeit finden, seine Schwester und seine Bruderschaft zu retten, oder wäre sein Tod am Ende vergeblich?

Er blickte auf das Bild mit den Symbolen. Als er es zum ersten Mal gesehen hatte, hatte der Schock des Augenblicks ihn geblendet … verhindert, dass sein Blick den Schleier des Chaos durchdrang. Mittlerweile war ihm die wahre Bedeutung der Symbole klar geworden. Er hatte die Darstellung in einem völlig neuen Licht gesehen … und die Wahrheit erkannt.

Peter Solomon wusste genau, was er zu tun hatte.

Er atmete tief durch und blickte durch das Deckenfenster auf den Mond. Dann begann er zu sprechen.

Alle großen Wahrheiten sind einfach.

Das hatte Mal'akh schon vor langer Zeit gelernt.

Die Auflösung, die Peter Solomon ihm darlegte, war so elegant und rein, dass Mal'akh nicht an ihrer Wahrheit zweifelte. Es erschien unglaublich, doch die Auflösung des letzten Codes auf der Pyramide war erheblich einfacher, als Mal'akh je angenommen hätte.

Das Verlorene Wort war direkt vor meinen Augen.

Binnen eines Augenblicks durchstieß ein heller Lichtstrahl die Dunkelheit der Geschichte und des Mythos. Wie verheißen, war das Verlorene Wort tatsächlich in einer alten Sprache geschrieben und besaß in jeder Philosophie, jedem Glauben und jeder Wissenschaft, die der Mensch je gekannt hatte, mystische Macht. *Alchimie, Astrologie, Kabbalah, Christentum, Buddhismus, Rosenkreuzertum, Freimaurerei, Astronomie, Physik, Noetik…*

Als er nun in dieser Initiationskammer an der Spitze der großen Pyramide von Heredom stand, blickte Mal'akh auf den Schatz, den er in all den Jahren gesucht hatte, und wusste, dass er sich nicht besser darauf hätte vorbereiten können.

Bald bin ich vollendet.

Das Verlorene Wort ist gefunden.

In Kalorama Heights stand ein einsamer CIA-Agent allein in einem Meer aus Müll, der aus den Abfalltonnen entleert worden war, die in der Garage gestanden hatten.

»Miss Kaye?«, sprach er ins Telefon. »Gute Idee, den Müll zu durchsuchen. Ich glaube, ich habe gerade etwas gefunden.«

Katherine Solomon fühlte sich mit jeder verstreichenden Sekunde kräftiger. Die Infusion hatte ihren Blutdruck erhöht und den hämmernden Kopfschmerz besänftigt. Sie ruhte nun, saß mit der ausdrücklichen Anweisung, sich zu schonen, im Esszimmer und hoffte – von Minute zu Minute besorgter – auf Nachrichten über ihren Bruder.

Wo sind denn alle? Das Spurensicherungsteam der CIA war noch nicht eingetroffen, und der Agent, der zurückgeblieben war, suchte das Grundstück ab. Bellamy hatte mit Katherine im Esszimmer gesessen, in eine Decke gehüllt, doch auch er war schließlich gegangen, um nach Informationen zu suchen, die der CIA vielleicht helfen konnten, Peter zu retten.

Katherine hatte es satt, untätig herumzusitzen. Sie stemmte sich hoch, schwankte einen Moment und ging dann langsam zum Wohnzimmer. Sie fand Bellamy im Büroraum. Der Architekt des Kapitols stand mit dem Rücken zu ihr an einer geöffneten Schublade und war offenbar so sehr in deren Inhalt vertieft, dass er gar nicht bemerkte, wie Katherine hereinkam.

Als sie ihn ansprach, zuckte der alte Mann zusammen und wandte sich um. Dabei verschloss er mit einer Bewegung der Hüfte rasch die Schublade. Sein Gesicht zeigte Schock und Trauer; seine Wangen waren tränenüberströmt.

»Was ist passiert?« Katherine blickte zu der Schublade. »Was haben Sie gefunden?«

Bellamy schien es die Sprache verschlagen zu haben. Er wirkte wie jemand, der gerade etwas zu Gesicht bekommen hatte, das er nie im Leben hatte sehen wollen.

»Was ist in der Schublade?«, drängte Katherine.

Mit tränennassen Augen blickte Bellamy sie traurig an. Schließlich sagte er: »Sie und ich, wir haben uns gefragt, wieso dieser Mann Ihre Familie so hasst.«

Katherine runzelte die Stirn. »Ja?«

»Ich fürchte...« Bellamy stockte die Stimme. »Ich habe soeben die Antwort gefunden.«

Kapitel 119

Im Haus des Tempels stand der Mann, der sich Mal'akh nannte, vor dem großen Altar unter der Kuppel und rieb mit der Hand sanft die jungfräuliche Stelle oben auf seinem Kopf. *Verbum significatum*, skandierte er in Vorbereitung auf die Zeremonie. *Verbum omnificum.* Das letzte fehlende Element war endlich gefunden worden.

Die wertvollsten Dinge sind oft die einfachsten.

Über dem Altar wirbelten dünne Weihrauchschwaden. Wie in Zeitlupe stiegen sie im Licht des Mondes aus dem Räuchergefäß gen Himmel und reinigten den Schacht, durch den die befreite Seele ungehindert würde aufsteigen können.

Die Zeit war gekommen.

Mal'akh nahm die Phiole mit Peters dunklem Blut und entkorkte sie. Unter den Blicken seines Gefangenen tauchte er die Spitze der Krähenfeder in die purpurne Tinktur und führte sie zu dem heiligen Kreis auf seiner Kopfhaut. Er hielt einen Moment inne … dachte daran, wie lange er auf diesen Moment gewartet hatte. Seine große Transformation stand endlich bevor. *Wenn das Verlorene Wort dem Geist des Menschen eingeschrieben wird, ist es ihm gegeben, unvorstellbare Macht zu empfangen.* So lautete seit jeher das Versprechen der Apotheose. Bisher hatte die Menschheit dieses Versprechen nicht zu begreifen vermocht, und Mal'akh hatte alles darangesetzt, dass es so blieb.

Mit ruhiger Hand setzte er die Spitze der Feder auf seine Haut.

Er brauchte keinen Spiegel, keine Hilfe – nur seinen Tastsinn und sein inneres Auge. Langsam und mit größter Sorgfalt begann er das Verlorene Meisterwort in den kreisförmigen *Ouroboros* auf seiner Kopfhaut zu schreiben.

Peter Solomon beobachtete ihn mit einem Gefühl namenlosen Entsetzens.

Als Mal'akh fertig war, schloss er die Augen, legte die Feder beiseite und atmete tief aus, bis alle Luft aus seiner Lunge gewichen war. Ein Gefühl, wie er es nie zuvor verspürt hatte, breitete sich in seinem Innern aus.

Ich bin vollendet.

Ich bin eins.

Jahrelang hatte Mal'akh an dem Werkzeug gearbeitet, das sein Körper war. Nun, im erhabenen Augenblick seiner letzten Transformation, spürte er jede einzelne Linie, die in sein Fleisch gezeichnet

ALTAR DES TEMPELSAALS AUS SCHWARZEM BELGISCHEN
MARMOR, HAUS DES TEMPELS © *MAXWELL MACKENZIE*

worden war. *Ich bin ein wahres Meisterwerk. Vollkommen und voll-endet.*

»Ich habe Ihnen gegeben, was Sie wollten.« Peters Worte drangen in seine Gedanken. »Schicken Sie Katherine Hilfe. Und stoppen Sie diese Übertragung.«

Mal'akh öffnete die Augen und lächelte. »Wir beide sind noch nicht fertig miteinander.« Er drehte sich zum Altar um, ergriff das Opfermesser und prüfte die Schärfe der glänzenden Klinge mit dem Finger. »Dieses alte Messer wurde von Gott selbst in Auftrag gegeben«, sagte er, »um als Werkzeug bei einem Menschenopfer zu dienen. Sie haben es doch sicher schon erkannt, nicht wahr?«

Solomons graue Augen verrieten keinerlei Regung. »Es ist einzigartig, und ich kenne die Legende.«

»Legende? Die Geschichte steht in der Heiligen Schrift. Sie glauben *nicht*, dass sie wahr ist?«

Peter starrte ihn nur an.

Mal'akh hatte ein Vermögen ausgegeben, um dieses Artefakt ausfindig zu machen und in seinen Besitz zu bringen. Man nannte es das Akedah-Messer, und es war vor mehr als dreitausend Jahren aus dem Metall eines Meteoriten geschmiedet worden, der auf die Erde gestürzt war. *Eisen vom Himmel, wie die alten Mystiker es nannten.* Angeblich handelte es sich um das Messer, das Abraham bei der Akedah benutzte – der Beinahe-Opferung seines Sohnes Isaak auf dem Berge Moria, wie sie im Buch Genesis beschrieben wird. Die erstaunliche Legende des Messers besagte, dass es sich in späteren Zeiten im Besitz von Päpsten, Nazi-Mystikern, europäischen Alchimisten und privaten Sammlern befunden hatte.

Sie haben das Messer behütet und bewundert, dachte Mal'akh, *aber niemand hat es gewagt, seine wahren Kräfte freizusetzen und es seiner wahren Bestimmung zuzuführen.* Heute Nacht würde das Opfermesser sein Schicksal erfüllen.

Innerhalb des Freimaurerritus war die Akedah stets heilig gewesen. Schon im ersten Grad verneigten sich die Freimaurer vor dem »größten Geschenk, das der Mensch Gott je darbot…der Unterwerfung Abrahams unter den Willen des Höchsten Wesens, indem er bereit war, seinen erstgeborenen Sohn Isaak zu opfern…«

Mal'akh spürte die Erregung, die das Messer in seiner Hand auslöste, als er sich hinunterbeugte und mit der frisch geschärften Klinge die Stricke durchschnitt, die Peter an den Rollstuhl fesselten. Die Stricke fielen zu Boden.

Schmerz durchzuckte Peter Solomon, als er versuchte, seine verkrampften Gliedmaßen zu bewegen. »Was haben Sie vor? Wozu soll das alles gut sein?«

»Das sollten Sie doch am ehesten verstehen«, erwiderte Mal'akh. »Sie haben die alten Gebräuche studiert. Sie wissen, dass ein Opfer nötig ist, um die Macht der Mysterien freizusetzen…dass eine menschliche Seele von ihrem Körper befreit werden muss. So war es von Anfang an.«

»Sie haben keine Ahnung von Opfern«, sagte Peter, und seine Stimme bebte vor Wut, Abscheu und Schmerz.

Ausgezeichnet, dachte Mal'akh. *Nähre deinen Hass. Es wird alles leichter machen.*

Mal'akh ging vor seinem Gefangenen auf und ab. Sein leerer Magen knurrte. »Dem Vergießen menschlichen Blutes wohnt eine ungeheure Kraft inne. Das ist seit Urzeiten bekannt. Die frühen Ägypter wussten es, die keltischen Druiden, die Chinesen und Azteken. Im Menschenopfer liegt eine magische Kraft. Der moderne Mensch aber ist zu schwach geworden. Er fürchtet sich davor, wahre Opfer zu bringen, und wagt es nicht, das Leben hinzugeben, wie es sein muss, um die spirituelle Transformation zu vollenden. Die alten Texte lassen keinen Zweifel daran. Nur indem man opfert, was einem am heiligsten ist, kann man die höchste Macht erlangen.«

»Sie halten *mich* für ein wertvolles Opfer?«

Mal'akh musste laut lachen. »Sie verstehen noch immer nicht, oder?«

Peter starrte ihn verwirrt an.

»Wissen Sie, warum ich einen Deprivationstank in meinem Haus habe?« Mal'akh stemmte die Hände in die Hüften und dehnte seinen tätowierten Körper. »Ich habe trainiert... mich vorbereitet... den Augenblick herbeigesehnt, an dem ich nur noch Geist bin... an dem ich diese sterbliche Hülle abwerfe... an dem ich das Opfer darbringe und den Göttern diesen wunderschönen Körper zum Geschenk mache. *Ich* bin der Kostbare. *Ich* bin das reine weiße Lamm!«

Peters Mund öffnete sich, doch er brachte kein Wort hervor.

»Ja, Peter, wir müssen den Göttern opfern, was uns am teuersten ist. Unseren wertvollsten Besitz. Sie, Peter, sind nicht wertvoll. Sie sind es nicht wert, geopfert zu werden.« Mal'akh starrte ihn an. »Verstehen Sie denn nicht? Sie sind nicht das Opfer, Peter... *Ich* bin es! Mein Fleisch wird dargebracht. Ich bin das Geschenk, die Gabe. Schauen Sie mich an. Ich habe mich vorbereitet, habe alles getan, auf dass ich würdig bin, die letzte Reise anzutreten. *Ich bin die Opfergabe!*«

Peter wusste noch immer nicht, was er sagen sollte.

»Das Geheimnis liegt darin, wie man stirbt«, fuhr Mal'akh fort. »Freimaurer verstehen das.« Er deutete auf den Altar. »Ihr folgt den alten Wahrheiten, und dennoch seid ihr Feiglinge. Ihr wisst, welche Macht in der Darbringung eines Opfers liegt; dennoch distanziert ihr euch vom Tod und vollzieht eure merkwürdigen Scheinmorde und unblutigen Todesrituale. Heute Nacht wird euer Altar seiner wahren Bestimmung zugeführt.«

Mal'akh bückte sich, packte Peter Solomons linken Arm und drückte ihm das Opfermesser in die Hand. *Die linke Hand, die Dienerin der Dunkelheit.* Auch dies war alles so geplant. Peter würde keine Wahl haben. Mal'akh konnte sich kein größeres, kein symbolischeres Opfer vorstellen als das, was heute Nacht auf diesem Altar von diesem Mann mit diesem Messer vollzogen werden würde. Und das Fleisch, die sterbliche Hülle, in die das Messer sich bohren würde, war wie ein Geschenk geschmückt, gehüllt in ein Leichentuch mystischer Symbole.

Mit diesem Opfer seiner selbst würde Mal'akh sich in der Hierarchie der Dämonen einen festen Platz sichern. Dunkelheit und Blut – dort lag die wahre Macht. Die Alten hatten es gewusst, und die Adepten hatten je nach Veranlagung ihre Seite der Macht gewählt. Mal'akh hatte weise entschieden. Chaos war das natürliche Gesetz des Universums. Gleichgültigkeit war der Motor der Entropie. Die Apathie der Menschen bildete den fruchtbaren Boden, in dem die Saat der dunklen Mächte gedieh.

Ich habe ihnen gedient, und sie werden mich als Gott empfangen.

Peter rührte sich nicht, starrte nur auf das uralte Messer in seiner Linken.

»Ich habe dich bestimmt«, sagte Mal'akh. »Ich bin ein williges Opfer. Deine letzte Rolle wurde festgelegt. Du wirst mich transformieren, wirst mich von meinem Körper befreien. Du musst es tun, oder du verlierst deine Schwester und deine Bruderschaft. Dann wirst du wirklich allein sein.« Er hielt inne und lächelte auf seinen Gefangenen hinunter. »Betrachte es als deine letzte Strafe.«

Peter hob ganz langsam den Kopf und sah Mal'akh in die Augen. »*Sie* töten? Eine *Strafe?* Glauben Sie vielleicht, ich würde auch nur eine Sekunde zögern? Sie haben meinen Sohn ermordet. Meine Mutter. Meine ganze Familie.«

»Nein!«, stieß Mal'akh mit einer Wucht aus, die selbst ihn überraschte. »Du irrst dich. Ich habe deine Familie nicht getötet. Du warst es! Du warst derjenige, der Zachary im Gefängnis zurückgelassen hat! Von da an gab es kein Zurück. Es war der Anfang vom Ende. Du hast deine Familie ermordet, Peter, nicht ich.«

Peter umklammerte das Messer so fest, dass seine Fingerknöchel weiß hervortraten. »Sie wissen doch gar nicht, warum ich Zachary im Gefängnis zurückgelassen habe.«

»Ich weiß alles!«, widersprach Mal'akh. »Ich war dort. Du hast behauptet, dass du Zachary hilfst. Hast du versucht, ihm zu helfen, als du ihn vor die Wahl gestellt hast, sich zwischen Reichtum und Weisheit zu entscheiden? Hast du ihm geholfen, als du ihn zwingen wolltest, den Freimaurern beizutreten? Was für ein Vater stellt seinen Sohn vor eine solche Entscheidung und erwartet, dass er damit fertig wird? Was für ein Vater lässt seinen Sohn in einem Höllenloch zurück, statt ihn nach Hause zu holen, in Sicherheit?« Mal'akh trat noch näher an Peter heran, ging vor ihm in die Hocke und brachte sein tätowiertes Gesicht ganz dicht an seines. »Aber noch wichtiger … Was für ein Vater kann seinem Sohn in die Augen sehen, selbst nach all den Jahren, ohne ihn zu *erkennen?*«

Mal'akhs Worte hallten von den Wänden der Halle wider.

Stille senkte sich herab.

Ungläubig starrte Peter den Mann – das Monster – vor sich an.

Ja, Vater, ich bin es. Jahrelang hatte Mal'akh auf diesen Augenblick gewartet … auf diesen Augenblick der Rache an dem Mann, der ihn im Stich gelassen hatte. Er wollte ihm in die grauen Augen sehen, wollte ihm die Wahrheit ins Gesicht brüllen. Die Wahrheit, die all die Jahre verborgen gewesen war. Nun war dieser Augenblick gekommen, und Mal'akh sprach ganz langsam, wollte sehen, wie ein Wort nach dem anderen Peter Solomons Seele zerstörte. »Du solltest dich freuen, Vater. Dein verlorener Sohn ist zurückgekehrt.«

Peters Gesicht war bleich wie der Tod.

Mal'akh genoss jede Sekunde. »Als mein Vater mich im Gefängnis zurückließ, habe ich geschworen, ihm nie mehr die Gelegenheit zu geben, mich von sich zu weisen. Ich war nicht mehr sein Sohn. Zachary Solomon gab es nicht mehr.«

Plötzlich glitzerten zwei Tränen in den Augen seines Vaters. Mal'akh hatte nie etwas Schöneres gesehen.

Peter unterdrückte die Tränen und starrte in Mal'akhs Gesicht, als begegnete er ihm zum ersten Mal.

»Alles, was der Gefängnisdirektor wollte, war Geld«, sagte Mal'akh, »aber du hast dich geweigert. Nur ist dir nie in den Sinn gekommen, dass *mein* Geld genauso gut war wie deines. Dem Direktor war es egal, wer ihn bezahlte, Hauptsache, er *wurde* bezahlt. Als ich ihm versprach, ihn fürstlich zu belohnen, suchte er sich einen kranken Insassen aus, der in etwa meine Größe hatte, zog ihm meine Sachen an und prügelte so lange auf ihn ein, bis der Leichnam unkenntlich war. Die Fotos, die du gesehen hast … die versiegelte Schatulle, die du begraben hast … das war nicht ich. Das war ein Fremder.«

Unsägliche Qual mischte sich unter die Zweifel, die Peter ins Gesicht geschrieben standen. »O Gott … Zachary.«

»Nein, nicht mehr. Als Zachary das Gefängnis verließ, hatte er eine Wandlung durchlaufen.«

Sein jugendlicher Körper und seine kindlichen Züge hatten sich dramatisch verändert, als er seinem Körper große Mengen Wachstumshormone und Anabolika zuführte. Selbst seine Stimmbänder hatten sich verändert und seine kindliche Stimme in ein beständiges Flüstern verwandelt.

Zachary verwandelte sich in Andros.

Andros verwandelte sich in Mal'akh.

Und heute Nacht wird Mal'akh sich in die größte all seiner Inkarnationen verwandeln.

Genau zur gleichen Zeit stand Katherine in Kalorama Heights über eine Schublade gebeugt und starrte auf eine Sammlung von alten Zeitungsartikeln und Fotos, die nur einem Fetischisten gehören konnte.

»Ich begreife das nicht«, sagte sie und drehte sich zu Bellamy um. »Dieser Wahnsinnige war offenbar von meiner Familie besessen, aber …«

»Machen Sie weiter«, forderte Bellamy sie auf und setzte sich. Er wirkte noch immer erschüttert.

Katherine wühlte tiefer in den Zeitungsartikeln, die sich alle auf die Solomon-Familie bezogen: Ausschnitte über Peters zahllose Erfolge, Katherines Forschungen, den schrecklichen Mord an ihrer Mutter Isabel, alles über Zachary Solomons Drogenexzesse, seine Einkerkerung und seinen brutalen Tod in einem türkischen Gefängnis.

Die Besessenheit, mit der dieser Mann die Solomons verfolgt hatte, war mehr als fanatisch. Doch Katherine konnte sich noch immer nicht erklären, woher dieser Hass gekommen war.

Und dann sah sie die Fotos. Das erste zeigte Zachary knietief in azurblauem Wasser stehend, an einem Strand mit weiß getünchten Häusern. *Griechenland?* Die Fotos konnten nur in der Zeit seiner Drogenexzesse in Europa entstanden sein. Seltsamerweise sah Zach jedoch sehr viel gesünder aus als der abgemagerte Jugendliche auf den Paparazzi-Fotos, die ihn auf den diversen Drogenpartys zeigten. Er wirkte kräftiger, erwachsener. Katherine konnte sich nicht erinnern, ihren Neffen jemals in so guter Verfassung gesehen zu haben.

Verwirrt überprüfte sie das Datum auf dem Foto.

Aber das ist unmöglich!

Das Bild war fast ein Jahr nach Zacharys Tod im Gefängnis aufgenommen worden.

Hastig blätterte Katherine weiter durch die Fotos. Alle stammten von Zachary Solomon und zeigten, wie er langsam älter wurde. Die Sammlung schien eine Art fotografischer Autobiografie zu sein, die eine allmähliche Verwandlung dokumentierte. An einer Stelle kam es zu einer dramatischen Veränderung. Schockiert sah Katherine, wie unglaublich Zacharys Muskeln gewachsen waren und wie sehr seine Gesichtszüge sich unter dem offenbar massiven Einfluss von Anabolika verformt hatten. Seine Gestalt wirkte doppelt so massig wie zuvor, und ein Ausdruck mühsam gezügelter Wut lag in seinen Augen.

Ich erkenne diesen Mann nicht mehr.

Er sah ganz anders aus, als Katherine ihren jungen Neffen in Erinnerung hatte.

Als sie auf ein Foto stieß, das ihn mit rasiertem Schädel zeigte, wurden ihr die Knie weich. Dann entdeckte sie ein Foto seines nackten Körpers ... auf dem die ersten Zeichen einer Tätowierung zu sehen waren.

Ihr stockte das Herz.

Kapitel 120

Rechts abbiegen!«, rief Langdon vom Rücksitz des beschlagnahmten Lexus.

Simkins riss das Steuer herum und jagte mit kreischenden Reifen durch die S-Street, eine ruhige, von Bäumen gesäumte Wohngegend. Als sie sich der Ecke Sechzehnte Straße näherten, erhob sich zur Rechten, ein Stück voraus, das Haus des Tempels wie ein monumentaler Berg.

Simkins starrte auf das gewaltige Bauwerk. Es sah aus, als hätte jemand eine Pyramide auf das römische Pantheon gesetzt. Simkins schlug das Lenkrad ein, um nach rechts einzuschwenken, wo der Haupteingang des Gebäudes lag.

»Nein!«, rief Langdon. »Fahren Sie weiter! Bleiben Sie auf der S-Street.«

Simkins tat wie geheißen und passierte das Haus des Tempels auf der Ostseite.

»An der Fünfzehnten rechts ab«, sagte Langdon.

Simkins befolgte die Anweisung. Augenblicke später deutete Langdon auf einen kaum sichtbaren, unbefestigten Weg, der durch den Garten hinter dem Haus des Tempels führte. Simkins bog von der Straße ab und hielt auf die Rückseite des Gebäudes zu.

»Sehen Sie!«, sagte Langdon und deutete auf den großen Van, der vor dem Hintereingang stand. »Sie sind hier.«

Simkins parkte den Lexus und stellte den Motor ab. Leise stiegen er und die anderen aus und bereiteten sich darauf vor, in das

Gebäude einzudringen. Simkins blickte die monumentale Fassade hinauf. »Der Tempelsaal ist ganz oben, sagen Sie?«

Langdon nickte. »Die abgeflachte Spitze des Pyramidendachs enthält in Wirklichkeit ein Fenster.«

Simkins drehte sich erstaunt zu Langdon um. »Der Tempelsaal hat ein *Fenster?*«

Langdon bedachte ihn mit einem seltsamen Blick. »Selbstverständlich. Ein Blickfenster, das zum Himmel weist … direkt über dem Altar.«

Der Black-Hawk-Helikopter stand auf dem Dupont Circle.

Auf dem Passagiersitz kaute Sato an den Fingernägeln, während sie auf Neuigkeiten von ihrem Team wartete.

Endlich meldete sich Simkins über Funk. »Hallo?«

»Sato hier.«

»Wir gehen jetzt rein. Vorher habe ich noch ein paar Informationen für Sie.«

»Schießen Sie los.«

»Mr. Langdon hat mir soeben verraten, dass der Raum, in dem sich die Zielperson aufhält, höchstwahrscheinlich ein großes Dachfenster hat.«

Inoue Sato dachte sekundenlang über das Gehörte nach. »Verstanden«, sagte sie schließlich. »Danke sehr.«

Simkins beendete die Verbindung.

Sato spie ein abgebissenes Stück ihres Fingernagels aus. »Bringen Sie uns nach oben«, befahl sie dem Piloten.

Kapitel 121

Wie jeder Vater und jede Mutter, die ein Kind verloren haben, hatte Peter Solomon sich oft vorgestellt, wie alt sein Junge heute wäre … wie er aussehen würde … und was aus ihm geworden wäre.

Jetzt kannte Peter die Antwort.

Die muskelbepackte, tätowierte Kreatur, die vor ihm stand, hatte ihr Leben als winziger, unendlich kostbarer Säugling begonnen … Baby Zach in einer geflochtenen Wiege … bei den ersten unsicheren Schritten durch Peters Arbeitszimmer … beim Sprechen der ersten Worte …

Dass das Böse selbst in einem unschuldigen Kind keimen konnte, das aus einer liebevollen Familie stammte, blieb einer der unlösbaren Widersprüche der menschlichen Seele. Peter hatte bereits früh einsehen müssen, dass zwar sein Blut durch die Adern seines Sohnes floss, dass Zachs Herz jedoch anders schlug als seines. Einzig und einzigartig, als wäre es willkürlich vom Universum ausgewählt.

Mein eigener Sohn … er hat meine Mutter umgebracht, meinen Freund Robert Langdon ermordet und wahrscheinlich auch meine Schwester Katherine.

Eisige Taubheit erfasste Peters Herz, als er in den Augen seines Sohnes nach einer Verbindung suchte … irgendetwas Vertrautem. Doch die Augen des Mannes, so grau wie seine eigenen, waren die eines vollkommen Fremden, erfüllt von einem Hass und einer Rachsucht, die nicht von dieser Welt zu sein schienen.

»Bist du stark genug?«, höhnte sein Sohn mit einem Blick auf das Opfermesser in Peters Hand. »Stark genug, um zu beenden, was du vor all den Jahren angefangen hast?«

»Zach … mein Sohn …« Solomon erkannte seine eigene Stimme nicht wieder. »Ich habe dich geliebt.«

»Zwei Mal hast du versucht, mich umzubringen. Im Gefängnis hast du mich im Stich gelassen. Und auf Zachs Brücke hast du auf mich geschossen. Jetzt bring es zu Ende!«

Für einen Moment hatte Solomon das Gefühl, aus seinem Körper zu schweben. Er erkannte sich selbst nicht wieder. Er hatte eine Hand verloren, war völlig kahl, in ein schwarzes Gewand gekleidet und saß in einem Rollstuhl. Und er umklammerte einen uralten Dolch.

»Bring es zu Ende!«, brüllte der hünenhafte Mann zum wiederholten Mal, und die Tätowierungen auf seiner nackten Brust zuckten. »Das ist deine einzige Chance, Katherine zu retten … die einzige Chance, dass deine Bruderschaft überlebt!«

Solomon spürte, wie sein Blick zu dem Laptop und dem Mobiltelefon auf dem lederbezogenen Stuhl schweifte.

NACHRICHT WIRD GESENDET: 92 % ABGESCHLOSSEN

Es gelang ihm nicht, die Bilder der verblutenden Katherine aus seinem Kopf zu verbannen … oder die Angst um seine Freimaurerbrüder.

»Noch ist Zeit«, flüsterte der Tätowierte. »Es ist deine einzige Chance. Deine einzige Wahl. Befreie mich von meiner sterblichen Hülle.«

»Bitte …«, flüsterte Solomon. »Tu das nicht …«

»*Du* hast es getan!«, zischte der Hüne. »Du hast deinen eigenen Sohn gezwungen, eine unmögliche Wahl zu treffen! Erinnerst du dich an jenen Abend? Reichtum oder Weisheit? Das war der Abend, an dem du mich verstoßen hast! Doch ich bin zurückgekehrt, *Vater*... und heute Nacht hast du die Wahl: Zachary oder Katherine. Wer soll es sein? Wirst du deinen eigenen Sohn töten, um deine Schwester zu retten? Wirst du deinen Sohn töten, um deine Bruderschaft zu retten? Dein Land? Oder wirst du warten, bis es zu spät ist? Bis Katherine tot ist... bis das Video an die Öffentlichkeit gelangt? Bis du den Rest deines Lebens in dem Wissen verbringen musst, dass du allein diese Tragödien hättest verhindern können? Die Zeit läuft ab, Vater. Du weißt, was du zu tun hast.«

Peter Solomons Herz krampfte sich zusammen. *Du bist nicht Zachary*, sagte er sich immer wieder. *Zachary ist vor langer Zeit gestorben. Was immer du bist, woher du auch kommst... du bist nicht mein Sohn.* Wenngleich Peter Solomon seinen eigenen Worten nicht glaubte, so wusste er doch, dass er die Entscheidung nicht länger aufschieben konnte.

Die Zeit war abgelaufen.

Ich muss die Große Treppe finden!

Durch die dunklen Hallen und Korridore rannte Langdon immer tiefer ins Innere des Gebäudes. Turner Simkins blieb ihm dicht auf den Fersen. Wie Langdon gehofft hatte, erreichten sie nach kurzer Zeit den großen Innenhof.

Das Atrium mit seinen acht dorischen Säulen und den schwarzen Marmorstatuen, den Feuerschalen und teutonischen Kreuzen sah aus wie eine gewaltige Grabkammer voller doppelköpfiger Phönixe, erhellt von Wandleuchtern mit Hermesköpfen.

Langdon rannte zu der weiten, geschwungenen Marmortreppe am anderen Ende des Atriums. »Sie führt direkt nach oben in den Tempelsaal«, flüsterte er. Die beiden Männer eilten die Stufen hinauf, so schnell und leise sie konnten.

Auf dem ersten Absatz stand Langdon unvermittelt vor einer lebensgroßen Bronzebüste des bedeutenden Freimaurers Albert Pike.

DAS ATRIUM IM HAUS DES TEMPELS: DORISCHE SÄULEN,
FEUERSCHALEN UND MARMORTREPPE © *MAXWELL MACKENZIE*

Auf dem Sockel war Pikes berühmtester Ausspruch eingemeißelt:
*Was wir für uns allein getan haben, stirbt zusammen mit uns – was
wir für andere und die Welt getan haben, bleibt bestehen und ist un-
sterblich.*

Mal'akh spürte, wie die Atmosphäre im Tempelsaal sich veränderte,
als hätten sich alle Hoffnungslosigkeit, aller Schmerz Peter Solomons schlagartig Bahn gebrochen und konzentrierten sich nun wie
ein Laserstrahl auf Mal'akh.

Ja, es ist Zeit.

Peter Solomon hatte sich aus seinem Rollstuhl erhoben und stand
vor dem Altar, das Messer in der Faust.

»Rette deine Schwester«, beschwor Mal'akh den Mann, der sein
Vater gewesen war, wobei er vor ihm zurückwich und ihn zum Altar

VERLORENE
SYMBOL

668

lockte. Dort angekommen, legte er sich auf das von ihm selbst vorbereitete weiße Leichentuch. »Tu, was du tun musst.«

Solomon bewegte sich Zentimeter um Zentimeter voran. Er fühlte sich wie in einem Albtraum gefangen.

Mal'akh legte sich nun ganz zurück und starrte zum Deckenfenster und dem am Himmel leuchtenden Wintermond hinauf. *Das Geheimnis liegt darin, wie man stirbt*, dachte er. Der Augenblick konnte vollkommener nicht sein. *Geschmückt mit dem Verlorenen Wort der Alten biete ich mich an als Opfer, hingestreckt durch die linke Hand meines Vaters.*

Mal'akh atmete tief ein.

Empfangt mich, Dämonen, denn dies ist mein Leib, den ich für euch hingebe.

Peter Solomon verharrte zitternd über Mal'akh. In seinen tränennassen Augen standen Qual, Verzweiflung, Unentschlossenheit. Er warf einen letzten Blick durch den Raum zu dem Laptop mit dem Modem.

»Triff deine Wahl«, flüsterte Mal'akh. »Erlöse mich von meinem Fleisch. Gott will es so. Du willst es so.« Er legte die Arme an die Seiten, wölbte die Brust vor und bot Solomon den prachtvollen, doppelköpfigen Phönix dar. *Hilf mir, den Leib abzustreifen, der meine Seele gefangen hält.*

Peter Solomons tränenverschleierter Blick schien durch Mal'akh hindurchzugehen.

»Ich habe deine Mutter getötet!«, flüsterte Mal'akh. »Ich habe deinen Freund Langdon getötet! Ich werde deine Schwester töten, und ich vernichte deine Bruderschaft! Tu, was du tun musst!«

Peter Solomons Gesicht verzerrte sich zu einer Maske unsäglicher Trauer und unendlichen Bedauerns. Er warf den Kopf in den Nacken und stieß einen gequälten Schrei aus.

Dann hob er das Messer.

Robert Langdon und Agent Simkins erreichten genau in dem Augenblick atemlos die Türen des Tempelsaals, als aus dem Innern ein grauenerregender Schrei drang. Es war Peters Stimme, da gab es für Langdon keinen Zweifel.

Es war ein Schrei unaussprechlicher Qual.

Wir kommen zu spät!

Er ignorierte Simkins und riss die Türen weit auf. Das entsetzliche Schauspiel vor seinen Augen bestätigte seine schlimmsten Befürchtungen. Dort, in der Mitte des schwach erleuchteten Saals, stand direkt vor dem Altar die Silhouette einer Gestalt mit kahl rasiertem Schädel. Die Gestalt war in ein schwarzes Gewand gehüllt und hielt einen großen Dolch in der erhobenen Faust.

Bevor Langdon reagieren konnte, fuhr die Faust mit dem Dolch auf das Opfer nieder, das ausgestreckt auf dem Altar lag.

Mal'akh schloss die Augen.

So wunderbar. So vollkommen.

Die Klinge des Opfermessers hatte im Mondlicht über ihm gefunkelt. Weihrauch war aus den Gefäßen aufgestiegen und hatte den Weg für seine Seele gewiesen, die der Befreiung harrte. Der einsame, gequälte Verzweiflungsschrei seines Erlösers hallte noch immer durch den heiligen Saal, als die Klinge herabfuhr.

An mir kleben elterliche Tränen und das Blut des Menschenopfers.

Mal'akh wappnete sich für den wunderbaren Augenblick, an dem die Klinge in sein Fleisch eindringen würde.

Den Augenblick der letzten Transformation.

Es war unvorstellbar, doch er spürte nicht den geringsten Schmerz. Stattdessen erfüllten donnernde Vibrationen seinen Leib, tief und ohrenbetäubend. Der gesamte Saal erbebte, und von oben schien ein strahlend weißes Licht herab. Die Himmel tosten.

Mal'akh wusste, dass es geschehen war.

Genau wie er es geplant hatte.

Langdon wusste nicht mehr, wie er zum Altar gekommen war oder wann der Hubschrauber über ihnen allen erschien. Er erinnerte sich nicht mehr, wie er mit ausgestreckten Armen vorgesprungen war … auf den Mann in der schwarzen Robe zu … in dem verzweifelten Versuch, ihn wegzustoßen, ehe das Messer ein zweites Mal auf das Opfer herniederfahren konnte.

Ihre Leiber waren zusammengeprallt, und dann war gleißendes weißes Licht durch das Deckenfenster auf den Altar gefallen und hatte den Saal erhellt.

Langdon erwartete, den blutigen Leichnam Peter Solomons auf dem Altar zu sehen, doch die nackte Brust im grellen Licht war unversehrt … eine Landschaft voller Tätowierungen. Das Messer lag zerbrochen daneben. Offensichtlich hatte die schwarze Gestalt es gegen den Stein des Altars gerammt anstatt in das Fleisch des Opfers.

Langdon und der Mann in der Robe schlugen auf dem harten Boden auf. Im selben Moment sah Langdon den bandagierten Stummel am Ende des rechten Unterarms seines Gegners. Fassungslos erkannte er, dass er soeben Peter Solomon zu Boden gestoßen hatte.

Die beiden Männer rutschten über den glatten Stein, während der Suchscheinwerfer des Hubschraubers die Szenerie in grelles Licht tauchte. Der Black-Hawk schwebte so tief über dem Glasdach, dass er beinahe die Paneele berührte.

Auf der Unterseite des Helikopters rotierte eine merkwürdig aussehende Waffe und zielte durch die Scheibe in den Saal. Ein roter Laserpunkt tanzte über die Fliesen, bewegte sich auf Langdon und Solomon zu.

Nein!

Doch niemand eröffnete das Feuer. Nichts war zu hören außer dem tosenden Lärm der Rotorblätter.

Langdon spürte ein eigenartiges Aufwallen von Energie, die all seine Zellen zu erfassen schien. Der Laptop hinter ihm auf dem

Stuhl zischte und fauchte. Langdon fuhr herum und sah gerade noch, wie der Bildschirm des kleinen tragbaren Computers schwarz wurde. Unglücklicherweise war die letzte Meldung deutlich zu erkennen gewesen.

NACHRICHT WIRD GESENDET: 100 % ABGESCHLOSSEN

Hoch, verdammt noch mal! Hoch mit der Kiste!

Der Pilot des Black-Hawk gab sämtlichen Schub auf die Rotoren, um nicht mit den Kufen das gläserne Kuppeldach zu berühren. Er wusste, dass die dreitausend Kilogramm Auftrieb, die der Luftstrom unter den Rotoren erzeugte, die Konstruktion bereits bis an die Grenzen belastete. Unglücklicherweise sorgten die Schrägen der Pyramide dafür, dass fast der gesamte Auftrieb seitlich abgeleitet wurde.

Hoch! Schneller!

Der Pilot kippte die zyklische Blattverstellung und versuchte abzudrehen, doch die linke Kufe streifte das Glas in der Mitte des Dachs. Es war nur ein winziger Moment, doch er genügte.

Das große Deckenfenster des Tempelsaals explodierte in einem Wirbel aus Glas und Sturmwind und jagte einen Schauer gläserner Dolche in den darunter liegenden Raum.

Sterne, die vom Himmel fallen.

Mal'akh starrte hinauf in das wundervolle weiße Licht und bemerkte den Schleier aus glänzenden Juwelen, der herniederströmte, immer schneller, um ihn zu umfangen, als könnte er ihn nicht schnell genug in seine Pracht hüllen.

Dann plötzlich Schmerz.

Überall.

Brennender, verzehrender, schneidender Schmerz. Dolche, die sich in weiches Fleisch bohrten: Brust, Hals, Unterleib, Arme, Beine, Gesicht.

Mal'akh bäumte sich auf, zuckte, wand sich. Blut füllte seinen Mund. Er spie es aus, als er die Schmerzen hinausschrie, die ihn aus seiner Trance gerissen hatten. Das weiße Licht am Himmel veränderte sich. Dann, mit einem Mal, schwebte wie durch schwarze Magie ein Hubschrauber über der Öffnung, der mit seinen Rotorblättern eisige Luft in den Tempelsaal und auf Mal'akh hinunterschaufelte und die zarten Schleier aus Weihrauch zerriss.

Mal'akh drehte den Kopf. Neben sich, auf dem von Glasscherben übersäten Altar, sah er das zerbrochene Opfermesser liegen.

Trotz allem, was ich ihm angetan habe ... trotz allem hat er es nicht gekonnt. Er hat sich bis zuletzt geweigert, mein Blut zu vergießen.

Entsetzen stieg in Mal'akh auf, als er den Kopf hob und an sich hinuntersah. Das lebende Artefakt seines Körpers hatte sein großes Opfer werden sollen, doch es war zerfetzt und blutüberströmt. Dutzende Glassplitter hatten sich wie Dolche in sein Fleisch gebohrt.

Er ließ den Kopf zurücksinken und starrte durch das Dachfenster. Der Helikopter war nun wieder verschwunden; an seiner Stelle leuchtete ein kalter, stiller Wintermond.

Mit weit aufgerissenen Augen rang Mal'akh nach Atem ... ganz allein auf dem riesigen Altar.

Kapitel 122

Das Geheimnis liegt darin, wie man stirbt.

Mal'akh spürte, dass es fehlgeschlagen war. Auf katastrophale Weise fehlgeschlagen. Es gab kein strahlendes Licht. Keinen wunderbaren Empfang. Nichts als Dunkelheit – Dunkelheit und unerträgliche Schmerzen. Selbst in den Augen. Er konnte nichts sehen, doch er spürte Bewegung ringsum, hörte Stimmen, menschliche Stimmen ... und eine von ihnen gehörte Robert Langdon. *Wie kann das sein?*

»Es geht ihr gut«, sagte Langdon immer wieder. »Katherine geht es gut, Peter. Deine Schwester ist wohlauf.«

Nein, dachte Mal'akh. *Unmöglich. Sie ist tot. Sie muss tot sein!*

Mal'akh konnte nicht mehr sehen. Er konnte nicht einmal mehr sagen, ob seine Augen offen waren, doch er hörte, wie der Hubschrauber sich entfernte. Abrupt kehrte im Tempelsaal Stille ein. Mal'akh spürte, wie die gleichförmigen Rhythmen der Erde unregelmäßig wurden ... als würden die natürlichen Wogen der Ozeane aufgewühlt von einem heraufziehenden Sturm.

Chao ab ordo.

Jetzt riefen fremde Stimmen durcheinander, wollten von Langdon wissen, was mit dem Laptop und der Videodatei sei. *Zu spät*, dachte Mal'akh. *Der Schaden ist angerichtet.* Das Video verbreitete sich inzwischen wie ein Lauffeuer bis in den letzten Winkel einer schockierten Welt, und es würde die Bruderschaft vernichten. *Diejenigen, die in der Lage sind, die Weisheit zu verbreiten, müssen zer-*

stört werden. Dummheit und Ignoranz ließen das Chaos wachsen. Das Fehlen von Erleuchtung nährte die immer schwärzere Dunkelheit, die Mal'akh erwartete.

Ich habe große Dinge vollbracht, und bald schon wird man mich empfangen wie einen König.

Mal'akh spürte, dass ein einzelnes Individuum leise an ihn herangetreten war. Er wusste sofort, wer es war, denn er roch die heiligen Öle, mit denen er den enthaarten Leib seines Vaters eingerieben hatte.

»Ich weiß nicht, ob du mich hören kannst«, flüsterte Peter Solomon in Mal'akhs Ohr. »Aber ich möchte dir etwas sagen.« Er berührte die heilige Stelle auf Mal'akhs Schädeldach. »Was du hier eintätowiert hast …«, er zögerte. »Es ist nicht das Verlorene Wort.«

Oh doch, das ist es, dachte Mal'akh. *Du selbst hast mich überzeugt, über jeden Zweifel hinaus.*

Nach der Legende war das Verlorene Wort in einer Sprache geschrieben, so alt und geheimnisvoll, dass die Menschheit vergessen hatte, wie man sie las. Diese Sprache, so hatte Peter Solomon enthüllt, war die älteste Schriftsprache der Welt.

Die Sprache der Symbole.

Und in dieser Sprache gab es *ein* Symbol, das über allen anderen stand. Das älteste und universalste von allen, ein Symbol, das alle alten Traditionen zu einem einzigen Bild verschmolz – die Illumination des ägyptischen Sonnengottes, den Triumph des alchimistischen Goldes, das Wesen des Steins der Weisen, die Reinheit der Rosenkreuzerrose, den Augenblick der Schöpfung, die Herrschaft der astrologischen Sonne, selbst das alles wissende, alles sehende Auge, das über der unvollendeten Pyramide schwebte.

Der Circumpunct. Das Symbol der Quelle. Des Ursprungs aller Dinge.

Das war es, was Peter Solomon ihm kurz zuvor verraten hatte. Mal'akh war anfangs skeptisch gewesen; dann aber hatte er noch einmal auf das Bildmuster geblickt, und ihm war klar geworden, dass die Pyramide *direkt* auf das einsame Symbol des Circumpuncts zeigte – eines Kreises mit einem Punkt in der Mitte. *Die Freimaurerpyramide ist eine Karte*, dachte er, wobei er sich die Legende ins Gedächtnis rief. *Eine Karte, die auf das Verlorene Wort hinweist.* Offensichtlich hatte sein Vater am Ende doch die Wahrheit gesagt.

Alle großen Wahrheiten sind schlicht.

Das Verlorene Wort ist kein Wort – es ist ein Symbol.

Eifrig hatte Mal'akh das Symbol des Circumpuncts in seine Kopfhaut tätowiert. Und während er dies getan hatte, war in ihm ein Gefühl von Macht und Befriedigung aufgestiegen. *Mein Meisterwerk. Mein Körper ist bereit.* Die Mächte der Dunkelheit erwarteten ihn nun. Sie würden ihn belohnen für sein Werk. Dies war der Augenblick seines Triumphs …

Und dann, im allerletzten Moment, war alles ganz anders gekommen. Auf schreckliche Weise.

Peter Solomon stand hinter Mal'akh und sprach zu ihm. Worte, die Mal'akh nicht fassen konnte. »Ich habe dich belogen«, sagte er. »Du hast mir keine Wahl gelassen. Hätte ich dir das wahre Verlorene Wort enthüllt, hättest du mir nicht geglaubt – und du hättest es nicht verstanden.«

Das Verlorene Wort ist … nicht der Circumpunct?

»Die Wahrheit ist«, fuhr Peter fort, »das Verlorene Wort ist jedem bekannt, doch nur die Wenigsten erkennen seine *Bedeutung*.«

Die Worte hallten in der Leere wider.

»Also bleibst du unvollständig«, sagte Solomon und legte ihm sanft die Hand auf den Kopf. »Dein Werk ist nicht vollbracht. Doch wohin du von hier aus auch gehst, eins sollst du wissen … du wurdest geliebt.«

Aus irgendeinem Grund schien die sanfte Berührung der Hand wie ein Katalysator zu wirken und eine chemische Reaktion in Mal'akhs Körper auszulösen. Ohne Vorwarnung spürte er einen

Ansturm alles versengender Energie, die durch seine physische Hülle brauste, als wollte sie jede Zelle seines Körpers auflösen.

Von einem Moment zum anderen war aller weltliche Schmerz vergangen.

Transformation. Die Transformation hat begonnen!

Ich starre hinunter auf mein Ich, ein Wrack aus blutigem Fleisch auf dem heiligen Altar. Mein Vater kniet hinter mir und hält mit seiner verbliebenen Hand meinen leblosen Kopf.

Ich spüre Wut in mir aufwallen … und Verwirrung.

Dies ist kein Augenblick für Mitleid. Es ist ein Augenblick der Rache, der Verwandlung … und trotzdem weigert sich mein Vater, seine Rolle zu erfüllen, weigert sich, seinen Schmerz und seine Wut durch die Klinge des Opfermessers zu bündeln und in mein Herz zu treiben.

Ich bin hier gefangen, schwebe über meiner irdischen Hülle.

Mein Vater streicht mir sanft mit der Hand übers Gesicht und schließt meine brechenden Augen.

Ich spüre, wie die Leine sich löst.

Rings um mich entsteht ein wallender Schleier, wird dichter und verschlingt das Licht, verbirgt die Welt vor meinem Blick. Dann, plötzlich, beschleunigt sich die Zeit, und ich stürze in ein Labyrinth, dunkler als alles, was ich mir je hätte vorstellen können. Hier, mitten im öden Nichts, vernehme ich ein Flüstern … spüre, wie sich eine Macht versammelt … stärker wird, immer schneller, und mich umgibt. Unheil verkündend und finster. Dunkel und alles beherrschend.

Ich bin nicht allein hier.

Das ist mein Triumph, mein großer Empfang. Und doch – aus irgendeinem Grund bin ich nicht erfüllt von Freude, sondern von namenloser, grenzenloser Angst.

Es ist anders, als ich erwartet habe.

Die Macht wogt, wirbelt um mich her mit gebieterischer Kraft, droht mich in Stücke zu reißen. Unvermittelt, ohne Vorwarnung, zieht die Schwärze sich zusammen wie ein gewaltiges prähistorisches Ungeheuer und erhebt sich vor mir.

Es sind all die dunklen Seelen, die vor mir gegangen sind.

Und ich schreie ... schreie in unendlichem Entsetzen, als die Dunkelheit mich verschlingt.

Kapitel 123

*I*n der National Cathedral spürte Reverend Galloway eine seltsame Veränderung in der Luft. Er war nicht sicher, woran es lag, doch er hatte das Gefühl, als hätte sich ein geisterhafter Schatten aufgelöst … als wäre eine große Last von allem abgefallen … weit weg und doch genau hier.

Allein an seinem Schreibtisch sitzend, war Galloway tief in Gedanken versunken. Als sein Telefon klingelte, war er nicht sicher, wie viele Minuten vergangen waren.

Warren Bellamy meldete sich.

»Peter lebt«, sagte Galloways Freimaurerbruder. »Und er wird genesen. Ich habe es gerade gehört und wollte es Ihnen umgehend mitteilen.«

»Gott sei Dank.« Galloway atmete auf. »Wo ist Peter jetzt?«

Der Reverend hörte zu, als Bellamy ihm von den außergewöhnlichen Ereignissen berichtete, die sich zugetragen hatten, seit sie die Kathedrale verlassen hatten. »Aber da ist noch eine Sache«, schloss Bellamy.

»Und welche?«

»Die Freimaurerpyramide … Ich glaube, Langdon hat ihr Rätsel gelöst.«

Galloway musste unwillkürlich lächeln. Irgendwie überraschte ihn das nicht. »Und? Hat Langdon herausgefunden, ob die Pyramide ihr Versprechen hält oder nicht? Ob sie enthüllt, was die Legende behauptet?«

»Das weiß ich noch nicht.«

Sie wird es enthüllen, dachte Galloway. Laut sagte er: »Sie müssen sich ausruhen.«

»Sie auch.«

Nein, ich muss beten.

Kapitel 124

Als die Aufzugtür sich öffnete, waren sämtliche Lampen des Tempelsaals eingeschaltet.

Katherine Solomon war noch immer ein bisschen wacklig auf den Beinen, als sie auf der Suche nach ihrem Bruder den großen Saal betrat. Die Luft war kalt und roch nach Weihrauch, und der Anblick, der sich Katherine bot, ließ sie mitten im Schritt innehalten.

Inmitten des prachtvollen Saales lag ein blutiger, tätowierter Leib auf einem niedrigen Steinaltar, von Glassplittern durchsiebt. Hoch oben war durch ein klaffendes Loch in der Decke der Himmel zu sehen.

Mein Gott!

Katherine wandte entsetzt den Blick ab, suchte nach Peter und sah ihn auf der anderen Seite des Raums sitzen. Er unterhielt sich mit Langdon und Sato, während ein Sanitäter ihn versorgte.

»Peter!«, rief Katherine und lief zu ihm hinüber. »Peter!«

Ihr Bruder hob den Blick, und Erleichterung zeichnete sich auf seinem Gesicht ab. Er erhob sich und trat auf sie zu. Peter Solomon trug ein schlichtes, weißes Hemd und eine dunkle Hose, die ihm vermutlich jemand unten aus seinem Büro geholt hatte. Sein rechter Arm lag in einer Schlinge, und seine Umarmung war ein wenig unbeholfen, doch Katherine fiel es kaum auf. Ein vertrautes Gefühl umgab sie, schützend wie ein Kokon. So war es immer schon gewesen, seit ihrer Kindheit, wenn ihr großer Bruder sie in den Arm nahm.

Schweigend hielten sie einander umschlungen.

Schließlich löste Katherine sich von ihm und schaute auf die Schlinge und auf den Verband, wo einst seine rechte Hand gewesen war. Wieder traten ihr die Tränen in die Augen. »Es tut mir so leid.«

Peter zuckte mit den Schultern, als wäre der Verlust seiner Hand nicht von Bedeutung. »Sterbliches Fleisch. Der Körper ist nicht für ewig. Wichtig ist nur, dass es dir gut geht.«

Peters unbeschwerte Antwort erinnerte Katherine an all die Gründe, warum sie ihn so sehr liebte. Sie strich ihm über den Kopf und spürte das unzerstörbare Familienband ... das gemeinsame Blut, das durch ihre Adern floss.

Tragischerweise wusste sie, dass sich auch noch ein *dritter* Solomon im Raum befand. Die Leiche auf dem Altar ließ Katherine erschaudern, und sie versuchte, die Erinnerung an die Fotos zu verdrängen, die sie gesehen hatte.

Erneut wandte sie sich ab, und diesmal fand ihr Blick Robert Langdon.

Sie sah tief empfundenes Mitgefühl in seinen Augen, als wisse er genau, was sie dachte. *Peter weiß es.*

Starke Gefühle ergriffen von Katherine Besitz – Erleichterung, Mitgefühl, Verzweiflung. Sie spürte, wie der Körper ihres Bruders zu zittern begann wie der eines Kindes. Das hatte sie noch nie erlebt.

»Lass es raus, Peter«, flüsterte sie. »Lass es einfach raus.«

Peters Zittern wurde stärker.

Wieder schloss Katherine ihn in die Arme und streichelte ihm über den Hinterkopf. »Peter, du warst immer der Starke ... Du warst immer da für mich. Aber jetzt bin ich für *dich* hier. Ist schon gut, ich bin bei dir.«

Sanft drückte Katherine seinen Kopf auf ihre Schulter ... und der große Peter Solomon begann in ihren Armen haltlos zu schluchzen.

Direktor Sato trat ein Stück beiseite, um einen Anruf entgegenzunehmen.

Es war Nola Kaye. Zur Abwechslung hatte sie gute Nachrichten.

»Noch immer keinerlei Anzeichen dafür, dass die E-Mail verbreitet worden ist.« Sie klang hoffnungsvoll. »Wäre es anders, hätten wir inzwischen etwas gefunden. Sieht so aus, als hätten Sie die Versendung in letzter Sekunde verhindert.«

Dank Ihnen, Nola, dachte Sato und schaute auf den Laptop, auf dem Langdon gesehen hatte, wie die Übertragung abgeschlossen worden war. *Das war verdammt knapp.*

Auf Nolas Vorschlag hin hatte der Agent, der das Haus durchsuchte, die Mülltonnen überprüft und dabei die Verpackung eines erst kürzlich gekauften Laptopmodems entdeckt. Mithilfe der genauen Modellnummer hatte Nola die entsprechenden Übertragungswege und Provider überprüfen und anhand dessen den wahrscheinlichsten Zugangsknoten des Laptops ermitteln können – einen kleinen Sender an der Ecke Sechzehnte und Corcoran, drei Blocks vom Tempel entfernt.

Nola hatte die Information sofort an Sato im Hubschrauber weitergeleitet. Beim Anflug auf das Haus des Tempels war der Pilot in den Tiefflug gegangen und hatte den Sender mit einem elektromagnetischen Impuls lahmgelegt, nur Bruchteile von Sekunden, bevor der Laptop seine Übertragung hatte abschließen können.

»Sie haben heute Nacht hervorragende Arbeit geleistet«, lobte Sato. »Jetzt legen Sie sich erst mal hin. Sie haben es sich verdient.«

»Danke, Ma'am.« Nola zögerte.

»Ist noch was?«

Nola zögerte. Offenbar war sie nicht sicher, ob sie mit der Sprache herausrücken sollte. »Ach, das kann auch bis morgen warten. Ich wünsche Ihnen eine gute Nacht, Ma'am.«

Kapitel 125

In der Stille des Waschraums im Erdgeschoss des Hauses ließ Robert Langdon Wasser in ein Becken laufen und betrachtete sich im Spiegel. Selbst in dem gedämpften Licht sah er genauso aus, wie er sich fühlte … total erledigt.

Seine Tasche hatte er sich wieder über die Schulter gehängt. Sie war jetzt wesentlich leichter … leer mit Ausnahme seiner persönlichen Gegenstände und ein paar zerknitterter Vortragsnotizen. Er konnte sich ein leises Lachen nicht verkneifen. Seine harmlose Vortragsreise nach Washington hatte sich als wesentlich anstrengender erwiesen als erwartet.

Trotzdem gab es vieles, wofür Robert Langdon dankbar sein konnte.

Peter lebt.

Und die Verbreitung des Videos wurde verhindert.

Langdon spritzte sich kaltes Wasser ins Gesicht, um seine Lebensgeister zu wecken. Sein Blick war immer noch verschwommen, doch sein Adrenalinspiegel sank allmählich, und er fühlte sich wieder wie er selbst. Nachdem er sich die Hände abgetrocknet hatte, schaute er auf seine Micky-Maus-Uhr.

Meine Güte, es ist spät geworden.

Langdon verließ den Waschraum und ging an der gekrümmten Wand der Ehrenhalle vorbei – durch einen mit eleganten Bögen geschmückten Gang, den die Porträts verdienter Freimaurer zierten: US-Präsidenten, Philanthropen, große Wissenschaftler und andere einflussreiche Amerikaner. Vor einem Ölgemälde, das Harry S. Truman zeigte, blieb er kurz stehen und versuchte sich vorzustellen, wie dieser Mann sich all den Ritualen unterzog, die man durchlaufen musste, um Freimaurer zu werden.

Es gibt eine verborgene Welt jenseits der, die wir alle sehen. Für jeden von uns.

»Du hast dich einfach davongeschlichen«, sagte eine Stimme hinter ihm.

Langdon drehte sich um.

Es war Katherine. Sie war in dieser Nacht durch die Hölle gegangen, und doch schien sie plötzlich zu strahlen, irgendwie verjüngt zu sein.

Langdon lächelte sie müde an. »Alles in Ordnung?«

Katherine ging zu ihm und umarmte ihn voller Wärme. »Wie kann ich dir je danken?«

Er lachte. »Dir ist doch klar, dass ich nicht wirklich etwas *getan* habe, oder?«

Katherine hielt ihn lange Zeit schweigend in den Armen. »Peter wird es bald wieder bessergehen«, sagte sie dann, löste sich von Langdon und schaute ihm tief in die Augen. »Und er hat mir gerade etwas Unglaubliches gesagt, etwas *Wunderbares*.« In ihrer Stimme schwang Vorfreude mit. »Ich muss es mir selbst ansehen. Ich bin gleich zurück.«

»Wo willst du hin?«

»Ich bin gleich wieder da. Jetzt will erst einmal Peter mit dir sprechen ... *allein*. Er wartet in der Bibliothek auf dich.«

»Hat er gesagt, warum?«

Katherine lachte leise und schüttelte den Kopf. »Du kennst doch Peter und seine Geheimnisse.«

»Aber ...«

»Bis später.«

Dann war sie verschwunden.

Langdon stieß einen tiefen Seufzer aus. Er hatte fürs Erste die Nase voll von Geheimnissen. Natürlich gab es noch unbeantwortete Fragen, vor allem, was die Freimaurerpyramide und das Verlorene Wort anging, doch er hatte das Gefühl, dass es nicht an ihm war, die Antworten darauf zu finden, falls sie überhaupt existierten. *Nicht als Nicht-Freimaurer.*

Langdon, der seine Erschöpfung nun immer deutlicher spürte, ging mit müden Schritten in die Freimaurer-Bibliothek. Peter saß allein an einem Tisch vor der Steinpyramide.

»Robert?« Peter lächelte und winkte ihn zu sich. »Auf ein Wort.«

Langdon brachte ein Grinsen zustande. »Ja, wie ich gehört habe, hast du eins *verloren*.«

Kapitel 126

Die Bibliothek im Haus des Tempels war Washingtons ältester öffentlicher Lesesaal. Ihre schmucken Regale enthielten mehr als eine Viertelmillion Bücher, darunter ein seltenes Exemplar des *Ahiman Rezon*, der Konstitution der Alten Großloge von England aus dem Jahre 1751. Zudem wurden in der Bibliothek kostbare freimaurerische Bijous, Ritualgegenstände und sogar ein seltenes Buch ausgestellt, das von Benjamin Franklin selbst gedruckt worden war.

Langdons liebster Schatz der Bibliothek jedoch wurde nur von wenigen Besuchern bemerkt.

Die Illusion.

Solomon hatte ihm vor langer Zeit demonstriert, dass von einer bestimmten Stelle aus das Lesepult der Bibliothek und die goldene Tischlampe eine optische Täuschung hervorriefen – die Illusion einer Pyramide mit goldener Spitze. Diese Illusion, hatte Solomon einmal zu Langdon gesagt, habe er stets als stumme Mahnung betrachtet, dass die Geheimnisse der Freimaurerei für jedermann sichtbar seien, wenn man sie nur aus dem richtigen Blickwinkel betrachte.

Heute Nacht jedoch lagen die Mysterien der Freimaurerei für alle Blicke offen da. Langdon saß nun dem Logenmeister Peter Solomon gegenüber. Zwischen ihnen stand die Freimaurerpyramide.

Peter lächelte. »Das ›Wort‹, von dem du sprichst, Robert, ist keine Legende. Es ist Wirklichkeit.«

Langdon blickte ihn über den Tisch hinweg verwirrt an. »Ich verstehe nicht … Wie soll das möglich sein?«

»Was ist daran so schwer zu akzeptieren?«

Alles, wollte Langdon antworten und blickte tief in die Augen seines Freundes, ob ein Funke des gesunden Menschenverstands darin verblieben war. »Du glaubst also, das Verlorene Meisterwort ist real und dass es tatsächlich *Macht* besitzt?«

»Gewaltige Macht«, sagte Peter. »Es hat die Macht, die Menschheit zu verwandeln, denn es ist der Schlüssel zu den Alten Mysterien.«

»Ein *Wort?*« Langdon zweifelte immer noch. »Peter, wie kann ich glauben, dass ein Wort …«

»Du *wirst* es glauben«, behauptete Peter unbeirrt.

Langdon schwieg.

»Wie du weißt«, fuhr Solomon fort, den es nun nicht mehr auf seinem Sitz hielt, »gibt es eine alte Prophezeiung, dass einst ein Tag kommt, an dem man das Verlorene Wort wiederentdecken wird … ein Tag, an dem es neu ans Licht gelangen soll … und die Menschheit wieder Zugang zu seiner vergessenen Macht erhält.«

Langdon musste plötzlich an Peters Vortrag über die Apokalypse denken. Auch wenn viele mit dem Begriff *Apokalypse* ein kataklysmisches Ende der Welt verbanden, hatte Peter Solomon damals gesagt, bedeutete das Wort im eigentlichen Sinn »Enthüllung«, eine Offenbarung großer Weisheit, wie es von den Alten vorhergesagt worden war. *Das kommende Zeitalter der Erleuchtung.* Trotz alldem konnte Langdon sich nicht vorstellen, dass eine solche gewaltige Veränderung eingeleitet werden sollte durch … ein *Wort.*

Peter deutete auf die Steinpyramide, die neben ihrem goldenen Deckstein auf dem Tisch stand. »Die Freimaurerpyramide«, sagte er. »Das legendäre Symbolon. Hier steht sie nun, vereint und vollständig.« Ehrfürchtig hob er den goldenen Deckstein und setzte ihn mit einem sanften Klicken auf den Pyramidenstumpf.

»Heute Nacht, mein Freund, hast du etwas geschafft, was nie zuvor jemand vollbracht hat. Du hast die Freimaurerpyramide vervollständigt, hast all ihre Rätsel entschlüsselt und am Ende *dies* hier aufgedeckt.«

Solomon trat an den Tisch zurück, zog ein Blatt Papier hervor und legte es vor Langdon hin. Langdon erkannte das Schema der nach Maßgabe des Franklin-Quadrats neu geordneten Symbole. Er hatte es kurz im Tempelsaal studiert.

Peter sagte: »Es würde mich interessieren, ob du dieses Bildmuster deuten kannst. Schließlich bist du der Experte.«

Langdon schaute sich das Bildmuster an.

Heredom, Circumpunct, Pyramide, Treppe …

Langdon seufzte. »Nun, Peter, wie du vermutlich selbst sehen kannst, haben wir es hier mit einem allegorischen Piktogramm zu tun. Offensichtlich ist seine Sprache metaphorisch und symbolisch und nicht wörtlich zu nehmen.«

Solomon schmunzelte. »Wenn man einem Symbolologen eine einfache Frage stellt … Okay, sag mir, was du siehst.«

Er will das wirklich hören? Langdon zog das Blatt näher heran. »Na ja, ich habe es mir vorhin schon angesehen … und in einfachen Worten ausgedrückt, scheint mir dieses Muster ein Schema zu ergeben, eine symbolische Darstellung von Himmel und Erde.«

Peter zog die Brauen hoch, als wäre er überrascht. »Ach?«

»Sicher. Oben haben wir das Wort *Heredom*, das ›Heilige Haus‹, was ich als Haus Gottes interpretiere … oder eben *Himmel*.«

»Verstehe. Nur weiter.«

»Der abwärts weisende Pfeil hinter *Heredom* besagt, dass der Rest des Piktogramms die Zonen *unter* dem Himmel bezeichnet … also im Wesentlichen die *Erde*.« Langdons Blick wanderte zum unteren Teil des Gitternetzes. »Die untersten beiden Reihen, die unterhalb der Pyramide, stehen für die Erde selbst – *Terra firma* –, die unterste aller Zonen. Dementsprechend enthält diese niedere Zone die zwölf alten astrologischen Zeichen. Sie stehen für die Ur-Religion jener ersten menschlichen Seelen, die zum Himmel aufblickten und die Hand Gottes in der Bewegung der Sterne und Planeten sahen.«

Peter Solomon betrachtete das Bild. »Was siehst du sonst noch?«

»Auf der Grundlage der Astrologie«, fuhr Langdon fort, »erhebt sich die große Pyramide auf der Erde … in den Himmel ragend … das Monument des verlorenen Wissens. Sie ist angefüllt mit den großen Philosophien und Religionen … ägyptisch, pythagoräisch, buddhistisch, hinduistisch, islamisch, judäo-christlich und so weiter … die allesamt aufwärtsstreben, wie in einen Trichter zusammenfließen, hinauf durch das Tor der Pyramide … das Tor der Verwandlung … wo sie schließlich zu einer einzigen, vereinten menschlichen Philosophie verschmelzen.« Er überlegte. »Einem einzelnen universellen Bewusstsein, einer gemeinsamen globalen Gottesvorstellung … dargestellt durch das alte Symbol, das über dem Deckstein schwebt.«

»Der Circumpunct«, sagte Peter. »Ein universelles Symbol für Gott.«

»Richtig. Die ganze Geschichte der Menschheit hindurch stellte der Circumpunct den Ursprung aller Dinge dar – er ist der Sonnengott Ra, das alchimistische Gold, das allsehende Auge, die Singularität vor dem Urknall, der ...«

»Der Große Baumeister aller Welten.«

Langdon nickte. Er spürte, dass dies wahrscheinlich dasselbe Argument war, das Peter im Tempelsaal vorgebracht hatte, um Mal'akh vom Circumpunct als dem Verlorenen Wort zu überzeugen.

»Und was ist mit der Treppe?«, fragte Peter.

Langdon blickte auf das Bild der Treppe unter der Pyramide. »Peter, ich denke, du weißt so gut wie ich, dass dies die Wendeltreppe der Freimaurerei symbolisiert, den Weg aus der irdischen Dunkelheit hinauf ins Licht ... wie die Jakobsleiter, die in den Himmel führt ... oder das menschliche Rückgrat, das den sterblichen Körper des Menschen mit seinem unsterblichen Geist verbindet.« Er verzog das Gesicht. »Was den Rest der Symbole betrifft, so scheinen sie mir im Sinne der Freimaurerei auf Naturwissenschaft, Philosophie und andere Disziplinen zu verweisen, die den Alten Mysterien Gültigkeit verleihen.«

Solomon strich sich übers Kinn. »Eine elegante Interpretation, Professor. Ich stimme natürlich zu, dass dieses Bildmuster als Allegorie gelesen werden kann, und dennoch ...« Seine Augen funkelten, als wüssten sie mehr, als sie verrieten. »Diese Ansammlung von Symbolen erzählt noch eine andere Geschichte. Eine Geschichte, die viel offenkundiger ist – und zugleich viel tiefer reicht.«

»Inwiefern?«

Wieder ging Solomon auf und ab. »Heute Nacht, im Tempelsaal, als ich darauf gefasst war, sterben zu müssen, sah ich auf dieses Bilderrätsel, und irgendwie sah ich *durch* die Metapher, *durch* die Allegorie, und erkannte den wahren Kern dessen, was die Symbole uns sagen wollen.« Er blieb stehen und drehte sich zu Langdon um. »Dieses Bild zeigt den *exakten* Ort, an dem das Verlorene Wort begraben liegt.«

»Das meinst du nicht ernst.« Langdon wand sich unbehaglich

auf seinem Stuhl und fragte sich mit einem Mal, ob die traumatischen Erlebnisse des Abends und der Nacht Peters Verstand in Mitleidenschaft gezogen hatten.

»Robert, die Legende hat die Freimaurerpyramide immer als eine *Karte* bezeichnet – eine ganz besondere Karte. Eine Karte, die den Würdigen an den geheimen Ort des Verlorenen Wortes führen würde.« Solomon tippte auf das Bildmuster, das vor Langdon auf dem Tisch lag. »Ich versichere dir, diese Symbole sind genau das, was die Legende von ihnen behauptet … eine Karte. Eine Darstellung, die zeigt, wo genau die Treppe zu finden ist, die zum Verlorenen Wort führt.«

Langdon stieß ein unsicheres Lachen aus. »Selbst wenn ich die Legende der Freimaurerpyramide glauben könnte«, meinte er vorsichtig, »kann dieses Diagramm von Symbolen keine Karte sein. Sieh es dir doch an. Sieht das wie eine Karte aus?«

Solomon lächelte. »Manchmal ist eine kleine Veränderung des Blickwinkels alles, was man braucht, um etwas Vertrautes in einem völlig neuen Licht zu sehen.«

Langdon betrachtete die Zeichnung von allen Seiten, konnte aber nichts Neues entdecken.

»Lass mich dir eine Frage stellen«, sagte Peter. »Wenn Freimaurer einen Grundstein legen, warum wählen sie dafür stets die nordöstliche Ecke des Gebäudes?«

»Weil die nordöstliche Ecke die ersten Strahlen des Morgenlichts empfängt. Es ist ein Symbol für die Kraft der Architektur, aus der Erde ans Licht emporzusteigen.«

»Richtig«, sagte Peter. »Dann solltest du vielleicht dort nach den ersten Strahlen des Lichts suchen.« Er zeigte auf das Bildmuster. »In der nordöstlichen Ecke.«

Langdon richtete die Augen wieder auf das Blatt. Sein Blick wanderte zur rechten oberen – oder nordöstlichen – Ecke. Das Symbol in dem Eckfeld war ein ↓.

»Ein nach unten weisender Pfeil«, sagte Langdon, dem immer noch nicht klar war, was Solomon meinte. »Und das heißt … *unter* Heredom.«

»Nein, Robert, nicht *unter*«, gab Solomon zurück. »Denk nach! Dieses Bildmuster ist kein metaphorisches Labyrinth. Es ist eine *Karte*. Und auf einer Karte bedeutet ein Pfeil, der nach unten zeigt …«

»Süden!«, rief Langdon verblüfft.

»Genau.« Solomon grinste wie ein Schuljunge. »Auf einer Karte ist unten gleich Süden. Außerdem wäre auf einer Karte das Wort *Heredom* keine Metapher für den Himmel, es wäre der Name eines Ortes.«

»Das Haus des Tempels? Du willst damit sagen, die Karte zeigt auf eine Stelle … genau südlich von diesem Gebäude?«

»Gelobt sei Gott!«, sagte Solomon lachend. »Endlich geht dir ein Licht auf.«

Langdon studierte das Bildmuster. »Aber, Peter … selbst wenn du recht hast, ein Ort südlich dieses Gebäudes könnte sich irgendwo auf diesem Längengrad befinden, Tausende von Kilometern entfernt.«

»Nein, Robert. Die Legende sagt eindeutig, dass das Verlorene Wort in Washington begraben liegt. Das kürzt die Linie ganz erheblich ab. Außerdem behauptet die Legende, dass das obere Ende der Treppe mit einem großen Stein bedeckt ist … und dass dieser Stein eine Inschrift in einer alten Sprache trägt … als eine Art Hinweis, damit der Würdige es finden kann.«

Langdon hatte Schwierigkeiten, das alles ernst zu nehmen. Und auch wenn er Washington nicht gut genug kannte, um sich im Kopf zurechtlegen zu können, *was* sich genau südlich ihrer derzeitigen Position befand, war er sicher, dass es dort nirgendwo einen riesigen Stein mit einer Inschrift über einem in die Tiefe führenden Treppenschacht gab.

»Die Inschrift auf dem Stein«, sagte Peter, »steht hier, direkt vor unseren Augen.« Er tippte auf die dritte Reihe des Bildmusters auf dem Blatt. »Das ist die Inschrift, Robert! Du hast das Rätsel gelöst!«

Verwirrt betrachtete Langdon die sieben Symbole.

Gelöst? Langdon hatte nicht die leiseste Ahnung, was diese sieben unterschiedlichen Symbole bedeuten könnten, und er war sich sicher, dass sie an keinem Gebäude in der Hauptstadt der USA als Inschrift eingehauen waren … insbesondere nicht auf einem riesigen Stein über einer Treppe.

»Peter«, sagte er, »ich sehe kein Licht am Ende dieses Tunnels. Ich weiß von keinem Stein in Washington, der eine solche Botschaft trägt.«

Solomon klopfte ihm auf die Schulter. »Du bist daran vorbeigekommen, mehr als einmal. So wie wir alle. Jedem Blick offenbar und doch allen verborgen, wie bei den Alten Mysterien. Und als ich heute Nacht diese sieben Zeichen sah, erkannte ich plötzlich, dass die Legende wahr ist. Das Verlorene Wort ist *tatsächlich* in Washington begraben … und *tatsächlich* auf dem Grund einer langen Treppe unter einem großen Stein mit dieser Inschrift.«

Langdon wusste nicht, was er sagen sollte.

»Robert – ich glaube, heute Nacht hast du dir das Recht verdient, die Wahrheit zu erfahren.«

Langdon starrte Peter an und versuchte zu verarbeiten, was er soeben gehört hatte. »Du willst mir *sagen*, wo das Verlorene Wort begraben liegt?«

»Nein«, entgegnete Solomon und erhob sich mit einem Lächeln. »Ich werde es dir *zeigen*.«

Fünf Minuten später gurtete Langdon sich neben Peter Solomon auf dem Rücksitz des Escalade an. Agent Simkins klemmte sich hinters Lenkrad und wollte gerade losfahren, als Inoue Sato über den Parkplatz auf sie zukam.

»Mr. Solomon?«, sagte Sato und zündete sich noch im Gehen eine Zigarette an. »Ich habe soeben den Anruf getätigt, um den Sie mich gebeten hatten.«

»Und?«, fragte Peter durch das offene Fenster.

»Ich habe dafür gesorgt, dass man Sie einlässt. Aber nur kurz.«

»Danke.«

Sato runzelte die Stirn. »Ich muss sagen, es ist ein höchst ungewöhnliches Ansinnen.«

Solomon zuckte nur die Schultern.

Sato beließ es dabei. Sie ging um den Wagen herum und klopfte mit den Fingerknöcheln an Langdons Fenster.

Langdon ließ das Fenster herunter.

»Professor«, sagte Sato ohne einen Hauch von Wärme in der Stimme, »Ihre – wenn auch widerstrebende – Mithilfe heute Nacht war entscheidend für unseren Erfolg, und dafür danke ich Ihnen.« Sie nahm einen tiefen Zug von der Zigarette und blies den Rauch zur Seite. »Aber lassen Sie mich Ihnen zum Schluss einen guten Rat geben: Das nächste Mal, wenn ein leitender Mitarbeiter der CIA Ihnen sagt, dass die nationale Sicherheit in Gefahr ist …« Ihre schwarzen Augen blitzten. »Lassen Sie die Märchen in Cambridge.«

Langdon öffnete den Mund, um etwas zu sagen, doch Direktor Sato hatte sich bereits umgedreht und ging quer über den Parkplatz zu einem wartenden Hubschrauber.

Simkins blickte über die Schuler zurück; seinem Gesicht war nichts zu entnehmen. »Sind die Herren bereit?«

»Einen Moment noch«, sagte Solomon. Er zog ein kleines, zusammengefaltetes dunkles Tuch hervor und reichte es Langdon. »Binde dir das bitte vor die Augen, ehe wir losfahren.«

Verwundert sah Langdon sich das Tuch an. Es war aus schwarzem Samt. Als er es auseinanderfaltete, erkannte er, dass es sich um eine freimaurerische Augenbinde handelte, wie sie traditionell dem Anwärter des ersten Grades vor der Aufnahme umgelegt wurde. *Was soll das?*

Peter sagte: »Es wäre mir lieb, wenn du nicht sehen würdest, wohin wir gehen.«

Langdon blickte verwirrt drein. »Ich soll mir für die Reise die Augen verbinden?«

Solomon grinste. »Mein Geheimnis. Meine Regeln.«

Kapitel 127

Vor der CIA-Zentrale in Langley wehte ein kalter Wind. Nola Kaye zitterte, als sie Rick Parrish von der System Security über den mondbeschienenen Hof im Zentrum des Hauptquartiers folgte.

Wo bringt Rick mich hin?

Die Krise, die durch das Freimaurer-Video entstanden war, war bewältigt, aber Nola war noch immer beunruhigt. Die Datei auf der privaten Partition des CIA-Direktors war ihr noch immer ein großes Rätsel. Sie und Sato wollten sich am Morgen kurzschließen, und bis dahin brauchte Nola sämtliche Fakten. Schließlich hatte sie Rick Parrish angerufen und ihn um Hilfe gebeten.

… an einen unterirdischen *geheimen Ort… Koordinaten in* Washington, D.C., *um einen… und ein altes* Portal *entdeckte, das… Warnung, die* Pyramide *berge Gefahren… sollten dieses* Symbolon *besser entziffern…*

»Wir sind uns sicher einig«, sagte Parrish, als er und Nola über den Hof schritten, »dass der Hacker, der einen Webcrawler auf diese Schlüsselwörter angesetzt hat, auf der Suche nach Informationen über die Freimaurerpyramide war.«

Zweifellos, dachte Nola.

»Dabei ist er wohl über einen Aspekt des Freimaurer-Geheimnisses gestolpert, mit dem er nicht gerechnet hatte.«

»Was meinen Sie damit?«

»Nola, Sie wissen doch, dass der Direktor ein internes Diskussionsforum für die Mitarbeiter der CIA unterstützt, in dem sich alle über die unterschiedlichsten Themen und Dinge austauschen können, oder?«

»Natürlich.« Die Foren waren nicht nur ein sicherer Chatroom für das Personal, sie boten dem Direktor auch eine Art virtuellen Zugang zu seinen Untergebenen.

»Die Foren des Direktors befinden sich zwar auf seiner privaten Partition, die gegen Zugriff von außen gesichert ist, doch um sie den Angestellten jeder Sicherheitsstufe zugänglich zu machen, werden sie von der internen Firewall, die das als geheim eingestufte Material schützt, nicht abgeblockt.«

»Worauf wollen Sie hinaus?«, fragte Nola, als sie um die Ecke der Cafeteria bogen.

»Kurz gesagt…« Parrish deutete in die Dunkelheit vor ihnen. »Darauf!«

Nola hob den Blick. Vor ihnen, auf der anderen Seite des Hofs, schimmerte eine große Metallskulptur im Mondlicht.

Die CIA rühmte sich, mehr als fünfhundert Kunstwerke in ihrem Besitz zu haben, allesamt Originale. Doch diese Skulptur namens *Kryptos* – das griechische Wort für »verborgen« – war bei Weitem das bekannteste. Die Skulptur war das Werk des amerikanischen Künstlers James Sanborn und so etwas wie eine Legende in der CIA.

Die Hauptskulptur besteht aus einer massiven, s-förmigen Kupferplatte, die wie eine sich windende Metallwand auf der Kante steht. Auf der großen Oberfläche dieser Wand befinden sich fast zweitausend Buchstaben und Zeichen, die einen verwirrenden Code bilden. Und als wäre das nicht schon rätselhaft genug, sind um die kryptische Wand weitere zur Skulptur gehörende Elemente aufgestellt: Blöcke aus poliertem, rotem Granit, rotem und grünem Schiefer, weißem Quarz und versteinertem Holz – eine Kompassrose, ein Magnetstein und sogar eine Botschaft im Morsealphabet, in der von »heller Erinnerung« und »dunklen Mächten« die Rede ist. Die meisten Theorien besagen, dass in diesen Teilen die Schlüssel zur

Enträtselung der Skulptur versteckt sind. Kryptos war Kunst ... aber auch ein Mysterium.

Die Entschlüsselung des Codes hatte sich bei Symbolologen innerhalb und außerhalb der CIA regelrecht zur Besessenheit entwickelt. Vor ein paar Jahren war ein Teil des Codes geknackt worden, was landesweit für Schlagzeilen sorgte. Der größte Teil des Kryptos-Codes war bis heute unentschlüsselt geblieben; doch selbst die dechiffrierten Teile waren dermaßen bizarr, dass sie die ganze Sache nur noch mysteriöser machten. Sie verwiesen auf geheime unterirdische Orte, Portale, die zu uralten Gräbern führten, Längen- und Breitengrade ...

Nola konnte sich noch gut an einige der entzifferten Passagen erinnern: *Die Informationen wurden gesammelt und unterirdisch an einen unbekannten Ort gebracht ... vollkommen unsichtbar ... wie ist das möglich ... sie benutzten das Magnetfeld der Erde ...*

Nola hatte der Skulptur nie große Beachtung geschenkt. Es kümmerte sie wenig, ob man sie je entschlüsseln würde. Heute jedoch wollte sie Antworten. »Warum zeigen Sie mir Kryptos?«

Parrish lächelte ihr verschwörerisch zu und zog mit dramatischer Geste ein zusammengefaltetes Blatt Papier aus der Tasche. »Voilà, das mysteriöse Dokument, das Ihnen so viele Sorgen bereitet hat. Ich habe mir Zugriff auf den kompletten Text verschafft.«

Nola horchte auf. »Sie haben auf der privaten Partition des Direktors herumgeschnüffelt?«

»Nein. Das war es ja, was ich eben gemeint habe. Schauen Sie selbst.« Er reichte ihr das Blatt.

Nola nahm es entgegen und faltete es auf. Als sie die vertraute Standard-Kopfzeile der CIA darauf sah, warf sie überrascht den Kopf zurück.

Das Dokument war *nicht* als vertraulich eingestuft. Ganz und gar nicht!

Angestellten-Diskussions-Forum: Kryptos
Komprimiertes Archiv: Pfad #2456282.5

Nola starrte auf eine Reihe von Beiträgen, die alle komprimiert worden waren, damit sie auf eine Seite passten und weniger Speicherplatz benötigten.

»Ihr Dokument mit den Schlüsselwörtern«, sagte Rick, »setzt sich aus Beiträgen mehrerer Dechiffrier-Punks zusammen, die sich über Kryptos auslassen.«

Nola überflog das Dokument, bis sie einen Satz entdeckte, der ein paar der vertrauten Worte enthielt.

> Jim, auf der Skulptur steht, dass ein Transport an einen unterirdischen geheimen Ort stattgefunden hat, wo die Info versteckt wurde.

»Dieser Text stammt aus dem Online-Forum des Direktors über Kryptos«, erklärte Rick. »Das Forum gibt es seit Jahren. Es enthält buchstäblich Tausende von Beiträgen. Es überrascht mich nicht, dass *einer* davon alle Schlüsselwörter enthält.«

Nola überflog die Seite weiter und entdeckte noch einen relevanten Satz.

> Mark hat die Längen- und Breitengrade im Code nicht richtig interpretiert und die Koordinaten in Washington, D.C., um einen Grad falsch berechnet – Kryptos verweist im Grunde auf sich selbst.

Parrish ging zu der Skulptur und fuhr mit der Hand über das rätselhafte Meer aus Buchstaben. »Ein Großteil dieses Codes muss noch entschlüsselt werden, und nicht wenige Leute glauben, dass die Lösung sich auf alte Freimaurer-Geheimnisse bezieht.«

Nola erinnerte sich an Gerüchte über eine mögliche Verbindung zwischen Kryptos und den Freimaurern, doch sie zog es vor, solche Hirngespinste nicht weiter zu beachten.

Als sie sich jetzt allerdings umschaute und die verschiedenen Teile der mysteriösen Skulptur sah, die überall auf dem Platz verstreut waren, ging ihr auf, dass es sich um einen Code in mehreren Teilen handelte – ein Symbolon –, bestehend aus den unterschiedlichsten Materialien, die jedoch alle eine bestimmte Rolle spielten.

Seltsam.

»Könnten Sie sich vorstellen, dass Kryptos und die Freimaurerpyramide möglicherweise dasselbe Geheimnis verbergen?«, fragte sie.

»Wer weiß?« Parrish musterte Kryptos mit einem Blick, aus dem Hilflosigkeit und leiser Zorn sprachen, das Rätsel nicht lösen zu können. »Ich bezweifle, dass wir den ganzen Code jemals knacken werden. Es sei denn, jemand könnte den Direktor überzeugen, seinen Safe zu öffnen, und einen Blick auf die Lösung werfen.«

Nola nickte. Allmählich erinnerte sie sich wieder. Als Kryptos eingeweiht wurde, hatte Sanborn dem damaligen Direktor der C I A, William Webster, einen Umschlag mit der kompletten Lösung überreicht, die dieser in seinen Bürosafe gesperrt hatte. Angeblich war sie über die Jahre hinweg von einem Direktor zum anderen weitergereicht worden und befand sich noch immer im Safe.

Seltsamerweise befeuerten die Gedanken an William Webster Nolas Erinnerungsvermögen, denn ihr fiel mit einem Mal eine weitere Passage des dechiffrierten Kryptos-Codes ein:

Irgendwo da draußen ist es vergraben.
Wer kennt den genauen Ort?
Nur W W.

Niemand wusste, *was* genau da draußen vergraben lag, aber die meisten glaubten, dass es sich bei »WW« um William Webster handelte. Gerüchteweise hatte Nola gehört, dass in Wahrheit ein Mann namens William Whiston gemeint war – ein Theologe der Royal Society –, doch sie hatte nie lange darüber nachgedacht.

Rick ergriff erneut das Wort: »Ich muss gestehen, dass ich mir ehrlich gesagt nicht viel aus Kunst mache, aber dieser Typ, dieser Sanborn, ist ein echtes Genie. Ich habe mir eben seinen *Cyrillic Projector* auf einer Seite im Internet angesehen. Kennen Sie die Skulptur? Sie wirft leuchtende kyrillische Buchstaben aus einem KGB-Dokument über Gedankenkontrolle an Wände und Boden. Irre!«

Nola hörte ihm kaum zu. Sie hatte das Dokument weiter überflogen und den dritten Schlüsselsatz entdeckt:

> Richtig, die ganze Passage ist ein Zitat aus den Aufzeichnungen eines berühmten Archäologen, in dem er genau beschreibt, wie er in der Erde gräbt und ein altes Portal entdeckt, das zur Grabkammer Tutanchamuns führte.

Nola wusste, dass der Archäologe, der auf der Kryptos-Skulptur zitiert wurde, niemand anderes war als der berühmte Howard Carter. Im nächsten Beitrag wurde er beim Namen genannt:

> Ich habe mir gerade den Rest von Carters Notizen im Netz angesehen, und es sieht so aus, als hätte er eine Tontafel entdeckt mit der Warnung, die Pyramide berge Gefahren für alle, die die Ruhe des Pharao stören. Ein Fluch! Sollten wir uns Sorgen machen?

Nola legte die Stirn in Falten. »Du meine Güte, Rick, der Hinweis dieses Idioten stimmt hinten und vorne nicht. Tutanchamun war nicht in einer Pyramide begraben, sondern im Tal der Könige. Schauen Kryptologen denn niemals Discovery Channel?«

Parrish zuckte mit den Schultern. »Technikfreaks.«

Inzwischen hatte Nola den letzten Schlüsselsatz entdeckt:

Leute, ihr wisst, ich bin kein Verschwörungstheoretiker, aber Jim und Dave sollten dieses Symbolon besser entziffern, um sein letztes Geheimnis zu enthüllen, bevor die Welt 2012 untergeht … Ciao.

»Wie auch immer«, sagte Parrish. »Ich dachte, es könnte nicht schaden, wenn Sie über das Kryptos-Forum informiert sind, bevor Sie den Direktor der CIA beschuldigen, vertrauliche Dokumente über eine alte Freimaurer-Legende zurückzuhalten. Ich kann mir kaum vorstellen, dass ein Mann, der so mächtig ist wie der Chef der CIA, Zeit für solchen Unfug hat.«

Nola musste an das Freimaurer-Video denken und sah all die einflussreichen Männer vor sich, die an den alten Riten teilgenommen hatten. *Wenn Rick wüsste …*

Egal welche Botschaft Kryptos am Ende offenbarte, Nola wusste, dass sie zweifellos mystische Untertöne haben würde. Sie betrachtete das schimmernde Kunstwerk – ein dreidimensionaler Code, der mitten auf dem Gelände der Central Intelligence Agency stand, des wichtigsten Geheimdienstes der USA – und fragte sich, ob er sein Geheimnis wohl jemals preisgeben würde.

Nola musste lächeln, als sie und Rick zurück ins Gebäude gingen. *Irgendwo da draußen liegt es vergraben.*

Kapitel 128

Das ist doch Irrsinn.

Wegen der verbundenen Augen sah Robert Langdon nichts, als der Escalade auf leeren Straßen im Eiltempo nach Süden fuhr. Peter Solomon auf dem Sitz neben ihm sagte kein Wort.

Wohin bringt er mich?

Langdons Neugier war eine Mischung aus Faszination und banger Erwartung. Seine Gedanken jagten einander, und sein Hirn stellte fieberhaft Verbindungen her, um sie sofort wieder zu verwerfen, als er wie besessen versuchte, die Teile des Puzzles zusammenzusetzen. Peter war bei seiner Behauptung geblieben. *Das Verlorene Wort? Begraben am unteren Ende einer Treppe, auf der ein gewaltiger Stein mit Inschriften steht?* Das konnte doch nicht möglich sein!

Die angebliche Inschrift hatte Langdon noch vor Augen – und trotzdem ergaben die sieben Symbole, soweit er es sagen konnte, überhaupt keinen Sinn.

Das Winkelmaß der Freimaurer: das Symbol für Maß und Richtigkeit des Tuns.
Die Buchstaben Au: das chemische Symbol für das Element Gold.
Das Sigma: der griechische Buchstabe für S und das mathematische Symbol für die Summe aller Teile.

Die Pyramide: das ägyptische Symbol für den Menschen, der zum Himmel strebt.

Das Delta: der griechische Buchstabe D, das mathematische Symbol für Veränderung.

Quecksilber: dargestellt mit seinem ältesten alchimistischen Symbol.

Der Ouroboros: das Symbol für Vollständigkeit und Einssein.

Solomon bestand nach wie vor darauf, dass diese sieben Symbole eine »Botschaft« ergaben. Doch wenn das stimmte, wusste Langdon nicht einmal ansatzweise zu sagen, wie diese Botschaft zu lesen war.

Der Escalade verlangsamte plötzlich und bog scharf nach rechts auf einen anderen, raueren Untergrund ab – wie von einer Auffahrt oder Zufahrtsstraße. Langdon hob den Kopf und lauschte aufmerksam nach Hinweisen darauf, wo sie sich befanden. Sie waren noch keine zehn Minuten unterwegs, und trotz seiner Bemühungen, den Weg in Gedanken mitzuverfolgen, hatte Langdon rasch die Orientierung verloren. Nach allem, was er wusste, hätten sie genauso gut auf der Rückfahrt zum Haus des Tempels sein können.

Der Escalade hielt, und Langdon hörte, wie das Seitenfenster hinuntergelassen wurde.

»Agent Simkins, CIA«, erklärte ihr Fahrer. »Ich glaube, Sie erwarten uns.«

»Jawohl, Sir!«, antwortete eine zackige Soldatenstimme. »Direktor Sato hat Sie angekündigt. Einen Augenblick, bitte, ich nehme die Sperre beiseite, Sir.«

Langdon lauschte mit zunehmender Verwunderung. Es hörte sich an, als würden sie auf militärisches Sperrgebiet fahren. Als der Wagen sich wieder in Bewegung setzte, fuhr er über eine ungewöhnlich glatte Fahrbahn. Trotz der Augenbinde wandte Langdon Peter Solomon den Kopf zu und fragte leicht gereizt: »Verflixt noch mal, wo sind wir, Peter?«

»Nimm unter keinen Umständen die Augenbinde ab«, erwiderte Peter ernst.

Der Wagen fuhr noch ein kurzes Stück, verlangsamte dann wieder und hielt an. Simkins stellte den Motor ab. Mehr Stimmen waren zu vernehmen. Militärischer Tonfall. Jemand wollte Simkins' Ausweis sehen. Der Agent stieg aus und sprach leise zu den Männern.

Plötzlich wurde Langdons Tür geöffnet, und kräftige Hände halfen ihm aus dem Wagen. Die Luft war kalt, und es war windig.

Solomon trat neben ihn. »Robert, lass dich von Agent Simkins hineinführen.«

Langdon hörte Metallschlüssel in einem Schloss, dann das Quietschen einer aufschwingenden, schweren Stahltür. Es klang wie ein altes Schiffsschott. *Wohin bringen sie mich?*

Simkins' Hände führten Langdon in Richtung der Stahltür. Sie traten über die Schwelle. »Immer nur geradeaus, Professor.«

Plötzlich war es still. Totenstill. Verlassen. Die Luft roch steril und aufbereitet.

Simkins und Solomon nahmen Langdon in die Mitte und führten ihn einen hallenden Gang entlang. Der Boden unter seinen Slippern wirkte wie aus Stein.

Hinter ihnen schlug die Stahltür laut ins Schloss, und Langdon zuckte zusammen. Die Schlösser wurden verriegelt. Er schwitzte unter seiner Augenbinde. Er wollte nichts lieber, als sie sich herunterreißen.

Endlich blieben sie stehen.

Simkins ließ Langdons Arm los. Langdon hörte eine Reihe von elektronischen Piepsern, gefolgt von einem unerwarteten Rumpeln vor ihnen, das offenbar von einer Sicherheitstür stammte, die sich automatisch öffnete.

»Mr. Solomon, Sie und Mr. Langdon gehen allein weiter. Ich warte hier auf Sie«, sagte Simkins. »Nehmen Sie meine Taschenlampe.«

»Danke«, sagte Solomon. »Wir brauchen nicht lange.«

Taschenlampe? Langdons Herz pochte heftig.

Peter nahm Langdon beim Arm und trat einen Schritt vor. »Na komm, Robert.«

Langsam überschritten sie eine weitere Schwelle, und hinter ihnen schloss sich rumpelnd die Sicherheitstür.

Peter blieb stehen. »Stimmt was nicht?«

Langdon fühlte sich plötzlich unwohl und wacklig auf den Beinen. »Ich glaube, ich muss mir die Augenbinde abnehmen.«

»Noch nicht. Wir sind fast da.«

»Fast *wo?*« Langdon spürte einen Klumpen im Magen.

»Wie ich bereits sagte – ich bringe dich zu der Treppe, die zum Verlorenen Wort hinunterführt.«

»Peter, das ist nicht komisch!«

»Das soll es auch nicht sein. Es soll dir die Augen öffnen, Robert. Es soll dich erinnern, dass es auf dieser Welt Mysterien gibt, die selbst du noch nicht gesehen hast. Und ehe ich noch einen weiteren Schritt mit dir gehe, musst du mir einen Gefallen tun. Du musst *glauben* – nur einen Augenblick lang. Du musst an die *Legende* glauben. Du musst glauben, dass du eine gewundene Treppe hinunterblicken wirst, die Hunderte Fuß zu einem der größten verlorenen Schätze der Menschheit hinunterführt.«

Langdon war schwindlig. Sosehr er seinem alten Freund glauben wollte, er konnte es nicht. »Ist es noch weit?« Seine samtene Augenbinde war schweißgetränkt.

»Nein. Nur noch wenige Schritte. Durch eine letzte Tür. Ich öffne sie jetzt.«

Peter Solomon ließ ihn einen Augenblick los, und Langdon schwankte. Unsicher tastete er nach einem Halt, und Peter trat rasch wieder zu ihm. Vor sich hörte Langdon das Geräusch einer schweren Automatiktür. Peter nahm ihn beim Arm, und sie gingen weiter. »Hier entlang.«

Mit kleinen Schritten überquerten sie eine weitere Schwelle, und auch diese Tür fuhr hinter ihnen zu.

Stille. Kälte.

Langdon spürte sofort, dass dieser Ort, was immer er war, nichts mit der Welt auf der anderen Seite der Sicherheitstüren zu tun hatte. Die Luft war feucht und kühl wie in einer Gruft. Die Akustik wirkte dumpf, wie bei großer Enge. Langdon hatte das Gefühl, kurz vor einem irrationalen klaustrophobischen Anfall zu stehen.

»Nur noch ein paar Schritte.« Solomon führte ihn um eine Ecke und richtete ihn aus, indem er ihn bei der Schulter packte und ein Stück zur Seite drehte. Endlich sagte er: »Jetzt kannst du die Augenbinde abnehmen.«

Langdon packte die Samtbinde und riss sie sich herunter. Er blickte um sich, um herauszufinden, wo er war, doch er war noch immer blind. Er rieb sich die Augen. Nichts. »Peter, hier ist es stockdunkel.«

»Ja, allerdings. Streck die Hand aus. Vor dir ist ein Geländer. Halt dich daran fest.«

Langdon griff in die Dunkelheit und ertastete eine eiserne Stange.

»Und jetzt die Augen auf.« Er hörte, wie Peter mit irgendetwas hantierte, und mit einem Mal durchstach ein greller Taschenlampenstrahl die Dunkelheit. Er war auf den Boden gerichtet. Ehe Langdon erkennen konnte, was um ihn herum war, hob Solomon die Lampe über das Geländer und richtete den Lichtkegel genau nach unten.

Langdon starrte in einen bodenlosen Schacht … mit einer endlosen Treppe, die tief in die Erde hinunterführte. *Mein Gott!* Seine Knie gaben nach, und er musste sich am Geländer festhalten. Es war eine ganz normale Treppe; sie verlief an der Innenwand eines quadratischen Schachts entlang. Langdon sah wenigstens dreißig Treppenabsätze, ehe das Licht der Taschenlampe von der Dunkelheit verschluckt wurde. *Ich kann nicht einmal den Boden sehen!*

»Peter ...«, stieß er hervor. »Wo *sind* wir hier?«

»Ich bringe dich gleich ans untere Ende der Treppe, aber vorher musst du dir noch etwas anderes ansehen.«

Zu überwältigt, um Einwände zu erheben, gestattete Langdon, dass Peter Solomon ihn von der Treppe weg und durch die seltsame kleine Kammer führte. Solomon hielt den Taschenlampenkegel auf den ausgetretenen Steinboden unter ihren Füßen gerichtet. Immer noch erhielt Langdon keinen Eindruck von dem Raum ringsum ... nur dass er eng war.

Eine kleine Steinkammer.

Rasch hatten sie die gegenüberliegende Wand des Raums erreicht, in die ein gläsernes Rechteck eingelassen war. Langdon hielt es zunächst für ein Fenster in einen Raum dahinter, doch von der Stelle, an der er stand, sah er auf der anderen Seite nur Dunkelheit.

»Geh nur«, sagte Peter. »Geh und sieh.«

»Was ist da drin?« Langdon dachte an die Dunkle Kammer unter dem Kapitol und wie er einen Augenblick lang geglaubt hatte, sie könnte das Tor zu einer riesigen unterirdischen Kaverne enthalten.

»Sieh es dir nur an, Robert.« Solomon schob ihn vor. »Und halt dich fest, denn der Anblick wird dir einen Schreck versetzen.«

Ohne zu wissen, womit er zu rechnen hatte, trat Langdon näher an das Glas heran. Als er dicht davorstand, schaltete Solomon die Taschenlampe aus, und die kleine Kammer versank in völliger Finsternis.

Während seine Augen sich an die Dunkelheit gewöhnten, streckte Langdon die Hände aus und ertastete die Wand und das Glas. Er brachte sein Gesicht dichter an das durchsichtige Portal. Dahinter war immer noch undurchdringliche Schwärze.

Er beugte sich noch näher ... drückte das Gesicht gegen das Glas. Dann sah er es.

Die Woge aus Schock und Desorientierung, die Langdon überflutete, stellte seinen inneren Kompass völlig auf den Kopf. Beinahe wäre er nach hinten gefallen, als sein Verstand sich mühte, den gänzlich unerwarteten Anblick, der sich ihm bot, als Wirklichkeit zu akzeptieren. In seinen kühnsten Träumen hätte Robert Langdon sich nicht ausmalen können, was sich auf der anderen Seite der Glasscheibe befand.

Es war ein wundervoller Anblick.

In der Dunkelheit leuchtete ein strahlend weißes Licht wie ein funkelnder Edelstein.

Langdon begriff nun alles: die Sperre auf der Zugangsstraße ... die Wachtposten am Haupteingang ... die schwere Stahltür außen ... die automatischen Türen, die sich rumpelnd öffneten und schlossen ... die Schwere in seinem Magen ... den Schwindel in seinem Kopf ... und nun auch diese kleine Steinkammer.

»Robert«, wisperte Peter hinter ihm, »manchmal braucht man nur den Blickwinkel zu ändern, und man kann das Licht sehen.«

Sprachlos starrte Langdon durch das Fenster nach draußen. Sein Blick ging hinaus in die Dunkelheit der Nacht, überbrückte mehr als eine Meile leeren Raums, senkte sich tiefer ... noch tiefer ... bis er auf der hell erleuchteten, strahlend weißen Kuppel des Kapitols zu ruhen kam.

Langdon hatte das Kapitol noch nie von diesem Punkt aus gesehen – 555 Fuß hoch an der Spitze von Amerikas großem ägyptischem Obelisken. Zum ersten Mal in seinem Leben war er heute Nacht mit dem Aufzug hinauf zu der winzigen Aussichtskammer gefahren ... der Kammer am höchsten Punkt des Washington Monument.

 Kapitel 129

Wie gebannt stand Langdon an dem verglasten Portal und nahm den atemberaubenden Anblick in sich auf. Nachdem er unwissentlich Hunderte von Fuß in die Höhe gefahren war, bewunderte er nun eines der spektakulärsten Panoramen, die er je zu Gesicht bekommen hatte.

Die leuchtende Kuppel des Kapitols erhob sich wie ein Berg am östlichen Ende der National Mall. Das Gebäude flankierend zogen sich zwei parallele Linien aus Licht zu ihm hin ... die angestrahlten Fassaden der Smithsonischen Museen ... Leuchtfeuer der Kunst, Geschichte, Wissenschaft, Kultur.

Zu seinem Erstaunen bemerkte Langdon, dass vieles von dem, was Peter Solomon als wahr erklärt hatte, in der Tat der Wahrheit entsprach. *Es gibt tatsächlich eine gewundene Treppe ... und sie führt unter einem gewaltigen Stein Hunderte von Fuß in die Tiefe.* Der riesige Deckstein des Obelisken befand sich unmittelbar über Langdons Kopf, und er erinnerte sich an eine belanglose, längst vergessen geglaubte Information, die nun eine unheimliche Bedeutung zu erlangen schien: Der Deckstein des Washington Monument wog exakt dreitausenddreihundert Pfund.

Wieder die Zahl 33.

Noch verblüffender allerdings war, dass die oberste Spitze des Decksteins – den Scheitelpunkt des Obelisken – eine kleine, polierte Spitze aus Aluminium krönte. Einst war das Metall mit Gold aufgewogen worden. Die glänzende Spitze des Washington Monument

ALUMINIUMSPITZE
DES DECKSTEINS,
WASHINGTON MONUMENT

war etwas mehr als zweiundzwanzig Zentimeter hoch, genauso wie die Freimaurerpyramide. Unglaublicherweise trug die kleine Aluminiumpyramide eine berühmte Inschrift – *Laus Deo* –, und mit einem Mal traf Langdon die verblüffende Erkenntnis: *Das ist die tatsächliche Botschaft auf der Basis der Steinpyramide.*

Die sieben Symbole sind eine Transliteration!
Die simpelste aller Chiffren.
Die Symbole sind Buchstaben.

Das Winkelmaß der Freimaurer – L
Das Element Gold – AU
Das griechische Sigma – S
Das griechische Delta – D

Das alchimistische Quecksilber – E
Der Ouroboros – O

»*Laus Deo*«, flüsterte Langdon. Die wohlbekannte lateinische Wendung – »Gelobt sei Gott« –, war in nur einen Zoll hohen Buchstaben in die Spitze des Washington Monument eingraviert. *Frei zu sehen … und doch für alle unsichtbar.*

Laus Deo.

»Gelobt sei Gott«, sagte Peter in Langdons Rücken und schaltete die sanfte Beleuchtung der Kammer ein. »Der letzte Code auf der Freimaurerpyramide.«

Langdon wandte sich ihm zu. Sein Freund grinste ihn breit an, und Langdon erinnerte sich, dass Peter die Worte »Gelobt sei Gott« bereits in der Bibliothek der Freimaurer ausgesprochen hatte. *Trotzdem habe ich es nicht begriffen.*

Langdon fröstelte, als ihm klar wurde, wie passend es doch war, dass die legendäre Freimaurerpyramide ihn *hierher*geführt hatte, zu Amerikas höchstem Obelisken – dem Symbol für mystisches altes Wissen –, der im Herzen der Nation gen Himmel strebte.

Voller Ehrfurcht und Erstaunen folgte Langdon der Wand des kleinen, quadratischen Raums gegen den Uhrzeigersinn und gelangte an ein anderes Sichtfenster.

Norden.

Durch dieses nach Norden weisende Fenster blickte Robert Langdon auf die vertraute Silhouette des Weißen Hauses. Er hob den Blick zum Horizont, wo die gerade Linie der Sechzehnten Straße nach Norden zum Haus des Tempels führte.

Ich bin genau südlich vom Heredom.

Er ging weiter zum nächsten Fenster. Nach Westen folgte Langdons Blick dem lang gestreckten Rechteck des funkelnden Wasserbeckens vor dem Lincoln Memorial, dessen klassisch-griechischer Architekturstil vom Athener Parthenon inspiriert war, dem Tempel der Athene – der Göttin der Städte, des Kriegs und der Weisheit, gerüstet entsprungen aus dem Haupt des Zeus, der das wagemutig Begonnene segnet.

Annuit coeptis, dachte Langdon. *Gott heißt das Begonnene gut.*

Er ging zum letzten Fenster und schaute nach Süden über das dunkle Wasser des Tidal Basin zum Jefferson Memorial, das hell durch die Nacht strahlte. Die Kuppel mit ihrer sanften Steigung war dem Pantheon nachempfunden, dem Tempel der großen Götter der römischen Mythologie.

Nachdem Langdon in alle vier Richtungen geschaut hatte, dachte er an die Luftbilder der National Mall, die er kannte – wie ihre vier Arme vom Washington Monument in die vier Himmelsrichtungen des Kompasses wiesen. *Ich stehe im Zentrum von Washington, am Kreuzungspunkt Amerikas.*

Langdon kehrte zu Peter zurück. Sein väterlicher Freund lächelte. »*Das* ist es, Robert. Das Verlorene Wort. *Hier* liegt es vergraben. Und die Freimaurerpyramide hat uns hierhergeführt.«

Das Verlorene Wort ... Langdon erkannte erstaunt, dass er angesichts der vielen Eindrücke kaum mehr daran gedacht hatte.

»Robert, ich kenne niemanden, der vertrauenswürdiger wäre als du. Und ich glaube, nach einer Nacht wie dieser hast du es verdient, alles zu erfahren. Wie in der Legende verheißen, ist das Verlorene Wort wirklich und wahrhaftig am unteren Ende einer gewundenen Treppe vergraben.« Er wies auf die Öffnung zum langen Treppenhaus des Monuments.

Langdon hatte sich endlich wieder auf vertrauterem Boden gefühlt, doch nun war er verwirrt.

Peter griff rasch in die Tasche und nahm einen kleinen Gegenstand heraus. »Erinnerst du dich daran?«

Langdon nahm den würfelförmigen Kasten entgegen, den Peter ihm vor langer Zeit anvertraut hatte. »Natürlich ... aber ich fürchte, ich habe es nicht allzu gut beschützt.«

Solomon lachte leise. »Vielleicht war die Zeit gekommen, dass es das Licht des Tages sehen sollte.«

Langdon musterte den Steinwürfel und fragte sich, was Peter ihm damit sagen wollte.

»Wonach sieht es für dich aus?«, fragte Peter.

Langdon blickte auf das Dürer'sche Monogramm und erinnerte sich an seinen ersten Eindruck, nachdem Katherine das Päckchen geöffnet hatte. »Nach einem Grundstein.«

»Richtig«, sagte Peter. »Nun gibt es über Grundsteine Dinge zu wissen, die dir möglicherweise unbekannt sind. Erstens stammt das Konzept, Grundsteine zu legen, aus dem Alten Testament.«

Langdon nickte. »Aus den Psalmen.«

»So ist es. Und ein echter Grundstein wird immer in der Erde vergraben – er symbolisiert den ersten Schritt des Gebäudes aus der Erde hinauf zum Himmelslicht.«

Langdon blickte zum Kapitol. Der Grundstein dieses Gebäudes, erinnerte er sich, lag so tief im Fundament vergraben, dass er noch bei keiner Ausgrabung gefunden worden war.

»Und schließlich«, fuhr Solomon fort, »sind viele Grundsteine kleine Tresore – wie das Steinkästchen in deiner Hand. Sie haben Hohlräume, die einen verborgenen Schatz enthalten können ... Talismane, wenn du so möchtest ... Symbole der Hoffnung für die Zukunft des Gebäudes, das errichtet werden soll.«

Auch dieser Tradition war sich Langdon bewusst. Selbst heutzutage wurden Grundsteine gelegt, in denen Gegenstände von Bedeutung eingeschlossen waren – Zeitkapseln, Fotos, Proklamationen und sogar die Asche wichtiger Persönlichkeiten.

»Der Grund, weshalb ich dir das erzähle, sollte eigentlich klar sein.« Solomon blickte zum Treppenhaus hinüber.

»Du glaubst, das Verlorene Wort sei im *Grundstein* des Washington Monument versteckt?«

»Das *glaube* ich nicht, Robert, das *weiß* ich. Das Verlorene Wort wurde am 4. Juli 1848 im Zuge eines maurerischen Rituals im Grundstein dieses Monuments vergraben.«

Langdon starrte ihn an. »Unsere maurerischen Gründerväter haben ein *Wort* begraben?«

Peter nickte. »Allerdings. Sie hatten die wahre Macht dessen begriffen, was sie begruben.«

Die ganze Nacht hindurch hatte Langdon versucht, ausufernde, vergeistigte Konzepte zu begreifen – die Alten Mysterien, das Verlorene Wort, die Geheimnisse der Zeitalter. Und nun behauptete Peter, der Schlüssel zum Verlorenen Wort liege in einem Grundstein 555 Fuß unter ihnen begraben... Das alles war unfassbar für Robert Langdon; zu viel war bereits auf ihn eingestürmt. *Die Menschen studieren ihr Leben lang die Mysterien und besitzen dennoch keinen Zugriff auf die Macht, die sich darin angeblich verbirgt.* Langdon trat Dürers *Melencolia I* vor Augen – das Bild des niedergeschlagenen Adepten, umgeben von den Werkzeugen seiner gescheiterten Versuche, die mystischen Geheimnisse der Alchimie zu enträtseln. *Wenn diese Geheimnisse tatsächlich aufgedeckt werden können, so finden sie sich nicht an einem einzigen Ort.*

Jede Antwort, so hatte Langdon stets geglaubt, verteilte sich in Tausenden von Büchern auf der ganzen Welt... stand verschlüsselt in den Schriften des Pythagoras, Hermes, Heraklit, Paracelsus und Hunderter anderer. Die Antwort fand sich in verstaubten, vergessenen Bänden über Alchimie, Mystizismus, Magie und Philosophie. Die Antwort verbarg sich in der alten Bibliothek von Alexandria, sumerischen Tontafeln und den Hieroglyphen Ägyptens.

»Peter, es tut mir leid«, sagte Langdon leise. »Das Begreifen der Alten Mysterien ist ein lebenslanger Prozess. Ich kann mir nicht vorstellen, wie der Schlüssel dazu in einem einzigen Wort ruhen sollte.«

Peter legte Langdon seine verbliebene Hand auf die Schulter. »Robert, das Verlorene Wort ist kein Wort.« Er lächelte weise. »Wir nennen es nur das ›Wort‹, weil die Alten es so nannten... im Anfang.«

Kapitel 130

Im Anfang war das Wort.

Reverend Galloway kniete in der großen Vierung der National Cathedral und betete für Amerika. Er betete dafür, dass sein geliebtes Land die wahre Macht des Wortes erkennen möge – all die gesammelten und niedergeschriebenen Wahrheiten, wie die großen Meister sie gelehrt hatten.

Die Geschichte hatte die Menschheit mit genialen Gelehrten gesegnet, zutiefst erleuchteten Seelen, deren Verständnis der spirituellen und geistigen Mysterien alle Vorstellung überstieg. Die wunderbaren Worte dieser Adepten – Buddha, Jesus, Mohammed, Zoroaster und zahllose andere – hatten im ältesten und wertvollsten aller Gefäße die Geschichte überdauert.

In Büchern.

Jede Kultur auf Erden hatte ihr eigenes heiliges Buch – ihr eigenes *Wort* –, jedes anders und doch gleich. Für die Christen war das Wort die Bibel, für die Muslime der Koran, für die Juden die Thora, für die Hindus die Veda und so weiter.

Das Wort wird den Weg erhellen.

Für Amerikas freimaurerische Gründerväter war das Wort die Bibel gewesen. *Und doch haben nur wenige Menschen in der Geschichte ihre wahre Botschaft verstanden.*

In dieser Nacht, da Galloway allein in der großen Kathedrale kniete, legte er die Hände auf das Wort – sein eigenes, zerlesenes Exemplar der Freimaurer-Bibel.

Wie alle Freimaurer-Bibeln enthielt dieses geliebte Buch das Alte Testament, das Neue Testament und einen Schatz von philosophischen Schriften der Freimaurer.

Galloway kannte das Vorwort auswendig. Dessen wundervolle und tröstliche Botschaft war von Millionen seiner Brüder in zahllosen Sprachen überall auf der Welt gelesen worden.

Der Text lautete:

DIE ZEIT IST EIN FLUSS ... UND BÜCHER SIND BOOTE. VIELE BÜCHER MACHEN SICH AUF DEN WEG DEN STROM HINUNTER, DOCH NUR UM AUF GRUND ZU LAUFEN UND FÜR IMMER VERLOREN ZU GEHEN. NUR WENIGE, SEHR WENIGE, HALTEN DEN ZEITEN STAND UND ÜBERLEBEN, UM ZUKÜNFTIGE ZEITALTER ZU ERLEUCHTEN.

Es gibt einen Grund, warum diese Bücher überlebt haben, während andere verschwunden sind. Galloway, der Gelehrte des Glaubens, hatte es immer schon als verwunderlich betrachtet, dass die ältesten spirituellen Texte – die meiststudierten Bücher der Welt – gleichzeitig die waren, die am wenigsten verstanden wurden.

Ein wundersames Geheimnis verbirgt sich in diesen Seiten.

Eines nicht allzu fernen Tages würde das Licht am Horizont erscheinen, und die Menschheit würde endlich die schlichte und doch alles verändernde Wahrheit der alten Lehren verstehen ... und damit einen gewaltigen Schritt nach vorn tun, was das Verständnis ihrer eigenen wunderbaren Natur betraf.

Kapitel 131

Die Treppe im Washington Monument bestand aus 896 Steinstufen, die um einen offenen Fahrstuhlschacht herumführten. Robert Langdon und Peter Solomon waren auf dem Weg nach unten, wobei Langdon immerzu daran denken musste, was Peter ihm vorhin eröffnet hatte: *Das »Wort«, das unsere Vorväter in dem hohlen Eckstein verborgen haben, ist die Bibel.*

Unvermittelt blieb Peter auf einem Treppenabsatz stehen und schwenkte den Taschenlampenstrahl auf ein großes Steinmedaillon an der Wand. »Sieh nur, Robert.«

Langdon fuhr zusammen, als er das Relief sah.

Es stellte eine furchterregende, verhüllte Gestalt mit einer Sense dar, die neben einem Stundenglas kniete. Ein Arm war erhoben, und der ausgestreckte Zeigefinger deutete auf eine aufgeschlagene Bibel, wie um zu sagen: »Die Antwort liegt hier!«

Langdon nahm das Bild in sich auf, ehe er seinen Mentor anschaute.

Peters Augen leuchteten; er war in seinem Element. »Ich möchte, dass du dir etwas vor Augen führst, Robert.« Der Satz hallte durch den tiefen Treppenschacht. »Was glaubst du, warum die Bibel zweieinhalb Jahrtausende bewegter Geschichte überdauert hat? Warum gibt es sie noch? Weil ihre Geschichten so fesselnd sind? Nein. Es hat einen anderen Grund, weshalb christliche Mönche ihr ganzes Leben damit verbringen, die Bibel zu studieren, und jüdische Mystiker und Kabbalisten über dem Alten Testament brüten. Der Grund ist der, dass in den Seiten dieses Buches bedeutende Geheimnisse verborgen liegen … ein immenses Reservoir an Weisheit, das nur darauf wartet, enthüllt zu werden.«

Langdon war die Theorie bekannt, wonach die biblischen Texte eine noch unentdeckte Überlieferungsschicht enthielten, mit einer Botschaft, die sich in Allegorien, Symbolik und Parabeln hüllte.

»Im Alten Testament heißt es, dass Gott zu Moses von Mund zu Mund, zu den anderen aber ›durch dunkle Worte oder Gleichnisse‹ redet. In den Sprüchen Salomons wird gesagt, die Reden der Weisen seien Rätsel. Im Markusevangelium heißt es: ›Euch ist das Geheimnis gegeben … aber es wird euch in Gleichnissen zuteil.‹ Im Johannesevangelium steht: ›Ich werde zu euch in Gleichnissen reden … und in dunklen Worten sprechen‹, und der zweite Korintherbrief sagt, dass wir auf Erden ›durch einen Spiegel in einem dunklen Wort‹ sehen.«

In einem dunklen Wort, wiederholte Langdon im Stillen und dachte daran, wie oft dieser Ausdruck in den Sprüchen Salomons vorkam, aber auch im Psalm 78: »Ich will meinen Mund auftun zu Sprüchen, will dunkle Worte verkünden aus der Vorzeit.« Dabei bedeuteten die »dunklen Worte« nichts Düsteres, Böses, sondern lediglich, dass ihre wahre Bedeutung verhüllt war.

»Und wenn du noch Zweifel hast«, fügte Peter hinzu, »die Korintherbriefe sagen ganz unverhüllt, dass die Gleichnisse zwei Bedeutungsebenen haben: Milch für Säuglinge und Fleisch für die Erwachsenen – wobei die Milch eine verwässerte Lesart für kindliche Gemüter ist und das Fleisch die wahre Botschaft, die nur vom erwachsenen Verstand erfasst werden kann.«

Peter hob den Lichtkegel noch einmal auf die verhüllte Gestalt, die auf die Bibel zeigte. »Ich weiß, du bist skeptisch, Robert, aber bedenke eins: Wenn die Bibel keine verborgene Bedeutung hat, warum haben sich dann die besten Köpfe der Geschichte – einschließlich der Royal Society – so leidenschaftlich ihrem Studium hingegeben?

Sir Isaac Newton schrieb mehr als *eine Million* Worte in dem Versuch, die wahre Bedeutung der biblischen Texte zu entschlüsseln. Darunter ist eine Handschrift aus dem Jahre 1704, aus der hervorgeht, dass er sogar *wissenschaftliche* Informationen aus der Bibel gewonnen hat.«

Langdon nickte; er kannte Newtons Versuche, die Bibel zu entschlüsseln.

»Und Sir Francis Bacon«, erklärte Peter weiter, »der von König Jakob I. den Auftrag erhielt, unsere Bibel – die King James Bible – übersetzen zu lassen, war so sehr von der Existenz einer verborgenen Bedeutung überzeugt, dass er einen eigenen Code hineinschrieb, der heute noch erforscht wird. Wie du weißt, war Bacon Rosenkreuzer und verfasste die Schrift *Die Weisheit der Alten*.« Peter lächelte. »Selbst der tiefgläubige Dichter William Blake wies darauf hin, dass wir zwischen den Zeilen lesen sollten.«

Langdon kannte den Vers: *Both read the Bible day and night, / But thou read'st black where I read white.* ›Beide lesen die Bibel Tag und Nacht, /Aber wo du schwarz liest, lese ich weiß.‹

»Und es waren nicht nur die großen Geister Europas«, sagte Peter und stieg jetzt schneller die Treppe hinunter, »die vor einer wörtlichen Interpretation der Bibel gewarnt haben. Gleiches galt auch hier, Robert, im Herzen der vergleichsweise jungen amerikanischen Nation, wo einige unserer klügsten Köpfe – John Adams, Benjamin Franklin, Thomas Paine – eine solche Ansicht vertraten. Thomas Jefferson war so sehr davon überzeugt, die wahre Botschaft der Bibel liege im Verborgenen, dass er buchstäblich die Seiten zerschnitt und das Buch neu herausgab, ›um das künstliche Gerüst zu demontieren und die echte Lehre wiederherzustellen‹, wie er sich ausdrückte.«

Langdon wusste davon. Die Jefferson-Bibel wurde noch heute gedruckt und enthielt viele der umstrittenen Änderungen Thomas Jeffersons. Zum Beispiel fehlten in seiner Bibel die jungfräuliche

Geburt Christi und seine Auferstehung. Es hörte sich unglaublich an, aber ebendiese Bibel war in der ersten Hälfte des 19. Jahrhunderts jedem neuen Kongressmitglied überreicht worden.

»Peter, du weißt, ich finde dieses Thema faszinierend, und ich kann verstehen, wie verlockend die Vorstellung ist, die Bibel könne versteckte Botschaften enthalten. Aber ich halte es für unlogisch. Es ist doch paradox, eine Lehre verschlüsselt zu übermitteln.«

»Sicher, aber ...«

»Lehrer *lehren*, Peter. Warum sollten die Verfasser der Bibel, die größten Lehrer überhaupt, verdunkeln, was sie zu sagen hatten? Wenn sie die Welt verändern wollten, wozu dann in Rätseln sprechen? Warum nicht Klartext reden, damit die Welt sie versteht?«

Peter sah ihn über die Schulter hinweg an. Er wirkte überrascht. »Aus dem gleichen Grund«, sagte er, »weshalb die Schulen der Alten Mysterien geheim gehalten wurden. Aus dem gleichen Grund, weshalb die Neophyten eingeweiht werden mussten, bevor sie die geheimen Lehren kennenlernen durften. Aus dem gleichen Grund, weshalb die Wissenschaftler des Unsichtbaren Collegiums sich weigerten, ihr Wissen mit anderen zu teilen. Dieses Wissen ist *mächtig*, Robert. Die Alten Mysterien darf man nicht in die Gegend posaunen. Sie sind die lodernde Fackel, die in der Hand eines Meisters den Weg erhellen, in der Hand eines Wahnsinnigen aber einen Weltenbrand entfachen kann.«

Langdon stutzte. *Was redet er da?* »Ich meine die Bibel, Peter. Wieso sprichst du von den Alten Mysterien?«

Peter drehte sich um. »Verstehst du denn nicht? Die Alten Mysterien und die Bibel sind ein und dasselbe.«

Langdon blickte ihn entgeistert an.

Peter schwieg ein paar Sekunden und ließ den Satz wirken. Erst dann fuhr er fort: »Die Bibel ist eines jener Bücher, die die Mysterien durch sämtliche Epochen der Geschichte weitergegeben haben. Jede einzelne Seite schreit förmlich danach, uns ihr Geheimnis mitzuteilen. Verstehst du nicht? Die ›dunklen Worte‹ in der Bibel raunen uns die verborgene Weisheit der Alten zu.«

Langdon schwieg. Nach seinem Verständnis waren die Alten Mysterien eine Art Handbuch zur Nutzbarmachung der verborgenen Kräfte des menschlichen Geistes... eine Anleitung zur persönlichen Apotheose. Langdon hatte solch eine Wirkung der Mysterien nie akzeptieren können, und die Vorstellung, die Bibel enthalte einen Schlüssel dazu, erschien ihm weit hergeholt.

»Peter«, wandte er vorsichtig ein, »die Bibel und die Alten Mysterien stehen einander diametral gegenüber. Bei den Mysterien geht es um den Gott *in* uns... um den Menschen als Gott. In der Bibel geht es um den Gott *über* uns... und um den Menschen als armseligen Sünder.«

»Genau! Du hast den Finger auf das entscheidende Problem gelegt. In dem Augenblick, an dem der Mensch sich von Gott getrennt hat, ging die wahre Bedeutung des Wortes verloren. Die Stimmen der alten Meister wurden längst übertönt und sind untergegangen im chaotischen Getöse selbst ernannter Fachleute, die behaupten, sie allein verstünden das Wort und dass es in ihrer Sprache geschrieben sei und keiner anderen.«

Peter stieg weiter die Treppe hinunter.

»Du und ich, wir wissen, dass die Alten entsetzt wären, auf welche Weise ihre Lehren verdreht und pervertiert wurden... dass die Religion sich als Mautstation zum Himmel etabliert hat... dass Soldaten in den Krieg marschieren in dem Glauben, Gott stehe auf ihrer Seite. Wir haben das Wort verloren, und doch ist seine wahre Bedeutung noch in Reichweite, direkt vor unseren Augen. Es existiert in den fortdauernden Schriften, von der Bibel bis zur Bhagavad Gita, dem Koran und anderen. Alle diese Texte werden auf den Altären der Freimaurer verehrt, weil die Freimaurer verstehen, was die Welt vergessen zu haben scheint: dass jeder dieser Texte auf seine Weise ein und dieselbe Botschaft vermittelt.« Peter hob bewegt die

Stimme. »»Wisst ihr denn nicht, dass ihr Götter seid?‹« Flüsternd fuhr er fort: »Buddha sagte, ihr selbst seid Gott. Jesus lehrte, das Reich Gottes ist in euch, und die Werke, die ich tue, könnt auch ihr tun. Selbst der erste Gegenpapst, Hippolyt von Rom, zitierte diese Botschaft, die erstmals von dem gnostischen Lehrer Monoimus geäußert wurde: ›Lasst die Suche nach Gott, nehmt stattdessen als Ausgangspunkt euch selbst.‹«

Langdon musste an das Haus des Tempels denken, wo der Stuhl des Tempelhüters ein Lehrwort auf der Rückenlehne trug: *Erkenne dich selbst.*

»Ein kluger Mann hat einmal zu mir gesagt«, fuhr Peter fort, »der einzige Unterschied zwischen dir und Gott ist, dass du vergessen hast, dass du göttlich bist.«

»Ich möchte ja gerne glauben, dass wir Götter sind, Peter«, entgegnete Langdon, »nur sehe ich keine Götter auf dieser Erde wandeln. Ich sehe keine Übermenschen. Du kannst auf die sogenannten Wunder der Bibel verweisen oder auf andere religiöse Texte, aber das sind bloß alte Geschichten, die Menschen erdacht haben und die im Lauf der Zeit ausgeschmückt und aufgebauscht wurden.«

»Vielleicht«, meinte Peter. »Vielleicht ist es aber auch einfach nur erforderlich, dass unsere Wissenschaft zum Wissen der Alten aufschließt.« Er schwieg kurz. »Ich glaube, Katherines Forschungen, die sich ja genau damit beschäftigen, hätten gerade jetzt an diesem Punkt angelangt sein können.«

Jetzt erst fiel Langdon wieder ein, dass Katherine aus dem Haus des Tempels davongeeilt war. »Wo ist sie eigentlich hin?«

»Sie wird gleich hier sein«, sagte Peter lächelnd. »Ihr wurde ein unerwartetes Glück zuteil, und davon muss sie sich erst noch mit eigenen Augen überzeugen.«

Draußen vor dem Monument atmete Peter Solomon tief die erquickende, kühle Nachtluft ein und beobachtete belustigt, wie Langdon angespannt auf den Boden blickte, sich am Kopf kratzte und am Fuß des Obelisken herumsuchte.

»Professor«, scherzte Peter, »der Eckstein, in dem die Bibel liegt, ist unter der Erde. Man kommt nicht an ihn heran, aber ich versichere dir, er ist da. Und die Bibel ebenfalls.«

»Ich glaub's dir ja«, sagte Langdon gedankenversunken. »Es ist nur ... mir fällt da etwas auf.«

Er trat ein Stück zurück und schaute über den weiten Platz, auf dem das Washington Monument stand. Ringsum war der Boden weiß gepflastert, bis auf zwei konzentrische Kreise um den Obelisken, die aus dunklen Steinen bestanden.

»Ein Kreis in einem Kreis«, sagte Langdon. »Zum ersten Mal fällt mir auf, dass der Obelisk im Kreis eines Kreises steht.«

Peter lächelte. *Ihm entgeht wirklich nichts.* »Ja, der große Circumpunct ... ein universelles Symbol für Gott ... am Kreuzungspunkt Amerikas.« Er zwinkerte Langdon zu. »Ich bin sicher, das ist bloß ein Zufall.«

Doch Robert Langdon schien mit den Gedanken weit fort zu sein. Sein Blick wanderte an dem angestrahlten Obelisken hinauf, dessen Stein sich weiß vor dem schwarzen Himmel abhob.

Peter merkte, dass Langdon das Bauwerk allmählich als das betrachtete, was es war: ein stummer Hinweis auf das alte Wissen, ein Symbol für den erleuchteten Menschen im Herzen einer großen Nation. Peter konnte die kleine Aluminiumspitze zwar nicht sehen, aber sie war da. Der erleuchtete Geist des Menschen, der dem Himmel zustrebte.

Laus Deo.

»Peter?« Langdon drehte sich zu dem alten Freund um und trat auf ihn zu. »Beinahe hätte ich's vergessen.« Er griff in die Tasche und hielt ihm den goldenen Freimaurerring hin. »Den wollte ich dir schon die ganze Zeit zurückgeben.«

»Danke.« Peter Solomon nahm den Ring entgegen und betrachtete ihn ehrfürchtig. »Weißt du, all die Geheimnisse und Rätsel um diesen Ring und die Freimaurerpyramide … das hatte großen Einfluss auf mein Leben. Als ich noch jung war, habe ich die Pyramide mit der Zusicherung bekommen, dass sie Rätsel und Geheimnisse birgt. Ihr bloßes Vorhandensein ließ mich glauben, es gäbe bedeutende Mysterien auf der Welt. Das hat meine Neugier angeregt, meinen Sinn für das Wunderbare beflügelt und bewirkt, dass ich mich für die Alten Mysterien geöffnet habe.« Er ließ den Ring in die Tasche gleiten. »Jetzt weiß ich, dass der wahre Zweck der Freimaurerpyramide nicht darin besteht, die Antworten zu enthüllen, sondern Interesse an den Fragen zu wecken.«

Längere Zeit standen beide Männer schweigend da.

Dann sagte Langdon mit tiefem Ernst: »Ich muss dich um einen Gefallen bitten, Peter … als Freund.«

»Natürlich. Was du willst.«

Langdon trug seine Bitte mit Nachdruck vor.

Solomon nickte. Er wusste, dass Langdon recht hatte. »In Ordnung.«

»Sofort«, verlangte Langdon und deutete auf den Escalade.

»Also gut. Unter einer Bedingung.«

Langdon verdrehte die Augen. »Immer musst du das letzte Wort haben.«

»Ja, denn es gibt eine letzte Sache, die ich dir und Katherine zeigen will.«

»Um diese Zeit?« Langdon schaute auf die Uhr.

Solomon nickte. »Es ist der sensationellste Schatz, den Washington besitzt und den nur sehr wenige Menschen zu sehen bekommen.«

Kapitel 132

atherine Solomon war guter Dinge, als sie den Hügel zum Washington Monument hinaufeilte. Sie hatte in dieser Nacht Schreckliches durchgemacht, doch ihre Gedanken galten jetzt, wenn auch nur vorübergehend, der wunderbaren Neuigkeit, die Peter ihr vorhin eröffnet hatte und von der sie sich soeben mit eigenen Augen hatte überzeugen können.

Meine Forschungsarbeit ist gar nicht verloren!

Zwar waren die holografischen Datenspeicher im Labor vernichtet worden, doch Peter hatte Katherine im Haus des Tempels anvertraut, er habe von all ihren dokumentierten Forschungsergebnissen auf dem Gebiet der Noetischen Wissenschaften insgeheim Sicherungskopien gemacht. *Wie du weißt, fasziniert mich deine Arbeit,* hatte er gesagt, *und ich wollte deine Fortschritte verfolgen, ohne dich zu stören.*

»Katherine?«, rief eine tiefe Stimme.

Sie hob den Blick.

Eine einsame Gestalt zeichnete sich als Schattenriss vor dem angestrahlten Monument ab.

»Robert!« Sie eilte auf ihn zu und fiel ihm um den Hals.

»Ich habe es gerade erfahren«, flüsterte Langdon. »Dir ist bestimmt ein Stein vom Herzen gefallen.«

»Ein ganzer Felsblock.« Ihre Stimme schwankte.

Peter hatte die wissenschaftlichen Glanzleistungen seiner Schwester gerettet – eine Fülle dokumentierter Experimente, die zeigten, dass das menschliche Denken eine reale und messbare Kraft war. Katherine hatte bewiesen, dass Gedanken sich auf schlichtweg alles auswirken konnten, von Eiskristallen über Zufallsgeneratoren bis hin zu den Bewegungen subatomarer Teilchen. Die Ergebnisse waren schlüssig und unwiderlegbar; sie würden die Skeptiker überzeugen und das weltweite Verständnis in hohem Maße beeinflussen.

»Alles wird sich ändern, Robert. *Alles.*«

»Peter glaubt das auch.«

Katherine schaute sich suchend nach ihrem Bruder um.

»Er ist im Krankenhaus«, sagte Langdon. »Ich habe darauf bestanden, dass er mir diesen Gefallen tut.«

Sie atmete erleichtert auf. »Danke.«

»Er hat mich gebeten, hier auf dich zu warten.«

Katherine nickte; dann blickte sie den strahlend weißen Obelisken hinauf. »Peter sagte zu mir, dass er dich hierherbringt ... und er hat von ›Laus Deo‹ gesprochen, hat es aber nicht weiter erklärt.«

Langdon lächelte müde. »Ich glaube, das habe ich auch nicht ganz verstanden.« Er folgte Katherines Blick. »Er hat heute Nacht allerhand Dinge gesagt, denen ich nicht ganz folgen konnte.«

»Lass mich raten«, sagte Katherine. »Über Alte Mysterien, Wissenschaft und die Heilige Schrift?«

»Kluges Mädchen.«

»Willkommen in meiner Welt.« Sie zwinkerte ihm zu. »Peter hat mich schon vor Langem darin eingeweiht. Das hat meine Forschungen sehr beflügelt.«

»Vom Gefühl her hört sich einiges von dem, was Peter sagt, plausibel an. Aber vom intellektuellen Standpunkt aus ...« Langdon schüttelte den Kopf.

Katherine lächelte und legte einen Arm um ihn. »Weißt du, Robert, da kann ich dir vielleicht weiterhelfen.«

Tief im Innern des Kapitols ging Warren Bellamy einen einsamen Flur entlang.

Jetzt ist nur noch eines zu tun.

In seinem Büro zog er einen sehr alten Schlüssel aus der Schreibtischschublade. Es war ein langer, dünner Schlüssel aus Schmiedeeisen mit einer verblassten Markierung. Bellamy steckte den Schlüssel in die Tasche. Dann machte er sich bereit, seine Gäste zu empfangen.

Robert Langdon und Katherine Solomon waren unterwegs zum Kapitol. Auf Peters Bitte hin würde er ihnen einen sehr seltenen Anblick gewähren – auf das großartigste Geheimnis dieses Gebäudes, das nur der Architekt des Kapitols enthüllen konnte.

*K*apitel 133

H och oben in der Rotunde des Kapitols schlich Robert Langdon ängstlich über die Galerie, die unterhalb des Gewölbes
um die Kuppel herumführte. Vorsichtig spähte er über das Geländer. Die Höhe ließ ihn schwindeln, und er konnte kaum glauben,
dass es weniger als zehn Stunden her war, dass Peters abgetrennte
Hand dort unten, in der Tiefe, auf dem Boden gestanden hatte.

Auf ebendiesem Boden, fünfundfünfzig Meter unter Langdon,
war der Architekt des Kapitols nur noch ein winziger Fleck, der mit
gleichmäßigen Schritten die Halle durchquerte und schließlich verschwand. Bellamy hatte Langdon und Katherine unter das Dach
geführt und sie dann mit eindeutigen Instruktionen allein gelassen.

Peters Instruktionen.

Langdon schaute auf den alten Schlüssel, den Bellamy ihm in
die Hand gegeben hatte. Dann blickte er zu der schmalen Treppe,
die von dieser Ebene nach oben führte – es ging tatsächlich noch
höher hinauf. *Gott stehe mir bei!* Dem Architekten des Kapitols zufolge führte die schmale Treppe zu einer kleinen Metalltür, die man
mit dem alten Schlüssel öffnen konnte. *Aber wir sollen mit dem Öffnen der Tür warten. Warum bloß?*

Wieder schaute Langdon auf die Uhr und stöhnte, als sein Blick
am Ziffernblatt vorbei in die Tiefe glitt.

Er steckte den Schlüssel in die Tasche und schaute schaudernd
über den weiten Abgrund hinweg auf die andere Seite des Balkons.
Katherine war furchtlos vorausgegangen; offensichtlich machte ihr die

Höhe nichts aus. Sie war bereits halb um die Kuppel herum und bewunderte dabei Brumidis *Apotheose Washingtons*, die sich dicht über ihren Köpfen wölbte. Von ihrem Aussichtspunkt war jedes Detail der gut fünf Meter hohen Figuren zu erkennen, die das Fresko zierten.

Langdon kehrte Katherine den Rücken zu, das Gesicht zur Wand, und flüsterte: »Katherine, hier spricht dein Gewissen. Warum hast du Robert allein gelassen?«

Katherine schien mit den erstaunlichen akustischen Eigenschaften der Kuppel vertraut zu sein, denn die Wand flüsterte zurück: »Weil Robert ein Angsthase ist. Er sollte zu mir rüberkommen. Wir haben noch jede Menge Zeit, bevor wir die Tür öffnen dürfen.«

Langdon wusste, dass sie recht hatte. Widerwillig machte er sich auf den Weg um den Balkon herum, wobei er sich so nahe an die Wand drückte, wie er konnte.

»Das Gemälde ist wundervoll«, sagte Katherine beinahe ehrfürchtig und reckte den Hals, um die ganze Pracht der *Apotheose* in sich aufzunehmen. »Antike Götter neben genialen Erfindern und ihren Schöpfungen. Wenn man bedenkt, dass dieses Gemälde das Zentrum unseres Kapitols bildet ...«

Langdon richtete den Blick nach oben auf die gewaltigen Gestalten Franklins, Fultons und Morses mit ihren technischen Errungenschaften. Ein strahlender Regenbogen ging von ihnen aus und lenkte das Auge des Betrachters auf George Washington, der auf einer Wolke gen Himmel fuhr. *Das große Versprechen der Vergöttlichung des Menschen.*

»Es ist«, sagte Katherine, »als würde die Essenz der Alten Mysterien über der Rotunde schweben.«

Wie Langdon wusste, gab es nicht viele Fresken auf der Welt, die wissenschaftliche Erfindungen mit antiken Göttern und menschlicher Apotheose verschmolzen. Die spektakuläre Bildersammlung unter der Kuppeldecke war in der Tat eine Botschaft der Alten Mysterien. Für die Gründerväter war Amerika wie eine leere Leinwand gewesen, ein Feld, auf dem man die Saat des Wissens ausbringen konnte. Heutzutage schwebte diese Ikone – der Vater der Nation auf dem Weg in den Himmel – über jenen Männern und Frauen, die nunmehr die gesetzgeberische und politische Macht im Lande ausübten. Es war eine kühne Erinnerung, eine Karte, die den Weg in die Zukunft wies, ein Versprechen, dass der Mensch dereinst vollkommene spirituelle Reife erreichen würde.

»Das Gemälde ist in der Tat prophetisch, Robert«, flüsterte Katherine. »Heutzutage nutzt der Mensch seine fortschrittlichsten Erfindungen, um die ältesten Ideen zu studieren. Noetik als wissenschaftliche Disziplin mag neu sein, aber im Grunde ist sie die älteste Wissenschaft der Welt – das Studium des menschlichen Denkens.« Sie drehte sich zu Langdon um. Ein Ausdruck tiefen Staunens lag in ihren Augen. »Und was erfahren wir dabei? Dass die Alten das *Denken* besser begriffen haben als wir selbst.«

»Und dafür gibt es eine Erklärung«, erwiderte Langdon. »Der menschliche Geist war das einzige Hilfsmittel – die einzige Technologie sozusagen –, das den Alten zur Verfügung stand. Und diese Technologie, den menschlichen Verstand, haben die antiken Philosophen voller Hingabe studiert.«

»Ja. Viele Autoren antiker Texte sind geradezu besessen von der Kraft und Macht des menschlichen Geistes. Die *Veden* erzählen vom Fluss geistiger Energie. In der *Pistis Sophia* wird das universale Bewusstsein beschrieben. Der *Zohar* erkundet die Natur des Geistes. In schamanistischen Texten wird die Fernheilung beschrieben und damit Albert Einsteins ›spukhafter Fernwirkung‹ vorgegriffen. Es ist alles schon da! Und dabei habe ich mit der Bibel noch gar nicht angefangen.«

»Du also auch?« Langdon lachte leise. »Dein Bruder hat bereits versucht, mich davon zu überzeugen, dass die Bibel voller wissenschaftlicher Informationen steckt.«

»So ist es ja auch«, sagte Katherine. »Und wenn du Peter nicht glaubst – lies Newtons esoterische Texte zur Bibel. Wenn du die kryptischen Gleichnisse in der Bibel erst einmal verstehst, wirst du erkennen, dass sie eine Studie des menschlichen Geistes ist.«

Langdon zuckte mit den Schultern. »Dann sollte ich sie wohl noch einmal lesen.«

»Ich möchte dich etwas fragen.« Katherine schien Langdons Skepsis nicht zu gefallen. »Wenn es in der Bibel heißt ›geh, und baue unseren Tempel‹, einen Tempel, den wir ›errichten müssen, ohne Werkzeuge und ohne ein Geräusch zu machen‹ – von was für einem Tempel ist die Rede? Was glaubst du?«

»Nun, in der Bibel heißt es, dass *wir* Gottes Tempel sind.«

»Ja, im ersten Korintherbrief, Kapitel 1, Vers 16. Im Evangelium des Johannes steht sinngemäß das Gleiche. Die Heilige Schrift ist sich der Macht, die in uns schlummert, durchaus bewusst, und sie drängt uns, dass wir uns diese Macht zu eigen machen und den Tempel unseres *Geistes* errichten.«

»Ich weiß nicht«, erwiderte Langdon und rieb sich das Kinn. »Ich bin kein Religionswissenschaftler, aber ich bin mir ziemlich sicher, dass die Heilige Schrift in allen Einzelheiten einen *physischen* Tempel beschreibt, der errichtet werden muss. Das Gebäude wird als zweiteilig beschrieben – ein äußerer Bereich, den man die Heilige Halle nennt, und ein innerer Teil, das Allerheiligste. Beide Teile sind durch einen dünnen Schleier voneinander getrennt.«

Katherine lächelte. »Für einen Bibelskeptiker hast du ein ziemlich gutes Gedächtnis. Sag mal, hast du je ein menschliches Gehirn gesehen? Wie du weißt, besteht es aus zwei Teilen – einem äußeren, der Dura mater, und einem inneren, der Pia mater heißt. Diese beiden Teile werden von der Arachnoidea getrennt, einem dünnen *Schleier* aus netzartigem Gewebe.«

Noch während Langdon Katherines Worte in sich aufnahm, musste er an das gnostische Evangelium der Maria denken: *Wo der Geist ist, da ist der Schatz.*

»Vielleicht«, sagte Katherine, »hast du schon mal davon gehört, dass man bei Yogis, die im Zustand meditativer Versunkenheit waren, Hirnscans gemacht hat. In fortgeschrittenen Stadien der Meditation bildet das menschliche Hirn in der Zirbeldrüse eine wachsartige Substanz. Sie ist einzigartig, mit nichts anderem im menschlichen Körper zu vergleichen, und besitzt eine unglaubliche Heilwirkung: Sie kann Zellen regenerieren und ist möglicherweise einer der Gründe, weshalb Yogis ein so hohes Alter erreichen. Das ist *wahre* Wissenschaft, Robert. Und diese Hirnsubstanz mit ihren unvorstellbaren Eigenschaften kann nur von einem Geist erzeugt werden, der sich im Zustand vollkommener Konzentration befindet.«

»Ich kann mich erinnern, vor ein paar Jahren etwas darüber gelesen zu haben, aber...«

»Bist du mit dem biblischen Bericht über das ›Manna vom Himmel‹ vertraut, Robert?«

Langdon sah keine Verbindung. »Du meinst die magische Substanz, die vom Himmel fiel, um die Hungrigen zu nähren?«

»Ja. Es hieß von dieser Substanz, sie heile die Kranken, schenke ewiges Leben und erzeuge keine Ausscheidungen.« Katherine hielt inne, als warte sie auf eine Erwiderung. »Robert?«, hakte sie dann nach. »Eine Nahrung, die vom *Himmel* fiel?« Sie tippte sich an die Schläfe. »Die den Leib auf magische Weise heilt? Und die keine Ausscheidungen hinterlässt? Verstehst du denn nicht? Das sind Codewörter, Robert! *Tempel* steht für ›Körper‹. *Himmel* steht für ›Geist‹. Die *Jakobsleiter* ist dein Rückgrat, und *Manna* ist dieses einzigartige Hirnsekret. Wenn du diese Codewörter in der Heiligen Schrift siehst, schau genauer hin. Häufig bezeichnen sie eine Stelle, an der sich unter der Oberfläche eine tiefere Bedeutung verbirgt.«

Katherine war jetzt nicht mehr zu bremsen. Sie erklärte, dass diese magische Substanz in fast allen Mythologien erwähnt werde, unter unterschiedlichen Namen: Götternektar, Elixier des Lebens, Jungbrunnen, Stein der Weisen, Ambrosia... Und das allsehende Auge, fuhr sie fort, sei ein Symbol für die Zirbeldrüse. »Bei Matthäus 6, Vers 22, heißt es: ›Wenn dein Auge sehend ist, so wird dein ganzer Leib Licht sein.‹ Dieses Konzept wird auch durch das Ajna Chakra repräsentiert oder den Punkt auf der Stirn eines Hindus …«

Unvermittelt hielt Katherine in ihrem Redefluss inne. »Tut mir leid. Ich weiß, ich fasele. Aber ich finde das alles ungeheuer aufregend. Jahrelang habe ich die Behauptung der Alten studiert, der Mensch verfüge über ungeheure geistige Macht, und nun zeigt uns die Wissenschaft, dass der Zugriff auf diese Macht ein *physischer* Prozess ist. Richtig eingesetzt, kann das menschliche Hirn Kräfte heraufbeschwören, die im wahrsten Sinne des Wortes übermenschlich sind. Wie andere antike Texte ist auch die Bibel eine detaillierte Darstellung der ausgefeiltesten und wunderbarsten Schöpfung des Universums … des menschlichen Geistes.« Sie seufzte. »Leider hat die Wissenschaft bis jetzt nur an der Oberfläche seines Potenzials gekratzt.«

»Demnach bedeuten die Ergebnisse deiner noetischen Forschungen einen Quantensprung nach vorn«, sagte Langdon.

»Oder *zurück*«, sagte Katherine. »Die Alten kannten bereits viele der Wahrheiten, die wir jetzt erst wiederentdecken. In ein paar Jahren wird der moderne Mensch akzeptieren müssen, was heute noch undenkbar ist: Unser Geist vermag eine Energie zu erzeugen, die in der Lage ist, Materie zu *transformieren*.« Erneut hielt sie inne. »Partikel reagieren auf unsere Gedanken. Das heißt, dass wir durch unsere Hirnaktivität die Macht haben, die Welt zu verändern.«

Langdon lächelte.

»Was grinst du so? Meinen bisherigen Forschungsergebnissen zufolge bin ich überzeugt davon«, sagte Katherine. »Gott ist real – eine geistige Energie, die alles durchdringt. Und wir, als Menschen, sind nach diesem Bild erschaffen worden.«

»Erschaffen nach dem Bild geistiger Energie?«

»Genau. Unsere Körper haben sich über Äonen hinweg entwickelt, doch es war unser *Geist*, der nach Gottes Bild erschaffen wurde. Wir haben die Bibel zu wörtlich genommen. Dort steht, dass Gott uns nach seinem Bild erschaffen habe – nur ist damit nicht unser Körper gemeint, sondern unser *Geist*.«

Langdon schwieg.

»Das ist ein großes Geschenk, Robert, und Gott wartet darauf, dass wir es verstehen. Auf der ganzen Welt schauen wir in den Himmel und warten auf Gott … ohne zu erkennen, dass in Wahrheit Gott auf *uns* wartet.« Katherine ließ ihre Worte einwirken. »Wir sind Schöpfer, und doch spielen wir in unserer Naivität die Rolle der Geschöpfe. Wir betrachten uns als hilflose Schafe, die von Gott, der uns erschaffen hat, umhergescheucht werden. Wir knien wie verängstigte Kinder vor ihm nieder und betteln um Hilfe, Vergebung und Glück. Doch wenn wir uns bewusst machen, dass wir nach dem Bild des Schöpfers erschaffen worden sind, werden wir verstehen, dass auch wir *selbst* Schöpfer sein müssen. Erst wenn wir das begreifen, steht uns Menschen die Tür offen, unser gesamtes Potenzial zu nutzen.«

Langdon erinnerte sich an ein Zitat des Philosophen Manly P. Hall: *Wenn der Unendliche nicht gewollt hätte, dass der Mensch weise ist, er hätte ihm nicht die Fähigkeit des Wissens verliehen.* Langdon schaute erneut zur *Apotheose Washingtons* hinauf – dem symbolischen Aufstieg des Menschen zur Gottheit: Die Geschöpfe werden zum Schöpfer.

»Und wenn wir lernen«, fuhr Katherine fort, »unsere wahre Macht zu beherrschen, werden wir in der Lage sein, die Realität zu *beherrschen*, anstatt nur darauf zu reagieren.«

Langdon musterte sie. »Das hört sich gefährlich an.«

»Es *ist* gefährlich. Wenn Gedanken die Welt beeinflussen, müssen wir sehr genau darauf achten, wie unsere Gedanken beschaffen sind. Bauen sie etwas auf? Sind sie zerstörerisch? Denn wie wir alle wissen, ist es viel einfacher, zu zerstören, als zu erschaffen.«

Langdon dachte an die Überlieferungen, in denen die Rede davon war, wie wichtig es sei, das Alte Wissen vor den Unwürdigen zu schützen und nur den Erleuchteten zugänglich zu machen. Er dachte an das Unsichtbare Collegium und die Bitte des großen Wissenschaftlers Isaac Newton an Robert Boyle, »höchstes Schweigen« über ihre geheime Forschung zu bewahren. *Sie kann nicht verbreitet werden*, schrieb Newton im Jahre 1676, *ohne gewaltigen Schaden für die Welt zu verursachen.*

»Es gibt da noch einen interessanten Punkt«, sagte Katherine. »Die Ironie ist, dass alle Religionen der Welt die Gläubigen über Jahrhunderte hinweg gedrängt haben, das Konzept des Glaubens zu verinnerlichen. Die Wissenschaft hat die Religion jahrhundertelang als Aberglauben abgetan. Nun aber muss sie eingestehen, dass die nächste große Grenze, der wir uns gegenübersehen, im wörtlichen Sinne die Wissenschaft des *Glaubens* ist. Dieselbe Wissenschaft, die unseren Glauben einst untergraben und in den Bereich des Wundersamen abgeschoben hat, baut nun eine Brücke über den Graben, den sie selbst ausgehoben hat.«

Langdon dachte lange über Katherines Worte nach, ehe er den Blick wieder zur *Apotheose* hob. »Ich habe eine Frage an dich, Katherine«, sagte er dabei. »Selbst wenn ich akzeptieren könnte, dass ich über die Macht verfüge, mithilfe meines Geistes Materie zu verändern und im wörtlichen Sinne all das zu erschaffen, was ich will, kann ich es trotzdem nicht glauben. Denn ich habe noch nie etwas gesehen, das mich an eine solche Macht glauben ließe.«

»Dann hast du nicht genau genug hingeschaut.«

»Komm schon, Katherine. Ich will eine richtige Antwort. Das ist die Antwort eines *Priesters*. Ich will die einer *Wissenschaftlerin*.«

»Du willst eine richtige Antwort? Also gut. Wenn ich dir eine Geige gebe und dir sage, du hättest die Fähigkeit, auf diesem Instrument wunderschöne Klänge hervorzubringen, dann lüge ich nicht. Du *hast* das Potenzial, nur braucht es sehr viel Übung, bis man so weit kommt. Wenn es nun darum geht, statt eines Instruments den eigenen Geist zu benutzen, ist es nicht anders. Gezielte Gedanken sind eine erlernte Fähigkeit. Damit eine Absicht sich manifestiert, braucht es eine Fokussierung – eine Bündelung, vergleichbar mit einem Laser –, eine bildliche Vorstellung und einen festen Glauben. Das haben wir im Labor bereits bewiesen. Und genau wie beim Geigenspiel gibt es Menschen, die mehr oder weniger Talent dafür haben. Sieh dir die Geschichte der Menschheit an. Wirf einen Blick auf die Geschichte jener Erleuchteten, die Wundertaten vollbracht haben.«

»Jetzt sag mir bitte nicht, dass du an Wunder *glaubst*, Katherine. Überleg doch mal ernsthaft. Wasser in Wein verwandeln? Heilen durch Handauflegen? Na, hör mal.«

Katherine atmete tief ein und wieder aus. »Ich habe gesehen, wie Menschen von Krebs befallene Zellen in gesunde verwandelt haben, nur indem sie daran *gedacht* haben. Ich habe gesehen, wie der menschliche Geist die physische Welt auf unterschiedlichste Art beeinflusst. Und wenn du das erst einmal gesehen hast, Robert, wenn es Teil deiner Realität geworden ist, sind einige der Wunder, von denen du gelesen hast, nur noch eine Frage des Wollens.«

Langdon erwiderte nachdenklich: »Für mich ist dieser Sprung zu groß. Wie du weißt, habe ich mich mit Glauben schon immer schwergetan.«

»Dann betrachte es nicht als *Glauben*«, entgegnete Katherine. »Betrachte es als einen anderen Blickwinkel. Denk dir, dass die Welt nicht so ist, wie sie dir erscheint. Historisch gesehen ging jedem großen wissenschaftlichen Durchbruch eine einfache Idee voraus, die unser Glaubensgebäude zum Einsturz zu bringen drohte. Die Aussage, dass die Erde eine Kugel ist, wurde nicht nur als Ketzerei, sondern auch als wissenschaftlich unmöglich betrachtet, als völlig absurd, weil die meisten Menschen glaubten, die Meere würden sich in diesem Fall von der Erde herunter ins Nichts ergießen. Dass die Erde sich um die Sonne dreht, galt als Häresie. Schon immer haben kleine Geister auf das eingeprügelt, was sie nicht begreifen. Es gibt jene, die erbauen, und jene, die einreißen. Irgendwann finden die Erbauer Jünger, und wenn die Zahl der Jünger – der Gläubigen – eine kritische Masse erreicht, dann *ist* die Welt mit einem Mal rund, und die Sonne *ist* das Zentrum unseres Planetensystems. Die Wahrnehmung hat sich geändert, und eine neue Realität ist entstanden.«

Langdon nickte. Seine Gedanken schweiften in die Ferne.

»Was guckst du so komisch?«, fragte Katherine lachend.

»Aus irgendeinem Grund«, antwortete Langdon, »musste ich gerade daran denken, wie ich früher mitten in der Nacht mit dem Kanu auf dem See gepaddelt bin, zum Sternenhimmel aufblickte und über Dinge wie diese nachgedacht habe.«

Katherine nickte wissend. »Ich nehme an, wir alle haben ähnliche Erinnerungen. Zum Himmel zu blicken öffnet und weitet das Bewusstsein.« Sie richtete den Blick hinauf zur Kuppel. »Gib mir bitte deine Jacke, Robert.«

Langdon runzelte die Stirn, tat ihr aber den Gefallen.

Katherine faltete die Jacke zweimal und legte sie wie ein Kissen auf den Boden. »Leg dich hin.«

Langdon legte sich auf den Rücken, und Katherine schob ihm die eine Hälfte der Jacke unter den Kopf. Dann legte sie sich neben ihn – zwei Kinder, Seite an Seite auf dem schmalen Rundweg, die staunend hinauf zu Brumidis Fresko blickten.

»Also gut«, flüsterte Katherine. »Versetze dich in diesen Zustand … stell dir vor, du liegst in deinem Kanu und siehst hinauf zu den Sternen … Öffne deinen Verstand für das Wunder.«

Langdon versuchte es, doch eine Woge der Erschöpfung überkam ihn, und die Lider wurden ihm schwer. Dann bemerkte er undeutlich eine Gestalt unter der Kuppel, die ihn sofort wieder hellwach werden ließ. *Ist das möglich?* Er konnte nicht glauben, dass es ihm nicht früher aufgefallen war, doch die Gestalten in der *Apotheose Washingtons* waren unübersehbar in zwei konzentrischen Ringen angeordnet: *ein Kreis in einem Kreis.*

Die Apotheose – ein Circumpunct?

Langdon fragte sich, was er in dieser Nacht sonst noch alles übersehen hatte.

»Ich muss dir etwas Wichtiges sagen, Robert. Es gibt da noch eine Sache … einen Aspekt, den ich für den erstaunlichsten meiner gesamten Forschung halte.«

Es gibt noch mehr?

Katherine stützte sich auf den Ellbogen. »Ich verspreche dir … wenn wir als Menschen diese eine, schlichte Wahrheit begreifen … dann wird die Welt sich über Nacht ändern.«

Jetzt hatte sie Langdons volle Aufmerksamkeit.

»Ich sollte vielleicht damit anfangen, dass ich dir die freimaurerischen Mantras ins Gedächtnis rufe, zu ›versammeln, was verstreut ist‹, ›Ordnung aus Chaos‹ zu schaffen und das ›Eins-Sein‹ zu finden.«

»Sprich weiter.« Langdon lauschte gebannt.

Katherine lächelte auf ihn hinunter. »Wir haben wissenschaftlich bewiesen, dass die Kraft menschlicher Gedanken *exponentiell* mit der Zahl der Menschen steigt, die diese Gedanken teilen.«

Langdon schwieg und wartete, worauf sie hinauswollte.

»Was ich damit sagen will … Zwei Köpfe sind besser als einer, aber zwei Köpfe sind nicht doppelt so gut wie einer, sondern viele Male besser. Das Ganze ist größer als die Summe seiner Teile! Viele Köpfe, in einem Gedanken vereint, verstärken die Wirkung dieses Gedankens exponentiell. Das ist die Macht, die Glaubensversammlungen, Kirchengesängen und Massenanbetungen innewohnt. Die Vorstellung eines universalen Bewusstseins ist kein ätherisches New-Age-Konzept. Es ist eine wissenschaftliche Realität, die unsere Welt verändern kann, wenn wir herausfinden, wie wir sie nutzen müssen. *Das* ist die grundlegende Entdeckung der Noetischen Wissenschaften. Mehr noch – es geschieht bereits, man kann es ringsum spüren. Die Technologie verbindet uns auf eine Weise, wie wir es uns niemals vorgestellt hätten: Twitter, Google, Wikipedia, all die anderen … dazu gedacht, ein Bewusstseinsgeflecht zu schaffen.« Sie lächelte. »Ich garantiere dir, sobald ich meine Arbeit veröffentliche, stürzen sich die Twitterati darauf. Das Interesse an den Noetischen Wissenschaften wird geradezu explodieren.«

Langdons Augenlider fühlten sich unendlich schwer an. »Weißt du eigentlich, dass ich immer noch keine Ahnung habe, wie man einen Twitter abschickt?«

»Einen Tweet«, verbesserte sie ihn lachend.

»Einen was?«

»Egal. Ruh dich aus. Ich wecke dich, wenn es so weit ist.«

Langdon ertappte sich dabei, dass er den alten Schlüssel von Warren Bellamy fast vergessen hatte. Er wusste nicht einmal mehr, weshalb sie überhaupt in die Kuppel hinaufgestiegen waren. Er gab sich nun ganz seiner Erschöpfung hin und schloss die Augen. Dann, in der Dunkelheit, gingen ihm Gedanken über ein *universales Bewusstsein* durch den Kopf. Er dachte an Platons Schriften über das »Bewusstsein der Welt« und die »sich versammelnden Götter« und C. G. Jungs »kollektives Bewusstsein«. Die Vorstellung war ebenso einfach wie verblüffend.

Gott entsteht in der Versammlung vieler … Er ist nicht der Eine.

»Elohim«, sagte Langdon und riss die Augen auf, als es ihm dämmerte.

»Wie bitte?« Katherine lag immer noch neben ihm, auf den Ellbogen gestützt, und schaute ihn verblüfft an.

»Elohim«, wiederholte Langdon. »Das hebräische Wort für Gott im Alten Testament. Ich habe mich immer gefragt, was es bedeutet.«

Katherine lächelte wissend. »Ja. Elohim ist Mehrzahl.«

Genau. Langdon hatte nie verstanden, warum die allerersten Zeilen der Bibel von Gott im Plural sprachen. Elohim, nicht Eloah.

Der allmächtige Gott der Genesis wurde nicht als der Eine beschrieben, sondern als viele.

»Gott ist Plural ...«, flüsterte Katherine, »weil das Bewusstsein der Menschen ein Gesamtbewusstsein ist.«

Langdons Gedanken jagten sich ... Träume, Erinnerungen, Hoffnungen, Ängste, Offenbarungen ... alles wirbelte umeinander in der Kuppel der Rotunde. Als ihm schließlich wieder die Augen zufielen, blickte er auf drei lateinische Worte, hineingemalt in die Apotheose.

E Pluribus Unum.

Aus vielen eines, war sein letzter Gedanke, ehe er einschlummerte.

Epilog

Robert Langdon erwachte langsam aus tiefem Schlaf.

Gesichter blickten auf ihn hinunter.

Wo bin ich?

Einen Augenblick später fiel es ihm ein – unter der *Apotheose Washingtons*. Er setzte sich auf. Sein Rücken war steif vom harten Boden.

Wo ist Katherine?

Er warf einen Blick auf seine Micky-Maus-Uhr. *Es ist gleich so weit.* Er erhob sich ungelenk und spähte vorsichtig über die Balustrade in den gähnenden Abgrund hinunter.

»Katherine?«, rief er laut.

Der Name hallte durch die Stille der verlassenen Rotunde.

Er hob seine Tweedjacke auf, klopfte sie ab, schlüpfte hinein und kontrollierte den Inhalt seiner Taschen. Der schmiedeeiserne Schlüssel, den der Architekt des Kapitols ihm gegeben hatte, war verschwunden.

Langdon ging den gleichen Weg zurück, den er gekommen war, bis zu dem Durchgang, den Bellamy ihm und Katherine gezeigt hatte. Von dort führte eine steile Metalltreppe nach oben in die Dunkelheit.

Langdon stieg die Stufen hinauf. Nach und nach wurde die Treppe schmaler und steiler. Er biss die Zähne zusammen, doch er kehrte nicht um.

Nur noch ein kleines Stück.

Die Stufen waren beinahe zu einer Leiter geworden und der Durchgang beängstigend schmal. Dann endete die Treppe, und Langdon gelangte auf eine kleine Plattform. Vor ihm befand sich eine massive, eiserne Tür. Der Schlüssel steckte im Schloss, und die Tür stand ein kleines Stück weit offen. Langdon drückte, und sie öffnete sich knarrend. Die Luft dahinter war kalt. Als Langdon über die Schwelle trat, wurde ihm klar, dass die Tür nach draußen führte.

»Ich wollte dich gerade holen kommen«, sagte Katherine lächelnd. »Es ist fast so weit.«

Als Langdon sah, wo er sich befand, schnappte er nach Luft. Er stand auf einem winzigen Laufsteg, der um die Spitze auf der Kuppel des Kapitols herumführte. Direkt über ihm blickte die bronzene Freiheitsstatue gelassen hinaus auf die schlafende Hauptstadt. Sie schaute nach Osten, wo das erste purpurne Licht der Morgendämmerung am Horizont erschien.

Katherine führte Langdon um die Galerie herum, bis sie genau nach Westen blickten, hinaus auf die National Mall. In der Ferne erhob sich im Licht des frühen Morgens die schwarze Silhouette des Washington Monument. Von hier oben wirkte der mächtige Obelisk noch beeindruckender als zuvor.

»Als er errichtet wurde, war er das höchste Bauwerk der Welt«, flüsterte Katherine.

Langdon rief sich die alten Fotografien von Freimaurern auf den Baugerüsten in Erinnerung, mehr als hundertfünfzig Meter über dem Boden. Sie hatten jeden einzelnen Block von Hand gelegt, einen nach dem anderen.

Wir sind Erbauer, dachte er. *Wir sind Schöpfer.*

Seit Anbeginn der Zeit hatte der Mensch gespürt, dass etwas Besonderes an ihm war … etwas, das ihn über die anderen Wesen erhob. Er hatte sich nach Kräften, nach Fähigkeiten gesehnt, die er nicht besaß. Er hatte vom Fliegen geträumt, vom Heilen und davon, seine Welt auf jede nur erdenkliche Weise zu verändern, zu transformieren.

Und genau das hatte er getan.

Heutzutage zierten die Schreine der menschlichen Errungenschaften die National Mall. Die Smithsonischen Museen quollen über von Erfindungen, von Kunstwerken, von den Ideen großer Denker, von Wissenschaften. Sie erzählten die Geschichte des Menschen als Schöpfer – von den Steinwerkzeugen im Native American History Museum bis zu den Jets und Raketen im National Air and Space Museum.

Könnten unsere Ahnen uns heute sehen, sie würden uns für Götter halten.

Langdon schaute durch den Dunst der frühen Morgendämmerung auf das Meer von Museen und Denkmälern, doch seine Blicke kehrten immer wieder zum Washington Monument zurück. Er stellte sich die im Grundstein vergrabene Bibel vor und sagte sich, dass das Wort Gottes im Grunde das Wort des Menschen war.

Er dachte an den großen Circumpunct und wie er eingebettet war auf der Plaza unter jenem Monument, an dem sich die große Kreuzung Amerikas befand.

Und er dachte an den kleinen Steinwürfel, den Peter Solomon ihm anvertraut hatte. Der Würfel, das war nun offensichtlich, hatte im auseinandergeklappten Zustand genau die gleiche geometrische Form – ein Kreuz mit einem Circumpunct im Zentrum. Langdon musste lachen. *Selbst der kleine Würfel weist auf die Kreuzung hin.*

»Robert! Sieh nur!« Katherine deutete auf die Spitze des Washington Monument.

Langdon hob den Blick, doch ihm fiel nichts auf.

Dann aber, als er genauer hinschaute, entdeckte er es.

Ein winziger Punkt aus goldenem Sonnenlicht funkelte ganz oben auf der Spitze des mächtigen Obelisken. Der Punkt wurde rasch größer und heller und erstrahlte in goldenem Licht auf der

DAS WASHINGTON MONUMENT IN DER MORGENDÄMMERUNG

Aluminiumkappe des Decksteins. Voller Staunen beobachtete Langdon, wie das Licht sich in ein Leuchtfeuer verwandelte, das über der Stadt zu schweben schien, die noch im Schatten lag. Er rief sich die winzige Inschrift auf der nach Osten gewandten Seite der Aluminiumspitze vor Augen, und voller Staunen wurde ihm klar, dass der erste Sonnenstrahl, der Tag für Tag auf die Hauptstadt der Vereinigten Staaten fiel, genau zwei Worte beleuchtete.

Laus Deo.

»Hier kommt sonst niemand her, um den Sonnenaufgang zu bewundern, Robert«, flüsterte Katherine. »Deshalb sieht auch nie jemand, was wir jetzt sehen. *Das* ist es, was Peter uns zeigen wollte.«

Langdon spürte, wie sein Puls schneller ging, als das Leuchten an der Spitze des Monuments intensiver wurde.

»Peter hat gesagt, die Gründerväter hätten das Monument deshalb so hoch gebaut. Ich weiß nicht, ob es stimmt, aber eines weiß ich: Es gibt ein altes Gesetz, dass in Washington niemals ein höheres Gebäude errichtet werden darf.«

Das Licht kroch über den Deckstein immer weiter in die Tiefe, je höher die Sonne über den Horizont stieg. Langdon konnte beinahe spüren, wie ringsum die Himmelskörper auf ihren ewigen Kreisbahnen durch das Universum zogen. Er dachte an den Großen Baumeister aller Welten und daran, dass Peter betont hatte, der Schatz, den er Langdon zeigen wollte, könne allein durch den Architekten enthüllt werden. Langdon hatte angenommen, dass Warren Bellamy gemeint war. Er hatte sich geirrt.

Die Sonnenstrahlen wurden heller, wärmer, kräftiger, und das goldene Leuchten umhüllte den gesamten massiven Deckstein des Obelisken. *Das Bewusstsein des Menschen, wie es Erleuchtung empfängt.* Schließlich schob das Licht sich immer tiefer, auf dem gleichen Weg, den es Morgen für Morgen nahm. *Der Himmel fährt zur Erde nieder. Gott verbindet sich mit dem Menschen.* Der Vorgang, erkannte Langdon, kehrte sich am Abend wieder um. Die Sonne tauchte im Westen unter den Horizont, und das Licht stieg von der Erde zurück zur Spitze des Obelisken, bis es im Himmel verschwunden war ... um sich auf einen weiteren Tag vorzubereiten.

Neben ihm erschauerte Katherine und rückte näher an ihn heran. Er legte den Arm um sie. Während sie schweigend nebeneinanderstanden, dachte Langdon daran, was sie in dieser langen Nacht gelernt hatten. Er dachte an Katherines Überzeugung, die Welt stünde vor großen Veränderungen. An Peters Glauben, ein Zeitalter der Erleuchtung stehe bevor. Und an die Worte eines großen Propheten, der verkündet hatte: *Denn nichts ist verborgen, das nicht offenbar werde, auch nichts Heimliches, das nicht kund werde und an den Tag komme.*

Als die Sonne über Washington aufging, blickte Langdon hinauf in den Himmel, wo die letzten Sterne der sterbenden Nacht verblassten. Er dachte an die Wissenschaften, an den Glauben, an den Menschen. Er dachte daran, dass jede Kultur in jedem Land und in jedem Zeitalter stets eines gemeinsam gehabt hatte. *Wir alle hatten den* Schöpfer. *Wir mögen unterschiedliche Namen benutzt haben, unterschiedliche Gesichter, unterschiedliche Gebete, doch Gott war stets eine universelle Konstante der Menschheit.* Gott *war das Symbol, das wir alle teilen... das Symbol für alle Geheimnisse, die wir nicht verstehen. Die Alten priesen Gott als Symbol für unser grenzenloses menschliches Potenzial, doch dieses Symbol ging im ewigen Lauf der Zeit verloren. Bis zum heutigen Tag.*

In diesem Augenblick, hoch oben auf dem Kapitol, im wärmenden Licht der Sonne dieses jungen Tages, spürte Robert Langdon, wie etwas in ihm aufwallte, etwas Gewaltiges, Machtvolles, eine innere Bewegtheit, so tief und aufwühlend, wie er sie nie zuvor empfunden hatte.

Hoffnung.

Bildnachweis

Großer Dank gebührt den folgenden Personen und Institutionen für die Bereitstellung des Bildmaterials zu diesem Buch:

Seite 10: © Richard Nowitz

Seite 12: © Maxwell MacKenzie

Seite 23: Werner Forman / HIP / The Image Works

Seite 28: James P. Blair / Photodisc / Getty Images

Seite 50: TIM SLOAN/AFP/Getty Images

Seite 61: © Photo DC

Seite 82: KAREN BLEIER/AFP/Getty Images

Seite 90: Scott Hess Photography

Seite 111: Library of Congress, Rare Book and Special Collections Division

Seite 137: © Photo DC

Seite 186: © Dennis Brack / DanitaDelimont.com

Seite 212: Mit freundlicher Genehmigung des Autors

Seite 234: © Richard Nowitz

Seite 252: Beinecke Rare Book and Manuscript Library, Yale University

Seite 278: John Grant / The Image Bank / Getty Images

Seite 296: San Pietro in Vincoli, Rom/Alinari / The Bridgeman Art Library

Seite 318: LHB Photo/Alamy

Seite 349: Library of Congress, LC-DIG-ppmsca-15563

✳

Seite 370: © Richard Nowitz

Seite 409: © Richard Nowitz

Seite 417: © Richard Nowitz

Seite 441: Lizenzfreies Foto von Cyraxote

Seite 451: © iStockphoto.com/w-ings

Seite 486: Irene Abdou/Alamy

Seite 519: © Richard Nowitz

Seite 544: © Richard Nowitz

Seite 597: Photo von: Randy Santos/dcstockimages.com

Seite 624: © Maxwell MacKenzie

Seite 654: © Maxwell MacKenzie

Seite 668: © Maxwell MacKenzie

Seite 712: Theodor Horydczak Collection, Prints & Photographs Division, Library of Congress, LC-H824-T-M04-045

Seite 746: Walter Bibikow/Taxi/Getty Images

»Ein bis ins Detail schlüssig, stimmig und verschlingenswert gebauter Kriminalroman« DIE WELT

Arnaldur Indriðason
KÄLTESCHLAF
Island-Krimi
Aus dem Isländischen
von Coletta Bürling
384 Seiten
ISBN 978-3-404-16546-9

An einem kalten Herbstabend wird an Islands geschichtsträchtigem See von Þingvellir die Leiche einer jungen Frau gefunden. Auf den ersten Blick ein Selbstmord, doch Kommissar Erlendur wird misstrauisch, als ihm der Mitschnitt einer Séance zugespielt wird: Kurz vor ihrem Tod hatte sich die Frau an ein Medium gewandt. Trotz seiner tiefen Skepsis gegenüber spiritistischen Praktiken geht Erlendur den Hinweisen nach und rührt dabei an ein gut gehütetes Familiengeheimnis, das die Jugend dieser Frau überschattet hat ...

Ausgezeichnet mit dem *Blóðdropinn,* dem Isländischen Krimipreis

Bastei Lübbe Taschenbuch

»Dieser Thriller verfolgt einen noch im Traum«

KÖLNER STADT-ANZEIGER

Cody Mcfadyen
DAS BÖSE IN UNS
Thriller
Aus dem kanadischen
Englisch von
Axel Merz
448 Seiten
ISBN 978-3-404-16421-9

Auf einem Flug freundet sich Lisa mit ihrem Sitznachbarn an. Endlich mal ein Mann, der ehrliches Interesse an ihr bekundet. Vielleicht wird sie ihn nach der Landung einmal wiedersehen. Der Mann lädt sie zu einem Drink ein. Nach ein paar Schluck bemerkt Lisa, wie sie langsam die Besinnung verliert. Da lehnt sich der Mann zu ihr hinüber und flüstert: »Ich liebe dich Lisa. Und ich werde dich jetzt töten.«

»Kopfkino vom Feinsten«

FRANKFURTER ALLGEMEINE SONNTAGSZEITUNG

Bastei Lübbe Taschenbuch